红尘剑仙

夜幕之下

UNDER THE NIGHT

④

三九音域

著

北京联合出版公司
Beijing United Publishing Co.,Ltd.

周平的黑衫在狂风中猎猎作响，

他站在筋斗云的最前端，双眸通明如剑，锐意冲霄。

他抬起头，望向天空，那双纯粹而深邃的眼眸，

仿佛看破了世界的表层，洞悉虚空，眼中倒映着这世间的一切法则。

他看到了。

目
CONTENTS
录

| 第八篇 |

通灵少女

485

细长的睫毛微微颤动，无声之中，躺在地上的幽灵少女睁开了眼眸，目光恍惚片刻，余光瞥到自己周围的几道身影，猛地从地上站了起来，清冷的面容上写满了愤怒与警惕。

"你不要紧张，江洱。"林七夜看到少女被吓到的模样，温和地开口，"我们不是'信徒'的人，我们都是守夜人。"他从口袋中取出自己的纹章，轻轻放在地上。他知道江洱没有实体，无法抓住这枚纹章，索性就放在地上让她仔细地观察。江洱眉头皱了皱，犹豫片刻之后，缓步走上前，蹲下身打量起地上的那枚纹章。

"你真的不用这么紧张。"林七夜再度开口，"如果我们是'信徒'的话，你就不会有机会睁开眼睛了，就算你是片磁场，我们也会想办法将你抹消。"

江洱看到纹章下方刻着的名字，微微一愣。她抬头注视着林七夜的眼睛，双唇轻启，无声地说着什么。屋子的角落，那原本已经断线的老旧电视再度打开，噪声在空中回荡。"你，是林七夜？"密集的噪声逐渐消退，电视的音响中，传来了少女的声音。她的声音在老旧硬件的磨损下显得有些失真，但从她的语气中，依然能听出惊讶的情感。林七夜这才反应过来，现在的江洱只是磁场，根本就没有声带，也无法通过说话来和他们交流，只能依靠附近的电子设备模拟自己的声音。

"你知道我？"林七夜反问。

"我在集训营的时候听说过你的名字，三年前那届新兵中，你是第一名，打破了多项纪录，传闻中是超越'假面'小队队长王面的顶尖天才。"江洱认真地说道。

林七夜、百里胖胖、曹渊对视一眼，都看出了对方眼中的惊讶之色。

"你是哪一届的？"百里胖胖疑惑地问道。

"去年那届。"江洱顿了顿，"结业的时候，我也是新兵第一名。"

"你去年才加入守夜人？"曹渊诧异地开口，"也就是说……你是我们的学妹？"

"守夜人哪里来的学妹之说，只能说是后辈。"百里胖胖感慨道，"想不到，一晃我们都结业三年了，也成了后辈眼中的前辈……啧，这感觉还挺不错的。对了，江洱妹妹，你在集训营的时候有没有听过在林七夜的身边有一个叫百里胖……呃，百里涂明的有名前辈？"

江洱沉吟片刻："传说在双神代理人林七夜的身边，有两个关系很好的兄弟，一个是地主家的傻儿子，一个是喜欢人妇的曹贼……你是哪一个？"

百里胖胖："……"

曹渊："……"

"我们还是聊回正事吧。"林七夜轻咳了一声，替两人化解尴尬的处境，"江洱，这里……究竟发生了什么？"

江洱转过头，看向一片狼藉的屋子，双眸逐渐灰暗了下去。"十多天前，那天没有'神秘'的案件，我们和往常一样，在办公室里玩推理游戏。然后，一个男人牵着一条狗从那里走了进来。"她伸出手，指向那扇充满磨砂质感的玻璃门。"他进门之后，就很苦恼地和我们交谈起来。据他所说，他是一个在工地干活儿的工人，有一个很要好的兄弟，他们一起在工地干活儿。但是工头为了缩减成本，滥用质量极差的脚手架，导致他兄弟从高层坠落，不治身亡。他想要委托我们去搜索相关的证据，替他兄弟主持公道。"

"听起来好像没什么不对。"曹渊疑惑。

"一开始，我们也以为这只是一桩普通的委托，但是很快就发现了不对劲。"江洱继续说道，"虽然他身上穿着破旧的工装，鞋子上也满是污泥，但是手掌太干净了，根本就没有老茧，皮肤很白，不像是长期经受风吹日晒的人应该有的皮肤。而且他走进屋子的时候，鞋底的泥依然能在地上踩出印子，泥很新，就像是刚从工地里小跑过来一样，但他所说的那支施工队，最近在城西那边施工，城西到这里，就算坐地铁也要一个多小时，这么长的时间泥应该早就干了，根本不可能留下脚印。也就是说，他是特地去附近的泥地踩了一圈，再过来的……"

"不愧是一群侦探。"百里胖胖感慨道，"然后呢？他是'信徒'的人？"

江洱摇了摇头："他牵的那条狗才是。"

"……"

"我们本身就是推理爱好者，几乎所有人都察觉到他有问题，但我们没有往'信徒'那个方面去想。我们揭穿他的谎言之后，他叹了口气，然后松开手中那条狗的绳索。后来，那条狗身形暴胀，变成一只巨大的恐怖的怪物，从外形上来看有点像是地龙，气息很强，绝对是'克莱因'那个级别的存在。它张开嘴咆哮的时候，我们的精神力就像是被某种力量扯出了身体，禁墟的运转都停滞了，然后它就疯狂地冲到我们的面前，再然后……"江洱闭上了嘴巴，没有继续说下去，电视机的音响再度被噪声掩盖。所有人都能猜到，后来发生了什么。空气陷入了一片死寂。

林七夜沉默许久，缓缓问道："那么，你是怎么知道那条狗是'信徒'的？"

"身体被那只狗撕碎之后，我以为自己死定了。后来，我沉入黑暗的意识又苏醒了过来，直到那时我才明白，我的禁墟真正的能力……"江洱伸出手，轻轻拂过地板，手指恍若无物般穿透地板，又完好地从地板中抽出来。"'通灵场'，不仅是操控磁场的能力，更是将自身的意识与精神转化为磁场的能力，即便肉身死亡，但只要大脑掌控精神力的那片区域没有彻底腐烂，我的意识与精神依然能以磁场的方式存在。我从死亡中苏醒后，听到了那一人一狗的对话。那个男人，称那条狗为……第一席。"

486

"第一席……"曹渊的眉头微皱，"'信徒'的第一席，是条狗？"

"那不是狗。"一旁，一直沉默的周平突然开口，"听描述，那应该是一条风脉地龙。"

"风脉地龙？"听到这个名字，林七夜瞬间想到自己诸神精神病院中的红颜，如果没记错的话，红颜就是一条炎脉地龙。

"地龙，是所有'神秘'中，生命层次站在金字塔顶端的存在，也是种族天赋的潜力极度靠前的一个物种。根据它们的能力不同，可以划分为风脉、炎脉、土脉与幻脉四种类型。其中，风脉地龙的能力被称为'魂罡风'，能够吹散虚无缥缈的精神力，从而做到遏制禁墟……"

"吹散精神力……这也太变态了吧？这不就相当于封锁了敌人的能力，而自己还能使用能力？"百里胖胖忍不住开口。

"其实也没有那么无解。"周平平静地说道，"风能吹起一汪池塘，却无法吹起一片大海，只要精神力的总量足够庞大，即便它能吹起些许风浪，也影响不了什么。"

"足够庞大……"林七夜叹了口气。那可是一条"克莱因"境的风脉地龙，就连"无量"境的黎虹队长都被控制住了，如果他们碰上，能有几成胜算？不过，既然每一脉的地龙都有自己的特殊能力，那为什么在津南山的时候，红颜没有使用呢？"前辈，我以前见过一条炎脉地龙，不过它好像没有什么特殊之处啊？跟风脉地龙比起来，炎脉地龙是不是很弱？"林七夜开口问道。

周平看了他一眼："你见过的那条炎脉地龙，到达'无量'了吗？"

"没有。"

"地龙的种族天赋，只有在晋升到'无量'的时候才会开启；如果没有晋升'无量'的话，那就是一条会吐火的地龙而已，风脉地龙也是如此。"

林七夜若有所思地点点头。看来，不是红颜弱，而是境界还没到啊。

"你们是高层派来调查这件事情的吗？"屋子的角落，老旧电视机再度发出少女的声音，飘在半空中的江洱目光扫过众人，微微摇头，"虽然你们很强，但还是不可能打赢那两个人的……这需要特殊小队介入。"

林七夜等人的表情古怪起来。"嗯……虽然我们可能确实打不过风脉地龙，但我觉得，没有必要动用特殊小队了。"百里胖胖看向一旁的周平。有剑圣在，什么四脉地龙，什么"信徒"，加起来也不够他一剑砍的。

"总之，我们先把这里处理一下，然后把情况汇报给高层。"林七夜说道。

008小队一位队长、五位队员全部葬身于此，林七夜自然不可能放任不管。追杀那一人一狗固然重要，但在那之前，他必须将这些战友的尸体收起，不能让他们就这么暴尸荒野。百里胖胖下楼去联系棺材和车辆，曹渊则开始记录现场，将这里的情况上报到高层。等到棺材全部送到之后，林七夜等人一个个将尸体抬入棺中，江洱抱着膝盖缩在屋子的角落，看着那一个个熟悉的"人"被搬入棺材，精神有些恍惚。虽然她来008小队不过一年，但很喜欢这里的环境，无论是侦探文化还是轻松愉悦的氛围，都让她感到很舒服。一开始，她并不是一个推理爱好者，根本没看过几本推理小说，是黎虹队长兴奋地抱着小山般的书跑到她的面前，给她挨个推荐每一本推理小说，甚至点评其中的手法，还列了一个长长的清单，提醒她阅读顺序。平日里其他队员都在激动地探讨推理，所以出于好奇，江洱也尝试着去读书，逐渐沉迷于其中精妙的手法与逻辑。然而，黎虹队长送给她的书才看了不到一半，她还没来得及依靠推理来融入这个大家庭，008小队就永远地消失了。

面色苍白的黎虹被搬入深色的棺材中，冰冷僵硬的躯体之下，是一颗永远不会再跳动的心脏。江洱抱住自己，坐在屋子的角落，她想哭，却哭不出来。她连泪腺都没有。她只能眼睁睁地看着那些尸体被抬走，无尽的悲伤与痛苦在她的心中翻滚。头顶的灯光、角落的电视，还有挂在墙上的电子时钟，都发出"滋滋"的电流声。

林七夜注意到了她的异常，犹豫片刻之后，想要去安慰一下，就在这时，迦蓝对着他摇了摇头。"都是女孩子，我去吧。"迦蓝迈开步伐，随后像是想到了什么，先将角落的电视抱起，然后再向缩成一团的江洱走去。她抱着电视坐到江洱的旁边，眼眸之中浮现出温柔之色，默默地看着身前忙碌的众人，怀间的电视上雪花飘荡，两人嘴唇开合，轻声说了些什么。随后，江洱转头，怔怔地看着迦蓝的侧颜，似乎愣在了原地，眼中满是错愕与惊讶。她们说了什么，除了彼此，没有人知道。

百里胖胖和曹渊抬着最后一口棺材，走到屋子的角落，看着那被掩埋在杂物之间的模糊尸体，两人一时之间不知如何是好。这具尸体，是江洱的。当着人家的面，收人家的尸……总感觉这么做不太好。

"这……怎么办？"百里胖胖小声地问身旁的林七夜。

江洱走到自己的尸体面前，双唇微微抿起，似乎纠结着什么。

"把身体抬走的话……对你会有影响吗？"林七夜试探性地问道，没有用"尸体"这两个字眼。

"嗯。"江洱的声音从电视中传来，"我只是由大脑释放出的一股磁场，只能在身体周围一公里的范围活动。"

林七夜的眉头皱了起来。也就是说，如果把这具尸体和其他队员一起下葬的话，她这辈子都只能被束缚在墓碑旁了？一个意识清醒的少女，却只能永远地被禁锢在自己的墓碑旁……怎么想，这都太残忍了。

"那，就先把你抬到我们的住处，怎么样？"林七夜问道。

江洱点了点头，但神情依然有些犹豫。

迦蓝像是看出了什么，她凑到江洱的身边，小声地问道："你是不是担心……自己的样子？"江洱默默点头。说到底，她只是一个十六七岁的少女。这个年纪，正是风华正茂，享受青春的美好年纪。可……她的死状太惨了。在众目睽睽之下，要将她那已经血肉模糊、腐烂发臭的躯体抬出来然后放在棺材里，对她而言，无疑是一种自尊心上的打击。她不敢，也不愿去面对这样的自己。迦蓝微微一笑："如果是这样的话，我可以给你推荐一个人，在这方面，他是行家。"

江洱转过头，疑惑地看向迦蓝。

半分钟后，安卿鱼站在江洱的身前，这个文静的大男孩推了推眼镜，脸上浮现出腼腆的笑容。"放心，迦蓝姐说得没错，我……确实是专业的。"

安卿鱼站在屋子的角落，专注地看着那具血肉模糊的尸体，指尖操控着丝线一点点地缝合起来，拼接成一副完整的身体。迦蓝目睹这副身体的惨状，默默地将头挪到一边，不忍再看。这么做不是因为她觉得恶心，而是太在意江洱的感受了，自己的身体成了这副模样，没有哪个少女会想要让别人看到……更别说盯着看了。迦蓝转过头，发现曹渊和林七夜还在看，顿时生气地说道："都把头转过去！"

林七夜等人这才反应过来，纷纷背过身去，神情有些尴尬。江洱怔怔地看了迦蓝片刻，眼中浮现出感激之色，随后又将目光落在那个替她收尸的清秀少年身上，双唇微抿……他……真的不会觉得恶心吗？如果是正常人看到这样一具尸体，只怕早就忍不住跑到墙角吐起来了吧？安卿鱼像是察觉到她的目光，微微抬起头，温和地笑了笑。"磁场化的能力，应该无法一直存在吧？"安卿鱼打破尴尬的氛围，一边缝合着尸体，一边问道。

"嗯。"少女失真的声音从电视机中传来，"我之所以存在，是因为身体中大脑磁场还没有消失，等到大脑彻底腐烂之后，禁墟的施展也就会终止……"终止的结果会怎么样，她没说，但他们心里已经有了答案。

"人死之后，大脑不是会直接死亡吗……"曹渊好奇地问道。

正在缝合尸体的安卿鱼摇了摇头："人死之后，大脑从生理的角度来说是会死亡，但是磁场短时间内并不会消散，这也是为什么很多传闻说人死后不会立即失去意识。不过对于普通人来说，他们没有精神力，磁场的消散速度会很快。而且就算磁场还没有消散，他们也无法在那种状态下做些什么，但如果是一个拥有'通灵场'的人类，那就不一样了。'通灵场'本身就能够控制磁场，能够遏制住原本不可逆的磁场消退，甚至能够动用精神力来增强自身的磁场，并控制它们以另外一种形式出现……也就是所谓的幽灵。"安卿鱼将缝合完毕的尸体抱起，轻轻地放在棺材之中，继续说道，"但问题是，虽然'通灵场'能够保持意识以磁场的形式存在，但其本身还是一种禁墟。禁墟来源脑部某个隐秘区域，随着时间的流逝，大脑终究会腐烂，到那时，'通灵场'会被强行结束，以磁场形式存在的意识自然也会消散。"

林七夜的眉头微皱："那这个时间，大概是多久？"

"对一般人来说，也就是几天的工夫，但我们的大脑有精神力温养，腐烂速度会很慢，从现在的状态来看，她的这颗大……喀，她大概还能维持三天的时间。"

"三天……"

林七夜转过头，看着那个飘浮在半空中的白裙幽灵少女，目光复杂起来。她，只能再活三天吗？众人的心中都有些悲伤。从年龄上来说，江洱是在场众人中最小的，也是林七夜等人的后辈，刚加入守夜人一年就以这种形式死去，实在是……江洱似乎早就有了心理准备，但听到这个数字，眸中还是闪过一抹淡淡的哀伤。她的目光扫过众人，察觉到气氛的沉重，双唇微抿，随后嘴角浮现出一抹笑容。"能够等到你们，把008小队遇害的真相传递出去，我的任务就已经圆满完成……就算是消失，也没有什么遗憾了。"她的声音混杂在电流声中，显得有些单薄，又有些凄婉。

安卿鱼见氛围突然沉重起来，苦笑着摇了摇头："你们这是什么表情？我刚刚说的，是自然情况……"

众人一愣，安卿鱼转过身，看着江洱的眼睛，文静的面孔上浮现出淡淡的笑容："你，想要永生吗？"

临唐市，郊区，黑色的厢车在一栋两层洋房前停下，曹渊和百里胖胖扛着一口黑棺，向着屋内走去。安卿鱼选了一个比较宽敞的空房间，将里面的家具搬开，开始布置自己的试验台。

"卿鱼，你真的能救她？"林七夜走到安卿鱼身边，诧异地问道。

"她现在面临的问题，不过是大脑机能的丧失罢了。"安卿鱼微笑说道，"只要将她的大脑保鲜，禁墟就能够一直运转，她自然也就不会消失。给尸体保鲜……我可是专业的。"

厢车中，一道白影从车顶飘出，江洱看着头顶的阳光，眼神有些迷离。这是她十多天以来，第一次见到阳光。她已经快忘了光的形状。没有身体的她，再怎么注视太阳眼睛也不会酸。她浮在空中许久，才缓缓穿透墙壁，进入自己身体所在的房间之中。

此刻，她的棺材已经被摆上了试验台。

"你需要多久？"林七夜问道。

安卿鱼沉吟片刻："5小时。"

"好……"林七夜点头，"那你在这儿帮江洱处理身体，我们出去调查线索。"说完，林七夜似乎又想到了什么，"你的鼠潮能调过来吗？"

"这里距离沧南太远了，短时间内调不过来。"安卿鱼摇了摇头，"不过，我能从这里开始重新布置'鱼种'，让它们自行传播。"

"想要形成覆盖全市的规模，大概需要多长时间？"

安卿鱼想了想："48小时。"

"这么快？"

"之前在仓库的时候，我顺便给'鱼种'做了些改良。"安卿鱼微笑。

"好，那你可以开始布置鼠潮了，如果我们调查不顺利的话，就只能动用天罗地网了。"林七夜拍了拍安卿鱼的肩膀，便反身走出了房间。

安卿鱼将房门关起，打开实验室的灯光，从黑匣中取出一些奇形怪状的工具，依次摆在一旁。他披上大褂，指尖轻勾，无形的丝线便抬起黑棺的棺材板，将那副身体放在了解剖台上。他转过头，看着飘浮在书架旁的白裙少女，推了推眼镜，温和地开口："准备好了吗？"

488

客厅，林七夜、曹渊、百里胖胖、迦蓝、周平五人坐在桌旁，除了周平，大家表情都有些凝重。

"剑圣前辈，那条风脉地龙的实力已经超过了我们的能力范围，所以……"林七夜斟酌着开口。

"它交给我。"周平微微点头，"但是，现在这座城里，我感受不到它的气息。"

"他们会不会已经离开这儿了？"百里胖胖忍不住问道，"毕竟他们袭击008小队，都已经是十多天前的事情了，这么长的时间过去，没道理还要待在临唐吧？"

林七夜眉头微皱，思索了许久……

"不，可能性不大。"林七夜缓缓开口，"'信徒'主动袭击驻守守夜人小队，这种事情之前从来没有发生过，说明如果不是必要情况，他们不会主动去招惹当地的守夜人小队，更何况是008这种名列前茅的队伍。"

"会不会他们根本就不是'信徒'？江洱听到的那些话只是幌子？"

"我不认为面对一堆尸体，他们还会说谎。"

"也是……"

"如果他们确实是'信徒'，而且主动灭了当地的守夜人小队，那我只能想到一种可能。"林七夜的双眼微眯，"他们要干一件大事，而这件大事在进行的过程中，有可能会被008小队发现，从而汇报给高层。他们不允许这种事情发生，所以不惜动用第一席，也要悄无声息地灭掉008小队。只要他们一死，就没有人能够给高层通风报信了。由这个假设，又可以推出很多东西。比如，这件事情存在某种局限性，只能在临唐市完成。如果可以选择的话，完全可以避开临唐市，去安塔县这种守夜人防卫力量薄弱的城市完成，而他们宁可顶着008小队的压力也要留在这里，就说明没得选。也就是说，他们很可能还在临唐市。"

听完林七夜的解释，众人的脸上浮现出恍然大悟的神色。

"那我们该从哪里开始调查？"曹渊问道。

林七夜沉吟片刻："胖胖，你去找江洱问一下，最近这段时间，临唐市有没有什么奇怪的事情发生？"

百里胖胖"嗯"了一声，走进实验室中。

片刻之后，他便回到了客厅。

"江洱说她由于能力的限制，无法离开自己的身体所在地，所以对城市的情况并不是很清楚，但是……最近临唐的地震好像比较频繁。"

"地震？"

"她说在008小队遇害后，十多天里发生了三次地震，虽然震级都很轻微，但地震这种事在临唐太少见了，所以也算是怪事。"

林七夜靠在椅背上，缓缓闭上了眼睛，指节无意识地敲击着桌面，专注地思考起来——"信徒"，008小队，第一席，地震……"难道他们要做的事情，在地下？"林七夜喃喃自语。如果对方的目标是地下，那事情反而好办了，他和安卿鱼的天罗地网专搜地底，但问题是安卿鱼的鼠潮形成需要时间，现在又是白天，无法调动夜行生物去探察。"这样，我和迦蓝先去地质局查一下与地震有关的线索，曹渊、胖胖，你们两个上街去探访一下，看看除了地震，临唐市最近还有没有出什么怪事。"林七夜很快便下了决断。

"好。"

"剑圣前辈，你是想跟我们去地质局，还是跟他们去探访？"林七夜看向周平。

周平的嘴角微微抽搐："我，我……我觉得你们去就够了，我就在这儿等着，如果察觉到有异样的气息波动，我就直接出手。"

"……也行。"

分配好了任务之后，林七夜、迦蓝、曹渊、胖胖四人即刻动身，朝着不同的方向离开。

临唐市，庄园，地下。沈青竹将双手从那座灰色祭坛上挪开，目光扫过周围，将手轻轻贴在太阳穴，走路有些飘忽，装出一副精神力透支的模样。

"小沈，休息一下吧。"第九席从他身旁走过，面色有些苍白，精神力似乎也透支了不少。沈青竹点点头，两人顺着楼梯走上一层，来到院子中，感受着久违的阳光，长舒了一口气。这两个多月以来，他们每天除了睡觉吃饭，就是去地下给祭坛灌入精神力，沈青竹差点以为"信徒"改行去当奴隶了。当然，表面上看着很卖力，但他是不可能将精神力灌进去的。这座祭坛太过诡异，虽然不知道彻底激活之后会发生些什么，但肯定不是什么好事，沈青竹少灌入一份精神力，它的激活时间也会晚一些，产生变数的概率也会大一些。但令他不解的是，明明都过去这么长时间了，祭坛复苏期间还发生了几次轻微地震，驻守在临唐的守夜人小队怎么还没有反应？在这期间，沈青竹几次试图找机会离开庄园，想暗中将情报传递出去，但一来不知道临唐的守夜人驻地在哪儿，二来也没有离开庄园的机会。两个多月来，他们的日常用品都是由第七席和第九席出去采购的，而且一次就会采购一个月的份额回来，就算沈青竹想要离开这里，也没有合适的借口。

院中，第九席从口袋中掏出一包烟，自己拿了一根，又递了一根给沈青竹。沈青竹轻打响指，两簇火苗燃起，将烟头点燃。第九席深吸了一口，缓缓吐出："祭坛的精神力灌入已经差不多了，估计再过个两三天就能彻底复苏，这种鬼日子我真是过够了……"沈青竹听到这句话，目光微凝。他弹了弹烟灰，缓缓开口："这种日子，真不是人过的，这是在把我们当奴隶使唤啊……"

"毕竟是'呓语'大人的命令，就算累一点也没办法。"第九席摇了摇头。

"对了。"沈青竹像是想起了什么，"庄园里的食物都吃完了，可能还需要采购一次。"

听到这句话，第九席长叹了一口气。

"怎么了？"沈青竹问道。

"你是没跟第七席那个女人逛过街，和她出去采购，真是比在这里当奴隶还累。"第九席摇摇晃晃地从地上站起来，迈步向着屋内走去，"我去叫她，趁着天还没暗下来，赶紧去把东西买全，明天老子是真不想出去了。"

"你的状态没问题吗？"沈青竹站起身，"你的精神力透支太多了，感觉已经快晕过去了。"

"嗯……应该问题不大。"第九席摆了摆手。沈青竹的双眼微眯，他看着第九席离去的背影，似乎在犹豫着什么。最终，他还是下定决心，跟着第九席走了过去。他伸出手，轻轻在第九席的背上一拍。一股由缺氧造成的眩晕感突然涌上第九席的心头，他双眼一翻，直挺挺地向后倒去。沈青竹伸手接住他，看着那张昏迷的苍白面孔，喃喃自语："我说了……你已经快晕过去了。"

489

"他累晕了？"第七席和第三席看着被沈青竹背上床的第九席，眼中都有些诧异。沈青竹点了点头："我们当时正在院子里抽烟，他刚站起身，就摇摇晃晃地晕了过去。"

第三席走到床边，将手靠在昏迷的第九席额头上，感知了片刻，微微点头。"他的精神力确实透支得很厉害。"

"喊，这蠢货，疯了吗这么拼命？"第七席收起手中的扇子，翻了个白眼，"'呓语'大人又不在这儿，摆出这么拼命的架势给谁看？"

沈青竹抬起头，盯着眼前这个旗袍妇人的眼睛，眸中闪过凛冽的杀意。"女人，你的嘴巴放尊重点，就是因为有你这种偷奸耍滑的人在，我们的进度才会慢这么多……"

第七席眯眼看着沈青竹："哟，你俩感情可真好啊，都开始替他出头了？新人？"

沈青竹的目光更冷了。

"好了，都别说了。"第三席幽幽开口，"都出去，让第九席休息一会儿……对了，庄园的食物快吃完了，第十席，你跟第七席出去采购一点回来，这次不用买太多，只要几天的量就可以，快去快回。"第七席瞥了沈青竹一眼，冷哼一声，迈步向着屋外走去。沈青竹的眸中不易觉察地闪过一道光芒。"好的……第三席大人。"

实验室，淡金色的阳光透过窗户，在银白色的试验台上荡出淡淡的光晕，一个少年披着大褂站在台边，认真地用工具剪开那具尸体。穿着白色长裙的江洱坐在角落，看着安卿鱼的动作，眼中浮现出疑惑之色。她轻轻从书架上飘下，落在安卿鱼的身前，眨了眨眼睛。安卿鱼从工作中回过神，看着江洱的眼睛，先是一愣，随后像是想到了什么，微笑着开口："我忘了你说不了话，等一下……"他转身走出房间。等他回来的时候，手中多了一个深蓝色的小巧的MP3。在这个年代，MP3已经可以算是古董了，安卿鱼翻遍阁楼的杂物，才找到这个稀罕玩意儿。他打开MP3的开关，调试了一下音量，将其放在试验台边。"这个东西的音质要比老电视好很多，应该能更接近你自己的声音。"安卿鱼笑着说道。

江洱注视着这个 MP3，轻轻抬起了手掌。"滋滋滋……"微弱的电流声从 MP3 中传出。"欢迎收听 FM101.1，这里是……滋滋……欢迎收听午间故事会，上回书说到，地球第九皇纪千明踏碎神界，随后……滋滋滋……跟着我左手右手一个慢动作……滋滋……你……滋滋，你在做什么？"

磁场的扰动让 MP3 信号持续被干扰，调试片刻之后，江洱终于将它与自己的频道连接起来。和之前在老旧电视中传出的声音不一样，现在她的声音更加真实，那是十六七岁的少女特有的声线，青涩而充满了青春的气息。

安卿鱼捏着手中的手术刀，笑了笑："我在帮你修复身体。"

"修复身体？"江洱看向那具完整的尸体，"你不是已经帮我把身体拼起来了吗？"

安卿鱼摇了摇头："那只是为了方便运输，单单把肢体拼起来是不够的，你的身体暴露在空气中这么久，已经大范围腐烂，我要帮你把身体恢复原样……恢复成你活着的时候的模样。我要抹掉你身上所有的伤口，让你的肌肉重组，让你的细胞死而复生，让你的肌肤重新焕发光彩……虽然我不能让你复活，但我会让你的身体变得和以前一样美丽。"

江洱怔住了："这……真的能做到吗？"

"能做到。"安卿鱼推了推眼镜，"这个世界上，或许只有我能做到。"

江洱看着安卿鱼的眼睛，轻咬嘴唇："你为什么要帮我？"

"为了保存你大脑的生理机能，一会儿我要用寒冰将你的身体彻底封存起来，不光是大脑，你的整个身体和样貌都会被定格在冰封的状态。我觉得，你的容貌应该被定格在它最美丽的时候。"安卿鱼微微一笑，"而且，让死去的身体焕发生机，是一件很有挑战性的事情，我一直想试一试。"他的笑容很单纯，很文静，像是从窗外洒落的阳光，那双剔透的眼眸之中看不见丝毫杂念。即便他此刻正拿着刀，站在尸体旁边，也丝毫不会让人觉得阴郁或者幽暗，反而让人有种如沐春风的感觉。江洱看着他的笑容，精神有些恍惚。"谢谢你……"

许久之后，她的声音从 MP3 中缓缓传出。

"不用谢。"安卿鱼低下头，继续他的修复工作，在他的手中，那满是尸斑与血痂的身体，正在一点点地恢复原本的模样。江洱则默默地坐在一旁，看着自己的身体在少年的手中焕发生机，这是一种很奇妙的感觉。

"我……真的会永生吗？"江洱轻声问道。

"你想永生吗？"

"不想……"江洱沉默片刻，"我只能在身体周围一公里内活动，像是一只被困在笼中的鸟，像是被关在缸中的鱼……如果失去自由，就算活得再久，也只是一个永生的囚徒。我不想当囚徒……"

安卿鱼点了点头："我能明白你的感受，其实，说是永生也不严谨……"他抬起头，看着江洱的眼睛，"应该说，只要我活着，你就不会死。"江洱看着少年的脸庞，愣在了原地。"我的冰会封住你的身体，只要冰还在，你的'通灵场'就能继续运转，你也就能继续存在。如果哪一天我死了，冰就会融化，三天后，你就会彻底消散。"微风从窗外徐徐吹来，将洁白的窗帘掀起一角，拂过江洱虚无的身体。她怔怔地看了安卿鱼许久，清冷的面容上，浮现无奈而苦涩的笑容。"所以，我的命运已经和你绑在一起了？"

"嗯。"

"可是，我还不知道你的名字。"江洱撩起耳边的黑发，伸出白皙的手掌，轻声开口，"我叫江洱，'江海'的'江'，'洱海'的'洱'。"

"我叫安卿鱼。"他微笑着说道，"'鱼儿'的'鱼'。"

他的手掌穿过淡金色的阳光，与那只虚无的手轻轻握在了一起。

490

"我有一个问题。"安卿鱼想起了什么，"现在的你应该是磁场的形态，而不是灵魂，为什么可以附身在林七夜身上？"

"从某种意义上来说，我那并不是附身，只是将自身的磁场与他大脑的磁场相连，模拟一部分情绪信号，掌控他的行为而已，并没有入侵他的精神。"江洱开口解释道。

"也就是说，你的这种附身可以无视精神力境界施展？"

江洱点了点头："从理论上说可以，但人类大脑的磁场本身就是动态的，会根据情绪的不同产生波动，如果这种波动的频率超过我的适应范围，我就会被磁场弹出。而精神力越强的人，波动的频率就会越大，甚至可以在一定程度上改变自己的脑磁场，阻隔我的进入。"

安卿鱼若有所思："你能用自身的磁场影响其他人的行为，但是这种影响持续的时间因人而异……可如果是这样的话，你之前怎么会被迦蓝一头撞飞？你不是没有实体吗？"

"我也很奇怪。"江洱摸了摸自己的脑门，眸中充满了疑惑，"既然她能把我撞飞，只有一种可能……那就是她将自身的脑磁场调节得和我一模一样。而想要做到这一点，就需要两个先决条件：一个是她的精神力足够强大；另一个是她必须被我附身过，熟悉我的磁场波动才能将其模拟出来……可是我根本没有上过她的身啊？"

"难道是巧合？"

"或许吧……"

安卿鱼点了点头："那之前在事务所的时候，你们都聊了些什么？"

江洱一怔，将头转到一边，轻声开口："这是秘密。"

　　临唐市，中心街区。沈青竹双手插兜，面无表情地跟在第七席的身后，余光扫过街道两边的门面，不知在想些什么。今天的第七席没有穿那身旗袍，毕竟在现在这个时间点上，他们必须低调，避免引人注目。但即便她只穿了一身宽松的卫衣，依然遮挡不住那火辣的身材，引得周围的路人频频回头。她左手拿着那把折扇，右手拿着一杯奶茶，鲜红的嘴角微微上扬，似乎很享受路人的这种眼光。

　　"你怎么走这么慢？"第七席回头看向身后慢吞吞的沈青竹，神情有些不悦，"再这样下去，我们采购物资的时间就不够了，你是存心的吗？"

　　沈青竹淡淡瞥了她一眼："如果不是你把两个小时浪费在逛街买衣服上，我们的时间会不够？存心拖延时间的，到底是我还是你？"

　　"怎么，你不服？"第七席的眼睛微眯，"看来，第九席还是没教好你规矩，连尊敬前辈都不懂……"

　　"前辈，你确实是前辈了。"沈青竹冷笑，"都快四十岁的人了，穿得花枝招展的，还在这儿装嫩呢？"

　　"你！！"第七席的眼中爆发出一团怒火。

　　"怎么，想打一架？"沈青竹的眼中充满了挑衅的意味，"你要是想打，我随时奉陪，就怕你这个老太婆不敢啊……"

　　第七席的双拳紧攥，身体都因为愤怒微微颤抖，眸中那抹微光几度亮起，但最终还是归于平寂。"呵呵，你当我蠢吗？要是真的跟你打起来，守夜人马上就能找过来，要是任务败露了，我们两个都没有好果子吃！"第七席转过身，向着一旁的商场走去，"在这儿等着，我去上个厕所。"

　　亲眼看着第七席的身影消失在视线之中，沈青竹双眼微眯，眼中闪过一抹失望之色。"喊……"他站在街边，从口袋中掏出一根香烟，将其点燃，余光扫过周围，目光闪烁起来。第七席不在，如果要向外界传递情报，现在无疑是最好的时机。这一瞬间，无数想法涌现在他的脑海之中。直接在中心街区的上空引发一场爆炸？太招摇，太明显，而且无法传递出具体想表达的信息。在周围的环境中留下记号？等到被守夜人发现，估计黄花菜都凉了。要一个路人的电话报警？警局内都有专员，如果有涉及神秘侧的信息，都会向当地的守夜人小队反应，只要将地点与阴谋全部说出来，不出十分钟，情报就会被送上 008 小队的桌子……这似乎是最可靠的办法。

　　沈青竹迈开脚步，向着站在快餐店门口的一个女人走去，正当他准备开口借手机的时候，某个想法在他的脑海中一闪而过，身形一顿。不对……那个女人抬起头，看到眼前的沈青竹，眼中浮现出疑惑之色。沈青竹没有转头，没有说话，脚步只是在空中微微一滞，便略过那个女人，继续向前走到垃圾桶的旁边，轻轻将抽了一半的烟丢进其中。他低头看了眼手表，神情似乎有些不悦。

商场，二层，站在快餐店落地窗旁，默默地观察着沈青竹的第七席眉头微皱，不知在想些什么。一分钟，两分钟，三分钟……等到五分钟过去，沈青竹还是站在那儿，没有丝毫多余的举动。第七席看了眼时间，悄无声息地从快餐店离开，不慌不忙地回到街道上。"太慢了。"沈青竹扫了她一眼，皱眉说道。第七席冷哼一声，没有多说什么，径直向着地下一层的超市走去。两人各自推了一辆手推车，先走进生活用品区，开始大量地购置生活用品。

沈青竹一边心不在焉地扫荡着卫生纸，一边暗自思索着什么，就在他刚将手推车塞了个半满的时候，两个熟悉的声音从不远处传来。"大姐，我说的是临唐市里发生的怪事，不是你们家的怪事……你们家的猫会后空翻这种可不算啊！"沈青竹推车从货架旁穿过，只见在生鲜区，一个胖子正跟一位女导购聊得热火朝天。看到那个胖子的容貌，沈青竹的眼眸微微收缩，一个想法突然涌上他的心头。

491

百里胖胖似乎感觉到有人在看他，疑惑地转头看去。

货架旁空空荡荡，一个人也没有。

"哎呀，我跟你说哦，我们辣个猫啊（我们那个猫啊），它真的不四一般嘞猫（它真的不是一般的猫），它……"女导购依然在手舞足蹈地描述她家的神猫，将百里胖胖的注意力又拉了回来。沈青竹推着车，站在货架的死角，眸中光芒闪烁。他绝对不能被百里胖胖看见。那小胖子看到他，肯定会冲上来，而第七席就在他的旁边。虽然他和百里胖胖联手未必赢不了第七席，但问题在于没有必杀的把握。一旦第七席逃回庄园，那他没有被灵魂契约束缚的事实就会暴露，身份会彻底被揭开。最重要的是，一旦第三席知道这一切，必然会做出应对，到时候整个庄园的布置都会被改变，用来掩护祭坛的存在。而现在第一席、第三席、第七席、第九席、第十二席都在临唐，就连"吃语"马上也要来临，他们有多强沈青竹最清楚，就算林七夜他们和 008 小队加起来，都不可能是他们的对手。最终，林七夜他们很可能会因此团灭。这不是他想要的。他的目标，只是要将"信徒"正在做的事情传递出去，让守夜人知道这里的水有多深，从而派特殊小队来解决。沈青竹深吸一口气，对着旁边的第七席说道："我去前面的零食区看看。"

沈青竹推着手推车，走入了零食区，进入第七席的视觉死角。半分钟后，他拿着五大袋生蚝味的薯片走了出来，第七席看到推车内的薯片，眉梢微微上扬："你还喜欢吃这些？"

"要你管？"沈青竹冷冷说道。

两人快速挑完所有需要的物资，好在他们只需要准备几天的量，所以东西其实并不多，一个手推车就能全部装满。走到收银台，沈青竹一个个将东西拿出来，看了那五袋生蚝薯片片刻，随手拎出三袋，丢到收银台旁边的篮子中。"算了，买两袋就够了。"

付完账，两人便拎着塑料袋，走出了超市。

"老曹，有什么发现吗？"百里胖胖倚靠在一台自动贩卖机旁，看到曹渊走过来，开口问道。

曹渊摇了摇头："没有，除了地震，临唐好像没有其他怪事发生了。"

"看来事情还是出在地震上啊，我觉得……"

"啪——"百里胖胖话说到一半，一声清脆的爆响就从不远处传来，随后就是一片惊呼声，百里胖胖和曹渊疑惑地转头看去，只见某个收银台旁，一包放在篮中的薯片自动爆开，漫天的薯片洋洋洒洒地从空中落下，将周围的行人吓了一跳。

"炸了包薯片而已。"百里胖胖耸了耸肩，继续说道，"我觉得……"

"啪——"第二包薯片紧接着炸裂，百里胖胖愣在了原地。

"啪——"当第三声爆响传出的瞬间，百里胖胖和曹渊都觉得事情有些不对，对视一眼，同时向着收银台边走去。他们穿过满地的薯片，径直来到那个篮子边，此时收银员已经被三声爆响吓得不轻，一动都不敢动。曹渊的目光落在篮内，像是发现了什么，伸手从中取出一个小小的东西……那是一枚黑色的戒指。

"'断魂刀'？！"百里胖胖看到这枚熟悉的戒指，惊呼出声，"这，这是……"

曹渊和百里胖胖对视一眼："拽哥？"

"沈青竹的戒指？"坐在后座的林七夜听到电话中的声音，眼中浮现出惊讶之色，"你们在哪儿？"

"……"

"好，我马上到。"

坐在他身边的迦蓝好奇地问道："怎么了？"

林七夜的手轻轻摩擦着下巴："看来，这次的事情果然跟'信徒'有关……"

十分钟后，林七夜和迦蓝便抵达了超市。

"所以，你们是在薯片袋接连爆炸后就在篮子里找到了沈青竹的戒指？"林七夜看了眼那个篮子，问道。百里胖胖和曹渊点头。"在真空包装内注入空气，然后一点点将它们压爆吗……确实是沈青竹的能力。"林七夜的目光扫过这个超市，"你们都没有看到他？"

"没看到。"

"他应该是看到你们了，而且处在某种脱不开身的情况，从而想利用这种小玩意儿，来传递某种信息……他想传递什么呢？"林七夜沉思许久，突然，他的余光看到了悬挂在超市角落的监控。他的双眼逐渐亮了起来。

"你们要的监控调出来了，自己看吧。"工作人员将画面放大，说道。林七夜四人站在电脑前，紧紧注视着屏幕。画面中，沈青竹和一位身材火辣的女人走进超市，推着手推车采购生活用品。

"真是拽哥？"百里胖胖看着那个女人，表情古怪起来，"他这是……傍上富婆了？"

"油盐酱醋、纸巾、垃圾袋、纯净水……都是生活用品，而且看份额，不像是两个人用的量。"林七夜若有所思，"他们应该是帮很多人一起买的东西。"

画面中，正在生活用品区闲逛的沈青竹，看到不远处的百里胖胖，原地沉思许久之后，对着旁边的女人说了些什么，便直接走到零食区。他先是随手从货架上拿了几包薯片，然后转头观察起四周，看到悬挂在角落的监控之后，双眼微眯。

"他发现监控了。"曹渊开口。

"不。"林七夜注视着屏幕，"他就是来找监控的。"

他从口袋中掏出什么，当着监控的面，悄悄塞进薯片货架的最深处，然后推着手推车若无其事地走了回去。随后，他便和女人去收银台结账，拿了三袋薯片放在篮子中，便离开了这里。

"薯片货架！"林七夜等人同时开口。

他们快速地来到了监控中沈青竹站过的货架前，林七夜伸手往货架深处摸去，掏了一张皱皱巴巴的小字条出来。

他将这张字条摊开，上面写着三行小字——

北郊，东安街道 42 号废弃庄园。

冥神祭坛。

需要特殊小队介入。

492

"北郊……果然是北郊。"林七夜看到这上面的信息，喃喃自语。

"你知道？"曹渊问道。

林七夜点头："我跟迦蓝去了地质局，调出这三次地震的信息，从震源上来看，大致是在北边……"

百里胖胖咂了咂嘴："看来，我们已经找到他们的老巢了。"随后，百里胖胖像是想到了什么，"拽哥给我们通风报信，这是不是意味着……"

一旁，林七夜的嘴角微微上扬，大有深意地看了百里胖胖一眼："意味着，他并没有被'呓语'的灵魂契约束缚……胖胖，你的回天玉立大功了。"

"嘿嘿嘿。"百里胖胖笑得很开心，"我就知道，拽哥没那么容易栽！这下子外有剑圣助阵，内有拽哥卧底，我想不出这波还能怎么输啊？"

"不要太轻敌。"林七夜摇了摇头，"就算我们有必胜的把握，行动依然要谨慎，沈青竹独自卧底在敌人之中，处境非常危险，我们一个不小心可能就会害死他。"曹渊点头表示赞同。"走吧，回去好好商量一下对策，谋定而后动。"

安全屋。

"沈青竹……"安卿鱼若有所思，"就是上次在百里集团，出手杀了百里辛的那个戴着白狐狸面具的人？"

"嗯，从目前掌握的情报来看，基本上可以确定，他是潜伏在'信徒'中的卧底。"林七夜开口道，"但是字条上的冥神祭坛指的是什么，还不清楚。"

"听起来就是个很危险的东西。"百里胖胖忍不住说道。

一旁，周平的眉头微微皱起，似乎是在思索着什么，目光凝重起来。

"剑圣前辈？"林七夜察觉到了周平的异样，"您是知道什么吗？"

周平沉默片刻，还是摇了摇头。

"没什么……你刚刚说，那个祭坛的位置在哪里？"

"北郊，东安街道 42 号废弃庄园。"

"哦。"周平站起身，向外走去。

看到这一幕，众人都愣在原地。

"剑圣前辈，您这是去哪儿？"林七夜疑惑地问道。

周平背起剑匣，伸手推开大门，平静地开口："去砍了那座祭坛。"

一道凌厉的剑光闪过，那个穿着黑色衬衫的身影已然消失无踪。

客厅中的众人看着空空荡荡的门口，茫然地对视起来。

"我怎么感觉……剑圣前辈好像很急？"百里胖胖狐疑地说道。

"不是你感觉。"安卿鱼看着空荡的大门，笃定地说道，"他确实很急。"

"那我们是去帮忙，还是就在这儿等捷报？"

"去帮忙。"林七夜严肃地开口，"毕竟剑圣前辈不认识沈青竹，万一失手一剑把他给砍了，就糟糕了。"听到这句话，百里胖胖和曹渊同时从椅子上跳了起来。"我去！！"

就在众人即将冲出屋子之际，一个身穿白裙的少女从墙体中飘出，悬浮在半空中。"滋滋滋……你们要去找'信徒'了吗？"桌上，少女的声音从 MP3 中响起。

"嗯。"林七夜点头。

江洱看着林七夜，表情有些犹豫，似乎想说些什么……

"你想让我们带你一起去？"迦蓝看穿了江洱的想法。

江洱微微点头，轻声说道："我知道我的身体会是个累赘，但是……我能做到很多事情，不会给你们添麻烦的。"她飘在空中，双唇微抿，对着林七夜等人，深深地鞠躬。"他们杀了我的战友，我想……替他们报仇。"少女的声音充满了祈求。

空气陷入了一片安静。林七夜注视了她许久，微微点头："好，那你就跟着我们一起去，胖胖，你来背棺。"

幽灵江洱只能在自己的身体周围一公里内活动，如果要将她带去战场，就必须将棺材一起带上。还没等百里胖胖答应，一旁的安卿鱼平静地说道："那口棺，一般人是背不了的。"他指尖微抬，无形的丝线瞬间绑在试验台上的黑棺之上，凌空一扯，那口棺材便飞到了安卿鱼的身前。之前棺材被放在实验室里，众人没有感觉到，此刻这口棺出现在客厅的瞬间，众人顿时感觉到周围的温度迅速下降。寒气，正从棺中溢出。"这是用我的能力制作出的一口冰棺，棺内的温度达到零下六十九摄氏度，即便有特质的棺板隔绝，依然会不断地有寒气从中溢出，长时间将其背在身后，会对身体造成损伤。"安卿鱼轻拍棺面，丝线拉扯，将这口黑棺自动绑在了他的身后，他推了推眼镜，缓缓开口，"我的身体经过改造，不会被冻伤，这口棺，还是由我来背吧。"林七夜点了点头，没有多说什么。

"七夜，我们现在坐车过去来得及吗？以剑圣他老人家的速度，只怕我们等个红绿灯的工夫，'信徒'就团灭了吧？"百里胖胖纠结地说道，"咱可不能赶着去给拽哥收尸啊！"

"我们不坐车去。"林七夜摇了摇头。

"不坐车？"百里胖胖一愣，"不坐车，我们怎么去？"

他走到了院落之中，伸手在虚空中一按，一个绚烂的召唤魔法阵在空气中显现。魔法阵的光辉缓缓消散，一个穿着深青色护工服的红发御姐静静地站在那儿，对着林七夜微微躬身——护工编号004，炎脉地龙，红颜。

"我们……骑龙。"

庄园，沈青竹将采购到的食物放进冰箱，转身向厨房外走去，刚走过转角，一个身影就迎面走了过来。"小沈啊……"第九席的脸色还有些发白，但比起之前已经好了很多。沈青竹看到他，双眸微微一颤："第九席前辈，您恢复得怎么样了？"

第九席摆了摆手："睡一觉醒来好多了，看来，我今天确实是用力过猛了，竟然起个身就晕了过去，辛苦你去跟第七席那个女人逛街了……她是不是很难缠？"

沈青竹见第九席并没有发现自己动的手脚，神情放松了下来。"还好，今天要采购的东西比较少，所以……""叮——"他的话音未落，一道清脆的剑鸣突然从云层之上传来！

"叮——"当这声剑鸣出现的刹那，坐在地底祭坛旁的第三席突然惊恐地睁大了眼睛。他猛地抬头看向天空，目光仿佛穿透厚重的地面，看到了那个站在云层之上的身影，眼眸中满是难以置信之色。"这股剑意……"

院中，那只懒洋洋趴在地上打瞌睡的狗突然炸毛，飞快地从地上爬了起来，死死地瞪着头顶的天空。"呜呜呜……"低沉的呜呜声从它的喉间传出，却始终不敢叫出一声。它的四肢微微颤抖，即便尽力想要摆出凶狠的姿态，但身形依然控制不住地向后退去。沈青竹跑到窗边，怔怔地看着头顶的云层，感受到了前所未有的心悸。虽然他看不到云层之上的那个身影，但这充斥在天地之间的剑意，似乎已经将他的身份表明了……"来得这么快……？"他喃喃自语。

第九席走到了他的身边，注视着云层，原本恢复了些许的脸色再度苍白起来。"一位人类战力天花板亲自驾到？这怎么可能……他是怎么发现的？"第九席的眼中满是不解。他紧咬牙关，犹豫片刻之后，快步向着地下祭坛的方向走去，"我去找第三席，你不要乱跑。"

走廊中，沈青竹独自注视着头顶的云层，不知在想些什么。

云层之上，一个穿着黑色衬衫的年轻人背着剑匣，正静静地俯视着下方的庄园。"北郊，东安街道42号废弃庄园……应该就是这里了。"周平喃喃自语，"幸好在它启动之前找到了，否则……现在这个特殊的时间段，大夏可经不起折腾。"

"叮——！"他背后的剑匣自动弹开，隐约之间，一道轻微的龙吟混杂在剑鸣之中，如同炸雷般在天空之上滚滚传开。一柄古朴长剑飞入了周平手中，细长的剑身不停地颤动，像是在雀跃，像是在欢呼！剑身尾端，两个复杂的古篆雕刻其上——"龙象"。

周平手握剑柄，眯眼望着脚下的那片庄园，锁定了某个地点之后，将"龙象剑"轻轻向下一刺。"轰——"一声惊雷从云层之上传来，一抹剑锋虚影穿透厚重的云层，百米长的剑身贯穿天地，如同雷霆般从天空瞬间劈落大地，剑芒似雪，恐怖的剑气如同汹涌的海浪，在天地之间翻滚。在那剑锋虚影之下，厚重的大地就像是宣纸般轻薄，剑意在地表撕开一道大口，洞穿地面，精准地落在了那座灰白色的祭坛之上！"咚——"剑芒掠过祭坛，瞬间将其从中央斩成两半！大地剧烈地震颤起来，滚滚浓烟以祭坛为中心四散开来，将整个地下室席卷。

此刻，距离祭坛最近的第三席，瞳孔骤然收缩。溢散而出的剑气余波如同浪潮般拍打在他的胸口，将他整个人如同风筝般拍飞，在半空中猛地喷出一口鲜血，撞在墙角晕厥过去，呼吸微弱至极。刚刚走到楼梯口，准备进入地下室的第九席被迫停下脚步。下一刻，一阵浓厚的烟尘便从入口喷出，呛得他接连咳嗽起来。

天空中，周平看到那座被斩成两半的祭坛，微皱的眉头缓缓舒展开来。他正欲有所动作，随后目光一凝，瞥向了身侧的虚无。"藏头露尾。"周平淡淡开口。他手中的"龙象剑"轻轻一斩，便将一侧的空间斩开，一个穿着黑色燕尾服的男人被迫从中挤了出来，脸色难看至极。

"你是谁？"周平问道。

"我……我只是路过。""呓语"的嘴角微微抽搐，露出一个牵强的笑容，"真的，我只是路过。"此刻，"呓语"的心态已经爆炸了。怎么把这位招了过来？！明明他们已经掩盖了所有的痕迹，守夜人高层是怎么发现的？就算发现了，也、也不必派剑圣来吧？！打，是不可能打得过的，哪怕他最擅长的就是逃命，依然没把握在这位剑圣的手下成功逃脱，现在只能希望自己可以和下面那座祭坛撇清关系，赶紧逃之夭夭。

"哦。"周平点头，"那你走吧。"

"呓语"松了口气。就在他转身准备离开的时候，一缕剑芒突然从周平手中爆出！

"我去你的派大星手工美味蟹黄包！"

"呓语"的身体瞬间被剑芒撕裂，剧痛让他的心神失守，破口大骂了一句他也不知道是什么意思的脏话。那黑色燕尾服绽放出一抹黑芒，顷刻间将被斩碎的下肢重新修复。"呓语"回头看向面无表情的周平，脸色苍白无比。他知道，自己已经被盯上了，单纯靠自己，跑，是很难跑得了。他低下头，对着地面的庄园喊道："你还在等什么？我死了，你也活不了！"

庄园的院落中，那条狗低沉地嘶吼起来，眸中浮现出一抹纠结之色，随后还是张开血盆大口，对着天空嘶吼起来："汪——"下一刻，它便化作一条百米长的青纹地龙，庞大的身体将整个院子压成废墟，偌大的双翼用力一扇，飓风将庄园靠近院落这一面的所有窗户震得爆碎！风脉地龙，腾空而起！"克莱因"境巅峰的威压从它的身上爆出，响亮的龙吟回荡在天地之间。它冲上云霄，接住半空中的"呓语"，双翼一振，如同一道青色的雷光，飞快地向着远处逃去！

周平静静地看着向远处掠去的"呓语"和风脉地龙，长叹了一口气。"真是麻烦……""叮——"一阵剑鸣响起，他的身形已然消失在了原地。

另一边，林七夜等人从炎脉地龙身上跃下，注视着眼前一片狼藉的庄园，表情古怪起来。炎脉地龙化作人形，恭恭敬敬地站在林七夜的背后。

"好像已经结束了……"百里胖胖看着地上那一道恐怖的剑痕，还有隐约的剑气散发而出，不由得有些发慌，"拽哥……不会已经牺牲了吧？"

林七夜的精神力扫过半座庄园，微微松了一口气。

"他还活着……不过，其他'信徒'也还活着。"

494

"咳咳咳……"沈青竹从一片狼藉的房间站起，重重地咳嗽了几声，挥手驱散弥漫的烟尘，目光再度望向窗外。刚刚，那从天而降的一剑直接将整个院子都斩了开来，好在沈青竹所在的位置是地表，受到剑气余波的强度不太强，但即便如此，房屋的外侧也已经布满了蛛网般的裂纹。沈青竹看着眼前的景象，不由得有些后怕。只是从天上遥遥斩下一剑，竟然就能做到这个地步？要是那剑再砍偏一点，只怕自己都来不及反应，就被切成了碎块。沈青竹深吸了一口气，暗自思忖起来。刚刚那条狗变成地龙升天的一幕，他看得很清楚，如果没猜错的话，那应该就是神秘的"信徒"第一席，将庄园的地下挖通，从境外带着祭坛回到这里的，应该也是它。他没有想到，传闻中的第一席，竟然一直以一条狗的模样潜藏在庄园之中。幸好他警惕性比较强，在庄园的这段时间没有偷偷搞事情，否则现在只怕已经身份暴露，被拖出去喂狗了。"呓语"的气息也在云层上出现过，也就是说，现在是第一席和"呓语"联手，在和剑圣抗衡？不……那应该不能算抗衡，可能是联手试图在剑圣的面前跑路，所以，现在庄园里只剩那几位"信徒"了？沈青竹的双眸闪烁着微光。

"滋滋滋滋……"他身后一片狼藉的房间中，微弱的电流声响起，在安静的环境下十分突兀。沈青竹的眉头一皱，回头向屋内望去，只见在屋子的角落，一台不知道尘封多久的老式按键收音机突然诡异地运作起来。"滋滋滋……今日最高温度……滋滋……在这里，临唐市广播电台提醒各位车主，喝酒不开车……滋滋滋……"收音机自动在诸多频道之间跳转。

沈青竹双眼微眯，迈开脚步向着那收音机走去。

"姓沈的，你怎么还在这里？"就在这时，一个声音突然从门外传来。沈青竹停下脚步，转过头，只见第十二席正站在那儿，冷漠地看着沈青竹。他看了眼地上正在运转的老式收音机，冷笑一声："不愧是'呓语'大人眼前的大红人，祭坛都被砍了，居然还有闲工夫在这里听收音机？真是气定神闲啊……"

"和你有关系吗？"沈青竹淡淡开口，"对待前辈，你最好放尊重一点，下次再让我听到你喊我姓沈的，我就撕烂你的嘴。"

"喊……"第十二席的眼中闪过一抹不屑，"你和我都是'海'境，谁撕烂谁的嘴……还不一定。要不是你比我早来了那么一段时间，现在坐在第十席这个位置上的，应该是我。"

"是吗？"沈青竹的双眼微眯，眸中闪过一抹异样的光芒，他迈开脚步，一步步向着第十二席走去。现在，"呓语"和第一席都不在，庄园被一剑斩破之后，所有人都陷入混乱之中，正是浑水摸鱼的好时机。他的余光扫过四周，整个走廊，就只有他们两个人，他右手的拇指和中指悄无声息地捏在了一起。他正欲打下响指，角落里收音机的音量突然拔高，低沉而有磁性的男声回荡在房间之中！"欢迎收听今天的临唐故事会，上回书说到，卧底特工拽哥隐姓埋名，潜伏在敌后，找到机会正欲对孽党成员实行暗杀，却被迫停下了动作……因为，他的直觉告诉他，在走廊的拐角，有一个女人正向这里快速地移动。那是孽党行动处的副处长，人送外号'红衣折扇老太婆'的……李狗蛋！"收音机中的男声，在说到最后三个字的时候，明显地顿了一下，语调有些古怪。在听到这段故事的瞬间，沈青竹虎躯一震，即将打出响指的手指突然僵硬。他微微转头，看向角落的那台老式收音机，眼中满是疑惑与不解……

就在这时，走廊的另一边，穿着红色旗袍、手握折扇的第七席突然出现，快步向着这里走来。她看到房门口的沈青竹和十二席，眉头微皱。"你们两个在这里干什么？"

"我们……"第十二席神情有些尴尬。

"我们刚被剑气余波伤到，现在才恢复过来。"沈青竹平静地开口。

沈青竹表面镇定无比，但后背已经惊出了一身冷汗。如果他刚刚真的对十二席出手，就算成功秒杀了他，只怕现在已经被第七席抓个正着。他怎么也没想到，第七席竟然会在这个时候从这里跑出来。那台收音机……沈青竹的余光看向角落的收音机，突然想到了某种可能。

第七席瞥了他们一眼，冷哼一声："现在不是让你们安静养伤的时候，'呓语'大人和第一席暂时不在庄园，第三席陷入昏迷，从席位上说，我就是发号施令的那个人……刚刚有几只老鼠混进了庄园，不过实力并不强，我已经让第九席开始在附近搜索了。你们两个都没有到'无量'，就一起行动，抓紧时间把这群老鼠抓出来。"

第十二席瞥了沈青竹一眼，神情有些不悦，但还是点了点头。沈青竹的眉梢微微上扬，空旷的房间中，那个充满磁性的男声依然在不紧不慢地诉说着故事。"……特工拽哥当然记得，他在舞厅二楼埋下了炸药，所以他的目标就是将李狗蛋骗到二楼，剩下的一切，都交给天意……"沈青竹的嘴角微微抽搐。

第七席和第十二席也听到了这个声音，第七席看了眼角落的收音机，冷冷开口："都什么时候了，还在听谍战故事？赶紧给我去搜！"

还没等第十二席开口，沈青竹就抢先："好，我们来搜一楼和地下室。"

第七席看了他一眼，点了点头："我搜二楼和三楼，抓紧时间。"

第七席身形一晃，化作一道红色的魅影，消失在原地。见她终于离开，第十二席的神色缓和下来，他扫了一眼身旁的沈青竹，丝毫不掩饰自己眼中的厌恶，转头就向某个方向走去。沈青竹默默地走进屋子，将那老式收音机拎在手上，然后跟在第十二席身后。

"滚，我一个人就够了，你自己去别的地方找。"第十二席见沈青竹跟了上来，皱眉道，"我不想看到你。"

沈青竹拎着收音机，嘴角微微上扬："一个人走太危险了，我不放心你啊……"

495

第七席站在二楼的台阶上，目光扫过周围，没有发现什么异样。她迈开脚步，不紧不慢地向前走去。"嗒、嗒、嗒……"高跟鞋的声响在空荡的走廊中回荡，右侧的墙皮早就因年久失修而掉落，裸露出大量的灰色墙砖，左侧的窗户外缠绕着错综的藤蔓，遮挡住了部分的阳光，在走廊中投射下大量的阴影。整个二楼，除了回响的高跟鞋声之外，一片死寂。她没有注意到的是，每当她走出一步，几根青草便悄然从碎裂的地砖间钻出，无声地缓缓生长——青葱，嫩绿，在这片死寂破败的庄园之中，充满了生命的气息。慢慢地，她身后的廊道，逐渐幻化成一片青葱的草地。第七席似乎是察觉到了什么，眉头微微皱起。她停下脚步，回头望去，瞳孔骤然收缩，一个没有双腿的白裙少女正无声地飘浮在她的身后，清冷的双眸静静地望着她，像是一只沉默的幽灵。还没等第七席有所反应，那幽灵便一头撞入她的身体！从这一瞬开始，第七席丧失了对她自己身体的控制权。几乎同时，那铺遍半个走廊的青葱草地如同燎原之火，瞬间占领整个廊道，接连的花苞从草地间绽放，眨眼的工夫，便形成一片摇曳的花海！紧接着，第七席的皮肤表面也开始有花苞绽放。被江洱侵占身体的第七席飞快地从大腿根部的短鞘中拔出一柄短剑，剑尖掉转，闪电般地刺向自己的咽喉！第七席的眼眸中浮现出惊恐之色！在生死之间的恐惧之下，第七席的磁场剧烈扰动起来，那柄即将刺入咽喉的短剑悬停在空中，她整个身体都在剧烈地颤抖，似乎即将挣脱这种附体的状态。

"滋滋滋……她的情绪波动很强，我快跟不上她的磁场变化了。"二楼的某个角落，少女的声音从 MP3 中传来。"嗖——"一个背着黑棺的文静少年从旁边的房间中冲出，掠到即将失控的第七席面前，指尖丝线瞬间缠绕在那柄短剑之上，一股巨力打破由第七席的反抗产生的僵直，直接将剑尖刺入了她的咽喉！"噗——"第七席的皮肤坚韧得超乎想象，剑尖刺在其上，只能堪堪留下一道血痕，而这一剑产生的痛感，彻底引爆了第七席的情绪。江洱的身影被弹了出来。

安卿鱼的眼眸中闪过一抹灰意，他从口袋中摸出一支紫色的试管，甩向第七席！第七席虽然不知道那支试管里装的是什么，但还是侧身闪避了过去，就在试管飞过她的身边之时，一支羽箭突然从走廊的另一端飞出，箭镞精准地撞在了试管之上！"砰——"试管爆开，浓缩的精神污染瞬间将第七席笼罩其中。

"没关系，你拖的时间已经足够了。"安卿鱼推了推眼镜，微笑着说道。此时，姹紫嫣红的花苞已经覆盖住第七席的半边身体，而且还在以惊人的速度吸收着她的精神力和体力，颜色越发鲜艳起来。

"这是……什么……鬼东西……"在"超浓缩精神污染"和"永恒的秘密花园"的双重负面状态之下，第七席的精神力强度开始断崖式下跌，整个人陷入前所未有的虚弱状态，就连意识都开始模糊起来。她知道自己的处境极其不妙，再这样下去，自己恐怕真的会悄无声息地死在二楼！她必须做些什么，就算无法击杀敌人，也要制造出动静，让其他"信徒"赶过来！她用牙齿咬破舌尖，疼痛让她的意识再度清晰起来，抬起手中的折扇正欲有所动作，一个声音悠悠从远处传来："乾坤错乱。"下一刻，她刚刚抬起的折扇脱手而出！猝不及防之下，她的武器……没了。她呆在了原地。片刻之后，她回过神，张开嘴，正欲大喊些什么，还没等发出声音，一股异物感突然从她的喉间涌现。第七席捂住自己的嘴巴，剧烈地干呕起来……随后，一朵白色的鲜花在她的口腔中绽放，堵住了她的嘴巴。她的脸色苍白无比！拖得时间越久，这些花朵长得越多，她的双腿都失去了所有的力气，软软地跪倒在地，目光拼命地在周围寻找着什么。从开始到现在，除了那个背着黑棺的少年，她竟然连其他敌人的影子都没看到！她就像是一只落入陷阱的猎物，独自在苦苦挣扎，而真正的猎手，却在阴影中默默地观望。第七席从来没有如此憋屈过！如果是全盛时期的她，破开这些诡异的花朵并不是什么难事，但现在又是被幽灵附身，又是精神中毒……她拖得时间太久了。她越来越虚弱，而身上的花朵越来越强大。虚弱到一定程度之后，她就彻底丧失了反抗的能力。没有其他人的帮助，她的下场只有一个，那就是彻底被这些花朵抽干精神力，永远留在这座秘密花园之中。第七席匍匐在地，剧烈地喘息着，脸上再没有丝毫血色，就连她眼前的画面都模糊起来……她的心中涌现出前所未有的绝望。

就在这时，一个身影悄然走到了她的面前，第七席艰难地抬起头。那是一个戴着孙悟空面具的身影，面具很卡通，甚至有些滑稽。但在此刻的第七席眼里，这副面具却如同恶鬼般瘆人。他伸出一根手指，轻轻放在了面具的嘴前，做了个"嘘声"的手势："嘘——"

一楼，沈青竹拎着收音机，气定神闲地走在第十二席的身后。收音机中，那道低沉的声音依然在走廊中回响："……代号孙悟空的特工，平静地站在火场之中，低头俯视着奄奄一息的李狗蛋，微笑着做了一个嘘声的手势。李狗蛋瞪大了眼睛，眼中是无尽的恐惧。最终，她停止了呼吸。整个孽党没有人注意到行动处处长李狗蛋，已经悄然无声地死在了舞厅的二楼。接下来……轮到你了。"

沈青竹缓缓停下了脚步。

说完最后一句话后，那低沉的男声便彻底消失，空气陷入一片安静。

"嗯？"突如其来的安静让第十二席有些疑惑，他回过头，看向了身后站定的沈青竹，"你终于把它关了？"

沈青竹摇了摇头："不是我把它关了……是接下来的故事，将由我来完成。"

"啪——"他伸出手，轻轻打了一个响指。

二楼，林七夜伸出手，在干枯的第七席身上一敲，后者的身体顿时像沙块一样碎裂开来，湮没在脚下的青葱绿地之中，消失无踪。而她身上的花朵，在吸收她所有的生命力之后，已经绽放到夸张的地步。林七夜缓缓从地上站起，身前的所有花朵都分解为光点散开，脚下的青葱绿地也随之消失不见。"咦？"在"永恒的秘密花园"消散的瞬间，林七夜明显感觉到一股纯粹的精神力涌入脑海，施展禁墟的消耗被补充，甚至将他的境界提高了些许。他的眼中浮现出诧异之色，那些花朵吸收的生命力和精神力，竟然会分出一部分来反哺自身？从严格意义上来说，这是林七夜第一次使用"永恒的秘密花园"杀人，上一次在西宁，对战009小队的队员时并没有下杀手，所以没有察觉到这个禁墟竟然还有这个作用。林七夜虽然不知道这个女人在"信徒"中的席位，但就凭这"无量"境的精神力，也应该算是名列前茅了，这样的一位强者被秘密花园抽成干尸之后，其生命力与精神力都融入了花园之中。而秘密花园则又抽出了一部分精神力，反哺给林七夜……可以肯定的是，秘密花园这个"中间商"很黑心，吃了一个"无量"境的强者，反哺给林七夜的精神力也就那样，只能说是聊胜于无。这应该只能算是辛苦费。

"还剩几个？"安卿鱼走到林七夜的身边，问道。

"三个。"林七夜将精神力扫过庄园，平静地说道，"一个在和沈青竹交手；另一个是我们上次在百里大楼见过的第九席，现在还在院子里转圈；还有一个在地下的祭坛，刚刚苏醒。"

"他们应该没有察觉到吧？"

"没有，我们做得很隐蔽，全程没有发出声音，再加上胖胖的禁物在一旁隔绝气息，他们根本就没有发现已经损失了一个人。"林七夜摇头。这一次的埋伏，可以说是蓄谋已久。林七夜等人混进庄园之后，就直接来到了二楼，通过江洱的能力联系上沈青竹，让他将一位"信徒"引到二楼，悄然扼杀。如果正面对决，林七夜等人也能杀掉第七席，但问题在于这样一来势必会引起其他几位"信徒"的注意，从而陷入被围攻的境地，所以这次埋伏的第一要义，就是"悄无声息"。无论是江洱的"通灵场"、安卿鱼的"超浓缩精神污染"、林七夜的"永恒的秘密花园"，又或者是胖胖的"万物缴械"，全都是为了在不让第七席发出声音的情况下，将其击杀。

"接下来，最重要的威胁就是地下的那个'克莱因'境的男人，还有在院子中溜达的第九席。"林七夜仔细地感知了一番，"好消息是，那个'克莱因'似乎被剑圣前辈的剑气伤得不轻，气息十分虚弱，我们并不是没有胜算。"

"那我们是先杀他，还是先杀第九席？"安卿鱼问道。

百里胖胖咂了咂嘴："那个第九席……怎么说呢，上次看着感觉还挺顺眼的，要是就这么死了好像也挺可惜。"

"那就先去地下，杀了'克莱因'。"林七夜开口，"只要'克莱因'死了，第九席不过是个'无量'而已，怎么样都能处置。"

"只不过是个'无量'……"曹渊感慨道，"现在，我们的口气都这么大了吗？"

"自信一点，咱毕竟是剑圣的学生，区区'无量'算什么？"

百里胖胖拍了拍他的肩膀："哦对，我忘了，老曹你还是一个'川'境……"

曹渊："……"

"加油啊老曹，连江洱妹妹都'海'境了，你这个前辈有点丢脸啊！"

一旁，飘浮在半空中的江洱低下头，有些不好意思地说道："我的境界不全是自己修出来的……这不能比。"

"不全是自己修出来的？"百里胖胖疑惑地看向她。境界，还能不靠自己修炼？不光是百里胖胖，其他人的眼中也满是疑惑之色。"嗯……发生了一些事情。"江洱似乎并不想在这个问题上多说，含混地过去。众人很识趣地没有继续问下去。

"对了，拽哥那边需要我们帮忙吗？"百里胖胖有些担忧地问道。

"不用。"林七夜的嘴角微微上扬，"看起来，他对暗杀这种事已经很熟练了……"

一楼，死寂无声。无声，并不是因为安静，而是这里传播声音的空气已经被彻底抽干。遍体鳞伤的第十二席像是疯了一般，拼命地向着某个方向冲去，将嘴巴张大到夸张的地步，想要呼吸到新鲜空气，眼眸之中满是惊恐。突然，他的身体像是撞在一道无形的墙壁上，被硬生生弹了回来，重重地摔倒在地，浑身的青筋暴起，表情无声地狰狞着。

沈青竹双手插兜，平静地倚靠在墙边，低头从口袋中抽出了一根烟，用指尖点燃。是的，点燃。他的身边，是这片真空区域中唯一存有空气的地方。"呼……"沈青竹不慌不忙地吐出一口烟圈。第十二席死死盯着沈青竹，突然，他猛地从地上爬起，身上绽放出诡异的乌光，如同利箭般冲向不远处的沈青竹！"砰——"再一次，他被弹了回来。一道无形的高压空气墙，已经彻底将他封锁其中。六百多立方米的空气，被沈青竹压缩成厚度不到两毫米的空气墙，看似是一张薄板，但即便是洲际导弹的轰炸，也能轻松地抵御住，更别说只是一个第十二席。第十二席疯狂地捶击着这道空气墙，无声地咆哮着，似乎是在怒骂着什么。

沈青竹对于他在说什么，丝毫不感兴趣。他只是叼着烟，微笑着看着他，缓缓开口："下辈子，记得对前辈放尊重点。"

"啪——"那两毫米厚的高压空气墙瞬间凝成一束，通过呼吸道，钻入第十二席的肺部，然后轰然爆开。

497

临唐市边境，云层之上，一道巨大的青影掠过天空，双翼用力挥动，卷起狂风，眨眼间就向前闪烁了数百米。那道青影的背上，"呓语"的目光警惕地环顾四周，脸色凝重无比。天空中，除了飘荡的云层，再无其他。周平就像是已经放弃追杀他们，即便他们即将飞出临唐市的边缘，还是没有现出身形。可就算如此，"呓语"也没有丝毫放松，因为那股悬剑于顶的不安与恐惧感，依然让他的身体控制不住地颤抖。看不见周平，反而让他更加恐惧。"叮——"无形的音波从后方传来，一缕剑气瞬间洞穿空间，斩在风脉地龙的左翼之上！"呓语"只觉得一道白芒闪过，风脉地龙便痛苦地嘶吼起来。仅是这一缕剑气，它的左翼就已经被斩下了三分之二，切口平滑无比，鲜血喷溅而出。失去重心的风脉地龙向着一侧倾斜，好在有狂风支撑身躯，并没有直接失去控制，而是摇摇晃晃地继续向前飞去。

又是一声轻响，第二缕剑气呼啸而来。"呓语"回过头，脸色有些难看，身上的黑色燕尾服在风中激荡，他伸出一只手，绚烂而迷幻的光芒从掌心绽放，试图将那缕剑气包裹其中。"噩梦。""呓语"喃喃自语。迷幻的光芒迅速流转，恍惚之中，仿佛有一个光怪陆离的世界在光中诞生，强行吞没了那一缕剑气。站在风脉地龙背上的"呓语"闷哼一声，脸色顿时煞白，鲜血缓缓从嘴角、鼻腔，以及双耳流淌而出。用真实的噩梦强行吞掉这一缕剑气，对他身体造成了极大的反噬。剑圣的剑气，可不是这么好接的。

"嗯？"周平惊讶的声音从空中悠悠传来，他注视着那两道疾驰而去的身影，喃喃自语，"让我看看，你能接我几剑？"

"叮叮叮叮！"连续几声剑鸣掠过天际，溢散而出的剑意直接将路径上厚重的云层撕成碎片，无形的杀机笼罩了整片天空！其中两道剑气主动斩入了那片迷幻光芒之中，硬生生将其斩碎。"噗——""呓语"猛地喷出一口鲜血，脑海就像是被那两道剑气搅成糨糊般，意识都模糊起来，连站都站不稳了。他的七窍都开始流淌黑色的血液。"呓语"的眼眸中浮现出绝望之色。逃不掉的……这样下去，是逃不掉的！

"回头，跟他拼了！！""呓语"的眸中光芒闪烁，咬着牙开口。他脚下的风脉地龙身形一滞，本能地抗拒这道命令，但是在灵魂契约的控制下，它依然选择回过头，嘶吼一声，狠狠地迎着那几缕剑气撞去！它张开嘴，青色的狂风在身前酝酿，随后伴随着龙吟呼啸而出！"魂罡风"将那几道剑气吹得微微荡漾，但丝毫无法减缓它们的速度，庞大的剑气斩在风脉地龙的身上，瞬间留下数道深可见骨的血痕！剑气在风脉地龙的体内肆虐，剧痛让它忘记了飞行的本能，庞大的身体控制不住地向下坠去。它的气息微弱至极。

　　周平见到这一幕，眉头微微皱起，一步跨过空间，来到了下坠的风脉地龙下方。让这么大一条地龙掉回城市，必然会造成大量伤亡，引起恐慌，他不能让这一切发生。"那就，砍到连渣都不剩吧……"周平手握"龙象剑"，双眸微眯，抬头看着天空中坠下的庞大地龙身躯，一声剑鸣响起，剑气潮汐以他为中心轰然爆开。他抬起手，对着上方的风脉地龙，一剑斩出！无数细密的剑气如同海浪拍打在礁石上溅起的浪花，瞬间笼罩风脉地龙的身躯，在如雾般浓厚密集的剑气中，血色开始以惊人的速度蔓延！风脉地龙的每一片龙鳞、每一颗牙齿、每一只利爪，都像是被丢入碎纸机的白纸，被轻而易举地斩成了碎渣。体形相当于半座小山的风脉地龙，诡异地消散在空中。三秒后，风脉地龙的身体已然消失不见。血雾随着微风，缓缓飘散。周平抬头看向另一边，空旷的天空下，再也没有了"吃语"的身影，他的目光微凝："居然跑了……"

　　庄园。沈青竹行走在一楼的走廊间，离开第十二席的死亡现场后，将收音机放在某个窗台上，确认周围没有别人，开口道："能听见我说话吗？"

　　"滋滋滋……"收音机再度运转起来。"可以。"这一次，原本低沉而有磁性的男声已经消失，变成少女的声音。江洱通过调节收音机的磁场，可以自由地控制声线，模拟出任何人的声音。

　　"林七夜他们，也能听见吗？"

　　"嗯，他们就在我身边。"江洱的声音顿了顿，"他们让我向你问好，特工搜哥。"

　　沈青竹的嘴角微微上扬："叙旧的事情等会儿再说，找到第三席在哪儿了吗？"

　　"在地下祭坛的旁边，他已经受了重伤，我们正在赶去的路上。"

　　"受了重伤……"沈青竹若有所思，"第九席呢？你们没有对他下手吧？"

　　"他也在赶去地下祭坛的路上，我们特意避开了他的路线。"

　　"好，我这里距离地下入口最近，我先过去，到时候见机行事。"

　　沈青竹将收音机放在一旁，走入了地下通道之中。

　　周平一剑斩开祭坛之后，整个地下空间都是一片狼藉，空气中弥漫着灰尘，就连视线都有些模糊。沈青竹一边向下走，一边专注地看着四周，朦胧的灰尘之中，那座庞大的灰色祭坛已经被从中央切成了两半，而在那座祭坛的脚下，一个身影正站立在那儿——第三席。沈青竹看到这一幕，眉头微微皱起。祭坛已经被砍废了，第三席还留在这地下，想要做什么？

"喀喀……"脸色苍白的第三席看着眼前的祭坛，咳嗽了两声，随后注意到楼梯那边传来的动静，转头望去，见到是沈青竹之后，脸色缓和了许多。"外面情况怎么样？"第三席问道。

沈青竹犹豫片刻："一切尽在掌控之中！"

498

"剑圣呢？"

"被'呓语'大人和一条龙吸引走了。"

第三席微微松了一口气："那就好，要是他还在，接下来就不好办了……"

沈青竹的眼中浮现出疑惑之色："祭坛不是已经被毁了吗？接下来还能怎么做？"

第三席摇了摇头，看向面前这座被一分两半的祭坛，伸出手，轻轻贴在了祭坛的表面。灰色的祭坛上，那些附着在缺口处的黄褐色不明物体像是活过来了一般，诡异地扭动起来，从原本的缺口上离开，向着中央的那道裂缝涌去。它们爬到中央的断口处，像是具备生命的胶水，将左右两半的祭坛向着中央拉扯，缓缓将祭坛修复成一个整体。沈青竹看着眼前这一幕，愣在了原地。

"这座祭坛，本来就是损坏的，就算剑圣一剑把它砍成两半，也只不过是坏得更严重了一点。"第三席看着那些扭动的黄褐色物体，缓缓说道，"那些黄色的东西叫作'源导体'，序列476，不是什么危险的东西，却是古神教会珍藏的重要禁物。因为它具备绝对的精神力适应性，就像是神秘侧的万能胶水，不管粘在哪里，都能完美地作为精神力导体。就算这座祭坛碎成了渣，只要它还连接在其中，就依然能够发挥作用。现在，只需要再注入两天的精神力，冥神祭坛就能够复苏了……"第三席的眼中浮现出火热之色。

沈青竹的表情微妙起来。

"第三席。"第九席从那道被周平斩开的地面跃下，落在沈青竹和第三席身前，面色有些凝重，"你见到第七席了吗？"

第三席摇了摇头："我一直在地下，之前被剑圣的剑气波及，才苏醒没多久，怎么了？"

"第七席不见了，第十二席也不见了。"第九席皱眉说道，"之前第七席跑过来跟我说，有外敌闯入庄园，让我去院子里搜索，后来我就再也没见过她……小沈，你见过他们吗？"

沈青竹认真地思索片刻，摇了摇头："没见过。"

"咚——"地下空间的顶端突然爆开，滚滚浓烟四起，几道身影稳稳地落在地面之上。第三席和第九席的眉头同时皱起。他们转头看去，只见五道戴着西游面具的身影从烟尘中缓缓走来，有的人背着黑匣，有的人背着黑棺，半空中，还飘浮着一个白色的幽灵。

"看来……第七席说得没错。"第三席冷冷开口，"果然有老鼠闯进来了。"

看到第三席的面孔，飘浮在空中的江洱眸中顿时燃烧起怒火，双拳紧紧攥起。林七夜等人注意到她的表情，同时看向站在中央的第三席。"就是他？"林七夜缓缓开口。安卿鱼的腰间，江洱清冷的声音从MP3中传来："嗯，他就是那个……牵狗的人。"林七夜点了点头，双眸眯起，眼中浮现出澎湃的杀机："放心，他今天，不可能活着走出这里。"

祭坛旁，第三席的目光扫过几人，在第九席和沈青竹的耳边低语："一会儿听我的指令，朝不同的方向撤退。"

第九席的眼中浮现出疑惑之色："撤退？我们不打吗？"

"我现在被剑圣的剑气所伤，实力大打折扣，还是小心为上，反正他们不知道祭坛的秘密，等把他们引开，我们再绕回来，完成祭坛的仪式。"

他的身边，沈青竹思索片刻，郑重地开口："第三席前辈，我觉得这么做不妥。"

"嗯？"第三席看向他。

"他们只有六个人，境界最高的也就是'海'境，而我们这里却有一个'海'境、一个'无量'、一个'克莱因'，从战力上来讲，第九席前辈一个人就能压制住他们，再加上我的'气闯'，一定能打他们一个措手不及，而且第三席前辈你虽然受伤，但发挥出'无量'级别的战力肯定可以，这么一算，就凭他们怎么可能是我们的对手？我们不可能会输，所以，我们没必要跑。"

第九席连连点头。第三席看着沈青竹笃定的模样，也有些犹豫起来。其实从内心深处，他也不觉得这次会输，但是保险起见，还是觉得避免正面冲突比较好……毕竟现在的他太虚弱了。

"而且，如果我们跑了，'呓语'大人回来看到祭坛已经落入他们的手中，会怎么想？"沈青竹缓缓甩出一枚王炸。听到这句话，第三席顿时打消了逃跑的念头。"你说得对。"第三席冷冷看着眼前的几人，"我们不会输，也就没必要跑……杀了他们。"话音落下，第九席和沈青竹同时掠向林七夜等人，眼眸之中充满了杀机！

"一群鼠辈，也敢在我们面前放肆？！"沈青竹恶狠狠地说道。

第九席双手探出，一股强横的螺旋气劲在手掌之上旋转，"无量"境的波动降临战场！由于林七夜等人都戴着面具，所以自然认不出他们就是在百里大楼上，跟他并肩作战的"好兄弟"。事实上就算他认出来了，也依然会对他们出手。他毕竟是一位"信徒"，这是立场的不同。

在林七夜等人出手之前，那道飘浮在半空中的白影率先飞出，一头撞入第九席的身体。第九席的身躯一震，猛地停下脚步，被操控的身体缓缓回过头，看向站在后方的第三席，然后猛地反过来向第三席冲去！看到这一幕，沈青竹先是一愣，随后眼中闪过一抹笑意。他狠狠地瞪着林七夜，抬起手掌，做出一副要打响指的姿势。"今天，我要和你们血战到底！"沈青竹战意昂扬地说道。他对着林七夜眨了眨眼。林七夜想到了什么，抬起一根手指指向沈青竹，一抹黑色的光芒从指尖亮起，双眸浸染上了诡异的黑色。"精神操控！"他理直气壮地大声喊道。

"啊！"沈青竹突然捂住自己的额头，往后退两步，表情剧烈地变换起来。随后，他有些浑浑噩噩地抬起头，僵硬地转头看向了后方茫然的第三席："今天，我要和你血战到底！！"

沈青竹大喊一声，跟着被江洱操控的第九席一起冲向了第三席。原本六打三的局面，瞬间扭转……变成了八打一。第三席看着眼前这匪夷所思的一幕，呆若木鸡。

499

第三席无法理解。他做了这么多年"信徒"，从来没有见过如此诡异的局势。说好的三打六，用境界优势完全碾轧呢？你们的车轱辘都碾到我脸上来了！他不明白，眼前这六个人究竟是何方神圣，哪里来的这么多操控人的手段？眼看着两个队友反水，第三席现在唯一的想法，就是跑路……可惜已经来不及了。那几个戴着面具的身影已经彻底封死他的退路，诡异的青草从地面钻出，一股不祥的预感在第三席的心中蔓延。"啪——"一声清脆的响指在地下空间中回荡。第三席周围的空气被急速压缩，大量的氮气与氧气被分离，随着一缕微弱的火苗蹿出，剧烈的爆炸轰然爆发！熊熊的火光之中，第三席的身形附着上一抹墨色，闪电般冲出，那抹墨色不断地侵蚀着他的身体，就像是一层薄薄的外壳，将他整个人包裹其中。与此同时，他身后的虚无中，九道黑色的旋涡缓缓张开，阴冷而诡异的气息瞬间席卷地下祭坛。

感受到这气息的瞬间，林七夜的眉头微微皱起，这种感觉就像是整个人被泡进了深海之中，令他十分不适。紧接着，其中四道旋涡之中，凝结出四朵黑色的花苞，随着第三席身上覆盖的墨色越发深沉，这四朵黑色花苞开始无声地绽放。其他五道旋涡也有花苞的痕迹流转，但或许是第三席身受重伤的缘故，那五朵花苞仅是浮现片刻，便自动崩碎开来。

"'九阴'？"安卿鱼看到那几朵花苞，双眸微微眯起。

"你认识这个禁墟？"林七夜转头看向他。

安卿鱼点了点头："禁墟序列078，'九阴'，看到他背后的那些花苞了吗？他可以从尸体上提炼出其生前拥有的禁墟，并将其储存，一共可以存九次，但是要求也十分苛刻，储存的禁墟序列不能高于自身，尸体生前的境界不能高于自身，每具尸体只能提炼一次，而且禁墟在储存之后，也只能使用一次。"

"从尸体上扒下别人的禁墟，然后一次性使用？"林七夜若有所思，"听起来，确实很危险……"

"危险与否，要看他提炼的禁墟是否强大。"安卿鱼说道，"好在他现在受了伤，只能调动'九阴'四次，也就是说，他最多只能使用四次不同的能力。"

就在两人商讨之时，第一朵花苞已经完全绽开。第三席的墨色外壳之上，缓缓浮现出一个男人的虚影，他抬起双手，一股强烈的飓风突然从地底涌现！狂风席卷每一个角落，众人的身形都被吹得有些摇晃，而第三席的身体在风的作用下，逐渐悬浮至半空。

"那个影子，怎么感觉那么熟悉……"林七夜看着墨色外壳上映照的男人虚影，似乎在思索着什么。

"在使用'九阴'记录下的禁墟的时候，会显现出它原本主人的模样。"安卿鱼转头看向林七夜，"你认识他？"第三席双手之间，一只风眼正在逐渐形成。林七夜细细思索了片刻，表情逐渐古怪起来。"嗯……不光我认识，我想这里不少人都认识，而且……"林七夜转头看向沈青竹，"破解这个禁墟的人，也在这里。"

那个禁墟，林七夜当然不会忘，在沧南的时候，这个禁墟可是差点摧毁了半座城市。禁墟序列079，"大风灾"。而它的主人，叫韩少云。沈青竹看到那熟悉的风眼，表情也同样古怪起来。

半空中，第三席掌间的风眼越来越庞大，其中蕴含的能量也在以惊人的速度叠加，墨色外壳之下，他的嘴角微微上扬。"这都是你们逼我……嗯？""啪——"第三席的话音未落，一声响指就突然从半空中传出。刹那间，第三席掌间的风眼就消失无踪。

第三席："……"

他低下头，只见沈青竹正默默地看着他，打完响指的右手还悬在半空中没有放下。片刻之后，沈青竹似乎察觉到自己的演技有些松懈，脸色顿时浮现出挣扎的表情，双眸控制不住地颤抖。"我今日……要与你们……血战到底！"

第三席肺都快气炸了，按捺住一巴掌拍死沈青竹的冲动，将身后的第二朵花苞绽开。这一次，他的身上浮现出一个未知女人的身影。密集的雷霆游走在空气之中，像是一条条银蛇狂舞，第三席的身形一晃，整个人便化作一道电光消失在原地。下一刻，他便来到林七夜的身前。密集的雷光涌现在他的手中，像是握着一根粗壮的雷霆长鞭，猛地甩向林七夜的面门！

林七夜的瞳孔微缩，反向召唤魔法瞬间张开，凭空消失在原地。早在开战之前，他就将两柄被夜色侵蚀的直刀潜藏在黑暗之中，如今他有了"斩白"和"祈渊"，那两柄直刀的作用也开始向辅助的方面靠拢。林七夜的身形闪现到直刀旁的刹那间，他迅速回过身，手中的"斩白"在虚空中对着第三席遥遥一斩！在无视距离的"斩白"面前，无论林七夜在哪里挥刀，都能伤到第三席。一抹雪白的刀芒划过空间，斩在那墨色外壳的背后，却只是留下一道不深不浅的斩痕。毕竟是面对一位"克莱因"境强者，即便已经重伤，但想打破他的防御，依然不是这么容易的事情。

就在此时，一道深蓝色的身影从地面腾跃而起！迦蓝手握金色长枪，黑发在狂风中飘扬，她的目光紧盯着半空中的第三席，枪尖骤然刺出，一道粗壮的金色光柱洞穿了空气，直接将地表轰开一个大洞，直冲天际！"刺啦——"第三席的身形在雷光中跃动，眨眼间便闪现到迦蓝的背后，双手抱拳如同一把巨锤，卷携着无尽的雷光重重地砸在迦蓝的后背！"咚——"迦蓝的身影被径直砸入地面。第三席低头看着被他砸出的深坑，嘴角浮现出一抹冷笑："第一个……"

500

"砰——"大量附着冰霜的藤蔓破开地面，以惊人的速度掠向半空，像是一条雪白的冰藤之蛇，张开巨嘴，滚滚寒气奔涌而出。在这冰藤之蛇的背上，安卿鱼背着黑棺，目光紧紧锁定了第三席，眼眸之中灰芒闪动。第三席冷哼一声，伸手向着那条冰藤之蛇遥遥一指。数道狰狞的雷霆汇聚成一柄刺目的雷光长剑，瞬间洞穿空气，拖着一缕电芒刺入冰藤之蛇的口中，汹涌的雷光游走在藤蔓表面，将其从中央击碎。

安卿鱼的神情没有丝毫的改变，对着身下的冰藤缓缓开口："他记录下的所有禁墟，都需要借助那一层墨色外壳施展，只要将它打碎，'九阴'就会彻底失效。"

"嘿嘿，了解。"一个声音从溃散的冰藤之蛇中传出。"嗖——"一个披着青玉盔甲，周身环绕着九件禁物的身影从溃散的冰藤中飞出，褴褛的灰色披风闪过一道微光，百里胖胖化作一道影子，径直飞向第三席的面门。他伸手在九件禁物中一抓，将一只羊角抓在手中，对着第三席轻轻一拍。黄道十二宫，"白羊"。羊角的尖端绽放一抹白光，无视护甲直接落在第三席的肩头，一朵血花瞬间在空中迸溅！第三席吃痛，墨色外壳之下的表情微微扭曲，还没等他有所动作，一道深蓝色的身影再度从地面的深坑中飞射而出。迦蓝手握"天阙"，如箭般冲上半空，枪尖一点，刺目的金色光柱再度闪耀！"刺啦——"千钧一发之际，第三席的身上再度爆发出一道电光，整个人消失在原地。等到他站稳身形，看向迦蓝的眼中已经满是震惊。她怎么还活着？刚刚捶在她身上的那一击，第三席可是消耗了大量的精神力，就算是其他"克莱因"吃下这一招，不死也得落个半残……她怎么跟个没事人一样？！

"至暗侵蚀。"夜色中，林七夜伸出手，对着第三席轻轻一握，地面上被黑暗浸染的碎石、钢筋全部飞起，在他身前汇聚成三枚圆锥，静静地悬浮在空中。与此同时，一抹淡金色的光芒在这三枚圆锥上绽放。"凡尘神域。"他右手的"祈渊"长剑抬起，在这些被附着了"奇迹"特性的圆锥上一点，恐怖的动能爆发，这三枚圆锥瞬间洞穿空间，在刺耳的音爆声中呼啸而出！第三席化作电光，轻松地避开这三枚圆锥的飞行轨迹。然而，好巧不巧地，其中两枚圆锥的飞行轨迹相交，在半空中互相碰撞，爆开的碎渣如同子弹般飞射而出，卷携着恐怖的动能撞击在一旁的第三席身上，将那具墨色外壳撞出了数十道凹陷。他的身上，那道女人的虚影模糊起来，周围的雷光也随之暗淡。

第三席的脸色阴沉无比。正如安卿鱼所说，他记录下的禁墟必须以这具墨色外壳为媒介施展，如果这具外壳受到的损伤太过严重，"九阴"就会被迫中止。该死！要是全盛时期，只要三朵黑花同时绽放，这几个家伙一个都别想活着离开这里！第三席心中怒骂。

沈青竹注视着第三席狼狈的身影，嘴角浮现出一抹笑意。就在这时，一枚黑色的戒指混杂在飞溅的碎石之中，径直朝他飞来。沈青竹一愣，伸手接住了这枚戒指。"断魂刀？"沈青竹抬头看向角落里那个戴着猪八戒面具的身影，后者背对着他，右手背在背后，偷偷比了个"耶"的手势。沈青竹目光扫过周围，确认第三席和第九席都没有注意到自己，闪电般地将这枚戒指又戴回中指，然后装作苦大仇深的模样，一边神神道道地念叨着什么，一边冲向第九席。

江洱对第九席的附身已经拖到极限，恢复自由的第九席，开始攻击飘浮在空中的江洱。然而，无论他如何攻击，都无法触碰到没有实体的江洱。他眉头微皱，最终还是改变了目标，开始追杀背着黑棺的安卿鱼。"轰——"他身前的空气被骤然压缩，随后剧烈的爆炸让他只能停下身形。第九席回头看向一侧，见沈青竹双眸通红，疯疯癫癫地往这里跑过来，脸色顿时凝重起来。"你也被精神控制了吗……"他犹豫片刻之后，还是放弃追击安卿鱼，转而去解救"被操控"的沈青竹。一般来说，针对这种被精神操控的情况，有许多种解决方式，比如直接解决施术者，或者利用外界的因素唤醒被操控者的意识，对于现在的局势而言，第九席想要追上机动性极强的林七夜，难度很大。所以，他只能想办法唤醒沈青竹自己的意识。其中最有效的方法，就是重启他的意识……也就是将他打晕。

第九席脚踏螺旋气劲，澎湃的精神力激荡，他盯着沈青竹通红的眼睛，双拳紧攥，青筋暴起。沈青竹的嘴角微微抽搐。他接连打了两个响指，两道高压空气墙横在他与第九席之间，但在第九席极具杀伤力的双拳面前，还是被接连轰爆！和第十二席不同，第九席和沈青竹之间，有着绝对的境界差距。当第九席认真起来，沈青竹很难赢得了他，更何况沈青竹本身就不想对他使用杀招。

见沈青竹陷入危局，曹渊飞快地向这里冲来，就在这时，一道诡异的绚烂光芒在第九席和沈青竹的周身绽放！沈青竹只觉得眼前一花，一阵仿佛天旋地转的眩晕感之后，周围的一切又都安静了下来。第九席的拳头在他的眼前急速放大！"砰——"沈青竹的身形被打得倒飞而出。这一拳，第九席当然收力了，本意不是伤害沈青竹，而是想将他从精神控制的状态打出。打飞沈青竹的第九席环顾四周，不知何时，这片地下空间就只剩下他和沈青竹两个人。那群戴着面具的人，还有第三席，全都消失无踪了。

"这里是……噩梦空间？"第九席像是想到了什么，眼中浮现出一抹喜色，回头看向身后的那座祭坛，只见在祭坛的顶端，一个浑身是血、穿着破烂燕尾服的男人正坐在那儿，脸色苍白无比。"'呓语'大人！"

501

"嗯？"这一道绚烂光华的出现，顿时吸引了所有人的注意。原本还在战斗的沈青竹和第九席已然消失不见，而与之一同不见的，还有坐落在地下中央的那座破碎祭坛。这突如其来的异变让林七夜微微皱眉，虽然不知道具体发生了什么，但绝对不是什么好事。那道绚烂的诡异光华将两人连着祭坛带走，将原本即将脱离危险的沈青竹又带了回去。

反观第三席，看到这道光芒的瞬间，嘴角浮现出一抹冷笑。"'呓语'大人回来了……今天，你们一个也别想跑！"他抬起手臂，身后的四道旋涡中，剩下的两朵含苞待放的黑花迅速绽开。连续两道人影浮现在墨色外壳表面，与原本的女人虚影重叠在一起。"嗡——"低沉的嗡鸣声从庄园内传出，随后便是一阵令人牙酸的刺耳嘎吱声，大量的钢筋混杂着形状各异的金属物件，冲破厚重的墙壁，飞旋至半空中，像是一片圆形的漆黑云层般徐徐旋转。

与此同时，原本明朗的天空迅速灰暗下来，一抹黑芒以第三席为中心，眨眼间席卷了整个庄园。院中，一颗颗细小的碎石飘起，玻璃也开始随之飘起，院中角落的水洼荡起一阵涟漪，像是被颠倒过来一样，诡异地向着天空倒流。地砖、沙发、汽车，就连庄园的尖顶都与墙体断裂，缓缓向着空中悬浮起来，失重感笼罩了所有人的身体。林七夜的身体控制不住地向天空飘浮，重力的存在像是被彻底抹去，失去着力点的他只能缓慢而迟钝地悬浮在空中。

"操控金属，还有控制重力？"安卿鱼眉头微微皱起。

半空中，第三席的周身雷霆跃动，泛着灰芒的左手操控着禁墟范围内的所有金属，泛着黑芒的右手操控着禁墟范围内的重力，整个庄园的法则像是被他玩弄在股掌之间。

"这就是'克莱因'……"林七夜的眸中浮现出凝重之色。

"他的这种状态持续不了太长时间。"安卿鱼注视着他的身影，推了推眼镜说道，"他的身体本就被重伤，现在强行调动这么多禁墟，必然伤及本源。"

"他为什么要这么做？"

"自从'呓语'将沈青竹和祭坛带走之后，他就像是疯了般不计后果地释放力量，如果我没猜错的话，他是在替'呓语'拖延时间。"安卿鱼若有所思。

"拖延时间……"林七夜看向沈青竹原本站立的地方，"他们，究竟想做什么？"

噩梦空间。沈青竹艰难地从地上爬起，晃了晃脑袋，那股强烈的眩晕感才被驱除少许。

"小沈，你醒了吗？"第九席走到他的面前，皱眉问道。沈青竹看了看他，又看了看不远处的"呓语"，默默点了点头："嗯，摆脱那种状态了。"刚刚第九席的这一拳，确实打得他有些发蒙，但这并不妨碍他认清现在的局势，"呓语"在这里，可就不是装模作样就能蒙混过去的情况了。他揉了揉自己的太阳穴，四下环顾了一圈。这里还是那处地下空间，祭坛也还是在原来的位置上，头顶的巨大剑痕依然存在……区别在于，林七夜他们和第三席的身影都消失了。

"这里是哪儿？"他疑惑地问道。

"是我张开的噩梦空间。"祭坛上，"呓语"虚弱的声音缓缓传来，"我用我的禁墟把你们和这座祭坛都拖入了噩梦之中，虽然这里看起来和外界一样，但其实已经是不同的空间。"

"这里是梦？"

"是梦，也不是。""呓语"缓缓从祭坛上站起，轻挥右手，那件满是血痕与伤口的燕尾服凭空消失，随后又有一件整洁如新的燕尾服穿在了他的身上，"这里发生的一切，都能对现实世界造成影响，这里……是真实的噩梦。"

"那第三席呢？他为什么没有进来？"第九席疑惑地问道。

"我们需要有人拖住时间。"

"拖住时间？"沈青竹敏锐地抓住了关键，"我们要做什么？"

"呓语"苍白的嘴角微微上扬，他指了指自己脚下的祭坛："当然是，复苏这座祭坛，引导冥神降世。"冥神降世……沈青竹的眼中不易觉察地闪过一抹光芒。

"但是，这座祭坛中的精神力还没有灌满，还需要至少两天的时间。"第九席沉吟着开口，"而且现在第三席、第七席和第十二席不在，所需要的时间可能会更长，我们有这多时间吗？"

"没有。""呓语"平静地说道，"但是，我们还有别的办法。"

"第九席，你上来。"听到"呓语"喊自己，第九席的眼中浮现出疑惑，但在灵魂契约的作用下，他依然迈开了脚步，轻轻一跃便跳上了祭坛的顶端。

"'呓语'大人，有什么我可以帮忙的？"第九席微微躬身。"呓语"注视了他许久，缓缓开口："第九席……不，何林，你跟了我多少年了？"

"十一年了，'呓语'大人。"

"十一年。""呓语"看着他的眼睛，眼中浮现出感慨之色，"我还记得，我第一次看见你的时候，你还是个郁郁不得志的年轻人，明明身负强大的力量，却自甘在这肮脏的社会中沉沦……"

"是的，'呓语'大人。"第九席像是回忆起了什么，目光有些无奈，"如果没有遇见您，我或许已经饿死在街头了。"

"我记得，你当时很喜欢看《水浒传》。"

"您的记性真好。"

"呵呵，因为你对我说过，我是你的宋江。"

"是的，您在我的心中，一直都是宋江。"

"那么……""呓语"嘴角的笑容逐渐收敛，"你，愿意像梁山的好汉一样，为我这个宋江去死吗？"

第九席愣在了原地："'呓语'大人……"

"何林。""呓语"平静地说道，"这座祭坛所缺失的精神力，正好相当于一位'无量'的精神力，只要你死了，下面的这些'源导体'就会将你的精神力全部吸收，冥神祭坛也会就此发动。为了'信徒'，为了我……去死吧。"

第九席怔怔地看着"呓语"的眼睛，许久之后，长长地叹了一口气："'呓语'大人。"

"嗯？你还有什么遗言吗？"

"您，还真是一点没变。"

"哦？怎么说？"

"您还是和十一年前一样……不喜欢看书啊。"

这莫名其妙的一句话，让"呓语"有些摸不着头脑。

"宋江，从来不是什么好汉，他只是一个伪君子而已……你，也是如此。"第九席伸出手，闪电般地掐住了"呓语"的咽喉！他的嘴角，浮现出一抹笑容："对不起，我尊敬的宋江大人……我是个卧底。"

502

沈青竹目瞪口呆。同样目瞪口呆的，还有被第九席掐住脖子的"呓语"。"这不可能！""呓语"的眼中满是难以置信，"你被我种下了灵魂契约，不可能背叛我！"

"灵魂契约……"第九席的眼中浮现出一抹笑意，"那东西，其实没有你想象中的那么好用，在那位大人的神识面前，实在有些脆弱不堪。"

"神识？""呓语"的眉头紧皱，"那是什么东西？"

"会长大人的独门手段，说了你也不会懂的。"

"会长？你不是守夜人的人？"

第九席摇了摇头："不是。"

"大夏除了我古神教会，还有什么会？"

"古神教会？大夏的毒瘤而已。"第九席的嘴角微微上扬，"你们的格局太小了，你不妨把目光放得再长远一些，比如……大夏之外？"

"呓语"皱眉："我不相信在迷雾之中还能有什么势力存在。"

"所以，毒瘤只能是毒瘤。"第九席冷笑。

"你在我身边潜伏这么久，究竟有什么目的？"

"为了在适当的时候，将这颗毒瘤戳破。"第九席有些遗憾地摇了摇头，"只可惜，古神教会只收神明代理人，所以我只能加入'信徒'，监视你们的一举一动。"

"就凭你一个'无量'？"

"'无量'又怎么样？现在不是照样捏着你的喉咙吗？"第九席缓缓开口，"有时候，耐心比实力更加重要。"

"十一年……你的耐心确实很恐怖。"

"但是我没想到，你居然偷偷让第三席和第一席去杀光了008小队。"第九席的眼睛微眯，"我之前还在疑惑，明明我已经暗中留下记号提醒008小队那么多次，为什么守夜人还是一点动静都没有……"

"呓语"凝视了他许久，眸中浮现出一抹冷意。"何林，我必须承认，你的身份让我十分意外……但如果你觉得你已经赢了，未免有些太天真了。'灵媒'小队追杀了我那么长时间都没能杀死我，我又怎么会这么轻易地死在你手里？"话音落下，他的身形开始诡异地淡化，就像是被微风吹散的烟气，消散在半空中。第九席的眼眸一凝，他几乎是条件反射般地回过身，雄厚的螺旋气劲从掌间爆出，向着那道穿着黑色燕尾服的身影击去！"别忘了，这里……是我制造的噩梦。""呓语"向前一步踏出，身形刹那间虚化，那两道螺旋气劲触碰到他的身体，宛若无物般透体而过。下一刻，他便来到第九席的身前。那只戴着白色手套的手掌，轻飘飘地按在了第九席的胸前，就像是一把大锤撞在白纸之上，第九席的胸口瞬间便塌陷了下去！"噗——"第九席猛地喷出一口鲜血，重重地摔落到祭坛的边缘，鲜血流淌，逐渐汇聚成一小片血泊。

"呓语"闷哼一声，黑色的鲜血再度从他的七窍流淌而出，脸色苍白如纸，就连走路都开始微微摇晃起来。再度调动这么多力量，让"呓语"本就支离破碎的精神力雪上加霜，残余在他体内的剑气再度肆虐起来，切割着他的内脏。

"该死……""呓语"的眼前有些模糊，他一边向重伤的第九席走去，一边喃喃自语。祭坛的边缘，第九席看着逐步走来的"呓语"，双眸冰冷无比。"呓语"的脸上浮现出迟疑之色。他现在的状态，是真正意义上的油尽灯枯，很难再施展一次逃生能力，要是第九席拼死也要杀他，说不定真的会让他得手。就在这时，"呓语"像是想到了什么，嘴角微微上扬。"看来，不用我亲自出手了……"他转过头，不知何时，沈青竹已经从祭坛下跳了上来，站在"呓语"的身边。

"呓语"伸出手，微微颤抖着指向第九席，沙哑开口："沈青竹，替我杀了他。现在，'信徒'基本已经全灭了，但只要我还活着，'信徒'依然能够重组。正如我之前和你说的那样，崭新的时代就要开始了，而你……注定是带领所有'信徒'走向辉煌的那个人。杀了他，你就是'信徒'的第一席。"

沈青竹凝视了他片刻，点了点头："好，我知道了。"

他转过身，背对着"呓语"，迈步向着躺在地上的第九席缓缓走去。

第九席抬起头，注视着这个年轻人，满是血痕的脸上浮现出一抹淡淡的笑容。

"你还有什么遗言吗？"沈青竹平静地问道。

"没有。"

"真的没有？"

"嗯。"

"如果你实在没有遗言的话，我给你想一个怎么样？"

"说说看。"

沈青竹深吸一口气，大声喊道："海绵宝宝！我们去捉水母吧！"

当他嘹亮的声音回荡在地下空间的瞬间，站在他背后的"呓语"一愣，随后双瞳控制不住地颤抖，表情剧烈地挣扎着！一直被他死死压在心底的某两个灵魂，前所未有地雀跃起来！那一瞬间，"呓语"再也无法维持意识的清醒，仅存的理智彻底崩溃。他高举双手，脸上浮现出激动的潮红，大声地喊道："好的！派大星！我们去捉水母！"

"唰——"沈青竹刹那间转过身，精神力尽数灌入被他捏在手中的黑色戒指中，然后用力掷出！一柄黑色的灵魂长刀从戒指中延伸而出，瞬间洞穿空间，刺入"呓语"的心脏，一刀断魂。"呓语"双手依然高举，脸上激动的笑容凝固，就像是尊滑稽的雕塑，被定格在原地，双眸涣散开来，彻底失去了神采。沈青竹并没有松懈，而是一步踏出，凌空打了一个响指。"啪——"熊熊烈火自"呓语"的脚下燃起，眨眼间覆盖他的全身，烈火舔舐着"呓语"的身体，噼里啪啦的声音在死寂的地下空间回荡。这不仅是为了补刀，更是为了烧掉他的尸体，防止精神力流淌进祭坛内部，补全最后的一部分精神力。"咔嗒！"清脆的破碎声突然传出，周围的虚空寸寸爆碎，这片噩梦空间开始逐渐消退。沈青竹的嘴角控制不住地上扬，直到此刻，他才敢真正确定，"呓语"死了。他杀的。

503

噩梦空间缓缓破碎，周围的环境正在不断扭曲，在虚幻与现实之间交错。沈青竹捡起地上的那枚戒指，向着祭坛边缘的第九席走去。第九席仰面躺在那儿，身下的血泊向着周围逐渐漫延，他侧过头，看着走来的沈青竹，苍白的双唇勾起淡淡的笑容。

"你怎么样？"沈青竹看着他身下的血泊，皱眉问道。

"暂时还死不了。"第九席虚弱地回答。

沈青竹的神情微微放松，走到第九席身边坐下，从口袋里掏出两根烟，递给第九席一根。"你是想让我死得更快吗？"第九席幽幽开口。

沈青竹默默地将两根烟一起放回了口袋："我是怕你扛不住，想让你清醒一点。"

"不用动用能力偷偷增加我周围的氧气浓度，我说了，这点伤，我还死不了。"

"哦。"沈青竹耸了耸肩，"你早就知道我是卧底？"

"说实话，你的破绽有点多。"

"比如？"

"你太善良了。"第九席缓缓开口，"在林子里，你偷偷救下了百里涂明，在百里大楼的时候，你又帮那群年轻人解决了'挽歌'，甚至还不惜冒着被左青干掉的风险，去替他们击杀百里辛。还有，你在给祭坛灌精神力的时候演得实在太假了，有没有真的透支精神力，我一眼就能看出来。"

"所以，在院子里被我弄晕，也是故意的？"

"我连续出去采购了那么多次，都没能联系上008小队，只能看看你有没有什么奇招了。"第九席看了眼头顶的那道剑痕，"只是没想到，你的奇招居然这么生猛……"

"那你在夜店跟我说的那些故事都是假的？"

"半真半假吧。"第九席顿了顿，"前半段，基本都是真的，后半段是我给自己准备的故事背景。"

"……故事背景？"

"要不然怎么说，你的演技还不行呢？给自己的人设都没有准备完善，如果不是'呓语'对他的灵魂契约太过自信，还有我给你打掩护，估计你的身份早就暴露了。"

沈青竹想到第七席对自己的几次试探，无奈地叹了口气。确实，他为了彻底消灭"信徒"，有些急功近利了，如果不是第九席一直罩着他，他的身份真的有可能暴露。

"不过，这些都不重要了。"第九席看着虚幻之中逐渐出现的林七夜等人的身影，微笑着开口，"你行走在黑暗中的时间，已经结束了。你可以回到光明中了。"

"那你呢？"沈青竹转头看向他。

"还不知道。"第九席摇了摇头，"我想出去找会长，但是我又没有在迷雾中行走的能力，只能等他们回来……不过这样也好，反正我现在攒的钱已经够我挥霍了，就算天天去泡夜店找小姐，也够我玩个六七十年。"

沈青竹看着第九席认真的模样，默默地把原来准备吐槽的话又憋了回去。

"砰——"只听一声轻响，周围的噩梦彻底破碎，在战斗中被搅得一片狼藉的庄园再度出现在了两人的面前。在这个瞬间，强烈的失重感笼罩了沈青竹和第九席。沈青竹的身体自动飘了起来，而第九席则随着身下的祭坛，也开始向着天空飘浮。"这是……"沈青竹眉头微皱，抬头望去。大块的巨石飘浮在天空中，在钢铁云层的中央，一个浑身笼着电光的身影悬浮在那儿，他的周围不断有身影踏碎脚下的巨石，借助作用力冲向天空。一道刺目的金色光柱冲破天空，第三席身形化电，不断地在空中转向，避开这些攻击，伸手轻轻一招，便有大量的金属暴雨从天空中的钢铁云层坠下。

"乾坤错乱！"百里胖胖的脚下，一张庞大的阴阳八卦图展开，他的手像是抓住了虚空中的某个按钮，向着反方向骤然旋转。漫天的金属残片，刹那间定格在空中。缴械！

与此同时，一抹夜色迅速浸染整片天空。林七夜左手缓缓握拳，那些被定格在空中的金属残片尽数被黑暗侵蚀，像是麻花般扭曲起来。随后他抬起右手的白色长刀，凌空接连挥刀，雪白的刀影在林七夜的身前交织，只听一声声刀鸣，空中的上百枚金属残片，瞬间被斩成了细密的残渣，弥散在空中。第三席眉头微皱，正欲做些什么，身体突然一震，能清晰地感觉到，在他的灵魂深处，某个与他紧密相连的契约，悄然化开。紧接着，他的灵魂开始急速地枯萎，脸色顿时苍白无比。"'呓语'大人……怎么可能……这怎么可能？！"第三席当然知道这种异变意味着什么，他的眼中浮现出前所未有的惊恐之色。灵魂契约一旦签订，他的灵魂就已经完全和"呓语"绑定了，无法背叛，无法脱离，一旦"呓语"的灵魂被抹去，他自然也会随之消失。"呓语"死了？！他猛地低下头，只见那座残破的灰白祭坛正因失重，从地底缓缓升起，而祭坛上还躺着一个重伤的第九席。沈青竹则脚踏空气，凌空向着这里赶来。他没有看到"呓语"的身影。可是……为什么第九席和沈青竹没事？！他呆呆地看了第九席和沈青竹片刻，才想到了某种可能，眼眸浮现出强烈的不甘与怒火！

"你们是卧底？！"他瞪着沈青竹，近乎嘶吼着开口，"你们杀了'呓语'大人？！"

"嗡——"他背后的九道黑色旋涡一震，逐渐崩溃，而干扰着整个战场的重力，也紊乱起来。悬浮在天空中的钢铁云层，也在逐渐向下坠落。第三席的灵魂已经开始枯萎，精神力也随之崩溃，这些禁墟自然也无法再持续下去。沈青竹双眼微眯，没有否认。到了现在这个地步，一切，已经不需要掩藏了。

"该死！该死！你们杀了他！我也得死！！"第三席的面孔狰狞无比，就像是一个被推上了绝路的恐怖分子，身体都因狂怒颤抖起来，他的目光扫过周围，最终落在那座灰白色的祭坛之上，又像是想到了什么，眼眸中浮现出疯狂之色，"我死了……你们一个都别想活！！"

504

看到他这副模样，第九席的瞳孔骤缩。他忍着身上的剧痛，对着天空中的众人喊道："拦住他！别让他接近祭坛！"话音未落，第三席抬起手，重重地向下一拍，罩着整个庄园的重力场瞬间扭转，重力在原来的基础上骤增二十倍。原本还处在失重状态下的众人，就像是被一只无形的大手拍中，直接被砸落地面！与此同时，那悬浮在天空的厚重钢铁云层，也骤然坠下，巨大的阴影瞬间笼罩了整个庄园。

"迦蓝！"被重力压在地面的林七夜眼看着那座近千平方米的钢块砸落，突然大喊，"天阙"长枪刺出数道残影，金色光柱瞬间将急速坠落的钢铁云层捅出了几个大洞，恰好将几人的身影笼罩进去。"轰——"钢铁云层砸落在地，将整个庄园砸塌，周围的一切都被夷为平地，只有林七夜几人依然还站在原地。他们的身形没有丝毫停滞，急速冲上天空，向着那道电光追去！然而，第三席的速度实在是太快了。还没等众人接近，第三席已经俯冲到祭坛的正上方，周身的雷霆跃动，没有丝毫减速，继续向前冲去。他的嘴角浮现出狰狞的笑容："都得死！"电光消散，他以惊人的速度，毫无防备地一头撞在了祭坛顶端！"砰！"一声闷响传出，血色的花朵在祭坛之上迸溅。血肉模糊的第三席倒在祭坛之上，潺潺鲜血顺着祭坛的裂缝漫延，流淌进那些黄褐色的"源导体"之中，散发着淡淡的灵光。

"糟了……"第九席喃喃自语。下一刻，恐怖的黑色光柱突然从祭坛的顶端爆出，径直冲入云霄，明朗的天空顿时以肉眼可见的速度暗淡下来，一股阴寒至极的气息在天地之间蔓延。

天空之上，御剑而来的周平见到这一幕，表情凝重了起来。

"祭坛不是已经被毁了吗……"他看着那道仿佛高到没有尽头的黑色光柱，眉头微微皱起，"这下子，事情麻烦了。"

以这道黑色光柱为中心，与大地对立的天空之上，漆黑诡异的城市虚影被勾勒而出，像是镜面般倒悬于云巅，在以肉眼可见的速度凝实。浓郁而阴寒的死气从倒悬的诡异城市倾倒而下，让人如坠冰窟！阴风席卷，林七夜等人看着头顶的那座倒悬城市，脸色阴沉无比。

"最终，还是让它复苏了……"

沈青竹背着重伤的第九席走到一旁，将其轻放在地上，后者看着天空，脸上浮现出苦涩。"那到底是什么？"沈青竹疑惑地问道。

"冥神祭坛，自然就是用来召唤冥神的东西。"第九席缓缓开口，"你们知道奥西里斯吗？"

听到这个名字，林七夜的眉头顿时皱起："埃及的九柱神之一，冥神奥西里斯？"

林七夜当然知道这个名字，这也不是他第一次听到。在鄗都的时候，他得知了酆都破碎的真相，而奥西里斯……便是当年夺走酆都碎片的四位外神之一。

"没错。"第九席用下巴指了指悬浮空中的那座灰白色祭坛，"那个，就是召唤他的东西，我们头顶倒悬的那座城市，就是他的……幽冥死界。"

"可是，召唤埃及冥神的祭坛，怎么会出现在临唐？"百里胖胖不解地问道。

"一开始我也不清楚，但现在，我已经想明白了。"第九席闭上了眼睛，"应该是那条风脉地龙，在境外将那座祭坛吞到了肚子里，然后通过地底回到大夏，将其运送到了临唐市……"

"为什么一定要是临唐市？"

"不知道，但可以肯定的是，古神教会想利用这座祭坛，绕过大夏边境的那些守卫力量，直接召唤出冥神奥西里斯，摧毁现有的秩序，以此来缔造出他们所追求的黑暗邪神时代……"

"引狼入室？"百里胖胖皱眉骂道，"古神教会，真不是东西。"

"被一群邪神操控的组织，为了达到目的，当然会不择手段，他们就是大夏的毒瘤。"第九席喃喃自语，"只可惜，已经拼到了这个地步，还是没能成功阻止……"

曹渊沉吟片刻："但是，他们这么做似乎并没有意义？既然冥神降临在大夏境内，那大夏神肯定不会置之不理，就连洛基和因陀罗都只能在大夏栽跟头，一个冥神能翻出什么风浪来？"

"我也很奇怪，既然明知这里有大夏神坐镇，奥西里斯又怎么会回应召唤，独自降临这里呢？赶着来送死吗？"第九席的眉头皱得更紧了。

天空中，那倒悬的幽冥死界越发凝实，整个临唐都已经陷入黑暗，没有丝毫的光线能透过那座黑色的城市降落在地表，明明还是深秋，温度却已经骤降到了零下八九摄氏度。要知道，这里可是南方。浓郁的死气在天空中翻滚，这座幽冥死界的中央，也有一座灰白色祭坛的倒影，黑色的光柱将两半祭坛相连，就像是一面镜子，将地面的城市彻底翻转了过来。隐约间，一个披着苍白外衣、腰间束着金带的干枯身影，从黑色的光柱中走出。他的眼眶深凹，皮肤没有丝毫血色，黝黑而干裂，像是已经死去许久的尸体重新复活，手中握着金色的曲柄杖，散发着诡异的幽光。他凌空站在镜面的最中央，头顶是真实的现代世界，脚下是漆黑诡异的幽冥死界。完整而强大的神明威压，骤然降临！

这不是在酆都的时候，降临的阎摩分身那个级别，这是一尊真正的全盛时期的埃及冥神本体。他的目光扫过头顶的现代世界看向了远方，那双没有眼珠的双眸泛着诡异的苍白，似乎洞穿了空间，搜索着什么。"我，伟大的幽冥主宰，执掌着死亡与永生权柄的冥神奥西里斯，已经来到了这里……大夏神，你们……在哪儿？"

"叮——"一道清脆的剑鸣在空中回响，下一刻，一个身穿黑色衬衫、身背剑匣的男人凌空站在他的身前。微风吹起他衬衫的一角，他缓缓抬起头："你，也配我大夏神出手？"

505

西津市。三舅土菜馆。左青推开玻璃门，迈步走进空荡荡的菜馆中，径直向着后厨走去。现在不是饭点，店里除了正在看报纸的三舅，一个客人也没有。"你好，请问几位？"三舅见来了客人，微笑着站了起来。

"不好意思，我找个人。"左青礼貌地笑了笑，然后掀开后厨门上的布帘，迅速走了进去。三舅见不是来吃饭的，"啧"了一声，晃晃悠悠地又坐了回去。"左青？"正撸着袖子洗盘子的叶梵见到来人，眼中浮现出诧异之色，随后脸色又凝重起来，"出事了？"

左青"嗯"了一声，将一份文件递给叶梵。"两分钟前，临唐市出现强大的神力波动，经过分析辨别，那是神明代号029的埃及冥神奥西里斯。"

"奥西里斯？"叶梵顾不得手上的水渍，迅速翻看起文件，"为什么边境一点动静都没有？"

"是有人在临唐市设置了祭坛，将他直接召唤过来的。"

叶梵看完了所有的文件，眉头紧皱："怎么偏偏在这个时候……"

"会不会是那些外神猜到了什么？"

叶梵沉吟片刻："应该是，不然他们怎么敢直接将奥西里斯送过来？如果是这样……那事情就麻烦了。"

"距离天尊设下的时间，还剩半年，如果那些外神真的在这期间打过来，我们该怎么做？"

"半年……"叶梵长叹了一口气，"修复天庭核心，乃是重塑大道的过程，不允许中断，不允许受到外界干扰，在这期间，所有参与修复的大夏诸神无法出手。要是真发生了什么，就只能靠我们自己了。"

"靠人类自己，去对抗神明吗……"左青苦涩地摇了摇头，"要只是一两位神明还好，如果真的走到了大规模神战那个地步，我们怎么可能抵挡得住？"

叶梵拍了拍左青的肩膀，沉默片刻之后，缓缓开口："左青，其他人可以害怕……但我们不行，天塌下来，也得由我们顶着。"

左青深吸一口气，调整了一下自己的心态，点了点头："那我们现在该怎么做？剑圣已经在和奥西里斯对峙了，但最多也只能拦住对方，不可能杀得了一位九柱神的，长时间拖下去，奥西里斯早晚会察觉出端倪。"

叶梵走到窗边，抬头看了眼天空，平静地说道："有一位大夏神没有参与修复天庭，有他在……奥西里斯翻不出什么浪花。"

临唐市。冥神奥西里斯悬浮在空中，苍白的眼眸凝视着眼前这个背剑的年轻人，干枯的脸上看不出丝毫表情。"一个人类，居然能走到这个地步……你让我很吃惊。"沙哑的声音在空中回荡。周平沉默不语。"你，应该是人类中的最强者了吧？"奥西里斯继续说道，"可惜，想战胜我，你还差了一些。"

周平缓缓开口："不试试，怎么知道？"

"叮——"清脆的剑鸣从他背后的剑匣中爆发，混杂着隐约的龙吟，在云层间回荡，"龙象"出鞘，周平单手握剑柄，一步踏出，手中长剑尚未挥出，一道巨大的剑痕已经将厚重的云层分开，森然剑气直指奥西里斯面门，刹那间迸发！奥西里斯站在空中，寸步未动，掌间的曲柄杖轻轻抬起，对着身前的虚无一点，一抹诡异的幽芒在曲柄杖尖绽放。刹那间，漆黑的天空变成诡异的灰白色，就像是盖了一层轻纱，而那无形的剑气散发着黑色的光芒，定格在空中，异常显眼。随着奥西里斯手中曲柄杖放下，那黑色剑气寸寸崩碎开来，将周围的空气震得嗡鸣作响，消散无踪。

周平的眉头微微皱起。刚刚那一剑，虽然只是试探，但他能感受到奥西里斯身上的神力深邃无底，比之前遇上的波塞冬要强上不少。接下来，他就要认真了。他的双眸微眯，前所未有的剑意从眼眸中绽放，他剑尖轻划，刹那间斩开空间，身形消失在原地。下一刻，奥西里斯的背后，一抹刺目的剑芒如同灼灼曜日，瞬间绽放！"轰——"倒悬于云巅的漆黑鬼城中央，被硬生生砍出一道长达两公里的剑痕，翻滚的剑气充斥着天空，如同自九天之上倒卷而下的剑气海洋，奔腾不息。幽冥死界中，一黑一白两道身影以令人眼花缭乱的速度交替，雷鸣般的声响从云上传来。废墟中，林七夜等人仰望天空，眼眸中满是震惊之色。他们知道剑圣很强，但没有想到他居然强到了这个地步。

"硬杠冥神……"百里胖胖咽了口唾沫，喃喃自语，"剑圣前辈，真的是人类吗？"

"应该是。"林七夜点头，"毕竟，神应该不会社恐。"

"这就是人类最强战力的风采啊……"

曹渊不由得有些感慨。谁又能想到，那个在仓库中勤勤恳恳扫地、刷盘子的周平，现在竟然在跟冥神硬碰硬？林七夜等人看着天空中那道持剑的身影，突然有了种莫名的自豪感。上面这个跟神对砍的猛人，是他们的老师。有剑圣当老师，以后他们在大夏，还不得横着走？！

幽冥死界。周平一剑斩出，将眼前的一大片鬼城夷为平地，奥西里斯身形闪烁至天空，干枯的脸上终于浮现出了凝重之色。浓郁的死气在周平身旁翻滚，却丝毫无法接近他的身体。他站在那儿，就像是一把剑。一把锋芒毕露、杀气滔天的剑。

奥西里斯沉默许久，苍白的眼眸微微眯起，伸出手掌，向着头顶的现代世界凌空一抓。世界再度变成灰、白二色，诡异的法则之力流转，一道道虚幻的身影从城市中被摄取而出，向着天空倒悬的那座幽冥死界倒流。那些，是将死之人的灵魂。虽然身体的寿元将近，但本身却尚未死亡，这些灵魂与身体之间的联系正在逐渐淡化，在奥西里斯的法则之力下，这种联系被硬生生扯断，将灵魂拖出身体，引向空中。他们惊恐地飘荡在空中，似乎想要挣脱这种束缚，但在法则之力的牵引下，根本无法移动半分。就在这时，天空中，一个银色的球体凭空出现，六道圆环环绕在球体表面，毫无规律地旋转着。另外一道法则波动，骤然降临！

506

在这道法则出现的瞬间，倒卷上天空的灵魂，同时解开了束缚，又回归到原本属于自己的躯体。奥西里斯的眉头一皱，转头看向远处，一道披着黑色帝袍的身影脚踏虚空，手中托着徐徐旋转的银色球体，正向这里走来。他每踏出一步，脚下的幽冥死界就消散一分。与此同时，另外一道鬼城的虚影在他的身后显现，一座座帝宫浮现在空中，散发着雄浑的帝威。那是酆都。

"阳寿未尽，不可拘魂，这是我大夏的规矩。"酆都大帝的目光落在奥西里斯身上，眼眸中浮现出冷意，"什么时候，我大夏的亡魂，轮到你来拘了？"

持剑站在一旁的周平见到酆都大帝，张了张嘴，似乎想打个招呼，又不知道该说些什么比较合适，反倒是酆都大帝打量了他片刻，率先开口："你就是周平？"

"是的。"周平僵硬地点点头，"你好。"

"……嗯。"

"酆都大帝……"奥西里斯苍白的眼眸微微眯起，"看来，阎摩说的是真的，不过……你的实力还没完全恢复吧？"

"对付你，足够了。"酆都大帝手中的银色球体光芒微绽，一股古朴而神秘的大道威压突然降临，其中一道银环飞射而出，径直向着奥西里斯冲去！"六道轮回？"奥西里斯的脸上浮现出诧异之色，他抬起手中的曲柄杖，迎着那道银环挥去。灰白色再度笼罩整片天空，那银色的圆环却仿佛根本不受这法则的影响，眨眼间洞穿虚空，来到奥西里斯的面前，迅速扩展延伸，覆盖了小半个幽冥死界。似乎是察觉到这道圆环的危险，奥西里斯抬手一招，大量的黑色冤魂从幽冥死界中飞出，汇聚成一道怨魂长河，如同丝带一样环绕在他的身旁。

酆都大帝心念一动，那道银色圆环迅速收缩。银色圆环与怨魂长河碰撞在一起，刺耳的哀号声从怨魂长河之中传出，被银色圆环触碰到的怨魂，都像是遇见了阳光的冰雪，急速消融。但银色圆环的收缩速度，依然缓慢至极。酆都大帝双眼微眯，托着六道轮回的手掌再度一挥，又是两道圆环飞出，笼罩在奥西里斯的周身，切割起那条怨魂长河。

与此同时，执剑站在一旁的周平闪电般出手。"叮——"清脆的剑鸣响彻天空，周平剑斩空间，跨过那条怨魂长河，一步来到奥西里斯的面前。"龙象"剑尖，直逼奥西里斯的面门！感受到汹涌的剑意迎面而来，操控着怨魂长河的奥西里斯不得已腾出一只手，澎湃的神力汇聚于指尖，凌空点向这一剑。冥神神力与剑圣剑意，在这一点上，轰然对撞！两人周围数十公里的云层尽数炸开，这片范围之内，所有的飞鸟都被震碎，"龙象"剑身剧烈地震颤，一股幽冥神力涌入周平的体内，肆虐开来！周平闷哼一声，凌空后退数步，握剑的右手轻微地颤抖。奥西里斯的嘴角刚浮现出一抹笑意，就僵在了脸上。他腰间束的金色丝带突然爆碎，苍白外衣被剑气撕扯，外衣之下，干枯黢黑的肌肤表面，浮现出数道血痕。奥西里斯低头看着自己满是伤痕的身体，表情有些震惊。他被这一剑伤到了。

不远处，酆都大帝周身神力涌动，身上的黑色帝袍在风中猎猎作响，手中的六道轮回光芒越发璀璨。那三道银色圆环终于切碎怨魂长河，急速向着奥西里斯的脖颈收缩，其中蕴含的法则之力，可以轻松地撕碎一位神明的躯体。

奥西里斯冷哼一声，右脚在虚空中重重一踏，那倒悬于云巅的幽冥死界再度投影，从天空消失之后，缩小到十分之一凝聚在奥西里斯的脚下。奥西里斯脚踏幽冥死界，手握曲柄杖，灰、白二气环绕周围，三道银色圆环在收缩成半径不到三百米的大圆之后，就被死死抵御在幽冥死界外围，仿佛有某种无形的世界阻隔住了法则的侵蚀。

"酆都大帝，你的六道轮回只能在你人夏境内使用，只要我身处幽冥死界，将你大夏的法则隔绝在外，你的六道轮回就失效了。"奥西里斯冷笑说道。

酆都大帝的眉头一挑，淡淡开口："你说得没错，但是，你好像忘记了一件事情……你的幽冥死界，有三分之二都是用酆都碎片重塑而成的吧？"奥西里斯一怔。"就算你用自身的法则将酆都碎片重炼一番，融入这片领域，变成自己的力量，也无法改变其中蕴含着我大夏法则的事实。"酆都大帝的眸中闪过一抹杀意。"你真的以为，抢到手的东西，就成了你自己的吗？在我面前，用酆都的碎片与我战斗，真是……愚蠢至极。"话音落下，酆都大帝身后的酆都帝宫之中，一个漆黑的帝座瞬间挪移而出，悬停在半空中，酆都大帝轻轻拍了拍帝袍，缓缓坐在帝座之上。密密麻麻的黑色纹路以帝座为中心，像是交织而成的蛛网，在漆黑的天空下蔓延！这些，是法则的纹路！当黑色纹路撞入幽冥死界，奥西里斯能清晰地感知到自己对幽冥死界的控制权正在逐步丧失。准确地说，是他对由酆都碎片重炼而成的部分的掌控权，正在被酆都大帝所取代。就像是原本酆都大帝的账号被奥西里斯盗走，但现在酆都大帝当着他的面，开始用绑定的手机号找回密码，奥西里斯只能眼睁睁地看着这一切发生，因为从本质上来说，这一片幽冥死界，本就不是他的。

"轰隆隆——"笼罩在奥西里斯周围的幽冥死界，开始剧烈地颤抖起来！幽冥死界中蕴含的法则，被酆都大帝所篡改，而那盘旋在领域之外的三道银色圆环，终于突破法则的封锁，开始以惊人的速度收缩！奥西里斯苍白的眼眸中，浮现出惊骇之色："不，这不可能……这明明是我的幽冥死界，你怎么可能……"

"唰——"一抹银芒在空中绽放，三道圆环同时切过奥西里斯的脖颈，将那颗头颅从身躯之上，轻轻斩下。

507

奥西里斯被斩于六道轮回之下，周围残余的幽冥死界彻底丧失了控制，在虚空中崩碎开来。酆都大帝一步踏到幽冥死界之前，伸手在虚空中一握，除了被抢走的酆都碎片之外，那原本属于奥西里斯自身的幽冥死界也被融合进酆都大帝背后的酆都虚影之中，逐渐凝实起来。整个幽冥死界，都被酆都所吞并。原本被奥西里斯抢走的五分之一酆都碎片，最终还是回到了酆都大帝的手中，甚至连同一部分埃及的冥界法则，连本带利地吐了出来。随着那酆都虚影补齐，酆都大帝的神力开始攀升，雄浑的帝威在天空中回荡，让人忍不住生出顶礼膜拜的感觉。酆都，本就是酆都大帝实力的一部分，如今被抢走的酆都碎片回归，酆都大帝的实力也在迅速恢复，虽然距离全盛时期还有不小的差距，但也算是跨出了一大步。

事实上，刚刚苏醒且被抢走了酆都碎片的酆都大帝十分虚弱，如果不是依靠六道轮回这一件蕴含着大夏法则的神器，再加上周平的帮助，想要击杀奥西里斯，基本上是不可能的事情。好在，这位埃及冥神，最终还是死在了大夏法则之下。酆都大帝手掌轻挥，背后的酆都虚影之中，一口黑棺由虚化实，飞到空中，将尸首分离的奥西里斯收纳进去。

神明的尸体可不是能够随意处置的东西，即便他已经被六道轮回抹杀，但神躯之中依然蕴含着埃及的法则之力，如果放任不管，很容易对周围的环境造成不可逆的影响。而且这具尸体被其他掌管死亡的神明得到之后，奥西里斯依然有被复活的可能。酆都大帝是不可能让这种事情发生的。更何况，这具尸体对于他来说，还另有用处。

"我说过了，你们抢走的东西，我会一件一件拿回来的……"酆都大帝看着棺中瞪大了双目的奥西里斯的头颅，平静地开口。他抬起头，双眸注视着远方："还剩下三块……"

"喀喀喀……"一旁，周平缓缓将"龙象剑"放入剑鞘之中，脸色依然有些发白，轻轻地咳嗽起来。酆都大帝回头看向他："你没事吧？"

"没事……小伤而已。"周平摆了摆手，"如果没别的事的话，我就走了。"

酆都大帝刚准备说些什么，周平身形一晃，已然消失在原地，丝毫没有和他多说几句话的意思。酆都大帝表情古怪地看着周平离去的方向，长叹了一口气：

"这年轻人，怎么一点礼貌都不讲？"

庄园。林七夜等人虽然没有目睹奥西里斯被斩杀的画面，但都能清晰地感觉到天空中原本属于奥西里斯的那份神力已经消失无踪。

"死了？"百里胖胖试探性地问道。

"李……酆都大帝出手了，那位冥神应该是栽了。"林七夜看着云层之上若隐若现的那些酆都帝宫，眼中有些感慨，"想不到，还能见到酆都大帝他老人家出手。"

"想不到，我们居然也目睹了一场神战。"百里胖胖兴奋地对着天空喊道，"李叔威武！！"

飘浮在空中的江洱好奇地凑到了安卿鱼的身边，腰间的 MP3 发出疑惑的声音："你们认识那位大夏神？"

"认识。"安卿鱼点了点头，"从某种意义上来说，那位是我们放出来的。"江洱吃惊地捂住了嘴巴。又是剑圣，又是大夏神的……他们几个究竟是什么人？后台这么硬的吗？

"喀喀……"咳嗽声在众人的身后响起，林七夜等人回过头，只见周平正背着剑匣，静静地站在他们的身后。"剑圣前辈威武！"百里胖胖一下子蹦到他的面前，两眼都开始放光。沈青竹表情有些微妙，他犹豫片刻之后，还是恭敬地开口："晚辈沈青竹，见过大夏剑圣。"

周平面无表情地推开几乎亲到他脸上的百里胖胖，看向沈青竹，微微点了点头："你就是那个卧底？"

"是……"

"嗯。"周平简单地"嗯"了一声，"出剑之前，我不知道哪个人是你，所以当时收了点力，只砍了祭坛。"

沈青竹嘴角微微抽搐："谢剑圣前辈不杀之恩……"

"你还是赶紧带你朋友去治疗吧。"周平看了眼地上奄奄一息的第九席，"他的情况有点危险。"

沈青竹回过神，看向了一旁已经失去意识的第九席，向周平再度道谢之后，快速地将第九席背起，向远处跑去。

"拽哥……"百里胖胖张开嘴，似乎想说些什么。

"有什么事情，过会儿再说。"

"不是啊拽哥。"百里胖胖挠了挠头，"我是想说，你这么跑到医院太慢了，要不……你骑七夜的龙去？"

沈青竹突然愣在原地，他背着第九席，僵硬地转过头："什么？"

大夏北境。田合市。某原始丛林。

"'吧语'那边，好像失败了。"一个女人百无聊赖地坐在粗壮的树枝上，似乎是察觉到了什么，缓缓睁开了双眼。

"没能召唤出奥西里斯？"

树下，一个浑身笼罩在阴影中的老头抬起了眼皮。

"召唤了，但是被杀了。"

老头的眉头微皱："难道，大夏神没有如邪神们预料的那样在修复神国法则？"

"不好说，出手的是大夏剑圣，还有前一段时间刚出现的酆都大帝。一年多前出手过的那些大夏神，全都没有露面。"

老头双眼微眯，似乎在思索着什么："酆都的碎片被夺走，酆都大帝又是刚刚苏醒，实力应该不足以应对奥西里斯才对，但还是冒险出手了。如果大夏神都在的话，应该轮不到他这个尚未恢复的神明出手才对。"

"您是说，大夏神真的……"坐在树枝上的女人眼睛微微亮起。

老人沉默地点了点头。

"如果是这样的话，那奥西里斯死得也不算亏。"老人抬起头，看向前方，满是褶皱的脸上浮现出诡异的笑容，"至少，没有人会来打扰我们了……"

他的身前，灰暗破碎的山谷之间，一座纯黑且完整的祭坛，正散发着淡淡的乌光。

第九篇

剑圣逐日

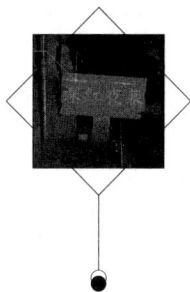

508

"嘀，嘀，嘀……"心率仪的声音在病房内回荡，沈青竹推开病房门，走到了外面的廊道之中。

"怎么样了？"林七夜站起身，问道。

"暂时脱离了生命危险。"

林七夜等人的神色缓和了几分，百里胖胖不由得感慨道："想不到，这位仗义出手的第九席，居然真的是卧底，我还以为他只是单纯的傻……"

一旁的曹渊默默翻了个白眼："你以为，别人都和你一样？"

"老曹，你是不是又飘了？要不咱俩找个地方比画比画？"

曹渊的嘴角微微抽搐："你等我两天。"

"等两天？等你两天能怎么……嗯？"百里胖胖突然想到了什么，狐疑地看向曹渊，"你不会，要突破了吧？"

"之前在仓库训练的时候，我就已经触摸到门槛了，这次战斗之后，这种感觉就更加强烈……"曹渊低头看着自己的双手，"我已经预感到，就这两天，我就要突破了。"

"那个……老曹，我刚刚跟你开玩笑呢，呵呵呵……"开玩笑……跨一个境界打还好，要是同境界，谁敢正面跟疯魔状态下的曹渊单挑？嗯，除了我蓝姐。

"喀喀喀……"轻微的咳嗽声从座椅另一侧传来，林七夜等人转头望去，只见周平正默默地坐在角落，低头咳嗽着。

"剑圣前辈，您要不也去挂个号，休养一下？"林七夜有些担忧地说道。

周平摇了摇头："小伤而已，而且……神力这种东西，医院是治不好的。"他与奥西里斯交手，双方都受了伤，只不过奥西里斯只是被剑气斩到的外伤，而周平则是被冥神的神力侵蚀部分身体，属于内伤。这种伤当然不是现代医学能够治愈的。

林七夜等人面面相觑，眼中都浮现出凝重之色。周平不仅是他们的老师，更是人类的最高战力，他身体出现了问题，毫无疑问是一件大事。

"不用摆出这副表情。"周平看到林七夜等人心事重重的样子，有些无奈地开口，"受了点伤而已，又不是马上就要死了，跟神打架，哪有不受伤的道理？"周平和林七夜等人相处了这么久，也算是能稍微放开一些了，不会像开始那样拘束和警惕，交流也自然了许多。在周平眼中，林七夜等人已经从"麻烦的陌生人"变成"麻烦的熟人"，最后逐渐变成"不是那么麻烦的我的学生"。当然，这是林七夜等人数月以来不断努力的成果……他们，是周平为数不多的特例。

林七夜等人长叹了一口气。"剑圣前辈，你这么厉害都只能跟神明打平手，那人类历史上，有人弑过神吗？"百里胖胖好奇地问道。

周平摇了摇头："没有，比肩神明和弑神，根本是两码事。历代的人类战力天花板中，总有几个人能够做到与神明交手而不落败，但也仅限于此了。所谓神明，并不只是另外一种形式的生命体，也是某种法则的化身。而能够抹杀法则的，只有法则。人，只是在法则之中生存的生物而已，就算自身变得再强，只要无法掌握法则之力，就不可能做到弑神。这是生命本质上的不同。"

林七夜等人若有所思。

"那人类，有可能掌握法则吗？"安卿鱼的眼中充满了求知欲。

"或许，不可能……"周平沉默片刻，"至少历史上，从来没有人做到过。"

听到这个回答，走廊中陷入一片沉寂。

"你知道，为什么我们被称为人类战力天花板吗？"周平继续说道，"因为，这个境界就是人类所能达到的最高峰，再往上……就没有路了。尽管历史上很多天赋异禀之人都尝试着去打破这层天花板，但是全都失败了。人类战力天花板，是代表着人类最高战力的荣誉，同时……也是一种耻辱。所以，绝大多数人类战力天花板都不喜欢这个称呼。"

沉寂之中，林七夜缓缓张开嘴："也就是说，人类，永远无法战胜神明？"

周平沉默片刻："从理论上来说，确实是这样，但是……"

"但是什么？"众人的眼睛顿时亮了起来。

"但是，叶梵觉得我可以。"周平无奈地叹了口气，"他始终相信，我是最有可能打破这层天花板，登上那个从未有人抵达过的境界的人。"

"叶司令？"林七夜疑惑地问道，"为什么？"

"我也不知道。"周平缓缓闭上了眼睛，"我只是一个普通人，我也不知道，他为什么对我寄予这么大的希望……"

普通人……林七夜的嘴角微不可察地一抽。安卿鱼注视着周平，眼中充满了前所未有的好奇，舔了舔嘴唇，不知在想些什么。

他的腰间，MP3内传来江洱的声音："你在想什么？"这里毕竟是医院，江洱并没有以幽灵的形态出现在这里，而是将自身化作磁场，躲进安卿鱼腰间的MP3之中。"具备打破天花板潜力的人类最强战力……真想解剖一下啊……"安卿鱼喃喃自语。

江洱："……"

真是个怪人。江洱暗自想。

正在众人交谈之际，一阵清脆的电话铃声响起。

周平一怔，从口袋中掏出电话，接了起来。

"喂……？"他小声地开口。

"什么？！"

周平猛地从座位上站起，眼中罕见地浮现出震惊之色，下一刻，低头控制不住地咳嗽起来："喀喀喀……好，我知道了，我在这里等你。"周平这突如其来的反应，让林七夜等人吓了一跳，自从认识他以来，从来没有见过他如此凝重的表情。

"剑圣前辈，出什么事了？"百里胖胖试探性地问道。

周平拿着手机，在原地站了片刻，回头看向林七夜等人，眉头微微皱起："所有人，立刻和我回安全屋，十二分钟后，叶梵就要到了。"

"叶司令？"林七夜等人对视一眼，眼中都浮现出不解之色，"这里的事情不都解决了吗？叶司令现在来做什么？"

周平摇了摇头："不出意外的话，剩下的两座城市，只能你们自己去了……北边，出事了。"

509

"嗡嗡嗡——"低沉的嗡鸣声在空中回荡，一辆武装直升机盘旋在安全屋的上空，缓缓降落。林七夜五人站在屋前，螺旋桨卷起的狂风将他们的衣角吹得翻飞，他们稳如泰山地站在原地，眼眸之中满是凝重之色。沈青竹还在医院照顾第九席，江洱则被安置在安全屋中，毕竟叶司令要见的只有周平和他们五个人，江洱在这个时候，并不适合出现。直升机停稳之后，一个披着暗红色斗篷的身影轻轻跃下机舱，快步向着这里走来。他是大夏守夜人总司令——叶梵。

"叶司令。"见到叶梵，林七夜等人立刻敬了个军礼。

叶梵目光从他们的身上扫过，微微点头："事态紧急，我就不跟你们多聊了，周平，你的东西准备好了吗？"

周平依然是一袭黑色衬衫，背着剑匣，双手空空荡荡。

"我没有什么好准备的。"他平静地说道。

"叶司令……北边，究竟出什么事了？"一旁，百里胖胖忍不住问道。

叶梵看了他一眼，无奈地叹了口气："十五分钟前，古神教会准备的第二座祭坛，在田合市启动了……"

"第二座祭坛？"曹渊眉头紧皱，"田合市，那不是……"

"酆都所在的地方。"安卿鱼补充道。

"嗯。"叶梵点了点头，"古神教会从一开始就做了两手准备：第一座冥神祭坛放在南边，由三位古老邪神代理之一的'呓语'和他的'信徒'负责唤醒；第二座风神祭坛放在北边，由同为古老邪神代理的月槐，以及三位古神教会成员负责唤醒。在奥西里斯死亡后，在极短的时间里，第二座风神祭坛发动，召唤出了埃及风神休。"

"又是一位九柱神……"林七夜沉吟片刻，"其他大夏神呢？既然埃及神都直接进入境内了，他们应该不会坐视不管吧？"

叶梵和周平对视了一眼。

叶梵顿了顿，还是开口说道："除了酆都大帝，其他大夏神都在某处修复天庭本源，短时间内无法脱身。"

"天庭本源？那是什么？"

"天庭，是属于大夏神的神国。"叶梵开口说道，"就比如日本神的神国在高天原，北欧神的神国在阿斯加德，希腊神的神国在奥林匹斯山……神国，是众神神力的源泉。百年之前，大夏诸神为了阻挡迷雾，身化界碑，魂入轮回之后，天庭也随之崩溃，没有了神力源泉，不仅现已出世的大夏诸神无法动用全部实力，那些尚在轮回之中的神祇灵魂，短时间内也无法复苏。在一年前，大夏众神出世震慑其他神国之后，就立刻闭关开始修复天庭，但是修复天庭本源实际上是修复大道的过程，不可以受到外力干扰，所以在天庭修复之前，他们都无法出手。"

林七夜等人听到这个消息，心顿时就沉了下去。大夏诸神无法出手，也就意味着在这期间无论发生什么，都只能靠人类自身去解决。

"那修复天庭本源，大概需要多长时间？"林七夜问道。

"据元始天尊他老人家预测，至少需要两年。"

安卿鱼若有所思："从大夏神出世到现在，大约过了一年的时间，也就是说……还有至少半年的时间？"

"没错。"叶梵点了点头。

"大夏神出世震慑其他神国之后，据我们猜测，其他神国必然会心生忌惮，暗中联络诸多神国，想要联手打压大夏。但这个过程中涉及诸方利益，不是短时间就能完成的，所以想要修复天庭，这就是最好的时机，错过了这个机会，再想有这么长的时间安心修复天庭，就很难了。不过，诸多神国之中，似乎有人察觉到我们的计划，开始了他们的试探。"

百里胖胖恍然大悟："所以，这两座神明祭坛，就是他们试探的手段？"

"对。"叶梵郑重地开口，"大夏神无法出手的事情，是国家最高机密，除了人类战力天花板和极少数守夜人高层，没有别人知道。要不是你们已经牵扯其中，而且还是第五支特殊小队的种子，我不会把这件事情透露给你们。所以……"

"放心，我们绝对不会说出去。"林七夜认真地回答。

其他人也纷纷点头。

"有什么我们能帮忙的吗？"林七夜问道。

叶梵摇了摇头："这件事涉及外神，根本不是你们这个层次能够接触的，周平我就带走了，你们只要继续完成你们的训练就好。在这里，我可以给你们一个准话……"林七夜等人看向叶梵的眼睛，心中有些疑惑。"只要你们打赢007和006两支小队，完成这次的综合集训，你们被暂时取消的成为第五支特殊小队的资格就会恢复，达到我之前和你说的那几个要求之后，你们就能正式转正，成为第五支特殊小队。"

听到这句话，百里胖胖的眼睛顿时亮了起来，表情十分激动。

而其他人，默默地对视了一眼……"哦。"

叶梵："……"

"怎么除了那个小胖子，你们一个个都好像不是很在乎的样子？！"周平像是想到了什么，从口袋中掏出一根木筷子，递到林七夜的手上，"这里面，蕴藏着我的一缕剑意，如果遇到什么麻烦的敌人，可以用它。"

林七夜一愣，伸手接过木筷："谢谢剑圣前辈。"

他郑重地将这根木筷贴身存放。

"好好训练。"叶梵瞪了他们一眼，回头便快步向着直升机走去。

周平背着剑匣，紧随其后。走了两步，他又停下来，回头看向林七夜等人，憋了半天，才小声地开口："嗯……加油。"

"谢谢剑圣前辈！！"林七夜五人同时一个大鞠躬，整齐划一地喊道。这突如其来的一声吼，将走在前面的叶梵吓了一跳。他回头表情古怪地看了这五个人一眼，嘀咕一声，又默默地继续向前走去。

随着螺旋桨狂风的席卷，武装直升机在一阵轰鸣声中缓缓升起，很快便消失在天际。安全屋前，林七夜等人凝视着那道黑影离去的方向，长叹了一口气。"接下来的路，只能我们自己走了……"林七夜有些苦涩地笑了笑。"我还以为，他不会跟我们道别呢。"百里胖胖嘿嘿一笑，"想不到，剑圣前辈还是挺关心我们的。"

"社恐，又不是无情。"林七夜抬头看了眼天空，"他只是……不喜欢表达而已。"

510

"滋滋滋……欢迎收听今天的法制栏目，今天的主题是……滋滋滋……高端的食材，往往只需要最简单的烹饪方式。和往常一样，三舅早早地起床，开启了他今天忙碌的生活……"幽灵江洱坐在实验室的工作台上，抱着膝盖，心不在焉地调节着收音机的频道。"嘎吱——"实验室门打开，安卿鱼走了进来，看到坐在工作台上神情萎靡的江洱，微微一愣："你这是怎么了？"

江洱抬起头看着安卿鱼，双唇微抿，犹豫片刻之后，身旁的收音机瞬间陷入沉寂："你们……是不是要离开临唐了？"

安卿鱼点了点头："嗯，明天早上走。"

江洱将目光从安卿鱼的身上移开，低头将脸埋进抱膝的双臂之间，小声地开口："那你们，打算怎么处置我？"

安卿鱼听到这个问题，微微一愣，随后沉思起来。江洱无法离开自身尸体一公里的范围，而她本身又是磁场，根本无法移动这口棺材。也就是说，她的自由完全被这一口棺材束缚，棺材在哪儿，她就只能在哪儿。如果将这口棺材埋入地底，那在未来相当长的一段岁月中，江洱都只能在墓园中活动，像是一个真正的鬼魂。如果就这么把这口棺材放在这里，江洱也无法离开这里太远，更别说像个人类一样正常生活，甚至她的存在被人看见，这里也会被认为是鬼宅，要是有哪个不长眼的来这里探险或者直播，那事情可就麻烦了。江洱的尸体，似乎放在哪里都不妥当。正如江洱之前所说，现在的她，就像是一个永恒的囚徒，无法离开，无法交流，无法融入社会。他们一走，江洱就真的成了孤魂野鬼。或许，她唯一的乐趣就只有听收音机，或者看电视。独自在这种地方看几十年的电视……

安卿鱼思索许久，似乎是想到了什么，看向江洱："要不……你加入我们的小队吧。"听到这句话，江洱一愣，抬头看向安卿鱼。"既然你不愿意独自待在这里，那或许加入我们，就是你唯一的出路。"安卿鱼认真地说道，"成为特殊小队的队员之后，你就不会固定待在一个地方，而是和我们一起满世界跑，虽然很危险，但总比当一个囚徒要好。"

江洱怔了半晌，下意识地问道："可是……我不能离开这口棺材太远，难道你们以后每次出任务，都要背着我的棺材吗？"

"一口棺材而已，背着就是了，这次你和我们的配合，不也很好吗？"

江洱犹豫片刻，神情有些落寞："我，我只是一具尸体……"

"尸体怎么了？"安卿鱼微笑着开口，"守夜人可没有规定，尸体不能成为特殊小队的队员。"

"带着尸体上战场，不吉利。"江洱低下头，小声地说道。

安卿鱼注视了她片刻，笑着推了推眼镜："江洱。"

"嗯？"

"我最喜欢的，就是尸体。"安卿鱼认真地说道，"谁要是说你不吉利，我会生气的。"

江洱整个人愣在了原地。她抬头看向安卿鱼的眼睛，即便有镜片遮挡，那双纯净而明亮的眼眸依然璀璨如星。他是认真的。江洱和安卿鱼对视了很久，才回过神来，有些慌张地将头扭到一边，支支吾吾地说道："可，可林七夜前辈未必会同意……"

安卿鱼笑了笑，转身向门外走去："等我一会儿。"

客厅。

"江洱？"林七夜有些诧异地看向安卿鱼，"她愿意跟我们走？"

安卿鱼点了点头："嗯。"

"什么？！"百里胖胖凑到两人身边，有些激动地开口，"江洱妹妹愿意加入我们？那咱这人不就齐了吗？！一会儿再去把拽哥骗过来，咱也是个七人小队了。"

"江洱如果愿意加入，当然是好事。"林七夜点头，"她本身就天赋异禀，又是'海'境，再加上'通灵场'这种神奇的禁墟，完全有加入特殊小队的资格。"说完，林七夜转头看向迦蓝，"迦蓝，你觉得呢？"

迦蓝眨了眨眼，先是打量安卿鱼片刻，又转头看向江洱所在的实验室，似乎是在思索着什么。也不知她是联想到了什么，双眼迅速亮了起来。"我同意！"迦蓝举起双手赞成，兴奋地开口，"这一对真好嗑……"

林七夜："什么？"

"老曹？"林七夜看向不远处。

正在沙发上冥想修炼的曹渊微微睁眼："我当然没有意见，有一位后辈在队伍里，也是好事。"

"既然这样，那就全体通过。"林七夜拍板。

两分钟后。林七夜将写好的申请摊在桌上，江洱则飘在他的身后，好奇地看着这份文件。"好了，我已经帮你代笔写好了入队申请，接下来，就剩签字……呃……"林七夜看了眼幽灵状态的江洱，有些头疼起来。幽灵状态下的江洱，根本无法对实物造成影响，更别说提笔签名了。但签字这种东西，尤其是这种涉及特殊小队的正式文件，其他人是不能代笔的。

安卿鱼沉吟片刻："指纹可以吗？"

"应该可以。"

安卿鱼点了点头，将申请拿到实验室中，几分钟后，又带着印好指纹的申请走了出来。"好了。"安卿鱼将申请递给林七夜，"我把冰化了一点，用她的手指按了指纹。"

林七夜扫了眼申请，确认无误后点了点头，抬头看着站在身前的江洱，嘴角微微上扬："欢迎你加入，江洱。"

江洱轻咬双唇，眼眸中浮现出感动之色，她对着客厅的林七夜等人，深深地鞠了一躬："谢谢各位前辈，我一定不会给你们添麻烦的。"

百里胖胖走到了她的身边，假装拍了拍她的肩膀，笑道："以后，你胖哥罩着你！"

迦蓝看了看她，又看了看她身后的安卿鱼，脸上的笑容越来越灿烂。

"现在，我们的人数是不是已经达到了转正的要求？"迦蓝想到了什么。

"嗯。"林七夜点了点头，"但是，我们还差一个人……"

511

淡金色的朝阳透过玻璃窗，洒在洁白的地砖上，将整个病房都染上了一层金色的光晕。房间中央的病床上，第九席睫毛微颤，缓缓睁开了双眸。他注视头顶的天花板几秒，将头挪向一边，只见玻璃窗旁，一个身影正默默注视着窗外，影子在地上被拖得很长。第九席长叹一口气："你怎么还在这儿？"

窗边，沈青竹回过头，想了想："哦，我回来找你报销医药费。"

第九席看了眼床头精致的果篮："报销医药费，还需要带礼物吗？"

"楼下超市打折，我就顺便买了点。"

"打几折？"

"九九折。"

第九席嘴角微微抽搐。

"'呓语'死了，'信徒'也没了，你已经恢复自由身，不去陪你那群兄弟叙旧，在我儿这戳着干吗？"第九席无奈地开口。

沈青竹看了他一眼："怕你死了。"

第九席忍不住说道："要不是我现在不能动，肯定下去揍你一顿。"

"我是认真的。"沈青竹转头看向窗外的阳光，平静地开口，"我最讨厌看到的，就是重要的人牺牲……"他似乎是想到了什么，眼眸有些黯淡。

第九席一愣："所以，我算是你心中重要的人？"

沈青竹嘴角一抽，默默背过身去："我可没这么说。"

第九席凝视了他片刻，嘴角上扬："你啊，表面上是个狠角色，硬茬子，心里却比谁都软……那天晚上从夜店回来，你犹豫半天，还是没对我下杀手，当时我就看出来了……你，当不了恶人。"

沈青竹诧异地看向他："当时你没醉？"

"作为一个卧底，我怎么可能这么容易就让自己丧失意识？"

沈青竹扭过头，"喊"了一声。

"拽哥！！！"医院的楼下，一个熟悉的声音大喊道。沈青竹一愣，低头看去，只见在住院部楼下，五个人背着一口棺材，站在淡金色的朝阳之中，正微笑着抬头看向这里。

百里胖胖深吸一口气，扯着嗓子，再度大声喊道："走啦！！！"

沈青竹愣在了原地。

病床上，第九席笑道："你兄弟们来找你了。"

沈青竹回过头，看着第九席，张了张嘴，似乎想说些什么，却又什么都没说出口。

"看我干什么？他们叫的又不是我。"第九席无奈地开口。

"拽哥！！！"百里胖胖的声音再度响起。很快，楼下的声音便嘈杂了起来。"不是……保安同志，我们真的不是有意扰乱医院环境的……五百，五百够不够？一千！我一人给你们一千！"百里胖胖弱弱地开口。

"对啊保安同志，我们就叫个人下来……"这是曹渊。

"我们不喊了，我们真的不喊了，我们就在这儿等着行不行……不是，你们别动手啊！"这是林七夜。

"我看谁敢动他！"迦蓝开始卷袖子。

"请不要碰这口棺材，我们真的不是来医闹的。"安卿鱼的声音十分严肃。

沈青竹看着楼下被一群保安往外轰的林七夜等人，嘴角控制不住地上扬。

"你的使命已经完成了，现在，是时候回到阳光下了……"第九席微笑着开口，"以后，有缘再见。"

沈青竹看着他的眼睛，许久之后，才缓缓开口："保重……"

他推开门，快步向外走去。

"欸！"第九席像是想起了什么，"钱我还没给你报！"

"这次忘带清单了，下次吧。"沈青竹笑了笑。

林七夜等人郁闷地站在医院大门外，看了眼时间。最终，他们还是被医院的保安赶了出来。"七夜，拽哥不会不来了吧？"百里胖胖有些担忧地问道。

"应该不会。"林七夜若有所思，"'信徒'都已经覆灭了，他没道理不来见我们。"

"万一，他不想当守夜人了呢？"曹渊眉头微皱。

听到这句话，林七夜等人陷入了沉默。从形式上来说，沈青竹早在两年前就已经死了，不仅是在守夜人的档案中，还有这个世界上其他人对于他的记忆，也永远地停留在了津南山下的洞穴之中。如果他的目标只是复仇，杀光"信徒"之后，目的就已经达到了。他似乎，没有理由再做回守夜人出生入死。找个安静的小城市，结婚生子，安度余生，从今往后，不用再提心吊胆地活着……这是很多守夜人梦寐以求的结局。

"再等十分钟。"林七夜看了眼时间，"十分钟后，他要是还没下来，我们就该走了。"

气氛，突然沉默了下来。时间一分一秒地过去，百里胖胖和曹渊不断地看着时间，目光透过医院门口排队的密集人群，想要在其中找到那个身影。然而，那个身影依然没有出现。

当秒针划过某个刻度之后，林七夜长叹了一口气，摇了摇头："他不会来了……我们走吧。"曹渊和百里胖胖对视一眼，都从对方的眼中看到了沮丧之色，驻足片刻之后，还是迈开脚步，随着林七夜向前方的道路走去。每个人都有自己的选择，既然沈青竹选择了这条路，他们也只能祝福他了。然而，刚走了两步，最前面的林七夜却突然停了下来。百里胖胖疑惑地抬头正欲说些什么，看到街边的那个身影，突然愣在了原地，只见小卖部的门外，一个年轻人正倚靠在墙边，手中捏着一根香烟。他的余光瞥到不远处的几人，眉头一挑："怎么这么慢？"

"拽、拽哥……"百里胖胖张大了嘴巴，"你怎么在这里？"

"不是你们让我下来的吗？"

"可……门口怎么……"

"哦，大门人太挤了，我走了侧门。"沈青竹指了指背后的小卖部，"而且我怕一会儿没地方买烟，就先来买了一包。"

林七夜的嘴角控制不住地上扬。沈青竹轻弹手指，熄灭了燃烧的烟头，将其丢进了一旁的垃圾桶中，然后不紧不慢地走到林七夜面前。"林七夜……不，现在应该叫你林队长。"沈青竹微笑着开口，"守夜人沈青竹，申请归队。"

512

大夏北境，一架飞机划过天际。机舱中，周平透过舷窗，看到下方的景象，双眸骤然收缩："这……是怎么回事？"从高空向下看去，苍茫的大地之上，一道笔直的黑色直线划开这座城市，大量的街道与建筑被这根黑色直线斩断，断口光滑无比。黑线的左侧，是完好的半座城市，而黑线的右侧……则空空荡荡，没有建筑、没有街道、没有地皮、没有任何生命……地面整齐地下陷了近百米，就像是有一把巨大的铲子，将这半座城市从地底铲起，消失无踪。消失的这半座城市，一直延伸到翻滚的迷雾边境。

"这半边的城市呢？"周平转头看向叶梵。

叶梵凝视着下方的大地，缓缓开口："风神休出世之后，将距离迷雾边境最近的这半座城市挖出，连带着上面的一万多人口，还有山脉、森林、河流……以及地下的鄩都本体，一起遁入了迷雾。"

"他把半座城市带走了？"周平震惊地开口，"他为什么要这么做？"

"不知道。"叶梵摇了摇头，"这件事情发生在两分钟前，我也是刚得到消息。"

飞机缓缓下降，还未等它停稳，周平和叶梵就从飞机上跳了下来，落在残留的这半座城市边缘。这是一条宽阔的沥青街道，然而，道路在前方不到十米的位置便戛然而止，黑色的直线将它在这里切断，前方道路已然消失不见，取而代之的是一座垂直的断崖。断崖之下，是一片平整苍茫的大地。

"剩下这半座城市的居民，已经被疏散了。"叶梵皱眉看着前方消失的半座城市，继续说道，"安塔县本身环境恶劣，再加上其靠近迷雾边境，所以人口并不多，而且在休降临的一瞬间，罡风便席卷了全城，将所有人都击晕在地。"

"驻守在这里的守夜人呢？"

"连着那半座城市，一起消失了。"

周平蹲下身，手指在断崖边抹过，断口的切面十分整齐，就像是有一柄刀划过这片土地，将半座城市割下来了一样。"喀喀喀……"他正欲说些什么，低头捂住嘴，轻声咳嗽了起来。

"身体不舒服？"叶梵皱眉问道。

"没有……就是咳嗽两声。"周平摆了摆手，继续说道，"酆都大帝呢？"

"天庭没有修复好之前，大道并不完整，大夏诸神是无法离开大夏境内的，所以酆都大帝也无法出手，只能通过他与酆都之间的联系，勉强用酆都法则护住城中的居民，使其不被迷雾腐蚀致死。"

"也就是说，现在只能靠我们自己了。"

"是的……"叶梵的脸色有些凝重，"除了还在闭关的关在，我已经让路无为和陈夫子向这里赶了，应该很快就能到……"

"我去吧。"周平突然开口。叶梵一愣。"大夏诸神无法出手，就必须有人守住大夏国境，去追那半座城的人越多，大夏的防守就越薄弱，或许这就是他们想要的……"周平平静地说道，"夫子擅守，必须留在大夏，你是守夜人的总司令，也不能去，至于路无为……他的速度太慢了。"

"你一个人去？"叶梵皱眉，"你知不知道，那座城最后的目标在哪里？"

"作为埃及的九柱神，他的目标当然是埃及的神国……太阳城。"

"你一个人去闯埃及的太阳城？"

"大夏和埃及的距离并不近，即便是风神，带着这么大一块大地碎片，短时间也到不了。"周平认真地说道，"只要我在路上把这块碎片截回来，就不会进入埃及的神国范围。"

"或许，事情没有这么简单。"叶梵摇头，"迷雾之外的情况，已经超出了我们的掌控，我们根本不知道那些外神在谋划着什么，或许在大夏境外不远处，就埋伏着一群外神在等着你，这本身就是一个陷阱……"

"既然是陷阱，那去踩它的人，当然也是越少越好。"

叶梵陷入沉默。周平抬头看着叶梵的眼睛："那块碎片上，还有一万多条人命，无论如何，我们也不能眼睁睁地看着他们去死……既然总要有人去追，那我就是最好的人选。只有我能从风神的手里，把它夺回来。去的人，只能是我……而且，也只能是我，因为在这个时间段，其他天花板是绝对不能离开大夏的。你特地坐飞机来接我，而不是去接陈夫子或者路无为，也正是因为你早就想到了这一点，不是吗？你从一开始，就选择了我。"

叶梵望着周平的眼睛，陷入了沉默。

"是……"叶梵缓缓开口，"这件事，只有你能做到。"

"其实，你不用这么拐弯抹角的。"周平叹了口气，"如果你能直率一点，或许我们真的能成为很好的朋友……就像我和关在一样。"

"对不起……"

"不过，你和我们不一样，你是守夜人的总司令，身上背负了太多的东西……所以，我也能理解。"周平背着剑匣，平和地说道，"但是下次，希望你能直接告诉我，我该去哪儿，我该杀谁。我应该承担的责任，我不会逃避，毕竟，我是大夏的剑圣。"

叶梵怔怔地看着周平："你……"

周平的眼中浮现出疑惑之色："怎么了？"

"看来这段时间，你和林七夜他们相处得很不错。"叶梵的嘴角微微上扬，"以前，你可不会这么跟我说话，还是一口气说这么多，而且……你也很少低头看自己的脚尖了。"

周平一怔，他沉默着思索许久，微微点头："或许吧……"

"出发前，你还有什么要嘱咐的吗？"叶梵问道。

周平犹豫片刻，从口袋中掏出两个信封，递给了叶梵。

"帮我把这两封信，送到007和006两支小队手上。"

叶梵扫了一眼信封，苦笑道："其实，你跟我说一声就好了。"

周平摇了摇头："我希望，我能陪他们将这场训练走到最后……哪怕是以这种形式也好。"

"我知道了。"

"还有……"周平犹豫片刻，"如果，我没能回来的话……不要告诉我三舅，你就说……我外出打工了。"

叶梵陷入了沉默。许久之后，他才缓缓开口："好。"

"还有……"

"我觉得，你不能再说了。"叶梵认真地说道，"你现在的语气，就像是在交代后事一样，这种话说多了不好。"

周平顿了顿："告诉林七夜，他做的西红柿炒番茄……其实很一般，比我三舅做得差远了。"

叶梵："……"

"走了。"

周平转过身，轻拍剑匣。"叮——"嘹亮的剑鸣回荡在空中，一抹剑芒瞬间洞穿迷雾边境，消失无踪。叶梵独自站在原地，驻足遥望着那道剑芒离去的方向，久久不曾离开。

513

"早上好，院长大人。"

"早，阿朱。"

"早啊，七夜。"

"李毅飞，最近病院里没出啥事吧？"

"没有，都挺好的。"

"嗯。"

"早……上好，院长……"

"早，红颜。"

"早上好，派大星。"

"早上……嗯？？"

穿着白大褂，悠闲地在走廊里晃悠的林七夜猛地回过头，只见院子里，一只哈巴狗正趴在那儿，抬头看着眼前的林七夜，吐着舌头，吭哧吭哧喘着粗气。

林七夜狐疑地转身，将它从地上抱起："你刚刚说什么？"

"早上好，派大星。"哈巴狗咧嘴一笑，"今晚也有美味的蟹黄包吗？"

林七夜："……"

林七夜抓住两条狗后腿，将它整个头脚颠倒，像是甩干机一样开始抖了起来："贝尔·克兰德，给我出来。"

"派，派大……哕！"哈巴狗狗嘴一张，从嘴里吐出一只金色的小虫，软绵绵地掉在地上，周围还残余着些许胃液，像是死了般一动不动。林七夜的眉梢一挑，将哈巴狗放在一边，犹豫片刻之后，念叨了一句："春潮带雨晚来急。"一捧清水从虚空中浮现，浇灌在金色小虫的身上，后者被清水一激，终于动弹了一下身体。"贝尔·克兰德"晃晃悠悠地站稳，看到身前的林七夜，身体都控制不住地颤抖了起来。

"忘了你说不了话……"林七夜冲着一旁的哈巴狗招了招手，后者立刻吭哧吭哧地跑了过来。见到这条狗，金色小虫下意识地往后退了几步，仿佛对其十分畏惧。林七夜的眼中浮现出疑惑之色："你怕它？"金色小虫微微点头。林七夜沉思片刻，对着一旁的哈巴狗说道："别反抗，让它控制你的身体……不能把它吞下去，明白了吗？"

哈巴狗点头："好的，我不会把痞老板吞下去的。"

林七夜："……"

金色小虫试探性地飞到哈巴狗舌尖上，用精神污染操控哈巴狗的身体，眼眸中浮现出一抹紫意。"说说吧，怎么回事？"林七夜开口问道。哈巴狗的脸顿时垮了下去："这条狗也不知道怎么回事，昨天下午突然力量暴涨，灵智也提升了不少，直接冲破了我的控制，还反过来把我给反噬了……"

"然后，你就被它吞到肚子里了？"林七夜疑惑地问道，"凭你的实力，飞出来应该不难吧？"

"不……这只狗的力量太诡异了，我飞了很久，还是没能从它的肚子里飞出来……然后精神力就耗尽了。"

"它的力量？"林七夜眉梢一挑，"它有什么力量？"

"我给你演示一下。"话音落下，哈巴狗"噌"的一下从地上站起来，像人一样直立，然后嘴角勾起一个邪魅的笑容，前肢一甩，一件黑色的燕尾服就披在了它的身上。

林七夜："啊？？？"

这、这技能看起来怎么这么眼熟？！！

哈巴狗前肢再度一甩，周围的环境瞬间变化，从干净整洁的廊道，突然就换到一家精致高雅的西餐厅——明亮的烛火在长长的西式餐桌上缓缓跳动，悠扬的小提琴声在空中回荡，林七夜茫然地坐在餐桌的一侧，他的对面是一条脖子上围着雪白餐巾，左爪拿刀，右爪拿叉，嘴角还勾着笑容的哈巴狗。那条哈巴狗刀叉一碰，两人……不，一人一狗身前的餐盘上，同时出现了某种不可描述的、臭气熏天的物体。林七夜虎躯一震。"停下！快停下！！"林七夜瞬间抬手，改写病院内的规则，将这一处虚幻的场景打破。他脸色铁青地站在走廊中，低头看着这条哈巴狗，表情复杂无比。"真实的噩梦……'呓语'的'梦岐'，怎么会在它的身上……"林七夜喃喃自语。

突然间，林七夜像是想到了什么。这条哈巴狗，是两年前梅林用"呓语"闯进病院的一缕灵魂分身制作成的，从某种意义上来说，这条狗就是"呓语"灵魂的一部分。昨天，沈青竹用"断魂刀"泯灭了"呓语"的灵魂，这条狗本身的灵魂也随之泯灭，但问题在于，当时的"呓语"体内，应该还有两个来自异世界的灵魂。"呓语"的灵魂被泯灭后，失去镇压的两个异世界灵魂便获得身体的控制权，也就获得了"梦岐"的神墟。随后，沈青竹烧了"呓语"的尸体，那两个异世界的灵魂便通过本体与分身之间的联系，降临到了这只哈巴狗分身之上。也就是说，这条狗，现在不是一条普通的狗，而是继承了"呓语"的神墟和"克莱因"境实力的……狗。难怪"贝尔·克兰德"会被它吞到肚子里，还逃不出来。想通这一切之后，林七夜看向哈巴狗的目光复杂了起来，想不到，病院里第一位"克莱因"

境的护工，居然是以这种形式出现的。不对，这条狗，好像还不是他的护工啊？林七夜的眼睛顿时亮了起来，不是护工，可以现场签嘛！就是不知道，这条狗不是从牢房中释放出来的，病院的卖身契能不能有用？

林七夜伸手在虚空中一招，下一刻，一张古老的契约书便出现在林七夜的手中，其中雇主这一块写的还是林七夜的名字，而护工姓名，则是"未知存在"。诸神精神病院都无法辨别这条狗的存在。它本身，就是用诸多奇怪的因素糅合而成的，算是这座病院中最为神奇的物种。

林七夜将这份契约推到哈巴狗的面前，后者歪着头，似乎不能理解这东西是干吗的，转而去舔了舔林七夜的脚趾。林七夜想到了刚刚的某个画面，默默地把脚抽走，然后直接拎起它的前爪，一把按在卖身契上。按完之后，林七夜还对着茫然的哈巴狗眨了眨眼。你看，这是你自己按的啊，跟我没关系。你是自愿的！

那张卖身契瞬间燃烧殆尽，某种神秘的法则降临在哈巴狗身上，在它的灵魂中加上枷锁，随后，一件合身的青色护工服便套在了它的身上。它的胸前，一道铭牌闪闪发光——006。

514

"以后，你就是新护工了。"林七夜拍了拍哈巴狗的头，"跟贝勒爷好好相处，别把它吞到肚子里了。"说完，林七夜便心满意足地站起，向着二楼走去。"贝尔·克兰德"看着眼前这只穿着燕尾服、嘴角带着邪魅笑容的哈巴狗，陷入了沉默。

"癌老板。"哈巴狗微微一笑，"我们去抓水母吧？"说完，它不等"贝尔·克兰德"拒绝，一口把它含在嘴里，然后屁颠屁颠地向着厕所跑去。

林七夜提着一壶米酒，站在第四间病房门前。犹豫许久之后，他轻轻敲了敲门，随后便推门走了进去。空无一物的病房中央，那只披着袈裟的古猿还是如同石像般静静地坐在那儿，眼帘低垂，淡淡的佛光流转，就像是没有察觉到林七夜走进来，一动不动。

林七夜走到他的正对面，盘膝坐下，左手将两个小碗放在地上，打开米酒瓶盖，开始往里面倒酒。"病院里条件有限，只能酿出这种普通的米酒，不过味道还不错。"林七夜将一个酒碗递到孙悟空的面前，后者依然如同石雕般双手合十，丝毫没有接过酒碗的意思。林七夜对此也不意外，自然地将酒碗放在古猿身前的地上，端起自己的那一碗，喝了一口。

"你不让我叫你大圣，那我该叫你什么？"林七夜自言自语道，"斗战胜佛？孙行者？孙悟空？弼马……嗯……算了。"

"猴哥？"听到最后这两个字，那稳如泰山的身形微微一颤，周身的佛光荡起一阵涟漪。林七夜的眼眸中闪过一道微芒。"嗯，那就喊你猴哥吧。"林七夜缓缓将酒碗放下，"猴哥，你知不知道，你在我们大夏的人气有多高？走在大街上，基本上就没有人不认识你，就连字还没有认全的小孩子，都会用拼音一点点地去读你的故事。你是真正的全民偶像。"

林七夜端起酒碗，自顾自地喝了一大口，继续说道："没想到有一天，我竟然能有机会坐在你的面前，和你喝酒……虽然只是独角戏。既然你不愿意跟我说话，那我只能多说一点了。这样吧，我来讲一讲你在我们大夏流传的故事，要是有什么和事实不一样的，你就打断我，或者给个信号也行。"林七夜看着那只古猿依然没有回答的意思，便继续自言自语，"话说，在很久很久以前，东胜神州傲来国花果山上，有一块巨石……"在大圣面前讲他的故事，不是临时起意，而是林七夜仔细思索后的最佳方案。从那句"不要叫我大圣"上，林七夜可以初步推测，他的病就和这几个字有关，而想要排查问题究竟出在哪一个环节，靠大圣自己说肯定是不现实的，所以林七夜只能广撒网，将整个《西游记》都念一遍，通过他的反应，反过来推理出问题所在。简单来说，林七夜是在通过这种方式，找大圣的"痛点"。在来找大圣喝酒聊天之前，林七夜找时间反复温习《西游记》无数次，把里面有关的细节掰碎了一点点地记在脑子里，这才有现在这一幕。这注定是一个漫长而乏味的过程，但从某种意义上来说，就是最有效的解决方案。

壶中米酒，逐渐见底。林七夜将最后一口喝下，舔了舔干裂的嘴唇，嗓子都有些沙哑。他已经连续讲了近两个小时的故事，壶中的米酒，全都是他一个人在喝。在这期间，大圣没有丝毫动静，仿佛真的化作一尊佛像，超脱于世外。林七夜看了眼时间，缓缓从地上站起。他拎着两个酒碗和空荡的酒壶，长叹了一口气。"猴哥，今天时间差不多了，明天我再来找你喝酒。"他摆了摆手，迈步走出病房之外，出去之后还不忘将房门关上，脚步声逐渐在走廊中远去。不知过了多久，病房中，那只古猿低垂的眼帘，缓缓睁开……

"六条。""四筒。""碰！"

"和了。"沈青竹打出一张牌，将身前的麻将推倒，目光扫过桌边的百里胖胖、曹渊、迦蓝三人，眼中浮现出戏谑之色，那表情好像在说："你们就这？"

百里胖胖的嘴角微微抽搐。"不玩了不玩了，你们耍赖！"百里胖胖气愤地开口，"一上午了，我一把没赢过，就连迦蓝姐都赢了一把……"

迦蓝的表情有些不善："你说什么？"

"呃……没什么。"百里胖胖迅速认怂："让七夜或者小鱼儿跟你们玩吧，小爷我输够了。"

曹渊看了眼在椅子上打盹的林七夜和坐在棺材上看着舷窗外发呆的安卿鱼，幽幽开口："开挂禁止参赛。"

"那江洱妹妹呢？"百里胖胖转头看向端着小板凳坐在一边看牌的江洱。

"我摸不到牌。"江洱无奈的声音从飞机广播中发出。

百里胖胖无奈地叹了口气，又坐回了麻将桌旁，继续洗牌。

"再来两把，就要到淮海了。"曹渊看了下飞行路线，说道。

"淮海啊……想不到这么快，我们就回来了。"百里胖胖的目光扫过机舱，有些感慨道，"离开的时候，还是五个人；回来的时候，就变成七个了。"

"你漏算了剑圣前辈。"迦蓝提醒道。

"他是带队老师。"百里胖胖顿了顿，"不过，剑圣前辈不在，总感觉缺了点什么……"

"缺了他的绑匪式发言。"曹渊补充，"其实挺有意思的。"

"是啊……也不知道，我们几个找上007小队，他们会不会认账。"

…………

几人聊天之际，飞机便在停机坪缓缓降落。六人抬着棺材从飞机上走下来，坐上百里胖胖安排好的汽车，径直向着驻淮海007守夜人小队驶去。"007小队，一共有八位成员，其中队长是'克莱因'境，副队长是'无量'境，其他队员都是'海'境。"林七夜对照着文件，分析着这次挑战的情况，"最理想的情况下，应该是'克莱因'境的队长不出手，其他人和我们来一场七对七的战斗。如果那位队长加入战斗的话，我们的赢面就很小了。"

<h2 style="text-align:center">515</h2>

"所以，如何说服他们和我们公平对战，也是个问题啊……"百里胖胖若有所思。

"之前，你们是怎么做的？"沈青竹问道。

林七夜等人对视一眼："绑架。"

沈青竹沉默片刻："其实，再绑一次又有什么关系呢？"

"最好不要……"曹渊幽幽开口，"其实没有那么麻烦，只要我出面，他们就会相信的。"

百里胖胖想到了什么，恍然大悟："差点忘了，老曹你之前就是007小队的队员，你可以证明我们的身份啊！"

"嗯。"曹渊点了点头，"广队长本身就是一个好说话的人，和007小队的这一场战斗，应该会比较顺利。"

几人说话间，车辆便缓缓停靠。林七夜等人从车上下来，看到面前的景象，突然愣在原地。007小队的驻地，在一座独栋的老式写字楼，位于城市的边缘，从外表上看来十分破旧，但里面整整五层楼，全部都是他们的办公地点。此刻，在二层楼最显眼的位置，挂着一条崭新的横幅——"热烈欢迎无名小队成员莅临切磋！"

"啪啪——"两道清脆的声响传出，三层楼的窗户上，两道彩带扭炮已然打开，纷纷扬扬的七彩纸条从天空中撒下来，落在林七夜等人身前。他们的脚下，是一条鲜艳而庄重的红地毯。林七夜等人看着眼前这匪夷所思的一幕，集体愣在了原地。

"这是什么情况？"百里胖胖茫然地开口，"无名小队成员……是某个领导的名字吗？"

"我觉得，这说的应该是我们。"安卿鱼推了推眼镜。

"老曹！你的面子真大啊！"百里胖胖兴奋地拍了拍曹渊肩膀，"红毯都安排上了！"

曹渊狐疑地看着眼前这一切，表情有些古怪："不应该啊……"

林七夜正欲说话，整齐的鼓掌声便从前方传来，几个身影快步从楼中走出，面带灿烂的笑容，向着林七夜等人靠近。"你们好，我是驻淮海市 007 小队的队长，广庆生。"为首的中年男人和林七夜等人逐一握手，"想必，你们就是剑圣的学生吧？"

林七夜等人诧异地对视一眼。

"是……"

"广队长。"曹渊礼貌地笑了笑。

"咦？"广庆生看到曹渊，眼中浮现出惊讶之色，"曹渊？你也在这里？"随后，他像是想到了什么，"哦……原来你之前说的调到其他小队，就是这支预备队啊……不错，你小子有出息了！"曹渊的嘴角微微抽搐，所以……这些布置果然和他没什么关系。

"我们已经等候多时了，快里面请，切磋的场地安排好了，各位是想休息一会儿再开始切磋，还是直接开始啊？"广庆生客气地问道。

"先，先等一会儿吧。"林七夜狐疑地问道，"你们怎么知道我们要来的？"

"哦，昨天下午，我们收到了剑圣托叶司令亲自转交的信件，他说今天你们会来找我们切磋，让我们好好接待。"

"剑圣的信？"

林七夜一愣："能给我们看看吗？"

"呃……"广庆生有些犹豫，"可以是可以，就是……算了，各位先里面坐吧，我去给你们拿信。"

林七夜等人跟随着广庆生，走红毯进了写字楼，被带到会客厅坐下。这栋写字楼明显是旧时代的产物，里面的陈设都比较陈旧，但各个角落都打扫得干干净净，看得人很舒服。

"好多卷宗……"沈青竹走到一旁的书架前，目光扫过密密麻麻的文件，喃喃自语。

"淮海市因为人口众多，'神秘'降临得很频繁，这些还只是近两年的卷宗，剩下的三楼、四楼全部都是存放卷宗的仓库。"曹渊开口解释道。

"这么多？那007小队岂不是很忙？"百里胖胖惊讶道。

"是啊……"曹渊叹了口气，"之前我还在007小队的时候，不是在清剿'神秘'，就是在清剿'神秘'的路上。007小队的工作任务可是很重的，根本没时间组织什么团建，更别说发展副业了。"

"看来，007小队的实力很强。"林七夜若有所思。

"嗯，非常强，这是一支非常擅长战斗的队伍。"曹渊郑重地点头，"一会儿挑战的时候，一定要小心……"

就在几人聊天时，广庆生已经将那封信拿了过来。

林七夜接过信封，将其打开，抽出其中的信纸读了起来，嘴角微微抽搐。

愚蠢的007小队全员：

　　明天，我的学生们，也就是第五支特殊小队的预备队，会来到淮海市找你们进行挑战，请提前准备好场地，派出七位队员和他们公平对战，"克莱因"境不允许出手。

　　不要试图耍花招，除非你们想被撕票。

——我不是剑圣

这封信中，"撕票"和"剑圣"两个词，被刻意描粗，笔锋凌厉至极，一笔一画蕴藏着恐怖的剑意，仿佛随时准备从纸张中跃出，切碎阅读者的喉咙，给人的感觉就像是周平已经提着剑，面无表情地把剑搭在你的脖子上，问你想死还是想活。读这封信，让人有一种莫名的生死危机感。

林七夜："……"

"这封信……是叶司令亲手转交的？"林七夜僵硬地转过头，看向身旁的广庆生。

"没错。"广庆生僵硬地笑了笑，"剑圣前辈……可真爱开玩笑，呵呵呵……"

笑着笑着，广庆生就有些笑不出来了。林七夜嘴角微抽，他可以想象，广庆生第一次看到这封信的时候，表情必然精彩至极。笔锋之中蕴含着如此恐怖的剑意，再加上叶司令亲手转交……写这封信的，除了剑圣还能有谁？剑圣都说要把他们撕票了，他们哪里敢有丝毫怠慢？估计007小队，昨晚做梦都得被吓醒……

"剑圣前辈，确实挺爱开玩笑的。"

林七夜低头看着手中的这封信，嘴角微微上扬。

林七夜将这封信收了起来。

"我们就在这栋楼里切磋吗？"林七夜看了眼周围的环境，开口问道。一场七对七的战斗，而且参与者基本都是"海"境的实力，只要稍不小心，这栋老楼就会被打成碎片，如果真的在这里进行对抗的话，只怕不出一分钟，007小队的驻地就要塌了。"不，我们在淮海市郊外准备了一片空地，就是离得有点远，开车过去大概要两个小时。"广庆生回答。

林七夜点了点头，看了眼墙上的时钟："那我们还是早点开始吧，不然万一耽误了你们的工作，就不好了。"

"好，我去安排一下，一会儿和我们的队员一起坐车过去。"广庆生走到屋外打了两个电话，两分钟后，一辆旅游大巴就停在了楼前。"车已经到了，林队长，上车吧。"

林七夜"嗯"了一声，带着众人走下楼去。007小队的队员早就整装待发，曹渊上前跟他们打了个招呼，两队人马便带着各自的装备，上了大巴。大巴左边的座位，全部坐着007小队的队员，右边则是林七夜等人，中间的过道上横着一口冰冷的黑棺材，看得007小队队员的眼睛都直了。

"韩副队……我怎么感觉，这第五预备队来者不善啊？不是切磋吗？怎么连棺材都备好了……"007小队中，赵昆凑到副队长韩晴面前，小声地问道。韩晴瞪了他一眼："别瞎说。"赵昆默默地耸了耸肩，又坐了回去。

"喀喀，那个，自我介绍一下啊，我叫百里胖胖，今天初见各位007小队的英雄好汉，也没带什么礼物，就送大家一人一块名手表吧，不成敬意，不成敬意啊！"百里胖胖站起来，从口袋里掏出一把手表，笑嘻嘻地走到007小队的面前，"一会儿切磋的时候，大家手下留情！友谊第一，比赛第二！"

007小队："？？？"

几位队员看到百里胖胖手中的一大把名手表，直接蒙在了原地。一旁，林七夜无奈地抚额。又开始了……百里胖胖在摇晃的车身中稳若泰山，依次走到那些队员的面前，双手将手表送出去，脸上的笑容灿烂至极。他虽然敢送，007小队却没有人敢收。

"那个……百里同志。"副队长韩晴忍不住开口，"现在送礼，好像不太合适吧？"马上就要对战了，你这贿赂得还敢再明显一点吗？！

百里胖胖一愣，装模作样地一拍大腿，万分愧疚地开口："是我唐突了，抱歉韩副队……我只是想跟大家交个朋友，真的没有别的意思！这样，等我们打完了之后，无论结果如何，我再给大家把礼物补上，算是我们的一点小心意。"说完，百里胖胖拱了拱手，又坐回自己的位子上。听到这句话，007小队的队员神情各异，但眼眸中对林七夜等人的敌意已经小了很多。林七夜通过后视镜，看了身后的百里胖胖一眼，表情有些微妙。这小胖子……成长得挺快啊？这一次的送礼，虽然没有送出去，但是轻飘飘的一句"打完了再送礼物"，就基本上奠定了这次对抗的基调。俗话说伸手不打笑脸人，百里胖胖都说了无论结果如何，都会给他们送礼，那007小队就算出手也不会下手太重，毕竟要是真打得狠了，之后的局面就会变得非常尴尬。这是在无形之中削弱了007小队的战斗力。这一次，百里胖胖不是为了送礼而送礼，层次已经拔高了很多，换句话说，他更精明了。以前那个地主家的傻儿子，已经一去不复返了啊……

"丁零零"急促的电话铃声响起，坐在前面的广庆生接起电话："喂？"

"……"

"什么？"广庆生的眉头微皱，眼眸中浮现出凝重之色。

"好，我知道了。"他挂断电话之后，从座椅上起身，面带歉意地看着林七夜等人，开口道，"不好意思林队长，今天的对抗只能暂时取消了。"

"出什么事了？"

"淮海市东区那边，有疑似'无量'境的'神秘'降临，我们的队员必须立刻赶过去。"广庆生严肃地开口。林七夜一愣，沉吟片刻之后，他的嘴角浮现出一抹笑容。"广队长，其实我觉得，没必要那么麻烦。"林七夜缓缓开口，"既然是对抗，也没有规定要以什么样的方法决出胜负，不如我们换一下对抗的形式？"

广庆生的双眼微眯："你是说……"

"我们两支队伍同时从这里出发，哪支队伍先击杀那只'神秘'，就算谁赢。"林七夜微微一笑，"既不浪费资源，又不浪费时间，还能帮你们减轻压力。"

广庆生的眼睛逐渐亮起，他思索了片刻，点了点头："好，既然这样，就按你说的来，不过我可要提醒你们……如果这次竞赛你们输了，我们是不会再给你们一次对抗的机会的。"

"没问题。"

"那我就直接简要地说一下已知的情报。"众人纷纷竖起了耳朵。"目前，由于'神秘'出现的时间太短，而且目击者不多，我们对这只'神秘'的了解并不多，只知道它具备极强的隐蔽性与机动性，类人型，拥有较高的智商，总是能先一步避开警方所有的部署，攻击性并不高，唯一一次被目击是在东区的大剧院。"广庆生的目光扫过车内的众人，"已知的信息就这些，你们可以开始行动了。"话音落下，007小队的七位成员不等车辆停稳，迅速打开车窗翻了出去，速度极快，眨眼间就不见踪影。反观林七夜等人，目睹007小队的动作之后，并没有翻窗的意思，等到车辆停稳之后，才不慌不忙地依次走下车。

"我们这么悠闲，真的好吗？"百里胖胖忍不住问道。

林七夜默默地低头，将那张孙悟空面具戴上，伸手在虚空中一按，一道巨大的魔法阵在空中张开，紧接着，一条庞大的炎脉地龙匍匐在众人的身前。林七夜拍了拍手，不慌不忙地说道："急什么，我们有龙，他们有吗？"

517

"他们怎么移动得这么快？！"正在疾驰的 007 小队中，一个戴着眼镜的少女震惊地开口。

"怎么了，小瑜？"副队长韩晴问道。由于规则限制，007 小队的队长广庆生无法加入这次清剿任务，所以就由副队长韩晴带队，前往东区。齐小瑜右手食指抵住自己的太阳穴，双眸紧闭："他们不知道乘坐了什么交通工具，无视地形，一下就挪移到东区附近，马上就要到剧院了。"

"应该是他们某个队员的能力。"韩晴若有所思，"没关系，开头先让他们一会儿。"

"就是，跑得快点不算什么，咱们有小瑜的'感神图'，只要那只'神秘'还在东区范围，瞬间就能辨别它的身份，将它给找出来。"赵昆笑着说道。

"韩副队，我们需要这么认真吗？"一旁，杨乐童犹豫着开口，"既然这是第五预备队的考核，我们稍微放一下水，让他顺利通过，不是皆大欢喜吗？"其他队员也纷纷点头。对他们而言，这只是一次普通的清剿任务，但对第五预备队来说，事关他们能否顺利转正。要是这支队伍在他们这儿栽了跟头，这梁子可就结大了。只要他们稍微退让一步，既能让大夏多出一支特殊小队，又能跟这支特殊小队打好关系，当然是最好的结局。韩晴看了他们一眼："你觉得，具备成为第五支特殊小队资格的队伍，需要靠我们放水才能通过考核吗？"杨乐童一愣："既然守夜人的高层如此看好他们，就说明他们肯定有过人之处，这次的对抗考核，不是为了让我们阻拦他们成为特殊小队而存在的，而是通过这种形式，一点点地磨砺出属于他们的锋芒。我们，只是磨刀石而已。既然是磨刀石，就要发挥出磨刀石的作用，只有我们足够坚固，才能打磨出更加锋利的刀……如果我们太轻易地让他们获得胜利，只会让他们看轻我们，觉得 007 小队也不过如此。"

"那万一，我们赢了呢？"

"如果这柄刀，让磨刀石给崩断了，那就只能说明他们的道行还不够，没有资格成为特殊小队。"韩晴淡淡开口。

东区。世纪大剧院。

"这里，就是目击到那只'无量'境神秘的地方？"百里胖胖看着眼前这座破败的剧院，狐疑地说道。

"这座剧院存在的历史已经近百年了，据说在当时，这是整个淮海最繁华的地方，但是因为现代娱乐多元化的发展，再加上闹市区那边新开了一家更豪华的剧院，这里已经无人问津，就算按时表演，台下也基本没有观众。"曹渊开口解释道。

"老曹，你还知道这么多？"

"我也是在淮海待过一年的，之前这里演出票打折的时候，来过一次。"曹渊耸了耸肩。

由于目击到"神秘"的出现，整个剧院已经被警方封锁，好在广庆生已经和警方打好招呼，林七夜等人顺利地进入了剧场。剧场内的陈设比外面看起来更为老旧，即便每一个角落都打扫得很干净，依然有一种破破烂烂的感觉。而且场地相对而言有些局促，桌椅间的距离很窄，只有二楼的几间卡座看起来比较宽敞。

"目击那个东西的地方，就在那里。"跟在林七夜等人身后的一位警员指向前方。

林七夜等人顺着他的手指看去，眼中浮现出诧异之色："舞台？"

"嗯。"警员点了点头，"具体的，你们看监控吧。"

他让人带来了剧院的监控，放在观众席的桌上，现场播放起来。监控的方向是侧对着舞台，能够看到演员们的正脸，也能看到观众席的前两排，不过演出的时候，观众席空空荡荡，一个人也没有。但即便没有观众，舞台上的几位演员依然在兢兢业业地完成他们的演出。突然间，在舞台的角落，一团黑色的液体像是从虚空中流淌而出，顺着一根支柱流到地板上，汇聚成一团黑影。隐约之间，从监控中能看到那团黑影的中央，浮现出一抹赤红，像是一只眼睛，在四下张望着。紧接着，它悄然无声地游走到一位演员的脚下，突然从地面涌出，像是一只狰狞的黑色巨兽，一口将他的身形吞了进去。这一幕吓坏了其他演员，其中两位演员连滚带爬地跑下舞台，而正在和那位倒霉演员对戏的女演员更是双眼一翻，直接晕了过去。那团黑影笼罩了演员之后，逐渐褪去，化作一层薄薄的阴影覆盖在演员的身体表面。演员双眼紧闭，就像睡着了般。下一刻，在演员的眉心，一只赤红的竖瞳突然张开，散发着诡异的微光。被这团赤目黑影附身之后，那位演员并没有理会地上晕过去的同事，而是不慌不忙地脱下身上的戏服，走下舞台，将观众席上的一件黑色大衣披起，又从舞台侧面的服装架上挑了一顶黑色礼帽戴在头上。然后，他抬起头，透过低矮的黑色帽檐，那只赤红的竖瞳看了眼监控。他的嘴角微微上扬。他转过头，随手拿了一根手杖道具，在脚下的地面敲了三下，随后身形一晃便消失在原地。画面到此结束。

"这就没了？"百里胖胖茫然地抬起头，"他一个人也没杀？"

"没有，台上的演员都活了下来，但是那位被他附身的男演员，到现在还生死未卜。"警员开口说道。

安卿鱼抬起头，目光落在身前的舞台上，若有所思。

"你想到了什么？"林七夜走到他的身边。

"广队长说得不对。"安卿鱼缓缓开口，"它不是拥有较高的智商……它是拥有极高的智商。"他伸出手，指向舞台右上方的黑暗处，"这处监控的位置十分隐蔽，就算是认真地去看，也很难辨别出它的存在，但是这只'神秘'一眼就看穿了它的位置，而且还很自然地穿上衣服、戴上帽子，它的行为举止，根本就不像是一只'神秘'……而像是一个真正的人。"

518

林七夜点了点头："同意，它看向监控的那一眼，很明显是发现我们了，它知道我们会通过这个监控来窥探它的动作。"

"或许，这和它的那只眼睛的能力有关。"安卿鱼若有所思，"从它的行为来看，正如广队长所说，并不具备太强的攻击性，但偏偏散发着'无量'境的波动，也就是说，在除了战斗之外的某个方面，它拥有极恐怖的潜力。"

林七夜再度点头。境界，并不是衡量"神秘"战力的决定性因素，"神秘"之所以可怕，是因为拥有的能力千奇百怪。比如李毅飞，也就是难陀蛇，本身的战斗力并不强，但能够通过"蛇种"来悄无声息地渗透任何物种，外貌完全无懈可击，记忆也会继承，再加上其超高的智商……如果不是恰好被人撞见了，又遇上林七夜这个变态，或许整个沧南都会悄无声息地变成难陀蛇妖的蛇城。还有阿朱，虽然正面战力弱得掉渣，但是能通过蛛网轻松地勾走魂魄，杀人于无形。从目前掌握的情况来看，这只"神秘"，也是这种类型的存在。

"可惜，我们没有守夜人的数据库，无法辨别这只'神秘'的身份与能力。"安卿鱼无奈地叹了口气。林七夜的队长权限已经被剥夺了，在通关所有的训练之前，他是无法调出守夜人内部的"神秘"归结档案的，也就是说，他们的情报会比 007 小队所能得到的少很多。

"不就是情报吗？"沈青竹坐在观众席上，看了林七夜和安卿鱼一眼，平静地开口，"我来解决。"

林七夜和安卿鱼对视一眼："你怎么解决？"

"这你就别管了。"沈青竹淡淡一笑，像是想起了什么，拍了拍身边的百里胖胖，"死胖子，跟我走一趟。"

"啊？哦……"百里胖胖挠了挠头，茫然地站起身跟着沈青竹走了出去。

见两人直接离开了剧场，安卿鱼转头看向林七夜："他们……能行吗？"

"能行。"林七夜点了点头，"你可以永远相信拽哥。"

安卿鱼推了推眼镜："总之，现在最关键的，就是找到这只'神秘'的位置。"

"凭那只'神秘'的智商，想用常规的方法找到他，应该比较困难。"

"那我们就用点不常规的。"安卿鱼微微一笑，伸出手，轻打了一个响指。密集的鼠潮从剧场的角落奔涌而出，如同潮水般，眨眼间便覆盖大半个剧场，将守在附近的警员吓了一大跳。林七夜的眼睛一亮："你的鼠潮已经覆盖到淮海了？"

"这里距离沧南并不远，而且之前我们在这里待了这么久，早就准备好了。"安卿鱼手指轻挥，这片鼠潮便迅速退去，钻入下水道中消失不见。

"鼠潮搜遍整个淮海，还需要一点时间，我想去搜一下这附近的监控。"

"监控，能拍到它吗？"林七夜眉头微蹙。

"如果它不想让自己被拍到的话，当然不可能。"安卿鱼缓缓开口，"但是……如果它自己主动暴露在监控下，那就不一样了。"

林七夜抬头看向舞台角落的那个监控，若有所思："你是说，它想让我们找到它？"

"不排除这种可能。"

"好，那你和江洱一起去吧。"林七夜开口，"我以这座剧院为中心，用精神力一点点地往外搜出去，看能不能有什么发现。"

"好。"

两分钟后，韩晴带着007小队的其他人，走进了剧院之中。林七夜等人已经离开，空荡的剧院之中，只剩下几位警员留守在这里。看完监控之后，他们的眉头就微微蹙起。

"这只'神秘'，比我们想象的要聪明。"韩晴沉思片刻，"琳琳，赵昆，你们回去查一下这只'神秘'的档案，看看它到底是什么东西。"

"是。"赵昆和陈琳琳点头，快步走出剧院，向着007小队的驻地赶去。

"小瑜，你能感知到那只'神秘'的动向吗？"韩晴转头看向齐小瑜。齐小瑜紧闭着眼睛，似乎在尽力地搜索着。"感知到了。"片刻之后，她睁开了双眼，"'无量'境的'神秘'波动，现在正在东区的边缘，向着南区移动。"

"南区？"韩晴疑惑地蹙眉，"能猜测到它的目的地是哪儿吗？"

"不太确定……不过在它行进的直线上，人员比较密集的只有南区的那座体育馆。"齐小瑜有些不确定地说道。

韩晴点了点头："追！"

东区。边缘老城区。一个戴着黑色礼帽、披着大衣的身影走在人行道上，左手插兜，右手的手杖优雅地点过一块又一块的地砖，步伐轻盈，像是一个悠闲的旅客。但若是有路人停下身，仔细地看他的脸，会发现他的双眼竟然是闭着的……只是在帽檐的遮挡下，没有人会注意到这一点罢了。突然间，他停下脚步。"嗯？"他的脸上浮现出疑惑之色。他转过身，用手指轻轻顶开帽檐，眉心中的那只赤红竖瞳看向路边的一个监控，眼眸中，诡异的红芒闪烁。片刻之后，他低下头，轻拉帽檐，遮住了那只赤红的眼睛。"怎么是那一队人先追过来了……得先想个办法，把他们给甩掉。"他喃喃自语。他很自然地走到路边，伸手招停一辆出租车，帽檐下的嘴角浮现出礼貌的微笑，然后开门坐到了出租车的后座上。

"去哪里啊？"驾驶座上，地中海发型的中年司机问道。

"去市政府。"他平静地开口。

"好嘞。"司机按下车头的"载客"按钮，一脚踩在油门上，向着市政府的方向疾驰而去。

十五分钟后，车辆在市政府门口缓缓停靠。"到了。"

"去海洋馆。"

"什么？"司机以为自己听错了。

"去海洋馆。"男人重复了一遍。

"不是，你不是要去市政府吗？"

"哦，事情有点变化，现在去海洋馆。"

"……"

"放心。"男人拉了拉帽檐，"你继续打表，车费最后一起给。"

司机听到这话，嘟囔了一声，只好重新掉头，向着另外一个方向疾驰而去。

519

"副队，它的动向又变了！"半空中，向着某个方向疾驰的齐小瑜睁开眼睛，表情古怪地说道。

"又变了？！"韩晴诧异地开口，"这还不到半个小时，已经变两次路线了，它究竟要去哪儿？"

"不知道……"

"副队，我怎么觉得……它好像在戏弄我们？"杨乐童有些不确定地开口，"每次我们快要追上它，它就突然往别的方向跑，难道它知道我们能感知到它的位置？"

韩晴皱眉沉思起来。

"赵昆那边，有消息了吗？"

"还没有，他们还在调档案，不过应该快了。"杨乐童回答。

韩晴叹了口气："没办法了，继续追，凭我们的速度，就算它再怎么改变方向，也不能在我们的眼皮底下逃走，追上它只是时间问题。"

"是！"

007 小队驻地。赵昆的目光紧盯着电脑，上面检索的进度条正在缓缓跳动。

守夜人的数据库储存着全国百年来所有出现过的"神秘"的档案，由人工智能分类管理，通过内网中输入的关键词可以对这些档案进行检索，关键词越是模糊，检索的进度就越慢。而且，如果是百年内从未出现过的"神秘"，即便是花大量的时间搜遍数据库，最终可能得到的还是一份空白的档案。这次，007小队对这只"神秘"的了解，也只限于外形方面，所以检索的时间较长。

"找到了！"另一台电脑前的陈琳琳突然站起身。

赵昆跑到她的身边，一起阅读这份被调取出的档案。

"'窥秘者'……十二年前，沧南市出现过一次……"赵昆的目光扫过这份档案，最终停留在了它的禁墟上，眼眸一凝。"这个能力……"赵昆抬起头，和同样震惊的陈琳琳对视一眼，快步向着楼外走去。赵昆一边走出大门，一边掏出手机，开始给韩晴打电话。电话响了两声，便被接通。"喂，韩副队，我找到这只'神秘'的档案了，它……""啪——"话音未落，一声清脆的响指声从身侧传来。下一刻，附近的空气被瞬间抽空。真空中，赵昆的声音戛然而止，他与陈琳琳的瞳孔骤缩，闪电般地将手搭在腰间的直刀上。敌袭！

"乾坤错乱。"真空区外，一个戴着猪八戒面具的身影缓缓伸出手在虚空中一按，黑、白二色的太极八卦图瞬间展开。两人手中的直刀突然剧烈震颤起来，猝不及防之下，脱手而出，径直向着那道太极八卦图中央的身影飞去！两人愣在了原地。还没等他们有所动作，两柄高压的空气锤突然撞在他们的脑后，两人只觉得眼前一黑，下一刻便失去了意识。

空气恢复流通，百里胖胖走到这两人身前，表情有些微妙。

"拽哥，咱这么做，会不会不太好？"

一旁，沈青竹不紧不慢地走来："有什么不好的？这本身就是对抗，而且我们只是共享一下情报而已，又不会真的伤害他们。"

"那万一他们醒了之后，不肯告诉我们怎么办？"

"谁说要让他们告诉我们了？"

百里胖胖一愣："他们不告诉我们，我们怎么知道情报？"

沈青竹拍了拍他的肩膀，走到一旁，捡起地上的那部手机："学着点。"

迷迷糊糊中，赵昆睁开了眼睛。"嗞……"他摸了摸后脑，还有些隐隐作痛，不过他还在这栋楼的门口，而且从天色上来看，晕过去的时间并不长，应该在十分钟以内。"琳琳，醒醒。"他走到一旁，晃了晃倒在地上的陈琳琳。陈琳琳闷哼一声，缓缓睁开双眼，茫然地环顾四周，眉头紧紧皱起："我们刚刚……是遇袭了吗？"

"嗯。"赵昆顿了顿，"不过出手的人戴了面具，无法确认身份……可能是第五预备队的人。"

"他们怎么还搞偷袭啊！"陈琳琳气愤地嘟起了嘴。

"奇怪的是，他们打晕我们之后，好像什么都没做。"赵昆捡起了地上的直刀和手机，表情有些古怪，"他们究竟想干吗……"

"先把情报跟副队汇报吧……还有我们刚刚被偷袭的事情。"

"嗯。"赵昆拨通了某个号码，几乎瞬间对方就接起了电话。"滋滋滋……喂？"韩晴的声音从电话的另一头传来。

"韩副队，我们找到那个'神秘'的档案了。"赵昆严肃地开口，"黑影赤目，状似人形，具备高智商，而且能够附着在普通人身上……它是'窥秘者'。"

"'窥秘者'？"韩晴的声音有些惊讶。

"没错，它的禁墟序列是043，名为'窥秘之眼'，它的那只赤目，能够窥破任何不具备生命的物体的过去、现在和未来。它之前看了舞台边的监控一眼，就已经窥破那个监控的未来，它看到在未来的某个时间点，我们会调出这个监控，看到它的存在。那是一只能在一定程度上预知未来的'神秘'！"

"原来如此……"

"百年以来，大夏境内只出现过一只'窥秘者'，就是在十二年前的沧南市。当时驻守沧南的136小队追击了它整整半个月，都没能抓到它，后来不知道发生了什么，它自动消失了。现在的这一只'窥秘者'，很可能就是十二年前在沧南出现过的那一只。它并不是今天才出现的……它是在某个地方一直潜伏到今天，才主动释放了自己的气息，它想让我们去找它！"

"嗯，还有什么吗？"

赵昆沉吟了片刻："档案中还提到了一点，我比较在意……十二年前它出现的时候，自称为某个无上存在的侍者，它降临在这里，是那位无上存在的旨意。"

"无上存在……"电话那头的声音顿了顿，"我知道了，还有吗？"

"没有了。"赵昆想到了什么，"对了副队，我们刚刚好像被第五预备队的人袭击了。"

"哦，是吗？"

"他打晕了我们，但是又什么都没做……我有点想不明白。"

"想不明白就对了。"

赵昆疑惑地问道："副队，你在说什么？"

电话那头，微弱的滋滋声传来，韩晴的声音突然变化成了一个清冷美妙的少女声音："我说，谢谢你们的情报……晚上请你们吃夜宵哦。"

—520—

淮海市交通中心，安卿鱼将手中的电话挂断，看向身旁飘浮着的白裙少女，眼中浮现出诧异之色："就这么简单？"

江洱点了点头："嗯。"

"你的能力范围不是只有一公里吗？是怎么从这里干扰到沈青竹那边的手机的？这段距离至少有四公里吧？"

"一公里，是我身体中大脑磁场所能够覆盖的范围，也就是我的移动范围，并不是能力作用范围。"江洱开口解释道，"我干扰那部手机，并不是亲自过去对其进行篡改，只是通过磁场改变了覆盖在这片区域的信号而已。现代移动通信的本质，实际上就是通过信号进行终端之间的信息交互，信号通过散布各地的基站进行传播，实现远程通信，就像是一张大网覆盖在城市的上空，而我可以从这张网的任何一个端口进入，通过能力直接影响电波信号本身。所以，现代背景下，我的能力可以影响到任何一个信号覆盖的地方。"

安卿鱼若有所思："也就是说，只要你愿意，可以随时影响全国任何一部手机？"

"还有收音机、电视、电脑等所有通过波段信号传递信息的电子设备……前提是我要知道这台设备的信号编码。"江洱补充，"这种能力，是在我成为幽灵之后才出现的，之前我只能在一公里范围内，通过磁场影响电子设备而已。"

"难怪你要让沈青竹先把他们打晕，然后给你打一个电话。"安卿鱼点了点头，又问道，"但如果一台电子设备的信息交互能力被阻隔，你还能入侵吗？"

"如果它没有任何与外界之间的信息交互，我就只能让本体进入它一公里的范围之内，通过磁场本身才能操控。"江洱说完之后，安卿鱼便陷入了沉默，他静静地看着江洱的眼睛……"你……看我干吗？"江洱察觉到安卿鱼的目光，眼神有些慌乱，悄悄将头侧向另一边。

"我才发现，从某种意义上来说，你才是这支队伍里最恐怖的人。"安卿鱼缓缓开口，"即便是七夜、迦蓝、沈青竹他们，全力以赴之下，最多也只能毁灭一片区域。但你不一样，只要你心念一动，所有基于现代通信的电子设备就会全部瘫痪……甚至充满了毁灭性。错误的交通信号灯，错误的导航，错误的指令……你可以轻松地造成车祸，可以肆意地改变飞机的航线，可以操控股市的走向，可以抽走所有储存在网络银行的货币，造成市场经济的崩塌，甚至可以左右大规模杀伤性武器的发射。你可以在五分钟内，让现代社会的一切，倒退回百年之前。"

安卿鱼看着她的眼睛，一字一顿地说道："'通灵场'的序列，绝对被低估了，对现代社会来说，这个能力的杀伤力绝对不在七大王墟之下。"

江洱怔了半晌，双唇微抿："但是，我为什么要这么做？我是守夜人，怎么可能去做这些事情……而且，如果我真的这么做了，恐怕一分钟之内我的存在就会被抹杀。"

安卿鱼一愣："为什么？"

"你以为，能够通过禁墟影响网络与信号的只有我一个人吗？"江洱苦涩地笑了笑，抬头看向眼前的众多屏幕，"即便是在虚拟世界，这个国家，也是有人在守护的……在看不见的那个世界中，他就像是太阳一样耀眼，镇守在一切信号与网络的尽头。我能感觉到，他很强，非常强。"

"他有多强？"

"只比剑圣前辈弱一点。"

安卿鱼点了点头："那我明白了。"

"闲聊就到此结束吧，接下来，我要开始工作了。"安卿鱼走到一旁，和工作人员交流了几句。很快，眼前的上百块监控屏幕，同时倒退回了几个小时之前的画面。"这么多的屏幕，你看得过来吗？"工作人员狐疑地问道。安卿鱼站在众多屏幕之前，镜片清晰地倒映着所有的画面，片刻之后，他的眉头微皱："最高的倍速是多少？"

"六十四倍。"

"调到六十四倍。"

"哪一个画面？"

"全部。"

工作人员愣在了原地，许久之后，才嘀咕了一句，默默地将所有的画面都调到六十四倍速。上百块监控屏幕，同时以令人眼花缭乱的速度闪烁起来。众多屏幕之前，那个背棺的少年平静地站在那儿，镜片下的双眸中，闪烁着微弱的灰芒。

淮海市，市中心。高楼林立的现代街道上，密集的车辆正缓缓在路上挪动，没有人注意到，他们脚下的大地中，一条赤红的炎脉地龙瞬间闪过。"'窥秘者'？"坐在炎脉地龙背上的林七夜拿着手机，眉头微皱。他的背后，是迦蓝，再后面则是曹渊。"我知道了，我的精神力已经搜遍整个东区，没有找到它的踪迹，它应该去往别的地方了，两分钟后，我们在北区会合。"林七夜挂断电话，低头沉思起来。能够通过某个物体，窥探未来的"神秘"……十二年前？那不是沧南被"湿婆怨"抹杀之前吗？沧南市，136小队……是巧合？纷乱的思绪在林七夜的脑海中交织，他隐约觉得自己抓住了什么，却又好像什么也没抓住……突然间，他觉得自己的腰有点疼。林七夜无奈地回过头，对着身后的迦蓝说道："迦蓝，你能不能轻一点，我的腰快被你勒断了……"他的身后，迦蓝"啊"了一声，搂在林七夜腰间的双手立刻缩了回去，脸颊微红："我……我晕龙，我怕不小心从它的背上掉下去。"

她的背后，曹渊认真地开口："其实，你要是掉下去了，我可以拉住你……"迦蓝扭过头，狠狠地瞪了他一眼。曹渊的嘴角微抽，默默抱紧手中的刀鞘，一副老实巴交的样子。林七夜正欲说些什么，手机铃声再度响起。这次，是安卿鱼打来的。

"喂？"

"七夜，我找到那只'神秘'的位置了。"安卿鱼的声音从电话另一头传来，"它穿戴的还是从剧院拿走的衣服和帽子，只不过一直向人多的地方走，混杂在大量的人群中，很难辨别出来。"

"它主动把自己暴露在监控下？"

"没错，而且它每一次经过监控，都会抬头看一眼，应该是在通过自己的禁墟预知我们的动作。007小队不知道用了什么手段，一开始就径直向着那只'神秘'追去，但是因为它能够通过道路监控反过来预知007小队的动作，所以直到现在007小队还是没追到它。"

就在这时，坐在炎脉地龙背上的曹渊突然开口："是齐小瑜，她的禁墟能感知到具备高强度精神力波动的生命体，就像是雷达一样时刻追踪对方的位置。"

"但是在'窥秘者'的禁墟面前，这个雷达还是失效了。"安卿鱼道。

林七夜沉思片刻："既然'窥秘者'可以通过物体预知未来，那贸然去追堵，肯定会被它提前预知躲避……得想办法避开它的预知才行。"林七夜低头，皱眉沉思。怎么避开它的预知？通过观察不具备生命的物体，预知未来……不具备生命的物体……许久之后，林七夜想到了什么，双眸逐渐亮起。"我知道了。"

"东堂大厦到了。"出租车中，中年司机缓缓停下车，从杯座上掏出保温杯往嘴里灌了一口水，长舒了一口气，眼眸之中满是疲惫。"你已经连续换四个目的地了，我说兄弟，你不会是遇上什么事儿了吧？"司机忍不住吐槽。后座上，那个戴着黑色礼帽、穿着大衣的男人微微抬头，看了眼窗外。"没事……就到这儿吧。"他伸手打开了车门，迈步走下车。

"等等！"司机连忙开口，"你还没付钱呢？一共三百二十六，微信还是支付宝？"

男人站在车外，沉默了片刻："我没带钱。"

司机瞪大了眼睛："你逗老子？"他猛地一拉车门，想下车教这个男人做人，但无论怎么拉动门把手，都无法将车门打开，就像是和车身彻底焊死了一样。男人不慌不忙地用手杖敲了敲玻璃，开口道："我没带钱，但是我能救你的命。下周二在湖塘桥右拐进市区的时候，速度慢一点，尤其是注意一下对面来的大型车辆，你自己不怕死没关系，但你的车上……还有个孕妇。"说完，他拉低帽檐，不管司机的反应，转身便跨过"施工重地"的标志，向那栋尚在施工中的高层大楼走去。

"碰上个疯子！"司机在车内几次三番试图打开车门，都失败了，气恼之下，只能猛地一巴掌拍在喇叭上，骂骂咧咧地开口。"嘟——"突然响起的喇叭声将路边一边低头玩手机一边走路的高中生吓了一跳。他看了眼这辆出租车，嘀咕一声，刚回过头，猛地缩回了脚步。在他的面前，是一个没有盖上井盖的下水道口。

"谁这么损啊？"高中生的身上惊出一身冷汗，刚才要不是这喇叭声让他回过神，肯定就一脚踩空掉下去了。他犹豫片刻之后，从工地门口拖了个护栏，横在下水道口前，防止接下来还有人掉进去，然后拍了拍手，拿着手机继续向前走去。

施工工地，男人提着手杖，轻盈地走在满是碎石的地面上，用手指轻轻抬起帽檐的边缘，那只赤红的眼眸扫过周围。在他的视野中，周围的一切物体仿佛都变成老电影，开始迅速闪烁起来，播放着它们曾经的经历，以及未来的遭遇。他眉心的赤目微光流转，将播放的进度条拖到未来——东边的那条石子小路，三分钟后会有两个人踩在上面，踩得很轻，身手应该很不错；左手边的那几块玻璃表面，三分半后反射出三个人的倒影，他们披着暗红色的斗篷，腰间挎着直刀，和他在监控中看到的007小队队员完全吻合；眼前的那栋尚未完工的大楼中，南面六楼左边数第三个窗户，五分钟后会被震碎；大楼西面的沙地，在五分半后会被大量的高压水流冲刷，看来在007小队中，有一位操控水流的强者；南面的墙壁……成百上千条信息糅合在一起，展露在男人的眼前，通过这些看似零碎的未来信息，他能够完美地模拟出这里未来即将发生的情景。每个人如何走位，如何出手，会对环境造成什么样的影响，都在他的眼中。

"分头包围吗……确实是个不错的选择。"男人用帽檐遮住那只赤目，喃喃自语，"但是，为什么没有看到另外一队人的踪影……难道他们放弃这次考核了？不，不可能，那位大人不会骗我的……"他沉吟片刻之后，迈步向着眼前那栋尚未完工的大楼走去。这栋大楼早在三年前就开始修建，后来因为资金运转问题，工程都被中途叫停，此刻除了他这位闯入的不速之客，并没有看到其他的身影。他的身影逐渐消失在楼中。

三分钟后，007小队的队员，如同鬼魅般从不同的方向闪入了工地之中。两道轻盈的身形从东边的石子路掠过，韩晴抬头看了眼这栋高耸的大楼，眉头微皱："小瑜，确定它就在这栋楼里吗？"

"嗯。"齐小瑜将手指从太阳穴上挪开，点了点头，"我能很清楚地感知到它的精神力波动，就在这栋楼里，但是具体在第几层就不知道了。"

"不重要了，既然我们已经将它包围，它就不可能从这里逃脱。"

韩晴打开耳麦，平静地说道："张开'无戒空域'。"

施工工地外，西面，北面，南面，三道告示牌同时落下，一座庞大的无形领域缓缓张开，将这座施工工地彻底与外界隔绝。

"'无戒空域'准备完毕。"

"冲楼。"韩晴迅速下令,包围在工地附近的007小队成员同时掠出,向着中央那座尚未完工的大厦冲去。七道暗红色的斗篷在灰褐色的地面上飞驰,每一步踏下,都能扬起大量的风沙。直刀整齐划一地出鞘。"'331'阵形。"韩晴冷静地下令。她冲到大厦的底端,身形下沉,随后双脚骤然用力,整个人就像是炮弹一样飞跃而起,将地面震出密集的裂纹。不借助任何外力,她这一跃,就跳了近八层高。随后,她的脚尖在第八层的窗沿上一点,身形再度如鸿毛般飞跃而上,然后是第十二层、第十六层……连续三次借力之后,她便翻上大厦尚未完工的第二十层。她弯下腰,指尖在虚空中轻点,紫色的火焰脉络像是蛛网般扩散而出,在半空中交织绽开,仿佛一个置于大厦之上的紫火之眼。

与此同时,大厦的一层,剩余的007小队队员三人一组,从两个不同的方向冲入。"331"阵形,是007小队用于高层立体作战的战术阵形之一,由副队长韩晴镇守顶层,防止"神秘"从楼中逃出,另外两组人从两个方向以最快的速度搜寻"神秘",确保每一组人都有与"神秘"单独作战的能力。一旦发现"神秘"的位置,两组人马会迅速会合,而镇守在楼顶的韩晴也会出手,用雷霆手段击杀"神秘"。这一套战术阵形,可以说是007小队对付"神秘"事件最为有效的方案之一。齐小瑜、杨乐童、赵昆三人结成一组,以三角阵形沿着楼层向上迅速搜索,速度极快,顷刻间就搜遍了六层楼,正向着第七层冲去。在他们踏上第七层的瞬间,一个身影出现在第七层的正中央。杨乐童的瞳孔骤缩。"发现目标!"他大喊一声,没有丝毫的犹豫,身形向着那道身影急速冲去!一边奔跑,他的身体开始散发着青灰色的光芒,周围的温度急速上升,他踏在楼板上的每一步,像是熔岩一般,轻易地在地上熔化出一只脚印。在他的身后,赵昆的反应速度也极快,他伸手在虚空中一招,原本就备在楼外的储水箱轰然爆开,大量的水流如柱般腾跃而起,飞到了第七层之外。"331"阵形中,分成的两支三人小组都是经过无数次配合磨砺的,而且禁墟的搭配也是最为适合,赵昆的禁墟能够操控水流,但招数的前摇太长,禁墟刚烈霸道的杨乐童却可以弥补这一段时间的战力真空期。至于齐小瑜,她本身就是一个雷达似的存在,正面战斗力可以忽略不计。

然而,就在杨乐童提刀冲到那身影面前的瞬间,他的瞳孔骤然收缩。倚靠在承重柱旁的,确实是那个离离剧院的演员,但此刻身上已经绑满胶带,被固定在柱旁,而附着在他身上的那道赤目黑影却消失不见……"诱饵!"杨乐童立刻反应了过来。就在这时,一道黑色的影子从楼顶的黑暗中倒悬而下,落在赵昆的背后,影子的额头处,一只猩红的赤目散发着诡异的光芒。下一刻,它整个融入赵昆的身体，化作一道黑影笼罩在肌肤的表面。赵昆的躯体僵直了片刻，脑海中两股精神力骤然对撞，而赵昆本身只是"海"境，只支撑片刻就心神失守，失去了身体的控制权，意识陷入了沉睡。双眼缓缓闭上，而他的额头处，一只赤目黑瞳的眼眸骤然睁开！他的嘴角勾起一个淡淡的笑容。他反手用直刀的刀柄重击在齐小瑜的脑后，将其击晕在地，然后伸手一招。"轰——"滂沱的高压水流从窗外灌入，径直冲撞在楼层中央的杨乐童身上，与他肌肤表面的青灰色光芒碰撞，像是触碰到了岩浆，他周身的水流瞬间沸腾！

杨乐童回过头，震惊地看着赤目的赵昆，下一刻便被这恐怖的水压冲刷离地，直接顺着一侧的窗户被卷了出去，撞碎玻璃，坠楼而下。赤目赵昆走到角落，披上地上那件湿漉漉的大衣，低头将黑色的礼帽戴在头上，提着手杖不紧不慢地走到楼层的中央。他抬起手杖，用尖端轻轻碰了一下楼板。环绕在他周围的高压水流凝结成锤，重重砸落在楼板上，恐怖的力道从水流中爆发，直接将这层楼板洞穿。在这之后，那道高压水流锤没有丝毫停滞，依然卷携着恐怖的能量向下砸去，接连砸穿下面的所有楼板，并恰好砸在尚在五楼的第二支三人小组中的领头者身上，将其连带着一起砸了下去。"轰轰轰——"接连的轰鸣声从脚下传来。他的力道掌握得非常精妙，在不损伤楼体承重结构的前提下，砸出了一个贯穿七层的大洞。弥散的烟尘滚滚席卷，另一支三人小组中，剩余的两人同时暴起，晃晃刀芒迎着烟尘向他斩来。赤目赵昆拎着昏迷的齐小瑜，走到洞旁，直接将其扔了下去。齐小瑜迅速地向着一层坠下！

"杀我，还是救人，你们自己选吧。"他微笑着开口。

齐小瑜和被冲下去的杨乐童不同，后者是皮糙肉厚的正面战力，而前者只是一个能够感知精神力的柔弱女子，虽然晋升"海"境之后身体素质大幅加强，但在无意识的情况下从七楼摔下去，还是会受到重伤。果然如他所料，剩下的两人中，其中一人咬牙冲下楼去救齐小瑜，另一人则依然杀气腾腾地从五楼腾跃而起，向他冲来。赤目赵昆轻按礼帽，像是察觉到了什么，连续后退五步，紧接着楼顶一道紫红色的雷霆击碎数十道楼板，直接贯穿了他刚刚站立的地方……然后，好巧不巧地劈在那位腾跃而起的 007 小队队员身上。后者闷哼一声，双眼一翻，直挺挺地顺着洞口向着一楼掉去。

523

从用诱饵引走杨乐童，到附身赵昆，击晕齐小瑜，冲走杨乐童，打穿楼板，解决掉剩下的三位 007 小队成员，他的行动宛若行云流水，没有丝毫停滞。就像是这一幕已经在他的脑海中预演了无数次一样。赤目赵昆站在一边，抬头看向身前弥漫的烟尘，嘴角微微上扬："看来，你们抓不住我。"

烟尘中，脸色阴沉无比的韩晴从中走出，肌肤表面流淌的紫红色纹路散发着恐怖的气息，仿佛要将这栋大楼连同眼前的"窥秘者"，一同燃烧殆尽。"'无量'对'无量'，你凭什么觉得你能赢？"韩晴冷声开口。赤目赵昆轻笑一声，伸出手，指了指自己胸口的位置："你，想让他死吗？"韩晴的双眸一凝："你在威胁我？"

"没错，我就是在威胁你。"他轻轻抬起帽檐，那只猩红的赤目微微眯起，"我已经看到了，你的那柄刀，最终还是没有染上他的鲜血。而这里，也不会被你的紫火焚毁。所以，我的威胁奏效了。收起你的火焰吧，等我离开了这里，我就放过他。"他将礼帽戴正，平静地说道。韩晴握刀的手紧紧攥起，骨节都有些发白，双眸死盯着赤目赵昆，眼中的怒火熊熊燃烧。许久之后，她还是缓缓松开了刀柄。充满毁灭气息的紫火逐渐熄灭："下一次，你必死无疑。"

"呵呵，希望有下一次吧。"赤目赵昆笑了笑，不急不慢地走到窗边，正欲迈步跃下。就在这时，一道白色的身影突然穿透了墙壁，从楼顶直接闪入他的身体。她的速度太快了，而且没有发出丝毫声音，就连一直在紧盯着赤目赵昆的韩晴都没有看清那是个什么东西。被那道白影撞入身体后，赤目赵昆的身体一颤，突然扭头，飞快地向着另一个方向的窗户跑去！"这怎么可能？"一边跑，附着在他身体上的赤目黑影一边震惊地开口，"这是什么东西？为什么能跨过我的精神力，直接掌控这具身体？为什么我没有预知到你的出现？"

"嗖——"他跑到窗边，双脚用力在窗沿上一踏，飞跃而出！随后，一个踩着金色剑芒的胖子从远处疾驰而来，精准地接住半空中的赤目赵昆，将其提在半空中。"江洱妹妹，干得漂亮！"他嘿嘿一笑，脚踏金色剑芒，刹那间洞穿空气，向着对面街道的另外一片施工区俯冲而去。

韩晴快步跑到窗边，看着那疾驰远去的身影，眼眸中闪过一抹担忧，还有些许的期待。许久之后，她长叹了一口气："希望，你们能行吧……"

百里胖胖驾着"瑶光"，飞到那片平整的施工区上空，赤目赵昆从剑芒之上一跃而下。"轰——"粗壮的树干从地底爆出，像是擎天巨柱般冲上天空，密集的树枝从树干中蔓延而出，在空中交织，组成一座坚实庞大的木质的囚笼。远古树妖！赤目赵昆落在这座巨大囚笼的中央，幽灵江洱自动弹出其身体，赤目赵昆重新获得身体的控制权，但此刻整个囚笼已经被彻底封锁，根本没有出去的可能。他抬起头，用手抬起帽檐，那只赤目扫过周围，眉头紧紧皱起。他……什么也看不到。他的"窥秘之眼"，只能窥探不具备生命的物体的过去、现在与未来，而这座将他囚禁在内的木质囚笼，本身就是远古树妖的一部分，并不属于死物的范畴。他的视野范围之内，根本就没有可以供他推演未来的物体存在。这里，不是他的主场。"原来在这儿等着我……"赤目赵昆喃喃自语，随后摇了摇头，"可惜，一堆木头是困不住我的。"他指尖轻抬，马路周围的消防栓同时爆开，高压水流如同雪白的长龙冲天而起，从四面八方向着这里汇聚。

"冻结。"地面，一个背着黑棺、戴着唐僧面具的少年平静地开口。极寒的冰霜以他为中心爆发，脚下的大地爆射出大量的寒冰藤蔓，刺入那些冲天而起的高压水流之中，以惊人的速度将其全部冻结，化作一根根散发着寒霜的冰柱。赵昆眉心的赤目光芒闪烁，在他看到这些水流的瞬间，就预知到这些水流会被冻结，他伸出手对着尚在冰结过程中的消防栓一握，几道高压水刃飙射而出，径直斩向他周围的木笼。这座具备生命的囚笼，让他有一种被蒙蔽双眼的感觉，当务之急就是脱离这座木笼，回到正常的战场。然而，那几道高压水刃斩在木笼之上，竟然发出金铁交鸣的声响。"当——"在令人牙酸的碰撞声后，那几道高压水刃轰然爆碎，竟然没能切断这木笼丝毫。赤目赵昆突然愣在原地。这木头，究竟是什么材质？不，不对，这不是木头的问题……这是……他像是想到了什么，抬头向着囚笼的顶端看去，只见在囚笼之上，一个身披深蓝色汉袍的少女正坐在那儿，丝缎般的黑发自然地垂落腰间，脸上的那副红孩儿面具像是在笑，她的手掌轻轻贴在木笼表面，散发着淡淡的微光。"不朽。"看到这个身影的瞬间，赤目赵昆的眼眸骤然收缩。

"今天，你逃不掉的。"一个声音从笼内悠悠传来。赤目赵昆转过头，看向声音传来的方向，只见一个戴着孙悟空面具的身影不知何时已经站在了木笼的最中央。他的周身被黑暗所笼罩，双手空空荡荡，没有携带任何武器，气息幽深而诡异。赤目赵昆凝视着那副孙悟空面具许久，眉间的赤目微光闪烁，像是看电影一样截取了那副面具过去的片段，以此窥探到了那副面具之后的少年的脸庞。"原来是你。"赤目赵昆看穿了林七夜的样貌，嘴角微微上扬，"我终于……找到你了。"

524

听到这句话，林七夜的双眸微眯："你认识我？"

"当然认识。"赤目赵昆拉下礼帽的帽檐，遮住那只赤目，低头微笑着开口，"我在世间流浪了十二年……就是为了今天。"

林七夜凝视着赤目赵昆的眼睛，但那只赤目已经被礼帽掩盖，他所能看到的，只有两只已经紧闭的眼眸。他听不懂赤目赵昆在说什么。"为什么？你的目的是什么？"林七夜问道。

"为了遵循那位伟大存在的指引，完成他的凤愿。"赤目赵昆张开双臂，抬头仰望天空，随后将右手放在心脏的位置，虔诚地向着某个方向深深地行礼。林七夜眉头紧皱，凝视他片刻之后，摇了摇头，闪电般地向他冲去。不管这只"神秘"在卖什么关子，今天，他都不能活着离开这座不朽的木笼。

在007小队还在包围那栋大厦，试图用武力解决"窥秘者"的时候，林七夜等人就提前到这里布置了起来。通过现有的情报，林七夜心里很清楚，像007小队那样一味地追击，是不可能抓住一只能预测未来的"神秘"的，对方能够不断地通过物体预测未来的轨迹，判断自己会不会陷入困境。一旦他所预测到的未来对自己不利，就会毫不犹豫地舍弃这个未来，然后继续前往下一个地方……这就是他一直转移阵地，在城里绕圈子的原因。而一旦他不跑了，那只可能有一个解释……他有反杀追击者，并且全身而退的把握。所以，在得知对方放弃逃跑，转而进入一片施工工地的时候，林七夜就知道007小队是不可能抓住他的，于是迅速来到了和这片施工工地相差不远的另一个工地。

这个工地的位置，也是林七夜精心挑选的。他既保证了两个工地之间的距离在一公里之内，没有超出江洱的移动范围，又保证在大楼内的"窥秘者"无法窥探到这个工地，提前预知到林七夜等人的准备。于是，接下来的事情就简单了很多。林七夜在这个工地中召唤出了远古树妖，提前开始准备这座木笼，而江洱则悄然飞到那栋大楼中，伺机而动。"窥秘者"窥探未来，说到底，靠的是预测周围环境在未来的变化，而江洱作为一只幽灵，任凭她如何动作，都不会对物体造成影响，所以在它所感知到的未来中，是不可能预知到江洱的出现的。等到"窥秘者"附身赵昆，并且心神松懈的瞬间，江洱出手在短时间内掌控了他的身体，将其从他的主场，带到了林七夜等人的主场。说到底，赤目赵昆反制住007小队，靠的就是主场优势，他凭借着自己对这栋大楼未来的预测，完美地把握了战斗的节奏。

但是在林七夜这里，赤目赵昆的预知能力被完全封死，根本无法有效地预知未来。而林七夜不带兵刃进入木笼，也是因为担心对方能够预知到兵刃的攻击轨迹，从而预判他的走位，起到反效果。不让其他人插手这场战斗，一是担心人多了之后，会被"窥秘者"利用，发生像007小队那样混乱的情况；二是因为担心它会再一次入侵别人的精神力，侵占身体。林七夜自己有诸神精神病院护身，但其他队友可不一定能扛住。现在最大的问题就在于，如何在不伤害赵昆身体的情况下，击杀"窥秘者"。

林七夜每一步踏在木笼之上，青葱的绿草都从他的脚下蔓延开来，像是潮水般覆盖脚下的木头表面，在迦蓝"不朽"的加持下，林七夜根本不需要担心这座木笼会承受不住他的力量而崩溃。一朵朵鲜花在赤目赵昆的脚下绽开。赤目赵昆的眼睛扫过这些花草，脸色微凝，这些花草虽然是禁墟具象出来的，但是依然存在生命，他无法以此来预知未来。他无奈地叹了口气，提着手杖，迎着赤手空拳的林七夜冲去。沉重的手杖划破空气，发出低沉的嗡鸣声，林七夜迅速侧身，避开这一道重击，利用侧身的惯性抬起右腿，飞速踢向赤目赵昆眉心的那只赤目！据安卿鱼的解析，那只眼睛，很可能就是"窥秘者"的本体。赤目赵昆伸手在空中虚握，大量水汽从空气中凝结而出，汇聚成一柄高频颤动的水刀，刹那间划向林七夜的胸膛。与此同时，他眉心的那只赤目，已然预知了这柄水刀的未来。这柄水刀会擦破林七夜的衣服，但是并没有沾上血迹，在六秒之后，水刀将会被高温蒸发，消失殆尽……仅是一瞬，赤目就已经洞悉这柄水刀的命运。果然，林七夜在见到这柄水刀之后迅速后退，水刀的刀锋划过他胸口的衣服，撕扯出一道裂痕，却并没能破开他的皮肤。

"赤焰烧虏云，炎氛蒸塞空。"林七夜开口，平静地念出两句诗。下一刻，熊熊烈火便从他周围的虚空中燃起，瞬间将那柄水刀蒸发一大截，木笼内的温度也急速上升，空气迅速干燥起来。此时，赤目赵昆再想通过空气来获得水分，已经是不可能了。林七夜一步踏到赤目赵昆的身前，双眸之中璀璨的金芒骤然绽放，强横的炽天使神威通过他的眼眸，灌入对方眉心的那只赤目之中！附着在赵昆身上的"窥秘者"，本身就是'无量'境，林七夜所释放的神威虽然凶悍，但是对他来说并不是什么威胁，在神威的冲击之下，他仅用了半秒钟便回过神来。可就在这半秒之内，林七夜紧攥的右手手掌突然摊开，在他的掌心，一枚黑色的戒指闪烁着幽光。"断魂刀"！赵昆眉心的赤目骤然收缩！林七夜从一开始就将这柄刀攥在手里，所以赤目赵昆无法窥探出这枚戒指的存在，更加无法预测到它的未来，林七夜用这种方式再一次骗过了他的预知。这一瞬间，他预知到了这柄"断魂刀"的未来，但是……他已经没时间做出应对了。一抹漆黑的刀芒从戒指中绽放，径直刺入赵昆眉心的赤目之中，将"窥秘者"本身的灵魂绞成了碎片！附着在赵昆身上的黑影，像是潮水般流淌在地上，被刺入"断魂刀"的赤目，也迅速失去了神采。

"终于……等到了这一刻……"那道逐渐消退的黑影之中，一道细微而平静的声音响起，"再见，林院长……"

—525—

在听到这句话的瞬间，林七夜的眼眸突然收缩，心神狂震。他刚刚……叫自己什么？林院长？他怎么会知道这个名字？林七夜握着"断魂刀"，怔怔地看着那已经消散无踪的黑影，像是尊雕塑般站在那里。他的身前，昏迷的赵昆眉头皱了皱，闷哼了一声，微微睁开了双眼。"嗯？我怎么会在这里？"赵昆茫然地环顾四周，看到戴着孙悟空面具的林七夜之后，突然一愣，脑海中回想到今天上午那个戴着猪八戒面具的身影……他猛地捂住自己的后脑勺，义愤填膺地开口，"你，你们又暗算我？第五预备队，都这么喜欢阴人吗？！"

林七夜翻了个白眼："是你自己被'窥秘者'附体了，我救了你。"他挥了挥手，将周围的木笼散去，在远古树妖的操控下，林七夜和赵昆所站立的木质平台稳稳地落在了地上。

"七夜，解决了？"一直守在木笼之下的百里胖胖走上前，开口问道。

林七夜点了点头："和计划中的一样，解决了。"他伸出手，将掌心的那枚黑色戒指递给百里胖胖，后者摇了摇头，笑道："给拽哥吧，'断魂刀'我已经送给他了。"沈青竹的眉梢一挑，接过了那枚黑色的戒指，将其戴在中指上："谢了。"

"所以，这次的对抗，算是我们赢了吧？"曹渊问道。

林七夜抬起头，看向街道另一侧的大楼顶端，在那里，一个披着暗红色斗篷的身影正默默地遥望着这个方向。"当然。"他微笑道。

大夏境外。苍白的迷雾充斥了每一寸空间，像是海浪般在空中翻滚，阳光透过朦胧的迷雾，照射在干枯死寂的大地之上，这片百年不曾有人踏足的生命禁区，无声地诠释着死亡的美感。黑暗，在一点点地蚕食着这片大地。若是有人站在大地之上，抬头望去，透过无尽的迷雾，便会看到一道庞大的黑影悬浮在天空之上，正在缓缓向着西方挪动。那是一座城市。一座被幽光所笼罩的现代城市。那抹幽光自地底的某座悬空宫殿绽放，透过矗立在地底的青铜大门，把整个城市笼罩其中，像是一片幽色的天穹，将充斥在天地间每一个角落的迷雾排斥在外，让城中沉睡的上万生灵得以在迷雾中幸存。那道幽光，便是酆都的法则。

飘浮的城市上空，一个身穿青白色衣袍、腰束蓝带的身影伫立在迷雾中，无尽的风暴环绕在他的周围，那双暗金色的眼眸蕴藏着无尽的神威，让人看一眼便心生顶礼膜拜的想法。他，便是埃及九柱神之一的风神——休。他右手横在身前，像是在托着什么。他的脚下，无尽的飓风环绕在那片悬浮的城市周围，带着整座城市向着西方缓缓前进。

休低头看了眼脚下的那座幽光城市，眉头微皱，右手向下一指，一道数公里长的深青色的罡风在他的指尖汇聚，飞射向脚下的城市。罡风在触碰到那幽色屏障的瞬间，整座破碎城市剧烈一颤，酆都的法则流转，便将那道罡风硬生生地震碎。酆都在下意识地抗拒外神的法则。休的眉头微皱，犹豫片刻之后，还是将手缓缓放下。这一路上，他已经无数次尝试破开酆都的法则，但没有一次是成功的。酆都的法则就像是龟壳般守护着破碎城市中的生命，即便是风神，也无法轻易地将其破开，这也是他之前无法直接掠夺酆都，而是只能将酆都连着这一座城市全部割走的原因。

这就像是一个窃贼，无法将保险箱打开获得其中的宝物，就只能用最笨的办法，将整个保险箱带回去，慢慢将其打开。而其中蕴藏的上万生命，只不过是保险箱中附带的赠品罢了。既然这酆都法则如此顽强，那就将它整个搬回太阳城，集众神之力将其打开。他抬起头，操控着脚下这座散发着幽光的破碎城市，继续向着埃及太阳城的方向前进。他没有注意到的是，一抹微不可察的剑芒掠过迷雾，悄然遁入了那片幽光之中。

城市之内。幽色的天穹下，整座城市死寂一片。城市的电力网络已经完全瘫痪，街道上没有丝毫光亮传出，市中心同样漆黑一片，寂静无声。放眼望去，黑暗的城市中，再也见不到任何科技文明的痕迹。冰冷的寒气游荡在幽光之下，让整座城市如坠冰窟，点点白霜覆盖在道路上，缓缓蚕食着那些东倒西歪的路人的身体。他们是被风神降临的罡风所击晕的安塔县居民。在寒霜的侵蚀之下，他们的身体越发冰凉，呼吸也越来越微弱……黑暗中，这座城市的生机，正在一点点地丧失。

就在这时，两束刺目的光芒从街道的另一边亮起，扫过漆黑寂静的街道，最后落在倒在街边的几位行人身上。"陈涵前辈，这里还有人！"一个年轻男人的声音从黑暗中传来。紧接着，这两道光芒迅速往这里接近，那是两个身披暗红色斗篷的身影，他们手中握着手电筒，双唇冻得有些发紫。陈涵快步跑到倒地的路人身边，伸手在他的鼻下感知了片刻，然后摸了摸那滚烫的额头，脸色凝重无比。"还活着，但是罡风将他的灵魂吹散了，现在还在高烧，再这样下去他撑不了多久了。"陈涵俯下身，将这人背到身上，深吸一口气，迈步缓缓地向着街道的另一边走去。

他身旁的年轻人背起另外一个路人，跟上了他的脚步，脚步有些虚浮。"陈涵前辈，你真的不用休息一下吗？我们已经连续搜救 19 个小时了，你还发着烧……再这样下去，不等我们救完这些人，你自己的身体就要垮了。"他有些担忧地问道。

陈涵瞥了他一眼："低烧，不碍事。"

"可是……"

"没有可是。"陈涵的目光扫过漆黑的城市，平静地开口，"这座城里现在就剩我们两个人醒着，我们不救他们……他们就真的只能等死了。"

<h1 style="text-align:center">526</h1>

年轻人看着陈涵离去的背影，长叹了一口气，默默地跟了上去。他叫路宇，十九岁，今年刚从集训营结业的守夜人新兵，因为在结业考核中发挥得并不理想，被调到了这支驻守安塔县的 332 小队。他走进那个破旧护林局的时候，看到披着大衣从房里溜达出来的陈涵，还有屋子里浅浅的白霜，只觉得自己的未来一片灰暗。一座破城，一间破房，一支有且仅有一人的小队。当然，他加入之后，就变成了两个人。

极北地域的生活，对于路宇这个土生土长的南方人来说，简直是一场噩梦，直到他来到安塔县，才知道什么是真正的滴水成冰，什么是人间极寒。而他们唯一有的能够驱除寒冷的东西，除了不是很靠谱的供暖之外，就是一只小破火炉。好在陈涵队长人还不错，平日里也非常照顾他，但是他实在是受不了这里恶劣的环境。他真的无法想象，陈涵是如何独自在这里生存这么长时间的。陈涵难道不觉得苦吗？路宇加入 332 小队，不过一个半月，却已经偷偷写好了三份申请调离的报告，还没等上交给守夜人高层，这突如其来的变故就将他一切的希冀打破。风神、境外、迷雾、诡异的幽光……路宇做梦都想不到，这些平常守夜人可能一辈子都接触不到的东西，居然全部让他遇上了！一想到自己现在正在迷雾之中，可能永远都无法回归大夏，路宇竟然有些怀念那个破烂的护林局，虽然条件艰苦了些，但是至少没有生命危险。

两人背着路人，顶着黑暗与寒冷，来到了商场地下一层的停车场。几个火炉在停车场中燃烧，照亮了黑暗的一角，温暖的热量充盈着整个车库，而在这些火炉旁，密密麻麻地躺着晕倒的安塔县居民，他们的眉头下意识地皱起，像是在做着噩梦。陈涵将自己背上的路人背到一个火炉旁，将其轻轻放下，拿起旁边的毛毯盖在他的身上，伸手在他的额头上摸了摸，滚烫。陈涵叹了口气，犹豫片刻之后，一抹淡淡的白光在他的掌间浮现。

"陈涵前辈，你不能再动用精神力了！"路宇见到这一幕，郑重地开口，"你自己的灵魂本身就被罡风所伤，还在发高烧，再动用这么多精神力去展开禁墟，身体真的会垮的。"

"安静。"陈涵平静地开口。他将自己的精神力注入禁墟中，在那抹白光之下，路人脸上的苍白缓缓褪去，滚烫的额头也逐渐冷却了下来。陈涵的禁墟，是序列389的"微治疗"，正如其名，并不具备攻击性，甚至在治疗这一领域表现得也不是很突出，相对于其他禁墟而言，说是守夜人中吊车尾的也不为过。当然，如果不是因为他的禁墟实用性太低，他也不会被调到332小队来。陈涵掌间的光芒逐渐褪去，他将手从路人的额头上挪开，想要从地上站起，只觉得一阵头晕目眩，控制不住地向着身后的火炉倒去，幸好路宇手疾眼快地扶住了他。

"陈涵前辈，你没事吧？"路宇担忧地问道。他伸手在陈涵的额头上一摸，下意识地被烫得缩了回去，皱眉开口："怎么这么烫……"

陈涵摇了摇头，干裂的嘴唇微张："我没事……扶我到旁边休息一会儿就好了。"

路宇扶着陈涵到火炉旁坐下，陈涵苍白的面孔对着那炉中熊熊燃烧的烈火，被火光映得通红。他伸手缓缓从口袋中掏出一根卷烟，用炉火将其点燃。他微微颤抖着将这根烟叼在嘴里，狠狠地吸了一口，缓缓吐出……他的神色缓和了许多。

"陈涵前辈，你怎么现在还抽烟？"路宇皱眉问道。

陈涵微微一笑，从口袋里掏出一根卷烟，递到路宇的面前："这不是一般的烟，这里面，有微量的军用兴奋剂，能提神。"

路宇一愣："这种东西，是从哪里搞来的？"

"一个前辈留下的宝物。"

"这种东西，这个时代可不常见了……那是一位老兵？"

"嗯。"

"他现在怎么样了？"

陈涵拿烟的手微微一颤，随后平静地开口："牺牲了。"

路宇一怔，没有多说什么，默默地将手中的卷烟递到火炉边，点燃之后，用力地吸了一口。"喀喀喀……"他剧烈地咳嗽起来。

"这东西味道不行，要很久才能习惯。"陈涵笑了笑。

路宇无奈地叹了口气，叼着烟，盯着眼前的炉火，有些出神。

"你在想什么？"

路宇犹豫片刻，摇了摇头："没什么。"

陈涵看了他一眼："其实，我大概能猜到，你在想些什么……"

"嗯？"

"你一定在想……这是什么命运。"

路宇一愣。陈涵的眸中倒映着眼前的炉火，喃喃自语："怎么就这么倒霉，不仅被分配到了这么破烂的一个地方，天天受苦，还碰上了风神降临这种鬼事，现在连小命都要交待了……"

"陈涵前辈……你怎么……"路宇震惊地看着陈涵。

"因为我也是这么想的。"

"……"

"这段时间，偷偷写了几份调离申请了？"

路宇身体一震，有些尴尬地开口："我……我……我没有……"

"说实话。"

"三份……"

陈涵微微点头，似乎对这个回答并不意外。

路宇小心翼翼地看了陈涵一眼："陈涵前辈，你不生气吗？"

"生气？我为什么要生气？"陈涵轻笑道，"几个月前，我和你现在一模一样，天天想着怎么离开这支小队，我生你的气，不就是在打我自己的脸吗？"

路宇好奇地问道："那前辈你为什么还留在这里？"

陈涵沉默了片刻。"因为有人说过，边疆，总是要有人守的。他让我明白了一个道理：守夜人的价值，不在于他的队伍编号有多高，不在于他守着的城市有多宏伟，不在于他拿过多少的功勋……而在于'守'本身。当你站在一座城中，准备好为这些人奉献出自己的生命与青春的时候，你的价值就已经实现了。"陈涵的目光扫过地下车库中平躺着的数百位居民，缓缓开口，"当一切风平浪静的时候，我们可以做我们想做的事情，去发展副业，去融入社会，或者去看守一片森林……现在天塌了，我们……就要撑起他们的那片天。"

路宇怔怔地望着陈涵被火光映红的侧脸，像是明白了什么，又像是什么都没明白。一声轻响从地下车库的入口传来。发着高烧的陈涵以近乎闪电般的速度站了起来，腰间挎着的直刀落在手中，双眸死死地盯着声音传来的方向。他像是一只察觉到敌人接近的猎豹，在火旁显露出狰狞的爪牙。漆黑的街道之上，一个黑衫身影背着剑匣，缓缓走来。

527

"人？"透过火光，陈涵隐约看到了黑衫人影的脸，那是一个年轻人。在这座城中，除了他和路宇，居然还有别人醒着？风神出世之际，那道席卷全城的罡风对所有人的灵魂都造成了冲击。如果不是他和路宇本身就拥有精神力，只怕现在已经和这些居民一样，陷入昏迷状态。而眼前，居然又出现了一个醒着的人？他也是禁墟拥有者？

"喀喀喀……"那背着剑匣的身影低下头，咳嗽了两声，随后目光落在陈涵二人身上。他张了张嘴，似乎想说些什么，但又不知该说些什么好。

"你是谁？"最终，还是陈涵先开口。

"我叫周平。"那人回答，"我是来帮你们的。"

"你也是守夜人？"

"不是。"

陈涵眉头微皱，仔细地打量着眼前这个年轻男人。他的回答是"不是"，而不是询问守夜人是什么，说明对方本身是知道守夜人的存在的。他说是来帮他们的，应该也不是那些古神教会之类的恶性超能者。大夏境内，除了守夜人之外，还有一些游离在外的禁墟拥有者，眼前的这个男人应该就是其中之一。只不过他没想到的是，安塔县这么偏僻的地方，居然也有禁墟拥有者留在这里。或许，他也只是恰好经过安塔县，然后就被风神卷入其中？

陈涵微微点头，亮了亮手中的直刀："我是驻安塔县守夜人 332 小队队长陈涵，我不管你来到这座城市的目的是什么，现在的情况你应该也清楚，人命关天的情况，我们需要通力合作。"

周平"嗯"了一声。

"如果你的状态还可以的话，就一起去街上把那些昏迷的路人搬到这里，现在外面的温度越来越低，任凭他们这样昏迷下去，会冻死的。"陈涵严肃地开口。

周平的目光在地下车库内扫过。

"好。"他平静地回答，"等我回来，我帮你们搬。"

陈涵一愣："等你回来？你要去哪儿？"

周平抬起头，双眸注视着幽色夜空之上，那道若隐若现的青色身影……他的手掌在身后的剑匣上轻轻一拍，一声嘹亮的剑鸣回荡在天穹之下。"斩神，然后，带你们回家。"

大夏。一架私人飞机划过天际。机舱内，百里胖胖正百无聊赖地躺在椅子上，注视着窗外悠悠的白云，打了个哈欠。"砰——"一声轻响从他背后的座位上传来，强横的气息突然涌出，将整个机身一震。机舱内，昏昏欲睡的众人同时清醒过来，转头向着气息爆发的方向看去，眼中浮现出诧异之色，只见在飞机后舱的地面上，盘膝而坐的曹渊缓缓睁开了双眸，"海"境的威压散发而出。

"老曹！你终于突破了？"百里胖胖惊讶地开口。

盘坐的曹渊缓缓吐出一口浊气，看了他一眼："有什么好奇怪的？我早就该突破了。"

"突破之后，有感觉到什么不一样的地方吗？"林七夜问道。

曹渊犹豫片刻："我感觉，我对禁墟的控制，好像强了不少……我现在拔刀试试。"

"等等！"

"住手！"

"不要！"

"乾坤错乱！！"曹渊正欲拔刀，林七夜、沈青竹、安卿鱼三人同时大惊失色，而百里胖胖则直接张开了禁墟，从曹渊手里把刀抢了过来。

曹渊："……"

见曹渊没了刀，林七夜等人终于松了一口气。他们现在可是在高空中飞行，万一疯魔曹渊一个控制不住，一刀把飞机给砍了，那乐子可就大了。

"行行行，我下了飞机再试，行了吧？"曹渊无奈地开口。

百里胖胖一边将刀丢给曹渊，一边感慨道："现在，咱们小队已经全员'海'境了，转正的条件又满足了一条……其他几条有啥来着？"

"第一个是，小队的人数最少要有六人，最多只能九人。"林七夜开口。

"满足了。"

"第二个，小队的队长，也就是我，要达到'海'境巅峰。"

"呃……"

几人转头看向林七夜，后者默默地耸了耸肩膀："我才晋升'海'境不到一个月……能单杀'海'境巅峰算不算？"

"假装算吧，继续继续。"

"第三，所有队员都要跨过'海'境门槛。"

"满足！"

"第四，小队必须有一次越阶击杀'无量'境敌人的经验。"

"等等，你让我算算我们杀了多少个，第七席，第三席，淮海市的那只'神秘'……"

"第五，小队必须立下过重大功劳，获得一次'星辰'及以上的集体功勋。"

"这个咱早就有了。"

百里胖胖一拍大腿:"咱这不全部满足了吗?!"

"不出意外的话,只要通关了最后的上京市 006 小队,我们就能正式成为第五支特殊小队了。"林七夜点了点头。

"终于……等到这一天了!"百里胖胖激动得跳了起来,"让我想想,我们小队该叫什么名字……霸天?齐天?超神?"

看百里胖胖的表情,像是在产房外焦急等待孩子出生,同时绞尽脑汁给孩子取名字的父亲。

"……有点土。"江洱的声音从广播中幽幽传来。

"小队的名字,要和这支队伍的特性有关,'灵媒'、'凤凰'和'假面'都是这样,不能随便乱取的。"林七夜提醒道,"这个,还是等我们成了特殊小队之后,再慢慢考虑。"

百里胖胖耸了耸肩:"那我给自己取个代号总行吧?人家特殊小队的队员,不都有代号吗?什么王面、旋涡……"

"那你想叫什么?"

"我……呃,我还没想好。"百里胖胖努力思索。

迦蓝沉吟片刻,眼前一亮:"傻胖子!"

百里胖胖:"……"

其他人:"赞!"

"总之,现在最重要的是做好准备,毕竟驻守上京市的守夜人小队的实力可不是闹着玩的。"林七夜认真地开口,"如果我们无法通过这一关,也就无法成为特殊小队。"

众人点了点头,开始闭上眼睛养精蓄锐。林七夜看了眼窗外的白云,缓缓闭上了双眼,将意识沉入脑海中的精神病院中。

528

林七夜披着白大褂,刚从走廊走出,一个身影就迎面向着他走来。倪克斯穿着一身星纱罗裙,正缓缓走来,即便怀中抱着黑色毛线和织针,也难掩那从骨子里流露出的高贵气质,她见到林七夜,嘴角浮现出温柔的笑容。

"上午好,母亲。"林七夜微笑着打招呼。

"上午好,我正在找你呢,达纳都斯。"

"出什么事了吗?"林七夜一愣。

"跟我来吧,一会儿你就知道了。"倪克斯温婉一笑,带着林七夜,向走廊的另一边走去。正打算去地下审问"窥秘者"的林七夜犹豫片刻,还是迈开脚步跟了上去，两人走上楼梯，径直走进倪克斯的病房中。倪克斯走进房间，将手中的织针放在桌上，然后将那团黑色的毛线展开，在阳光下抖了一抖。直到此刻，林七夜才看清这团毛线的全貌。那是一件黑色的针织大衣。从很久之前开始，倪克斯就基本上不会再和那些瓶瓶罐罐说话，也不会独自坐在摇椅上发呆，大概在去年的时候，她的手中就多出了一团黑色毛线……每天，她就这么坐在院子里，一边晒着太阳，一边织着毛衣，像是一个悠闲的贵妇。林七夜一开始以为，她只是在找事情消遣时间，直到现在这件大衣展现在他的眼前，他整个人怔在原地。

"这是……给我的？"林七夜见到这熟悉的尺寸，抬头看向倪克斯。

倪克斯微微一笑，她提着大衣的肩缝，将其贴到林七夜的身前，认真地和林七夜的身材比对起来。

"对啊。"倪克斯笑着回答，"做母亲的给孩子织件衣服，不是理所当然的吗？"

林七夜怔怔地看了倪克斯半晌，又低头看向自己身前的这件针织大衣，心中生出一股暖流。上一个给他亲手织衣服的，还是姨妈。还是在他七八岁的时候，因为那时姨妈刚刚离婚，为了养活他和阿晋，可以说是将"精打细算"四个字做到了极致。每年冬天等到他们两个睡着之后，姨妈就坐在窗户边，借着微弱的灯光一点点地织着衣服。虽然衣服说不上有多好看，但穿起来很舒服，让人莫名地安心。林七夜没有见过自己的母亲，也不知道她长什么样，对母爱的所有了解，都源于他的姨妈。但现在，他在眼前这个温柔微笑的妇人身上，再度感受到了那熟悉而令人心醉的温暖。

"尺寸很合适，接下来，就该收针了。"倪克斯满意地点了点头，将针织大衣叠好，放在一旁。

"谢谢母亲。"林七夜由衷地说道。

"不需要说谢谢，达纳都斯，你是我的孩子，我说过，我愿意为你做任何事情。"倪克斯温和地说道，"或者，如果你有时间的话，可以留下来一起吃个午饭？"

林七夜犹豫片刻："今天可能不行，一会儿我还有一场重要的考核……"

"没关系，那就下次。"倪克斯笑了笑，"去忙你自己的事情吧，我想，你回来应该不是为了散步吧？"

林七夜有些不好意思地挠了挠头："那我先去忙了。"

他转身离开一号病房，径直向着院长室走去。

倪克斯独自站在走廊中，注视着林七夜离去的背影，轻叹了一口气。

"为什么不直接和他说，让他留下来多陪你一会儿？"梅林端着保温杯，倚靠在书房的门口，平静地开口。倪克斯摇了摇头："他有自己的事情要忙，我不能永远把他束缚在我的身边。"

"但是，你的时间也不多了。"梅林看了她一眼，眼眸中散发着玄奥的光辉，"你已经快压制不住了吧？"倪克斯穿着星纱罗裙，静静地伫立在原地，沉默不语。"你能一直压制到现在，已经很了不起了，应该说不愧是古希腊的创世神之一。"梅林顿了顿，"但是，你把自己的部分神力织成了衣服留给他，会对自己的灵魂造成损伤，等到重塑神躯的时候，是无法恢复到巅峰状态的。"

"我不在乎。"倪克斯缓缓开口，眸中闪过一抹淡淡的忧伤，随后，表情逐渐坚定起来，"我……只剩下他这一个孩子了。"

她回过头，看向梅林："别忘了，我们之间的约定。"

梅林叹了一口气，摸摸头顶日渐稀少的头发，喃喃自语："保养了这么久，又要白费了……"

林七夜戴着黑框眼镜，穿过一座又一座阴暗促狭的牢房，最终在某间牢房前停下了脚步。牢房中，一道黑影正静静地站在牢房中央，头顶一只赤红的眼眸抬起，注视着牢笼之外的林七夜，眸中浮现出一抹笑意。它微微弯下腰，右手放在胸前，恭敬地行礼。"林院长，您终于来看我了。"

听到这个称呼，林七夜的双眼微眯："你早就知道这里的存在，也很清楚在被我击杀后，灵魂会来到这里……所以你才不惜在世间躲藏十二年，却又恰好在这个时候出现。你的目的，就是这里……对吗？"

"果然，任何秘密都无法逃过您的眼睛。"赤目黑影并没有否认。

"你是怎么知道这里的？"林七夜注视着赤目黑影，表情有些严肃。诸神精神病院的存在，一直是他的秘密，他从来没有告诉过任何人，既然如此，它又是怎么知道这里的存在的？甚至，它还知道自己被杀死之后，灵魂会来到这里……如果不是意外发现，这一点，就连刚刚掌控病院的林七夜都不知道。最关键的是，十二年前，林七夜甚至都没有被炽天使选中，诸神精神病院也没有出现在他的脑中，当年他只是一个普普通通的小学生而已。那时候，它就已经知道这一切了？

"我的一切行动，都是源于一位伟大存在的指引。"赤目黑影恭敬地开口，"在我降临这个世界之前，他就已经将一切都安排好了，我只需要按照他的指引，做好我该做的事情就好。"

"他，是谁？"

"他的名讳，我现在还不能告诉您，这也是他的嘱咐。"赤目黑影认真道，"不过您不用担心，因为他和您，完全是一条战线上的存在，就算全世界都与您为敌……他，也会永远站在您这边。"

林七夜的眉头微皱。他不喜欢这种被人牵着鼻子走的感觉。赤目黑影口中的那个他，似乎已经洞悉一切，甚至将自己也划入他的棋盘之中。虽然口口声声说他不会对自己不利，但这种冥冥之中自己的命运仿佛已经被人掌控的感觉，让他觉得很不舒服。你谁啊？我和你很熟吗？

"你凭什么觉得，我不会让你的灵魂在这里彻底磨灭？"林七夜脸色阴沉地开口，"他觉得自己洞悉了一切，万一，我偏要打乱他的计划……"

"您不会的。"赤目黑影平静地开口，"因为，我会用一条信息，买下我的命。"

林七夜的眉头一挑："你就这么自信，这条信息能够打动我？"

"您不妨先听一下？"

林七夜平静地注视着它的眼睛，等待着它的下文。牢房中，赤目黑影迈步，走到了林七夜的面前。它伸出手，轻轻点在了林七夜的胸口，那只赤红的眼眸凝视着林七夜的眼睛，缓缓开口："他，要死了。"林七夜愣在了原地。

飞机上，林七夜猛地睁开了眼睛。他伸出手，摸向自己的胸口，指尖触摸到了某个坚硬的东西，整个人微微一颤。片刻之后，他从怀中掏出了一根木筷。看着这根木筷，林七夜像是一尊石雕，凝固在了原地。

迷雾。幽光城市之中。震耳欲聋的爆炸声从天空中传来，整座悬浮空中的残破城市，都在剧烈地震颤。灰尘从停车场的顶端窸窸窣窣地落下，撒在燃烧的火炉之上，远处大楼被震得轰然坍塌的声音如同雷鸣般在空中回荡，幽色的屏障之外，青芒与剑芒在云层中爆闪。令人心悸的威压弥漫在天地之间。

"陈、陈涵前辈……"路宇呆呆地看着头顶的天空，"这是什么情况？"

陈涵同样震撼地看着那闪烁的剑芒，有些不确定地开口："这应该是……神战？"

"那个人，在和风神打架？！"路宇张大了嘴巴，"那他……"

陈涵凝视了天空许久，缓缓开口："他应该，是人类战力天花板中的那位大夏剑圣。"除了人类战力天花板，没有人能与神明对决。可问题是，剑圣怎么会在安塔县？是巧合吗？还是……陈涵突然想到了某种可能，看向天空中那道身影的眼眸满是震惊。

"剑圣，怎么会在这里？是本来就在安塔县有事吗？"路宇疑惑地问道，随后自顾自地摇了摇头，"不对啊，如果剑圣在的话，一开始风神就不可能成功地把我们劫出迷雾……"

陈涵的双唇颤了颤，声音沙哑地说道："他是穿过迷雾来救我们的。"

"轰轰轰——"幽色的天穹之上，接连的恐怖声响传出，一抹刺目的剑芒掠过天际，像是灼灼曜日般将天空撕裂，森然的剑气如同海浪般在空中席卷，即便有酆都的幽光遮蔽，肉眼也根本无法直视。陈涵和路宇同时低下头，将目光从天空挪开，神情都有些担忧。由于那抹幽光限制了视线，他们根本无法看到天空中的战况，只能通过弥漫在空中的剑意或者罡风，来判断谁占据了上风。当这抹剑芒出现的瞬间，风神的威压被尽数压下，随后只听一声巨响，整座破碎的城市失去支撑，飞速地向下坠落，强烈的失重感笼罩了所有人的心神！错落在地下车库的火炉向上飘起，街道上的车辆同时悬空，陈涵和路宇同时抓住身旁的柱子，一颗心悬到了嗓子眼。这个高度掉下去，这座城，连同着这里的所有生命，都得被硬生生地摔成碎片！就在这时，整座城市再度一颤，失重飞起的所有物体落回原本的位置，好在失重的时间并不长，虽然杂物被摔得有些零散，但那些躺在地上昏迷的居民都没有受到伤害。腾空的汽车重重落下，此起彼伏的警报声划破天空，在死寂的城市中回荡。

陈涵和路宇同时从地上爬起，紧张地抬头看向天空。幽色的光芒之上，原本激烈交锋的青芒与剑芒全部消失不见，一切都回归了平寂，仿佛刚刚的一切都不曾发生过一样。"陈涵前辈，剑圣这是……赢了还是输了？"路宇有些不确定地问道。陈涵摇了摇头："我也不知道……"两人就这么静静地站在停车场的入口，手电的光芒依次照过漆黑的街道，希望再一次看到那个黑衫背匣的身影……沉默之中，一股紧张的气息在空气中蔓延。剑圣……可千万不能有事啊。他们暗自祈祷。

突然间，一阵急促而虚弱的咳嗽声从街道的尽头传来。"喀喀喀喀……"两人同时转头望去，只见在道路尽头的黑暗之中，一个身影带着满身的鲜血，正蹒跚地走过来。他身上的黑色衬衫已经被斩出几道裂口，触目惊心的血痕遍布全身，满是血污的黑发凌乱地遮住额头。他低着头，剧烈地咳嗽着，脸色苍白无比……他的手掌控制不住地轻微颤抖——他的剑……不见了。

"剑圣前辈！"路宇见到那个身影，惊喜地呼喊了一声，随后和陈涵快步跑过去，搀扶住他。陈涵的手握在周平的手腕，一股白光从他的体内涌入剑圣的伤口中，脸色瞬间凝重。"剑圣前辈，你的伤……"陈涵看向周平的眼睛，似乎想说些什么。

"喀喀喀喀……"周平剧烈地咳嗽几声，双唇有些泛白，他摆了摆手，声音沙哑地开口，"我没事。"

"剑圣前辈，您和风神，最后是谁赢了？"路宇忍不住问道。

周平沉默了片刻："他退走了，所以……应该算是我赢了。"

赢了？路宇听到这句话，难以置信地瞪大了自己的眼睛。虽然他一直在祈祷着这个结果，但当周平亲口说出这句话的时候，还是被震撼得无以复加。剑圣，逼退了风神？那可是一位货真价实的埃及九柱神！那是举手投足之间能够将半座城市连根拔起，然后穿过迷雾，运回埃及太阳城的存在。他真的还是人类吗？"剑圣前辈……那，那我们现在……"路宇有些结巴地开口。

周平抬起那张苍白的面孔，平静地注视着东方："回家。"

"你说他要死了，这是怎么回事？"林七夜站在"窥秘者"的牢房前，一只手抓着围栏，眉头紧皱。赤目黑影摇了摇头："具体是怎么回事，我也不清楚。"

"你不是能预知未来吗？"

"我只能看到一个物体一周之内的未来，而且只能看到这个物体所经历的事情，不是无差别预知。"

林七夜眼神微凝："你说的是真的？"

"我以我侍奉的无上之主的名义发誓。"

"未来，可以改变吗？"

"可以。"赤目黑影微微点头，"我的'窥秘之眼'，并不是绝对意义上的预知未来。它只是对未来的一种推演，当一切预定的发展轨迹被打乱时，未来也会随之变化。"

"也就是说，只要有人出手干预，他可能就不会死？"

"理论上是这样，但并没有这么简单。"赤目黑影伸手在虚空中一画，数根黑色的丝线就凭空出现，"万物的存在，都有着其原本的预定轨迹，有人称之为命运，有人称之为宿命。假设这些丝线就是万物的命运轨迹，而每种不同的物体，它们命运丝线的粗细都各不相同。比如一只爬虫，命运丝线就很细。打个比方，原本它应该在周一的时候出生，周日的时候被路人一不小心踩死，想要干预它的命运，只要让踩死它的那个路人晚一秒或者早一秒走过就好，干预它的命运丝线所需要花费的代价很少。但越是接近世界极限的存在，命运丝线就会越粗，因为他举手投足之间就能对成千上万的生命，甚至是世界的法则造成影响。想要改变这些人的命运，所需要花费的代价会非常大。如果干预他命运的这份力量不够强大，无法彻底撼动那根命运的丝线，那世界本身会对世界线进行修正，那未来也就不会改变。"

林七夜听完这些话，陷入了沉思："你是说，世界本身具备自我修正功能的存在，如果干预命运的力量无法与所要付出的代价相匹配，那即便短时间内改变了命运，也会被世界线再度拉回正轨？"

这下子轮到赤目黑影愣住了："你……你居然听懂了？"

"嗯？很难吗？"林七夜眉头一挑，"想要改变命运，就要付出代价，无非就是另一种形式的守恒而已。"

"当年，那位伟大的存在告诉我这个理论的时候，我可是过了很久才洞悉其中的道理。"赤目黑影感慨道，"不愧是您，林院长……现在，我能留在这座病院中了吗？"赤目黑影的目光注视着林七夜，眼眸中满是期待与诚恳。

林七夜沉吟了片刻："可以，但是我还有一个问题。"

　　"您说，只要不涉及那位大人，我都能回答。"

　　"十二年前，你降临在沧南的时候，做了些什么？"林七夜的双眼微眯。

　　赤目黑影一愣，犹豫片刻之后，还是缓缓开口："按照那位大人的指引，我在沧南市的边境找到了一个小女孩……"

　　"小女孩？"

　　"对，七八岁，她叫纪念。"

　　听到这个名字，林七夜的心中一动。这个名字，他并不陌生，在诸神精神病院的院长室找到的那封信中，落款就是纪念。不出意外的话，她就是这座诸神精神病院的上一任院长。

　　"然后呢？"林七夜问道。

　　"然后，我将那位大人的信，还有一份阵图交给了她。"

　　"信里写了什么？"

　　"那位大人不让我看信里的内容，里面写了什么，我也不知道。但是……"赤目黑影顿了顿，"但是那份阵图我看过了，名为'三圣通灵阵'，能够通过三件蕴含法则之力的神器，短时间内打破时空的束缚，让人从过去或者未来的任意时间点，对通灵阵的覆盖范围出手。"

　　"三件神器？"瞬间，林七夜就联想到被纪念赢走的三件神器。据夫子所说，十二年前沧南被"湿婆怨"抹杀之后，守夜人在当年林七夜所在的那座矮房地底挖出三件神器的残片。而幼年的林七夜之所以能从抹杀之力下存活，很可能就跟这三件神器有关。再结合刚刚赤目黑影提供的情报，林七夜已经隐约猜测到自己存活的原因。十二年前，赤目黑影依照它所侍奉的伟大存在的旨意降临大夏，并找到了上一任诸神精神病院的院长纪念，通过信件与她达成了某项交易。于是，纪念提前来到那座矮房，偷偷在地底布置下"三圣通灵阵"，并将诸神精神病院植入了林七夜的脑海。当"湿婆怨"抹杀沧南的时候，"三圣通灵阵"激发，那位存在隔着时间长河从过去或者未来出手，将自己从抹杀之力下保存了下来。然后，炽天使便选择自己成了神明代理人。海量的神力被灌入林七夜的脑海，也激活了潜藏在意识深处的诸神精神病院，但是因为林七夜自身的精神力太过微弱，所以前几年一直都无法感应到病院的存在。等到几年之后，他的精神力成长到足以让他看到这座病院的地步，才有了后面的事情。这么一算，赤目黑影背后的那位存在，不仅在"湿婆怨"下保住自己的性命，还让他得到了诸神精神病院，并成为炽天使代理人。如果没有他，林七夜绝对无法成长到现在这个地步，甚至早在十二年前，就随着整个沧南被彻底抹杀。这时，林七夜又回想起了刚刚赤目黑影所说的命运丝线理论。如果说随着整座城市被抹杀，是林七夜原本该有的命运，那赤目黑影背后的那位存在，不仅改变了他的命运，还将他的未来篡改到了一个根本无法预估的地步。他，又是付出了多大的代价，才做到这一切的？

他为什么要这么做？林七夜想不明白。他现在所能想到的唯一的解释，就是赤目黑影最开始说的那番话。

"……因为他和您，完全是一条战线上的存在，就算全世界都与您为敌……他，也会永远站在您这边。"

531

这句话是否可信，林七夜还保留怀疑态度。但他暂时可以确定，赤目黑影背后的那位存在，对他确实没有恶意。想通这一切之后，林七夜对于赤目黑影的态度也缓和许多。他点了点头，从虚空中扯出一份卖身……哦不，是劳动协议，递到了它的面前。赤目黑影没有丝毫犹豫，甚至连看都没看上面的条例一眼，直接签上了自己的名字。古老的契约在空中自动燃烧，囚禁着赤目黑影的牢房缓缓打开，一件青色的护工服套在了赤目黑影的身上，在护工服的胸口，一块铭牌闪闪发光。

——007。

赤目黑影看了眼自己身上的衣服，眼中浮现出一抹喜色，对着林七夜深深鞠躬。

"林院长，护工007号竭诚为您服务。"

"你有名字吗？"

"请林院长赐名。"

林七夜的目光落在那只赤目黑瞳的眼睛上，沉吟片刻："以后，你就叫黑瞳吧。"

"谢院长。"

"你自己出去跟其他护工和病人认识一下，接下来，我还有事情。"林七夜对着黑瞳摆了摆手，说道。黑瞳微微点头，迈步便向着楼上走去。刚走了两步，他便停下脚步，犹豫片刻，还是开口道："林院长，那个人牵扯到的东西太多了，命运丝线非常牢固，想要改他的命……代价，您付不起。"

"他"指的是谁，林七夜心里很清楚。周平是人类战力天花板，是大夏的最高战力，想要改变他的命运，必须要付出与之对等的代价才行。黑瞳不想让林七夜去冒险，毕竟林七夜是那位存在选中的人。林七夜没有回头，只是默默地向前走了两步，白大褂轻轻一晃，便消失在了原地。

"你要我帮你窥探命运？"梅林有些诧异地开口。

他的对面，林七夜郑重地点了点头。

"我看不到你的命运轨迹，你应该是知道的。"

"不是我的。"林七夜说道，"是另外一个人。"

林七夜将那根筷子放在书桌上。实物无法带入诸神精神病院，但眼前的这根筷子并不是剑圣给的那根，而是林七夜通过其中蕴藏的一缕剑圣剑意，在病院中模仿出的筷子。是不是那根筷子并不重要，其中的那缕剑意，才是林七夜真正想要让梅林看的。梅林凝视着眼前这根筷子，眼中浮现出诧异之色，随后双眸中浮现出若隐若现的微光，似乎是在凝视着什么。和黑瞳的物体预知不同，梅林的预知，是真正的无差别预知，那是触摸到法则层面的真正的预言术。许久之后，他抬头看向林七夜。"他要死了。"他笃定地说道。

和黑瞳的话一模一样。林七夜的脸色微凝。

"他的命运轨迹十分清晰，这一场死劫，是他命中注定的。"梅林补充道。

"就没有什么别的办法避开吗？"

梅林皱眉沉吟了片刻，眼眸中的微光再度闪烁起来："奇怪……"

"怎么了？"

"我预测了一下他命运所有的可能走向。"梅林缓缓开口，"我看到，有两道命线在试图改变他的死劫之命，其中一道模糊不清，无法预测……"

"这是我？"林七夜试探问道。之前在沧南大劫中，梅林也预测过命运，其中林七夜这个命线模糊的异类也曾出现过，所以这次听到模糊不清，林七夜第一个就想到了自己。

"没错，这个应该是你。"

"另一个呢？"

"另一个……命线忽明忽暗，时而坚韧有力，时而黯淡无光，显露死意，与这根筷子主人的命线息息相关，我不知道他是谁，但他应该很大程度上影响着筷子主人的命运。"

"除了我之外，还有一个人在试着替剑圣改命吗……"林七夜若有所思。"那我既然出现在了他的死劫之中，而且有改变他命线的可能，是不是意味着我也参与了他的死劫？"林七夜问道。

"嗯。"

"那我该做些什么？"

梅林沉默片刻，指了指林七夜的胸口。"你的命运，我无法预测，但既然你出现在那里，而且具备改变他命运的可能，就一定有其中的理由……你，只要遵从本心就好。"

林七夜怔在了原地："遵从本心吗……"

上京市。阴雨绵绵。这座繁华而宏伟的城市，是整个大夏的心脏，也是大夏的政治中心。即便天气阴沉而寒冷，路上的车辆也依然拥堵，入目之处，皆是行人。名为文明与科技的火焰在雨中将整座城市烧得热火朝天。

一道低沉的雷鸣从云层间传来。冰冷刺骨的雨滴打落在车窗上，一辆轿车缓缓在车流间穿行。"这就是上京吗……"曹渊望着窗外，喃喃自语。

"拽哥，你后不后悔？"百里胖胖看向沈青竹，"如果没有津南山那件事，你现在已经当了两年的驻上京市006小队队员了。"

沈青竹坐在真皮沙发上，抬头看了眼窗外，平静地开口："我就是我，没有如果，也不需要如果……"

百里胖胖耸了耸肩："行吧。"

"还剩最后一场，这场综合教育就彻底结束了。"百里胖胖喃喃自语，"也不知道，剑圣前辈有没有给006小队写信。"

"我觉得写了。"安卿鱼说道，"但是，006小队是除了特殊小队之外，全国守夜人小队的领导者，剑圣的信对他们或许会有影响，但不会太大。"

"像007小队那样的热烈欢迎肯定是没了。"曹渊补充。

"堂堂正正的对决，也不错。"

就在众人闲聊的时候，坐在一旁闭目不语的林七夜缓缓睁开了双眼。"我有一件事情要说。"他的声音很严肃。所有人立刻安静了下来，转头看向林七夜。"怎么了，七夜？"百里胖胖问道。林七夜的目光扫过众人，沉默了片刻之后，缓缓开口："剑圣前辈……要出事了。"

上京市。006小队驻地。袁罡穿着一身军装，手中拿着一份文件，步伐沉稳而干练，缓缓停在了办公室的门口。"咚咚咚——"他轻轻敲了几下门。"进。"一个声音悠悠传来。袁罡推门走了进去，这是一间中式风格的办公室，陈列的家具简约大方，宽大办公桌上正摆着厚厚几沓文件，像是小山般堆积在一起。文件小山之后，一个男人懒洋洋地从躺椅上坐起来，他的额角上，有一道"十"字形的伤口。"队长，那群小家伙到上京了。"袁罡身姿挺拔地站在桌前，声音低沉而洪亮。绍平歌眉头一挑，似乎是想起了什么："哦，就是剑圣信里说的那个，第五预备队？"

"没错。"

"嗯，对抗的场地安排好了吗？"

"都安排好了，时间方面，因为今天下午还有一场特别行动会，而且手上还有两件'神秘'事件没处理完毕，所以定在了明天上午九点。"袁罡看了眼日程表，说道。

"可以。"绍平歌点了点头，"就按照剑圣信里说的，我们两个不出手，让剩下的七位队员和他们对抗就行……对了，你不是说过……他们中有大半都是你的学员吗？"

袁罡笑了笑："对，林七夜、百里胖胖、曹渊、沈青竹……这四个都是两年前那一届的，江洱是去年那届的第一名。"

绍平歌轻笑一声："老袁啊，看来你又教出了几个了不得的好苗子……这已经是你教出来的第二支特殊小队了吧？"

"只有通过了这一关，他们才算是特殊小队。"袁罡认真地说道，"我是不会放水的。"

"就知道你会这么说。"绍平歌躺回了躺椅，悠悠开口，"但毕竟师生一场，你不去找他们喝个酒叙下旧？"

袁罡犹豫了片刻，叹了口气："算了吧，手头上的事情这么多，哪里有时间去喝酒……"

绍平歌看了他一眼，默默地用一份文件盖住了自己的脸："你啊，就是太死板了，做什么事都循规蹈矩的，虽然从工作上来说这是件好事，但这对你的心境不好。到了我们这个境界，心境，才是更进一步的关键。想做什么就去做，这个地球又不是少了你就不转了，守夜人里有那么多人才，就差你袁罡一个了？"

袁罡愣在了原地。"但是……这些文件都是队内的工作，要是我不做，难道你会做吗？"话音落下，袁罡自顾自地摇了摇头，"不行，要是交给你来做，估计整个守夜人明天就要瘫痪了……"

文件下，绍平歌的嘴角微微抽搐。他暗骂了一句，将脸上的文件丢在桌上，站了起来。"袁罡，我好歹也是上京市小队的队长，怎么从你嘴里说出来，就像是个好吃懒做的废物一样……你！给老子去喝酒！老子就不信了，就这点工作，老子还做不了了？"

532

迷雾之中。埃及。火热的太阳像是一团熊熊燃烧的火球，悬挂在空中，在死寂之中散发着无尽的光与热，朦胧的迷雾之中，一座古老的城池悬浮在天穹之上。在这里，仿佛连太阳都触手可及。这座古老的城池，通体由暗黄色的厚重砖块堆砌而成，在阳光下熠熠生辉，像是金砖般闪耀，一座又一座宏伟的砖石建筑矗立在云端，其建筑工艺的精妙程度完全超出了人类的认知，任何一座建筑放在人间，都是足以震惊世人的"神迹"。这座悬浮在太阳之下的古老城邦，便是埃及的众神之乡——太阳城。

此刻，在太阳城中央的最高处，一座大到仿佛无边无际的圆形广场悬在城中，广场的表面密集地遍布着复杂纹路，玄奥无比。太阳的光辉落在广场上，那些纹路便像是活过来一般，像是血管般缓缓跳动。宏伟广场的边缘，九道刺目的光柱巍然屹立。天边，一股青色的飓风卷携着云与雾，如同浪潮般滚滚袭来。飓风的中央，一个穿着青白色衣袍，腰束金带的身影从中显现，他的身上遍布剑痕，就连衣袍都碎成了几段，看起来狼狈无比。他一步踏在太阳城的边缘，下一刻便出现在九座光柱其中一座的顶端。这座光柱的表面，大量的青色风纹显现而出。这是象征"风"的神柱。当他的身影出现在柱顶的瞬间，其他几道光柱之中，也陆续有身影浮现。最后，九道光柱之上，一共有六道身影伫立。

"休。"象征着太阳的神柱之上，一个模糊的身影缓缓开口，"大夏的鄷都呢？"

风柱之上，遍体鳞伤的休迟疑了片刻："被劫走了……"

听到这四个字，其他几位神明双眼微眯。

"谁劫走的？阿斯加德还是奥林匹斯？"

"都不是……"休摇了摇头，"是大夏。"

"大夏？"黄沙之神赛特皱眉，"从奥西里斯死前传递出的信息来看，除了那个鄷都大帝，其他大夏神应该无法出手才对……"

"不是大夏神……是一个用剑的人类。"

"人类？"

除了中央的太阳神，其余柱神都是一愣，然后忍不住笑了出来，目光之中满是戏谑。"休，你修了如此漫长岁月的神格，到最后竟然连一个人类都打不过？"

"到手的鄷都都被人劫走，还被人类打得落荒而逃……休，你把我们九柱神的脸都丢尽了。"

"看来明年，你在'人圈'中供奉神像的数量，要被削减掉大半了。"

"休，你这样，也配自称为太阳的子嗣吗？"

"……"

嘲弄的声音从其他神柱之上传来，休皱着眉头，眸中燃起熊熊的怒火，双拳紧攥……"够了！"他怒吼一声，雄浑而庞大的风神神威席卷而出，扫过了其他诸多神柱。"那个人类……很强，就算是你们碰上了，也赢不了他！"

下一刻，整个广场上数道神威接连爆出，与风神的神威碰撞在一起，一道道怒斥声从诸多神柱上传来。

"休，你是想造反吗？"

"我们身为神明，怎么可能连人类都打不过？"

"可笑的借口……"

"闭嘴！"

广场中央的那根太阳神柱之上，模糊的身影突然开口，强横的神威瞬间降临，将场内肆虐的诸神威压直接碾成碎片。其他神明顿时安静了下来。那道模糊的身影微微侧身，目光落在了休的身上，后者顿时感到肩上一沉，低下头去。"奥西里斯葬身在大夏法则之下，输了不丢人，而且还在临死时给我们提供了重要的情报……但你，休，你败在了一个人类的手中，弄丢了鄷都，让奥西里斯前功尽弃。没有鄷都，奥西里斯就无法复活，大夏的轮回法则就无法破解；没有那一截大夏龙脉，阿蒙针对大夏的国运诅咒也就无法实施。我们征服大夏的两道杀手锏，同时毁在了你的手里。你，知错吗？"

休张了张嘴，似乎还想说些什么，犹豫片刻之后，还是低下头去。"我……知错。"

见休低头认错，太阳神柱之上的那道身影微微点头，继续说道："那座城市碎片，关系到我们能否征服大夏，绝对不能让它再回归大夏的境内。既然那个守护大夏的人类很强，稳妥起见，赛特，你和休一起回去将那块碎片夺回来，再带上阿蒙，夺到那块碎片之后，直接开始国运诅咒。这一次……绝对不能有失。"阿蒙，并不是九柱神，而是同样居住在太阳城中的埃及的八元神之一。

黄沙之神赛特与休同时点头："谨遵太阳圣旨。"

太阳神柱上的那道虚影转过头，看向另外几根神柱："泰芙努特、盖布、奴特、艾西斯，你们四个联手从一个方向进攻大夏边境，不要分散，一旦分散开来，很容易被那些大夏人找方法逐个困住，拖延时间。但是不用太过深入，随便毁灭边境的十几座城市就好，若是直接打到大夏的核心区域，惊醒还在修复大道的大夏神，他们可能会不惜粉碎大道，与我们玉石俱焚。如果他们有人去支援那块碎片，你们就直接斩下第二道龙脉带回来，这样国运诅咒依然有效。夺得那块碎片，我们就能摧毁大夏的轮回法则，再诅咒他们的国运，这么一来，就算大夏神尽出，也无法挽回局势了。"

"谨遵太阳圣旨。"雨神泰芙努特、大地之神盖布、天空之神奴特、生命之神艾西斯同时弯腰领命。

"还有一点。"那道虚影再度开口，"大夏神无法出手的消息，是奥西里斯用生命试探出来的，这个消息绝对不能让其他神国知道……否则，诸多神国同时出手，大夏就会被瓜分。整个大夏，都只能是我们的……"

"但我们对大夏出手，发出的动静一定会引起其他诸多神国的注意，万一他们插手怎么办？"泰芙努特问道。

"他们已经被大夏神给吓怕了。"那道虚影冷笑起来，"除非他们真的确认了大夏神无法出手，否则不会贸然掺和进来，但等到他们意识到这一点的时候……大夏，已经成了我们的囊中之物。"

—533—

上京市。守夜人总部。清脆的手机铃声在办公室内响起，吸引了所有人的注意，坐在会议桌中央的叶梵皱了皱眉，低头看了眼手机，眼中浮现出疑惑之色。沉吟片刻之后，叶梵拿着手机，缓缓起身。"这场会，已经开了9个小时了，是时候有一个最终的结果……其中的利害关系，我觉得我已经说得很明白了，下面我们直接进行最终投票。"叶梵的目光扫过众人，平静地开口，"关于守夜人总司令叶梵在即将到来的大夏危机中，是否拥有对全大夏守夜人的绝对指挥权、控制权，以及所有资源调动权的最后一次表决，开始。"

沉寂的会议室中，其他七位守夜人的高层沉吟片刻，缓缓举起了手——五票同意，一票反对，一票弃权。

叶梵微微点头，沉声开口："既然如此，在接下来的一段时间，我将全权接管守夜人，所有人员与资源需要无条件听从我的调配……散会。"叶梵拿着手机和文件走出会议室，来到这一楼层角落的窗前，接通了那个电话："喂？"

"叶司令，我是林七夜。"对话的那头，林七夜的声音传来。

"嗯。"叶梵抬头看了眼时间，"你们应该已经到上京了吧？"

"我们到了。"

"驻上京市 006 小队手上还有很多事情要处理，你们可以在上京自由行动一天，明天上午进行最后一场对抗，至于对抗的形式，006 小队那边应该会派人通知你们。"

"叶司令，我打电话来，不是为了这件事。"

叶梵的眉梢一挑："那是什么事？"

"我想知道，剑圣前辈去哪里了。"

叶梵怔在了原地："你问这个做什么？"

"出于一些原因，我得到了关于他未来的预知……"林七夜顿了顿，沉声开口，"他的处境很危险，他……可能会死。"

叶梵拿着手机的手一颤，瞳孔收缩，像是一尊石像般伫立在原地。沉默许久之后，他缓缓开口："他……在迷雾之中。"

"迷雾？"林七夜的声音提高了些许，"他为什么会去迷雾？"

叶梵简要地将事情的经过在电话中说了一遍。

"风神、安塔县、酆都、迷雾……"林七夜喃喃自语，"他去多久了？"

"32 个小时。"

林七夜沉吟片刻："叶司令，我们……能不能推迟最后一场考核？"

"推迟考核？"叶梵的眉头一皱，"然后呢，你想做什么？去迷雾里救剑圣吗？安塔县已经进入迷雾 32 个小时了，你知道它现在在哪里吗？就算你们知道它的位置，你们又怎么在迷雾中存活？你们要怎么追上它？难道你们的速度能比剑圣更快吗？追上了之后呢？以你们的实力，又能帮上他什么？"

林七夜哑口无言。

"这件事情，远比你想象的要复杂，这不光是牵扯到一座城市……这件事情的背后，还关系到整个大夏的安危。别说你们还不是特殊小队，就算你们现在已经成为特殊小队，也未必有能力掺和进来。"叶梵的语气严肃无比，"你们不是大夏的顶尖战力，你们是大夏顶尖战力的种子。而种子……就是未来。你们现在所要做的，就是在我们的保护下成长。总有一天，你们会代替我们，成为整个大夏的保护伞，但绝不是现在。"叶梵挂断了电话。他深吸一口气，缓缓吐出，目光落向窗外的城市，目光复杂无比。

一直默默站在他身边的左青，叹了口气："虽然你说的话很有道理，但语气未免有点重了。"

叶梵凝视了窗外许久，摇了摇头："我只是不想让他们步了'蓝雨'小队的后尘……他们太年轻了。"

"不管怎么样，你要的绝对指挥权已经拿到了。"左青耸了耸肩，"你真的有把握吗？"

"或许吧。"叶梵淡淡说道，"现在的大夏，没有别的选择了。"

"那周平那边，怎么办？"

"你相信周平吗？"

左青一愣："他是剑圣，我当然相信他，但是……"

"那你相信我吗？"叶梵转头看向左青，眸中是前所未有的认真。

"相信。"左青没有丝毫的犹豫。

"好。"叶梵微微点头，"那就听我的，不需要调动任何战力去营救周平……"

"可万一……"叶梵看了他一眼，左青乖乖地闭上了嘴巴。"你去一趟中央机房，给关在发一条信息，让他立刻出关。通知除周平之外的所有人类战力天花板，即刻前往大夏边境。另外，唤醒 001 号特殊小队。"叶梵接连下达几道命令，表情严肃无比。左青听到最后一道命令，表情微变："事情已经到这么严重的地步了吗？"

"事关国运，我们必须提前做好准备。"

"是。"左青点了点头，快步向着远处走去。

等到左青离开，叶梵在原地驻足片刻，像是在思索着什么。终于，他像是下定了什么决心，迈步向着走廊的另一边走去。他推开总司令办公室的房门，走了进去，反手将门反锁，然后在办公椅上坐下。他弯下腰，从口袋中掏出一把钥匙，插在办公桌底层抽屉的钥匙孔上，轻轻旋转，然后将其打开。抽屉内，是一只巴掌大小的迷你保险箱。他将这只保险箱放在桌上，接连输入十二位密码，只听一声轻响，保险箱便自动弹开。他从保险箱中取出了一部对讲机。这部对讲机并不大，但造型风格十分奇特，从外表上来看，像是一块块迷你的像素拼接而成，与其说是对讲机，不如说是乐高搭建而成的积木更加合适。叶梵稍微调试了一下对讲机，滋滋的电流声从中传出。这部像素风的对讲机，竟然能够正常使用。他轻轻按下了对讲按钮，红色的指示灯亮起。

叶梵将这部对讲机握在手中，沉默片刻，缓缓开口："你欠我的人情，该还了……"

车厢之内，死寂一片。此起彼伏的喇叭声、引擎声从街道上传来，却无法传入车厢内丝毫。在堪称变态的降噪与减震性能下，车厢就仿佛彻底与外界隔绝了一般。林七夜等人坐在沙发上，陷入沉默。

"这怎么可能……"百里胖胖眉头紧皱，"他可是大夏的剑圣，能够比肩神明的存在，怎么会……"

"比肩神明，并不意味着无敌。"坐在一旁的安卿鱼缓缓开口，"迷雾之外的情况，本就超出了人类的掌控，剑圣前辈虽然能单挑一位神明，但谁又能保证……迷雾中只有一位神？"

"你是说，他可能受到诸多神明的围攻？"林七夜脸色凝重无比。

"只是我的猜测。"安卿鱼推了推眼镜，"毕竟这个世界上能威胁到剑圣前辈的存在并不多，在单挑的情况下，剑圣前辈就算是赢不了对方，也能全身而退，除非对方不止一位神明。"

"那怎么办？"

"没有办法……至少，我们没有办法……"

"那我们难道就什么都不做吗？"百里胖胖有些急了，"那是剑圣前辈啊！每天帮我们扫地、刷碗，带着我们一路走到这里的剑圣前辈啊！他为我们做了这么多，现在他要死了，我们就只能在这里干等吗？"

"但不可否认的是，我们什么也做不了。"安卿鱼平静地说道，"以我们的实力，根本不可能帮上剑圣前辈什么忙。"

安卿鱼的话音落下，整个车厢寂静无声。

就在这时，林七夜缓缓开口："或许……我们可以。"所有人同时看向他。"凭我们的实力，确实无法帮上剑圣前辈，更加不可能去对抗神明。"林七夜抬起头，双眸微眯，"但，或许我们的出现，能成功替剑圣前辈改命。"林七夜简单地描述了一下梅林的预言，当然，他并没有提及梅林的存在。无论是那些穿着护工服的护工，还是莫名其妙出现在林七夜身上的神力，或者是那些层出不穷的能力，都让其他队员意识到林七夜的身上必然藏着某种秘密。在共同的默契之下，众人都没有去问林七夜的秘密是什么，也不会去追问这些情报是从哪里来的。毕竟秘密这个东西，很多人都有。

"所以，我们可能会出现在剑圣前辈的死劫之中，而且我们的出现，还会帮剑圣前辈活下来？"曹渊疑惑地问道，"这是什么原理？我们的实力，怎么能帮上他？"

"或许是蝴蝶效应。"安卿鱼若有所思，"我们本身肯定无法帮助剑圣前辈躲劫，但或许我们的出现，会促成某种未知的事件发展，而这种发展本身，可能会帮助剑圣前辈改命。"

"是这个意思。"林七夜点头。

"现在的问题是,我们只知道我们的出现可能会帮助剑圣前辈改命,但这个概率有多大,并不清楚,而在这之后又会发生什么,无法预测……所以,这件事情本身,还是很危险的。"林七夜的目光扫过众人,"是留在大夏,稳妥保身,还是去迷雾之中,拼那一线救下剑圣前辈的可能。虽然我是队长,但我也不能代替所有人做出选择。我们……举手表决吧。同意去迷雾的,举手。"

众人之中,百里胖胖第一个举起了手。"我想去救剑圣前辈。"他的表情前所未有地认真,"让我在这里安逸地等着剑圣前辈为我们牺牲,我做不到。"

"我也同意。"曹渊紧接着举手。

沈青竹坐在角落,缓缓闭上了眼睛,举起手,淡淡开口:"不试试,怎么知道不行?剑圣……不该就这么死了。"

迦蓝看着林七夜,好奇地问道:"七夜,你呢?"

林七夜沉默片刻,同样举起了手:"我已经逃避过一次了,这一次……我无论如何,也不想再留下遗憾。其实,就算最后大家投票的结果是不去,我也会一个人去迷雾的,无论最后的结果是什么,至少,我要去试一试。"

"那我也去。"迦蓝没有丝毫犹豫。

"我也去。"安卿鱼紧随其后。

音响中,江洱的声音传来:"还有我。"

林七夜的目光扫过众人,嘴角浮现出一抹笑意:"既然这样,那就全员通过了。第五预备队自发任务,剑圣营救计划,开始。"

"我们现在该怎么做?"

林七夜沉默许久,叹了口气:"现在的问题是,叶司令说得没错,我们不知道那座城在迷雾中的位置,没有能够在迷雾中自保的手段,而且那座城是飞在天空的,就算我们骑着地龙也未必能追上它……"

安卿鱼像是想到了什么,双眸微微眯起:"其实,我们可以知道那座城的位置。"

所有人同时转头看向他。

"怎么做?"林七夜问道。

安卿鱼推了推眼镜:"七夜,你还记得,你在酆都外面的原始森林中,用工蚁的血液画的阵法吗?"

林七夜一愣:"次元召唤法阵?"

"就是那个。"安卿鱼点了点头,"你一边画的时候,我就一边在用'唯一正解'解析那个阵法,我发现它本质上是一个能够沟通诸多空间的'锚点'。"

"没错。"林七夜传承了召唤系魔法的全部知识,自然知道次元召唤法阵的原理,那个魔法阵本质上是一个固定林七夜灵魂的"锚"。当林七夜的灵魂飘荡在诸多位面之间的时候，将灵魂与身体相连接，只有这样，林七夜才能在游荡诸多位面并与召唤物签订契约之后，将其灵魂再度召回。简单来说，那个阵法可以起到"坐标"的作用。

"只要在某个地方画个一模一样的阵法，使其与原始森林中的'锚点'共鸣，我就能反向推导出那个阵法的空间坐标。"安卿鱼平静地说道。

林七夜的眉头紧紧皱起。

"但问题是，这两个阵法必须完全一样才行……我在画那个阵法的时候，工蚁的血液会自动向着周围扩散，对魔法阵的坐标造成细微的偏差，如果不能完美地将这些偏差复原，两个魔法阵是无法产生共鸣的。"林七夜的表情有些无奈，"当时，我并没有留意这些细节……"

"我留意了。"安卿鱼微笑着开口，镜片后的双眸散发着淡淡的灰芒，"我可以做到完美复刻。"

众人的心微微一动。

"也就是说，我们现在可以找到那座城的位置了？"沈青竹若有所思，"那我们该怎么去呢？"

如何在迷雾中移动，并追上那座城市，是一个至关重要的问题。当这个问题摆在林七夜等人面前的时候，车厢再度陷入了沉默。迷雾中，现代的电子设备无法正常使用，用飞机横穿迷雾去找那座城市，是不可能的事情。炎脉地龙可以在地底活动，但是一旦从地底出来，迷雾会将他们再度笼罩。他们……根本就没有这样的手段。就在众人苦苦思索之际，林七夜的手机铃声突然响起。林七夜看了眼手机屏幕，发现是一个陌生号码，犹豫了片刻之后，还是将它接了下来："喂？"

"……"

"袁教官？！"林七夜惊讶开口。

听到这三个字，曹渊、百里胖胖、沈青竹和江洱，同时转头看了过来。

"嗯，好。"两人简单地聊了几句，林七夜便挂断了电话。林七夜的目光看向众人，缓缓开口："袁教官说，一会儿去找他吃饭。"

"还是袁教官好啊，知道我们来了上京，还特地请我们吃饭，不像某个姓叶的和姓左的……"百里胖胖悠悠开口。本来，和集训营的总教官再会，还能一起吃饭喝酒，是一件很值得高兴的事情，但是出了这样的事，众人的兴致都不是很高。

"那我们去吗？"江洱的声音从 MP3 中传来。

"去，跟袁教官已经很久没见了，难得来一次上京，当然得去。"林七夜顿了顿，"而且，他是守夜人新兵总教官，算是半个高层，说不定能帮上我们……"

众人的眼睛顿时亮了起来。

傍晚。林七夜等人穿上休闲装，迈步走到了一条繁华热闹的小吃街前。"袁教官找的地方……就在这儿啊？"百里胖胖踮起脚，向远处张望，"这不就是小吃街吗？"

"是这儿，没错。"林七夜再三确认地址，点了点头。

"小吃街怎么了？"迦蓝闻了闻空气中弥漫的香气，两眼有些放光，"我觉得挺香的……"

为了避免引起不必要的误会，安卿鱼将江洱的身体放在车里，好在这条小吃街也不长，还在磁场的覆盖范围之内，江洱便躲在安卿鱼腰间的MP3上，偷偷打量着四周。众人顺着小吃街一路向前，走到一家名为"烧烤之王"的小店面前，停下了脚步。烧烤店门口的长桌上，一个熟悉的身影对着他们招了招手。"这里。"这还是林七夜等人第一次见到袁罡穿便服，即便是宽松的针织衫，也无法遮掩住袁教官身上结实的肌肉，再加上笔挺的坐姿，让人一眼就能在人海中发现他。

535

"袁教官。"

"袁教官好。"

"袁教官，我之前送你的那块手表呢？今天怎么没戴？"

袁罡的嘴角微微抽搐："你个小胖子，还敢提它，你之前偷偷把它塞我口袋里，害得我差点挨了一道处分。"百里胖胖没心没肺地笑了笑，众人依次落座。袁罡对着身后的烧烤店喊了一声，很快便有一盘盘烧烤从店里端了出来。"袁教官，没想到你还喜欢吃这些？"林七夜好奇地问道。袁罡笑了笑："当兵久了，就喜欢这种热热闹闹吃饭的感觉，那种高端餐厅的氛围让我觉得别扭，除非必要，我一般不去那种地方。"

"说得对！去什么大饭店啊，烧烤它不香吗？"百里胖胖应和道。

曹渊默默地白了一眼百里胖胖这棵墙头草。

袁罡从箱子里掏出啤酒，依次递到了众人的面前，一边感慨道："你们这几个小兔崽子，刚进集训营的时候，就跟啥都不懂的小屁孩一样，尤其是你这个撒钱的小胖子，还有刺头沈青竹，你们两个简直是那一届教官的噩梦，每次看到你们我就来气……"

沈青竹接过啤酒瓶，有些尴尬地笑了笑，从口袋里掏出一根烟："袁教官，来一根？"

"我不抽烟。"袁罡摆了摆手，"这东西你也少沾，都是要成特殊小队队员的人了，一天天的尽不学好……"沈青竹默默地把烟盒丢进了垃圾桶。

"想不到，这才两年的时间，你们就已经有资格上门来挑战我们小队了……"袁罡笑着说道。

"多亏您教得好。"百里胖胖又是一个彩虹屁拍了上去。

"江洱呢？"袁罡环顾四周，"她不是也在你们小队吗？"

"袁教官好。"少女的声音从桌上的 MP3 中传出，袁罡愣在了原地。他只是有了第五预备队的队员名单，但并没有其中成员的资料，所以对江洱的情况并不了解。众人简单地讲了一下江洱的情况，当然，大家都很有默契地省去了其中血腥的部分，但袁罡听完之后，还是陷入了沉默。"江洱，你……"许久之后，袁罡才缓缓开口，想要安慰一下江洱。就在这时，少女的轻笑声从 MP3 中传来："袁教官，你不用担心我，我现在这样也不错，至少比之前自由了很多，还能做到很多以前做不到的事情……教官，你微信置顶的那个'29,163,36D 李小美'是谁啊？"袁罡的表情突然凝固。众人的表情微妙了起来。"朋友，只是一个朋友……"袁罡默默地喝了口酒，试图蒙混过关。

众人嬉笑起来，一边吃着桌上香气四溢的烧烤，一边喝酒聊着这些年的趣事，时间一点一点地流逝。终于，林七夜放下了手中的酒瓶："袁教官，您对剑圣了解多少？"

袁罡微微一愣："知道一些，我见过他两次，除了不喜欢跟人交流之外，性格方面知道得不多……"

"其他的呢？"

"其他的？"袁罡想了想，"我还参加过一次和他有关的会议。"

"会议？"林七夜等人对视一眼，"什么会议？"

"就是几位禁墟方面的专家和守夜人部分高层一起，商量剑圣的禁墟的会议，我们评估了他的禁墟，并起了名字，商定了禁墟序列。"

剑圣的禁墟？所有人顿时来了兴趣。

"剑圣前辈的禁墟，究竟是什么？"曹渊忍不住问道。

袁罡狐疑地看了他们一眼："他当了你们几个月的老师，你们连他的禁墟都不知道？"

林七夜等人纷纷摇头："不是我们不想问，是他自己都不知道自己的禁墟是什么……"

"难怪。"袁罡点了点头，似乎对这一点并不意外。

"剑圣的禁墟，是人类历史上独一无二的存在，以前从来没有出现过，而且这个禁墟……比较邪乎。"

"邪乎？"林七夜听到这个描述，疑惑地问道。"邪乎"是什么形容词？

"这个禁墟的强弱，不是由禁墟本身决定的，而是由拥有者本身决定：说它很弱吧，又能打造出一位剑圣；说它很强吧，好像也没有什么实质性的杀伤力。甚至，我们连剑圣是否真的有禁墟都不太确定。"袁罡顿了顿，缓缓说道，"他的禁墟，是序列 333 的……'琉璃赤子心'。"

"序列 333？这也太低了吧？"百里胖胖瞪大了眼睛。

"所以说这个禁墟很邪乎。"袁罡点了点头，"这个禁墟的作用只有一个……就是让人的心灵与思绪如同琉璃般纯净，不含丝毫杂质，不会撒谎，不会作恶，不会产生邪念，无论做什么都能全身心地投入其中。你们知道剑圣是怎么学剑的吗？"

"看小说。"众人异口同声地回答。

"没错，就是看小说。他看小说的时候，就会下意识地将自己没有丝毫保留地代入角色之中，让他自己成为角色，在另外一个世界经历书中描绘的一切……虽然这些经历都是虚构的，但是在他的世界里，这些就是真实存在的。他会以一个参与者的身份去阅读这本书，感受其中每一个角色的喜怒哀乐，而在所有的角色中，他最喜欢的就是剑修。剑，通明、纯粹、温柔而强大，和他一样。"袁罡喝了一口酒，继续说道，"于是，他开始将自己代入书中剑修的角色，体会他们每一次快意恩仇，每一次绝望，每一次临阵突破，每一次潜心修行……虽然书上记载的剑法、剑气都是虚构的，他却从中真正地领会到了剑的精髓，也就是'意'。通过书中的只言片语，他自创各种剑法，悟出剑气，潜移默化之间，靠着一颗通明剑心，一路突破成了人类战力天花板……如果不是几年前一只'海'境的'神秘'突然出现在西津市，被他随手一剑斩杀，或许守夜人永远都不会发现，在一家普普通通的土菜馆中，竟然藏着这样一位天才。"

536

"但是，这个禁墟的副作用也十分明显。"袁罡继续说道。"副作用？"林七夜的眉头微皱，禁墟还有副作用这回事，他还是第一次听说。"'琉璃赤子心'，让他拥有了最纯粹的心灵，他永远不会以恶意去揣度他人的想法，所以他很容易轻信别人。而这样的赤子心，在现代社会，并不是一件好事，也就是所谓的人善被人欺。因为太过善良与单纯，他小时候被人一次又一次地欺骗、利用、欺辱……恶作剧、诈骗、借钱、污蔑、传谣，所有你能想到的校园欺凌他基本都经历过，后来他初中都没顺利上完，就被迫辍学。他的父母好赌，在外头欠了一屁股债，后来索性丢下小周平偷偷跑路去北方。那些追债的找上门，幸好他的三舅及时找到了他，把他从追债的人手里救下来，带回自己的土菜馆。后来，无家可归的小周平就留在了三舅身边。他的三舅对他很不错，细心照料把他养大，他就开始给店里帮忙，算是给三舅报恩，顺便赚一点自己的零花钱……"袁罡的话音落下，林七夜等人都陷入了沉默。

"这些人怎么能这么坏？！"迦蓝气鼓鼓地一拳捶在桌上，差点把桌子给掀翻。

"如果是普通人的话，经历了这么多事情，早就性情大变，或许会开始报复社会，或许会沉沦于黑暗，或许会变得极度自私，从而走上邪路。但周平不会。他很委屈，很难受，不能理解这一切为什么会发生，但他对抗这个世界的方式，只是把那颗遍体鳞伤的心封闭起来，不再与人交流，将自己全身心地投入美好而单纯的故事之中。他并没有对这个社会绝望，并没有觉得这个世界不公，他只是学会了保护好自己。"

"原来剑圣前辈的社恐，是这么来的……"曹渊长叹了一口气。

"在精神力的境界达到一定高度之后，再想要有所进步，就需要心境上的突破，早年间经受的这些心灵创伤，成了剑圣前进的最大阻力。"袁罡缓缓开口，"但叶司令始终相信，他是世界上最有可能打破那层天花板的人。只要他能跃过自己心中的那道坎，让'琉璃赤子心'毫无保留地释放，通明纯粹的心与剑，会成为整个大夏的希望。"

百里胖胖若有所思地点点头。"我还有一件事很好奇。"他问道，"既然当年剑圣前辈已经自闭了，那叶司令是怎么让他出山，当上大夏剑圣的？"

袁罡听到这个问题，微微一笑："我说过，他的世界很简单，很纯粹……"

迷雾。城市残片。昏暗温暖的地下车库中，黑衫染血的周平背着一个浑身被冻僵的路人，缓缓走到了火炉的旁边。"喀喀喀……"他剧烈地咳嗽几声，眉头微微皱起，弯下腰，将背后的路人轻轻放在了火炉旁。他伸出微颤的右手，在路人的鼻下试探了片刻，松了一口气。

"剑圣前辈，这是最后一批了。"路宇背着同样昏迷的路人，将其放在火炉旁，转头对着周平说道。

"所有街道都搜完了吗？"

"搜完了。"

"嗯。"周平点了点头。他迈步走到车库的角落，脚步有些虚浮，背靠一根柱子，缓缓坐了下来，右手还在微微颤抖，双眸倒映着昏暗停车场内火炉中跳动的火光，不知在想些什么，许久之后，眼睛轻轻闭起。不知过了多久，轻微的说话声从远处传来。周平眉头皱了皱，努力地睁开了眼睛，一根根血丝攀附在他的眼中，看起来憔悴无比，只见在停车场的另一个角落，脸色苍白的陈涵带着三个七八岁的幼童走到了周平的身前。周平看着这三个孩子，眼中浮现出惊讶之色。

"我的精神力有限，暂时无法治愈所有人……就先救了孩子。"陈涵虚弱地开口，"这三个孩子天赋似乎很不错，竟然摆脱罡风的影响，苏醒了过来。路宇，你和剑圣前辈照顾一下这三个孩子。"

"是！"路宇快步走到三个孩子身边，陈涵休息片刻之后，又向着车库的另一边走去。这三个孩子，有两个男孩，一个女孩，穿的都是防寒保暖的厚衣服，或许是在外面冻久了，脸颊都通红，嘴唇有些发紫，但双眸依然明亮如星。

"你们叫什么名字啊？"路宇问道。

"我叫李若蝶。"女孩轻声开口。

"我叫王佳琦。"

"陈楠。"

这三个孩子看了眼旁边昏迷的几位路人，眼中似乎有些害怕。

"大哥哥，你也是守夜人吗？"李若蝶虽然是个女孩，但胆子似乎并不小，那双宝石般的眼睛好奇地打量着路宇，开口问道。

"你们知道守夜人？"路宇惊讶地问道。

"刚刚那个哥哥跟我们说的。"王佳琦回答，"他说，守夜人就是保护我们的超人。"

路宇笑了笑："那我确实是守夜人。"

"那哥哥你呢？"李若蝶看向了缩在角落的周平。

周平顿了顿，沙哑开口："我不是守夜人。"

"他虽然不是守夜人，但是比守夜人还要厉害的超人。"路宇耐心地跟几个孩子解释，"他是我们大夏的剑圣。"

"剑圣？"几个孩子张大了嘴巴。

陈楠凝视了周平许久，试探性地问道："那哥哥，你是不是会隐身，还会用剑刃风暴？"

"笨蛋李楠，不是游戏里的剑圣啦！"李若蝶纠正道。

"哦……"

"大夏的剑圣啊，听起来就很厉害！！"王佳琦看着周平的眼神充满了崇拜，"剑圣哥哥，你是怎么当上剑圣的啊？我以后也可以当剑圣吗？"

周平怔在了原地。他的双眸注视着这三个孩子，思绪，却已经回到了许多年之前……那是一个普通的下午，周平撸起袖子，正坐在三舅土菜馆的台阶上认真地洗菜。一个披着暗红色斗篷的男人坐在了他的身边，周平专注洗菜，根本没有注意到男人的存在。那个男人凝视了他许久，笑了笑："你叫周平？"周平抬起头，用手腕擦掉了额头的汗水，点了点头。

"我叫叶梵。"男人说道。

"哦。"周平瞥了他一眼，低头继续洗菜。

叶梵顿了顿："你想不想当人类战力天花板？"

"什么是人类战力天花板？"

"就是，当天塌的时候，能够撑起这片天的人。"叶梵指了指头顶的天空。

"我听不懂。"

"就是守护这个国家，保护这些百姓……人类最强者。"叶梵通俗易懂地解释。

周平想了想："类似于大侠？"

"对，类似于大侠。"

周平想了想："当大侠，听起来不错，但我不喜欢'人类战力天花板'这个名字，不够霸气。"

"那你想叫什么？"

周平低着头，甩了甩手上的水，看了眼台阶上的那柄木剑。

"剑圣。"他说，"你让我当大夏的剑圣，我就答应你。"

537

"预知到了剑圣的危机？"醉醺醺的袁罡听到这句话，眉头微微皱起。"嗯。"林七夜点了点头，"我们想要知道，在迷雾中自由行走的方法。"

"胡闹。"袁罡一拍桌子，"你们连特殊小队都不是，就想着去迷雾中救人？你们不要命了？"

"我们确实不是特殊小队。"林七夜平静地说道，"但是，如果因为怕死，就连自己老师的性命都可以熟视无睹……就算当了特殊小队，又怎么样？袁教官你也说了，当精神力修到一定层次之后，心境才是决定能否突破的重要因素。如果我们什么都不做的话，等到了那个境界，就再也无法前进了。"

袁罡盯着他的眼睛："到了那个境界？你知道那个境界有多高吗？整个大夏一百年来，只有几个人触摸到那层门槛？为了那虚无缥缈的一线可能，你们就可以在现在赌上性命吗？"

"可以。"林七夜的目光没有丝毫退让。

两人对视许久之后，林七夜笑了起来。"袁教官，可能，你对我们这支队伍还不了解，那就让我给你重新介绍一下……"林七夜伸出手，顺着座位的顺序，一个个指了过去，"百里胖胖，原百里集团指定继承人，百里家弃子，死在自己最信任的人手中，然后复生；曹渊，年幼时禁墟暴走，屠了自家满门，从小就被当作灾厄成长，蹲过监狱，当过和尚，孑然一身；迦蓝，从棺材里挖出来的不朽之女，她的所有亲人、朋友、过往都被埋葬在了时间长河之中；安卿鱼，经历过沧南大劫，被守夜人通缉，在下水道独自解剖'神秘'一年，常年与尸体为伴；沈青竹，原006小队准队员，卧底'信徒'两年，历经磨难，凭一己之力摧毁了'信徒'，手刃'呓语'，现在回归守夜人；江洱，原008小队队员，目睹了008小队的覆灭，香消玉殒，只能靠大脑产生的磁场存活在这个世界……"他伸出手，指向了自己，"我，林七夜，原沧南市136小队队员，我的故乡、亲人、朋友全部被'湿婆怨'抹杀，在一场奇迹中生活了十年，随后一切都烟消云散……告诉我，袁教官，你听出了什么？"袁罡陷入了沉默。"我们，都是经历过世间绝望的人，我们从尸山血海中走来，我们孑然一身，我们了无牵挂。除了彼此，我们一无所有。成不成立特殊小队，有没有功勋，有没有编号，其实对我们来说并不重要。但如果有人要对我们中的任何一个出手，那他就要做好跟我们玩命的准备。剑圣，不仅是大夏的剑圣，也是我们小队的老师、前辈、朋友，我们不会眼睁睁地看着他去死。

无论我们能否走出迷雾，无论我们能否追上他，无论我们能否帮到他些什么……至少，我们要试一试。我已经后悔过一次，这一次，我不会让遗憾再度发生。"

在座的其他几位队员，同时点头，眼眸之中满是坚定。林七夜说得没错，成也好，败也好，无论如何他们都要试一试……让他们坐等着剑圣去送死，他们做不到。

袁罡的目光扫过他们，那张严肃而死板的面孔，微微有些动容。他没有想到，林七夜他们居然能为了剑圣，不惜赌上自己的前途与生命，去迷雾之外冒险。这份胆识与魄力，让袁罡不得不重新审视这些年轻人。他叹了口气："就算你们这么说……没有办法的事情，就是没有办法。上一支能够在迷雾中自由行走的小队还是'蓝雨'，但是早就覆灭了。而庇佑他们在迷雾中行走的禁物又被高层收了回去，除非你们直接说服叶司令，否则你们是不可能进入迷雾的。"听到这番话，林七夜等人眼眸中的光亮逐渐黯淡了下去。叶梵，是不可能把这些东西给他的。难道……就真的没有办法了吗？

袁罡见众人的情绪如此萎靡，无奈地摇了摇头："你们有这份心，就已经很不错了，正如你们所说，你们已经尝试过了不是吗？接下来你们要做的，就是什么也不要想，回去好好地睡一觉，明天早上与我们小队的对抗，如果你们赢了，就能正式成立第五支特殊小队了。看在你们都是我的学员的分儿上，我给你们透露一点明天对抗的信息吧。"

袁罡见众人依然兴致快快，嘴角微微抽搐，但话已经说到这个份儿上，还是只能继续说下去："明天的对抗，是夺旗战，地点在上京市郊区一个很大的试炼场，将棋子插在指定地点之后，就会自动开始积分，如果旗子被对方势力拔下，那积分也会随之停止，场上一共有六处插旗点，哪支队伍插旗得到的积分率先集满，哪支队伍就获胜。不过我要提醒你们，因为场地巨大，夺旗战的耗时会很久，而且会很累，这是一场考验实力、智力与耐力的对抗，对抗时间为 48 小时，其间允许两队成员相互攻击，只要不伤及性命，任何手段都可以使用……"

喧闹繁华的小吃街上，袁罡耐心地为林七夜等人讲解着明天的对抗规则，而林七夜等人，却只是低着头，不知在想些什么。

上京市，006 小队驻地，队长办公室。躺在躺椅上的绍平歌缓缓坐起，张嘴打了个哈欠，嘀咕了一声："这老袁，嘴上说着不给他们放水，居然还偷偷给他们透题……哼，又让我抓到把柄了吧？"他揉了揉太阳穴，站起身，走到那摆满文件的办公桌前，随手翻了几下。他在守夜人中的职位不仅是上京市小队的队长，同时也是守夜人综合人事部的部长，掌管驻守大夏的所有守夜人小队的人员调配，是守夜人的高层之一。他随意地在几份文件上签了名，就将笔丢到一边，抬头看了眼窗外的夜色，许久之后，他长叹了一口气："这群小家伙……倒是有点意思。"

　　和袁罡喝完酒之后，林七夜等人便回到了酒店，各自回屋休息。即便喝酒的时候，袁罡一再跟他们做思想工作，但几人到底听进去多少，只有他们自己清楚。林七夜洗完澡，关掉了所有的灯，躺在床上，看着床头放着的那封信与木筷，怔怔出神。当晚，林七夜一夜无眠。

　　第二天一早，林七夜便从床上爬起，洗漱完毕之后，便和其他人一起坐上了前往上京市小队驻地的车。虽然昨天袁罡已经偷偷告知他们对抗的方式与地点，但还是需要去一趟006小队的驻地，一方面是因为礼貌，另一方面则是为了公平起见，两支队伍要一同坐车前往对抗场地。上京市的守夜人小队，从规章和制度上，要比其他小队严格得多。早上的上京市堵车十分严重，再加上林七夜等人入住的酒店与驻地的距离也很远，从这里过去大概还要很长一段时间，好在安卿鱼早就预料到了这种情况，所以提前了半个小时出发。

　　平稳安静的车厢中，林七夜缓缓闭上了双眼。

　　诸神精神病院。

　　"早上好，尊敬的院长。"院子里，穿着护工服、披着大衣戴着礼帽、正在认真扫地的黑瞳见到林七夜，恭敬地弯腰行礼。林七夜看向他，"嗯"了一声。看起来，黑瞳在病院中和其他护工相处得很不错，至少从外表上看起来是如此。林七夜向前走了两步，像是想到了什么，又退了回来："黑瞳，你看看我身上的东西，能预知到什么吗？"

　　黑瞳一怔，无奈地笑了笑："院长，您是不是忘了，我只能预知物体的未来，您在病院中的本身就不是实体，身上的这些东西也不属于物体的范畴，所以我是看不到您的未来的。除非您放我出去，我可以帮您预知物体的未来。"林七夜叹了口气："算了，你继续忙吧。"黑瞳本身的境界是"无量"，现在的他根本无法将其在现实世界召唤出来，想要用上对方预知的力量，只能等自己突破到"无量"才行。

　　"达纳都斯，今天要留下一起吃午饭吗？"林七夜走了几步，倪克斯便微笑着从对面走了过来，开口问道。林七夜苦笑道："母亲，真是不巧，今天我还有一场对抗……"

　　"噢，这可真是一个不幸的消息。"倪克斯眼神中闪过一抹微不可察的失落，很快就消失无踪。她对着林七夜笑了笑，然后继续向院子走去。林七夜从厨房又拿了一瓶米酒，两个酒碗，犹豫片刻之后，还是将其放了回去。他走到二楼的四号病房门口，轻轻敲了两下门，推门而入。和往常一样，林七夜走到那只古猿面前坐下，而对方对他的到来还是没有丝毫反应。

林七夜看着古猿许久，缓缓开口："猴哥，今天，我可能没有时间给你讲故事了……我说几句话，就该走了。"古猿盘膝而坐，双手合十，眼帘低垂，一动不动。林七夜对此毫不意外，沉默片刻之后，说道："猴哥，你有没有经历过，重要的人即将死在你的面前，但自己却无能为力的那种感觉？"话音落下的瞬间，古猿周身的佛光一颤，像是有颗石子落进了死寂的池塘，荡出一道涟漪……林七夜愣在了原地。在刚刚的那一瞬间，他感觉到有一股凶煞的气息扑面而来，虽然只有一瞬，但是其中蕴藏的怨恨与滔天的杀意，还是让他的身体控制不住地颤抖了一下。可紧接着，这股气息就彻底消失无踪。林七夜错愕地看着眼前毫无动静的古猿，柔和而神圣的佛光笼罩着他的身体，仿佛刚刚的一切都只是一场幻觉。

林七夜摇了摇头，继续自顾自地说道："我有过这种经历……我亲眼看着，他死在我的怀里，他的呼吸一点点地消失，他的身体慢慢地冰冷，雨水混着他的血与泪流淌进土壤之中……直到最后一刻，他还在笑着问我……他帅不帅。你说，他是不是很奇怪？"

笼罩在古猿周身的佛光，再度剧烈地扰动起来。袈裟之下的身躯开始轻微地颤抖，那低垂的眼帘之下，古猿的双眸微微收缩，像是在回忆着什么："虽然我和他的接触不算多，但我能感觉到，他啊，平时是个很不靠谱的人，喜欢抽烟，喜欢耍帅，明明自己实力很弱，还喜欢逞英雄……但，他靠谱起来的时候，真的很帅。"

古猿周身的佛光越发璀璨，像是在奋力地压制着什么，周身的袈裟边缘轻轻飘起，合十的双手手背，暴出一根又一根青筋。他的眉头紧紧皱起："当年的我，太弱了，没有能够救下他……那种愧疚、悲伤与愤怒，现在我依然能清楚地感受到。我以为两年过去了，我已经有所成长，可以独当一面，可以有实力保护我所珍视的人……可为什么，一切好像又都没有变？我还是那么弱小，无法去救下珍视的人，甚至这一次，我连他的面都见不到……老赵，姨妈，现在又是剑圣……难道我永远只能眼睁睁地看着我所珍视的人，一个接一个地离开我？难道，这真的是天命吗？"

"轰——"一股强横的威压从古猿的身上爆出，坐在他对面的林七夜被瞬间弹飞，猛地后退了数步才勉强稳住身形。暴怒的狂风卷携着残破的佛光，席卷了整个病房，奔涌而出，整座病院都微微颤抖了起来。

"什么情况？！！"李毅飞惊慌地从房中跑出。

"是四号房的那只疯猴子！"倪克斯眉头一皱。

一黑一蓝两道身影飞快地腾空而起，向着二楼冲来，一个抱着竖琴的身影紧随其后。就在他们即将冲入房间的瞬间，林七夜伸手拦住了他们。"不要……"林七夜凝视着那道身影，对着他们摇了摇头。狂风之中，古猿身上的袈裟无风自动，猎猎作响，暗金色的光芒从那双眼眸中绽放，仿佛两团炽热的火焰，在眼眶中熊熊燃烧！他合十的双手松开，然后紧紧攥起，一道道裂痕在他身上的袈裟上爆开！晃动的佛光之中，那道披着残破袈裟的身影站起，暗金色的猴毛散发着淡淡的光晕，他迈着脚步，向着林七夜一步步走来。那双璀璨的眼眸紧紧注视着林七夜，他张开嘴，声音沙哑地说道："去他的天命！！"

539

"猴哥，你等等我！"

"……"

"猴哥，俺今天又去化缘了，就化到两个馒头，一个给了师父，另一个俺偷偷给吃了，就不给你，嘿嘿嘿……"

"……"

"猴哥，大事不好啦！师父被妖怪抓走啦！"

"……"

"你这死猴子，俺老猪以前好歹也是个天蓬元帅，能就一直被你这么欺负？"

"……"

"散伙！分东西！俺要回高老庄！"

"……"

"猴哥，你化来的这饼真香，能不能……刺溜，给俺老猪也来一口？"

"……"

"猴哥，咱还有多久到西天啊？"

"……"

"猴哥！你成佛啦！你这袈裟真好看，哼，俺这净坛使者也不赖！"

"……"

"猴哥……你别哭啊……俺老猪这次救了好多人，没给咱西游小队伍丢脸……喀喀……俺要下去找老沙了，你和师父要好好地当佛……自废神格沦落为妖，确实可以避开迷雾的绞杀，留在凡间守着百姓，可实力会极大地削弱，而且再也回不去了。这个世道，终究还是要神来改的。猴哥，你和师父比我们强，好不容易修成正果，一定要活到最后，替俺老猪看一看……未来，这个世界是什么样的。或许……这就是俺老猪的命吧。"

"……"

古猿的双眸之中满是血丝，浑身的猴毛乄起，无尽的悲伤与愤怒笼罩了他的心神。他张开嘴，用尽全身的力气，对着天空咆哮了一声，然后缓缓低下了头颅。他站在那儿，像是一个失去了一切的孩子。

林七夜怔怔地看着这一幕："猴哥……"

古猿一步踏出，挪移到他的面前，一只手抓起林七夜的衣领。林七夜身后的倪克斯、梅林和布拉基正欲出手，林七夜再度摇了摇头，示意他们不要上前。古猿攥着林七夜的衣领，那布满血丝的眼眸，死死地盯着林七夜的眼睛。"小子……"他低沉开口，"不要信什么狗屁的天命，你想救人，就去救，永远……不要放弃任何一个，你所珍视的人。"

林七夜看着古猿的眼睛，眼中浮现出一抹苦涩："可是，他离我太远了……"

古猿静静地看着他的眼眸。片刻之后，他松开了林七夜的衣领，回到了病房的中央，背对着林七夜，缓缓开口："远，就飞。"他的话音落下，一个画面突然出现在林七夜的眼前——

孙悟空治疗进度：1%
已满足奖励抽取条件，开始随机抽取孙悟空的神格能力……

紧接着，一个虚拟的转盘出现在了林七夜的眼前，开始徐徐转动，最后，指针停留在某个能力之上。林七夜愣在了原地。

"七夜，到地方了。"百里胖胖拍了拍林七夜的肩膀，后者才睁开眼睛。

淅淅沥沥的雨水打在车窗上，发出轻微的声响，雨刮器无声地扫过风挡玻璃，将滑落的雨水扫至一旁，缓缓流淌而下。林七夜看了眼窗外，不知何时，车辆已经停在一座四合院的门口。这座四合院看起来有些年头了，外墙陈旧，周围栽种着几棵粗壮的水杉树，微黄的树叶被雨水打湿，飘落下来。在上京的四环之内能有这么大一处院落，必然价值不菲。林七夜随手从车椅旁取出一柄黑伞，走下车，一步踩到水洼之上，溅起些许的水花。"砰——"轻按按钮，漆黑的雨伞在林七夜的头顶撑开。"砰砰砰砰砰！"六人撑着黑伞，站在四合院外，雨水敲打在伞的表面，如同玉珠落盘，迸溅散开。

袁罡推开四合院的大门，看到门前站立的林七夜几人，微微点头："都进来吧，外面凉，一会儿我们收拾一下东西，就可以去场地了。"

"袁教官。"林七夜突然叫住了袁罡。

"怎么了？"袁罡有些疑惑地回过头。

"这一场，我们可以换个方式比，夺旗战……太慢了。"林七夜平静地开口。

袁罡眉头微皱："慢？你在说什么？难道你还赶时间？"

林七夜没有回答，撑着黑伞平静地站在四合院外，目光透过那宽敞的院落，落在某个房门之上。"哗哗哗哗哗……"雨，越来越大。雨水落在六柄黑伞之上，汇聚成一道道水流，沿着伞骨的弧线，流淌在地。

"曹渊。"林七夜突然开口。

"嗯。"

"拔刀。"

"好。"

曹渊没有丝毫犹豫，将手中的黑伞放在地上，伸手至腰间，缓缓握住了直刀的刀柄，清脆的刀鸣回荡在空中。漆黑的煞气火焰在曹渊的身上交织，瞬间将其笼罩，令人窒息的煞气游离在空气之中，仿佛要将人的灵魂灼烧殆尽，恐怖的威压骤然降临！这一次，曹渊没有傻笑，没有乱冲，披着那件漆黑的煞气外衣，静静地站在雨中，那双赤红的眼眸死死盯着前方——煞气冲霄！

四合院内。

"他们这是在做什么？这不是还没到对抗的地方吗？"一个006小队的队员疑惑地问道。

"他们在用威压挑衅。"另一人眯眼站在门口，缓缓开口，"看来，他们是不打算遵守我们的规则了。"

"那我们怎么办？"

"当然是……压回去！"

"轰——"一道暗黄色的光柱从四合院中爆发，"海"境巅峰的威压从院内四溢而出，与门外的曹渊煞气对撞在一起，势均力敌。

"林七夜，你想做什么？"袁罡看到这一幕，皱眉开口。

林七夜的嘴角微微上扬。他知道，对方明白了他的意思。

"江洱。"他平静说道。

"滋滋滋滋……"安卿鱼腰间的MP3发出急促的电流声，无形之中，一股磁场开始向着这里汇聚。下一刻，白裙江洱的身形浮现在空中，扰动的磁场瞬间覆盖整片区域。"咚——"第二道威压从四合院内爆发！四股强横的力量在虚空中对撞，将中央的所有雨滴震碎，凛风渐起！

"卿鱼，拽哥。"林七夜连续喊出两个名字。安卿鱼和沈青竹同时丢掉手中的黑伞，两股气息同时爆发，安卿鱼的气息阴冷而神秘，沈青竹的气息雄浑而悠长。紧接着，同样有两道威压从院内传出，与之制衡。

"迦蓝，胖胖。"林七夜再度开口。百里胖胖嘿嘿一笑，伸出左手在虚空中一点，一道庞大的太极八卦图从他的脚下展开，瞬间笼罩了整个四合院，玄妙至极的气息轰然爆发！院内，第十道气息冲天而起！迦蓝冷哼一声，雄厚如海的精神力奔涌而出，将那深蓝色的衣袍吹得猎猎作响，她一人的威压，就几乎镇压住了其他所有人的威压！

四合院内，006小队众人脸色一变。迟疑了两秒，第十二道气息随之爆发！但即便如此，他们也依然扛不住林七夜这边的攻势，于是，第十三道气息随之而来！这次，是一位"无量"。四合院内，006小队已然全力以赴。

林七夜将手中的黑伞轻轻放下，深吸一口气，他的双眸中，璀璨的金芒刹那间绽放——炽天使神威！紧接着，他的背后，一道道虚影显现而出，黑夜女神倪克斯、魔法之神梅林、音乐与诗歌之神布拉基、青春之神伊登，以及……披着残破袈裟、凶威盖世的斗战胜佛，六道神威同时爆发就像是一柄无形的巨锤从天而降，院内006小队的威压被砸得粉碎，一声爆鸣从虚空中传来！

"噗——"房内，七位006小队的队员，同时喷出鲜血，脸色有些泛白。四合院中，紧贴地面不知多少岁月的地砖，同时爆碎，迸溅的石块在空中激射，烟尘四起！见006小队的气息溃散，林七夜等人也各自将威压收起。他们弯下腰，缓缓捡起了地上的黑伞。残破的四合院外，他们将黑伞撑起，平静地转身向后走去。"哗哗哗——"原本被激荡的气息冲击，停滞在空中的雨水，如同一大块水幕般轰然落下，但伞下的身影，却没有沾上丝毫的水滴。六人一棺，缓缓消失在水幕之中。

"林七夜！"站在门口的袁罡突然开口，"你们到底要干什么？"

雨中，林七夜缓缓停下身。"去救人。"他回过头，看着袁教官担忧的面孔，微微一笑，"如果我们没有回来，那就算了，如果我们回来了……那我们，就是大夏的第五支特殊小队。"

与此同时，四合院，最中央的那座房中，一直默默关注着这场无声战斗的绍平歌，无奈地笑了笑。"这群小子……"他摇了摇头，犹豫片刻之后，拉开了抽屉，里面静静地躺着八枚铭牌大小的银色铁片。他从中取出七枚，握在掌间，轻轻向着屋外一甩，七枚铁片洞穿空间，眨眼间便来到林七夜七人面前！这突然出现在雨幕中的铁片让林七夜微微一愣，他们同时伸手接住了铁片，有些错愕地抬头看向四合院。"能让你们在迷雾中自由行走的东西。"绍平歌的声音悠悠从院内传来，"去吧。大夏守夜人，静候第五支特殊小队凯旋。"

林七夜握着手中的铁片，嘴角微微上扬，他回过头，与其他人对视一眼，微微点头。

"七夜，我们该怎么去？"百里胖胖问道，"骑龙吗？"

林七夜摇了摇头："不，我们……腾云。"话音落下，他伸手在虚空中一招，无数翻滚的云平地而起，托着六人一棺，缓缓升起——"筋斗云"。林七夜低下头，将那张孙悟空面具戴在脸上，其他人也纷纷戴上自己的面具。飘在空中的江洱想了想，伸手在脸上一抹，凭空捏出了一张无脸的面具，遮住了自己的容貌。"走了。"林七夜平静开口。下一刻，这朵白云洞穿虚无，眨眼间便消失在原地。雨中，袁罡站在门口，注视着他们离去的背影，无奈地叹了口气。

……12月26日，大雨。

第五预备队于上京市，执伞起势，碎砖一百三十三块，战胜驻上京市006小队，随后腾云而起，一路西行，消失于迷雾之中……

至今未归。

——《守夜人最高机密档案》

|第十篇|

剑仙斩神

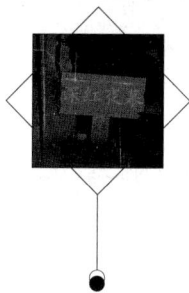

540

"嗡嗡嗡——"一架武装直升机卷携着狂风,在海岸线旁缓缓降落。叶梵披着暗红色的斗篷,腰间挎着直刀,从直升机上走下,目光扫过远处的海平线,阳光下,浪潮在海面上涌动,激起大片白色的浪花,虽然有些风浪,但总体来说还算是风平浪静。叶梵眯眼注视着海平线的另一端,不知在想些什么。片刻之后,一驾虚幻的马车穿过身后的城市,在叶梵的身边缓缓停下。驾车的书童恭敬地对叶梵鞠了一躬:"叶司令好。"

"嗯。"叶梵回头看向马车,只见陈夫子正从马车车厢中走下,左手捏着一只茶盏,右手拍了拍身上的灰白色衣袍,叹了口气:"又有什么大事要发生了?"

"是啊。"叶梵无奈地笑了笑。他正欲开口说些什么,电话铃声突然响起。叶梵接起了电话:"喂?左青?怎么了?"

"……"

"什么?"叶梵一愣,"他们驾云冲进迷雾,去救周平了?他们哪里来的在迷雾中行走的方法?"

"……"

"绍平歌?"

叶梵的眉头微皱:"他怎么也掺和进来了?"

"……"

"好吧,我知道了……时刻关注北方迷雾的动向,他们一回来,就告诉我。"叶梵挂断了电话,表情有些郁闷,长叹了一口气。

"怎么?又出事了?"陈夫子眉头一挑。

"林七夜那群小子是真不怕死啊。"叶梵骂骂咧咧地开口,"这种紧要关头,他们一支预备队，居然敢往迷雾里冲，他们知不知道那里面有多危险？我都郑重地警告过他们了，他们怎么就不听呢？"叶梵是真被气到了，罕见地爆了粗口。他跟林七夜扯了一大堆，好说歹说，结果林七夜愣是一个字都没听进去，转身就头铁地冲进迷雾里去了。陈夫子看着叶梵许久，笑了起来。

"你笑什么？"叶梵瞪了他一眼。

"你知道，你现在像什么吗？"

"像什么？"

"像一群叛逆期孩子的老父亲。"陈夫子笑道。

叶梵冷哼一声："我这都是为了他们好。"

"你看！更像了！"

"……"

"嘀嘀嘀——"就在两人说话的时候，电瓶车的喇叭声从不远处传来，一个穿着明黄色外卖服、头上戴着头盔的年轻人骑着车，晃晃悠悠地来到了两人身边。

"路无为，你来得太慢了。"叶梵说道。路无为摘下头盔，耸了耸肩："路上车没电了，充了一会儿电。"他像是想起了什么，从电瓶车上下来，打开车尾的保温箱，从里面掏出两杯奶茶，自己开了一杯，然后递了一杯给叶梵。

"你还在路上买了奶茶？"叶梵的嘴角微抽。

"不是，本来我正在送这单外卖，然后你一个电话打过来，我就直接往这里赶了，这单都没来得及送。"路无为有些忧郁地说道，"又要被投诉了……"

"为什么你给他不给我？"陈夫子疑惑问道。

路无为看了他一眼，淡淡说道："老年人少喝甜的。"

陈夫子："……"

"那个下单的也够倒霉的，点了两杯奶茶，直接被你们两个截和了。"陈夫子轻笑一声。

"一切都是为了大夏。"叶梵瞥了眼奶茶的外包装，看到下单人的姓名，眉梢一挑，"三九音域？什么奇怪的名字……"

"对了，关在怎么还没来？还没出关？"陈夫子四下张望了一眼，问道。

"我让左青去叫他了，应该快来了。"叶梵低头看了眼时间。

就在这时，虚空中，几行绿色的字符突然凭空出现——

```
# -*- coding: UTF-8 -*-
# Filename : helloworld.py
# author by : G-Z
>>> print('Hello World!')
```

当最后一个字符出现的瞬间，所有的字符凭空消失，紧接着，一团虚拟代码在空中汇聚，化作一个人形。一个穿着黑白格子衫、戴着鸭舌帽的中年男人从代码中走出，微微抬头，右手中指推了推帽檐下那副黑框眼镜，镜片反射着白光。"哟，好久不见啊各位。"他咧嘴一笑。

"这都快三年了，你可终于出关了。"叶梵幽幽开口。

"新算法升级之后，漏洞太多了，我也没办法。"关在无奈地摊手，同时目光扫过众人，"今天人来这么齐？对了，我周平老弟呢？他怎么没来？"听到"周平"两个字，叶梵张了张嘴，想说些什么，最后还是陷入了沉默。关在敏锐地察觉到了事情不对，眉头微皱："叶梵，周平呢？"

"他去境外了。"

"去境外干吗？"

"去救人。"叶梵缓缓将之前的事情与关在复述了一遍。

关在听完之后，脸色凝重起来："他一个人去迷雾，万一被那群外神截住了怎么办？不……不行，他现在到哪儿了？我过去帮他……"他的周身，一个个虚拟字符显现而出，似乎要将他包裹其中。

"你不能去。"叶梵突然开口。

"为什么？！"

"这里更需要你。"

"那周平怎么办？"关在眉头紧锁，脸色有些阴沉，"这件事情，肯定不是劫走半座城市那么简单，你不可能看不出来吧？万一他们的目标就是周平，那他现在的情况就非常危险！"

"周平的事情，我相信他自己能解决，现在我们要做的，是履行人类战力天花板的职责。"叶梵平静地开口，"如果你走了，就凭我们三个人，要是挡不住埃及神的进攻……你知道会发生什么。"

"那他自己解决不了怎么办？"关在沉声开口。

"他可以。"

"你凭什么这么肯定？！"

"就凭他是我大夏的剑圣！"

叶梵和关在面对面站着，两人的目光都极具攻击性，谁也不甘示弱，隐约之间，一股凛风从两人身间爆出。一旁，路无为见到这一幕，犹豫片刻之后，打算上前劝说一下。就在这时，一只手搭上了他的肩膀，陈夫子站在他的身后，默默地对他摇了摇头。

关在死死盯着叶梵的眼睛，眼眸越发冰冷。"剑圣……"关在咬牙开口，"就因为他是大夏的剑圣，你就可以不管他的死活吗？就因为他是剑圣……你就可以逼他去送死吗？"

"我没有逼他。"

"放屁！"关在怒骂道，"叶梵，我还不了解你吗？你肯定不会直接逼他去，但是你会告诉他如果他不去，会有多少人因此而死，大夏会因此而损失什么，让他觉得自己非去不可……你在利用他的单纯与善良，让他成为整个大夏的剑！你这种行为，和以前那些欺负他的人有什么区别？！"

叶梵身体微不可察地一颤，他沉默了许久，缓缓开口："这，本就是人类战力天花板的职责。"

"职责？呵呵呵……"关在冷笑起来，"剑圣，人类战力天花板，守护大夏的职责……叶梵，你永远都是站在道德制高点上的那个人！如果不是你，周平根本就不可能走上这条路！周平啊！他只是一个被人从小欺负到大、喜欢武侠故事、幻想着当上大侠的孩子而已！你为什么非要让他扛起人类战力天花板的职责，让他去成为剑圣，让他去守护这个曾经让他遍体鳞伤的世界？你让他背负的东西，太沉重了！他本该在那家土菜馆里，好好地生活，好好地长大，看他喜欢看的书，平静而快乐地度过他的这一生……他不该走上这条路的！"关在的呼吸越发粗重，愤怒让他的眼眸通红，他一把抓起叶梵的衣领，"我告诉你叶梵，周平从来不欠这个世界什么，但这个世界……欠了他太多！你叶梵确实在守护这个国家，你伟大，你高尚，你对得起这个国家的所有人，但是……你，对不起周平。"

叶梵的双唇控制不住地颤抖，他深吸一口气，右手闪电般地攥住关在抓住他衣领的手腕，声音沙哑地开口："我承认，我欠了周平很多，但你以为我真的想把所有的赌注都押在一个孩子的身上吗？如果我能有他那样的天赋，如果我能有他那样的力量，就算是去送死，我连眼皮都不会眨一下！但，不是所有人都是周平！外神环伺，大夏神又陷入沉眠，大夏已经无路可走了。想要在绝境中翻盘，想要靠凡人之力战胜神明，我就只能去赌这一把！这一局，如果我们败了，整个大夏都将成为任人宰割的鱼肉！还有，我从来都没有利用过他，周平虽然单纯，但并不笨……"叶梵的声音停顿了片刻，再度沙哑开口，"他，是个好孩子……"

沉默。

关在那双满是血丝的眼睛，死死地盯着叶梵，不知过了多久，他冷哼一声，松开了叶梵的衣领。"如果周平真的出了什么事，我会亲手杀了你。"关在冷声说道。

叶梵整理了一下衣领，平静地说道："到时候，不用你动手，我会把我欠他的命……还给他。"

"咚——"一道沉闷的声响，从远处的云层中传来，天空以肉眼可见的速度暗淡下来。叶梵转头望去，只见原本平静的海面，剧烈地翻滚起来，黑色的巨浪从海面掀起，像是一层巨幕般笼罩天空，向着这里奔涌而来。绚烂的神光从远处的云层之中透射而出，四道身影卷携着恐怖的神威，拨开云雾，脚踏虚无，缓缓走来。埃及九柱神，四神联手。他们的神威毫无保留地释放，将脚下的海面搅得天翻地覆，一场浩荡的人间大劫正在他们的神威下酝酿。

"这个阵仗，我们可打不过啊……"陈夫子见到那四道身影，无奈地叹了口气。

"打不过，也要打。"叶梵的手搭在腰间的刀柄上，看了眼身后的城市，暗红色的斗篷随着狂暴的海风，急速舞动，"不能让他们进入城市范围，把他们拦在海上。"

"我们有援兵吗？"路无为问。

"一共就五位人类战力天花板，哪里来的援兵？"关在摇了摇头，看向叶梵，"叶梵，你说你有把握赢下这一局，是真的吗？"

"嗯。"

"好。"关在转过身，看着海面上的那四道身影，缓缓按住自己头顶的鸭舌帽，"那就……跟他们拼了。"

海岸线旁，四位人类战力天花板如箭般激射而出，划过波涛汹涌的海面，径直向着天空中的那四位神明冲去，地动山摇！

迷雾。火炉旁，路宇看了眼不远处闭目不语的剑圣，眼中浮现出担忧之色："陈涵前辈，我怎么感觉……剑圣的气色越来越难看了？"

他的身旁，陈涵摇了摇头："我也不知道，我之前碰过他的手，感知了一下他体内的情况，他受的伤比表面上看到的重很多……两种不同的神力在他的体内肆虐，仅是一瞬间，就将我的精神力撕碎。所以，具体的情况，我也不清楚。"

"两种神力？"路宇一愣，"不是只有一个风神吗？"

"不止。"

"前辈的禁墟救不了他吗？"

陈涵苦涩一笑："你也太高看我了，他的伤，根本不是我这种境界能治疗的。"

"那我们现在怎么办？什么都做不了吗？"路宇担忧地开口，"我怕……一会儿剑圣再闭上眼睛，就醒不过来了……"

"说什么呢？闭嘴。"陈涵狠狠瞪了他一眼。路宇乖乖闭上了嘴巴。陈涵在原地犹豫片刻，站起身，跟旁边的三个孩子说了几句悄悄话，然后一起向周平走去。

"剑圣前辈。"陈涵轻轻叫了他一声。

周平闭着眼睛，并没有醒来。

"剑圣前辈？"陈涵的声音高了一些。

周平缓缓睁开双眸，浓重的血丝攀附在眼中，双唇没有一丝血色，整个人看起来憔悴无比。"怎么了？"他问。陈涵笑了笑，从口袋中掏出一根卷烟，递到了周平的面前。"我不会抽烟。"周平摇了摇头。"剑圣前辈，这烟对你现在的情况有好处……"

"我不会抽烟。"周平重复了一句，然后指了指旁边的三个孩子，"而且这里有孩子，你也不能抽烟。"

<h2 style="text-align:center">542</h2>

"我不抽，我不抽。"陈涵连连摆手。

路宇刚从陈涵和周平的身边走开，那三个孩子就凑到火炉边，轻轻拉了拉他的衣角。

"怎么了？"路宇看向那个名为王佳琦的孩子。

"我……我有点害怕。"王佳琦看了眼死寂的周围，小脸有些发白。

整个地下停车场，除了他们三个孩子之外，就只有三个大人还醒着，其中一个一直板着脸，一个浑身是血闭着眼睛不动，所以孩子们下意识地开始接近年轻而且看起来比较随和的路宇。

"你一个男孩子，怎么胆子这么小啊？"李若蝶叉腰说道。

王佳琦缩了缩脖子："可是其他人都睡着了啊，外面的天又这么奇怪，路上也阴森森的……感觉很快就会有什么怪物跳出来一样。"

"放心吧，我们就是专门杀怪物的。"路宇笑了笑。

"怪物可是很厉害的！"

"再厉害我们也不怕。"陈涵看了眼又要闭上双眼的周平，说道，"看到这个剑圣哥哥了吗？别说是怪物了，就算是神，他也能把对方打跑。"

"这么厉害吗？"几个孩子震惊地张大了嘴巴。

周平听到又有人在讨论自己，眼睛睁开了些许。

"哼，剑圣本来就很厉害的好吧！"一直默不作声的陈楠开口。

"剑圣哥哥，除了你之外，世界上还有其他剑圣吗？"李若蝶好奇地问道。

周平如实说道："没有，就我一个。"

"那你岂不是世界上最厉害的人！"小姑娘的眼睛开始放光。

周平一愣。他认真地思索了片刻："比我厉害的，应该没有了，但是和我差不多的，还有四个。"

"那他们也会来救我们吗？"

"……不会了。"

"为什么啊？"

"因为他们还有更多人要救。"

"哦……"

见李若蝶有些沮丧，陈楠不高兴了："干吗要别人来救？我们有世界上最厉害的剑圣就够了，他一定会保护我们平安回家的！"

"剑圣哥哥，你是怎么变这么厉害的啊？我也想当剑圣！"王佳琦突然开口，"如果我当上了剑圣，我爸妈一定会非常高兴的。"听到这句话，周平的眼眸微微一颤。

"胆小鬼当不了剑圣的！"陈楠不屑地看了他一眼。

"剑圣哥哥，你这么厉害，你家里人是不是很为你骄傲？"

周平沉默片刻："我……除了三舅，应该没有其他家人了。"话音落下，他像是想到了什么，嘴角微微上扬，"但是，我还有几个学生，他们挺替我骄傲的。"

"剑圣哥哥的学生啊！他们是不是也很厉害！"

"嗯，很厉害，他们是第五预备队。"周平顿了顿，抬头看向晦暗的天空，"或许，他们现在已经是第五支特殊小队了……"

虽然几个孩子不明白预备队和特殊小队是什么，但这并不妨碍他们理解"很厉害"这个词。"那他们会不会来救我们啊？"王佳琦问道。

周平张开嘴，下意识地想要说不会，却怔在了原地，脑海中瞬间闪过那几张熟悉的面孔。他可以确定其他几位人类战力天花板不会来，因为他们有着自己的职责，不可能穿过迷雾来这里。但林七夜他们……"不会。"他犹豫了一会儿，还是说道，"因为他们不该来。"

是的，他们不该来。他们只是一群平均实力"海"境的年轻人，别说来这里了，在迷雾中走不了几步就会命丧黄泉。他们是大夏的种子，是特殊小队的预备队员，不可能也没有理由冒着这么大的风险，穿过迷雾，来到这里……他们来这里干吗？救人，还是救自己？当这个想法突然出现在他脑海中的一瞬，周平就摇了摇头，将其否定。自己只是教了他们一段时间，同行了一段路程，他真是……自作多情。不知道为什么，自己总是这么容易自作多情，而这样的后果就是……一次又一次地失望，然后麻木。

"咔嚓——"一道狰狞的雷霆划过天空，炸裂的雷声震耳欲聋，在漆黑的城市中回荡，将地下车库的众人都吓了一跳，昏昏欲睡的周平猛地抬起头。他看向车库外的天空，原本眼眸中的疲惫已然消失不见，取而代之的是前所未有的警惕。他的表情凝重无比。

"这雷声怎么这么响？"路宇抱着吓得脸色发白的王佳琦，皱眉问道。李若蝶和陈楠虽然也吓得不轻，但胆气要比王佳琦大得多，尤其是李若蝶，不仅没有后退，反而向前走了两步，来到车库的入口前。她抬头向天空看去。"天上站着三个人！"她惊讶地喊道。

只见在幽色的天空之上，方圆数十公里的云层被搅成巨大无比的旋涡，三个截然不同的身影伫立在云端，正低头俯视着脚下的城市，虽然看不清他们的面孔，但那令人心悸的威压却充斥着整片天空。幼小的李若蝶呆呆地看着这一幕，那三个毁天灭地的身影清晰地倒映在她的眼眸中，烙印在她的心底。陈涵听到这句话，先是一愣，随后脸色骤变。他快步走到车库旁，看向天空。这里是迷雾，天上怎么可能会有人？联想到刚刚被剑圣逼退的风神休，陈涵像是想到了什么，转头看向火炉旁脸色苍白的周平，表情凝重无比。那是……神，而且，是三位神！即便剑圣能正面逼退一位神明，但三神联手之下，就算是大夏剑圣，也不可能有丝毫胜算！陈涵的眼中浮现出绝望之色。这次……多半是凶多吉少了。

"咚——"那伫立于天空的三位神明，同时出手，毁天灭地的攻击落在幽色的天空上，撼动着鄠都法则，整个城市都随之剧烈摇晃起来！低沉的鸣响回荡在天地之间，那幽色的天空剧烈晃动，摇摇欲坠。残破的城市之中，由于大地震动，一座又一座的大楼轰然倒塌，滚滚的烟尘蔓延在空中，如同浪潮般席卷。灰尘窸窸窣窣地从头顶掉落，车库中的火炉被尽数震倒，刺目的火光在地面跳动起来，三个孩子被路宇及时抱住，他们的脸色苍白无比。

"那，那就是……神吗？"被路宇抱在怀中的李若蝶喃喃自语，"好可怕……"

地下车库的角落，跳动的残火之前，一个身影缓缓站起。猩红的火焰将他的背影投射在背后的白墙上，轻轻晃动，仿佛一个黑色的巨人，一个……背负着天空的巨人。黑衫染血的周平，平静地走到地下车库的入口，伸出手轻轻摸了摸路宇怀中李若蝶的头："别怕，我在。"

那张平凡而有些阴郁的脸上，罕见地浮现一抹淡淡的笑容。他回过头，独自向着车库外走去。几人怔怔地看着他的背影逐渐消失在翻滚的烟尘中，突然，一个声音从他的身后响起："守夜人陈涵，请大夏剑圣……斩神！"

陈涵注视着周平的背影，眼中是前所未有的坚定。路宇一愣，疑惑地转头看向陈涵，不明白为什么到了这个地步他还要说出这句话。难道他看不出剑圣已经到强弩之末了吗？看到陈涵那双认真而坚定的眼眸，路宇怔了片刻，随后明白了其中的原因。斩神，并不是指让剑圣杀神，而是像周平之前说过的那样——"斩神，然后，带你们回家。"这是一个承诺，一起回家的承诺。他们太弱了，甚至连站在周平的身边，和他一起去对抗那三位神明都做不到，所能做的，就只能是押上自己的名字与身份，跟在周平的身后。让他们的名字，跟随在剑圣的身边，与诸神一战！让剑圣知道，自己，不是一个人在战斗。他的身后，还有他们。

想通了这一点，路宇张开嘴，随后紧跟着喊道："守夜人路宇，请大夏剑圣斩神！"

他的怀中三个孩子不懂其中的深意，只是凭借着那份最纯真的期盼，深吸一口气，用尽全力，嘶喊道——

“请大夏剑圣斩神！”

“请大夏剑圣斩神！！”

“——请大夏剑圣斩神！！！”

滚滚烟尘中，那黑衫身影停下脚步，回头看了他们一眼，然后，继续前行。

543

幽色的天穹在颤动，狂风在城市中低吼，滚滚尘沙之间，周平双手空空，一步步地沿着那条路，向前走去。那些此起彼伏的喊声，穿过呜咽风声，落在他的耳中。“斩神……吗……”他喃喃自语。他伸出右手，轻轻地放在了自己的胸口。那里，宛若琉璃的光彩，在他的肌肤表面流淌，越来越亮。他的心中，某种尘封已久的感情，正在蠢蠢欲动，仿佛即将冲破枷锁，奔涌而出。那种感情，名为热爱。从什么时候开始，他对这个世界失去期待了？从什么时候开始，他不再热爱这个世界了？从什么时候开始，他开始拒绝这个世界了？周平不知道，也不想再回忆，他选择将那些记忆封存在内心深处，让它们彻底成为过去式。但现在，他心中的那团火，越烧越旺。曾经的他，虽然多次出手，帮大夏化解灾厄，但那更多的是因为他心中所向往的侠义之气。他觉得，剑圣就该守护世人，于是他做了。这是责任，而不是从心。可这一次不一样，这一次，他真切地听到了他们的声音。那两个守夜人，那三个孩子，那城市中沉睡的上万人，仿佛都在说：“——请大夏剑圣斩神！”这声音如佛堂钟鸣般压下了所有的其他声音，在周平的脑中回荡，他的心中，那份近乎枯竭的剑意以惊人的速度暴涨！有人敬仰他，有人信任他，有人需要他，这，不就是他所向往的大侠吗？压在他心头的沉重枷锁，被林七夜等人撬开了一角，在此刻，被他心中那复燃的火焰烧得滚烫，剧烈地颤动！他的气势节节攀升，负伤微弯的脊梁，缓缓挺直，他的周身，剑鸣四起，仿佛有无穷无尽的剑环绕在他的身边，随着他的脚步，齐声嗡鸣，越发嘹亮，如惊鸿凤鸣，响彻云霄。他的肌肤上，琉璃光彩缓缓流淌，那双眼眸通明如镜。等到周平迈到最后一步，他体内低沉的轰鸣声响起，仿佛一锤撞在黄铜古钟之上，嗡嗡作响。差一点，距离打破那层枷锁，还差一点……周平的眉头皱了皱，低头看了眼自己琉璃色的手掌，无奈地叹了口气。他心中的火，已经燃尽了，但距离打破那层天花板，还差半步……他没有时间了。周平抬起头，看向幽色天空之外，那三个接连轰击酆都法则的神明，一步踏出，身形消失在原地。

云层之上，黄沙之神赛特、风神休，以及阿蒙低头俯视着那座散发着幽光的城市，眉头微皱。“这大夏法则真是难缠。”阿蒙眼睛微眯，眸中一抹紫芒闪过。

“就算我们三个联手，短时间内也不可能打破大夏法则。”身上还负伤的休平静地说道，"当务之急还是把这座城市带回太阳城。"

身披黄色斗篷的赛特目光在城市上扫过，眉梢微微上扬："休，你说的那个很强的人类在哪儿？我们都来了这么久了，他怎么还没出来？不会他根本就是你编造出来的吧？"

休皱眉看了他一眼："我没有骗你们的必要。"他的目光落在散发着幽光的城市中，眉宇中也出现疑惑之色，"奇怪，这么大的动静，他不可能感觉不到……"难道是他给对方留下的伤势太重，已经死了？

赛特转头看向黑衣阿蒙，问道："隔着鄮都法则，你可以动用诅咒吗？"

"可以。"阿蒙点了点头，"运势这种东西，本就不是法则能够挡住的，只要以这截龙脉为引，就能诅咒整片大夏国土。"

"那你可以开始了。"

阿蒙缓缓抬起双手，右手的掌间握着一根黑色的权杖，左手掐了一个诡异的手势，阴森的黑芒从他的身上绽放，一股邪恶至极的气息在空中蔓延。"叮——"就在这时，一个身影凭空出现在他们面前。那人黑衫染血，双手空空，双眸平静如水，通明似剑。在他出现的瞬间，天空中旋转的云层旋涡突然停滞，万千剑鸣自虚空传来，响彻天地。他目光平静地扫过三位神明，缓缓开口："大夏剑圣周平，请诸神让道！"

是他！看到这一幕的瞬间，休心中反而有种庆幸。他出现了，也就能证明，自己说的那些都不是空穴来风，只要赛特亲身体会一下这个人类的剑，就会知道自己为什么会被逼退……等等，他的剑呢？休看着周平那空空荡荡的双手，突然一愣。云层之上，赛特看到这个突然出现的男人，眉头微微皱起。

"请我们让道？区区人类，真是好大的口气！"他冷笑一声。"轰——"他伸手轻轻一招，无穷无尽的黄沙从黄色斗篷之下涌出，刹那间遮蔽大半的天空。那些暗黄色的沙粒，每一粒都散发着恐怖的气息波动，可以轻易地轰穿半座城市，它们混杂在狂风之中，发出震耳欲聋的爆鸣。黄沙漫天！周平右手握剑指，在身前轻点。澎湃的剑气缭绕在他的身边，每一缕剑气击碎一粒逼近他身体的黄沙，任凭黄沙漫天，也没有一粒能近他身前三尺。赛特的眼眸中浮现出惊讶之色。这些黄沙掠过周平的身体之后，急速地堆积，化作一片悬于云端的沙漠，面积足足有身下的那座城市的五倍，阳光照射在这片悬空沙漠之上，在地面投射下大范围的阴影，遮天蔽日。与此同时，在这苍茫的沙漠之上，一座巨大的暗黄色悬空沙塔拔地而起，大约有九百米高，像是要捅破天空，巍然屹立。赛特的身形化作一捧黄沙，消失在原地，再度出现的时候，已经站立在那沙塔的顶端。

"大漠沙界。"他张开双臂，黄色斗篷在风中飘动，像是在拥抱这片悬空大漠。而在他脚下的高塔前，周平的身影就像是蝼蚁般渺小。"砰——"周平周围的沙地突然爆开，一只近百米的巨大黄沙手掌急速凝聚，猛地拍向他的身体！

大漠沙界之下，黑衣阿蒙站在悬空大漠的阴影中，一步迈出，站在残破城市的顶端，那柄黑色的权杖落在酆都法则之上。诡异的黑芒透过那道幽光，向着这座破碎城市边缘的原始山脉探去。诅咒，开始渗透……

另一边，风神休站在沙漠边缘，注视着那道接连闪躲的黑衫身影，丝毫没有要出手的意思。他输在周平的手下，引来了其他九柱神的嘲笑，既然如此，索性就不出手，让赛特这个眼高手低的家伙和这个人类碰一碰，让他们知道，自己输并不是因为自己弱……而是这个人类太强。他甚至希望周平再给力一点，让赛特也吃点亏，这样他的耻辱就能被彻底地洗刷掉，还可以反过来嘲讽一番对方。只要等到赛特撑不住的时候，自己再出手，与之联手将这人类镇压，一样能拿下城市碎片。这一次，这些人类不可能有翻盘的机会了。

"砰砰砰——"接连数十只黄沙手掌从天空与大地伸出，想要抓住周平的身形，后者却像是鱼儿般灵动地游走其中，衣摆没有沾染上丝毫的沙粒。他侧身腾空而起，从三只黄沙手掌的指缝中飞走，随后右手的剑指在周围轻轻一划，"叮——"清脆的剑鸣再度响起，他方圆五百米范围内的所有黄沙手掌被从中斩开，切口整齐光滑，像是有一柄无形的利剑划过。剑气席卷，那些手掌寸寸爆开，再度化作沙暴笼罩天地。周平的身形轻盈地落在沙地之上，脚尖轻点，整个人如箭般洞穿沙暴，径直冲向沙界中央那座高耸的巨塔。

赛特眉头一皱，斗篷下的指尖轻勾。紧接着，奔袭中的周平脚下的沙地剧烈地颤动起来，每一颗沙粒都在以极高的频率抖动，散发着恐怖的能量！周平敏锐地察觉了危险，剑指一划，将空间斩开一角，身形一晃便消失在原地。下一刻，他原本站立的那片广阔沙地，爆发出一阵刺目的白芒！那些能量溢出的沙粒开始自行湮灭，连带着周围的一切物质，光与空气，刹那间毁灭，凭空消失。在那白芒褪去之后，原本的那块沙地，已然化作一片空无一物的空洞。这是由黄沙为媒介的物质层面的绝对抹杀！

周平的身形从另一处空间踏出，看了眼那片湮灭的沙地，眼眸中浮现出凝重之色。他没有丝毫的犹豫，再度挥手斩开空间，向前闪现了数百米。一抹白光绽放，他刚刚站立的沙地，被再度湮灭。周平连续斩开空间，避开所有的湮灭沙地，以惊人的速度向着那座沙塔移动，很快便到了沙塔的下方。赛特的脸色有些阴沉。他万万没想到，这个人类居然凭一己之力，在他的大漠沙界中来去自如，甚至还一路杀到了自己脚下。人类，不应该都是弱小而卑微的生物吗？

"到此为止了。"赛特摇了摇头，抛去了那些杂念，缓缓开口。强一点的蝼蚁，也只是蝼蚁，只要自己认真起来，就能轻松地将其抹杀！"轰隆隆……"周平刚刚冲到沙塔脚下，整座沙塔便晃动了起来。凝聚成这座沙塔的所有黄沙，同时散开，眨眼间这座沙塔便消失无踪，那些悬空的沙粒再度凝聚，开始搭建着什么……呼吸之间，一只庞大无比的暗黄色怪物便遮蔽了周平头顶的天空。那是一只狮身人面的黄沙巨兽，光是脚掌，便有一座足球场那么大，小半个身体被云气遮蔽，不见全貌，但粗略估计，整个身体和众人脚下的那座破碎城市差不多大小。那狮身人面的黄沙巨兽张开嘴，无声地咆哮着，右脚缓缓抬起，向着周平重重地踏去！庞大的脚掌急速积压空气，狂风从掌下肆虐，将底下的周平吹得衣袂翻飞。

周平抬头看着这个庞然大物，缓缓闭上了眼睛。伴随着他的呼吸，他胸口的肌肤表面，琉璃色的光芒越发明亮，那只巨兽脚掌重重地踏在沙漠之上，硬生生将脚下的沙界踩出了一个窟窿，大量的黄沙如瀑般飞起，席卷整个大漠沙界。就在此时，那只巨兽的脚掌，寸寸爆碎！成千上万道凌厉而凶悍的剑芒撕碎黄沙，卷携着那道黑衫身影冲上天际！他所到之处，黄沙巨兽的身体被剑气凌迟，以惊人的速度溃散开来，等到他彻底贯穿那庞大的黄沙人面怪之后，只听一声轻响，整个狮身人面怪的躯体都轰然爆碎！

洋洋洒洒的黄沙从空中飘落，周平站在虚空中，脸色有些发白。"喀喀喀……"他用手捂着嘴，低头咳嗽了两声，掌间浮现出一抹殷红。就算剑意上有所突破，可以他现在的身体状态，这一剑还是给他带来了不小的负担。他的身形仅在空中停滞片刻，便洞穿空间，径直向着披着斗篷的黄沙之神赛特冲去！剑气冲霄！

"嗯？"休注视着周平的身影，眉梢微微上扬，眼中浮现出诧异之色。他本以为对方的手中没有剑，实力可能会大打折扣，没想到对方竟然双手空空，也能跟赛特打得有来有回。难道他在跟自己的战斗中，根本就没受伤？不可能，自己的风分明砍了他好几下，那些狂暴的神力，他应该受不了才对……难道，这短短的时间里，他又有所突破了？休想到这个可能，心中微微一惊，但很快又平静下来。再怎么突破，他也是个人类，人类的极限就在那里，就算他可以压制住赛特，也根本不可能杀了对方。

"休，你还在等什么！"黄沙之神赛特见周平卷携着恐怖的剑气向自己冲来，心中有些没底，当即转过头，对着一旁作壁上观的休大喊道。

休冷笑一声。怎么样？知道当时我是怎么输的了吧？你自己上，不还是被那个人类压着打，看你以后还敢不敢瞧不起我？休刻意停顿了片刻，再次卷起狂风，向周平冲去。再怎么说，现在也是任务为重，要是真的让这人类把他们两个都打败，那他们的脸就算是彻底丢尽了。

感受到第二股神明威压向这里急速接近，周平的眉头皱起，速度没有丝毫的停滞，反而更快了几分！他必须在两位神明联手之前，先将赛特重伤，否则根本没有丝毫胜算。周平剑破空间，来到赛特的面前，翻滚的剑气奔涌而出，如同龙卷风般冲向赛特的面门！赛特的双眸微眯，下一刻整个人化作漫天黄沙，消散无踪。剑气掠过沙粒，没有碰到赛特分毫，周平的脸色顿时凝重起来。

与此同时，一股狂风自虚空而来，猛地重击在他的背后，将其拍向大地！“砰——”周平的身影像是陨石般砸落在大漠之上，震起大量的沙石，紧接着周围的黄沙急速倒卷，像是一口扣着的巨棺，将周平封死其中。天空中，黄沙席卷，披着斗篷的赛特身形再度凝聚而出。他低头俯视着那口黄沙巨棺，冷哼了一声：“人类终究只是人类，掌控不了法则之力，就永远不可能真正意义上伤到神明。这……就是我们之间的差距。”他的手掌在虚空中一握，那口镇在黄沙之间的巨棺，刹那间缩小，像是要将其中的周平硬生生地碾轧成粉末！

“叮——”一道清脆的剑鸣响起，一缕剑芒贯穿棺体，将其斩开一个缺口，那黑衫身形冲天而起。风神休伫立于云端，双手掐出一个诡异的印法，缓缓向下压去。无尽的罡风从虚空中爆发，汇聚成一道恐怖的罡风潮汐，向着那急速逼近的身形卷去。周平的右手微微颤抖，但依然捏着剑指，双眸注视着那团足以将一座城市撕碎的风暴，冷静地将手指点出，指印在空气中快到拖出大量的残影。汹涌的剑气浪潮环绕在周平的身旁，随着他的剑指，撞向压迫过来的风暴。剑气与风暴轰然对撞！肉眼可见的冲击波从云层之上爆开，刹那间蔓延上百里，周平的剑气撕碎了近乎全部的风刃，但还是有大量的残风落在他的身上，将那染血的黑衫再度割开大量的血口。原本已经凝结的血痂被撕开，大量的血液瞬间染红了周平的身体。周平闷哼一声，身形向着下方飞速坠落。身负重伤，手中无剑，现在的他已经接近极限，在两位神明的联手之下，很快便落入下风。

与此同时，赛特伸出手掌，向着身下的大漠沙界一抓，无尽的黄沙从中涌现而出，在其掌间汇聚成一根九米长的暗金色长矛，在空中散发着恐怖的杀伤气息，就连周围的空气都干燥了起来。他握着手中的长矛，向着那急速坠落的身形一甩！“轰——”暗金色长矛划破天际，发出刺耳的爆鸣，如闪电般刺向周平的身体！周平抬起剑指，试图用剑气挡下这根长矛，但此刻他的剑气已经消耗殆尽，剑指点在长矛之上，整个右手都被震成一团血雾，崩碎在空中！好在这一指还是让长矛的轨迹偏移了些许，错开了周平的心脏，转而洞穿他的右肩。周平的身形砸破大漠沙界的底端，如同一道流星，径直落入迷雾中的大地之上。

此时，那座酆都法则庇护下的破碎城市，已经向前挪动了近二十公里，彻底消失在周平与两位神明的战场之中，遁入迷雾消失不见。当然，这个距离对于他们来说，只要半步就能追上，所以无论是休还是赛特，都没有去追击的意思，只要杀了眼前这个人类，那座破碎的城市迟早会落在他们的手中。更何况，阿蒙一直留在那座城上，通过龙脉，诅咒着大夏国运。

周平半边的身子都消失不见，血泊浸染着脚下的大地，向着周围漫延，他缓缓让自己的身体从砸落的巨坑中站起，脸色苍白无比。"喀喀喀喀……"他低着头，剧烈地咳嗽着，鲜血顺着他的嘴角流淌而下。他的周围，是一座不知在迷雾中废弃了多久的城市，大量的砖块与残土散落在他的周围，远处的断垣残壁在迷雾中若隐若现。血泊中，周平的咳嗽声终于逐渐平息。他缓缓挺起胸，站直身体，抬头向上看去，蒙蒙迷雾中，两道伟岸而神圣的身形，从天空缓缓飘落……

"人类，你能做到这个地步，已经足以自傲了。"风神休赤足站在虚空中，俯视着周平的身影，平静地说道。

周平站在血泊中，微微侧过头，看了眼破碎城市离去的方向，沉默地站在原地。

"怎么，你还想着拖延时间，让那座城有机会逃走？"赛特冷笑起来，"你应该知道，这么点距离，对我们来说根本不算什么，就算让你再拖半个小时又如何？"

周平摇了摇头："我只是，有些遗憾。"

"遗憾什么？"

"遗憾，还差一点，就能踏出那一步。"他抬起头，看向天空中那两道散发着神威的身影，眼眸中浮现出一抹苦涩，"遗憾，还差一点，我就能……斩神。"

"斩神？"赛特嗤笑一声，"区区人类，还真是大言不惭……"

"杀了他吧。"休上前一步，伸出一根手指，凛冽的罡风在他的指尖凝结……

就在这时，一道刺耳的音爆声划破沉寂的迷雾，正向着这里急速逼近。

"嗯？"正欲出手的休和赛特疑惑地抬起头，向着天空望去。周平也抬头望去。下一刻，他的瞳孔骤然收缩，只见在蒙蒙迷雾之中，云气从天穹之上倒卷，像是一道浩瀚汹涌的浪潮，向着大地席卷而来。而在这云气浪潮的顶端，七道身形稳稳伫立，他们的身上散发着淡淡的银光，驱散了周围的迷雾，在他们的脸上，七张截然不同的面具正俯视着脚下的战场。他们，驾云而来。

周平认得这些面具。这七人脚踏云雾，身形稳稳落在断垣残壁之中，走到了周平的身旁。"你们……"周平怔怔地看着这七人。那张即便经历了神战，依然未曾动容的脸庞，浮现出前所未有的震惊。那戴着孙悟空面具的人影，走到他的身边，拍了拍周平的左肩："剑圣前辈，我们来带你回家。"

周平愣住了，休和赛特也愣住了。他们反复打量着这七个突然出现的身影，确认了他们身上的气息之后，眼眸中满是不解。"有意思……"赛特缓缓开口，"现在，真是什么蝼蚁都能挑衅神明的威严了吗？"他还以为出现的都是像这个用剑的人类一样的强者，现在一看，不过是一群一根手指头就能捏死的蝼蚁而已。

"你们……"周平呆呆看着林七夜的眼睛，张着嘴巴，却不知道该说些什么。

"走！"林七夜一把抓住周平的左手，脚下的云气再度出现，载着几人急速地冲上天空。林七夜当然知道眼前的这两个存在，根本不是他们可以应对的，所以只能寄希望于"筋斗云"，可以比两位神明的速度更快！

"可笑。"赛特伸出一根手指，大量的黄沙在他身前汇聚，再度化作一根暗金色的长矛，精准地甩向林七夜等人！是谁给他们的自信，觉得自己可以在神明的面前就这么逃走？

就在这时，一个身影从云上轻盈跳下。"打我！不许打七夜！"穿着深蓝色汉袍的迦蓝大声喊道，狂风将她的衣摆吹得翻飞，她毅然决然地向着那根暗金色长矛冲去！那暗金色长矛刺在迦蓝的身上，发出一阵爆鸣，竟然连她的肌肤都没能刺破。迦蓝伸出一双白皙的手，死死抓住暗金色长矛，从半空中跃下，径直冲向两位神明！赛特和休同时一惊！这怎么可能？那长矛可以说是黄沙之神赛特的标志性技能，就算是之前那个用剑的人类都无法硬抗，哪怕是其他神明也不敢轻易接下，现在却连这个女孩的皮肤都没能刺破？！她究竟是什么人？

迦蓝抓着长矛，黑色的长发如瀑般飘扬，气势汹汹地向两位神明杀去。风神的眼睛微眯，犹豫片刻之后，抬起小指，向着迦蓝轻轻一弹。"砰——"一阵狂风突然爆出，撞在了迦蓝的身上，没有在她的身上留下丝毫的痕迹。但下一刻，迦蓝整个人无法控制地被这风吹飞，眨眼间便飞出了数公里，像是一粒被风吹走的尘埃，消失不见。

迦蓝："……"

"她只是防御很强而已，很难杀死她，只要打飞就好。"休露出一副果然如此的表情。

"可笑的伎俩。"赛特轻蔑一笑。

此刻，坐在筋斗云上的安卿鱼推了推眼镜，指尖轻勾。迷雾中，一根根无形的丝线收缩，在狂风中飘移的迦蓝就像是被鱼线钩住的鱼儿，飞速向着空中的筋斗云接近。终于，迦蓝被安卿鱼"钓"了回来。迦蓝躺在松软的云朵上，一副生无可恋的表情。

安卿鱼叹了口气，看向一旁的林七夜："七夜，看来你的'迦蓝诱饵作战'计划失败了。"

林七夜眯眼注视着云层中的那两个身影，缓缓开口："预料之中，他们都是神，并不愚蠢，发现了迦蓝的'不朽'之后肯定不会在她的身上多浪费时间。但是，拖住的时间比我预计的还要少一点……"林七夜等人既然决定来救剑圣，知道自己要面对什么，就必然会提前做些准备，虽然未必有效，但留些后手总比无脑地上来送死要好。"迦蓝诱饵计划"，就是林七夜准备的方案之一。原以为靠着迦蓝的"不朽"，能够多拖住两位神明一段时间，没想到那个风神居然这么快就看破了问题所在，这就导致林七夜等人的逃离时间又缩短了些许。

筋斗云的速度虽然快，但以林七夜现在的精神力，即便全力以赴，也只能发挥出不到四成，虽然这已经足够甩出其他移动方法几条街，但面对两位神明的追击，还是不够。林七夜看着急速逼近的风神，伸手在空中一按，一只一人高的黑箱就出现在他的手中。这是从古神教会手中夺来的，第二只"邪神之怒"的黑箱。虽然林七夜不觉得这所谓的"邪神之怒"，能对真正的神明造成威胁，但现在这个局势下，能多拖延一秒钟都是好的。

　　林七夜的手掌在黑箱上一拍，箱盖瞬间破开，随后将整只箱子都向着云层下丢去！坠落的黑箱之中，一根指骨缓缓飘出，散发着森然恐怖的黑色气息，在空中溢散开来，周围环境的温度急速降低！这根指骨所掉落的位置，正好在赛特和休的行进路线上，他们在感受到这股气息的瞬间，有些惊异地将目光转了过去，只见在那指骨之后，一道庞大的黑色虚影缓缓凝结……那是一只通体漆黑的六翼天使。这黑色六翼天使的虚影静静地悬浮在空中，散发着令人心悸的邪恶气息，那双眼眸逐渐张开，澎湃的黑色神力在他的周身激荡。

　　"那是……"曹渊看着那道虚影，愣在了原地。

　　"神明代号004，堕天使，路西法。"林七夜凝视着那道身影，眼眸散发着淡淡的金芒。在这虚影出现的瞬间，他体内的"凡尘神域"躁动起来，炽天使的神威控制不住地从他的眼中溢出，像是遇到了宿命之敌，暴怒而汹涌。与此同时，路西法的虚影似乎也察觉到了林七夜的存在，他回过头，那双漆黑的眼眸漠然注视着林七夜，一缕杀气从他的身上爆发。

　　"路西法和米迦勒不是宿敌吗？"百里胖胖看向林七夜，表情有些难看，"他不会直接回头来打我们吧？"

　　林七夜的嘴角微微抽搐："我觉得……有可能……"

　　林七夜在得到这几只箱子的时候，就用精神力探知了箱内的东西，也知道这根指骨的存在，但问题是他不知道这根指骨是谁的……他只是想用这只箱子拦一下两位神明，没想到居然直接放出了个仇家的虚影！这下子玩砸了。路西法的虚影打量了林七夜片刻，嘴角勾起一抹冰冷的笑容，张开嘴，正欲说些什么，一只散发着青光的手掌就将其身体从中央硬生生地撕裂！

　　风神休站在错愕的路西法虚影背后，眉头微微上扬："神念残影？想靠这东西拦住我们，真是可笑……"

　　路西法虚幻的身体被休彻底撕碎，化作点点灵光消失在空中，那双漆黑的眸子愤怒地望着休，仿佛有无尽的怒火在熊熊燃烧。思索片刻后，他仅剩的些许身体转过来，看着筋斗云上的林七夜，冷声开口："米迦勒的代理人，我会来找你的……"随着身体的消散，他的声音越来越小，最终彻底消散无踪。

　　林七夜的眉头皱了皱，并没有将这件事放在心上。米迦勒与路西法之间的矛盾，他并不想参与其中。如果不是这次一不小心召唤出了对方的虚影，可能他永远也不会和路西法扯上关系。他记得当初赵空城跟他说过，路西法被发现的时候，是被镇压在北美的一座火山之下，而且还被米迦勒的"凡尘神域"镇压，无法脱身……这种状态下，他怎么来找自己？就算他逃脱了，等自己回到大夏，他敢走进大夏边境半步吗？当务之急，还是想办法甩开眼前的两位神明。

　　风神和黄沙之神撕碎路西法残影后，一步踏出，轻松地跨过虚空，追在林七夜等人身后。飓风与黄沙遮天蔽日，开始封锁周围的领空，林七夜虽然驾着筋斗云，短时间内依旧无法摆脱这神墟的范围。他的表情逐渐凝重起来。他伸出手，摸向自己的胸口，从中取出了一根木筷。这是他的另一张底牌，这根木筷之中，藏着一道全盛时期的剑圣剑气。这一剑挥出，必然能够挡住两位神明，但这也意味着，林七夜他们失去了最后一个自保的手段。一旦对方再度追上来，他们就只能成为任人宰割的鱼肉。就算林七夜再度承载某位神明的灵魂，也不可能挡住真正的神明，他现在的境界还是差得太远了。这一剑，出，还是不出？林七夜凝视着那两道疾驰而来的身影，握筷的手心渗出些许的汗水。

　　"放弃吧，你们是逃不掉的。"赛特身体化作黄沙消散在空中，最后在筋斗云的前方凝聚而出，冷笑着看着林七夜等人，缓缓开口。无形的罡风自虚空中盘旋而出，化作一道龙卷风将四周的退路全部封锁，筋斗云飞到罡风的边缘，被迫停下了身形，若是继续向前撞入风暴之中，除了迦蓝和周平，这里的所有人都会被搅成碎片。

　　他们的退路，被彻底封死了。林七夜的嘴角浮现出一抹苦涩。凭这些手段，想在神明的手中逃脱，还是不现实啊……

　　此刻。诸神精神病院中。穿着星纱罗裙的倪克斯静静地站在院中，抬起头，凝望着头顶的虚无，双眸之中微光流转，不知在想些什么。这一次，她没有坐在摇椅之上，手中也没有拿着针线，她站在那儿，像是一尊雕塑，一动不动。

　　李毅飞等人悄悄围在走廊的角落，观察着倪克斯，小声议论。"你们说，倪克斯奶奶今天是怎么了？"李毅飞狐疑地问道。

　　"是啊，都已经一下午了。"阿朱点点头，目光落在倪克斯的头顶，什么也没有看见，"她在看什么呢？我怎么什么都看不见。"

　　"水母？哪儿有水母？"披着燕尾服的哈巴狗突然警醒，双足立起，眼睛瞪得浑圆观察着四周。

　　"她，应该在看院长。"黑瞳若有所思地开口。

　　"她站在那儿，能看到？"

"或许可以。"黑瞳顿了顿，"毕竟，那是一位神明。"

院中。倪克斯看着头顶的虚无，眉头微微皱起。犹豫片刻之后，她抬起手，像是想要触摸什么……另一只手突然抓住了她的手腕。倪克斯转过头，只见穿着蓝色法师长袍的梅林正站在她身边，对着她摇了摇头。"再等等。"他说。

迷雾之中，站在筋斗云上的林七夜紧攥着手中的木筷，缓缓抬起手……就在这时，另一只手握住了他的手腕，轻轻将他的手放下。林七夜转过头，只见周平正站在他的身边，那张满是血污的脸，正含笑看着他的眼睛。"剑圣前辈……"林七夜怔住了。他低下头，只见周平的肌肤表面，正散发着璀璨的琉璃神光，在那染血的黑衫之下胸口的地方，一颗近乎透明的琉璃心脏正强而有力地跳动着。"把它收好，现在，还用不上它。"周平说完，停顿了片刻，像是在犹豫，耳朵微红，但还是鼓起勇气说道，"谢谢你们……我没有想到，你们真的会冒着这么大的风险来救我。我以为，是我自作多情了……"周平的第二句话声音很小，小到被周围的风声遮盖，林七夜等人都没有听清。

"剑圣前辈，你说啥？"百里胖胖把耳朵凑了过来。

周平耳朵更红了，他深吸一口气，鼓起勇气，再度大声地说道："我以为！是我自作多情了！我以为你们不会来救我！"他不知道，自己为什么会把这句话说出来，明明这些话，他应该藏在心底的，明明……他不敢说出来的。但他还是说出来了，而且很大声。但那又怎么样呢？这一次，他不也没有自作多情吗？他小心翼翼地付出的那些感情，得到了回报。他很开心，前所未有地开心。现在，如果可以的话，他想回到过去，拍一拍年幼的自己的肩膀，微笑着告诉他："别哭，你看，在这个世界上，还是有人在乎你的。这个世界，也没有那么糟糕。"

百里胖胖听清这句话，哈哈一笑，风将他的头发吹得飞起，他在风中微眯着眼睛，大声回答："剑圣前辈，你要自信一点！你是大夏的剑圣，是人类战力天花板，是我们第五特殊小队的老师，你是走在所有人前面，守护着所有人的大侠！大家都在看着你的背影，艰难又坚定地、一步又一步地向前！不用去怀疑，不用去害怕！你的存在，是所有人的幸运！你不需要否定自己的感情，因为这一切，你都值得。"

话音落下，呼啸的狂风在周平的耳边呜呜作响。他怔怔地站在那儿，那颗琉璃般的心脏，越来越亮！"我……值得吗……"他喃喃自语，随后，他的嘴角浮现出一抹笑容，只听一声轻响，那颗琉璃色的心脏，刹那间散发出刺目的光芒，在他的体内，仿佛有某个沉重的枷锁被打破，那汹涌而强烈的情感，混杂着纯粹的剑意，涌上他的心头！

此时，此刻，套在人类基因之中的枷锁，禁锢了大夏强者百余年，无人能将其打破的天花板，被周平亲手斩得粉碎。

周平的黑衫在狂风中猎猎作响，他站在筋斗云的最前端，双眸通明如剑，锐意冲霄。他抬起头，望向天空，那双纯粹而深邃的眼眸，仿佛看破了世界的表层，洞悉虚空，眼中倒映着这世间的一切法则。他看到了。这苍茫浩大的世界深处，一道又一道法则编织在肉眼不可见的虚无中，维持着整个世界的运转，而这些法则又像是被某种力量划分开，分散在不同的地域之中。一道幽冥法则，被划分成数十份，其中占据整道法则份额最多的，只有那么几个，大夏幽冥、印度幽冥、北欧幽冥、希腊幽冥……火焰法则、雷霆法则、生命法则、时间法则……这些在世界诞生之初就出现的法则，几乎全都被分割至不同的神明手中，诸多神明执掌同一类型的法则，但又有所不同。这一刻，周平明悟了许多。所谓神明，便是生来拥有执掌法则之力的至高生灵。但这世间，法则一共只有那么多条，即便周平打破那层天花板，踏入那从未有人类涉足的境界，拥有执掌法则的力量……但又有哪一位神明，会将自己执掌的法则让给他呢？没有。这世间，没有一条法则是属于他的，没有一条法则是属于人类的。就算他踏入了这个境界，也没有法则可以用。

周平站在云端，凝视着虚空许久，像是尊雕塑般一动不动。他在思索。他是第一个踏入这个境界的人类，正如百里胖胖所说，他的背后，有无数人在看着他的背影，艰难又坚定地、一步又一步地向前。如果他止步于此，那就意味着，人类打破这层天花板，也不会有任何用处！人类，也将止步于此……斩神，终将只是妄想。这不是他想要的。他要替人类，谋一条出路！终于，周平像是想到了什么，他抬起手，双眸之中爆发出璀璨的剑芒，汹涌澎湃的剑意以他为中心，喷涌而出，九天之上，苍茫剑气自虚空中凝聚而出，如同滚滚黄河向人间倒卷！

筋斗云上的林七夜等人，在这恐怖的剑气之下，被压制得无法移动丝毫。周平眼眸中的剑芒越发明亮，他的脸上，是前所未有的坚定。既然，这世间没有属于人类的法则，那今日……我便替人类，在大道之上，刻下一道专属人类的法则！

"林七夜！！"剑气浪潮之中，周平大声喊道。

"在！"

"拿剑来！"

林七夜先是一愣，随后迅速反应过来，伸手召唤出"祈渊"长剑，掷向剑气中央的周平。

周平左手握住剑柄，"叮——"无数剑鸣自虚空中爆响，周平抬头仰望天空，染血黑衫在剑气中飘扬。他左手握剑，在那虚无缥缈的大道之上，轻飘飘地一斩，惊天剑意，冲天而起！编织着无数法则的大道之上，一道剑芒突然自虚空而来，重重地斩在某个角落！这剑芒激烈地涌动着，无数剑气在其上翻滚，割裂着那不可撼动的大道，每一道剑气都只能在大道表面留下一道浅痕，但在海量的剑气之下，一道狰狞凛冽的剑痕缓缓浮现！一股若隐若现的法则气息，从剑痕中传来。和其他的法则不一样，这道法则，没有被任何神明瓜分，虽然弱小，但十分完整。周平手握长剑，抬头仰望着那大道之上的淡淡剑痕，脸上浮现出一抹笑意。虽然相比于其他宏伟而强大的法则，这剑痕小得就像是孩子玩闹刻下的擦痕，但毫无疑问的是，那确实成了一道法则！那是这个世界上从未出现过的法则！那是世界上第一个，也是唯一一个，属于人类的法则，其名为：剑。它的缔造者，叫周平。大夏剑圣，周平。

埃及，太阳城。

"嗯？"那站在太阳神柱之上的虚影，像是察觉到了什么，突然抬头仰望天空，双眸仿佛洞悉万物，凝视着那一角虚空。那模糊不清的面孔上，浮现出惊愕之色。"新的法则气息？这怎么可能……"

北欧，阿斯加德。

宏伟而神圣的宫殿之中，那座高达百米的洁白神座之上，一位独眼的沧桑老人缓缓睁开眼眸。他同样注视着世界大道，许久之后，缓缓闭上了眼睛："人类……"

希腊，奥林匹斯。

群山之巅，黄金圣座之上，一个赤着上身，浑身都充满爆炸性肌肉的老者惊呼一声，手中的黄金权杖轻微颤动起来。"咔嚓——"一道狰狞的雷霆掠过天空。

"大夏？"他喃喃自语。他缓缓站起身，抬头看着那大道之上的细微剑痕，眼眸微眯。"危险的国度……计划，该提前了。"

印度，天神庙。

这座悬浮于天空的宏伟庙宇中央，那座顶天立地、通体金色、四首四臂的神像微微一颤，些许尘埃自他的身上抖落。四张面孔之中，其中一张脸上的双眸缓缓睁开。"毁灭……"这个声音在宽阔的庙宇中回荡。

…………

除了大夏，存在于世间的诸神神国，都感应到了这一缕剑痕的出现。虽然只是一缕微不足道的剑痕，却将这一汪宁静而深不见底的池水，搅得暗流涌动。

迷雾。在那道剑痕出现在大道之上的瞬间，周平的气息节节攀升，他的存在仿佛超脱了人类的层次，一缕淡淡的威压自他的身上散发而出。那是神威！人类身上，散发出的神明威压。此刻，拥有了法则的大夏剑圣周平，已然踏入神明境界！一旁目睹全部过程的林七夜等人，眼眸中浮现出惊喜之色，虽然不明白周平刚刚做了什么，但从他身上散发出的威压来看，周平一定是成功了。

"剑圣前辈……"林七夜试探性地问道，"你现在，还是人类战力天花板吗？"

周平一只手放在胸膛上，似乎在感受着什么，片刻之后，微笑着开口："人类，已经没有天花板了。"

"那你现在的境界，是什么？"百里胖胖好奇地问道，"神境吗？"

"差不多吧。"周平顿了顿，"但是，我不喜欢这个境界的名字。"

"那该叫什么？"

周平犹豫片刻，看了眼手中的剑，缓缓开口："这个境界，对每个人来说都不一样，不同的人掌握的法则之力不同，境界的名字也应该各不相同……对我来说，这个境界应当名为——'红尘剑仙'。"

549

"法则之力？！"风暴之外，休和赛特感知到风暴内传来的恐怖气息，脸色同时一变！

"这怎么可能？"赛特的双眸中满是震惊之色，"人类，怎么可能掌握法则之力？"

休闭上眼睛，细细感知了片刻，眉头紧皱："虽然微弱，但确实蕴含着法则之力……那个人类……成神了。"

不知为何，这一刻，休与赛特的心都微微一颤。那个拿剑的男人即便尚未成神，都能与他们一战，甚至可以将他们逼退，那他成神之后……又该强大到什么地步？最关键的是，他掌握了法则之力，也就意味着……他手中的剑，具备了斩神的资格。"叮——"就在两人沉思之际，一道清脆的剑鸣从风暴中响起，一道通天彻地的剑芒眨眼间斩过风暴，澎湃的剑气瞬间冲碎了所有的风刃，狂风混杂着剑气奔腾而出！呼啸的狂风之中，一个黑衫执剑的身影，脚踏虚空，缓缓走来。"叮——"他握着"祈渊"长剑的手轻轻一震，一剑尚未斩出，凌厉至极的剑意便横扫而出，径直向着那两道身影斩去！休和赛特的脸色同时一变，冷哼一声，两者的神威轰然爆发，与那剑意对撞在一起！就算这人类掌握了法则，又如何？不过是一个刚刚踏入神明境界的人类，而且已经身受重伤，他们可是堂堂埃及的九柱神，两神联手，若是还被周平的气势吓跑，那他们这神位不要也罢。

三道神威在空中激烈地对撞，原本还算明亮的天空，顿时昏暗了下来。狂风混杂着摩擦的电光，交织在暗淡的天穹之下，休和赛特的脸色越发难看。他们两位神明联手，竟然只能堪堪压住那个人类的剑意。这个人类，怎么可能这么强？"刺——"周平的肩头突然爆开一小团血雾，化作一丝丝白线，淡化在空中……他的眉头微微皱起。

看到这一幕，休突然一愣，他怔了片刻，想明白了什么，哈哈大笑起来！"我懂了，我明白了！你虽然仗剑成神，掌握了一道法则之力，但身体毕竟还是人类，还是肉体凡胎，根本不可能承受住哪怕一缕法则之力！你的身体已经承受不住你自己的剑了，你动用的法则越多，你肉身化道的速度就越快，根本不用我们出手，几分钟后，你的身体就会自动被你的法则压到崩溃！人类，终究还是人类！想要成神，哪有那么容易？！"休的笑声在空中回荡，飞在周平身后的林七夜等人，表情顿时凝重起来。

"他说的是真的吗？"百里胖胖怔怔开口。

安卿鱼推了推眼镜，镜片下，那只灰色的眸子凝视了周平片刻，就控制不住地闭上了眼睛，一缕血泪从他的眼角流下。

"应该是真的。"安卿鱼闭着眼睛说道，"他的身体，已经快扛不住他的剑意了。如果说原本他的身体像是盛着水的玻璃杯，那些剑意被他的身体阻挡，不会泄漏出去，那现在……这个杯子里装的就不再是水，而是岩浆……人类的身体，是不可能承受这种法则的。"安卿鱼的脸上浮现出一抹苦涩。

林七夜的眉头微皱，他立刻转过头，看向迦蓝。"迦蓝，给剑圣前辈套上'不朽'。"如果是容器不够坚硬，那只要让迦蓝给他加固就好了！迦蓝点了点头，筋斗云飞到周平的身后，迦蓝的手掌轻轻贴在了他的后背，一抹淡淡的白光流进周平的身体。与此同时，两位神明同时出手，暗金色的黄沙长矛与无形的罡风，呼啸着向周平涌来！周平抬起手中的剑，汹涌的剑气汇聚在他的身边，那剑道法则自虚无之中，向他的体内流淌，一股恐怖而凛冽的剑意冲天而起。"噗——"突然间，他身后的迦蓝闷哼一声，一口鲜血从她的嘴中喷出。紧接着，她的七窍都开始有血液流淌而下。

周平目光一凝，抬起的剑再度放下，转而拉住身后的林七夜等人，一缕剑芒破开空间，几人瞬间消失在了原地。下一刻，几人的身形便出现在了持续移动的破碎城市边缘。幽色的天空之下，林七夜等人踉跄着站稳身形，穿着深蓝色汉袍的迦蓝双腿一软，直接向前倒去。好在林七夜手疾眼快，一下子抓住了她的手腕，将其拉入了自己的怀中。迦蓝的身体软软地贴在他的怀里，脸上还残留着几道血痕，双唇苍白无比。

"迦蓝！"林七夜喊道。

"咯咯咯……我没事，七夜……"迦蓝虚弱地开口。

安卿鱼睁开一只眼，看了一下迦蓝，皱眉说道："她的精神力透支了，灵魂有些受损，但问题不大。"

"怎么会这样？"百里胖胖焦急地开口，"蓝姐不是有'不朽'吗？"

一旁，黑衫周平思索片刻，摇了摇头："她虽然有'不朽'，但毕竟还没有成神，就算可以挡住神明的攻击，可法则之力的反噬，她现在的境界不够，是受不了的，刚刚那一瞬间，我调动的剑道法则已经超出了她的承受范围，都怪我……"

两道身影同样从远处飞驰而来，顷刻间便追上了破碎的城市。他们伫立在云端，冷笑着看着脚下的这座城。"知道自己要死，又躲回城里当缩头乌龟了？"赛特眯眼说道。

"不要轻敌。"休摇了摇头，"那个人类，不是懦弱之徒，他现在掌握了法则的力量，一定在想着怎么在死之前杀掉我们，他回到这里，应该是为了保护那几个后辈。"

"他真觉得自己能杀得了我们？"

"他已经没有退路了。"

"那我们现在怎么办？先离远一点，跟他拖时间？等到他死在自己的剑道法则下，我们再来接手？"

"这是最稳妥的办法。"休点头，"但，如果他真的铁了心要杀我们，我们能跑得过他吗？"

赛特陷入了沉默。

550

"照你这么说，我们什么也做不了？"赛特皱眉。

"不。"休凝视着脚下的城市，嘴角微微上扬，"想要拖延这段时间，只要抓住他最在乎的东西就好。"

"你是说，这座城市？"

"没错，他不是想救这座城市吗？只要让这座城时刻处于威胁之中，逼他出手保护这座城市，他不就没时间来找我们麻烦了？等到他自己把自己杀了之后，我们就能轻易地接管这座城市。"

"那我们该怎么逼他出手？"

"阿蒙。"休的目光落在这座破碎城市的角落，只见一道流淌的黑色液体已然渗进了鄢都的法则之中，正在龙脉之外勾勒着什么，隐约之间，一股邪恶的气息正在蔓延。突然间，那黑色液体像是察觉到了什么，幻化成人形，抬头看向天空。他听到了休的声音。"吸引异兽的诅咒？"他喃喃自语，"真是……麻烦。"他犹豫片刻之后，还是抬起手中的黑色权杖，在头顶的虚无中勾勒，森然诡异的气息从权杖中涌出，很快便画出了一道诅咒印痕。阿蒙注视着这道印痕，确认无误之后，点了点头，伸手在其上轻轻一点。那诅咒印痕在空中飘荡了片刻，便渗进虚无之中，消失无踪。

"完成了，别打扰我干活。"阿蒙念叨了一声，低下头，继续完成那个比这道印痕复杂数百倍的诅咒，准备着他的国运诅咒仪式。

昏暗的街道上。"砰！"一声轻响传出，周平的背后爆出一小团血雾，其中白色的丝线游荡而出，缓缓融入那虚无中的剑道法则之中。他的身影透明了些许。周平低头看了眼自己身上的透明斑点，陷入沉默。林七夜抱着怀中的迦蓝，看到这一幕，眉头紧皱。"'不朽'无法使用，还有什么办法……一定还有别的办法。"他的大脑急速地运转。"星夜舞者""至暗侵蚀""召唤系魔法""永恒的秘密花园"……他将自己现在拥有的所有禁墟，底牌全部算了一遍，没有能够帮得上周平的东西。

他将意识沉入诸神精神病院，披着白大褂，飞快地跑到梅林的面前，询问有没有解决这种事情的办法。梅林表情复杂地看着急切的林七夜，无奈地叹了口气。"历史上，从来没有人类成神，你说的这种情况，我也是第一次听说……很抱歉，院长阁下。"林七夜呆在了原地。真的，没有办法了吗？

周平看着急得像热锅上的蚂蚁样的众人，嘴角浮现出一抹笑容。"不用了。"他说。林七夜等人抬头看向他。"不用再想了，我的时间已经不多了。"周平微笑着说道，"能在这里看到你们，能走出这一步，我真的很开心……"

"剑圣前辈……"

"轰——"沉闷的巨响从远处传来，林七夜等人同时望去，只见在破碎城市移动方向的正前方，一只又一只造型诡异的奇特生物冲破迷雾，疯了般向着这里冲来。它们的数量越来越多，气息从"池"境到"克莱因"境不等，像是一道自迷雾中席卷而来的兽潮，眼眸通红，杀气冲天。短短半分钟内，就有两百多只"神秘"破雾而出！

"哪里来的这么多'神秘'？！"曹渊震撼地开口。

周平凝视了那些兽潮片刻，缓缓开口："是那几个神引来的，他们想靠这些'神秘'，来加快我消散的速度，这样就不会对他们造成威胁……"

林七夜的眼眸中浮现出怒意。在看到这些兽潮的瞬间，他也猜到了那两个神明的意图，这酆都的法则只能抗拒外神的法则，并不会对"神秘"这种东西造成防护作用，那些幽光就像是一个筛子，筛掉神明这些大块头，但尚未掌握规则之力的"神秘"并不在它的阻挡范围，否则当时安塔县也不会出现那一只蚁后。那两个神明无法打破酆都法则，也就无法对城内的生命造成威胁，而这些"神秘"，是可以轻松踏平整座城市的。他们在逼周平做选择，是放弃这城中之人的生命，去杀神，还是选择对兽潮出手，从而消耗掉自己的力量……这群畜生！就在林七夜怒火中烧之时，周平缓缓走到了他的身边。他学着之前林七夜的模样，伸出那只仅剩的、满是血痕的左手拍了拍林七夜的肩膀，微笑着说："我可以把这座城交给你们吗？"

林七夜一愣。他明白了周平的意思，也猜到了他的选择……但是他不甘心！

他们好不容易才走到这一步，结果，还是不能改变周平死亡的命运吗？！"剑圣前辈，或许还有别的办法……"林七夜眉头紧皱着道。

周平摇了摇头："不用了，我已经感知到那些法则对我身体的压迫，这种过程是不可逆的……现在，我希望你们安静认真地听完我要说的话，就像当初在仓库里听我讲课一样。"

林七夜张了张嘴，许久之后，还是只能点了点头。周平笑了笑，他看向这里的每一个人——林七夜、百里胖胖、曹渊、迦蓝、安卿鱼、沈青竹、江洱。他的眼眸中浮现出一抹温柔："能当你们的老师，是我这辈子为数不多的幸运之一。但对我来说，这已经足够了。因为，你们点亮了我的人生……"周平拔起地上的"祈渊"长剑，转过身，看向那两个远远躲在天边的身影，迈步向前，身上的黑衫衣角轻轻飘荡，"我跟这座城中的人说过，要斩神，然后送他们回家。我……可能是回不去了，但现在，这个承诺我能完成一半，剩下的一半，你们来帮我完成。我的学生们……你们能做到吗？"

林七夜怔怔地看着周平的身影，心中泛起一阵酸楚，默默地弯下身，恭敬行礼："谨遵师命。"

其他队员同样行礼，齐声开口："谨遵师命！"

周平微微一笑，他站定，抬头，看着那两尊神影，双眸通明如剑："世间都说人类不可斩神，我周平，偏要当那第一个斩神之人！"他手中的长剑一震，身形洞穿空间，眨眼间便消失在原地！

551

阴沉昏暗的天空下，风神休与黄沙之神赛特，将身形潜藏在云端，低头俯视着那向着东方移动的破碎城市。在那座城市的行进方向上，还有大量的"神秘"在奔赴而来，这些栖身于迷雾的强大"神秘"，此刻就像是嗅到了血腥味的鲨鱼，蜂拥着向着那座破碎的城市冲去——两百、三百、四百……黑压压的身影就像是如墨浓云，遮蔽了半边的天空。

"这下，他就没时间向我们出剑了。"休平静地说道，"我们，只要等他被这些无穷无尽的兽潮磨死，然后再接管这座城市就好……"

赛特看了他一眼："论用这些脏手段，还是你比较擅长。"

"能完成太阳神的任务就好。"休淡淡说道。

"叮——"就在这时，一道嘹亮的剑鸣声响彻云霄。一缕雪白的剑芒自酆都法则之中飞出，眨眼间洞穿空间，向着这里急速逼近。赛特和休的脸色同时一变！"他怎么往这里来了？！"休惊讶地开口，"他不管城里那些人的死活了吗？"赛特的脸色有些阴沉："我收回刚刚的话，你的手段……似乎也不是很有效。"

一道黑衫持剑的身影，卷携着滔天剑意，踏空而来。周平的身形已经透明了小半，但即便如此，那双眼眸依然蕴藏着惊天剑芒，让人无法直视。休和赛特敏锐地察觉到，现在的周平气质已经完全不一样了。之前的周平，以凡人之躯，明知不可斩神，依然选择背水一战，他的身上散发着的是不顾一切、奋勇一战的决然之意……但现在，他的身上，散发着前所未有的杀气！没有什么决然，没有什么奋不顾身，那是最为纯粹的杀气！他的眼神，他的气息，他手中嗡鸣的长剑，仿佛都在说，神啊，我周平，来杀你了。这强烈而纯粹的杀意，配合上那前所未见的凛冽凶悍的剑道法则，让休和赛特的心控制不住地颤抖起来。那是恐惧。

　　在这无尽的岁月中，他们第一次，对一个人类产生恐惧。不，那已经不能算是人类了，那是一柄行走在世间的斩神之剑！休感受着周平那扑面而来的杀意，脸色有些发白，下意识地向后退了半步。

　　赛特死死地盯着迈步而来的周平，余光瞥到休的动作，眼中浮现出一抹怒火："你怕什么？他只是一个马上就要破碎的容器，我们两个联手，就算是其他神明也要退避三分，更何况他只是一个人类？！"

　　休听到这句话，眼中浮现出纠结之色，片刻之后，还是迈开脚步，站了回去。周平的嘴角浮现出一抹若有若无的笑意。

　　"人类，你笑什么？"赛特冷声开口。

　　周平的笑容收敛，他缓缓抬起头，看着赛特的眼睛："我笑你们愚蠢，自负。"

　　"可笑。"赛特冷笑起来，"你真的以为，有了法则之力就能斩神了？以你现在的状态，最多还能调动几次法则之力？一次？两次？"

　　周平握剑，平静地开口："杀你，够了。"

　　他握剑的右手，缓缓抬起……剑势起，风云动。呼啸的狂风自周平的脚下飞旋而开，将他的衣角吹得猎猎作响，虚空之中，一道道清脆的剑鸣响彻天空。澎湃的法则之力，涌入周平的身体。"砰砰砰——"随着剑道法则的灌入，周平的身体接连爆出数团血雾，血肉化道，逐渐淡化在空气之中。即便如此，他握剑的手没有丝毫的颤抖，他的眼眸之中，光芒越发璀璨，恐怖至极的法则波动从他的体内传来！天地之间，诸多法则，皆有其用处。幽冥法则，掌管死亡与轮回；生命法则，掌管新生与自然；时间法则，掌管过去、现在与未来……这些从世界诞生之初就存在的法则，维系着整个世界的运转。但现在，有一个例外。周平在大道上留下的剑道法则，是后天留下的，它本身没有任何的用处，与这个世界的运转毫无关系。它存在的意义，只有一个，就是斩神。这是一道，专为斩神而存在的法则！当这个法则毫无保留地释放之时，剑锋所指的神明，都会感受到其带来的恐怖的压迫感！黄沙之神赛特也是如此。这道针对神明的剑道法则，给他带来的压迫感，远远超乎了他的想象。在周平提剑的刹那间，汹涌澎湃的剑意就锁定了他的身形，仿佛有一柄利剑悬在他的头顶，随时准备落下，这剑意所带来的恐怖威势，让他的神力运转都停滞了片刻。

此刻，周平已经举起了手中的剑，剑锋嗡鸣。他的眼眸中，一道璀璨的剑芒乍闪！他手中的剑，毫无花哨地一剑斩落。"轰——"无尽的剑气如火山爆发般喷涌而出，化作一道贯穿天地的剑芒，闪烁而出。周围笼罩了这片大地百年的迷雾，在这一剑下，剧烈地翻滚，急速向着两侧分裂而开，一道纵横数十里的真空长廊出现在迷雾之中！周平，在这道长廊的这头。而赛特和休，则在长廊的另一边。

赛特迅速抬起双手，在身前用力一拍，无尽的黄沙从他的斗篷之下翻滚而出，顷刻之间化作一只数百米高的黄沙巨兽，挡在他的身前！与此同时，一道大漠沙界在他的身前张开，像是一面巨盾般横在黄沙巨兽之后。那抹剑芒掠过天际，刺目的剑气汹涌，将昏暗阴沉的天空照得一片雪白！在那刺目的白光之间，黄沙巨兽嘶吼咆哮的身形突然停滞，一道长达数百米的剑痕在其身体表面浮现，断口光滑无比。剑道法则撕碎了每一粒黄沙，那个耸立在天空之上的庞然大物，在这道剑芒面前，像是纸糊的一般脆弱。紧接着，整个大漠沙界剧烈地颤抖起来，密集的裂痕在黄沙边界急速蔓延！赛特的瞳孔骤然收缩！下一刻，大漠沙界被那道剑芒一斩为二，迅速崩溃！赛特的身体迅速地分解为黄沙，但终究还是慢了一步。那抹剑芒掠过他已经化作黄沙的头颅，其中蕴含的剑道法则，将赛特的黄沙法则斩碎，中断了化沙的进程，汹涌的剑气充斥在天地之间。一抹猩红的血液喷溅而出，在黄沙之上划出一道触目惊心的血痕。一颗头颅瞪着浑圆的双眼，高高抛起……黄沙法则，寸寸崩散。今日，大夏剑仙周平，一剑斩神。

552

这抹剑芒出现在天空的瞬间，即便是被笼罩在幽光中的破碎城市，都被照亮了片刻。正在街道上急速前行的林七夜等人同时抬起头，看向天空，眼眸中浮现出震惊之色。

"那是……"沈青竹疑惑地抬起头。

"是剑圣前辈的剑。"林七夜感受着这充盈在天地间的凌厉剑气，说道。这种剑气，他们再熟悉不过了。在那仓库中训练的几个月，他们基本上每天都要被这剑气虐到昏厥，周平的剑气已经快烙印在他们的骨子里了，此刻瞬间就能辨别出来。

"其中一个神明的威压消失了。"安卿鱼仔细感知了片刻，开口说道。

众人对视一眼，都看到了对方眼中的震撼。这意味着什么，大家的心中都很清楚……人类历史上第一个斩神者，已经出现了。他，是他们的老师。但……林七夜的双拳紧紧攥起，眼眸中，浮现出不甘与悲痛。他们好不容易找到了这里的坐标，得到了在迷雾中行走的方法，拥有了赶上这座城市的手段……他们用尽了一切办法，终于来到这里。他们本来已经救走周平了，周平甚至打破了那层天花板，成了"红尘剑仙"。可到了最后，他们还是只能眼睁睁地看着周平化道。他们的到来，像是改变了什么，又像是什么都没有改变。原本属于周平的命运轨迹，被林七夜等人撼动了些许，但很快就被再度修正，还是躲不过死亡的结局。他的命运，最终还是没有被改变。

这一刻，林七夜再度想起了黑瞳对他说过的话："那个人牵扯到的东西太多了，命运丝线非常牢固，想要改变他的命……代价，您付不起。"篡改命运本身，就是一场等价交换。林七夜等人尽力了，但他们付出的代价，还是不够改变周平的命运。

"剑圣前辈的剑意还在，他应该还没有完全化道。"曹渊开口说道，"七夜，我们……"

"继续前进。"林七夜没有丝毫犹豫，"剑圣前辈的战斗，我们无法插手，但是我们可以在另一个战场与他并肩作战。既然答应了剑圣前辈送他们回家，就一定要做到，我们……要杀出一条血路！"

"嗖嗖嗖——"狂风中，他们的身影疾驰而过。地下车库中，死寂的空气压抑而沉闷，陈涵和路宇带着三个孩子，守在火炉旁，焦急地等待着什么。

突然，陈涵猛地抬起了头。

"陈涵前辈，怎么了？"路宇疑惑地看向陈涵。

"你刚刚有没有听到什么声音？"

"声音？"

"有人，从那边跑过去了。"陈涵伸出手，指向地下车库入口处的那条巷道，笃定地说道。

"我怎么没听见？"

"我出去看看。"陈涵的脸色有些凝重，这座城中，除了他们几个，应该就没有别人了才对，难道是剑圣回来了？或者，这座城中又有别的什么人醒过来了？无论是哪一种，陈涵都要出去看看。他迈步走出地下车库，由于这座破碎城市持续移动，街道中到处都是呜咽的风声。他腰间挎着直刀，走到街道的中央，转头看向声音离去的方向，瞳孔瞬间收缩。这个地下车库，本身就靠在破碎城市的边缘，而之前他们在地下，对外面的事情并不清楚。直到走到街道上，陈涵才真正看清了在这座城市的前方，究竟有着什么。数百只形态不同的"神秘"像是波涛汹涌的海浪，压着阴沉的天空，正从迷雾中向这里急速冲来！

"哪里来的这么多'神秘'？"

路宇紧跟着陈涵走出地下车库，看到前方的景象，呆在了原地，眼眸中满是疑惑之色："之前不都还好好的吗？怎么突然冒出这么多……"

陈涵的脸色凝重无比。就在这时，他的余光像是看到了什么，眯眼仔细看去，整个人突然一震，只见在这座城市边缘，那座残破大楼的顶端，七道身影正伫立在狂风之中。他们戴着形态各异的面具，静静地凝视着眼前汹涌而来的恐怖浪潮！在这末日般的景象面前，他们没有后退半步，就像是一根定海神针，横在城市与"神秘"浪潮之间。"那是……"陈涵看着其中的几道背影，觉得有些眼熟，尤其是其中某个微胖的背影，跟那个曾经递过手表的小胖子似乎很像啊……当然，他只是这么一想，并没有真的将这几个人和他们联系起来，毕竟这人数和气息好像都对不上。

"陈涵前辈，这些人又是从哪里冒出来的？"路宇有些摸不着头脑，"他们是守夜人吗？"

"不知道。"陈涵摇了摇头，"看他们脸上的面具，有点像是'假面'小队，但又不太对劲……毕竟'假面'的面具，应该不是西游主题的。"

路宇若有所思。

"你在这儿保护居民，我过去帮他们。"陈涵嘱咐了路宇一句，转身便要向着林七夜等人所在的大楼冲去。

路宇一愣："陈涵前辈，我也可以……"

陈涵停下身，沉默了片刻，缓缓开口："你留下。万一我回不来了，总得有人守着他们……带他们回家。"路宇愣在原地。陈涵看着他的表情，笑了笑，像是想起了什么，说道："对了，再告诉你一个秘密。我的那些收藏，在办公室柜子下面第二个抽屉，要是我没回来，你就替我把它们用了吧……"说完，他挎着腰间的直刀，披着暗红色的斗篷，义无反顾地向着城市边缘的那座大楼冲去！孤寂的街道中，路宇呆呆地看着他离去的背影，像是一尊雕塑般站在原地。

陈涵一路冲到那栋大楼，用最快的速度上了顶层，当出现在楼顶的瞬间，那个戴着孙悟空面具的身影缓缓回过头。"陈涵，好久不见。"林七夜摘下了面具，笑了笑。陈涵看到那张熟悉的面孔，整个人愣住了："真的是你们……"

553

"你们怎么会在这里？"陈涵看着同样摘下面具的百里胖胖、曹渊和安卿鱼，疑惑地问道，"你们不是早就离开安塔县了吗？"

林七夜笑了笑："我们又回来了。"

陈涵怔怔地看了他们片刻，脑海中突然浮现出一些记忆。

"我还有几个学生，他们挺替我骄傲的……

"嗯，很厉害，他们是第五预备队……或许，他们现在已经是第五支特殊小队了……"

这一刻，陈涵仿佛又回到了那个飘雪的夜晚。那天，同样是这个少年，他站在寒冷的破屋之中，用手中的直刀，指着自己的鼻子，说："我是守夜人第五支特殊小队预备队长林七夜，现在，我很遗憾地向你宣布，332小队队长李德阳，在与红甲蚁后一战中，英勇战死……"陈涵像是联想到了什么，眼眸中浮现出震惊之色。"你们真的是第五支特殊小队？！你们是剑圣的学生！"林七夜有些无奈地开口："你到现在才相信我们的身份吗？"

陈涵哑口无言。当时林七夜跟他说自己是第五支特殊小队预备队长的时候，他并没有完全相信。因为自始至终，他都没有听说过有关第五支特殊小队的消息，所以只是持着怀疑态度。等到这一刻，他才真正地意识到……这些人，真的是大夏的第五支特殊小队。他们没有骗人。

"你们，该不会也是穿过迷雾来到这里的吧？"陈涵问道。

"没错。"

陈涵的表情有些古怪。当时，自己面对这些人的时候，还曾质疑过他们的身份，甚至向林七夜拔过刀，直到最终他们离开，他与他们之间的关系都不怎么样……没想到，这才几个月的时间，人家又穿过迷雾千里迢迢地回到这里，保护这里的居民。场面，多少有些尴尬。

此起彼伏的咆哮声从急速逼近的"神秘"浪潮中传出，如同雷霆般回响在天空。林七夜转头望去，神情有些凝重，和其他几个队员对视了一眼，同时低头将自己的面具戴好……

"你们要去拦住那些'神秘'？"陈涵突然开口，"我也跟你们一起去！"

林七夜转头看向他，眼神有些惊讶："你要跟我们一起去拦兽潮？"

陈涵坚定地点头。

"你太弱了。"林七夜摇了摇头，"根据守夜人规章法则，在当地驻守的守夜人小队面临超出自身能力范围事件的时候，可以请求特殊小队支援。现在这座城的处境已经超出你的能力范围，而我们是在这里的唯一一支特殊小队。所以，你不用亲自参与这次行动，守护这里，是我们第五特殊小队的职责。"

陈涵怔了片刻，皱眉开口："但是规章里并没有说，特殊小队接手事件之后，当地守夜人小队就不能自由采取行动。"

林七夜伸出手，指了指远处气息恐怖至极的群兽，说道："这些'神秘'中，最弱的都有'池'境，以你的境界这么贸然冲进去，不到两秒钟就会被搅成碎片……"

"我可以在后方给你们提供治疗。"

"你为什么这么执着地要去拦兽潮？"林七夜有些不解。

"我不是执着地要去拦兽潮，我只是想履行驻守的守夜人小队的职责。"陈涵认真地说道，"这里是安塔县，是我守夜人332小队的驻地，是我该守护的地方。剑圣前辈的战场我无法插手，但是兽潮的面前，我能发挥出我的作用……虽然很微弱。我们 332 小队是大夏最末的小队，也是人数最少、战力最低的小队。但那又怎么样呢？弱小，就可以永远躲在别人身后，等待别人帮忙把事情摆平吗？"陈涵伸出手，郑重地从口袋中掏出属于自己的纹章，缓缓开口，"332 小队虽然排在最末，但我们和你们一样，都是守夜人。无论以什么样的方式，我希望，我能为这座城尽一份力。"

其他队员纷纷转头看向林七夜。林七夜注视着那枚纹章，又将目光落在陈涵那张坚毅的脸上，相对于几个月前，他整个人都肉眼可见地成熟了很多。林七夜思索片刻，嘴角微微上扬："很不错的演说，我已经被你打动了……卿鱼，把他绑起来。"

陈涵："啊？"

安卿鱼指尖一勾，无形的丝线瞬间缠绕在陈涵的身上，将其捆得结结实实。陈涵错愕地看着林七夜："你这是干什么？就算你们是特殊小队，也无权干预当地守夜人小队的行动……"

"我们确实无权干预。"林七夜缓缓开口，"但这跟我把你绑起来扔回去，又有什么关系呢？"

陈涵愣了半晌："你们不讲道理？！"

林七夜笑了笑："你可以去问问剑圣前辈，我们小队……什么时候讲过道理？"

他缓缓转过身，平静地开口："迦蓝，把他丢回去。"

穿着深蓝色汉袍的迦蓝，快步走到被捆绑住的陈涵面前，像是拎小鸡一样把他拎了起来，然后用力地向身后的城市丢去，陈涵的身影狼狈飞出。

"你要活着回去。"林七夜的脸上浮现出一抹淡淡的笑容，"说不定你这次回去之后，就能见到那个人……要是你死了，我们不好跟他交代啊……"

等到陈涵的身形彻底消失在众人的视野中，林七夜回过头，看向那铺天盖地的"神秘"浪潮。他伸手在虚空中一招，召唤阵法显现，一柄雪白的长刀落在他的手中。他的脚下，一抹夜色急速地浸染开来；他的身旁，百里胖胖抬起手指，一道庞大的太极八卦图在他脚下张开；曹渊缓缓将手搭在了腰间的刀柄之上；迦蓝身背木弓，手中握住了那杆金色长枪；安卿鱼推了推眼镜，眼眸中浮现出一抹灰芒；沈青竹给自己点上一根烟，吐出一口烟气，另一只手的手指轻轻摩擦着中指的黑色戒指；江洱飘浮在空中，双手轻轻抬起，周围的磁场紊乱起来。

"第五特殊小队。"那张孙悟空面具之下，林七夜的双眸中爆出昂扬的战意，他凝视着那嘶吼的群兽，大声地喊道，"跳！！"

"嗖——"阴沉的天空之下，这七道身影从破碎大楼的顶端，迎着那漫天的咆哮乌云，义无反顾地一跃而下！

"嗖——"陈涵的身影飞出数百米，向着脚下的城市急速坠去。就在他即将落在地面的瞬间，身上的无形丝线自动解开。他迅速地扭转身体，用脚在一旁的楼板上一踏，借力稳稳地落在了地面之上。看到了他被丢出来的路宇，快步跑上前，惊讶地问道："陈涵前辈，你怎么又回来了？"

陈涵的脸色一僵。似乎是意识到这个问题不妥，路宇咳嗽了两声，很快换了一种问法："他们是谁？"

陈涵叹了口气："他们，是第五特殊小队。"

"第五特殊小队？就是剑圣前辈说的学生们？"路宇震惊地开口，"不是说，他们不会来吗？"

"但他们还是来了。"

路宇转过头，看到那七道身影跳出城市的一幕，眼中浮现出向往之色。"第五支特殊小队啊……不知道我这辈子，有没有机会成为特殊小队的一员……"路宇突然想到什么，"对了陈涵前辈，这第五支特殊小队，叫什么名字？"

"名字？"

"对啊，特殊小队不都有自己的名字吗？"

陈涵怔了半晌，摇了摇头："我不知道……"

"呜呜呜——"呼啸的狂风在众人的耳边肆虐。林七夜转过头，看着周围毫不犹豫地随之跳下的身影，嘴角浮现出一抹笑意。这种感觉，林七夜很熟悉。上一次，他们也是这样从斋戒所的外墙上跳下来的。区别在于，上一次他们只有四个人，而这一次，他们有七个人；区别在于，上一次摆在他们面前的是自由与朝阳，而这一次，摆在他们面前的是万丈深渊；区别在于，上一次他们是越狱的逃犯，而这一次……他们是背负着承诺与守护使命的——第五特殊小队。有些东西变了，但有些东西从未改变，比如信任与彼此胸腔间沸腾燃烧的热血。他们的脖颈上，用绳子穿起的银牌，散发着点点微光，将他们周身的迷雾驱散开来。他们的身下，群兽嘶吼！林七夜注视着身下急速逼近的"神秘"浪潮，缓缓抬起手中的"斩白"，一刀挥出！

无视空间的刀锋轻飘飘地斩过，冲在浪潮最前端的三只"池"境"神秘"同时被一刀斩断，喷溅的血液挥洒在身后的一只状似猎犬的"神秘"身上，令其浑身浸染上狰狞的血色。它刚张开嘴，尖锐的牙齿散发着森然的幽芒，正欲做些什么，一道粗壮的金色光柱便将其直接熔化在空中。披着深蓝色汉袍的迦蓝手握"天阙"长枪，脸色还有些苍白，那双眼眸却坚定无比。"迦蓝，你不要动用太多的力量，站到我身后来。"林七夜见到这一幕，开口说道。迦蓝苍白的脸上突然浮现出一抹红晕，犹豫片刻之后，还是乖乖地跑到林七夜的身后。原本死气沉沉的她，好像突然又充满了活力。

"曹渊，你来打头阵。"林七夜转头看向一旁的曹渊。曹渊点了点头，掌间的直刀骤然出鞘！漆黑的煞气火焰冲天而起，交织成一件外衣披在曹渊的身上，他的双眸瞬间狰狞如血，杀意澎湃！他低吼一声，一步踏出，手中的直刀同时挥出一道漆黑的煞气刀芒，斩碎两只"神秘"的身体，身形一晃便冲在众人的最前面，煞气狂舞，在这汹涌的"神秘"浪潮中，一人一刀，闯出一条血路。百里胖胖伸手在口袋中一拍，十二件禁物悬浮在他的身后，青玉色的盔甲在他的身上蔓延，披着褴褛披风，一手抓着白羊的羊角，一手抓着宝瓶，浑身流光溢彩，宝光四射。他跟在疯魔曹渊的左后方，随之一起撕开一道缺口。而队伍的右侧，林七夜手握"斩白"，刀芒狂舞，急速地收割着周围"神秘"的生命，每一步踏出，身下都会延伸出一片轻松的草地，那些花苞绽放在"神秘"的身上，吸取着他们的精神力与生命力反哺林七夜自身。迦蓝则缀在队伍的最末，手中的"天阙"长枪时不时地点出，一枪就能扫平一大片的"神秘"。队伍的中央，沈青竹捏着烟头，指尖轻搓，一抹火光便环绕在他的身边，如流星火雨般溅射而出，落在密集的兽潮之中。

"能帮我个忙吗？"他的身边，安卿鱼说道。

沈青竹眉头一挑："什么忙？"

安卿鱼默默掏出一颗含着半截舌头的头骨，抓在左手，然后右手解下腰间的MP3，将两者放在一起。"江洱，调频。"安卿鱼平静地说道。他的身边，幽灵江洱的身形浮现出来，MP3的音量瞬间被调到了最大，同时不断地发出滋滋声，在调节MP3的外放频率。

"这怎么这么眼熟？"沈青竹好奇地问道。

"之前的战利品，百里家族的底牌，超高危禁物，'挽歌'。"安卿鱼简单介绍了一下这颗头骨，"一会儿，这颗头骨会开口唱歌，所有听到这个声音的生物，都会被分解为沙粒，我让江洱把MP3的声音最大化，并将其调至和头骨同样的频率上，这样这个歌声就会响彻整个战场。但问题在于，这东西是无差别攻击，所以……"

"你想让我像之前帮你们那样，把我们周围抽成真空？"沈青竹顿时明白了他的意思。

安卿鱼点了点头："不需要全部真空，你只需要在头骨周围打造一个薄薄的真空墙，做成喇叭的形状，使其声音在最大程度外放的同时又不会波及我们就行。"

"简单。"沈青竹打了个响指，两道薄薄的真空墙瞬间笼罩头骨。安卿鱼推了推眼镜，将精神力灌入头骨中，同时伸手将其嘴巴掰开，点点猩红的光芒从头骨的眼眶中绽放，仿佛一对血眼缓缓睁开，狰狞无比。它张开嘴，在那没有丝毫血肉的口腔内，半截鲜活的红舌颤动起来。隐约的歌声开始在空中回荡。"滋滋滋滋……"江洱模仿着这声音的频率，将MP3与之调节到同一个频率上，片刻之后，这原本若隐若现的歌声，就像是被放大数十倍，回荡在整个迷雾之中！在这真空喇叭口的正前方，大量的"神秘"身体开始崩溃，化作漫天的沙粒，消散在空中。仅是一分多钟的工夫，就已经有四十多只"神秘"葬身在这加强版"挽歌"之下，其中甚至包括三只"无量"境"神秘"，而另一只"克莱因"境的"神秘"因为躲闪不及，也被沙化了大半截身体。安卿鱼、江洱和沈青竹联手创造的这前所未有的攻击方式，成了整个"神秘"浪潮的噩梦。

555

天穹之上。黄沙之神赛特的身体被剑气斩碎，跌进无尽的迷雾之中。直到死亡，他的那双眼眸依然惊恐地看着前方，脸上写满了难以置信。

"喀喀喀……"周平低下头，剧烈咳嗽起来。"砰砰砰——"大量的血雾从他的身上爆开，他的血肉、肌肤、内脏、骨骼都在以惊人的速度化作法则，飘散在空气之中。这一剑之后，他的身体已经有三分之二都消失不见。现在的周平，独臂握剑，胸腔之下已经空空如也。这一剑动用的法则之力太强大了，哪怕只有一剑，也不是他的身体所能承受的，但效果也是显而易见的……这一剑，杀死了一位神明。周平满是血污的脸上浮现出笑容。他做到了。他是人类历史上，第一个踏入"红尘剑仙"境界的人，第一个在大道上留下法则的人，第一个斩杀神明的人……这短短的几分钟，他已经创造了几次历史，但这些，他并不是很在乎。他在乎的是，他没有食言。他完成了那半个承诺。周平单手握剑，目光缓缓落在一旁的风神身上，双眸微眯。目睹了赛特的死亡，风神休的身上还沾染上了他的血液，他此刻还没有从那惊天动地的一剑中走出来，意识还停留在赛特被斩杀的那个瞬间……即便事实已经发生在他的身边，他依然不敢相信，这个人类真的……杀了一位神明。当他再度感受到周平的目光，感受到那毫不掩饰的杀意时，他才从恍惚中回过神，被他刻意压下的恐惧，再度浮上心头，而且比之前更加强烈！这个人类，真的可能杀了自己！但是想到太阳神的旨意，他又不得不让自己冷静下来，这个人类的身体承受不住剑道法则，他只出了一剑，身体就已经快全部崩溃了，以他现在的状态，未必出得了下一剑。只要他再坚持下去，这个人类很快就会丧命，到时候就能带着这座城回去了。他看着周平的眼睛，镇定地说道："你已经出完一剑了。"

周平平静地看着他："所以？"

"……以你现在的情况，出不了下一剑了。"

周平的双眼微眯，眼眸中，那纯粹的杀意再度浮现。"是吗？"周平淡淡说道，"我还活着，我的剑还在，我握剑的手还在……你凭什么觉得，我，出不了剑了？"他握剑的左手，轻轻抬起，那凌厉而充满杀意的剑道法则自虚空中再度涌入他的剑中！剑鸣再起！翻滚的剑气浪潮以他为中心涌现，将周围的迷雾都驱散开来，那充斥在天地间的剑意再度弥散！这是周平的，斩神第二剑！

感受到这和之前一模一样的斩神剑意，休的脸色瞬间苍白，他没有想到，杀了赛特之后，这个人类竟然还有余力出第二剑！他目睹了赛特被斩的全程，就算是全盛时期，他也不敢硬接下这一剑，更何况现在他两度与周平交手，身上已然负伤。这一剑若是斩出，他不觉得自己能落得比赛特更好的下场。这个人类的状态确实很糟糕，但只要还能出下一剑，对自己而言，威胁就是无限大。这第二剑……他不敢接。他纠结片刻之后，眼中浮现出一抹果决，趁着周围的剑势尚未斩出，双手在背后的虚空中一扯。罡风扯开虚空的一角，他一步踏入，随后整个身体都消失其中。风神的威压，顿时消失无踪。他逃了。

周平的剑停在半空，闭上眼睛，仔细地感知着周围，等到确认风神是真的逃了之后，缓缓放下了手中的剑。这不是休第一次从周平手上逃走了，当周平刚来到的时候，便出剑逼走了对方，从其手中救下了这座城市，当时的他也是用这种手段撕裂空间，瞬间挪移到数千里之外的。短时间内，他是回不来了。当剑放下的瞬间，周平的身上再度爆出几团血雾，身形越发模糊。他的脸色有些苍白，眼眸中浮现出庆幸之色。他的手段奏效了。

周平现在的状态，确实还能出下一剑，但这一剑所能动用的法则之力，大概只有上一剑的三分之一……也就是说，他确实能出，但这第二剑是不可能斩杀一位神明的。如果休不走，选择留下来和他继续战斗，那周平唯一的选择，就是拼上最后的一点身体，去换休的重伤。所以从一开始，周平就开始给自己造势，无论是那充满压迫感的剑意，还是充斥在天地间的法则，或者是他的那些话语，都是在为这一刻做准备。他要让他们觉得，自己今天站在这里，就是为了斩神。他斩杀黄沙之神赛特的那一剑，本可以分成两剑，这样对他身体的负荷来说应该是最小的，但他还是不惜引动那么多的法则之力，也要完成那一剑斩神的惊天一幕，目的，就是要让活下来的那一位神明觉得自己具备一剑斩神的能力。最终，他的那一式起手还是成功地把对方吓跑了。现在，还剩下最后一件事，没有完成……周平执剑，提起那仅剩的些许气息，像是一道黑色的闪电，追着破碎城市呼啸而去。

汹涌的"神秘"浪潮之间，几道身影会聚在一起，如同一柄利刃，凿开了那密密麻麻的兽潮，将这蜂拥凶悍的"神秘"们硬生生地阻挡在了酆都法则之外，没有一只能踏过他们身后半步。歌声、枪芒、刀影、禁物……他们的攻击像是一张大网，交织在破碎的城市之外，收割着大量"神秘"的生命。"神秘"的后方，几只强大的巨兽察觉到了危险的存在，低沉地吼叫起来，各自的禁墟张开，向着那几道身影蔓延而去。在浪潮最前端的"神秘"，多半都是境界不到"海"境的弱小生物，林七夜等人可以凭借着自身诸多手段砍瓜切菜般地将它们击杀，但从来没有放松警惕。他们心里很清楚，这场兽潮之中，真正的难题，就是隐藏在兽潮后方的那些强大"神秘"。

·556·

迷雾中的"神秘"比大夏境内出现的"神秘"棘手很多，这一点林七夜在遇到"贝尔·克兰德"的时候就意识到了。不光是禁墟方面比境内的更加强大与诡异，而且这些"神秘"往往都拥有很高的智慧，越是强大的"神秘"，就越懂得利用智慧在这片迷雾之中生存下去。当然，"贝尔·克兰德"基本上就是把技能都用在了智慧和精神操控上，所以正面战力并不是很高，事实上这种奇葩的存在在迷雾之中很少。对于同境界的"神秘"来说，迷雾中的"神秘"还是更倾向于发展自身强大的战斗能力，毕竟迷雾没有守夜人的存在，这些"神秘"不需要去东躲西藏地保护自己，只需要不断地让自身强大，从同类的手中占领更多的地盘。

在这几声咆哮出现的瞬间，林七夜等人周围的空间剧烈地扰动起来。一只巨大的兽爪突然从虚空中探出，卷携着恐怖的威压，重重地砸向阵形中央的安卿鱼等人！众人中第一个做出反应的，是压在阵尾的迦蓝，她俏眉一皱，一步踏出，手中的金色长枪迎着那巨大的兽爪刺去。"轰——"金色的光柱与那只兽爪碰撞在一起，卷起的狂风将其衣角吹得翻飞。那只兽爪被"天阙"一枪刺中，捅出了一个血洞，愤怒的咆哮声从虚空中传来，然后一个庞大的雪白巨熊的身形显现，倒飞而出！安卿鱼的眼眸瞬间扫过它的身形，解析了它身上的气息。这是一只"克莱因"境的"神秘"。与此同时，迦蓝也被对方这一掌上强大的冲击力击飞，与阵形脱节，掉入潮水般的"神秘"浪潮之中。

林七夜的精神感知看到了全过程，他飞速地回过头，用手中的"斩白"凌空斩碎迦蓝身边的几只"神秘"，然后伸手在空中一按，一道绚烂的魔法阵出现在空中。"你们小心，我去迦蓝救回来。"他嘱咐了一声。迦蓝虽然有"不朽"护体，不会受伤，但之前给剑圣强行套上"不朽"对抗法则之力，已经让她的灵魂受损，贸然把她丢在这汹涌的兽潮之中，万一出了什么事情就糟了。

一条庞大的炎脉地龙被召唤而出，双翼一振，载着林七夜向着兽潮冲去。"筋斗云"的速度太快了，在这种遍地是敌人的环境下，失去了良好的机动性，而红颜的飞行速度虽然慢，但是十分灵敏，可以自由地穿梭在这兽潮之中。红颜载着林七夜，穿过三只"神秘"的围剿，张开嘴，一抹红芒在她的身前汇聚。"轰——"她吐出一道炽热的火焰龙息，洞穿密集的兽潮，熔化了大量弱小的"神秘"，短时间内清理出一条窄路。他们的身形逐渐消失在兽潮之中。

安卿鱼托着"挽歌"和MP3，镜片之下，那双散发着灰芒的眸子迅速地扫过每一只出现在他们身前的"神秘"，将他们现场解析。"十一点钟方向那个隐藏在兽潮中的红色穿山甲，是一只'无量'境的'神秘'。"他的眸子扫过众人的左前方，突然开口。百里胖胖的瞳孔骤缩，他想也不想，手指一勾，身后飘浮的一面圆盾急速放大，雄厚的青灰色光芒绽放，笼罩在所有人的身前。"当——"几乎同时，一道红色闪电撞在圆盾之上，恐怖的冲击力让百里胖胖差点被震飞出去，那雄浑的青灰色光芒瞬间被击散了大半。紧接着，第二道冲击随之而来！"当——"百里胖胖闷哼一声，脸色顿时有些发白，他身前的圆盾被穿山甲撞飞，光芒暗淡无比。那只红色的穿山甲在原地停滞了片刻，再度像是一道闪电般飞掠而出！

安卿鱼眉头一皱，立刻将手中的MP3方向掉转，对准那只穿山甲，但对方的速度实在太快，眨眼间就闪出真空喇叭的声音范围，在空中拐过一个锐角，从右侧再度向众人冲来！疯魔曹渊低吼一声，提着黑色的煞气直刀，迎着那红色穿山甲撞去！"不要！"安卿鱼刚张开嘴准备提醒，那一黑一红两道身影便轰然对撞。恐怖的风暴在碰撞点爆发，那红色闪电的身形一滞，向后倒飞而出，红色的鳞甲之上已然留下了一道深刻的刀痕。疯魔曹渊的身形同样被震飞，像是一只断了线的风筝，飘忽着落向了远方。刹那间，安卿鱼的脑海中闪过无数个念头，他当即开口，对着众人说道："追！把曹渊带回来！"

百里胖胖、沈青竹、安卿鱼、江洱四人同时掉转方向，在浪潮中杀出一条血路，向着曹渊飞出的方向追去。整个队伍中，除了林七夜之外，众人最相信的就是安卿鱼。他是这支队伍中，唯一一个能够在智商上压过林七夜一头的怪物。他所下的每一个命令，都必然有其道理，他做出的每一个选择，都是最优解。他们相信安卿鱼的判断。当林七夜不在的时候，他，毫无疑问就是这支小队的指挥官……甚至林七夜在的时候，他也是指挥官。在这种情况下，无论安卿鱼说什么，他们都会照做。

安卿鱼之所以做出这个选择，就是为了避免众人在兽潮中分散。他们这些人平均境界都在"海"境，要是一直一起行动还好，一旦有人落单，就算没有被高境界的"神秘"盯上，也迟早会耗尽精神力，力竭而死。四人的身形穿行在兽潮之中，安卿鱼靠着手中的"挽歌"和MP3，用声浪轻松地开出了一条道路。就在这时，一只雪白的熊掌再度从虚空中探出。这是刚刚打飞迦蓝的那只"克莱因"境白熊。在这只熊掌出现的瞬间，安卿鱼的瞳孔骤缩，他飞快地向身侧挪动半步，但还是慢了些许，那只熊掌拍在了他的手上，将他的右手手掌连同掌间的MP3，一同拍了个粉碎！外放的"挽歌"戛然而止！整个手掌被拍碎，安卿鱼的眉头因剧痛而皱起，但他还是飞快地将左手的那颗头骨收了起来，然后一抹寒冰冻结血液喷溅的右手手腕。

MP3虽然碎了，但是"挽歌"本身并没有受到破坏，这对于安卿鱼来说是不幸中的万幸。至于碎掉的那只手……再长一只就是了。安卿鱼收起"挽歌"之后，敲碎右手手腕上的寒冰，此刻喷溅的血液已经止住，大量的细胞迅速重生，一只手的雏形从他的手腕缓缓显现出来。即便他有急速再生的能力，但重新长出一只手对他来说也是个大工程，短时间内无法彻底恢复。江洱见到这一幕，脸色微凝，扭头看向那探出熊爪的虚空裂缝。那只白熊一击得手，再度将巨爪收回了虚空，就在这时，一道白影闪电般掠出，撞入它隐藏在虚空中的本体！白熊身体一震，直接从躲藏的虚空裂缝中走了出来，两只硕大的熊掌飞快地扇着自己耳光，每一次熊掌落下，都能听到沉闷的巨响！它的力量本身就恐怖至极，连扇数下之后，整个头部都血肉模糊起来。无尽的愤怒与憋屈充斥了它的心神，剧烈的情绪波动之下，幽灵江洱被直接震飞出它的身体。它高昂起满脸血污的头颅，猛地咆哮起来。紧接着，它的身体再度遁入虚空，下一秒直接出现在幽灵江洱的身前，硕大的熊掌如山岳般拍下，却轻飘飘地划过了江洱的身体，没有造成丝毫伤害。江洱本身是磁场，白熊的物理攻击对她根本无效。白熊心中的怒火更甚！

"它要发疯了，快走！"安卿鱼清晰地看到了全过程，背着身后的黑棺，带着百里胖胖和沈青竹，全速向着曹渊的方向冲去！白熊的智商并不低，它意识到自己根本无法伤害到那个白裙女孩之后，咆哮一声，无视了幽灵江洱的挑衅，直接掉转目标，向安卿鱼等人追杀而去。安卿鱼、百里胖胖、沈青竹和江洱四人的战力虽然不低，但如果在兽潮中和这样一只"克莱因"境"神秘"正面战斗，就算能从白熊的手上活下来，其他的"神秘"也会将重伤的他们撕成碎片。百里胖胖和沈青竹联手，在兽潮中杀出一条血路，与此同时疯魔曹渊也察觉到了他们的来临，煞气火焰熊熊燃烧，斩开一条煞气血路，沿着这个方向急速地向他们逼近。

就在这时，第二只"克莱因"境"神秘"的气息在两队人之间轰然爆发！一个高达三米的黑色巨人从兽潮的末端用力一跃，如同陨石般精准地砸落在百里胖胖等人面前，那双巨足直接将几只弱小的"神秘"碾成了肉饼。"轰——"这黑色巨人的胸口，有着一个圆形的大洞，它双手各抓着一根粗壮的漆黑锁链，锁链的尽头，拖着两颗浑圆硕大的巨人头颅。那两颗巨人头颅狰狞地瞪着眼睛，满是血污的眼珠诡异地转动着，目光锁定了百里胖胖等人。

"这迷雾里怎么有这么多'克莱因'境的怪物！"百里胖胖看到这造型诡异的黑色巨人，忍不住骂道。他回头看向身后，只见那只能够穿梭于虚空的白色巨熊，正在急速地向这里逼近！

"迷雾之所以成为生命禁区，不仅是因为剧毒的迷雾本身，生活在其中的恐怖生物也是重要的因素。"沈青竹脸色阴沉地开口，"我听'呓语'说过迷雾中很危险，但我没想到居然危险到这个地步……"

"卿鱼，我们现在该怎么办？"

安卿鱼眉头紧锁，片刻之后，开口道："先试着绕过这个巨人，如果不行……就只能硬冲了。"

…………

一道金色的光柱掠过翻滚的兽潮，收割了七八只"神秘"的生命，紧接着如潮水般的诡异生物迅速涌上前，将那缺口补全。面色苍白的迦蓝站在兽群之中，挥舞着手中的金色长枪，她的精神力已经不足以催动"天阙"的杀伤光柱，只能靠最原始的枪术与兽群近身搏杀，喷溅的"神秘"血液落在她的身上，将那件深蓝色的衣袍逐渐染成血色。她握枪的手掌轻微地颤抖，动作越发迟缓，撕咬到她身上的"神秘"越来越多，虽然都没能啃穿她的身体，但已经近乎将她的身形彻底淹没在兽潮之中。一道又一道诡异的禁墟压在她的身上，削弱着她的战斗力，消耗着她的体能。她紧抿着双唇，即便身子越来越沉重，但血迹斑斑的俏脸之上，依然写满了倔强。"轰——"一道炽热的龙息在群兽之间开辟出一条道路，一道身影骑着红龙，惊鸿般向着这里靠近。

迦蓝看到那个身影，身躯微微一颤。一袭黑衣的林七夜右手握着"斩白"，接连挥舞，刀芒充斥在他周身千米的每一个角落，将那些想要冲到他身前的"神秘"斩碎，与此同时他脚下的花苞瞬间吸取"神秘"尸体中的精神力与生命力，反哺着自身。他的左手托着一个银色的魔方，开始急速转动！身形逐渐被兽潮淹没的迦蓝，只觉得一阵天旋地转，周围的空间就像是魔方一样转动起来，攀爬在她身上的"神秘"接连掉落，最终她的身子一轻，从空中坠落下来，然后稳稳地落进林七夜的怀中。

林七夜挥手将"混乱魔方"收回诸神精神病院，抱着怀间的迦蓝，脚下的炎脉地龙用力挥动双翼，两人一龙的身形急速地向着天空攀升！林七夜低头看了眼虚弱无比的迦蓝，问道："你没事吧？"

迦蓝躺在林七夜的怀里，怔怔地看着他的眼睛，原本苍白无比的脸颊瞬间红了起来。"我……我没事……"她微微将头扭到一边，不敢再去看林七夜的眼睛，心脏快速地跳动着。这一刻，她的脑海中只剩下一个念头：洒家这辈子值了！

见迦蓝虽然虚脱，但并没有受伤，林七夜点了点头，转身向百里胖胖等人的方向俯冲而去。就在这时，茫茫兽潮之中，第三只"克莱因"境"神秘"的气息冲天而起，林七夜的脸色瞬间凝重了起来。

　　林七夜回头望去，只见一只通体灰色的巨型麻雀从翻滚的迷雾中疾飞而出，张开嘴，嘹亮的雀鸣回荡在天空中。"喳——"这道雀鸣出现在林七夜耳中的刹那间，那只麻雀的身形随着声波，如同鬼魅般地飞到了他的面前。它的速度太快了，快到林七夜根本没有看清它的出现，甚至连精神力感知都没有跟上它的速度，灰色麻雀那两米多长的双翅一振，重重地拍向林七夜的胸膛！千钧一发之间，一道深蓝色的倩影挡在林七夜的面前！"咚——"沉闷的声响回荡在天空，飞行中的炎脉地龙像是被一颗陨石砸中，笔直地向下坠去。一龙两人瞬间再度撞入那汹涌的兽潮之中。

　　"喀喀喀喀……"林七夜狼狈地从深坑中站起，剧烈地咳嗽起来，他的身旁，迦蓝虚弱地坐在地上喘着粗气。那只灰色麻雀的一击，力量实在是太过恐怖，即便迦蓝把他护在了身后，传递出的力量也险些把林七夜震吐血。如果刚刚迦蓝没有帮他挡这一下，只怕现在林七夜已经重伤到连站都站不起来了。"迦蓝……"林七夜张开嘴，正欲说些什么，那声雀鸣再度出现在他的耳边。这一次，林七夜想也不想，用上全身的力气向前跃去，就在他双脚离地的瞬间，那道灰影再度撞在他原本站立的地面，将地面砸出了一个恐怖的深坑！翻滚的气浪将林七夜震飞，在地上摔了几下才勉强停住身形，他回头看向那缓缓从烟尘中飞起的巨影，脸色难看至极。如果他没猜错的话，眼前的这只麻雀可以随时出现在雀鸣传递到的任何一个地方，而且这并不是空间闪烁，而是单纯的急速！在自己的声音之中，它拥有近乎瞬移的恐怖速度！这要比单纯的空间闪烁恐怖得多，因为它的速度一旦快到某种地步，产生的动能就极其恐怖，刚刚它扇落自己和迦蓝的那一下，靠的就是自身急速移动所产生的动能。如果这时候那柄能够操控动能的"祈渊"还在的话，林七夜或许还有一战之力，但现在……林七夜根本就没有应对这只灰雀的手段。

　　"轰轰轰——"接连的爆炸声从远处传来，白熊的嘶吼震耳欲聋。林七夜的精神感知之中，百里胖胖、疯魔曹渊、沈青竹三人已经被那同为"克莱因"境的黑色巨人死死压制，巨人手中的两根头颅锁链，每一次挥动都能释放出恐怖的雷霆，它周围百米的范围，已经彻底化作了一片雷场。那只白熊已经穿过虚空，正在疯狂追杀背着黑棺的安卿鱼，后者凭借着对周围环境的解析，以及近乎不死的再生能力，艰难地穿梭在兽潮之中，躲避着白熊的巨爪。只是，他身后背着的黑棺已经破碎小半，存放着江洱尸体的寒冰，也被拍出了一道狰狞的裂纹，仿佛很快就要破碎开来。

　　局势恶劣至极。

林七夜等人平均境界都是"海"境，即便联手可以对抗一位"克莱因"境的敌人，但也未必能赢，更何况现在接连出现三只来自迷雾的"克莱因"境"神秘"，而且周围还有大量的"神秘"环伺……他们的处境太危险了。林七夜看到这一幕，紧咬牙关，立刻将意识沉入脑海中的精神病院中。现在，只能指望自己在承载神明灵魂之后，能够扳回局势了……只是，以他现在的境界，即便承载了一位神明的灵魂，也只能勉强提升到"克莱因"境，同时面对三只"克莱因"境的"神秘"，胜算依然极低。但除此之外，他已经没有别的办法了。就在这时，一道意念拒绝了林七夜承载灵魂的请求，林七夜愣在了原地。

诸神精神病院中。穿着星纱罗裙的妇人站在院中，抬头仰望着天空，许久之后，缓缓转过头，看向身旁的梅林："现在，应该没有其他变数了吧？"

梅林长叹了一口气："没了……"

穿着白大褂的林七夜凭空出现在院落之中，他转头看向倪克斯，疑惑地问道："母亲，发生什么事了？您为什么让我回来？"

倪克斯注视着林七夜的眼睛，嘴角浮现出一抹笑容，轻声说道："因为，我该和你告别了，我的孩子。"

林七夜一愣："告别？"

"我在这里的时间快到了。"倪克斯抬起头，看向自己的头顶，"我已经快压制不下去了，这里的法则在排斥我的存在……我该离开了。"

林七夜想到了什么，看向倪克斯的头顶。那里，一道虚幻的进度条出现在林七夜的眼中——倪克斯治疗进度：97%。

"母亲，您能看到它？"林七夜惊讶地问道。

"从它到95%开始，我就能看到它的存在了。"倪克斯微微一笑，"甚至，我还能透过这里，看到你在外面的情况。那时候，我突然明白，我留在这里的倒计时已经开始了……"

"可是，它还没有达到100%啊。"林七夜忍不住说道。只有在治疗进度达到100%后，病人才需要离开这座精神病院，同时进行最后一次能力抽取。而现在倪克斯头顶的进度条虽然快满了，但距离100%还是有些距离的。

倪克斯无奈地笑了笑。

倪克斯治疗进度：98%

倪克斯治疗进度：99%

那根进度条，在林七夜的注视下，迅速地向前挪动了两格。

林七夜像是明白了什么，低头看向倪克斯："母亲……你一直在压制自己的治疗进度？"

倪克斯点了点头："准确地说，我是在压制自己的灵魂自我修复进程。从半年前开始，我就再也没有吃过药，我以为只要这样，就能继续留在这里……可是，这半年里，它依然在缓慢地增长，直到我动用全力，也无法压制住灵魂的自我修复。现在，我在这里停留的时间，已经到达极限了。"

559

"母亲，你为什么不告诉我？"林七夜不解地问道，"如果你不想离开的话，我可以去找让你留下的办法，这座病院既然能让你住下，或许也可以让你继续留在这里……"

倪克斯微笑着摇了摇头："它不会让我留下的，这一点，我能很清楚地感觉到……这座病院，有它自己的思想，它是活着的。"

"它是活的？"

"嗯，只不过，你现在还没有成长到可以和它对话的地步。"倪克斯说道。

林七夜眉头微皱，低头看着自己脚下的地面，眼眸中浮现出惊讶之色。一直以来，他都觉得这座病院是他脑海中的一件物品，除了被人设定好的规则之外，并没有自己的思想。但倪克斯的这番话，彻底推翻了他的认知。不过，如果用这种思路去看的话，好像确实能发现一些端倪。他在这座病院中，不会受伤，而且拥有绝对的压制力，就像是冥冥中有一股法则在帮助他；他身上的这件白大褂能够吞噬血液，本就不像是死物；明明整个病院都没有种子，后院却能源源不断地长出农作物；每次他需要和"神秘"签订契约之时，都随时能够生成包含对方所有信息的合同……这些因素接连闪在林七夜的脑海中，他看着脚下的这块大地，最终相信了它是一个活物的事实。

倪克斯抬头看向天空，缓缓开口："而且，外面，也有一些事情在等着我去处理，有一些旧账，还需要我亲自去清算……我的孩子们，不能白死。"

林七夜抬头看着倪克斯那双充满杀意的眼眸，微微愣在了原地。他从来没有见过这样的倪克斯。在他的印象中，倪克斯一直都是一个温柔高雅的母亲形象，与之相伴这么长时间，对方从来没有显露出一丝一毫的负面情绪。她的母爱全部给了林七夜，而她的仇恨，一直被掩藏在心底。现在，到清算的时候了。

"那你的身体怎么办？"林七夜开口问道。这座病院里的病人，全都是灵魂之身，当从病房中走出的时候，灵魂与神格都是残缺的，现在倪克斯的灵魂经过治疗之后已经无限趋近于完整，但是并没有自己的身体。没有身体，她就是不完整的。

"神躯的重塑需要相应法则灌溉，我需要返回属于这道法则的神国之中才能重新获得身体，所以我必须从这里离开。"

"您要以灵魂状态回奥林匹斯？"林七夜眉头微皱，"可是……"

林七夜的后半句话，并没有说出来。还在沧南的时候，他就已经阅读了大量关于倪克斯的神话传说，结合现在对于迷雾中诸多神国的了解，他隐隐猜测，倪克斯孩子们的死亡，或许和希腊的那些神明脱不了干系。如果是这样的话，倪克斯回希腊，不就是自投罗网吗？

倪克斯看出了林七夜眼中的担忧，心中涌出暖意，她轻轻一笑，温柔地将他抱进怀中："放心吧，我的孩子……母亲比你想象的更加强大。等到我将一切事情处理完，我就回来找你，希望到时候，我们能在这座病院之外再次相见。"林七夜感受着倪克斯身上的温度，沉默片刻，重重地点了点头。"一定可以的，母亲。"倪克斯收回了双手，抬头看向头顶的虚空，那双温柔的眼眸逐渐平静下来。"走之前，母亲先帮你扫平这些阻碍。"她伸出手，在身前的虚无中轻轻一撕，下一刻，倪克斯头顶的进度条再度跳动起来，一连串的提示出现在林七夜的面前。

倪克斯治疗进度：100%

黑夜女神倪克斯治疗完成，请即刻离院。

已满足奖励获取条件，开始随机抽取倪克斯神格能力……

"刺啦——"倪克斯身前的虚无被她撕开了一道黑色的门户，她穿着星纱罗裙，一步踏入其中，身形彻底消失在诸神精神病院中。

"轰——"一颗涌动着雷霆的巨人头颅随着铁链，重重地砸在大地之上，雷霆火花逬溅而出，径直打在披着青玉盔甲的百里胖胖身上，将青玉铠甲崩开数道狰狞的缺口！百里胖胖闷哼一声，嘴角溢出一丝鲜血，像是断了线的风筝般向后倒飞出去。沈青竹连打响指，无数道高压气墙化作尖锐的刀锋，斩向那黑色巨人，却都被对方手中的头颅锁链轰得爆碎，刺耳的音爆声回荡，将几人的耳朵震得嗡嗡作响。满身伤痕的疯魔曹渊狼狈地从地上爬起，怒吼一声，浑身的煞气火焰暴涨数倍，挥刀而出。黑色巨人转过身，一根头颅锁链将那煞气刀芒震碎，疯魔曹渊正欲再冲上前，下一刻，就被背后躲藏的一只"无量"境"神秘"击中，向另一个方向倒飞而去。"砰砰砰——"不远处，穿梭于虚空中的白熊身形连闪，一掌接着一掌挥下，将地面轰得爆碎。背着黑棺急速躲闪着攻击的安卿鱼紧咬牙关，浑身都是血痕与刺入血肉的碎石，被白熊震裂的地面剧烈地摇晃，他的速度也越来越慢。江洱不断地附身周围的其他"神秘"，试图阻挡这只白熊，却都被一掌拍成了肉饼，堆积的尸体越来越多。精神力透支之下，她的脸色也苍白无比。

"七夜！"迦蓝看着林七夜发呆似的站在原地，而对面的灰雀再度扇动了翅膀，她大喊一声，不顾一切地冲上前。迦蓝将林七夜揽入自己的怀中，用背部对着飞驰而来的灰雀。"刺啦——"就在灰雀刚刚扇动翅膀的瞬间，一道漆黑的门户突然在林七夜的身前打开！雀鸣回荡在天空之下，它的身影以惊人的速度划过空气，撞向迦蓝的身体，最终却迎面撞在了那扇黑色的大门之上！头顶的天空，急速昏暗了下来，一抹最为纯粹的黑暗，如同浸入水中的油墨，在天穹上浸染而开！漆黑的夜色之下，一个穿着星纱罗裙的妇人，单手掐着灰雀的脖子，面无表情地走出了漆黑的门户。她的双眸仿佛蕴含着无尽的星辰。

560

令人战栗的恐怖气息在整个战场上蔓延，所有的"神秘"同时转过头，惊恐地望着那抹夜色出现的方向。在那股强横而神秘的威压下，它们的身体开始控制不住地颤抖，即便是那只"克莱因"境的白熊与巨人，也感受到了来自内心深处的恐惧。那抹极致黑暗出现的瞬间，所有的光线都被吞噬，天地之间，仿佛只剩下了那位穿着黑裙的美妇人。她脚踏着星光，平静地从漆黑的门户中走出，黑色的裙摆之上，点点碎光涌动，与天空中倒映的闪烁星辰相呼应。她举手投足之间都散发着优雅的气息，面容清冷而高贵，像是一位在自家王城花园中散步的贵妇，仅是轻轻瞥了众多"神秘"一眼，前所未有的压迫感就将它们全部镇压在大地之上。它们匍匐在地，惊恐不已。

"那是……另一位神？"沈青竹感受到那位美妇人身上传出的恐怖的神威，瞳孔骤然收缩。

"一定是神。"安卿鱼的双眼微眯，注视着她虚幻的身体，"只不过，她好像没有实体……只有灵魂状态的神？"

"她怎么从七夜身体里走出来了？"

安卿鱼注视着她手中掐着的那只灰雀，片刻之后，缓缓开口："或许，我们可以做一个大胆的推测。"

"有多大胆？"

"比如……她是站在我们这边的？"

"！！"

倪克斯的目光平静地扫过整个战场，最终落在自己手中的小灰雀之上。一抹夜色顺着倪克斯的手掌，刺入灰雀的体内。灰雀在倪克斯的手中凄厉地嘶吼着，眼眸中满是惊恐与绝望。这一刻它不再是一只纵横迷雾的"克莱因"境"神秘"，而像是一只真正的弱小的麻雀，任人宰割。

倪克斯的双眸静静地望着它，清冷开口："就是你，想伤我的孩子？"

听到这句话的瞬间，百里胖胖等人同时傻在了原地。

安卿鱼以为自己的推测已经够大胆了，可听到这句话，还是觉得……自己还是有些保守了。这个世界太疯狂。

她的掌间，那只灰雀的叫声越发凄厉惨痛，就像是整个灵魂都被倪克斯一寸寸捏碎，前所未有的痛苦笼罩在它的心头。它的气息越发微弱。倪克斯没有直接掐死它，而是扼住它的咽喉，转过身，走到了林七夜的面前……"孩子，提起你的刀。"她的脸上浮现出一抹温柔。林七夜一愣，随后便将手中"斩白"横在胸前。倪克斯屈指一弹，这只灰雀的脖子便直接撞在"斩白"的刀锋之上，被切割成两半，鲜血喷溅之下，彻底丧失生机。一股暖流自刀身灌入林七夜的体内，他震惊地抬头看向微笑的倪克斯，一时之间竟然不知该说些什么。她知道这座病院有拘魂的效果了？！不过仔细想来，这也并不奇怪，治疗进度达到95%之后的倪克斯，甚至可以看到自己头顶的数据，还可以透过病院观察到外部的景象，知道这座病院地下室的秘密，也很正常。

"母亲很快就要走了……在这之前，母亲再送给你三份小礼物。"倪克斯看着林七夜的眼睛，微微一笑。她转过身，面对着这片匍匐在地的兽潮，眼眸中的黑暗涌动起来，恐怖至极的黑暗气息在天地之间蔓延！她的裙摆在大地之上无限延伸，像是倾倒下一坛无穷无尽的油墨，顷刻之间，这三百多只"神秘"的脚下，全部都被黑暗所笼罩。极度的恐惧笼罩在所有"神秘"的心头！它们之中，那些还算是强的存在，已经察觉到死亡的危机，不顾一切地从这片黑暗中站起身，用尽各种方法，向着这片黑暗之外急速冲去。白熊低吼一声，身形一晃便藏入虚空；黑色巨人双脚重踏地面，整个人如炮弹般从地面弹跳而起；红色的穿山甲一头钻进地底，向着大地深处急速挪动。它们没有注意到的是，它们的身上，早已沾染上了一片黑暗。

倪克斯平静地看着这一幕，手指轻抬，所有在这片黑暗裙摆之上的"神秘"，统统被一只无形的大手摄取到空中！已经遁入虚空的白熊被硬生生震回；黑色巨人跃起的身形突然停滞，倒卷而来；红色穿山甲也被直接扯回了这片黑暗，像是腊肉般被悬挂在空中。三百多只"神秘"，尽数被悬于夜色之下。看到这梦幻的一幕，小队的其他人震惊地张大了嘴巴！百里胖胖猛地扇了自己一个耳光，用力地眨了眨眼，瞪着头顶这三百多根"腊肉"，倒吸一口凉气。这……未免太恐怖了吧？这么轻松就把如此恐怖的兽潮，全部像是猪肉一样挂到天上去了？七夜的母亲真猛。

"奇怪……"安卿鱼疑惑地开口。

"怎么了？"

"她既然是一位神明，那秒杀这些'神秘'，确实是轻轻松松的事情……但是，她为什么要把它们挂到天上去？"

百里胖胖沉吟片刻："为了帅？"

不得不说，这一幕确实帅到他了。

安卿鱼摇了摇头："她现在没有身体，是纯粹的灵魂状态，也就是说，她每一次使用力量都是在消耗自身的灵魂……灵魂的消耗，可不是这么好恢复的，更何况她还是一位神明，一旦她的灵魂受损，想要再弥补回来，所需的时间非常漫长。秒杀这些'神秘'，对她来说只是弹指一挥间的事情，根本不会有多少消耗，但是弄出这么大的阵仗，对她的灵魂多少会造成一些损害。她似乎没必要这么做啊……"

就在这时，一直沉默不语的沈青竹突然开口："她似乎想让林七夜亲手杀死这些'神秘'。"

"为……"

百里胖胖的"为什么"刚准备说出，立刻就闭上了嘴巴。这件事情，明显涉及了林七夜的秘密，只要林七夜不主动说，他们是不会去探究的。所有人都默契地不再去讨论这个话题。

561

倪克斯将目光落在那悬挂在空中的三百只"神秘"身上，清冷的面孔没有丝毫的表情。她双眸微凝，周身的黑暗宛若沸腾一般，那些悬挂在天空中的"神秘"，就像是被一根根铁索钩住了后颈，排着队，迅速向着林七夜飞来。在这片黑夜之下，它们无法反抗，虚弱至极，那抹夜色已经侵入了它们的身体，将它们的内脏全部侵蚀，奄奄一息。死寂无声中，它们就像是被挂在斩杀流水线上的猪，依次被送到林七夜的身前。"暗夜屠宰场"。

林七夜横着刀，一只又一只的"神秘"急速撞在刀锋之上，干脆利落，迅捷惊人。它们的速度太快了，快到林七夜都看不清死在他刀下的究竟是什么类型的"神秘"，对方的灵魂就已经化作一股暖流，涌入精神病院之中。诸神精神病院的地下，被囚禁在牢笼中的"神秘"数量，正在以一种惊人的速度疯涨！渐渐地，林七夜麻木了，索性横着刀，闭上眼，什么也不管。在倪克斯的操控下，这群兽潮在短短的一分钟内，就已经全部死在林七夜的手中。当他再度睁开眼的时候，他的身前已经堆积出了一座高耸的尸体山峰。一旁的安卿鱼默默地咽了口唾沫。

兽潮，在这片夜色之下，彻底消失无踪。

"以后，母亲不能在你身边保护你，所以就想着，给你多找点帮手。"倪克斯走到他的身前，微笑着说道，"这个礼物，还喜欢吗？"

林七夜连连点头："喜欢。"

三百多只"神秘"，要是按正常的做任务的速度，估计没个几十年都不可能凑齐，倪克斯这一出手，直接帮林七夜把护工数量都快拉满了。当然，拉满是不可能的，因为林七夜在诸神精神病院的地下感知过，那片牢笼的数量几乎是无穷无尽。三百多只"神秘"，就算筛去一大半没什么用的，也能产生一百多位护工，就算让林七夜挨个去签契约，都得签上好几天。现在林七夜该担心的问题是，这么多人口，病院里装得下吗？

倪克斯听到这个回答，脸上浮现出一抹笑容，伸手在虚空中一抓，那件黑色的针织大衣就出现在了她的手中。她将这件大衣披在林七夜的身上，往后退了两步，仔细打量了几眼，眼中浮现出满意之色。这件大衣的尺码非常合适，林七夜穿上之后，整个人的气质都沉稳大气了很多，再加上那张本就英俊的面孔，看起来像是从漫画中走出来的角色。

"织成这件衣服的线，是我的神力；编织这件衣服的针，是黑夜法则。"倪克斯走到林七夜的面前，说道，"披着它，就像是披着我的夜色，它能帮你挡住几次法则的攻击，我不在的时候，它会好好保护你的。"

林七夜的手轻轻摩擦着这件大衣的表面，上面丝线细密而工整，颜色漆黑，入手有些温热，摸起来十分舒服。这种材质的大衣，就算是找遍整个地球，也仅此一件。林七夜看着倪克斯的眼睛，心中一股暖流缓缓流淌，张开嘴，由衷地说道："谢谢母亲。"

"接下来，还剩最后一件礼物。"她看了眼四周，轻轻一挥手，一片夜色便笼罩住四周，将众人的视线与他们隔离开来。

"母亲，你这是……"林七夜有些疑惑。"接下来的这件礼物，还是不要让别人知道为好。"倪克斯摇了摇头，"如果我没猜错的话，你还有一次抽取我的能力的机会……"林七夜一怔，随后点了点头。在治疗进度达到100%后，拥有最后一次抽取能力的机会，刚刚倪克斯在出院前就已经满足了抽取条件，但是林七夜因为外面的事情太多，所以暂时将这件事搁置了。

"现在，来抽一次吧。"倪克斯伸出手，放在林七夜的手掌上，缓缓闭上了眼睛。林七夜"嗯"了一声，将意识沉入了脑海中的精神病院中。他披着白大褂，站在院子的中央，旁边的走廊上，李毅飞等几位护工正凑在一起，默默地张望着这里。刚刚倪克斯离开病院的那一幕，他们所有人都看到了。这对他们来说是一件无比神奇的事情，毕竟那是第一个离开这里的病人，所以他们全都留在这里，想要看看还会发生什么。空荡荡的院子中，只有林七夜和梅林两人站在那里。今天的梅林，换上那身帅气的深蓝色法师长袍，手中握着法杖，微笑着看着眼前的林七夜，不知在想些什么。

"梅林，别忘了我们的约定。"倪克斯的声音从天空之中幽幽响起。

梅林叹了口气："知道了，我这不是在这里了吗？"

林七夜疑惑地转过头："梅林阁下，你这是要做什么？"

梅林摆了摆手："不用管我，你继续做你该做的事情就好。"

林七夜狐疑地点了点头，看向自己身前的虚无，那里，有一道虚幻的转盘正悬浮在空中。

熟悉的能力错落其上——"夜空降临，黯淡之眼，陨落千星，裂星术，暗夜闪烁，黑夜眷属，超凡生育……"

再度在心里吐槽一遍"超凡生育"之后，林七夜的目光在转盘的某个角落停顿片刻，那里，有一块总面积还不到1%的黑色区域，而那个能力的名字，叫作"未知"。林七夜已经两次看到这块"未知"区域了，但是前两次抽取能力，都和这个"未知"能力相差十万八千里，这一次，林七夜倒也没有太放在心上。林七夜深吸一口气，调整一下心态，缓缓转动了这个转盘。指针在一个个能力上划过，林七夜的心也随之提了起来，短暂的抽取时间，在林七夜的眼中却是那么漫长……最终，指针停留在某个能力区域之上。林七夜的瞳孔骤然收缩，差点喷出一口老血——"超凡生育"！

562

林七夜整个人像是雕塑般呆在了原地。

"抽到了什么？"倪克斯的声音从头顶传来。

"超……超凡生育……"林七夜几乎是咬着牙说出了这四个字。

天空中的倪克斯沉默了很久，最终，开口喊出了一个名字："梅林。"

"知道了知道了。"梅林叹了口气，手中的魔法杖重重地砸在地面，一道刺目的庞大白色法阵在他的脚下张开，将整个院子都笼罩了进去。浓郁的魔法元素以梅林为中心爆开，狂风将他的法师长袍吹得翻飞，他压住自己头上那顶大风帽，低沉而晦涩的咒语从他的嘴中呢喃而出。那双深邃的眼眸，爆发出前所未有的刺目强光。"时间魔法，'蝉鸣回溯'。"他抬起手中的法杖，再度重重地砸在地面，脚下的白色旋转魔法阵突然一滞，然后向着反方向缓慢而坚定地再度旋转起来！

"嘤——"刺耳的蝉鸣回荡在空中！随着这道蝉鸣响起，林七夜周围的时间开始倒流，原本浮现在空中的"超凡生育"四个大字，竟然再度飘回那道转盘之中，而林七夜原本郁闷的表情，变回震惊，然后变回紧张期待。时间，回溯了十秒。林七夜只觉得精神一阵恍惚，眨眼间，自己又站在了院子之中。他的面前静静地飘浮着尚未开始旋转的能力转盘，仿佛这十秒钟的一切都没有发生过。林七夜愣了半晌，转头看向身旁的梅林，眼中满是不解之色。他刚刚，不是抽到了"超凡生育"吗？怎么转盘又变成了原本的模样？"梅林阁下……"

梅林笑了笑，将手从头上的大风帽上挪开，正欲说些什么，一缕头发就晃晃悠悠地从帽子夹缝中飘了下来。梅林的表情一僵。他再度按紧头上的帽子，轻咳一声："一点简单的时间魔法而已，我能用魔法骗过这座病院，让这一小片的时间倒流回十秒之前，所以……你可以重新抽取倪克斯的能力。"

林七夜的眼睛顿时亮了起来。也就是说，如果他抽到了自己不满意的能力，可以用时间魔法重置？"梅林阁下，这么做的话，你是不是也需要付出什么代价？"林七夜若有所思地看了眼梅林的头发。

梅林的表情有些古怪，默默地将抓着头发的手背到身后，正色道："你是在质疑魔法之神的能力吗？只不过是回溯十秒而已，就算需要付出一些代价，也……嗯，不是很大。而且，这是倪克斯阁下和我的交易，你不需要有任何心理压力，需要回溯时间的话，你可以直接跟我说。"

"没错，我的孩子，你可以继续重新抽取我的能力，重复多少次都没关系。"倪克斯温和的声音从天空传来。

听到"重复多少次都没关系"这几个字，梅林的嘴角微不可察地一抽，眼眸中浮现出无奈之色。

"好，那我再抽抽看。"林七夜点了点头，再度旋转转盘。飘浮在空中的转盘急速旋转起来，指针依次划过令人眼花缭乱的能力，最终停留在了其中一块区域之上——"裂星术"。林七夜的眼睛微微亮起。这个能力，似乎很不错啊……

"再来。"倪克斯的声音再度传出。林七夜一愣，他犹豫了片刻之后，还是说道："母亲，其实，我觉得这个也可以……"

"还不够，再来。"倪克斯的声音不容拒绝。

梅林嘴角一抽，法杖再度敲在地上，蝉鸣响起，时间开始回溯。片刻之后，林七夜又回到了开始旋转转盘的时间。他伸手拨动转盘。

——"黯淡之眼"。

"再来。"

蝉鸣再起。

——"夜空降临"。

"不行，再来。"

——"暗夜闪烁"。

"再来！"

倪克斯的声音接连响起，每当林七夜报出自己抽到的能力的名字，她都会摇摇头，果断地要求再度抽取。甚至其中有几次林七夜抽到了他觉得很不错的能力，依然被对方否决，可怜的梅林只能调动时间魔法，一次又一次地回溯时间。每当他敲下一次法杖，他头顶的帽子就会松弛些许。连续重复三十多次，就连林七夜都有些麻木了。他不明白，倪克斯究竟想让他抽到什么能力？最后的那 1% 吗？

第 42 次——林七夜麻木地转动转盘，将目光向一侧偏移些许，连续这么久盯着转盘，让他有些眼花。这一次，指针划过了"超凡生育"，缓缓停在了那神秘的黑色区域……1%。

"未知"。林七夜一怔。

"抽到了什么？"倪克斯的声音仍然充满耐心。

"我不知道。"林七夜摇了摇头，"上面写着，'未知'。"

话音落下，接连几道弹窗突然闪现在林七夜的面前！

抽取到倪克斯"未知"能力，解析中……

解析进度 1%……23%……51%……79%……96%……100%

解析完毕。

检测到黑夜本源，"未命名"。

林七夜看着这几行字，愣了片刻，继续说道："它说，这是未命名的黑夜本源。"听到这几个字，倪克斯像是松了一口气。"好了……就这个吧，不用再改了。"梅林如蒙大赦！

林七夜注视着飘浮在眼前的"未命名"三个字，虽然不知道这究竟是什么，但还是伸出手，触碰到这几个字的表面。它迅速化作一道流光，涌入林七夜的身体。这一刻，林七夜只觉得大脑突然空白，就像是有大量的信息涌入了他的脑海，同时，身体中也流淌着一股莫名的暖流，在改造他的身体。他的肌肤表面，大量黑色丝线从毛孔中钻出，在空中交织，像是一枚黑色的大茧，将他整个人包裹在其中。林七夜的气息突然消失在精神病院中。一旁，开心吃瓜的几位护工突然一愣。

"怎么回事？七夜怎么变成一个蛋了？"李毅飞疑惑地问道。

红颜默默地舔了舔嘴唇。

563

外界。倪克斯看着被黑茧包裹其中的林七夜，眼中浮现出满意之色，随后像是察觉到了什么，抬头看向天空。"叮——"一道剑芒自远方飞来，尚在化道过程中的周平，感受到这突然出现的新的神明威压，脸色一变。这份神明威压，比之前面对的休和赛特两者加起来还要恐怖，虽然只有灵魂部分，但其中涉及的法则之力，已经是接近创世神的水准！现在的他，根本不可能是对方的对手，甚至就算他没有化道，也赢不了对方……她的气息太强了。周平的目光落在站在地面的那位黑裙妇人身上，他能清晰地感觉到，对方身上涌动的黑夜法则，而她对面的黑色大茧中，还蕴藏着林七夜的气息。他眉头紧锁，没有丝毫犹豫，仗剑便向着林七夜冲去。他的身形化作一道剑芒，落在林七夜所在的黑色大茧之前，面对倪克斯，手中的长剑嗡鸣，散发着森然恐怖的剑道法则。他凝视着倪克斯，双眸之中，剑意通明。他在警告。虽然他知道自己多半无法战胜这个妇人，但即便如此，还是要亮出自己的剑。他就是要让倪克斯知道，就算自己赢不了她，也能对她造成伤害。他就像是一只濒死的凶兽，即便已经被逼到绝境，依然选择对强大的敌人露出狰狞爪牙。因为他的身后，有需要他保护的幼崽。

倪克斯静静地看着这一幕，眼眸中浮现出一抹柔和，嘴角微微上扬。她的治疗进度达到 95% 之后，透过诸神精神病院，看到过这个黑衫执剑的年轻人，也知道他是林七夜的老师，知道林七夜受了他很多关照。自己孩子的老师，那就是自己人。"你不用这么紧张，我是他的母亲，我不会伤害他的。"倪克斯指了指尚在茧中的林七夜，轻声开口。

剑意已起的周平，听到这句话愣在了原地。母……母亲？周平仔细打量了一下倪克斯，表情有些古怪。林七夜的母亲……是个希腊神？

"他身上没有我的血脉，但是他就是我的孩子。"倪克斯看穿了周平心中的疑惑，开口解释道。

原来不是亲生的……难怪。周平的目光扫向自己身后的黑色大茧，确认林七夜的气息十分稳定，没有丝毫危险之后，犹豫片刻，还是缓缓收起了手中的剑。"他是你的代理人？"周平问道。这熟悉的黑夜能力，周平早就在林七夜的身上体会过，再加上林七夜双神代理人的身份，就不难推测出眼前这个贵妇的身份——神明编号043，黑夜女神倪克斯。这样的话，就基本可以确定，这个女人对林七夜确实没有恶意。

倪克斯摇了摇头："他是我的孩子，仅此而已。"

"你为什么出现在这里？"

"我要走了，我想和他告个别，顺便送他一点礼物。"

"哦。"周平微微点头。

空气突然陷入了沉默。"砰——"一朵血雾在周平的身上爆开，化作白色丝线，逐渐消失在空中……化道，还在继续。周平的眉头微皱，他看了眼倪克斯，随后转身便向另外一个方向走去。

"你要去哪儿？"倪克斯突然开口。

周平停下脚步，平静地说道："这座城里，还藏着一只老鼠，我要去把他揪出来。"

"你说的，是那个偷偷躲在一旁，正在进行国运诅咒的神？"倪克斯的嘴角浮现出笑容，"你不用去管他。"

"事关我大夏的国运，我不能不管。"周平皱眉说道。

倪克斯摇了摇头，转过身，看向大夏的方向，眼眸中闪过几道星痕，缓缓开口："你误会了，我的意思是，就算你不去管他，他也不可能撼动大夏的国运的……有些东西，你们看不见……但我能看见。"周平愣在了原地。"专业的事情，还是要交给专业的人去处理，现在的你，就算去找那个神拼命，也未必能杀得了他。"倪克斯继续说道，"如果你相信我，就留在这里，和我做个交易。"

"交易？"周平犹豫了片刻，还是停下了脚步。他不是相信倪克斯，而是相信茧中的林七夜。既然林七夜选择相信这个黑夜女神，那他也愿意去信她一次。更何况，她说的情况确实是真的，以他现在这不到四分之一的身体，就算去追杀那个神明，也不可能将其杀死……"什么交易？"

"你是这孩子的老师，也是世界上第一个拥有自己的法则的人类，我很欣赏你。"倪克斯平静地说道，"如果你就这么化道，彻底消失在这个世界上，未免有些太可惜了。"她回头看向茧中的林七夜，眼眸中浮现出温柔之意，顿了顿，继续说道，"而且，这孩子会很伤心的……"

周平的眼眸微凝："你有能够阻止化道的方法？"

"没有。"倪克斯摇头，"化道，是因为你的凡体无法承载住法则的重量，这个过程没有任何人能阻止……换句话说，你的死亡，是你自身缺陷所导致的自我毁灭进程，这是不可避免的。"周平陷入了沉默，他的眼眸中，闪过失落之色。倪克斯继续说道："在这个过程中，你的肉体会因为无法承受剑道法则而毁灭，而肉体消失之后，你的灵魂意识，将会不可控地被吸纳进你自己缔造的剑道法则中，与之彻底融为一体，这也是化道的一部分。这样，你的一切都将从这个世界上消失，你将成为这个世界运转法则中的一部分，再也没有脱离法则的可能。我所能做的，是消耗灵魂力量，替你编织出一片夜色，让你的意识不被法则吸收，换一种方式留存在这个世间，陷入永恒的沉眠。"

"永恒的沉眠？"周平眉头微皱，"这和化道，有什么区别吗？"

"区别在于，化道之后，你就再也不可能回来，甚至连你们大夏的轮回都无法进入，而将意识留在这个世界上，还可以回归轮回，还有回来的可能……"倪克斯顿了顿，"这就是我所能给你的，一个'可能性'。"

564

"可能性……"周平的眉头皱起，陷入了沉思，"那我需要做什么？"

倪克斯看着周平的眼睛，缓缓开口："我需要一柄剑。"

"一柄剑？"

"我回到奥林匹斯之后，或许会发生一些……不愉快的事情。"倪克斯平静地说道，"现在的我只是灵魂状态，没有神躯，和他们打起来不是很方便。所以，我需要一柄能斩神的剑。"

周平眉梢一挑："你要杀上希腊的神国？"

"嗯。"倪克斯的眼眸中，散发出淡淡的杀意，"血债，就要血偿。"

"那群外神，都不是什么好东西。"周平认真地说道。十二年前，盖亚就入侵过一次大夏，还直接导致整个沧南市的灭亡。两年前，波塞冬、哈迪斯等人又入侵了一次，如果不是大夏众神回归，只怕又是一场劫难。希腊众神在大夏的眼中，早就列了黑名单的前列。"我同意。"

"从某种程度上来说，这对大夏，也是一件好事。"周平若有所思。

倪克斯注视着周平："你的斩神一剑，我看到了，那是我这百年以来看到过最惊艳的一剑。我是黑夜的创世神，你是人类的剑仙，如果我们两个联手，奥林匹斯将迎来一场前所未有的……诸神黄昏。你，愿不愿意与我一起，去斩出这第二剑？这一剑……名为'复仇'。"倪克斯一袭黑裙，站在"神秘"尸体的血泊之中，那双深邃的眼眸中燃起两抹血色的光芒，复仇之火，熊熊燃烧。她静静地站在那儿，等待着周平的回答。周平还在思索。

时间一分一秒地过去。诸神精神病院内。李毅飞等人候在走廊中，看着院中一动不动的那枚黑色大茧，打了个哈欠。"这都十分钟了，怎么还没动静？"他疑惑地说道。阿朱沉默片刻，说："应该还要等很久，当初我妈生我的时候，花了好长时间。"

"……"

"快了。"一旁，戴着礼帽的黑瞳将帽檐戴正，缓缓开口，"我看到了，他马上就要出来了……三、二、一。""咔嚓——"黑瞳话音落下，一道细密的裂缝突然出现在黑色大茧之上，紧接着裂纹越来越多，越来越密，像是一张大网交织在茧上。一只手掌从裂纹中探出，撕开了周围的黑茧，随后，一个披着黑色大衣的身影缓缓走出。林七夜停下身，那双紧闭的眼眸，缓缓睁开。双眸中，一抹和倪克斯眼中一模一样的夜色与星辰，一闪而过，目光深邃无比。他低下头，看着自己的手掌，怔了许久之后，眼中浮现出疑惑之色。

"院长阁下，看来您已经成功了。"梅林感知到林七夜身上的气息变化，扬了扬眉毛。

"我感觉，好像没什么变化？"林七夜的表情有些古怪。破茧而出之后，境界没有丝毫提高，精神力也没有增长，身体也还是和之前一样，察觉不出任何的变化……唯一要说哪里变了，可能是气质更深沉了一些。

"倪克斯阁下的准备，我也不是很清楚，您可以亲自去问她。"梅林说道。

林七夜点了点头，身形一晃便消失在病院之中。梅林见他终于走了，松了口气，伸手抓住帽檐，小心翼翼地将其挪开些许……头发如同黑色的雪花般纷纷扬扬地散落下来。梅林的嘴角微微抽搐，他颤抖着伸出手，在头顶一抹，又是一大片头发掉了下去，整个头皮的中央发量尤其稀疏，像是一片标准的地中海……梅林感受着指尖的触感，整个人像是尊雕塑般站在原地。许久之后，那落寞的背影，长长地叹了一口气。

"今天开始，睡前再喝点芝麻糊吧……"

"咔嚓——"外界，那团包裹在林七夜外的黑色大茧，逐渐破碎开来。林七夜掰开黑色大茧的外壳，披着大衣从中走出，目光落在身前的周平身上，突然一愣："剑圣前辈！"周平回过头看向林七夜，敏锐地察觉到他的气质变化，眉宇间闪过一抹诧异。倪克斯见到林七夜，欣慰地微笑着开口："看来，你已经成功地完成融合，我的孩子。"

"母亲。"林七夜看了眼周平，又看了眼倪克斯，两人似乎并没有出手的迹象，反倒像是刚聊完天一样，他心中有些惊讶。这两人，怎么凑到一起去了？"母亲，您给我的，究竟是什么？"林七夜疑惑地问道。

倪克斯微微一笑："这是黑夜本源，在我成为创世神，缔造希腊神国之前，它曾是我用来孕育黑夜法则的土壤。"

"孕育法则的土壤？"

"没错。"倪克斯缓缓开口，"在我掌握黑夜法则之前，我的一切神力，与你刚刚抽中的所有能力，都是由它孕育而出的。"

"也就是说，我得到了黑夜本源，就等于得到了刚刚抽到的所有能力？"林七夜震惊地张大了嘴巴。

"准确地说，你是得到了它们的种子，随着你逐渐掌握这团黑夜本源，它们就会自然而然地被你所掌握。"倪克斯郑重地说道，"但它最珍贵之处在于，它能够帮助你，孕育出属于你自己的法则。"

林七夜怔在了原地。要是之前，林七夜未必能理解"孕育法则"究竟意味着什么，但在亲眼看到周平成神，在大道之上艰难地留下剑道法则之后，才明白法则的重要性。这世间每一道法则，都有属于它的主人。即便他最后真的能打破那层天花板，踏入神境，如果没有与自己匹配的法则，也只是一个强大一些的人类战力天花板而已。目前林七夜已知的，获取法则的唯一方法，就是像周平一样，用剑在大道上斩下一道痕迹……但并不是所有人都是周平。这条路，太难，太渺茫了。而现在，倪克斯为他准备好了另外一条路，一条更为平坦的路。孕育自己的法则。有了这个黑夜本源，只要机缘得当，就有机会孕育出独属于自己的法则，虽然概率十分渺茫，可一旦真的成功了，也就意味着……他有了成神的资格。这就是倪克斯为他准备的最后一件礼物——成神之礼。

565

这份礼，太贵重了。能够孕育法则的土壤，整个世界或许都没有多少，如果让其他神国知道这个消息，恐怕会为之大打出手。而倪克斯一直将其收藏至今，甚至不惜薅光梅林的头发，也要将它留给林七夜。这是她所能送给林七夜的，最珍贵的东西。

"谢谢母亲。"林七夜在原地沉默了许久，将那些感恩与感谢的话全部埋藏在心里，由衷地说出了这几个字。对他来说，倪克斯早就不是一个单纯的病人，而是真正成了他的母亲。即便这一切的开头都只是那简单的"母亲"二字，但现在，这个善良而单纯的谎言，已经变成了现实。母子之间，林七夜不想说太多的感谢，倪克斯对他的所有的好，都被他深深地留在心中。倪克斯微笑着，眼神之中满是疼爱。

"周平，你想好了吗？"她转过头，对着周平问道。周平静静地看着林七夜，片刻之后，点了点头。"想好了，我的剑，可以借给你。"他说道。周平之所以犹豫，归根结底，还是因为不敢完全信任倪克斯。但在林七夜从茧中走出，听到两人之间的对话后，他就选择了帮倪克斯一次。从她送给林七夜的那块土壤的珍贵程度，周平就可以确认，倪克斯真的是把林七夜当自己孩子看的。这样一位纯粹而伟大的母亲，配得上他的剑。

林七夜疑惑地看着两人，虽然不知道他们在自己不在的时候都聊了些什么，但他们之间似乎已经达成了某种交易。交易的内容，林七夜不清楚，但相信倪克斯绝对不会坑周平。一个希腊的创世神，一个人类的剑仙，即便之前从未见面，甚至从未听过对方，但他们都以对林七夜的信任为纽带，达成了统一战线。信任，有时候就是这么奇妙的东西。

倪克斯点头，提起黑色的裙摆，对着周平轻轻行礼："谢谢。"

周平深吸一口气，将左手的"祈渊"长剑，直接刺入身下的大地之中，紧紧攥着剑柄，眼眸中的通明剑意，再度冲天而起。"叮——"清脆响亮的剑鸣回荡在天地之间，翻滚的剑气混杂着剑道法则，自虚空中奔涌而出！这些剑气如浪潮般盘旋在周平的身旁，化作一道恐怖的旋涡，灌入他手中的这柄"祈渊"长剑之中，席卷的狂风将他黑色的衣摆吹得翻飞。剑意，剑气，剑道法则，都在疯狂地涌入剑中。

林七夜看到这一幕，顶着狂风，大声问道："剑圣前辈，你要做什么？"

剑气风暴中，逐渐模糊的周平的身影平静地开口："我的身体，已经快到极限了，但，我还能再出一剑，这一剑……我要替大夏问罪奥林匹斯。我要让他们知道，这一剑……来自人类。"

"轰——"他周身的剑气再度暴涨，化作一道汹涌的剑气海洋，身上接连爆出血雾，化作白丝消散在空中。他的身体在剑气之中，如同一张逐渐褪色的老照片，迅速消退。他的胸膛逐渐透明，他握剑的左手已然消失，他的头部也模糊了起来……他要消失了。"林七夜，我不会和你们道别，如果有可能的话，或许，我们还会再见……那时候，你们未必要成为强者，但我希望，你们能一直像现在这样，陪伴在彼此的身边。我……走了。"周平的声音逐渐微弱，躯体近乎完全消散，最后，他转头看向那穿着黑裙的妇人，眼眸之中，散发着明亮的剑芒。"倪克斯，带着这柄剑……替我，杀穿奥林匹斯。"

"砰——"他最后的一块身体，化作法则白丝，消散在空中。天地之间，一片死寂。今日，大夏剑仙周平，于迷雾中化道。翻滚在天地之间的最后一缕剑意，灌入插在地上的"祈渊"长剑之中，剑身散发着恐怖的剑芒，剧烈地震颤着，无尽的杀意从中奔涌而出。就在此时，站在血泊中的倪克斯一步踏出，伸手抓住最后的那几根法则白丝，双眸之中，爆发出惊人的神威！一抹极致的黑暗瞬间笼罩她的手掌。被她抓住的那几根法则白丝，拼命地扭曲着，却始终无法逃离倪克斯的手掌，她呢喃一声，漆黑的星纱罗裙飘动起来，手掌用力向后一抓！那最后飘逸开来的一缕白丝，再度凝结于倪克斯的掌间，化作一颗琉璃般剔透的心脏，紧紧地悬浮空中。这是周平的心脏。虽然这颗心脏已经停止了跳动，但其上依然有纯净的流光淌过，散发着令人心醉的光彩。倪克斯另一只手抓住自己的裙摆，用力一扯，撕下了一大片夜色。这片夜色轻轻覆盖在琉璃心脏的外侧，像是一块没有厚度的布料，将其包裹，与外界彻底隔离起来，那流转的光芒被遮掩在黑暗之中，丝毫没有透出。黑夜法则，将这颗心脏彻底地封印起来。做完这一切之后，倪克斯的脸上浮现出苍白之色，那缺了一角的裙摆，也没有再生长出来。对于尚在灵魂状态的她而言，出手替周平瞒过剑道法则的感知，消耗实在是不小，而这种对于灵魂的创伤，可不是几年、几十年就能恢复的……但最终，她还是履行了自己的诺言。她捧着这颗心脏，表情庄严而肃穆，缓缓走到了林七夜的面前。

"母亲，这……"

"我和你的老师，做了一些交易，不过你放心，他的灵魂意识已经被留在这颗心脏之中，不会消散，你将它带回大夏，说不定……有人能够挽回他的生命。"倪克斯郑重地说道。

林七夜伸出双手，小心翼翼地接过了这颗心脏，将其抱在怀中："母亲，你也要走了吗？"

倪克斯转身，那双眼眸静静地凝视着某个方向，点了点头："嗯，旧日的恩怨，到了该清算的时候了。"

林七夜看着倪克斯那双眼睛，深吸一口气，千言万语涌到嘴边，却只化作简单的几个字："母亲，一路顺风。"

"好好照顾自己，等处理完一切之后，母亲就回来找你。"倪克斯看着他，微微一笑，随后转过身，拔地上那柄剑意森然的长剑，一步踏出。黑色的裙摆如同一片夜幕，笼罩了整片天空，倪克斯手握斩神之剑，眼眸之中，复仇的火焰熊熊燃烧……将东方的一角夜幕，染成深红血色。

第十一篇

夜幕小队

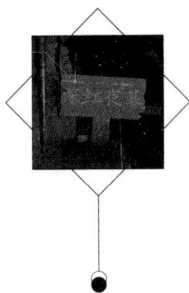

566

倪克斯的身形消失之后，那笼罩在众人头顶的夜色，逐渐消失在东方的天空。朦胧的迷雾再度出现在视野之中，将几人包裹，百里胖胖、曹渊、沈青竹、迦蓝、江洱、安卿鱼几人自迷雾中不同方向走来，回到林七夜的身边。他们凝视着林七夜手中的那颗心脏，陷入了沉默。刚刚那一幕，他们都看到了。

"七夜……她说剑圣前辈还有机会回来，是真的吗？"百里胖胖问道。

林七夜沉默片刻："母亲不会骗人，她说是真的，就是真的。"

众人的脸色微微缓和了些许。只有林七夜，依然在看着东方的那一抹夜色，像是一尊雕塑般，一动不动。

"你在想什么？"迦蓝轻声问道。

"我在想，我们小队的名字。"

"名字？"听到这两个字，其他人纷纷转头看向林七夜，"你想好了？"

"或许吧。"林七夜望着东方的那一角夜幕，又低头看向自己掌间那颗心脏，缓缓说道，"我们这支队伍，从绝望中诞生，从至暗中走来，这一路上，我们得到过，失去过。我们的存在，不为功勋，不为名誉……只为自己眼所能见、耳所能听之处，无灾，无恶，无不公，无牺牲。世界太大，众生太多，我们管不过来，也不想去管。任凭世界毁灭也好，诸神震怒也罢……"林七夜的双眸中闪过几道星痕，他们头顶的天空中，一道漆黑的夜色开始急速蔓延，眨眼间便覆盖了数十公里。世界，再度昏暗了下来。"夜色降临"。这片夜幕，是他的禁墟，是他的领域。他抬起手，指着头顶的这片夜色："我只要这片夜幕之下，我所珍视之人，万世平安；我所敌对之人，神魂俱灭；我要我们命运由己，我要我们所向披靡！终有一天，我要让这片夜幕所至，皆为诸神的禁地，在这里……我们，就是属于自己的神。我们的名字，叫'夜幕'。"

林七夜的话音落下，所有人都怔在了原地。

许久之后，他们才回过神。

"大夏第五特殊小队，'夜幕'小队……听起来不错。"曹渊若有所思地说道。

"我承认，这比我起的'霸天'要好听一点。"百里胖胖耸了耸肩，"只有一点点……"

林七夜转头看向其他人："你们觉得呢？"

"七夜你说叫什么，我都同意。"迦蓝两眼放光。

"夜幕所至，诸神禁地吗……"沈青竹点了点头，"很霸气，我没意见。"

"我也没意见。"安卿鱼点头。

飘浮在一旁的江洱不能说话，只能点点头表示赞同。林七夜见所有人都没有意见，开口说道："既然如此，我们的队名就定为'夜幕'了，等回到大夏，我就正式向上面提交申请。"他一挥手，云气便涌现在几人的周围，将所有人托起，追向那远去的破碎城市。林七夜的目光扫过那座城市，突然愣在了原地。

"怎么了？"曹渊察觉到了林七夜的异样，问道。

林七夜怔了许久，眼眸中闪过一抹苦涩："原来是这样……竟然到现在才发现……"

"发现什么？"百里胖胖疑惑问道。

"你们不觉得奇怪吗？"林七夜伸出手，指着那座飞行在迷雾中的破碎城市，缓缓开口，"这座城，是被风神割离大夏的，它承载着狂风，向着埃及移动……可，风神早就走了。这座城，为什么还在飞？而且……一直向着回家的方向飞。"

众人同时一愣，转头看向那座飞行在迷雾中的庞大城市，片刻之后，所有人的眼中都显现出难以置信之色。朦胧的迷雾之中，那座庞大到遮天蔽日的城市底端，一柄剑，正支撑着一整座城市，缓慢而坚定地飞行——"龙象剑"。那是周平的剑。这一刻，林七夜终于明白，周平原本的那柄剑去哪儿了。他曾以为"龙象剑"早在周平迎战神明的过程中就已经破碎，可他万万没想到的是，周平的剑一直在。这剑，从他第一次击退风神，身受重伤之际，就已经托起了整座城市。就算他的意识已经模糊，就算他双手空空地去迎战三位神明，就算他身化大道消失无踪，这剑……依然没有丝毫颤动。他，他的剑，一直在负重前行。这是周平从一开始就斩出的，第三剑——"回家"的剑。

七人站在宏伟的城市底端，抬头仰望着那柄负城前行的剑，那被他们压制在心底的悲伤，控制不住地涌上心头。他们的眼圈有些泛红。许久之后，林七夜望着那柄负城之剑，深深地弯下腰，声音有些轻微的颤抖："恭请……老师回家。"

破碎城市之中，群山之间，一道虚幻的黑色身影缓缓站起，他的脚下，是一座复杂而诡异的图案。阿蒙手握黑色权杖，注视着脚下的这座宏伟图案，嘴角勾起一抹冰冷的笑容："国运诅咒，准备完成……休和赛特那两个废物，最终还是失败了……不过那个人类已经死亡，那个执掌黑夜的神明已经离开，现在，再也没有人能阻挡我。诅咒国运，再出手夺走这座城市，一切，都将回归正轨……"他缓缓抬起手中的权杖，周身阴冷邪恶的神力涌动起来，冰寒彻骨的气息在这座城市的边缘蔓延！"咚——"他手中的权杖底端，重重地砸落在图案之上。一道漆黑的涟漪迅速荡开，扫过诸多山峰，像是在池塘间丢下一颗石子，扰动了整片龙脉的气运。龙脉，在大夏不止一条，但每一条在冥冥之间，都能对国运造成影响，与国运相关的知识与力量，都在时间长河中缓缓消失，整个世界上懂得利用气运一道来攻伐的存在并不多了。而阿蒙，就是其中之一。他的诅咒，能够通过一条龙脉，影响到整个大夏的国运，就像是在锅中滴入一滴墨水，很快就会浸染整个大夏。

567

"那是什么……"刚刚回到破碎城市之内的林七夜等人察觉到这突然出现的邪恶气息，脸色同时一变。他转过头，看向远处笼罩在黑暗中的山脉，眉头紧紧皱起。

"神？"安卿鱼有些不确定地说道。

"怎么还有一个神？"百里胖胖难以置信地开口，"风神和黄沙之神不是已经被解决了吗？怎么又有一个从山里冒出来了？"他苦恼地开口，"剑圣前辈和七夜他妈都不在，现在该怎么办？"

听到这句话，所有人同时一愣，然后表情古怪地看向林七夜。

林七夜："你们看我干吗？"

"七夜，现在只能靠你了。"百里胖胖郑重地说道，"你妈那么厉害，你爸一定也是一个神吧？实在不行，什么姑姑、大伯也可以啊！快点把他们也放出来，大杀四方。"

林七夜："……"

"你们把我当什么了？神二代吗？"林七夜忍不住开口，"我只是个普通人，家境也很普通，刚刚的那位母亲是我认的，哪有那么多成神的姑姑、大伯？"翻遍整个精神病院，下一个有望出院的就是梅林，不过他的治疗进度还差不少，短时间内肯定是出不来的，而且就算出来了，用灵魂状态与其他神明对战，即便能赢，也是伤敌一万，自损三万……

"那我们现在怎么办？"曹渊皱眉说道。

林七夜望了那片笼罩在黑暗中的山脉片刻，转过头，看向另外一个方向。此刻，这座破碎的城市已经飞行到一片海域之上，隐约的浪涛声回荡在城市的边缘，自朦胧的迷雾望去，他们的脚下便是波涛汹涌的大海。林七夜闭上双眼，回忆着之前就背在脑海中的迷雾降临前的世界地图，以及他们来时的路线，凭借着太阳的方向，推测所在的位置。他们现在，应该在东海的海域。

"这里距离大夏已经不远了。"他说，"凭我们，肯定无法与那个神明战斗，只能寄希望于几位人类战力天花板和守夜人了……希望叶司令有准备人接应我们吧。"

大夏，南海边境。"轰轰轰——"苍茫无垠的海面上，无尽的浪涛与狂风在阴色天空下咆哮，海水就像是沸腾一般，数百米高的海浪此起彼伏，涌动在漩涡与暗流之间。整个海域，已经沦为毁天灭地的人间修罗场。此刻，在陆地的边缘，数十名披着暗红色斗篷的守夜人，正站在海平面之上，朝着那些向陆地拍打而来的滔天巨浪冲去。这些巨浪，每一道都有百米多高，而且数量极其恐怖，错落在海岸线的周围，覆盖面积极广。一旦这些海浪冲上陆地，海岸线旁的几座城市都会被淹没在海水之中。"轰——"海面上，各种禁墟轰然爆发，将这些滔天巨浪斩得粉碎，化作漫天的雨水，冲刷着身后的陆地与城市。腥咸的雨中，一个浑身湿透的守夜人提刀，抬头看向这些海浪涌来的方向，眼眸之中浮现出些许的恐惧。

"什么样的战斗，才能引发这样的动静……"

"神战。"他的身旁，另一位守夜人说道，"距离这里大约七百海里的地方，四位人类战力天花板正在与四位外神交战，这应该是有史以来最大规模的人类与神明的战斗……就算是十二年前，也无法跟这次相比。"

十二年前，入侵大夏的仅是大地之母盖亚以及诡计之神洛基。两年前，虽然入侵的神明数量很多，但战场都十分分散，而且基本都是试探与震慑，并没有出现像这样混战的场面……只有目睹了眼前的景象，才能真正体会到，神明的恐怖。而属于他们的战场，甚至还在七百多海里之外。如果他们混战的战场不是在海上，而是在大夏境内的陆地，只怕现在半个省都已经沦为了废墟。

"那可是四位神明啊……天花板们能赢吗？"他有些担忧地问道。

同伴看了他一眼，抬手用气劲击碎一个巨大的海浪，漫天的海水哗啦啦地落下，将两人再度浇得湿透。"那个层次的事情，不是我们该操心的，我们只要执行叶司令的命令，别让这些天灾靠近城市就好。"

"好吧。"他叹了口气，紧紧攥住了手中的刀柄。片刻之后，他还是控制不住地看了眼海浪涌来的方向，眼眸之中浮现出担忧之色。

神战海域。阴沉的天空之中，一道道狰狞的雷霆跳动，几道身影在天空中碰撞，将厚重的雷云直接击碎出几个巨大的空洞。阳光与阴雨同时出现在这一片海域，海浪翻滚，动辄卷起近千米高，如同一道道水柱顶天立地，海面下一块又一块深海巨石飞上天空，像是悬空的岛屿，错落在阳光与雷云之下。混乱与毁灭之中，夹杂着一丝梦幻般的美感，像是一张魔幻而宏伟的斑驳油画。"砰砰砰——"接连几声爆响如雷声般在天地间回荡，一个浑身笼罩着金色梵文的庞大身影，如怒目金刚，手持直刀，像是闪电般刹那间撞穿了悬在空中的几块深海巨石！每一块巨石之上，都被他撞出一道近百米宽的缺口，缺口的周围还有密集的刀痕正在急速蔓延。大块的碎石飞溅在空中，却并没有落入海水，而是静静地悬浮在空中。中央那块最大的巨石之上，一个披着暗黄色布衣的身形悬空而立，他的眼眸中散发着璀璨的神光，他伸出手掌，对着那急速飞驰的金色身影凌空一抓——埃及九柱神之一，大地之神，盖布。所有悬浮在空中的深海巨石，与零碎的巨石残片，急速聚拢，像是一只遮天蔽日的岩石大手，捏向叶梵。

叶梵身上暗红色的斗篷已经破碎不堪，但肌肤依然散发着淡金色的佛光。他执刀站在空中，低吼一声，身形再度暴涨数倍。片刻之后，一个伫立于海面之上的金色大佛，双手合十，正怒目注视着头顶的那道身影。这尊金色大佛出现的瞬间，他身下翻滚的海水荡起一层又一层的涟漪，恐怖而强悍的气息在天地间蔓延。

568

另一边。"嘀嘀嘀——"一辆电瓶车疾驰在波涛汹涌的海面之上，迎面撞碎数道海浪，密集的海水落在那明黄色的头盔之上，又滴滴答答地落下，顺着冲锋衣的衣角流淌进海水之间。电瓶车的大灯"刺啦"一声，陷入一片黑暗。车灯进水了。路无为眉头一皱，掌间散发出诡异的橙光，在电瓶车的仪表盘上一拍，那车灯闪了闪，再度亮起，洞穿昏暗的海面，照出一条明晃晃的光亮之路。他头顶的天空下，一个身穿洁白纱衣的女人，正踩着一片云朵，皱眉看着那个慢吞吞在海浪间穿梭的外卖骑手。

埃及九柱神之一，天空之神，奴特。

"什么东西……"她喃喃自语。她犹豫片刻之后，张开双臂，风将她的纱衣吹拂而起，她轻声呢喃着什么，一道神秘的法则气息从她的身上散发而出。海面上，路无为似乎是察觉到了什么，用力将把手拧到底！电瓶车开始以 40km/h 的速度，缓慢而坚定地继续穿梭在波涛汹涌的海面之上。就在这时，一抹白光在他脚下的大片海域上闪过！"嗖——"这一刻，路无为只觉得整个世界都被颠倒过来，等回过神来的时候，脚下的海面已经消失不见，取而代之的，是一片蔚蓝色的天空……他的脚下，是万丈高空，乌云滚滚。他的世界被颠倒了。

电瓶车轱辘在空中自转，身形却没能前进半寸，强烈的失重感笼罩着他的心神，下一刻，整个人连着电瓶车，一起从万丈高空坠落而下！呼啸的狂风在路无为的耳边吹过，几乎将他的头盔吹飞，他目光平静地扫过脚下的高空，默默地将手伸进电瓶车仪表盘下面的小抽屉中，似乎在掏着什么。几秒后，他从抽屉里掏出了一只戴着墨镜和大金链子的小黄鸭。和地摊上随处可见的小黄鸭一样，这只小黄鸭又轻又小，头上顶着一根硬币大小的塑料螺旋桨，但有些不同的是，这只戴着墨镜的小黄鸭，鸭嘴竟然勾起了一抹邪魅的微笑。路无为不慌不忙地把这只小黄鸭"吧嗒"一下摁到自己的头盔上，然后，又取出第二只小黄鸭，摁到电瓶车的把手上。高空中，小黄鸭头顶的螺旋桨飞转，路无为连人带车，竟然悬停在空中！他一拧电瓶车把手，电瓶车就慢慢悠悠地朝着前面站在云上的天空之神挪动……当然，在空中，他拧不拧把手都是一样的，反正车轱辘都是在空转。但是他觉得，拧把手感觉更爽一点。看着眼前这诡异的一幕，奴特呆滞在了原地。

乌云涌动，淅淅沥沥的雨水从这些云层中落下，飘零在翻滚的海浪上空。穿着格子衫、戴着鸭舌帽的关在抬起头，凝视着这些弥漫在空中的雨水，不知在想些什么。一滴雨水落向他的身体。"刺啦——"关在下意识地转过身，这滴雨水错过他的身体，落入脚下的海水中，竟然将海面烧出了一个细小的圆孔。这个圆孔，就像是在木桌上敲下的铁钉槽，定格在海面之上，任凭周围的海水如何翻滚，这个圆孔都没能消失，永恒地停留在了这里。关的眉头顿时紧紧皱起。"滴滴答答……"天空中，飘零的雨水越来越密集，海面上被熔穿的圆孔也越来越多，这片海域已经变成满目疮痍的大地，翻滚的海水之间，全部都是雨滴留下的密集"弹孔"。

他不停地躲避着这些雨滴，但还是有几滴落在他的帽檐，几缕白烟弥散，帽檐之上也留下了几道圆孔。他抬头看向天空，在这些雨水的尽头，一个半模糊的水流身影若隐若现——埃及九柱神之一，雨神，泰芙努特。雨，越下越大。慢慢地，天空之中到处飘荡着这种雨水，留给关在移动的区域越来越小，他身上留下的圆孔也越来越多。他深吸一口气，眼眸中散发出淡淡的荧光。他指尖开始在虚空中敲击，眼前的虚无中，一连串绿色的字符显现而出！密密麻麻的绿色字符像是潮水般在空中流淌，又像是一片巨大的虚空屏幕，一条条令人眼花缭乱的代码倒映在关在的眼中，他的双瞳以惊人的速度颤动。两秒后，他身前所有的代码全部消失，取而代之的是几行闪烁的字符。

　　筛选范围内单体重量在零点五毫克以上，五克以下的液体……筛选完毕。
　　物理引擎更改中……
　　物理引擎更改完成，捕捉到目标物体数量共三万四千一百七十二个，重力矢量方向掉转。

"嗖——"最后一行字符消失的瞬间，关在周身方圆十公里的所有雨滴以及溅起的海水，全部诡异地停滞在半空中，然后开始向着天空缓慢地挪动！这一片区域中，所有被关在选定的在目标范围内的液体，所受到的重力方向同时掉转，逐渐加速向上落去。方圆十公里，雨水倒卷！那在雨中若隐若现的身影见到这一幕，眼眸中浮现出匪夷所思之色，但这些倒卷上天空的雨水根本不可能摆脱她的掌控，她指尖轻点，这些雨水便彻底定格在空中。就在这时，半空中一辆急速行驶的马车撞入悬空雨幕之中，虚幻的中式院落以这辆马车为中心急速蔓延，眨眼间便将所有的雨水收入心"景"，消失无踪。关在看到这辆突然出现的马车，整个人一愣。"这老头怎么到我这儿来了……他的对手呢？"他疑惑地嘀咕了一句。

此时，马车之内，陈夫子坐在那张茶水桌后，掌间捏着一只茶盏，额角渗出一抹冷汗，如临大敌般凝视着身前的那位穿着青衣的窈窕女子。

"你似乎很紧张呢？"那穿着青衣的窈窕少女轻轻一笑，"你是在害怕我吗？让我猜猜……你是不是根本没想到，我这么轻易地就闯进了你的绝对防御？"

埃及九柱神之一，生命之神，艾西斯。

569

"能闯进我心'景'的神明，肯定不少，但能来得如此轻松的……我还是第一次见到。"陈夫子无奈地摇了摇头，缓缓端起手中的茶壶，给艾西斯身前的空杯中也斟满了茶水。滚烫的茶水倒进瓷杯之中，升起腾腾热气，翠绿的茶叶在杯中轻轻打旋，散发着淡淡的茶香。

"生命，总是会寻找出路的。"艾西斯微笑着说道。她转过头，看向窗外景致独特的中式院落，青葱玉指指向某块长满青草的矮石，"哪怕这坚硬的石缝再狭窄，也抵挡不住生命的灌溉。"话音落下，陈夫子握在手中的杯盏侧面诡异地长出了一根青色的菜芽。陈夫子怔在了原地。这盏瓷杯本没有丝毫缝隙，但是在这根菜芽长出之后，轻微的裂纹便开始在菜根处蔓延，并随着这根菜芽的生长，越来越密集……"砰——"几秒钟后，陈夫子手中的杯盏已经爆开，那根菜芽已经长成了拇指高，轻轻掉落在他的脚底。滚烫的茶水洒在陈夫子的衣袍上，浸湿一片，他沉默地看着手中的几块杯盏碎片，眼眸中浮现出一抹苦涩。"这是我最喜欢的一套茶具……"

"哦，那可真是对不起。"艾西斯脸上的笑容越发灿烂。

阴沉的天空下，这辆风驰电掣地在海面上移动的马车表面，开始肉眼可见地生长出密集的植物，菜芽、草根、花苞……形形色色的植物以惊人的速度增长，很快便将马车覆盖得严严实实。几秒钟后，只听一声爆响，整驾马车都从中央碎裂而开！好在这一次，马车上并没有坐着那位书童，陈夫子在来这里之前便将他留在海边，涉及这种层次的战斗，他只要被卷入其中，就是死路一条。这驾马车崩裂的瞬间，穿着灰色衣袍的陈夫子胸膛染血，从碎裂的木块中倒飞而出，直接一头扎入翻滚的海浪之间。

而另一边，一位穿着青色裙袄的少女踏着虚空，缓缓转头看向正在与大地之神盖布奋战的金色佛影。她迟疑片刻之后，一步踏出，来到那尊金色佛影的头顶。几乎在马车炸裂、夫子重伤的瞬间，叶梵就感知到了这位生命女神身上散发的恐怖气息，她的气息，是这四位埃及九柱神之中，最为雄浑与强大的。在场的这四位人类战力天花板，没有人能够与她比肩……在叶梵所见过的人里，唯一有实力击败她的，或许只有周平。但，周平并不在这儿。

看到陈夫子重伤，叶梵心中微沉，抬头看向自己头顶的艾西斯，低吟一声，一只巨大的金色手掌闪电般地拍向她的身体。手掌压迫空气，发出轰鸣的爆炸声，璀璨的佛光流转，这道手掌的掌纹在艾西斯的眼眸中急速放大。她冷哼一声，同样伸出自己白皙如玉的手掌，用力拍去！两道手掌在空中碰撞的刹那间，呼啸的狂风瞬间压迫身下的海水，震出一个数公里宽的圆形坑洞，随后急速旋转，化作一道深不见底的漩涡。叶梵周身的佛光寸寸崩碎，他闷哼一声，身形恢复了原本的大小，跟跄着向后退了两步。而空中的青衣少女艾西斯，只是轻轻向后退了一步。叶梵看向她的目光凝重无比。"轰——"下一刻，两块庞大的深海巨石从叶梵的脚下飞出，掀起两道巨浪，轰然拍向中央的叶梵！这两块巨石每一块都有一座岛屿大小，表面凹凸不平，散发着幽亮的光泽，卷携着恐怖的力量向着被夹在其中的叶梵压迫而去！叶梵闪电般将直刀收入鞘中，双手手掌散发出刺目佛光，猛地撑住这两座急速撞向他的岛屿巨石，肌肉一块块隆起，爆炸性的力量奔涌而出。两座巨石被他硬生生地撑在了身体两边。他紧咬着牙关，像是一尊怒目金刚，身上的每一处肌肉都在颤抖。一个大地之神就已经够他头疼了，现在又来一个战力爆表的艾西斯，这已经彻底超出了他所能应对的范围。这可是两位九柱神的联手进攻。

艾西斯的青色裙袄在风中轻轻摆动，她面无表情地踩着翻滚的海水，走到奋力支撑两座岛屿的叶梵身前，指尖轻轻抬起。就在这时，微弱的电流声从叶梵的腰间传出，像是在连接信号。那部像素风的对讲机，红色的灯光再度亮起。一个清冷的女声从对讲机中传来。"我来了。"

听到这个声音的瞬间，叶梵先是一怔，随后嘴角控制不住地上扬……"哗哗哗哗哗——"奔涌的海水声从远处传来！艾西斯的眉头一皱，像是感知到了什么，转头向着海域的边缘看去，只见在这片末日般的海域的边缘，无尽的海水就像是活过来一般，化作一颗又一颗细小的像素颗粒，聚拢在海平面之上，拼接成一根根扎入海底的巨柱，在巨柱的上方，一条像素风格的宽阔大道迅速凝结！一座矗立在大海之上的高架桥，正从迷雾之中向着这里搭建而来。这座高架桥的出现，瞬间吸引了近乎所有人的注意。

"那是……什么东西？"关在看到这一幕，眼中满是疑惑之色。

"高架桥？"带着小黄鸭飞在天上的路无为一愣，"从迷雾中来的高架桥？这怎么可能……"

艾西斯站在海面上，皱眉望着这座迅速搭建起来的像素高架桥，片刻之后，将目光落向这座高架桥的末端，尚且淹没在朦胧迷雾中的那一截。那里，好像有什么东西在向这里靠近。"轰隆隆……"低沉的引擎声从迷雾中隐隐传来。一台深灰色末日涂装的豪车撞破浓厚的迷雾，改造后的引擎声如巨兽般在阴暗的天空下嘶吼，它冲破翻卷至高架桥上的巨浪，如闪电般自高架桥的另一边疾驰而来。豪车的驾驶座上，一个披着褴褛黑色斗篷的身影单手握着方向盘，另一只手拿着一款像素风的黑色对讲机，平静地注视着高架桥的尽头那个穿着青色裙袄的神明。车窗微微摇下，狂暴的海风自缝隙中卷入，将那破烂的黑色兜帽吹落些许，几缕银白色的长发拂过她的肩头，微微飘动。

570

西宁市，第一人民医院，一个身影拄着拐杖，缓缓走出住院部。他抬头看了眼身后这座高耸的住院楼，片刻之后，向着道路的另一边走去。他是原"信徒"第九席，何林。他刚走出没两步，突然间，掌心处涌出一阵莫名的滚烫感，就像是有人往他的手心塞了一颗刚煮熟的热鸡蛋，让他瞬间摊开了手掌。他一愣，随后，眼眸中浮现出惊喜之色，只见他的右手掌心处，一柄长矛印痕，正在浮现。"裁决与誓约之矛……会长，回来了。"他喃喃自语。

南海。这突然出现的末日涂装的豪车，让其他几位人类战力天花板震惊得无以复加，他们从未听说过，有这样一位拥有像素类禁墟的强者隐藏在迷雾之中。艾西斯的双眼微眯，轻飘飘地伸出手掌，向着那座不断逼近的高架桥一握。豪车脚下的高架桥，瞬间钻出一棵棵充满生命气息的绿植，这些绿植从像素石砖的缝隙中爬出，不断摧毁着其中的构造。"轰——"片刻之后，整座高架桥就被拦腰截断，轰然崩塌。而距离这断口不到两百米的地方，那辆豪车没有丝毫停滞，依然油门踩到底，呼啸着疾驰而来！紧接着，这辆豪车凌空飞起！坐在驾驶座上的身影，轻轻用指节叩击方向盘，下一刻方向盘便如同流沙般向内坍塌，向车身蔓延，不到一秒的工夫，整辆豪车都分解为漫天的像素，弥漫在她的四周。她的身形飞到半空中，褴褛的黑色披风被吹得翻飞，那顶破烂的兜帽轻轻滑落，露出一头银白色的如瀑长发，以及一张绝美清冷的面容。

直到这一刻，所有人才意识到，这个开着豪车一路从迷雾冲到神明面前的，居然是个十八九岁的少女。她赤着玉藕般的双足，站在波涛汹涌的海面上，双手插在褴褛披风的口袋中，银发在风暴中飞舞，那双宛若冰雪的眸子平静地注视着前方的艾西斯。穿着青色裙袄的艾西斯与这披着褴褛披风的银发少女，相对伫立在海浪的中央，两股气息轰然对撞——第六位人类战力天花板。

"还真有第六个？"关在感受到这个少女身上传来的比自己略高些许的境界威压，眼中浮现出诧异之色，"怎么从来没听说过……"大夏，一共只有五个人类战力天花板，这是所有人的共识。但现在，一个同样散发着人类战力天花板级别波动的少女，从迷雾中出来，就站在他们的面前，与一位神明分庭抗礼。关在的目光看向叶梵，发现叶梵对此并不惊讶，反而嘴角还带着一丝笑意。他知道她的存在？不，或许……她的存在本身，就是叶梵隐藏起来的。

就在关在脑海中思绪纷飞的时候，被镇压在两块巨石中央的叶梵，有些无奈地开口："你终于来了……我还以为，你没有听到我的消息。"

银发少女看了他一眼："那时候，我正潜伏在阿斯加德窃取情报，对讲机响了之后我就暴露了，在那之后我就一直在被阿斯加德的众神追杀，没时间理你。"

"看来是我打扰你了……"

"应该说，你差点让我永远地留在了阿斯加德。"她淡淡说道，"不过还好，如果不是你让我暴露了，我也不会遇见那个洛基代理人……我跟她做了一些不错的交易。"

洛基代理人？听到这个名字，叶梵愣在了原地。

"你是谁？"风浪中，艾西斯凝视着银发少女的眼睛。

银发少女转头看向她，清冷地开口："我姓纪，我叫纪念。"

艾西斯的眉头微微皱起，她总觉得，自己在哪里听说过这个名字。

"你应该听过我的名字。"纪念说道，"毕竟三年前，你们埃及神的十二座神庙，都是我带人炸的。"

艾西斯："……"

她想起这个少女是谁了。三年前，埃及众神在人间留下的"人圈"中，十二座主神神庙突然爆炸，供奉了他们数百年的愿力香火毁于一旦，导致几位因迷雾降临而受损的神明的神力，再度大幅下滑。经过他们调查，当初炸了神庙的那些人，有些来自"人圈"内部，是他们驯养的火种，而有些则来自迷雾之中，不知是何身份。他们有的是手无缚鸡之力的凡人，有的是拥有强大禁墟的人类，有的是执掌禁物的强者。他们，自称为"上邪会"。而他们的会长，是一个名为纪念的少女。这些人的实力在九柱神看来，自然跟蝼蚁没什么区别，但偏偏就是这群蝼蚁竟然在他们眼皮底下炸了他们的神庙。而且等到他们出手介入的时候，对方早就跑得无影无踪了。他们就像是一群从草根中崛起的恐怖分子。而眼前的这个银发少女，就是这群恐怖分子的头目。

"你的实力不错，但跟他们也差不了多少。"艾西斯指了指一旁的叶梵等人，"你，是赢不了我的。"

"我不需要赢你。"纪念平静地开口，插在兜中的右手缓缓抬起，在她的掌间不知何时多了一只像素风的黑色引爆器："我两天前就收到了他的求救信息，你知道，我为什么现在才赶过来吗？你猜猜，这两天，我去哪儿了？"

艾西斯看着纪念那双冷静的眼眸，像是想到了什么，眉头微微皱起。

纪念微微一笑："你们新建的那几座神庙，质量挺不错的，尤其是地基，用的是太阳城的神砖吧？打得很扎实。"

听到这句话，艾西斯的脸色逐渐阴沉了下来。

"你竟然又在'人圈'安了炸弹？你们是怎么进去的？！"

"这你不需要知道。"纪念淡淡说道，"但这一次，炸弹不光埋在了神庙……还有那些被你们圈养的人类的住所，一共七十二万七千六百一十二人。这些，应该是你们全部的愿力来源了吧？"

"你要杀人？"艾西斯眉头紧锁，其他几位九柱神的脸色瞬间阴沉至极。

"为什么不能杀？"

"你们都是人类，你会动手杀了他们？"

"他们的死活，跟我有什么关系？"纪念左手插兜，右手握着引爆器，站在风暴中，淡淡开口，"我从来不是什么善人，上邪会，也不是什么正义的化身……我只知道，今天你们敢踏进大夏半步，我上邪会，就将你们'人圈'剩下的所有人类，赶尽杀绝！"褴褛的黑色披风猎猎作响，纪念的眼中，杀意森然。

═══571═══

艾西斯的双眸紧盯着纪念与她手中的引爆器，目光微微闪烁，似乎是在思索着什么。从这里进攻大夏，是太阳神的命令，如果他们在这里退了，那风神、黄沙之神以及阿蒙那边的情况就将彻底失去控制……到现在为止，大夏的国运诅咒还没有出现，也就是说，他们那边还没有完成自己的任务。从这个角度来说，他们现在必须为国运诅咒拖延时间，拦住这些人类战力天花板。可如果他们继续留在这里，好不容易从迷雾中保留下来的"人圈"就要毁于一旦。失去愿力来源，神国的运转就将彻底停滞，太阳城会变成无根浮萍，无法再供养他们的存在。这就涉及了埃及众神的兴衰。如果真如纪念所说，那艾西斯当然会毫不犹豫地退出大夏，保全"人圈"，但这一切不过是纪念单方面的说辞，单凭一只奇怪的引爆器，她根本无法判断纪念说的是真是假。事实上，艾西斯并不相信纪念还能再进一次"人圈"，并悄然无声地在里面安下那么多的炸药。但这个女人可是个彻头彻尾的疯子，人家能炸他们的神庙第一次，谁说就一定做不到炸第二次？艾西斯不甘心，但确实不敢赌。

众神与人类战力天花板停手之后，翻滚不息的海浪逐渐归于平静，阴沉昏暗的天空下，四位神明与五位人类警惕地凝视着彼此，时刻准备再度出手。其他三位九柱神都在等待着艾西斯的决定。就在这时，挂在纪念耳朵上的白色像素风蓝牙耳机亮了起来，有人在通过这只耳机，给她传递着某种信息。纪念的眉梢微微上扬。

"看来，你还对东方迷雾的那处战场心存侥幸。"纪念注视着艾西斯的眼睛，缓缓开口，"可惜，就在刚刚，你们的黄沙之神赛特死在了大夏剑圣的手中，风神重伤逃逸……你们已经败了。"

听到这句话，四位九柱神脸色同时一变！不光是他们，其他几位人类战力天花板也愣在了原地，眼中浮现出震惊之色。周平……迈出那一步了？

"这不可能。"盖布冷声开口，"人类，怎么可能斩神？"

"是真是假，等你们回了太阳城，自然就清楚了。"纪念双手插兜，平静地开口。

众神的脸色阴沉无比。虽然他们从心底都不相信有人类能够杀得了神明，但假设她说的是真的，那就意味着……大夏的人类很有可能掌握了踏上神境，斩杀神明的方法。如果是这样，那大夏对于世界上所有的神国来说，都是巨大的威胁！艾西斯穿着一身裙袄站在海面上，远望着海域尽头若隐若现的陆地轮廓，依然没有退走。她像是在等待着什么。

这下，轮到纪念微微皱眉了。她没有想到，事情已经发展到了这个地步，这四个九柱神还不肯退走？他们究竟在等什么？就在这时，遍体鳞伤的叶梵披着破烂的暗红色斗篷从不远处走来，嘴角带着一抹笑意："难道，你们是在等所谓的国运诅咒？"艾西斯的眼神一凝。她转头看向面含笑意的叶梵，双眸微眯："不用这么惊讶，我大夏这么多奇人异士，有那么几个能占卜吉凶的，也不奇怪。"叶梵耸了耸肩，"不过，如果你们真的在打我大夏国运的主意……那很遗憾，恐怕你们要失望了。"

大夏边境。一抹黑气像是墨水般自虚无中渗透而来，像是一大片浓厚的乌云，笼罩在大地与山脉的表面。黑色，在急速蔓延。但即便这黑气在山野与城市间扩散，也丝毫没有人注意到它的存在。它本身只是一种气运诅咒，肉眼凡胎根本无法察觉到它。即便这抹黑气漫过了众人的身体，他们也只是觉得像是一阵阴风拂过，很快便恢复了正常。气运一道，虚无缥缈，玄之又玄。这抹黑气自虚无中倾倒而出，洒落在大夏领土的山脉之间，迅速蚕食着龙脉之下的玄黄气运。浓郁的黑气之中，一个庞大的身影逐渐凝聚而出，他站在群山之间，像是一位黑色阴冷的巨人，俯视着脚下这绵延起伏的山脉。他穿着黑衣，手握黑色权杖，嘴角勾起一个冰冷的笑容。国运诅咒，已经发动。他虚幻的身体下，无尽的黑气涌动而出，顺着隐藏在龙脉之下的气运洪流，迅速地输送到大夏的每一寸土地。这些黑气便是他所准备的诅咒本体，浸染国运之后，便会彻底将其腐蚀。如果说大夏原本的国运是一棵茁壮成长的参天大树，那这些诅咒，便是急速啃食着树干的毒虫。只要将国运这棵大树啃倒，气运凋零，大夏的未来便被斩去了一半。

"好雄浑的气运……"巨人阿蒙站在群山之间，闭目感受着脚下错综复杂的龙脉，每一条龙脉之中，奔腾的气运都如同浩荡的黄河，生生不息，雄浑无比。这些，是大夏数千年的气运积累。阿蒙的脸色微微凝重起来。即便他是一位专注于诅咒之道的神明，想要靠诅咒来腐蚀如此巨量的国运，依然是一项浩大的工程，短时间内根本不可能做到。不过这也没什么，一天腐蚀不完就两天，两天不行就一个月，一个月不行就一年……反正他如今已经身化气运，就算那些天花板来了，也根本伤不到他。他就像是一只根本没有天敌的蛀虫，安静地蛰伏在大夏的龙脉之上。这些人类，拿他没有办法。大不了，等大夏诸神复苏的时候，他再离开这里，想必到时候就算没有腐蚀整个大夏国运，也能摧毁个七七八八。国运这种东西，一旦有所损耗，根本无法弥补，没了就是没了。即便是神明，也不可能凭空给大夏注入气运。阿蒙闭着眼睛，仔细地摸索着如同通天巨树般屹立的大夏国运。就在这时，他像是察觉到了什么，眉头突然皱起，只见在那条最为粗壮的气运长河之间，六道璀璨如太阳的身形，逐渐显现。

572

"人？"阿蒙感受到那六道突然从气运中浮现的气息，眉头突然皱起。要知道，这里可不是物质世界，是由气运组成的虚无世界，气运的长河之中，除了气运本身，根本不可能有其他东西的存在，即便是阿蒙，都只能身化气运，才能继续蚕食大夏的国运。但现在，他亲眼看到了六个人类的身影自气运的长河中缓缓走来。最诡异的是，他们的着装截然不同。一个穿着笔挺的中山装，梳着背头，像是来自民国时期，气质沉稳如山；一个是宫廷女子装束，穿着一身深青色的袄裙，头戴发簪，温婉贤淑；一个穿着二十世纪八十年代的喇叭裤和花衬衫，戴着蛤蟆墨镜，像是刚从舞厅中鬼混出来的新潮青年；还有两个身影，穿的是充满现代感的卫衣和衬衫，但若是仔细看去，还是能发现其中的年代差异——女生的卫衣是羊羔绒材质，脚下踩的是小白鞋，看起来都是近两年的产物，而男生则穿着一身白衬衫和黑色收腿裤，脖子上挂着笨重的头戴式耳机，这款耳机早在十五年前就已经彻底停产；最后，也是最中央的那道身影，他披着一身残破的古老甲胄，上面还沾染着大片暗红色的血迹，手掌提着一杆长枪，同样血腥狰狞，像是一位刚从战场上走来的大将军，容貌却异常年轻，不过二十四五岁，双眸凌厉如剑，杀气森然。这六个完全属于不同时代的人站在一起，给人一种莫名的视觉冲击，别扭之中，竟然还带着一丝诡异的和谐……他们脚踏奔涌不息的气运长河，向阿蒙这位黑色巨人缓缓走来。阿蒙的目光紧盯着这六人，眼中满是不解之色。他们……似乎和自己一样，都是没有身体，化身为气运的存在。可，他们究竟是什么人？为什么隐藏在大夏的国运之中？

"你，就是叶梵说的，扰我大夏国运之人？"六人中，为首的那位年轻将军缓缓开口，他那双冰冷的眼眸注视着阿蒙的眼睛，即使对方身上散发的气息雄浑而恐怖，他的脸上依然没有丝毫惧色。

"怎么可能？人类，怎么可能存在于气运之中？"阿蒙皱眉开口。

"很奇怪吗？"那个穿着花衬衫和喇叭裤的新潮青年推了推蛤蟆墨镜，微微一笑，"因为，我们本身就是大夏气运的一部分。"

气运的一部分？阿蒙眉头皱得更紧了，即便他听懂了这句话，可依然无法理解……人类，怎么会变成气运的一部分？他的目光在众人的身上扫过，像是想明白了什么，诡异地开口："你们是已经死去的人类的灵魂？"

"准确地说，我们是英灵。"穿着中山装的中年男人低沉说道，"大夏历史上曾经存在过的，出于种种因素，最终沉眠于国运洪流中的……人类战力天花板的英灵。"

阿蒙的眼睛微微眯起。人类战力天花板，应该只是和那个拿剑的人类一样层次的存在，这里，竟然还有六个？"不对，人类的灵魂，根本承受不住如此强大的国运冲击，就算你们比其他人强一些，也不可能坚持这么长的时间，更不可能在其中沉眠。"阿蒙摇头。

"单靠灵魂，确实不行……"为首的年轻将军缓缓开口。他伸出手，对着国运洪流的源头轻轻一握，一道虚影自虚无中飞驰而来，发出刺耳的爆鸣，最终插在他身前的大地之上！那是一柄破碎得只剩半截，但血迹斑斑、杀意冲霄的长矛。"但，若是自崩境界，炼骨血入器，融体于兵，便可造神魂器皿，敛神于内，置于国运洪流中蕴养，将自身与气运融合，便可化为英灵，万世镇守我大夏国运。"他的声音平静却铿锵有力，那双充满锐意的眸子如煌煌星辰，璀璨刺目。与此同时，其他五人也伸手向着气运长河的尽头一招，五柄截然不同的残破兵器飞至他们的身前，嗡鸣作响——戟、枪、棍、扇、鞭。生前，这些兵器是陪他们浴血奋战，一路崛起的战友；死后，这些兵器是承载了他们的血肉与灵魂，镇守大夏国运的气运神兵。

阿蒙的眉头皱起："自崩境界，炼骨血入器？你们大夏的人类战力天花板，都这么疯吗？"

"你错了。"穿着宫廷装束的女人平静地说道，"我们除了是人类战力天花板，都还有另外一个身份……"

六人的边缘，那个穿着羊羔绒卫衣的女人注视着阿蒙，平静地说道："我是大夏守夜人第四任总司令，人类战力天花板，王晴。"

她的身边，穿着白衬衫，脖子上挂着笨重耳机的清秀男生，握着破碎的方天画戟，缓缓开口："大夏守夜人第三任总司令，人类战力天花板，唐雨生。"

紧接着，那个穿着花衬衫、喇叭裤的新潮男人轻轻一笑："大夏守夜人第二任总司令，人类战力天花板，李铿锵。"

"大夏守夜人第一任总司令，兼守夜人前身，暨139特别生物应对组组长，人类战力天花板，聂锦山。"穿着中山装的中年男人，低沉说道。

穿着宫装的女人淡淡开口："139特别生物应对组前身，镇邪司二代主司，人类战力天花板，公羊婉。"

六人的中央，那个手持破碎长矛的年轻将军，缓缓说道："在下镇邪司初代主司，第一天花板，汉代将领，冠军侯……霍去病。"

六人的话音落下，一股前所未有的气场以他们为中心爆发，奔腾不息的国运洪流骤然翻滚起来，他们的背后，一条由气运凝结而出的金色巨龙缓缓从洪流中爬起。这条巨龙无形无质，如缥缈的云雾，飞舞在群山之间，身体绵延数千里，不见尽头，身上的鳞甲时刻流淌着淡金色的气运，随便一丝，便可镇压世间诸邪。这沉淀了数千年的、厚重而宏伟的蓬勃国运，终于浮现在天地之间，显露出恐怖一角。它的脚下，六柄残破的神兵后，站着六个来自不同时代的人类。他们是国运的镇守使。他们是历史最为久远的第一支特殊小队。他们的名字，叫"英灵"。

573

"就算你们生前很厉害，现在只不过是寄托于兵器的残魂而已，你们六个联手也不可能是我的对手。"阿蒙摇了摇头。

"单凭我们自己的力量，或许确实做不到。"霍去病握着手中的断矛，平静地说道，"但……现在我们的背后，是整个大夏数千年积累的国运！"他的话音落下，那条盘旋在空中的气运金龙，张开嘴，无声地咆哮起来。风未动，叶未动，沙石未动。但那笼罩在天空中的蒙蒙国运，如同沸腾的海洋，剧烈翻滚了起来，原本已经蚕食了数条龙脉的黑色诅咒，就像是附在地面的余烬，被这一阵咆哮直接飞卷而起，震散在空气之中。仅是一声咆哮，阿蒙费尽心机准备的国运诅咒，便彻底消散无踪。伫立在群山之间的黑气阿蒙，脸色骤然变化！他万万没有想到，这浩瀚如海的气运洪流，竟然拥有自己的意识，而且气运之力仿佛无穷无尽，绵延而悠长。他的一神之力，与大夏倾国气运相比，就如同萤火与皓月，蚍蜉与大树……卑微而可笑。阿蒙感受着这迎面而来的压迫感，原本阴冷庞大的黑气身躯瞬间被震散了大半，从群山之间消失，幻化回身体原本的大小，脸色阴沉至极。如此雄厚的国运……根本不是他所能对付的！仅是犹豫片刻，他就抬起手中的黑色权杖，周身仅剩的些许诅咒之力倒流回身体，化作一抹黑芒覆盖在权杖的顶端。紧接着，他挥动权杖，在身前的虚无中一点，一扇黑色的气运门户便浮现而出。他看了眼头顶的金色气运之龙，眼中浮现出不甘之色，但还是一步迈出，虚幻的身形化作一团黑气，彻底涌入气运门户之中。现在的阿蒙，已经完全将自身化为国运诅咒，也就是另外一种形式的气运，所以他可以通过自身与埃及国运之间的联动，瞬间让自身离开大夏境内。气运，本身就是一种超脱于时间与空间的存在。虽然牺牲了赛特，依旧没能夺走鄚都，也没能成功诅咒大夏国运，但现在的情况就算他留在这里也只是送死，大夏的国运根本不是他能撼动的，所以他唯一的选择……只有逃跑。

目睹阿蒙的离开，"英灵"小队的六位成员似乎没有阻拦的意思。

"他果然逃回埃及了。"第三任守夜人总司令唐雨生手握方天画戟，眯眼说道。

"让他逃。"穿着中山装的聂锦山淡淡开口，凝视着那依然悬浮在空中的黑色气运门户，眼眸中散发出危险的光芒，"他不回去……怎么能有人带我们去埃及呢？"

阿蒙离开后，那道黑色的气运门户便迅速收缩，即将湮灭在空气之中。就在这时，那穿着宫廷装束的公羊婉突然出手，一抹朱红色的光芒从她的掌间涌出，死死地撑住那即将闭合的门户，将其控制在一人的高度。霍去病伸出手掌，对着天空中那条金色的气运之龙轻轻一握："奉天，承运。"

天空中，那条国运金龙张开嘴，无声地咆哮起来。这声音虽然众生不可闻，但他们六人本身就是气运之躯，能清楚地听到这声怒吼……来自大夏国运的怒吼！那条国运金龙化作一抹刺目的金光，涌入插在地面的六柄残破神兵中，淡金色的光芒在神兵表面流转，站在神兵后的那六道身影，身形越发凝实。霍去病手握长矛，浑身甲胄散发着血腥光芒，他的双眸微眯，澎湃的杀意冲天而起。"埃及诸神，犯我大夏，既然他们欲用手段坏我大夏国运……那我等，自然不可就此罢休。诸君，请随本将一起，登门，斩神！"他率先迈开步伐，身化金芒，瞬间撞入了那扇黑色的气运门户之中，消失在原地。

"那位的性子，可真是急啊……"第四任守夜人总司令王晴有些无奈地笑了笑。

"他一直都是这样。"宫廷女子公羊婉回答。

"走吧。"穿着花衬衫的李铿锵耸了耸肩，"老大哥要去埃及闹事，咱这些后辈，总得去给他撑撑场面不是？"

穿着中山装的聂锦山拍了拍衣角，整理了一下袖口和衣领，提着一根黑色长棍便面无表情地向黑色门户走去。"犯我大夏者，虽远必诛！"他冰冷的声音幽幽传来。

其他几位成员手持各自的神兵，同样迈开脚步，紧随其后走进了黑色气运门户之中。

埃及。太阳城。一道黑色的气运门户在悬空的太阳巨城之间打开，一团朦胧的黑气从中涌现而出，幻化成人形。他周身的诅咒之力缓缓退去，显露出原本的身形，看向耸立在太阳城中央的那根通天神柱，眼眸中浮现出无奈之色。他是通过气运之门直接挪移回到太阳城，应该是所有人中，最早回来的那一个。可偏偏他们的任务没有完成，而且还搭上了一个黄沙之神赛特，可以说是彻底失败了……只能硬着头皮承受太阳神的怒火了。

阿蒙刚走出几步，突然一愣，疑惑地回头看向那扇黑色的气运门户，眼中浮现出不解之色……这门，怎么没关上？只见这扇黑色的气运门户，静静地悬浮在九柱神殿外的广场中央，里面若隐若现的光芒流转，仿佛有什么东西即将从中走出。阿蒙想到了某种可能性，僵在了原地。不可能……他们只是几个化作气运的人类而已……他们怎么可能，怎么敢？阿蒙的脑海中飞掠过各种想法，就在这时，一个披着斑驳甲胄的年轻将军，手握断矛，从黑色门户中缓缓走出。"砰——"如同雷鸣般的爆响突然回荡在空中，整个埃及气运，骤然一震！就像是在宁静的池塘里，丢下了一块重达几吨的花岗岩，汹涌如浪潮的气运涟漪在埃及的上空急速地荡漾，居住在太阳城中的诸神，同时抬起头看向此处！"当——！"霍去病将手中的断矛刺入地面，澎湃的金色气运在他的周身翻滚，隐约之间，仿佛有一条金龙在对着这片天空咆哮！"本将霍去病，承大夏国运，登门问罪。"

574

阿蒙站在原地，怔怔地看着这个自大夏而来，扬言要问罪太阳城的年轻将领，眼眸中浮现出震惊之色。他……是疯了吗？！"轰——"空空荡荡的九座神柱之上，一道璀璨而炽烈的神光自中央的那根太阳神柱冲天而起，将翻滚不息的埃及国运镇压，重新归于平静。与此同时，一个虚幻的身影自神柱之上，缓缓浮现。那道虚幻的身影睁开双眸，刺目的太阳光辉灼灼闪耀，他的双瞳仿佛两轮熊熊燃烧的微型太阳，正在散发着无尽的光与热。他转过头，平静地看向广场中央那个手持断矛的年轻将领。太阳神威，骤然降临！

而霍去病的身上，承载的大夏国运再度沸腾起来，他的甲胄表面散发着刺目的金芒，这抹金芒支撑着他的身体，在一位创世神的威压下，如同他手中血迹斑斑的断矛，巍然屹立！虽然他只是一位英灵，虽然他生前，也只是一位人类战力天花板。但此刻，他的背后，是大夏的国运。太阳神柱之上，那道虚幻的身影双眸微眯，他抬起一只手掌，轻轻一按，压迫而下的神威再度沉重了数倍！霍去病的身体一沉，脚下站立的太阳城砖石，瞬间爆碎，大片的龟裂纹路在广场上蔓延。他手握断矛，抬头看着那伫立于神柱之上的太阳神影，表情没有丝毫变化，双眸冰冷而坚毅。

就在这时，他身后的黑色气运门户涌动，第二个身影从中走出。穿着中山装、手握黑色长棍的聂锦山，抬头看了眼那神柱之上的身影，眉头微皱，随后沉稳地迈步走到了霍去病的身旁，手中的黑色短棍重重地砸入脚下的砖石之中！

"咚——"沉闷巨响在广场上回荡，两道大夏国运气息冲天而起。随后，穿着花衬衫、戴着蛤蟆墨镜的李铿锵，不急不慢地从门户中走出，墨镜下的眼眸在其他几根空荡荡的神柱上扫过，嘴角浮现出一抹笑意："看来，其他九柱神现在都不在家呢……"他的右手握着长枪，在空中挽出一个枪花，身上同样爆发出刺目的大夏国运。

宫廷女子公羊婉紧随其后走出，手中的折扇轻轻挥动，眼眸之中染上一层淡金，沉默着爆发出自己身上的气运之力。

"偷家，我喜欢。"穿着白衬衫、脖子上戴着笨重耳机的唐雨生手握方天画戟，走到了众人的身边，平静地说道。

最后，手持长鞭的王晴从黑色门户中走出，长鞭猛地抽在砖石地面上，溅起大量的碎石，眼眸中散发出兴奋的光芒。"干票大的！"

这六道身影站在广场上，六道金色光柱冲上天空，那条庞大的国运金龙在天空中若隐若现，对着身下悬空的这座太阳神城，无声地咆哮起来。

伫立在太阳神柱上的那道虚影看到这条国运金龙，眉宇间终于浮现出凝重之色。太阳城中，又有几道神明气息出现，向着这座广场疾驰而来。虽然九柱神中现在有八位不在，但太阳城中居住的神明不止九位，还有诸如八元神等其他神明。他们感受到了太阳神的怒火，迅速向这里接近。但来了之后他们才发现……他们绝大多数帮不上忙。因为这六个人，并没有实体，本身就是气运的一部分。正如先前阿蒙所说，气运一向虚无缥缈，不是所有人都能涉及的，这些神明虽然掌管着各自的法则，但这些都不涉及气运本身。国运之战，不是谁都能插手的。太阳城诸神既然主动掀起了这场国运之战，就该做好承受失败代价的准备。

太阳神柱上的那道虚影，凝视那大夏的国运金龙片刻，缓缓抬起手中的神杖，一缕缕沙黄色的气运自城中升起，交织在天空之中。一尊高耸的金字塔虚影，如山岳般镇压在云层之上。国运化形。这座金字塔的大小比大夏的国运金龙要大上三倍，看起来恢宏大气，但奇怪的是，周身都蔓延着些许黑色死气，根本没有金龙那般生机盎然。

"国运，根基在民。"霍去病抬头看着那座悬浮空中的金字塔，缓缓开口，"太阳城诸神献祭国民，圈养人类，以续香火，必将动摇国运根基，无民之运，如无根浮萍，即便尔等曾同为文明古国之一，也只能式微至此，此乃天道必然。尔等诸神，倒行逆施，必无善终。今日，我便以大夏国运为剑，再斩你三成国运！"霍去病话音落下，浑身的气运之力涌动起来，与身旁的其他五位成员相互勾连，雄浑如海的气运之力蓬勃爆发！天空中，那条飞舞的国运金龙虚影，身形暴涨，化作一柄庞大无比的玄黄之剑，静静地悬浮在空中，一缕缕气运之力从剑身中溢散而出，充满杀伐之意。这柄玄黄之剑的剑锋，笔直地对准那座死气弥漫的金字塔顶端！

"斩三成国运？"太阳神柱的顶端，那道虚影眉头微皱，眼眸中两轮太阳更加炽热地燃烧起来，"区区蝼蚁……你能引动多少大夏国运？气运之战，胜负尚未可知。"他抬起手中的神杖，一轮烈日突然出现在那座气运金字塔的顶端，散发着炽热的神光。这些光芒照亮金字塔，将上面覆盖的朦胧死气短时间内全部驱散，气运之力比原本雄厚了些许。霍去病的表情如同冰山，没有丝毫改变，周身的气运之力翻滚，眼眸中一抹纯粹的杀意轰然爆发！下一刻，那悬于天顶的玄黄之剑，骤然刺出，一道金色电芒刹那间划过天际，玄黄之剑闪至金色金字塔前，剑锋与金字塔表面碰撞，两股雄浑的气运之力以此为点，同时剧烈地涌动起来！两国国运，猛烈对撞！

金字塔顶端的那轮烈阳，光芒被玄黄之剑的剑气逐渐侵蚀，片刻之后，剑锋缓慢而坚定地刺入了金字塔的表面，发出轻微剑鸣，一缕缕裂纹在金字塔表面扩散开来！太阳神柱之上，那道虚影瞳孔骤然收缩。"轰——"玄黄之剑颤动许久之后，直接洞穿金字塔一角，剑刃斩过那雄浑如砖石的气运，硬生生将其从本体上切下了一大块——不多不少，正好三成。

575

被斩下的气运，是回不去的。那金字塔的一角在被斩下的刹那间，便化作一团云烟，彻底消散在空中，甚至还被那柄玄黄之剑吸收了些许。而那座金字塔的本体，彻底缺失一大块，头顶的那轮烈阳再也无法驱散金字塔内弥漫的死气，瞬间熄灭无踪。下一刻，大量的死气从金字塔的内部涌出，环绕在塔身周围，比之前还要浓郁上数倍！这座国运金字塔，眨眼间变得死气沉沉。

太阳神柱上，那道虚影的脸虽然模糊不清，但从那双灼热的眼眸中，可以看出他心中的熊熊怒火！他转头看向霍去病等六人，创世神级别的神威，毫无保留地释放出来，整个太阳城都在控制不住地颤抖！玄黄之剑斩下一角国运之后，重新飞至霍去病等人的头顶，在这道神威之下，保护他们的安全。"你们……找死！！"那道虚影低吼一声，一缕缕金色的电弧在阳光下迸溅，恐怖的法则气息降临，几轮太阳的虚影被他召唤而出，环绕在霍去病等六人周身，散发着极致的毁灭气息。除了霍去病，其他五人的脸色同时凝重起来。他们现在都是气运之身，一般的法则攻击对他们并不会产生效果。但看眼下的情况，那位创世的太阳神似乎动用了某种极致的毁灭法则，要将他们彻底泯灭在这里。

"偷家完成了，我们该跑路了！"李铿锵感受到周围急速上升的温度，凑到霍去病耳边，忍不住说道。霍去病穿着甲胄，手握断矛站在碎石之间，抬头看了太阳神柱上的那道虚影一眼，淡淡开口："回去吧。"他转身走向黑色气运门户，同时抬起手中的长矛，再度在地面重重一震！"咚——"一道无形的波纹以他为中心绽开，这一刻，那些逐渐凝结在他们周围的硕大的太阳虚影，竟然微不可察地颤动了一下。就在这一瞬间，六道身形化作金芒，眨眼间消失在那扇门户之后，走在最后的唐雨生还不忘关上这扇门户。下一刻，那几轮烈日散发出惨白的光芒！

环绕在广场周围的埃及诸神，脸色同时大变，想也不想，用尽全力向着太阳城外飞去！这一击所蕴含的力量实在太过恐怖，如果那道虚影真的在这里释放它们，恐怕大半个太阳城都要毁于一旦，他们这些相对弱小的神明亦会直接陨落其中！在这一刹那，那站在太阳神柱上的虚影眼眸微凝，抬起的手掌缓缓放下。那几轮即将爆开的太阳，缓缓暗淡下来，最后化成几缕金色电弧，彻底消散在空中。那虚影深吸一口气，眼眸中的怒火越烧越旺，他转过身，双眸似乎要透过无尽的虚空，看向那完好保存于迷雾中的国度……"大夏……我太阳城与你们，不死不休！"他按捺住心中的怒意，缓缓说道。

南海海域。叶梵含笑看着眉头紧锁的艾西斯，一副气定神闲的表情。突然间，这四位九柱神像是察觉到了什么，脸色同时一变，转头看向某个方向。"太阳神的气息……"盖布眼眸中浮现出震惊之色，"他怎么出手了？"

"太阳城遇袭了。"奴特思索了片刻，最终说出了自己的猜测。现在的太阳城，九柱神几乎倾巢而出，只剩下太阳神独自留守，既然动用了这种程度的法则之力，就说明太阳城一定是出事了！

"怎么可能，谁会在这时候进攻太阳城？阿斯加德，还是奥林匹斯？"泰芙努特皱眉说道。

"不管是谁，我们都不能在这里耗下去了。"

几位神明用意念相互交流，迅速达成一致。既然现在他们无法攻入大夏，而风神那边又失败了，太阳城还遇袭……他们已经没有理由再在这里浪费时间。穿着青色裙袄的艾西斯转过身，看了眼那披着褴褛披风的银发少女，眼眸中浮现出一抹冷意。"人类，你早晚会付出代价的。"话音落下，四位神明身形一晃，眨眼间便消失在原地，火速赶回太阳城去。随着他们的离开，整片海域终于回归宁静，而几位人类战力天花板的心也终于放了下去。

"喀喀喀……"陈夫子一袭灰袍染血，剧烈地咳嗽着，胸口长满了各种花草绿植，几乎和血管连接在一起，若是刚刚艾西斯那一掌再前进些许，只怕他的心脏都要被撕扯成碎片。

"夫子需要疗伤。"叶梵看了眼陈夫子的伤势，眉头紧皱，他转头看向路无为……然后直接略过了他，看向一旁的纪念。感受到他的目光，纪念叹了口气，将手从兜中伸出，对着飘浮在空中的像素云朵轻轻一指。那朵浓厚的像素云剧烈地翻滚起来，仅用了不到一秒的时间，便拼接出一辆火红色的超级跑车，缓缓落在用海水像素搭建而起的高架桥上，车门自动弹开。"把他放在前备厢的软垫上，接上呼吸机。"纪念将手插回兜中，披着褴褛的黑色风衣，随手变出了一串钥匙，向着驾驶座走去。

"这车哪儿来的软垫和呼吸机？"背着陈夫子的关在扫了眼这辆超级跑车，忍不住说道。他伸手打开前备厢，果然空无一物，就当他准备说些什么的时候，大量的像素从天空中垂落而下，眨眼间便将促狭的前备厢改造成装有超级避震装置，铺着软垫，甚至还有固定的收缩袋的舒适空间。与此同时，搭建成前备厢的像素如潮水般后退，留出一大片空间，一台便携式呼吸机也随之显现在前备厢的角落，甚至还有一整套的生命体征监测装置。

关在："……"

这能力真好用！

他将陈夫子放在前备厢中，接上呼吸机和其他医疗设备，然后走到了车身旁，愣在了原地。这车，好像只有两个座儿？只见纪念已经坐在了驾驶座上，一脚踩下了油门，低沉的引擎声瞬间在海浪中咆哮起来！她身边的副驾上，叶梵默默地给自己系上了安全带。

"不是，这只能坐两个人，那我俩怎么办？"关在指了指自己和路无为。

纪念眉梢一挑："你们骑电瓶车啊？"

关在嘴角微微抽搐："你不是能随便改造吗？再给我们加两个座儿不就行了？"

纪念摇了摇头："那样就太重了。"

"车嘛，重点也没事，我觉得……"

"别管他们，走吧。"叶梵对着纪念说道。"轰——"轰鸣声突然爆响，火红色的超级跑车刹那间飞驰而出，车身前的海水不断地搭建成新的高架桥，逐渐消失在两人的视野中。

关在："……"

"真是小气，不就加两个座儿嘛，有什么……"关在话音未落，整个人就呆在了原地，只见那辆飞驰而出的超级跑车两旁，竟然长出一对像素翅膀，整辆车从海面上飞起，眨眼间就消失在云层之中。

576

"我很好奇。"飞行的超级跑车上，叶梵死死攥着把手，转头看向专注驾驶的纪念，"你的那个引爆器，是真的还是假的？"

"当然是假的。"纪念看了他一眼，"上次炸完神庙之后，太阳城对于'人圈'

的防卫布置增加了数倍，我们很难再渗透进去……更别说在里面埋下那么多炸药了。上次的行动耗费了我们足足半年的时间，这次只有两天，怎么可能做到这一步？"

"所以，你是骗他们的。"叶梵点了点头，"兵不血刃，就能让这些神明退走，真有你的。"

"这叫兵不厌诈。"

"你这次回来，还走吗？"

纪念的表情一僵，她转过头，狐疑地看了叶梵一眼。

"怎么了？"叶梵疑惑地问道。

"不要用这种容易让人误会的语气跟我说话。"纪念抓着方向盘，幽幽开口，"你现在的语气，就跟狗血爱情片里的幽怨男主一样……"

"……"

"忘了我吧，我是不会跟你这种大叔谈恋爱的。"纪念想了想，补充了一句。

"你快闭嘴吧……！"叶梵气不打一处来，要不是现在方向盘在纪念手里，他都想当场拔刀。

"当然要走。"纪念继续刚刚的话题说道，"海外的事情还有很多，上邪会的新晋特使还需要考察，克苏鲁神话遗迹的探索才刚刚开始，还有马上就要策划下一次针对其他神国的恐怖袭击……"

"下一次恐怖袭击？"叶梵的眉梢一挑，"哪个神国又要倒霉了？"

"高天原。"纪念淡淡回答，"高天原对于'人圈'的生态防护做得很严密，我们的人手很难渗透进去，不过已经在准备中了，顺利的话，再过几个月就能展开行动。"

"做完了这些，你会回来吗？"

"你不对劲……叶梵。"

"我这是在为大夏考虑。"叶梵认真地说道，"现在大夏在迷雾中的局势很艰难，如果你能带着上邪会回来的话，我会放心很多。"

纪念沉默了许久，摇了摇头。"不会，大夏有你守夜人就够了，上邪会的回归，只会分割你们的权力，还会让那些顽固派心神不宁。对我们这种行事疯狂的鬣狗来说，荒原是比家更好的归宿。而且，我想找的东西，还没有找到……"

"已经十年了，还没有找到？"叶梵眉头微皱，"你究竟在找什么？"

纪念静静地握着方向盘，看着车窗外，银色的头发轻轻散落在她的肩头，那双清澈的眼眸中，闪过一缕淡淡的忧伤与怀念。她没有回答。

东海，迷雾。林七夜等人站在破碎城市的边缘，透过那层闪烁着幽光的酆都法则，望着前方被迷雾笼罩的苍茫海面。几分钟前，那道突然出现的阴冷神力，不知为何自己离开这里，飞入了大夏的领土。虽然林七夜等人不知道那外神打的什么主意，但既然他闯进了大夏，自然会有其他人来收拾他，现在的他们还无法插手这件事情。现在，对他们来说最重要的，就是送这座城回家。

"距离大夏边境应该不远了。"安卿鱼低头看了眼马路上写得密密麻麻的计算公式，说道。迷雾中，他们没有辨别方向的手段，就连参照物都只有脚下的海水与时不时出现的岛屿，想要推导出他们现在所在的位置，是一个浩大的工程。

"这个距离，应该没有其他神来拦我们了吧？"百里胖胖试探性地问道。

"应该没了。"曹渊点头。

"总算是要回家了，这迷雾真是太危险了……"

"毕竟是生命禁区，这次之后如果不出意外的话，我们应该不会再踏足其中了。"

"……能不能不要立这么危险的目标？小爷我已经开始害怕了。"

"我不信那些虚无缥缈的东西。"

"……"

"夜幕"小队的几位队员和陈涵、路宇坐在一起，有一搭没一搭地聊着什么，林七夜双手抱着那颗被夜色遮盖的心脏，静静地坐在楼顶，眺望着远方，不知在想些什么。突然，他像是看见了什么，眼睛微微眯起。片刻之后，他从楼顶跃下，直接落在众人的身边。

"七夜，怎么了？是不是看到大陆了？"百里胖胖激动地问道。

林七夜眉头微皱，摇了摇头："不……我看到前面的海面上，好像站着个人。"

"站着人？"安卿鱼像是想到了什么，"会不会是叶司令？"

当初他们从斋戒所出来的时候，叶梵就是踩着海面来找他们的，这时候在大夏边境出现这样的人影，很难让人不联想到他。

"不像。"林七夜笃定摇头，"他的脚下，踩着一条小船，不过具体什么模样，距离太远，我看不见。"小船？众人对视一眼，都看到了对方眼中的疑惑之色。好消息是，那些神明应该不至于踩着小船站在海面上，他们通常会选择其他逼格比较高的移动方式，坏消息是……正常人也不可能在迷雾中踩着小船！这个人有问题？林七夜犹豫片刻之后，将手中抱着的心脏交给了陈涵，郑重地叮嘱道："我们去看一下，你们两个留守在这里，一定要保护好剑圣前辈的心脏！"陈涵接过心脏，眼眸中浮现出担忧之色，但还是没有多说什么，重重地点了点头。

"我们走。"林七夜握着斩白，脚踏"筋斗云"，与其他成员一同飞出酆都法则，撞入迷雾之中。穿过茫茫海面，众人终于看到了林七夜所说的那个身影。蒙蒙迷雾之中，波涛汹涌的海面之上，一叶扁舟如同磐石般静静地浮在水面之上，任凭波浪如何搅动，它都没有丝毫的摇晃与震颤。而这叶扁舟之上，一个身影正佝偻地坐在其中，轻轻咳嗽着。他披着一件灰色的斗篷，腰间挎着一柄长刀，干枯的银白色发丝在迷雾中轻轻飘动，他每一声咳嗽，掌间都会留下一片猩红血迹，听起来苍老无比。"砰——"突然间，他的肩头爆出一团血雾。这团血雾崩散之后，化作一根根白色的丝线，消散在空中。但下一刻，他周身的空气剧烈地扭曲，那原本已经消散的白丝再度回归，凝结成一团血雾，补充进他的身体。一切，仿佛从未发生过。"喀喀喀……"他咳嗽的声音越发剧烈！

"那是……"林七夜看着这道熟悉的身影，瞳孔微微收缩。迷雾中，这佝偻坐在小船中的身影，缓缓抬起头颅。他的脸上，戴着一张熟悉的面具。面具上，用黑色的字体，写着一个字——"王"。

═══577═══

"化道？"安卿鱼看到那身影身上飘散而出的血雾与白丝，眼眸中浮现出难以置信之色。这一幕，他们太熟悉了。就在不久前，踏入神境执掌剑道法则的周平，就是这么在化道的过程中消失的……眼前的这个人，竟然也在化道？也就是说，他也踏入神境，并执掌了某一条法则？安卿鱼、江洱、迦蓝三人对此十分疑惑，但另外四个人就像是雕塑般完全呆在了原地。林七夜、曹渊、百里胖胖和沈青竹四人面面相觑，都看到了对方眼中的震惊之色——灰色的斗篷、腰间的白色长刀，以及那张带有"王"字的面具……这一切似乎都在表露着他的身份。他们见过这个人——大夏守夜人第四支特殊小队，"假面"小队队长，王面。

林七夜绝对不会认错，当年他们刚进入集训营的时候，还是"假面"小队与他们一起进行的实战演练，他甚至正面与压制了境界的王面交过手。那柄"弋鸳"，他至今记忆犹新。可问题是……王面只是一个"克莱因"境的队长，尚未踏入人类战力天花板境界，怎么可能开始化道？更何况，他尚且是一个不到三十岁的年轻人，怎么突然之间苍老成了六七十岁老人的模样？他又为什么，独自踩着一叶扁舟，执刀坐在海面之上？无穷无尽的疑惑涌现在几人的心头，林七夜凝视着那个白发苍苍的身影，试探性地开口："王面？"

"哗——"一道海浪撞击在那只小船上，奔涌的水花四溅而起，却没有一滴水珠落在那苍老身影身上，就连小船的内部，也没有一片水渍。那身影驾着小船，坐在波涛汹涌的海面上，像是一尊雕塑般一动不动。他没有回答，"王"字面具下，那双深邃的眼眸凝视着眼前的这七人，许久之后，他缓缓地闭上了眼睛。他满是皱纹与老年斑的右手，轻轻搭在了腰间的刀柄上。翻滚的大海，瞬间停滞！白色的浪花定格在海面上，飘动的云朵嵌在蔚蓝的天空，那四射而开的水珠悬浮着，光滑的球状表面清晰地映出林七夜七人雕塑般的身影。朦胧迷雾之中，"弋鸳"缓缓出鞘。明亮的刀身倒映着一条如绸缎般流淌的时间长河，散发着淡蓝色的光芒，长刀出鞘的瞬间，那苍老的身影再度剧烈地咳嗽起来。"喀喀喀喀……"猩红的血液咳在船中，他的右手紧攥刀柄，刀身缓缓向着那七道身影凌空划去。"啪——"

一只脚掌向前一步，踩在被时间停滞的海面上，溅起一片水花。"王"字面具下，那双苍老的眼眸突然睁开。只见原本应该被时间冻结的七人中，那穿着深蓝色汉袍，黑发如瀑的少女向前一步，张开双臂，挡在了其他六人身前，看向他的目光充满了警惕与凶狠。面具下，那人的眼眸微微眯起，片刻之后，有些无奈地叹了口气："你的时间……差点忘了，在这个时间段，你也在这里。"

"你是谁？你想做什么？"迦蓝冷声开口。

"我是谁，不重要。"他缓缓开口，"我……来杀人。"

迦蓝的眉头紧锁，眼眸中爆发出杀意："你想杀他们？你敢？！"她伸手在背后的黑匣上一拍，金色"天阙"长枪落在她的手中，枪尖闪烁着刺目的金芒，澎湃的气息将周围宁静的海面再度卷起涟漪。那人摇了摇头："我不杀所有人，我只杀一个人。"他苍老的声音在空中回荡，"他，必须死在这里……否则，未来他将成为整个世界的梦魇。"

"谁？"

那满头白发的身影缓缓抬起手，指尖凌空指向七人中的某个人。迦蓝的目光落在那人的身上，眉头皱得更紧了。她回过头，坚定地说道："我不能让你杀他。"

"他若不死，将有亿万生灵因他而死。"

"我不信。"

"我见过。"

"我没见过！"迦蓝死死地盯着面具下的那双眼睛，一字一顿地开口，"我们是'夜幕'小队，他，是我们的一员。我们已经立过誓约，将在那片夜幕之下所向披靡……我不可能因为你那虚无缥缈的几句话，眼睁睁地看着自己的同伴，死在我的面前。我相信他们中的每一个人。但我不信你。"迦蓝手握金色长枪，眼中满是决绝与坚定，"今天，只要我还在这里，你谁也杀不了。"

海面上，那独坐于孤舟中的老人，陷入了沉默。"同伴吗……"他缓缓低下头，看向自己身上那件老旧却一尘不染的灰色斗篷。他的眼眸中，浮现出浓浓的怀念与悲哀……那满是斑纹的手指，无意识地轻轻摩擦着斗篷的一角。时间，仿佛静止了一般。那双浑浊的眼眸中，一个接一个地倒映出那几位同样披着灰色斗篷、戴着各色面具、嬉笑怒骂的年轻身影……他的嘴角微不可察地浮现出一抹笑意，一闪而逝。他缓缓抬起头，看向那站在海面上，手持长枪的身影。"你，真的要拦我？"

"要。"

"我好不容易才回来的。"

"那就请你再回去。"

"我不甘心。"

迦蓝的眼睛散发着危险的光芒。

"既然来了，我就要做些什么。"他看着迦蓝，犹豫片刻之后，将手中的"弋鸳"猛地挥出……刺入身下的海面。时间在"弋鸳"的表面流转，被其转化为一道强横至极的巨大刀芒，涌入脚下的海底，随后一道巨大无比的深海漩涡在众人的脚下延伸开来！滚滚海水卷起那六道被时间冻结的身影，涌入漩涡之中，眨眼间便分散着消失在海洋深处。

迦蓝看到这一幕，瞳孔骤缩，回头咬牙看着手握长刀的苍老身影，提着长枪，闪电般地向前飞驰而出！

"现在的你，还赢不了我。"他摇了摇头，掌间的长刀再度斩出，一道通天彻地的刀芒近乎分开了整片海域，斩在迦蓝的身上，虽然并没有留下伤痕，但其中蕴含的恐怖力量，眨眼间便将其震飞！她的身影消失在视野的尽头。被斩碎的海水渐渐沥沥从天空落下，像是下了一场小雨。那身影独自坐在小船上，剧烈地咳嗽着，缓缓将长刀归入鞘中，苍白的发丝在风中飘舞，说不出地孤寂与落寞。一条时间长河隐约浮现在他的身后，他脚下的小船挪动起来，载着他逐渐消失在海面之上。

·578·

大夏某处。

"嗯？"正在搜索着某只"神秘"下落的王面，突然抬头，看向某处。

"怎么了，队长？"他的身旁，旋涡有些疑惑地问道。

"没什么。"王面看了那个方向许久，摇了摇头，"可能是错觉吧……"

蔷薇耸耸肩膀："白高兴一场，我还以为，队长你找到那只'神秘'的下落了……"

"这才刚开始调查，哪有那么快。"王面无奈地开口，"我又不是神。"

"快了快了。"天平掰着手指算了起来，"现在队长你是'克莱因'巅峰，踏入人类战力天花板境界，也不过是这两年的事情，到时候再来点机缘巧合，万一打破了那层天花板，你不就是神了吗？"

"我哪有那么厉害？"

"队长，你可不能谦虚，你可是大夏数十年难遇的第一天才啊！"

"那林七夜呢？"

"呃……队长，你可是大夏数十年难遇的第二天才啊！"

"……"

"等到队长成了神，咱就是大夏第一支有神明坐镇的特殊小队了。"旋涡的眼睛逐渐亮了起来，"到时候，咱要是想休假，守夜人高层敢不批吗？"

"有道理。"天平若有所思地点头，回头郑重地拍了拍王面的肩膀："加油队长，我们的休假自由，都只能靠你了！"

王面："……"

"少跟我在这儿贫嘴。"王面用刀鞘轻轻拍了一下他的脑袋，"今天不把这只'神秘'揪出来，谁都不许睡觉！"

　　大夏边境。迷雾。陈涵保护着那颗心脏，站在破碎城市的边缘，皱着眉头望着前方的朦胧迷雾，脸色凝重无比。"陈涵前辈，那是……"路宇转头看向陈涵。就在刚才，这整片海域的海水就像是活过来一般，虽然有迷雾遮挡，他们二人看不清究竟发生了什么，但出现在脚下海域的巨大漩涡他们还是能看见。平白无故地，怎么可能出现这么大的漩涡？肯定是他们那边出事了！陈涵深吸一口气，缓缓开口："迷雾中的事情，我们根本插不上手，现在我们只要按照他们说的，保护好心脏，带着这座城回到大夏……他们几个不是一般人，没那么容易出事的。"路宇的眼中满是担忧，但也只能点点头，坐在原地。

　　时间一点一滴地流逝，随着破碎城市的前进，他们能隐约看到，前方的迷雾像是出现了一座断崖，大量浓郁的迷雾堆积在一起，彻底限制住了他们的视野，就像是有一块无形的玻璃板，将所有的迷雾阻隔在外，而这些被阻隔的迷雾堆积在玻璃板前，清晰地勾勒出一道仿佛无边无际的线，延伸到天的另一边。这是大夏的边境线。

　　"我们要到了。"陈涵看到这条线，目光复杂起来。从被风神劫出大夏，进入迷雾，到剑圣降临，剑斩神明，再到第五特殊小队提刀开路，又神秘失踪……他们本该因回家而欣喜若狂的情绪，此刻却沉重无比。他们回来了……但，只有他们回来了。

　　此刻，边境线后，数十架军用飞机掠过天际，盘旋在迷雾边境的周围，沿着边境线各自分散开来，像是在寻找着什么。

　　"鹰1未见异常。"

　　"鹰2未见异常。"

　　"鹰3……"

　　就在这时，一架飞机掠过边境线的某处，飞行员余光扫过远处的迷雾围墙，眉头突然皱起，只见在蒙蒙迷雾之后，一道巨大的黑影逐渐接近，仿佛很快便要洞穿那道迷雾围墙，出现在边境之内……"这里是鹰9，发现异常。"

　　很快，另一个声音从频道中响起。"鹰9，你看到了什么？"

　　飞行员正欲开口，那道黑色的巨影便从迷雾之中逐渐飞出，一角街道率先出现在天空之中，然后，一座笼罩在幽光之内的庞大城市，缓缓展露出它的全貌。缭绕的迷雾在幽光之外喷吐，随着这座城市的出现，整片海域都被笼罩在阴影之中。

　　鹰9呆呆地看着这一幕许久，声音沙哑地开口："一座城……"

　　"什么？"

"我看到了一座城……在一柄剑上。"他眯眼看向这座城的最前端，"在这座城的最前面，还站着两个披着暗红色斗篷的男人。"他的话音落下，头顶的天空中，一抹幽光瞬间洞穿虚空，站在了这座破碎城市前。他身披黑色帝袍，手中托着徐徐旋转的银色球体，伫立在虚无之中，双眸紧紧盯着眼前这座笼罩在幽光中的破碎城市。"回来了……"他望着这座城，喃喃自语。随后，他看到那两个站在城市之前的身影，眼眸微凝。他在原地驻足许久，手掌一翻，将那银色球体收起，然后身形一步踏出，化作一道幽光闪入城市之中。

破碎城市。一道幽光闪过，一个穿着满是油渍的老旧军大衣、头发凌乱、双眸深邃的中年男人突然出现在空荡荡的街道上。他双手插兜，眼眸扫过周围，似乎在寻找着什么。"在那里吗……"片刻之后，他再度踏出一步，直接闪到一间地下车库的入口。他迈步向着地下车库走去。地下车库中，安安静静躺着大量的安塔县居民，他们双眼紧闭，眉头皱起，脸色还有些许苍白，像是在做着噩梦。他们的身边，整齐地摆放着燃烧的火炉，明亮的火焰在黑暗中跳动，温暖而令人安心，其中几个人的身上，还盖着厚厚的毯子。他静静地站在地下车库的入口，看着眼前的这一幕，嘴角微微浮现出笑意。他迈开脚步，悄然无声地行走在这些沉睡的居民当中。每一步落下，都有一道微弱的幽芒从他的军大衣下闪出，飞入一旁沉睡的居民体内，当这抹幽芒融入他们身体的瞬间，他们被罡风所伤的灵魂迅速修复，苍白的面孔逐渐恢复血色，紧皱的眉头缓缓松开……沉睡的他们，脸上再无不安与恐惧，进入了宁静而安逸的梦乡。

579

当他在整个地下车库转完一圈后，所有人的灵魂损伤都被治愈，他转过头，看向停车场的角落。那里，三个孩子正好奇地打量着这个突然走进来的，穿着军大衣的男人。他们是醒着的？应该是陈涵那小子给他们治疗了……他顿了片刻后，走到他们的面前，蹲下身，胡子拉碴的脸上浮现出一抹笑容。"你们叫什么名字？"他温和地说道。

"我叫李若蝶。"

"我叫王佳琦。"

"陈楠。"

三个孩子先后说道。

李若蝶好奇地看着他的眼睛，问道："叔叔，你是谁啊？"

他沉默了片刻，笑着回答："我叫李德阳。"

"你也是来救我们的超人吗？"王佳琦怯生生地问。

"当然不是啦，笨蛋。"李若蝶指着那满是油渍的军大衣，说道，"那个大哥哥不是说了嘛，超人都披着暗红色的斗篷，他没有斗篷，当然不是啦！"

"但是剑圣哥哥也没有斗篷啊！"

"那不一样。"

三个孩子叽叽喳喳地在一起讨论起来，一旁的李德阳眉梢一挑，问道："你们能告诉我，这里都发生了什么吗？"

李若蝶想了想："可以啊。"

于是，这三个孩子将他们醒来之后看到的一切，都向这个陌生的男人说了一遍。两个发着高烧，但还是到处背人回来，还自称专门杀怪物的大哥哥，还有一个黑衫染血坐在角落，不爱说话的剑圣哥哥，以及最后从楼顶跃入迷雾的七个神秘身影……你一言我一语地说完之后，三个孩子同时闭上了嘴巴，看向李德阳。李德阳静静地蹲在那里，注视着一旁的火炉，跃动的火焰将他的双眸照亮，不知他在想些什么。片刻之后，他抬起手，微笑着摸了摸三个孩子的头。"谢谢你们告诉我。"说完这句话，他站起身，转身向着地下车库的入口走去。军大衣的衣角拂过一只火炉，火舌微晃，尚未等那火光舐舐到他的衣角，一道幽芒闪过，他整个人便消失在了原地。三个孩子目睹了这一幕，同时呆在了原地。

"你看！我就说他也是超人吧！"王佳琦弱弱地反驳了一句。

街道。一片狼藉的大楼废墟之上，陈涵和路宇站在破碎城市的边缘，风将他们的斗篷吹拂而起，他们抬头看着空中一架又一架一闪而过的军用飞机，悬着的心终于放了下来。"陈涵前辈……我们回家了。"一阵轰鸣的飞机呼啸声中，路宇感慨地说道。陈涵回过头，看了眼这座满目疮痍的城市，点了点头。"是啊，我们回来了。"就在这时，他所看向的凌乱街道的尽头，一个披着老旧军大衣的熟悉身影，脚踏满是裂纹的沥青路面，正缓缓走来。看到这个身影的刹那间，陈涵愣在了原地。他眯起眼睛，仔细地望去。那个中年男人似乎是察觉到了他的目光，嘴角浮现出一抹笑意。看清了他的面孔后，陈涵的瞳孔骤缩，控制不住地张大嘴巴，眼眸中满是震撼之色。"这……这……"熟悉的军大衣、熟悉的胡楂，还有那熟悉的沧桑面孔，陈涵永远也忘不掉……但这怎么可能？他不应该在半年前就牺牲了吗？！

"怎么了，陈涵前辈？"路宇看到陈涵的表情，先是一愣，随后朝着他所望向的方向看去。"街道上怎么有人？难道已经有人自己醒过来了？"

不等路宇的话音落下，陈涵猛地从废墟中一跃而下，疯了似的向那个身影冲去！路宇愣了片刻，拔腿就跟了上去。陈涵挎着直刀，步伐如飞，眼睛紧紧地盯着道路尽头的李德阳，生怕眨一下眼睛的时间，对方就不见了。他冲到了那个身影的面前。高烧加上长时间的精神力透支，让他的脸色有些苍白，他粗重地喘息着，呼出白色的雾气。看着眼前憔悴狼狈的陈涵，李德阳无奈地笑了笑："慢点跑不行吗？"

"慢点跑……你又不见了怎么办？"陈涵看着他的眼睛，停顿了片刻，声音有些沙哑，"我以为你死了……"

李德阳沉默半晌，点了点头："李德阳，确实已经死了。"

"但你还在这里。"

"但我已经不是我了。"李德阳看着陈涵那疑惑的表情，轻轻伸出手掌，在他的肩头一拍，一道幽光通过他的手臂融入陈涵的身体。陈涵明显感觉到，一股冷意刹那间在自己体内游走，紧接着化为暖流，流淌进他的四肢五脉中，透支的精神力瞬间被补足，额头的高烧也逐渐退下。他怔了片刻："这是……"他不记得李德阳有这种能力，他的禁墟不是"万象频动"吗？

"这段日子，很辛苦吧？"李德阳满是胡楂的嘴角微微上扬，咧出一个熟悉的笑容，"我就知道，你小子绝对会是个很出色的守夜人……我不会看错人的。"

陈涵想到了那提剑而出的身影，与纵身跃入迷雾的七道身影，脸上浮现出苦涩之意。"我太弱了。"他摇了摇头，"我除了站在他们身后，亲眼看着他们身负重伤去战斗，什么也做不了……"

"你错了。"李德阳伸出手，指着身后那座废墟中的城市，"如果不是你一个个将那些人背到地下，搭上火炉供暖，他们早就被冻死在了街上，或者被坍塌的房屋压死……守夜人的核心是'守'，而不是强大。弱者，有弱者的守护方式。你虽然没有战斗，但你以你自己的方式，拯救了他们所有人。如果这样都不算是出色的守夜人，那什么才算？"陈涵愣在了原地。

"陈涵前辈，这位是……"路宇茫然地看着李德阳，问道。

李德阳看了他一眼，微笑着说道："现在，你也是前辈了。"

"'前辈'两个字，我还差得远。"陈涵无奈笑道。

"你还有很长的时间去成长，总有一天，你会以前辈的身份，担起守夜人的未来。"李德阳顿了顿，继续说道，"在那之前，就由我们这些老前辈，替你们撑起这片天。"

580

他抬起头，看向头顶那覆盖在整座城市上空的幽光，那些是他留在这里的酆都法则。他伸出手，向着天空轻轻一握。这从迷雾以及众神手中庇护了整座城的酆都法则，迅速向着顶端凝聚，化作一颗幽色的圆球，缓缓落入李德阳的手中。手掌轻握，这片幽光便融入了他的体内。他深吸一口气，一股玄妙至极的帝威从他的体内涌出，满是油渍的军大衣缓缓变成一件黑色的帝袍，金纹交错，无风自动，那张满是胡楂的面孔浮现出威严之色，整个人的气质开始惊人的转变。目睹这一幕，陈涵和路宇同时张大了嘴巴。从李德阳身上散发出的威压，他们曾在迷雾中感受过数次，这种威压……属于神明。而他身上流转的那些幽光，又与之前笼罩在破碎城市外的酆都法则一模一样。

"陈、陈涵前辈……"路宇有些结巴地开口，"这位是……"

陈涵呆呆地看着这一切，一个字也说不出来。

"守夜人驻安塔县332小队队长陈涵。"披着帝袍，威严无比的李德阳，声音低沉地开口。

陈涵下意识地站直了身体："到！"

"今后，他们就交给你了。"他伸出手，指着身后的这座城市中沉睡的百姓，同时嘴角微微上扬，"还有……欢迎回家。"酆都大帝的掌间，一抹幽深的光芒乍闪，同时六道轮回浮现在他的手中，一道圆环瞬间笼罩了整座城市。下一刻，圆环收缩，整座悬浮在空中的城市都消失不见。等到陈涵和路宇再度回过神的时候，酆都大帝的身影已经消失不见。原本悬浮在空中的破碎城市，不知何时已经落回地面，而他们身前的城市断口也无影无踪，被风神劫走的这半座城市，竟然瞬间穿过空间，从东海的边境闪烁到北方的边境，与原本的另外半座城市恢复一体。他们的头顶，不再是幽色的法则，而是蔚蓝的天空。这座城，回到了它该在的地方。凌乱的脚步声从背后传来，路宇转过身，只见几位苏醒的居民已经走到地下车库外，茫然地环顾四周，似乎对于眼前的景象，一时之间无法接受。"陈涵前辈，他们都醒了！"路宇张嘴，震惊地说道。陈涵凝视着原本李德阳站立的地方，片刻之后，嘴角浮现出一抹苦笑："真是……好大的惊喜啊。"

"那半座城市回来了？"守夜人特级病房门口，叶梵听到电话那头的声音，突然从座位上站了起来。

"周平呢？他在哪儿？"他急切地问道。

"剑圣斩神之后……化道登天了。"

叶梵握着手机，就像是被雷击一般，僵在了原地。

"332小队的队长陈涵将他的心脏带了回来，他说第五特殊小队的队长林七夜说过，这颗心脏在，剑圣就有复活的可能……"

听到这句话，叶梵的眼眸一凝："第五特殊小队在哪儿？"

"他们……失踪了。"

"失踪？！"

"陈涵说，在即将抵达大夏边境的时候，他们在海面上看到一个驾着小船的身影。他们遁入迷雾之后，就再也没有回来过。"

"……"

"叶梵……"电话那头，左青的声音有些担忧。

叶梵握着手机的骨节有些泛白，他沉默许久之后，才声音沙哑地开口："我知道了……左青，带着那些东西和周平的心脏……去九华山等我吧。"

"叶梵，你真的……"

"照我说的做。"不等左青再说些什么，叶梵便挂断了电话。

坐在一旁的纪念挑了挑眉："出什么事了？"

叶梵转过头，静静地望着她，表情前所未有地严肃。

"……你有话直接说，不要一直盯着我看啊。"纪念被他盯得心里有些发毛，忍不住说道。

叶梵深吸了一口气："纪念，我最后再问一次……你能不能不走？"

叶梵说这句话的时候，语气郑重无比，就连纪念一时之间都忘了吐槽。她沉默了半秒，同样认真地回应："不能。"

叶梵叹了口气："我知道了。"

"所以，究竟出什么事了？"

"没什么。"叶梵看了眼脱离危险，被人从抢救室里推出来的陈夫子，摇了摇头，转身独自向着病院外走去，"如果你真的不打算留下的话……你可以走了。""嘎吱——"说完这句话，他便伸出手，推开了走廊的大门，身形消失在门后。

纪念看着叶梵离去的背影，皱了皱眉，眉宇间浮现出疑惑之色。犹豫了片刻之后，她还是站起身，双手插在褴褛的黑色披风中，迈步向着走廊的另外一侧走去。

"砰——"一声爆响传出，微弱的电弧与火光在关在的掌间跳动，随着黑烟缭绕的手机一起，窸窸窣窣地落在地上。关在的双眸通红无比！"周平……"他喃喃自语。电瓶车的前座，正握着把手的路无为沉默片刻，缓缓说道："我觉得，你需要冷静一下……"

关在的双手死死攥拳，指甲抠入掌心，嵌入缕缕血痕，他闭上眼睛，深深地吸了一口气。"叶梵在哪儿？"尽管他尽力按捺住自己的声音，但路无为依然能清晰地听出他胸腔中燃烧的怒火。

路无为顿了顿："我不知道。"

"放屁！"关在沉声吼道，"谁能逃脱你的禁墟的追踪？你连洛基都能追杀，还找不到叶梵在哪儿？！"

路无为默默地骑着车，一言不发。关在再度深吸一口气："你真的以为，我会鲁莽地去杀了叶梵给周平报仇？我很生气……但这并不代表我愚蠢！我只是想找到他……然后，再当面质问他一遍！"

路无为一愣，试探性地问道："真的只是质问？"

关在沉默片刻："我还会控制不住地狠狠揍他一顿……但我绝对不会杀了他。"

路无为点了点头。"好，我带你去找他。"

九华山。佛音缭绕，檀香袅袅。一个身影披着暗红色斗篷，腰间挎着直刀，沿着笔直的登山石板，拾级而上，向着山巅的那座笼罩在梵音之间的佛庙走去。他踏上最后一块石板，缓缓停下了脚步。古朴而宏伟的庙宇门前，叶梵驻足沉默许久，终究还是迈开脚步，走入了庙中。

"叶梵。"早已在庙中等候许久的左青见到叶梵，从大殿前的台阶上站了起来，眉头紧锁。他张开嘴想要说些什么，叶梵抬起手制止了他，平静地问道："东西，都带来了吗？"

左青双唇轻颤，片刻之后，还是点头："带来了……"

"我师父应该还没出关吧？"

"金蝉大法师还在修复天庭本源，不在这里。"

"好。"

叶梵点了点头，目光凝视着大殿中的佛像，深吸一口气，缓缓说道："封山吧，任何人……不得入内。"

"叶梵，我觉得……就算你要这么做，也可以再等等！"左青忍不住说道。

叶梵摇了摇头："等不了了，化道之后，灵魂会被纳入法则中，与世界法则本身融为一体……据推算，从灵魂开始融入法则，到彻底沦陷其中，这个过程最多只有 24 个小时。现在，周平的灵魂应该已经被吞噬了近四分之三，如果再拖下去，他就彻底回不来了。"叶梵转过头，看向大殿的中央那静静存放于黑棺之内的黑色心脏与"龙象剑"，眼眸中浮现出坚定之色。"关在说得没错，我欠周平太多，现在……是该偿还的时候了。"

左青眉头紧锁，知道今天自己是阻止不了叶梵的，纠结许久之后，只能闭上眼睛，无奈地叹了口气。

"左青，今日之后，你知道该怎么做的。"叶梵伸出手，拍了拍愁眉苦脸的左青的肩膀，微微一笑，"我能做到的，你也能做到……我相信你。"

"我……尽力。"左青苦涩地挤出一抹微笑。

叶梵迈开脚步，踏上殿前的台阶，跨过门槛，径直走入佛殿之中。在一阵低沉的嘎吱声中，佛殿的大门缓缓关闭，那一抹暗红色的身影驻足在黑棺之前，抬头面对着殿中央的诸多宏伟佛像，背影逐渐消失在门缝之中……"砰——"一声沉闷巨响后，佛殿彻底关闭。这座九华山巅的庙宇，最终陷入一片死寂。左青注视着那紧闭的大门许久，摇了摇头，走到了寺庙门前的最后一级登山石阶上，缓缓坐了下去。他看着眼前飘浮的白云，与脚下高耸的群山，怔怔出神。

佛殿之内。叶梵将目光从诸多佛像上移开，看向身前的黑棺，棺内静静摆放着那颗被夜色包裹的心脏与那柄古朴的"龙象剑"。在这口棺材的顶端，还放着一串暗淡的古老佛珠，佛珠表面有些细密的裂纹。这些纹路相互交织，暗合某种大道轨迹，神秘至极。叶梵不知道林七夜是如何将周平的心脏保存下来的，也不知道林七夜所说的，让周平有复生的可能是什么意思，如果林七夜在这里的话，他一定会问一问……可惜，整个第五特殊小队，都已经失踪了。叶梵不知道这颗心脏的用途，但这并不妨碍他执行自己原本就定好的计划。

就在这时，六道玄黄之气自虚无中凝聚而出，化作六道散发着淡金色光芒的身影，伫立在佛殿之内。看到这六道身影，叶梵先是一怔，随后恭敬地开口："晚辈叶梵，见过冠军侯、公羊大人、聂司令、李司令、唐司令、王司……王姐姐。"看到王晴的眉梢一挑，叶梵立刻反应过来，改口叫姐姐。听到叶梵改口，王晴的眼睛顿时笑得眯成了月牙，她转头看向周围其他几人，说道："怎么样？我选的后辈，还算不错吧？"

王晴是守夜人的第四任总司令，在叶梵还是个普通守夜人的时候，她就已经是人类战力天花板了。在后来叶梵一路高歌崛起，成为守夜人高层之后，她更是叶梵的直属上司，就像是现在的叶梵与左青。对她而言，叶梵确实是个可爱的后辈。其他几位英灵虽然知道叶梵，但在这之前都不曾见过，毕竟常年沉眠于国运之中，若非这次叶梵派人将他们唤醒，他们也不会出现在人世之间。

霍去病的目光注视了叶梵片刻，微微点头："不错。"

公羊婉看到棺上的那串佛珠，双眸微凝："'转命珠'？你们竟然找到了这件东西？"

"这是当年我找到的。"站在一旁穿着白衬衫的唐雨生突然说道，"二十多年前，我们探索南方群山间的某座地下遗迹的时候，找到了这件传说中的禁物。在那之后就一直封存在守夜人总部，从未动用过。"

王晴点了点头："当时我也参与了。"

霍去病眯眼看着这串佛珠，有些不解地问道："此乃何物？"

"明朝时期，出现过一位年轻的和尚，他拥有一种前所未见的禁墟，名为'宿命佛陀'，能够在一定程度上窥探、篡改、扭曲，或者嫁接命运丝线……"公羊婉解释道。

"后世，我们制作禁墟序列表的时候，将其定为序列007，第二王墟，'宿命佛陀'。"唐雨生补充道。

"这位和尚天赋异禀，但由于太多次篡改他人的命运，自身命运陷入不可控的毁灭旋涡，最终还是死了。"公羊婉继续说道，"他死后，他的徒弟将他的尸体焚化，体内蕴藏的部分'宿命佛陀'之力凝聚为珠，化作禁物，便是这串'转命珠'。"

霍去病听完之后，点了点头。

"小叶梵，你用这东西，想做什么？"王晴疑惑地问道。

叶梵沉默片刻："救人。"

公羊婉的眉头微皱："这件禁物虽然强大，但命运本身便是不可轻易改动的，这和尚的下场就是最好的诠释……就算有这件禁物，想要篡改命运，也是需要付出代价的。"

"我知道。"叶梵抬起头，看着他们，平静地说道，"所以，我会用我的命……去换他的命。"

582

"换命？"唐雨生的眉头也皱了起来，"你究竟，想换谁的命？"

叶梵沉默不语。

王晴想起了什么："我们苏醒的时候，感受到了一股全新的法则波动，应该是有人踏出了那一步，你想救的是不是他？"

"是。"叶梵点头，"那是我大夏第一位剑仙，斩神之后，化道消亡。"

聂锦山摇了摇头："化道不可逆，既然他已经化道了，灵魂必将融入世界法则中，你就算与他换命，他也回不来了。"

"他还没有完全融入世界法则。"叶梵坚定地说道。看到众人眼中的疑惑之色，叶梵继续说道："早在五年前，我就在守夜人设立的专门的研究小组利用现有的智能科技手段，对人类打破天花板后的情况进行模拟……经过这几年的研究，我们已经能够初步推测打破天花板后，灵魂的化道并非瞬间完成的，这是一个需要时间去融合的过程，我们推演出了灵魂与世界法则的融合速度，这个时间大约是24小时。现在，他还剩下四分之一的灵魂，没有被世界法则融合。"

听完叶梵的话，唐雨生的眼中浮现出好奇之色："现在的科技，已经发展到这个程度了吗？不过，你是怎么想到去进行这项研究的？"

叶梵像是想起了什么，嘴角不自觉地浮现出一抹笑意："因为那一年，我见到了他。"叶梵说道，"从我看到他的那一刻起，我就有一种预感，他一定能成为第一个打破天花板，登上那个境界的人……所以，那天我从土菜馆回来之后，就着手开始设立研究小组，以他为模板，去计算那些未知的可能。我要为他的未来铺路。"叶梵低下头，看着棺中的那颗心与那柄剑，缓缓开口，"他做到了，他成了大夏的剑仙，斩神化道……现在，该轮到我了。"

唐雨生认真地提醒道："换命，就意味着，你的灵魂也将彻底融入这'转命珠'中，你无法寄魂于物，无法以第五任守夜人总司令的身份，化作英灵沉眠国运之中，也无法进入轮回……你会神魂俱灭的。"

"我知道。"

"用你自己的命，去换他四分之一的灵魂，值得吗？"

"值得。"叶梵平静说道，"四分之一的'红尘剑仙'，也远超任何一位人类战力天花板。如果我叶梵的命，可以为大夏换回一位剑仙，那我就算神魂俱灭，又怎么样？而且……这是我欠他的。"叶梵的话音落下，整个佛殿，陷入一片死寂。六位英灵看着站在棺前的叶梵，眼眸中浮现出复杂之色。"这一次的大夏劫难，已经过去了，但想让人类真正地站起来，我们还差最后一步……"叶梵伸出手，指着棺中的心脏，"那就是他。我叶梵从担任大夏守夜人第五任总司令开始，就在替整个大夏铺路，现在这条路已经铺好了，只差最后一块垫脚石。这块垫脚石，就是我的命。我就是要完成我所准备的这一切，我要在这危险绝望的迷雾世界中，让大夏有立足之地，让人类有安身之所！我就是要让那群外神知道……人力，亦可胜天！"叶梵双手抱拳，对着六位英灵，深深鞠躬，"我意已决，请诸位前辈……恕罪。"

叶梵将那串佛珠握在手中，骤然用力将其捏碎，迸溅的佛珠碎片刺破他的皮肉，划开一道道伤口，狰狞的血痕在佛珠碎片之下，竟然诡异地燃烧起来。金色的火焰在佛殿中跳动，迅速蔓延到他的全身，在这火焰之下，暗红色的斗篷化作点点金色余烬，消失在了空中……众英灵沉默地看着这一幕，没有上前阻止，既然这是叶梵自己决定的道路，那他们也不能去干涉。这是对他最大的尊重。

佛殿外。登山石阶。一辆电瓶车载着两人，来到了九华山的山脚。穿着黄色外卖服的路无为从车上下来，拔出钥匙，顺手锁上轮胎，抬头看向这座高耸入云的山峰。关在沉默地站在登山石阶前，抬起鸭舌帽的帽檐，注视着山巅的那座寺庙，双眸微眯。"他在上面？"

"嗯。"路无为点了点头。

关在的眉头紧紧皱起，指节在虚空中敲击，一行行代码环绕在他的身边，他身形微微下沉，然后双脚骤然用力！"咚——"他一下子蹬碎脚下的台阶，身形如惊鸿般沿着登山石阶，向山巅冲去，拖出一道又一道的残影！"叶梵！！！"他的咆哮声回荡在天空。

路无为从电瓶车抽屉掏出一只小黄鸭，"吧嗒"一下按在头盔上，紧随而去！正坐在寺庙前最后一级台阶上的左青，听到这声音，眉头先是一皱，然后缓缓从台阶上站起。山路上，两道身影踏着石板路，急速接近寺庙！关在一路冲上登山石阶，眼眸中那座寺庙越来越大，就在这时，他眉头皱了起来，只见在登山石阶的尽头，一个披着暗红色斗篷，双手空空的年轻人正站在那儿，低头俯视着脚下的山路，不知在想些什么。他站在寺庙的门前，像是一个守门人。关在在倒数的几级台阶上，停下了脚步。"我认得你，你是叶梵身边的那个守夜人高层，你叫……"关在开始回忆这个年轻人的名字。

"左青。"他说，"守夜人特别行动处处长，左青。"

"叶梵在你身后的庙里。"

"没错。"

"让我过去。"

"不行。"

听到这个回答，关在的眉头皱得更紧了。

"你觉得……自己能挡住我？"关在的眼眸一凝，人类战力天花板级别的威压骤然降临，瞬间压迫整个登山石路。左青承受着这份威压，脸色却没有丝毫改变，静静地站在那儿，缓缓开口："挡不住，也要挡。"

"轰——"左青的身体突然爆发出强悍的威压，与关在的精神力碰撞在一起，无声的气浪席卷，将登山石阶两侧的树丛震得沙沙作响！半步人类战力天花板。

583

感受到左青体内传出的威压，关在和路无为的眼中浮现出惊讶之色。现在左青的境界，是"克莱因"境的巅峰，甚至已经有踏入人类战力天花板境的趋势，他们没想到这位一直跟在叶梵身边，其貌不扬的年轻人，竟然是一位天花板候选人。关在有些惊讶，但也仅限于此了。"克莱因"与人类战力天花板的差距，还是太大了，虽然左青只差半步，但这半步就足以让他毫无悬念地落败。

"你赢不了我的。"关在摇了摇头，"我不想揍你，我只想去找叶梵，和他当面对峙。"

"你不能过去。"左青坚定地说道。

"为什么？"关在有些愤怒。

左青转过头，看向庙宇中那大门紧闭的佛殿，缓缓开口："因为，他在给你兄弟换命！"

佛殿中。浑身沐浴着金色火焰的叶梵，双目灼灼，即便身上没有丝毫伤痕，但灵魂在以惊人的速度消耗着。他的眼眸中浮现出疲惫之色，缓缓蹲下身，盘膝坐于黑棺之前，眼帘垂下。他抬起手掌，捏着几块佛珠碎片，双手合十，端坐火中。金色的火焰越烧越旺，火光中，叶梵身上的衣物几乎被燃烧殆尽，这些火焰开始舔舐他的身体，像是渴望着血肉的狰狞野兽，每一次火舌喷吐，都有大量的肌肤被炙烤成焦炭，一块块地掉落下来。这火，在烧他的衣物，烧他的身体，烧他的灵魂。这是改命的代价。即便身体被烤焦，叶梵的脸上也没有丝毫痛苦，黑炭般的皮肉掉落后，露出古铜色的另外一层皮肤，散发着淡金色的光泽。那是叶梵修炼的佛体。头发与衣物燃烧成的黑色余烬，在空荡的佛殿中飞舞，佛体叶梵双手合十坐在棺前，双唇轻轻张开，靡靡佛音响彻庙宇："以我之身为引，以我之命为引，以我之魂为引；仗剑塑体，融心载魂，承他大道，逆天改命！"话音落下，如潮水般的佛光从他的体内涌动而出，将身前的黑棺笼罩其中，那柄"龙象剑"被吞没至佛光中，破碎在地的剩余佛珠残片，飞舞而起，环绕在剑身之旁。"叮——""龙象剑"一震，清脆的龙吟声响起。部分剑道法则自虚空而来，被佛珠残片吸引，在剑身旁逐渐交织出一道虚幻的身影……化道，是因为人类肉体凡胎无法承载法则之力而导致的自我崩溃，想要替周平引魂换命，首先需要给他重塑一个能够承载大道的身体。而叶梵，已经等这一天很久了。他的眼眸一凝，整齐摆放在大殿角落的几口黑箱，同时爆开，无数的材料与禁物残片被卷入汹涌的佛光之中，飞舞到那柄剑旁，融入虚幻的身影中。想要承载法则，最好的载体自然就是法则本身，以"龙象剑"为核，引动周平留下的剑道法则，给他重塑一副剑躯。而一个完美的身体，自然不是光靠剑就能做到的，所以叶梵还准备了大量能够承载法则的材料作为辅助，给他的意识与灵魂打造一个最佳的容器。随着这些材料的填入，那道虚幻的身体越发凝实，逐渐演化成原本周平的模样，这是因为剑道法则本就是周平留下的，所以其中也蕴含着关于他样貌的基本信息，会自动地重生为原本的相貌。他紧闭着双眼，静静地躺在佛光之中，看起来与之前无异。这具身体，是科学与神秘的融合，是人类智慧的结晶！

当这副身体完成后，站在一旁的英灵霍去病突然动了。他抬起手中的断矛，重重砸落在佛殿大地上，下一刻，大量的玄黄气运从地底渗透而出，如海水般灌入那刚刚成形的身体！国运浇灌！其他几位英灵诧异地转过头，看到霍去病眼中的坚定之色，顿时领会到他的意图，各自举起自己的神兵，敲向大地！雄浑翻滚的国运如海水般从地底倒卷而出，将那副身体吞没，它在国运的浪潮中不断地被洗刷，表面开始散发出暗金色的光辉。国运浪潮足足洗刷这副身体三分钟，才缓缓退去，金色的光芒在身体表面流转，像是一块来自天界的玄金，玄妙至极——身体的重塑，已然完成。端坐在火光中的佛体叶梵，眼眸中的意识逐渐涣散，灵魂已经快被完全抽干，陷入崩溃的边缘。但他还是用力咬破舌尖，强行振作精神，将最后几块佛珠碎片融入掌间！"魂归来兮！"他大声喝道。

身体已经重塑完成，剩下的，就是从世界法则中，将周平剩下的四分之一灵魂换回。他周身的佛光刹那间爆发，将整个九华山巅笼罩其中，"转命珠"的残片剧烈颤抖起来！他恍惚看到了，一个黑衫背剑的身影，从佛光中缓缓走来。那是周平的灵魂。看到这一幕，他的嘴角浮现出一抹笑意。他成功了。周平的灵魂，果然还没有完全消失。看到那个身影走来，燃烧最后一丝灵魂的叶梵，在这似海的佛光中缓缓闭上了眼睛。在他的灵魂与"转命珠"一起消失的刹那间，他那双即将闭起的眼眸，染上了一层命运的气息。这一瞬间，他看到在未来，一颗颗刺目耀眼的星辰从大地上升起，绽放着属于自己的光芒，那些是大夏即将升起的新星，是这个国家的未来。那些，都是他留下的"种子"。他嘴角的笑意更浓了。"从今往后，大夏无忧……这一局，还是我叶梵赢了。"他呢喃着，闭上了自己的眼睛。他停止了呼吸。

火焰逐渐消退，飞舞的黑色余烬纷纷扬扬地飘落，那金色的佛体像是一尊真正的佛像，双手合十，端坐在大殿的中央。他身前是一口黑棺，再前面，是一扇正对着天下的佛殿大门。他面对着门外的大千世界，微笑着，像是从门缝中洒落的正午阳光，温暖而透亮。

守夜人第五任总司令叶梵，于九华山巅，含笑坐化。

584

大殿之外，关在眉头紧皱，疑惑地看着左青："换命？什么换命？"

左青张开嘴，正欲解释什么，一道璀璨的佛光瞬间笼罩整个山头，三人同时控制不住地闭上了眼睛。在这道佛光出现后，左青敏锐地察觉到，身后的庙宇中，一道气息正在急速地消失。他回过头，呆呆地看着大殿中那扇紧闭的大门，像是一个失了魂的人。"叶梵……"他喃喃自语。

斋戒所。精神病院深处。

"小鱼儿，你今天吃饭了吗？"

"小草儿，你怎么又开始睡觉了？"

"小石头，你怎么不回答我的问题！"

一个穿着蓝白色条纹病号服，顶着鸡窝头蹲在斋戒所门口的男人，认真地盯着脚下的几颗石子，自言自语地说着些什么。突然间，他愣在了原地。他转头看向远处的天空，缓缓站起身，杂乱的头发下，那双浑浊的眼睛浮现出前所未有的清明……他一只手放在自己的胸口，有些怅然若失地开口："为什么……我的心在痛？"

一架运输机呼啸着掠过天空。

"队长，我们马上要到淮海市了，该跳机了！"披着金色斗篷的孔伤晃了晃旁边座位上绑着安全带睡得像死猪一样的夏思萌，眼眸中浮现出无奈之色。

"啧，她睡得也太香了吧……"一个队员苦笑着说道。

"队长不是一向这样吗？只要睡着了，除非有人把刀架在脖子上，否则她哪有那么容易醒？"

"刀呢？拿一柄过来，咱试试。"

"试试就试试！"

其他几个队员窸窸窣窣地搞着小动作，而夏思萌依然歪着头坐在座位上，发出轻微的鼾声……就在几个队员商量着用哪柄刀的时候，夏思萌猛地从睡梦中惊醒！她就像是一个炮弹从炮膛中射出，猛地震碎身上的安全带，拖出数道残影，一头扎进二十米开外的行李箱中，发出叮叮当当的声响。这一幕直接吓傻了其他队员。

"队……队长好像听到了？"一个队员弱弱地问，"她不会灭口吧？"

孔伤看到这一幕，眼眸中浮现出不解之色，犹豫片刻后，还是走到了堆积在一起的行李箱中央。凌乱的行李箱中，一个披着金色斗篷的少女呆呆地躺在中央，双眸无神地望着头顶的天花板，脸色苍白无比。

"队长，你没事吧？"孔伤试探性地问道。

夏思萌像是尊雕塑般在地上躺了许久，张了张嘴，声音沙哑地说道："我好像……做噩梦了。"

大夏某处。几道披着灰色斗篷的身影，迅速地在丛林间游走，在他们正前方的密林中，一道巨大的阴影正在急速前进。

"天平，一会儿我会先暂停这一片的时间，你先从天上飞过去，一会儿和我配合拦住它。"王面一只手搭在腰间的"弋鸢"刀柄上，转头对旁边的天平说道。天平"嗯"了一声，身形从林间飘起，迅速向着那道急速前进的阴影冲去。王面深吸一口气："全体注意，时间暂停倒计时，三、二……"话音未落，王面的身体突然一颤，直接僵在原地！其他几位队员原本都准备好了出手，看到王面停了下来，纷纷停下身，疑惑地向他看去。

"队长，怎么了？"旋涡问道。

王面握着刀柄的手不自觉地攥紧，片刻之后，又缓缓松开……

"我也不知道。"他摇了摇头，"但总觉得……有什么不好的事情发生了。"

上京市。守夜人006小队驻地。正百无聊赖地坐在办公桌后转笔的绍平歌，懒洋洋地打了个哈欠。他的对面，袁罡正趴在一堆文件前，奋笔疾书。

"困吗？"袁罡看到这一幕，幽幽开口。

"困。"绍平歌老实巴交地回答。

"困，要不睡会儿？"

绍平歌的眉梢一挑："这……不好吧？毕竟你在帮我完成工作，我当着你的面睡……"

"你还知道这是你的工作？！"袁罡瞪了他一眼，把笔拍在了桌上，"一下午了！我在这儿帮你改文件，你对着我打了一下午的哈欠……你的心不会痛吗？"

绍平歌沉默片刻："我心脏挺好的。"

袁罡："……"

看到袁罡的脸色肉眼可见地阴沉下去，绍平歌轻咳两声，正欲开口挽救一下兄弟情义，手指突然一滑。他指尖翻飞的钢笔，掉了下去。"啪——"钢笔落在地上，将笔盖砸出了一个凹口，然后翻滚了起来，一直撞到房间角落的黑暗之中，才缓缓停下。看着这支钢笔，绍平歌怔在了原地。

大夏，迷雾边境。纪念披着披风，倚靠在超跑的车头上，双手插在披风的兜中，望着眼前那庞大宏伟的迷雾围墙，不知在想些什么。突然间，她眉头皱了皱，下意识地转头看向某个方向。她的眼中浮现出疑惑之色。犹豫片刻之后，她还是坐进车中，一脚踩下油门，在一阵轰鸣的引擎声中，撞入仿佛无穷无尽的迷雾，消失无踪。

佛殿之中。六位英灵怔怔地看着那站在棺前的黑衫身影，眼眸中充满了震惊与不解。那人背对着黑棺，正看着那尊坐化在大殿中央的叶梵，沉默不语，不知在想些什么。"……事情的经过，就是这样。"李铿锵向他解释完眼前的这一切后，闭上了嘴巴。许久之后，死寂的大殿中，那人缓缓开口："我……知道。谢谢你们……"他僵硬地转过身，迈开脚步，失魂落魄地向着佛殿的大门走去。正午的阳光从门缝中洒落，将他的背影投射在大殿地上，显得前所未有的孤寂与落寞。"嘎吱——"他伸手推开了佛殿大门，刺目的阳光照射到殿中，他在光下驻足许久，两行泪水从他的脸颊滑落，滴落在脚下的青石板路上。他双拳紧攥，又缓缓松开，独自离开了佛殿。

他走后，六位英灵沉默地看着他离去的方向，迟迟没有开口。终于，王晴率先打破了沉寂："我不明白……四分之一的灵魂，怎么可能这么强？"

中央，披着甲胄的霍去病注视着他离去的方向，缓缓开口："那不是四分之一的灵魂。那是一个完整的……'红尘剑仙'。"

"可是，他不应该化道了吗？为什么灵魂还是完整的？"唐雨生同样不解。

霍去病低下头，看向地面上那原本用来包裹琉璃心脏的黑色裙摆："或许，还发生了一些我们所不知道的事情。"

585

佛殿外。

"刚刚那是什么动静？"路无为皱眉看着那座佛殿，疑惑地问道。"不知道。"关在摇了摇头，看向一旁的左青："你刚刚说的，他在给我兄弟换命是什么意思？"

左青背对着他们，目光凝视着那扇佛殿的大门，双拳紧紧攥起，眼眸中流露出悲伤与痛苦，没有回答这个问题。他知道，叶梵成功了。"嘎吱——"佛殿的大门缓缓开启，一个黑衫身影站在门后，抬头望着天空中那轮金色的太阳，像是一尊出尘避世的神像，两行泪水自他的眼角滑落，轻轻滴落在地上。他的胸腔，一颗琉璃色的心脏正在闪闪发光。看到那张面孔，路无为和关在同时愣在了原地。关在呆呆地看着他，眼眸中浮现出前所未有的震惊，身体都控制不住地微微颤抖起来。

"不是说……他死了吗？"关在声音沙哑地开口。左青没有说话。关在回过神来，飞快地踏上最后一级台阶，奔向佛殿前的那道身影，这一次，左青没有阻拦他。"周平老弟！"他对着那身影大喊。周平微微转过头，阳光下，那张满是泪痕的脸庞上，写满了愧疚与哀伤："关在哥……"

关在跑到了他的面前，脸上浮现出真挚的笑容："周平老弟，你没事可太好了！"

周平怔了许久，眼眸中浮现出一抹苦涩。

他摇了摇头，说道："关在哥……现在，我想一个人静静。"

关在一愣。周平的右脚抬起，轻轻跨过佛殿的门槛，一道微不可察的剑芒闪过，破开空间，他整个人便消失在原地。关在茫然地站在原地，周平离开后，他的目光便顺着佛殿的大门，向里望去……庄严宏大的佛殿中，六位英灵的身影已然消失，只剩下一尊闭目含笑的金色佛躯，静静地坐在地上，已然没了丝毫生机。关在的瞳孔骤然收缩！

西津市。三舅土菜馆。黑衫身影一步踏出虚无，站在这家矮小老旧的土菜馆门口。这间土菜馆坐落在巷子的边缘，招牌已经因风吹日晒有些泛黄，门口贴着的菜单也破破烂烂，好在这家店的口碑在老顾客眼中还算不错，即便位置偏僻，依然有客人愿意偶尔来这里吃饭。店门敞开。站在店门口的台阶下，周平能清楚地听到店内几个客人正在谈笑风生，说昨天自己家孩子在学校拿了个什么奖状，今天工地上的砖格外烫手，计划过几天带老婆孩子去市中心下馆子，可惜现在兜里还没有票子。空气中飘浮着浓郁的菜香，那是青椒与蒜末爆炒的刺鼻香气，那是冰糖入油的甜腻芳香，那是洋葱炒肉的喷香可口……这些香气与客人口中的闲言碎语混杂在一起，散发着一种独特而令人心安的气息。这是市井的气息，这是红尘的气息。这里是他的家。周平站在台阶之下，望着店内忙碌炒菜端菜的三舅，内心复杂而沉重。三舅刚给客人端上一盘洋葱炒肉，一回头，便看到了像呆子一样站在台阶下的周平，眉梢一挑。

"你小子，还知道回来？"三舅咧了咧嘴。周平张了张嘴，似乎想说些什么，却又什么都说不出口。三舅见周平一动不动，"啧"了一声。"在门口傻站着干吗？快进来帮忙！今天客人很多啊，三舅我这段时间是又当老板，又当厨子，又当服务员，忙都要忙死了。"三舅将那双满是油腻的手在围裙上擦了擦，快步走下台阶，抓起愣神的周平的手腕，就往店里走去，一边走，他一边絮絮叨叨地吐槽着，"你当时可就跟我请了一个月的假啊，这都几个月过去了？我还以为你不打算回来了，我可跟你先说好啊，这几个月的工资……我可要扣掉你两百块钱啊！还有啊，你找的那个顶替你的姓叶的小子，也不靠谱啊！在这儿帮了没一个月的忙，居然就偷偷跑了……盘子也刷不干净，地也扫不干净，也不知道还能干什么……还是我的大外甥好啊！"周平被他拉着走进屋，然后三舅便松开了他，快步走进后厨，只留他独自站在那儿，有些不知所措。

"哟，小周回来啦？"旁边一个刚来的老顾客看到周平，笑了笑，"帮我点个炒青菜，还有茭白炒肉丝……跟你三舅说说，给我多放点肉丝啊！"周平下意识地从小桌上拿起了点菜本，用圆珠笔记下两盘菜，然后快步向着后厨走去。在这喷香的炒菜味与谈笑声中，一切仿佛又都回归了原样。今天的客人确实不少，等到周平忙完，坐在桌子前的时候，已经快下午两点钟了。他坐在靠门的桌子旁，撸起的袖子还没放下，怔怔地看着门外的巷子与巷尾的天空，不知在想些什么。

三舅从厨房中走出，看到周平这出神的模样，沉默了片刻之后，又走回了厨房。就在这时，一个身影出现在了土菜馆的门口。周平看到那人，突然一愣，只见左青穿着一身休闲服，不紧不慢地走上了土菜馆的台阶，推开菜馆门，走了进来。

"是你？"周平认识左青。左青微微一笑，转头看了眼旁边的菜单，说道："可以帮我点一份番茄炒蛋吗？还有一碗米饭。"

周平顿了顿："可以。"他起身将写好的菜单送到后厨，而左青则独自坐在空荡的店面中，腰背笔直地打量着四周。

没多久，周平便端着一盘菜和一大碗白米饭走了出来。将菜放到左青的面前，周平静静地坐在了他的对面。"你怎么知道我在这里？"周平问道。左青从旁边的篓子里抽出一双筷子，将番茄炒蛋浇在了米饭上，一边搅拌一边说道："你能去的地方，也就只有这里了。"

"我知道……我不该在这个时候离开，但是……"周平顿了顿，眼眸中浮现出低落之色，"我现在心很乱。"

"我能理解。"左青点了点头，"我来这里，只是想给你带几句话。"

"带话？"

"叶梵想对你说的话。"

586

周平的身体微微一颤，他看着左青的眼睛。左青清了清嗓子，用叶梵的语气，缓缓说道："周平，你不需要觉得愧疚，也不用觉得对不起我，换命，是我自作主张做的决定，你不用为此负任何责任。我死后，左青会封锁我换命的消息，对外声称是自我坐化，没有人会知道你还活着，没有人会去关注你，也没有人会去逼你履行任何所谓的职责。你已经为我，为大夏死过一次，现在我把命还给你，你可以选择去做你自己，过你想要的生活。这一世，你不再是大夏剑圣，你不用为任何人而活。留在那家土菜馆，安心当服务员也好，找一个善良温柔的女人结婚成家也罢，你可以做任何你想做的事情……如果有一天，大夏真的遭遇了灭顶的危机，或许你可以出手，在力所能及的范围之内，帮它一次……如果你愿意的话。"

左青的话音落下，周平低着头，陷入了沉默。左青也不再说些什么，只是默默地低头吃饭，等到将碗里的菜和饭吃得干干净净，便将几张钱留在桌面上，缓缓站起。"叶梵的话，我都已经带到了，以后我不会再来打扰你，再见。"说完，左青便转身推开菜馆的门，身形消失在巷道之中。周平看着眼前空空荡荡的盘子和碗，没有起身收拾，只是静静地坐在那儿，怔怔出神。他没有想到，自己会以这种形式回来，更没有想到，为了救他回来，叶梵竟然牺牲了自己的生命。当他从几位英灵的口中知道事情的经过之后，只觉得整个脑子都变成了一团糨糊，心中说不出地难受……牺牲叶梵换回他的生命，这不是他想要的。但，一切已经发生了。周平现在脑子很乱。飘逸的菜香突然钻入他的鼻腔，将他纷乱的思绪拉回来，他转过头，只见三舅正端着两菜一汤，站在他的身边。

"三舅……"周平茫然地开口。三舅不慌不忙地将菜放在他身前的桌上，递给了他一双筷子，然后在他对面的座位上坐下，端着那老干部茶杯，轻轻吹着杯内飘起的热气。"吃吧，离家这么久，应该想家里的菜了吧？"他笑着说道。周平注视着眼前热气腾腾的菜肴，有些恍惚，拿着筷子，轻轻点了点头："嗯。"

"多吃点。"

"好。"周平用筷子夹了几道菜，闷头吃了起来。熟悉的环境、熟悉的人、熟悉的味道……有那么一瞬间，周平甚至觉得又回到了几个月之前，那个岁月静好的时间。

"在外面忙了这么长时间，累不累？"三舅看着周平问道。

"……累。"

"外面的世界，总是比家里累的。"三舅顿了顿，"那，你还要回去吗？"

周平夹菜的手微微一顿。

"我……不知道。"他苦涩地说道。

三舅端着茶杯，看了他许久，咧嘴笑了起来："其实呢，之前三舅已经把你未来的路规划好了。你不爱说话，做菜也笨手笨脚的，以后啊这个菜馆你估计是继承不了了……三舅都想好了，等我赚够了钱，这个店也快不行的时候，咱就把这菜馆卖了，然后去城郊那边买两套一百平方米的小房子。一套给你娶老婆，一套给我养老。有了房子，你想去哪里打工，或者换个地方去做服务员，都可以，咱不用挣太多钱，西津不是什么大城市，赚的钱够花、够娶媳妇也就可以了。到时候三舅去找之前我们村里那几个媒人，给你说个老婆，长得呢不用太好看，但是一定要贤惠，能照顾你，还要孝顺，毕竟三舅我没孩子，等我老了孤身一人的时候，就只能指望你们小两口了。等再过几年，三舅我自己在家，闲着没事的时候炒两个菜，拎着烧鸡和啤酒去隔壁找你们小两口，咱一起喝个酒聊个天，顺便帮你们带带孩子，这不是很舒服吗？咱也不想着赚大钱，不想着出人头地，只要安安稳稳地过好我们的日子就好……"

周平一边吃着菜，一边想象着三舅描绘的那个未来，嘴角隐约浮现出一抹笑意。

三舅喝了口茶，继续说道："年轻人遇到事情会迷茫，这很正常，总是要时间去沉淀思考的，不过最重要的，还是问问你自己的本心。刚刚说的这些，都只是三舅自己的幻想，你已经这么大了，不用再被我的想法所束缚，未来你自己的路，还是要你自己走。你要是想留下，安安稳稳地过这一辈子，三舅能保证你在这座城里不受委屈；你要是想离开，去外面闯荡，三舅或许帮不上你，但等你哪天闯累了，回到这里……三舅还是能把你安排得妥妥当当。"三舅端着老干部茶杯，自信满满地说道。仿佛这一刻他不再是一个小小菜馆的老板，而是在西津市一手遮天的大人物。

周平吃完了所有的饭菜，将筷子放下，不知为何，他的眼眶有些湿润。他抬起头，看向门外的天空，眼眸中闪过复杂之色。本心……他伸出手，轻轻放在自己的胸口，像是在问自己，究竟想要什么样的生活——是安安稳稳在城郊立身，娶妻生子，过完一生，还是……？

这一刻，他的脑海中闪过诸多画面。昏暗的地下车库中，那几人站在他的身后，深深鞠躬，齐声说道"请大夏剑圣斩神"；迷雾之中，林七夜等人驾云穿梭到双神之前，笑着告诉他，不需要怀疑或者害怕，因为他是走在人类最前面的那个人；恢宏大气的佛殿之中，那个端坐于地的金色佛躯，望着那口黑棺材，含笑不语……他的胸腔，那颗琉璃色的心脏强有力的跳动，这副为他打造的，能够承载法则之力的身躯，随着琉璃心的跳动而轻轻震颤，像是在期待着什么。片刻之后，周平的双眸逐渐明亮起来。他的心脏，他的身体，他的法则，还有他的剑……这一切之所以存在，并不是为了让他躲在城郊默默度过余生。他的一切，都是为斩神而生的。如果就这么将头埋到地里，不去看那些近在咫尺的危机，想要独自保全去过完这一生……这和逃避现实有什么区别？他的剑心与他这斩神之躯，都不会答应的。

587

"看来，你已经选好了。"三舅感受到周平身上的气质变化，微笑着说道。周平在椅子上坐了许久，还是开口说道："我……可能不会留下了。"三舅对于这个答案，似乎并不意外，甚至看起来还很开心，笑得嘴巴都咧了起来。"三舅，你笑什么？"周平疑惑地问道。

"其实如果你说要留下，我反而会有些失落。"三舅含笑开口，"留下，就说明你的人生，就只有这间土菜馆，和我这个快五十岁的老男人……你的圈子太小，这不是一件好事。相反，你选择离开，就说明你找到了比这个小小的土菜馆更适合你的地方，而那里……能够让你发出属于自己的光芒。周平，你已经成长了。"

看着三舅的目光，周平愣在了原地。他双唇微抿，从椅子上站起，对着这个亲手将他养大的老男人，深深地鞠了一躬："谢谢三舅。"

"不用谢我，我只是做了一个长辈该做的事情。"三舅同样站起身，随意地摆了摆手，将周平身前空荡的碗筷收起，迈步向着后厨走去，"以后的碗，都由我自己来洗了，你……该去属于你的地方了。等你哪天闯累了，再回来，三舅给你做饭吃。"说完，三舅的身影便消失在了后厨的帘子之后。

周平看着他离去的背影，许久之后，缓缓转过身，最后再看了这间小小的老旧菜馆一眼。他推门而出。

上京市。守夜人总部。

"什么？叶梵坐化？！"空旷的会议桌上，一位守夜人高层收到这条消息，震惊地从椅子上站了起来！其他几位高层同样震惊，足足愣了许久才缓过神，疯了般地讨论起来。

"叶梵怎么突然就坐化了？这……"

"不知道，没有一丝征兆……是在南海对战外神的时候受伤了吗？"

"他为什么不说？"

"太突然了，一个人类战力天花板，怎么就……"

"确实，根本没有留给我们准备的时间。"

"叶司令这么一走，该由谁来接手守夜人总司令的位子？"

"当年开创镇邪司的那位冠军侯立下过规矩，不成人类战力天花板，便不能成为总司……但现在的守夜人，还没有出现第二位天花板级别的强者……"

"只能从高层中选出代理司令。"

绍平歌坐在一旁，听着其他几个高层之间的对话，只觉得心神有些恍惚。叶梵……坐化了？他到现在，还没能从这个消息带来的震撼中走出来。他是叶梵的后辈，能够从一个普通的守夜人，一步步走到高层，成为综合人事部的部长以及全国守夜人小队的总队长，也是由叶梵提携的。叶梵对他，有知遇之恩。而现在……叶梵死了？众多高层之间的讨论，他一个字也听不进去，就像是一尊雕塑般坐在一旁，一动不动。像他这样的年轻高层，还有一名，他们的共同点都在于，他们是叶梵一步步提携上来的，而那些为了总司令代理争辩不休的，大都是从上个时代残留下来的老一辈的高层。

就在众人吵得不可开交的时候，左青推门而入。他换上了守夜人的斗篷，径直走到会议桌的前端，那双眼睛平静地扫过嘈杂的会议室，将手中的文件重重拍在了桌面上。"砰——"会议室顿时安静了下来。

"左青，你这是干什么？"一位高层皱眉问道。

左青看了他一眼，平静说道："从今天起，我将暂代守夜人总司令一职，在第二个天花板级别守夜人出现之前，全权负责守夜人所有大小事务。"

听到这句话，那些老一辈的高层眉头顿时皱了起来。

"左青，你才晋升高层几年？现在暂代总司令一职……有些太早了吧？"

"叶司令坐化之前，留下了一份指定总司令代理人选的文件，如果你们对这个决议抱有怀疑态度，可以自行翻阅。"左青将一份文件取出，递到了众高层面前。几位高层接过文件，仔细地翻阅起来，眉头皱得更紧了。而包括绍平歌在内的另外两位年轻高层，则根本没有去看那份文件。他们都是叶梵身边的人，自然知道叶梵是把左青当下一任司令培养的，此刻有这个决议也不奇怪。确认这份文件的真实性之后，那几位高层有些无奈地叹了口气，默默地坐了回去。既然叶梵留下的文件指定左青的代理身份，那他们自然没有什么好反对的，归根结底，他们都是守夜人，需要按章程办事。

但有一个高层并没有就此罢休。那是个五十多岁的男人，他手中握着这份文件，目光轻轻一扫，便冷笑着开口："这份文件，是你伪造的。"

听到这句话，在场所有人的脸色都是一变。左青的双眸凌厉无比。

"贺兴文，你知道自己在说什么吗？"他的身旁，另一位高层皱眉说道。

"怎么？没有这种可能吗？"贺兴文将这份文件散落在桌上，注视着左青的眼睛，缓缓开口，"左青和叶梵走得那么近，拿到叶梵的私章也不算什么难事，你们谁能证明，这份文件就是叶梵写的？"他的话音落下，绍平歌等年轻高层的眉头同时皱了起来。而另外几位高层，眼中光芒闪烁，似乎是在思索着什么，明显有些动摇。左青盯着他的眼睛，冷声开口："你想我怎么证明？"

"你怎么证明，我不管，但如果你不能拿出有力的证据，那这份文件自然就没有效用。"贺兴文淡淡说道，"没有这份文件，那总司令代理的人选，就只能通过高层的投票选举。"

在场的这七位高层中，只有绍平歌、左青和另外一位年轻高层属于原本叶梵亲自提携的人物，如果另外三位高层被贺兴文说动，进行投票选举的话，情况对他们会十分不利。整个会议室的气氛，突然凝固起来。就在这时，会议室的大门被人突然推开。所有人都是一愣，同时转头看向那走进来的黑衫身影，眼眸中浮现出震惊之色。他不是……那黑衫身影平静地走到会议桌前，伸手从虚空中抽出"龙象剑"，插在了会议室的中央！"叮——"剑气森然。那黑衫身影站在那儿，目光扫过众人，淡淡开口："我推荐左青当守夜人总司令代理，你们……谁反对？"

588

感受到那迎面而来的恐怖剑气，所有高层都默默地咽了口唾沫。贺兴文呆呆地看着那个年轻身影，以及对方身上隐约散发出的强大气息，直接石化在了原地，不是说周平斩神化道了吗？！怎么又在这儿冒出来了！这是叶梵留下的假情报？

不光是他们，就连站在周平旁边的左青也惊讶无比。他刚从三舅土菜馆回来，原本以为自己带完叶梵的话之后，周平会安安静静地留在那儿度过余生。可万万没想到，这才多久的工夫，他就提着剑冲到了守夜人总部，指名道姓要自己当总司令代理？！这和他所想的不太一样啊！

"周平，这是我们守夜人的内部事务，你不该……"贺兴文咽了口唾沫，想要指出周平无权干预这件事情，但话刚说到一半，那道平静的目光就落在了他的身上。周平的眼睛微微眯起，散发出些许杀气。贺兴文身躯一震！这一刹那，他觉得自己的大脑突然一片空白，无穷无尽的剑气潮汐涌入他的脑海，而他的意识就像是海中漂流的一片残叶，被剑气疯狂地割裂，根本没有反抗的余地。他痛苦得近乎窒息！好在周平的这一眼，只看了他半秒，随后便轻飘飘地看向了其他人。从这剑气冲刷的炼狱回过神来，贺兴文的脸色苍白无比，背后已经被汗水打湿，只觉得双腿一软，整个人就瘫在了座位上，像是虚脱了一般。众人见贺兴文直接瘫了下来，纷纷意识到情况不妙，除了绍平歌和另外一位年轻高层，其他人都不敢去看周平的眼睛。

周平淡淡开口："我再问一遍……谁反对？"

会议室死寂无声。刚刚被周平一眼吓瘫的贺兴文，根本就没有再开口的力气，而其他高层见贺兴文如此狼狈，自然也打消了陪他疯一把的打算，还是老老实实地坐在那儿，一言不发。

周平点了点头："那就这么定了。"说完，他便回头走出了会议室。

左青在原地愣了半晌，这才反应过来，快步向着周平追去。早在他来参加会议之前，左青就想到了那些顽固派可能会跟他耍花招，为此还特地准备了些后手，可没想到没等他用出那些手段，周平进来轻飘飘地说了两句话，自己代理总司令的位置就这么敲定了下来。为了避开那些高层，两人一直走到了楼顶，左青才忍不住问道："你怎么又回来了？"

"不是你说，我可以做我自己想做的事吗？"周平回答，"这就是我想做的。"

左青表情有些古怪："你想做的事……就是让我当总司令代理？"

"这只是顺便。"周平看着他的眼睛，"既然叶梵选择相信你，我也会相信你，你现在还差一点才能晋升天花板，在那之前，我来当你的靠山……就像曾经，叶梵当我的靠山一样。"

左青沉默片刻："谢谢。"

"不用谢我，看起来，你们守夜人的高层也不是一块铁板，就算我是你的靠山，我也不能太过分地参与守夜人的事情，这些都得你自己解决。"

"我明白。"左青的眼眸中浮现出一抹狠色，"有些人在高处安逸久了，就忘记了他们的身份……之前叶梵的手段太过温和，但我不会这样，等我接手守夜人之后，会把他们一个个地处理掉的。”

“你自己心里有数就好。”

“对了，如果刚刚真的有人说反对，你会怎么办？”

“反对？那就反对吧。”周平耸了耸肩，“我总不能在守夜人总部杀了他们。”

“……”

左青接着问道：“那你接下来，打算干什么？”

周平抬头看向远方，沉默半晌，缓缓开口：“进迷雾。”

“进迷雾？去做什么？”

“去找我的学生。”周平平静地说道，“他们的事情，我已经听说了，既然他们失踪在迷雾之中，我就要去把他们一个个找回来。”

“可是你都不知道他们在哪儿？”

“他们闯入迷雾去救我的时候，也不知道我在哪儿。”

“迷雾这么大，你该去哪儿找？”

“他们在接近大夏边境的地方失踪，应该是某个外神的手段。”周平的眼中浮现出坚定之色，“既然是外神动的手，我就一个神国一个神国地找过去，就算到天涯海角，我也要把他们找回来。”

“闯神国？”左青的眼中闪过一抹惊讶，片刻之后，他又问道，“那如果，他们已经……”

周平没有说话，但眼眸中浮现出冰冷的杀意。“如果他们已经遇害了……我就要那整个神国，替他们陪葬。”许久之后，他冷声说道。左青闭上了嘴巴。周平看了他一眼，说道：“我这一走，不知道什么时候才能回来，在这期间，守夜人就交给你了。”

“放心吧，我会打理好守夜人的。”左青深吸一口气，双手抱拳，“一路顺风。”

周平微微点头，向着某个方向，一步踏出！“叮——”他的身形化作一道剑芒，刹那间洞穿虚空，向着迷雾的边境义无反顾地冲去。

迷雾。奥林匹斯。阴沉的天空下，密集的雷霆在云层中游走，发出低沉的轰鸣声。几道雷光如狰狞的巨蛇划过空气，照亮了天地的一角，在那汹涌翻滚的怒浪之上，一座介于虚幻与真实的庞大山脉，被映照成惨白之色。在这山脉的深处，一个黄金圣座稳稳矗立于群山之巅。在这黄金圣座之上，一个赤着上身、浑身充满爆炸性肌肉的老者突然睁开眼眸，看向天地间的某个方向！他掌间的黄金权杖剧烈地颤动起来，与之一同颤动的，还有整座奥林匹斯山。只见在天边的某处，深红色的夜幕正在以惊人的速度蚕食着整片天空，像是一柄来自黑夜的剑，剑锋所指，便是奥林匹斯。那片深红色的夜幕之下，一个穿着星纱罗裙，手握嗡鸣长剑的妇人，脚踏虚空，正缓缓走来。她望着天边那庞大宏伟的山脉，双眸之中，复仇之火在熊熊燃烧。她轻启双唇，喃喃自语："奥林匹斯……我回来了。"

……

（第二卷完）

| 番外一 |

三九日志①

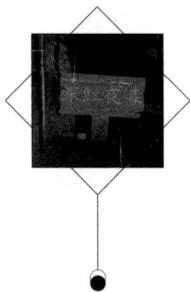

589

第二卷终于写完了。

还是老规矩，大致总结一下这一卷，不想看"三九"唠叨的朋友可以直接跳过。本来想着这一卷应该不会很长，至少不会超过第一卷的字数，但写着写着才发现不知不觉已经写了这么多……有点长，但是不水。好吧，至少我觉得不水……每一处情节或者对话都有存在的意义，环环相扣，这能叫水吗？[狗头.jpg]

很多想说的话呢，都在第一卷的卷末总结里说过了，这里就直接跳过，进入总结部分。第一卷的主题是"神明"，炽天使、杨戬、小黑癫、元始天尊、波塞冬、哈迪斯、洛基……这是一切的开始，这是一段"神"守护"人"的故事。而第二卷，则不一样。这一卷的核心，不再是那些呼风唤雨的"神"，而是一个又一个平凡却伟大的"人"，装病避世的吴老狗、独守边疆的李德阳、涉世未深的陈涵、于绝望中重生的百里胖胖、广深市唯一的守夜人苗苏、卧底"信徒"的第九席，还有那些人类战力天花板……谁说这个世界一定需要神？在绝望与黑暗中，那些勇于站在万万人前的人，身上散发着比神明更加耀眼的光辉。

这一卷，三九真正想写的只有四个字，也就是叶梵的夙愿："人定胜天"。不知道有没有读者朋友发现，五位人类战力天花板，都是"平凡"的缩影——服务员周平、外卖小哥路无为、大夏保安叶梵、程序员关在、老师陈夫子……他们的职业在生活中随处可见，但这并不意味着他们渺小，每一个披着"平凡"外衣的人，都可能潜藏着一颗琉璃赤子心。当危机来临之时，真正的英雄，往往都来自"平凡"，而不是"尊贵"或者"富有"。或许他们不是超人，不是钢铁侠，他们拯

---

① 原网络连载章节第589章《卷末总结2》。

救不了地球，能做到的事情很少，但那又怎么样呢？

　　救下一个想要轻生的失意者，捞起一个不慎掉入河中的路人，吓退尾随少女的歹徒，救下一个被人贩子拐走的孩子……和拯救世界相比，这些事情或许确实很小，但对于被拯救的人而言，他们就是英雄。我们每一个人，都是陈涵，没有李德阳的背景，没有周平的天赋，平凡而又伟大，这才是真正的"守夜人"。这就是我这一卷想写的东西。或许有很多地方处理得不是很完美，但总体上来说，三九还是满意的。

　　三九还是个新人作者，从写第一本书到现在，为期尚短，问题肯定会有的，距离一些老牌大神肯定还有不小的差距，但是三九会不断改进，越写越好。

　　下一卷……嗯……不剧透！

|第一篇|

失落神国

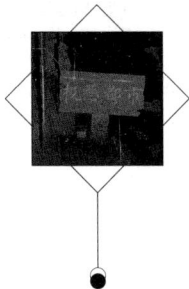

590

蔚蓝的天空下，汹涌的海浪拍击在深黑色的礁石表面，溅起雪白的浪花。轰鸣的海浪声像是雷鸣，在绝壁之上回荡。这是一条环绕着青山的窄路，距离下方的海面，有八十多米高，跨出围在公路旁的矮小护栏，再向前走几步，便能站在绝壁之上看到远方深蓝色的海平面。

此刻，在这绝壁的边缘，站着一个穿着破烂和服的小女孩。她一只脚穿着断了根的木屐，另一只脚上的鞋子不知去了哪里，满是油污的黑发盘成一个丸子，用一根浅粉色的晶亮樱花发簪束起，鬓角凌乱的发丝在风中飘扬。这女孩不过十二三岁，娇小而稚嫩，满是泪痕的脸庞向着远方的大海，一双小手用力攥着和服的衣摆，双唇抿起，说不出地悲伤与委屈。许久之后，她拿出了一部贴着泛黄皮卡丘贴纸的翻盖手机，拨通了一个号码。"喂……"她怯生生地开口。

"这里是横滨市警察局，请问有什么可以帮助您的？"

"你们，能帮别人收尸吗？"

"不好意思，您说什么？"

"收尸。"小女孩看了眼脚下波涛汹涌的海浪，"五分钟后，町山线边的悬崖……你们可以来帮我收尸吗？"

电话那边的声音顿了顿，隐约的敲击键盘声传来，似乎是在查找着什么东西。与此同时，小女孩的肩膀上，一小串白色的数字微微亮起。电话那边的声音严肃了起来："您是四代民，编号 42857494 的柚梨奈，是吗？您知道自杀是不可饶恕的渎神行为吗？请您放弃轻生的念头，很快就会有巡警前去……"

"嘟——"柚梨奈挂断了电话。她握着手机的手臂缓缓垂下，紧咬着双唇，小声说道："不帮我收尸……就不收嘛。"她将手机丢在一边，迈开脚步，迎着海风向绝壁的边缘走去，黑色的和服上，几朵飘零的樱花像是在风中狂舞。她站在绝壁边，只差一步便要坠下，下方汹涌的海浪中，隐藏着一块块尖锐的礁石，只要她从这里纵身跃下，就能在瞬间粉身碎骨。应该……不会很痛吧？

她沉默了许久，伸出双手，在胸前做出祈祷的手势："善良而强大的福神大黑天，这是我最后一次向您祈祷。您是来自彼岸的战神，您是诸邪的克星，您给人间带来安宁与幸福，驱散所有的厄运与不祥……请饶恕我的轻生之罪，给予我解脱与希望。愿您的福光照耀大地。"她轻轻松开手掌，目光落在脚下的苍茫大海上，深吸一口气，便要纵身跳下！突然，她的身体僵在了原地。她揉了揉泛红的眼睛，望着不远处的海面，小脸上浮现出震惊之色，只见在绝壁下的海面上，一个黑色的身影就像是浮木般随着浪花漂荡，像是一具尸体，但诡异的是任凭浪花如何拍打，他都像蜡像一样，手臂晃都不晃一下……死人？柚梨奈用力地眨了眨眼，试图看清那人的情况，可没等她再多看两眼，那具浮木般的尸体已经随着海浪，漂到了她身下的礁石群中，被卡在了绝壁底端。柚梨奈有些生气。那尸体漂到哪里不好，非要漂到自己马上要跳下去的地方，万一自己跳下去之后正好撞到那具尸体，没能一下死掉怎么办？那得多疼啊！而且就算她死了，估计也会被卡在那里，跟那具陌生的男尸在礁石间纠缠不清……

不行，绝对不行！越想，她就越生气。她气得一跺脚，泪水又开始在眼眶中打转。她怎么这么倒霉？好不容易才鼓起勇气来跳海自杀，选了一个看起来最体面的地方，结果还被人捷足先登了。这块地方，绝不能就这么让给他！柚梨奈下定决心，直接将那断了根的木屐丢进海里，然后跑到公路的另外一处相对平缓的斜坡，赤着双足，小心翼翼地向着下方的海水走去。她沿着碎石滩走入海水，海水很冷，但她还是紧咬着牙关，坚定地游向那个卡在礁石中的黑衣身影。那个身影离她越来越近。她终于游到了礁石群，一把扯住那个黑衣男人的衣领，用力一拽！那具尸体从礁石上滑了下来。"哗——"一道海浪冲击在他们的身上，直接将娇小的柚梨奈连带着那个男人，一起冲回一旁的碎石浅滩。其间柚梨奈还被浪花拍到了海水中，咽了好多口海水。她虽然会游泳，但水性并不好，毕竟按照这里的规定，所有居民都不可以踏足海域，无论是游泳、开船、捕鱼，还是飞行，都是被绝对禁止的。她会游泳，还是小时候在大阪老家旁的小溪里学的。

她被卷上碎石滩后，挣扎着从地上爬起，浑身的和服都已经湿透，趴在地上剧烈地咳嗽起来。等到把肺里的水全部咳出，她才长舒了一口气，摇摇晃晃地站起身，走到旁边那具和自己一起冲上来的尸体旁。她这才有时间仔细去观察这个人。很快，她的眉头就皱了起来。这是个看起来二十岁左右的年轻人，长得还算英俊，诡异的是，明明在海里漂了那么久，身上却没有沾上一滴水渍，头发都是干的，而且眼眸睁开，看着某处，像是在思索，又有些警惕……他的时间，就像是被暂停了一样。

"奇怪的尸体……"柚梨奈嘀咕了一句。她站起身，准备回到属于她的地方，继续了结她的生命。她刚刚给警局打了电话，对方似乎通过她的编码追踪到了她的位置，已经派出警员往这里赶来。如果她不能在对方抓住她之前自杀的话，估计会被直接关进牢里，这辈子都别想出来了，更别提在狱中自杀。在这里，自杀是重罪。她刚站起身，就看到那躺在地上的尸体，眼睛似乎眨了一下。她一愣，揉了揉眼睛，重新看了回去。下一刻，那黑衣男人的尸体，猛地从地上坐了起来，眼眸之中写满了惊骇，张开嘴巴，呼吸粗重地喘息着。

591

林七夜环顾四周，眼中满是迷茫。他不知道发生了什么。他的记忆还停留在大夏边境外，迷雾中与那个白发老人对峙的时刻。他记得那人将手搭在刀柄上，随后整个人就像是被冰封了般，身体与思维同时陷入了停滞。等他醒来的时候，自己已经到了这里。这是哪儿？其他人呢？他的目光在四周扫过，这是一片普普通通的碎石滩，除了一个穿着奇怪、满脸害怕的小女孩，周围再也没有看到别人的身影。其他队员不在这附近。最终，林七夜的目光还是落在了那个满脸惊恐的小女孩身上。他忽然觉得，这小女孩的打扮似乎有些眼熟，总觉得在哪本书上看到过……好像是集训营中提过的某个课程。

那小女孩警惕地打量了林七夜片刻，试探性地开口问道："君は死んでいないのか？（原来你没死啊？）"

"？"林七夜听她叽里咕噜说完一句话，陷入了深深的茫然……他听不懂。不过这一刻，他终于想起来这些东西在哪里见过了。在集训营的时候，专门有一门课程讲述迷雾降临之前，世界各国的文化差异，以此来引出诸多不同地域的神话传说，他知道迷雾降临前世界上有哪些国家，也知道它们大致的文化差异，不过这些都是书面知识，并没有亲眼见过，所以一时之间有些想不起来。不过现在，他已经可以确定这里是哪儿了。樱花、和服、语言……这里是日本？林七夜在原地愣了许久，再度环顾起周围。

低矮的碎石浅滩，一旁是高耸的悬崖绝壁，绝壁上是一条狭窄的公路，路上还能隐约听到车辆驶过的轰鸣声。远处的天空蔚蓝如洗，海浪自视野的尽头翻滚而来，洁白而纯净，天空的白云悠悠荡过，像是在画中一般……这怎么可能？！日本，不是早就被迷雾吞没了吗？林七夜清楚地记得，在集训营的时候，教官就已经说过，日本如今已经完全被迷雾笼罩，根本没有生还者。而曾经的"蓝雨"小队追击八岐大蛇进入迷雾之后，同样带回了日本灭亡的消息。这里本应该是一座笼罩在迷雾中的死城，是日本众神之乡高天原的入口才对。可现在他的眼前，哪里有半分死城的模样？他放眼望去，即便看到海面的尽头，也根本找不到迷雾的踪迹，就好像迷雾已经彻底从这个星球消失了一样。林七夜像是尊雕塑般站在原地，看着远处的大海怔怔出神。

柚梨奈眨了眨眼睛，见林七夜没有回答她的问题，再度开口："私はあなたと話しているのに、どうしてまだぼんやりしているのですか？（我在和你说话，你怎么还在发呆啊？）"

林七夜回过神来，看向这个穿着黑色樱花和服的少女，犹豫片刻之后，露出了礼貌的微笑。他不知道对方在说什么，也不知道这个国家究竟是怎么回事……现在还是先不要暴露自己外来者的身份比较好。看到林七夜莫名其妙地对自己笑，柚梨奈的脸色更古怪了，继续用日语问道："你是几代民？住在哪里的？编号是多少？"

林七夜笑而不语。

柚梨奈狐疑问道："你……不会是个哑巴吧？或者是聋子？"

林七夜笑得更灿烂了。

看来是个聋子。柚梨奈笃定了心中的想法。如果他是个哑巴，就算不能说话，应该也能比画两下，或者直接亮出自己的编号才对，可偏偏他对自己说的话一点反应都没有……他的耳朵有问题！想到这一点，柚梨奈看向林七夜的目光带上了几分怜悯。

林七夜不知道这小女孩在想什么，但总觉得她的表情有些不对，可除了继续笑，好像也什么都做不了。柚梨奈伸出手，正欲比画些什么，刺耳的警笛声便从上面的公路迅速传来。警车在公路旁停下，紧接着，两个男人的声音从头顶响起。

"这里应该就是那个女孩打电话的地方，分头找找，看看她还在不在。"

"都过去这么久了，要自杀的话，肯定已经结束了吧？"

"自杀本就是重罪，而且她还选择在海边自杀，打破了禁海令，罪加一等。如果她还活着，我们就直接将她羁押，终身监禁。如果她已经死了，也要把她的尸体回收……"

"知道了，我先去下面找找。"

听到这段对话，柚梨奈的脸色顿时难看起来，眼眸中浮现出焦急之色。她当然知道自杀是重罪，但依然选择打电话给警局，是想借警察之口说出她的死讯，从而达到她的某种目的……但她没想到，现在警察来了，她却还没死成。现在她在浅滩上，再想跳海自尽肯定是不行了，就算想要一头扎进海里淹死，那两个警察也会迅速把她捞起来，等到被关进了监狱，就真是求生不得，求死不能了。柚梨奈的大脑飞速运转，迅速做出了选择，将身体贴在绝壁下方的视觉死角，沿着海岸线向另外一边挪动。

就在这时，她像是想到了什么，回头又拉住林七夜的胳膊，郑重地对他说道："接下来跟我走，不要发出声音！"虽然她不知道林七夜是什么人，但既然也漂在海里，很可能和自己一样，是自杀未遂。就算他没有自杀，私自进入海域也打破了禁海令，难逃牢狱之灾。偏偏他又是个聋子，听不到那两个警察已经开始搜索这里，放任他自己在这里的话，只能落得被抓走的下场。反正她一个人逃也是逃，带着他逃也只是举手之劳。林七夜听不懂柚梨奈在说什么，但是看起来她好像没什么坏心，只是点了点头，跟在她的身后。

柚梨奈带着林七夜，轻车熟路地沿着海岸线走了片刻，来到一道陡峭的斜坡旁，赤着双足，敏捷地向上攀爬起来。等到她飞快地爬上公路的另一端，这才意识到林七夜未必能像她一样，轻松地爬上这么陡的坡，正欲回头看去，一道黑衣身影便如同鬼魅般轻轻落在了她的身旁。

592

柚梨奈有些愣神，完全没有听到林七夜爬上陡坡的声音，甚至连他什么时候从下面上来的都不知道。他就像是一只黑色的幽灵，一晃便从陡坡下飞了上来。"你的身手挺不错的。"柚梨奈用日语感慨了一句。林七夜笑而不语。

两人沿着绝壁上的公路，头顶着蔚蓝天空，一前一后地向道路的另一边走去。柚梨奈走在前面，赤着双脚，脚掌踩在灰色的沥青路面上，留下浅浅的水渍，老旧的黑色樱花和服似乎有些宽松，不像是她的尺码，袖管处甚至有些开裂，又被一根根灰色的丝线织了起来。她每走一步，插在团子般黑发上的那根浅粉色发簪都会轻轻摇晃，反射着晶莹的微光。林七夜穿着黑色的风衣，平静地走在她的身后。他的脑海中，迅速地梳理着已知的所有信息——一切的起因，都是那个迷雾中踩着一叶扁舟的，疑似王面的白发老人。他戴着王面的面具，披着"假面"小队的斗篷，腰间挎着"弋鸢"，能力也与时间有关，林七夜几乎可以确定，那个人就是王面。但矛盾点在于，王面没有那么老，而且还远远没到踏入神境的地步。难道，他来自未来？这个想法出现在林七夜脑海的瞬间，就被他打上了"极有可能"的标签。王面能够进行时间旅行，这并不是什么秘密。袁罡教官在讲解守夜人的勋章的时候，提到过王面的功绩，五年前八岐大蛇登陆东海，王面就曾消耗寿元穿越时间，回到八岐大蛇出现的一小时前，救下了整座城市的人。当时的王面，还只是一个"无量"境的新人。如果未来王面真的打破那层天花板，踏入神境，未必没有穿越久远时间回到过去的可能。那现在的问题是，如果这个推测是对的，那他究竟是从未来的哪个时间点穿越回来的，他回来是为了什么？难道就是为了把他送到这个地方？那其他的队员呢？他们也在这里吗？这里……真的是日本？无数个疑惑涌上林七夜的心头，越是思索，他就觉得越乱。突然间，他又想到了某种可能。如果说王面能够操纵时间，有没有可能，他是将众人送到了百年之前，迷雾尚未出现的日本？林七夜猛地抬起头，向周围看去。

此刻，两人已经走出了公路，来到了城市的街道上。这里尚未到市中心，路上的行人很少，灰色的沥青路面上用干净的白色标志画出了车道，右手边是一家新开业不久的海胆盖饭小店，左手边则是一家已经关门倒闭的电器城。车道的一旁停着几辆上锁的自行车，再前面停着一辆黑色的轿车，林七夜不认识这个车标，不过从车的造型上来看，并不是几十年前的产物。走在他前面的柚梨奈突然停下脚步，等到头顶的信号灯闪烁变成绿色，才继续向前行进。这里绝不是百年前的日本。这里是一个现代的都市。

　　林七夜打消"回到过去"的念头，继续思索这里的本质。既然没有穿越时间，那这没有迷雾笼罩的国家，究竟是怎么出现的？这个国家本不该存在，但偏偏，他已经置身其中。他能隐约感觉到，在这宁静优美的外表之下，一定隐藏着某种不为人知的危险秘密。暂时想不通这一切，林七夜只能将其搁置，思考起近在咫尺的难题：陌生的环境，陌生的语言，陌生的文化……林七夜最先需要解决的，就是语言不通的问题。一直不说话，也看不懂字，可是很难摸清楚这里的情况的。可语言这种东西，也不是一两天就能学会的。

　　就在林七夜暗自苦恼之际，两人已经走到市区的边缘，周围的建筑逐渐矮小稀疏，最终，他们在公园后面一块荒芜的空地前停下了脚步。这里没有能住人的房子，甚至没有任何的灯光照明。在这块空地的边缘，只有几个看起来废弃已久的集装箱凌乱地摆放着。柚梨奈转头看向林七夜，说道："跟着我，不要发出声音。"说完，她还用手指在嘴巴前比画了一个"×"。林七夜顿时明白了她的意思，点了点头。

　　两人轻手轻脚地走到其中一个集装箱前，柚梨奈小心翼翼地环顾四周，确定周围没有别人之后，打开箱门上的锁，迅速走了进去。集装箱里是一个小小的生活空间，一块不知道从哪里搬来的破旧厚床垫，上面叠着两块薄薄的毛毯，旁边是一个用弯管制作的简易衣架，挂着两件衣物，然后就是一些最基本的洗漱用品。在床垫的另一边，摆着一张木椅子，此刻一个头发花白的老奶奶正坐在那儿，眯着眼睛，满是皱纹的双手颤颤巍巍地折叠着白纸。她的速度虽然慢，但手法十分熟练，几秒钟的工夫便叠出了一只精致的千纸鹤，轻轻放了脚下。她的脚下，已经堆起了一座千纸鹤小山，将她的鞋子都掩没了进去。她听到集装箱的门被人推开，缓缓抬头看去，见到那娇小的身影，苍老的嘴角浮现出灿烂的笑容："小柚梨，你回来了？"

　　"我回来了。"柚梨奈的小脸上浮现出笑容，"鹤奶奶，我还带了一位客人回来。"

　　"有客人？"听到这句话，老人的目光落在柚梨奈的身后，看到了那个身穿黑色风衣的男人。她轻轻放下手中的白纸，双手搭在椅子把手上，用力地想要从椅子上站起来，踩在地上的双腿有些颤抖："有客人来了……快，快坐，我去给客人泡杯茶。"

"鹤奶奶，您快坐好了，招待客人这种事交给我就好。"柚梨奈慌忙搀扶住她，一边将她扶回椅子，一边开口说道。鹤奶奶张了张嘴，似乎还想说些什么，但身体确实使不上力了，只能顺着柚梨奈的力，坐回了椅子上。

柚梨奈回过头，见林七夜还站在门口，眉头微微皱起："你还站在那儿干什么，快进来把门关起来，别让人看到我们在这儿。"

593

林七夜见柚梨奈伸手指门，大概明白了她的意思，伸手将集装箱的门关了起来。集装箱本就没有窗户，门刚关起来，整个集装箱就陷入一片漆黑。就在这时，一点光芒亮起，照亮了小半个集装箱，只见柚梨奈的身边，一个小小的电灯泡连在一旁的电池盒上，暖色的光芒从灯芯中散发，化作一团光晕。

林七夜站在门口，心中有些惊讶。从衣着上来看，他就已经能看出这个女孩的家境不是很好，但万万没有想到，她竟然连住处都没有，只能和一位老奶奶一起住在这废旧的集装箱中。微凉的寒风从集装箱的缝隙中灌入，让坐在木椅上的老奶奶打了个寒战，柚梨奈立刻将床垫上的一条毛毯拿起，轻轻盖在她的身上。"鹤奶奶，你冷吗？"她轻声问道。

鹤奶奶笑了笑："没事，我不冷……你去招待客人吧。"

柚梨奈将毯子盖好，点了点头，转头看向林七夜，开口似乎想说些什么，犹豫片刻之后，还是走到了集装箱的角落，从一堆纸箱中掏出了一支笔和一张纸。

看到这一幕，林七夜的眼皮一跳。他隐约猜到这女孩想干吗了……可就算她把字写到纸上，自己也看不懂啊，现在他还能装成聋子，等她写下来给自己看的时候，总不能再装成傻子吧？林七夜的大脑飞速运转。他也不是没想过离开这里，避免暴露自己外来者的身份，但现在对这里的生活方式、律法、常识并不是很熟悉，一个人去外面行走的话可能会引起一些不必要的麻烦。就现在的情况来看，他还是留在这里比较稳妥。就在这时，林七夜像是想到了什么，立刻将意识沉入脑海中的诸神精神病院中。

诸神精神病院。

"贝勒爷。"穿着白大褂的林七夜快步行走在病院中，寻找着哈巴狗的踪迹，张口喊了两声，并没有人回应。林七夜沉吟片刻，改口喊道，"我们去捉水母吧，海绵宝宝！"

"嗖——"一道黄色的残影猛地从楼顶跃下来，哈巴狗前肢叉腰，整条狗双脚站立起来，身上穿着一件优雅的燕尾服，兴奋地汪了两声："好啊！我们去捉水母吧！"

林七夜的嘴角微抽，他伸手摸了摸哈巴狗的头，说道："先把贝勒爷吐出来。"

哈巴狗狗嘴一张，对着地面："呸！"

一只金色小虫混在它的口水中，被吐在了地上，一副生无可恋的表情。林七夜的脸上浮现出嫌弃的神情，挥手召唤出一道水流将它冲洗干净，然后提了起来，问道："你有没有快速掌握迷雾中语言的方法？"

林七夜清楚地记得，"贝尔·克兰德"在来到大夏之前，是伦敦迷雾诞生的"神秘"，自学了英语和汉语，才来到了这里。也许它能够帮助自己快速掌握日语也说不定。

"学习语言？"贝勒爷口齿不清地开口，"那不是很简单吗？就多看多听多练不就好了。"

"我要在五秒内掌握。"

"是你没睡醒……还是我没睡醒？"

林七夜默默地把贝勒爷塞回了哈巴狗的嘴里，长叹了一口气。看来贝勒爷也没什么速成的办法，还是只能一点点地去学吗……可是他现在没有那么长时间。

"学语言本来就不是一蹴而就的事情，除非你能像神明一样，越过语言的门槛，直接通过神念交流，否则只能脚踏实地去学。"贝勒爷艰难地从哈巴狗的嘴里爬了出来，"如果你觉得自己不够聪明的话，我可以先去学一遍，然后回来教你。"

林七夜："……"

林七夜又一次将贝勒爷塞进哈巴狗的嘴里，顺便摸了摸哈巴狗的头，微笑说道："乖，去厕所里吃点水母吧，放开吃。"

"汪！"哈巴狗兴奋地站了起来，两腿飞奔，径直向着角落的厕所跑去，隐约之间，能听到它嘴里含着的贝勒爷发出绝望的呜咽声。林七夜拍了拍白大褂，再度叹了口气。

"院长阁下，看来你遇到了难题。"戴着大风帽的梅林从走廊的另一边缓缓走来，手中端着一碗芝麻糊，微笑着说道。

"梅林阁下。"林七夜礼貌地回应，"我确实遇到了难题……"

林七夜将他现在的问题说了一遍，梅林的眉梢微微上扬，嘴角浮现出一抹笑意："迅速掌握一门语言？这很难吗？"

"我的时间不多。"

"两秒钟就够了。"梅林悠悠说道，"语言精通，是因果系的入门魔法而已，可以将意识跨过精神本身，直接以另外一种形式表达，不同的人听到就会自动转换成不同的语言，只要给你种下这个魔法，你就相当于掌握了世界上所有的语言。"

林七夜的眼睛顿时亮了起来："现在的我只是灵魂状态，可以接受这个魔法吗？"

"当然可以，这个魔法本就是对灵魂本身施展的。"

"那就拜托梅林阁下了。"林七夜微笑着说道。什么叫差距？看看贝勒爷，再看看梅林……神明，确实是有两把刷子的。

"幸好你是遇见了我，换作其他神明，可没办法帮你做到这一点。"梅林缓缓抬起手中的魔法杖，杖尖泛起一抹微光，轻轻点在林七夜的额头，"就像是我说的那样，魔法或许不是攻击力最强的法则，却是最实用的法则。"那抹微光从梅林的杖尖涌入林七夜的脑海，这一瞬间，林七夜只觉得自己的脑海仿佛有某种东西被打破，前所未有的清明感涌上心头——因果系低阶魔法——"语言精通"。那抹微光只持续两秒，等到林七夜再度睁开眼睛的时候，这个魔法已经深深地扎根在他的灵魂之中。语言对他而言，已经不再是什么难事。现在如果回到校园去考试，闭着眼睛都能拿下语言满分。他的嘴角微微上扬，对着梅林，由衷地开口说道："赞美魔法之神。"

594

等到林七夜再度睁开眼睛的时候，柚梨奈已经在纸上写好了一行字，展现在林七夜的面前。原本在林七夜看来不知所云的日语，此刻却能轻松地理解它的意思。

——你是不是听不见？

林七夜看到这句话，并不是很惊讶，毕竟按照他之前的表现，这小女孩会有这种误解也不奇怪。林七夜点了点头。柚梨奈露出一副"果然如此"的表情，俯下身又在纸上写了什么，将其举起。

——你叫什么名字？

林七夜看到这个问题，愣了片刻，摇了摇头。
他接过柚梨奈手中的笔，在纸上写下一行字。

——我不记得了。

林七夜虽然掌握了日语，但对于名字并不了解，与其硬着头皮给自己取一个乱七八糟的名字，还不如装傻，既能避开一些追问，也方便自己以后问一些常识性的问题。柚梨奈看向林七夜的目光中，又多了几分怜悯，不光是双耳失聪，自杀的时候连脑袋都撞坏了……真可怜。犹豫片刻之后，她还是在纸上写下了几句话，坚定地展现在林七夜的眼前。

——你也看到了，我们家的情况很不好，连我和鹤奶奶都养不活，更没办法照顾你。如果你实在没地方去的话，可以在这里留宿一晚，明天你就自己离开吧。不过出去之后不要跟别人说见过我，我还在被警察追踪。

林七夜的眉梢一挑，写道：

——那些警察为什么要追踪你？

柚梨奈沉默片刻，还是写道：

——因为我试图自杀。

林七夜写道：

——试图自杀？这犯法吗？

柚梨奈写道：

——在没有神谕判决的情况下，擅自结束自己的生命是重罪，你不知道吗？

林七夜愣住了。神谕？自杀是重罪？
柚梨奈想起来林七夜脑子撞坏了，又继续在纸上写道：

——对了，你是几代民？编号是多少？只要去警察局一查，名字和家庭什么的马上就能知道了吧？

林七夜的眼中疑惑之色更浓了。见林七夜满眼的不解，柚梨奈无奈地叹了口气，将自己的衣领拉下些许，露出肩膀上被印上的一小串数字：42857494。

——每个人出生的时候就会被净土留下编号，最开头的这个数字就是你的代数。我是四代民，鹤奶奶是二代民，我看你的年纪也就比我大一点，应该也是四代民才对。

看完柚梨奈的字，林七夜的眉头微微皱起。给每个人的身体烙上编号？这感觉……怎么这么像监狱，或者是放养的牧场？林七夜记得，在大夏的有些牧场，会给自家放养的牛羊身上烙上编号，方便走失之后领回，也能将自家的牛羊和别家的分辨开来。但在人的身上这么做，会不会有些过分了？而且他们怎么保证没有孩子在医院之外的地方出生？他们怎么给所有新生儿烙上编号？万一有漏网之鱼呢？林七夜将自己的疑惑写在纸上。柚梨奈惊讶地盯着林七夜许久，似乎是在诧异。但片刻之后，她还是提笔在纸上写道：

　　——从一代民开始，所有进入待产期的女人都必须被引入净土，在那里生下孩子，等到两个月后，才能和孩子一起从净土离开，医院是绝对不可能帮人接生的。

林七夜写道：

　　——那如果有人自己在别的地方偷偷生孩子呢？

柚梨奈写道：

　　——不可能的，每个人身上的编号，都具备体征检测的功能，一旦进入孕期就会被净土锁定，强行引入净土。从一代民开始，一代代向下延续，所以绝对不可能有人能避开净土的检测，在净土之外的地方生孩子。

林七夜的眉头紧锁。

　　——净土，究竟是什么？

　　柚梨奈想了想，从地上站起，走到纸箱旁翻了片刻，从里面掏出一本颇具年代感的《东京旅行攻略手册》。她将这本手册放在桌上，指着它的封面，说道："这就是净土。"林七夜定睛看去，只见在旅游手册的封面上，贴着一张霓虹璀璨的现代都市俯瞰图，而在城市上空的云层上，一个大到惊人的大型银色圆盘若隐若现，散发着浅蓝色微光，像是一个足有半座城市大小的超级飞碟。林七夜的目光中满是震惊。这是什么东西？这是科技的产物，还是神秘侧的力量？

　　——你肯定也是在这里出生的，只不过你忘记了而已。

　　柚梨奈拿着纸，纸上写着这么一句话。林七夜此刻已经彻底怔在了原地。他像是想到了什么，拿起笔，飞快地在纸上写着什么。

——几代民，按年龄或者辈分排的吗？你是四代民，你的母亲是三代民，鹤奶奶是二代民，她的上一辈是一代民，是这样吗？

柚梨奈点了点头。

——当然是这样。

林七夜写道：

——鹤奶奶今年多大？

柚梨奈写道：

——她已经七十九岁了。

林七夜的瞳孔微缩，他像是明悟了什么，大脑飞速地转动起来。如果按照正常的年龄计算，二代民鹤奶奶现在是七十九岁，她的父母辈，也就是所谓的一代民，如果还活着的话，应该是一百岁左右……一代民，出现在一百多年前？一百多年前，那不是……迷雾降临？

林七夜继续在纸上写道：

——一代民往上呢？上一辈人怎么样了？

柚梨奈表情古怪地看了他一眼。

——没有了啊，神明们创世与造人，就是从一代民开始的。

林七夜愣在了原地。没有了？怎么可能没有？如果神明们是在一百年前创世的话，那一百年前的日本是哪儿来的？只有一百年，你们的科技能发展到这个地步？！

——你不会要告诉我，这么现代化的都市，是一百年内建成的吧？

林七夜伸出手，指着旅游手册上那霓虹璀璨的宣传图，东京塔的光芒绚烂而迷离，车道上车流的灯光拉出一道道光轨，远处的云层中，还有一架客机若隐若现……他的目光郑重而严肃。柚梨奈眨了眨眼，拿起笔，很流畅地在纸上写下一句话：

——这些，都是神明们留下的恩赐啊。

林七夜看到这几个字，整个人都僵在了原地。此刻，他的脑海中只剩下一个想法。

不对劲儿……这个国家，很不对劲儿。

595

自杀罪、编号、净土、神明的恩赐……这些元素，无论哪一个都不像是正常社会发展的结果。整个日本的历史从一百年前开始断层，然后这些莫名其妙的东西就一个接一个地跳了出来。一百年前的日本，究竟发生了什么？净土，又是什么？一个又一个的想法涌现在他的心头，林七夜越发觉得，他对这里的第一印象是正确的。在这宁静安好的外表下，必然隐藏着某种极度危险的隐秘。或许，这就是未来王面将他送到这里的原因？林七夜思索了许久，最终还是在纸上写下了一句话：

——我想出去转转。

现在的林七夜，就像是被困在迷雾中的走失者，对周围的一切都不了解。从柚梨奈的口中听到这些事情后，不知为何，他的心中有种莫名的急迫感。他想弄清楚这里究竟是怎么一回事。现在的他已经没有了语言障碍，只要行事谨慎一些，应该不会出什么大问题，继续留在这集装箱内也不会有太大的进展，他想自己去接触一下这个神秘的城市。

柚梨奈想了想，在纸上继续写道：

——你要走的话当然可以，但是晚上你有地方可以去吗？你身上有钱吗？

林七夜一愣。

——没有。

柚梨奈写道：

——别这么看着我啊，我们也没有钱，没有什么能帮你的。

柚梨奈看到林七夜那充满期待的眼神，飞快地在纸上写下这句话，小脸上严肃无比，就差双手在胸前打叉，说一句："哒咩！"林七夜沮丧地叹了口气。

——没关系，钱我会自己想办法，谢谢你帮我。

柚梨奈看到这句话，脸色柔和了些许，提起笔，刚写了两个字，但小脸突然一红，又没有继续写下去。她小声地嘀咕了一句："其实，以你的长相的话，如果去当牛郎一定会很吃香，可以轻松地赚到很多钱……"

林七夜一愣。他的心头浮现出疑惑。牛郎？那是什么东西？很赚钱吗？记下来，有机会可以去试试……当然，林七夜表面上依然装作没有听到。柚梨奈没有把这句话写下来告诉林七夜，因为本能地觉得这样不好，于是将这两个字划掉，重新写上：

——既然你想好了，就走吧。

林七夜从座位上站起，对着柚梨奈微微一笑，便要转身离开。就在这时，一旁坐在椅子上的鹤奶奶颤颤巍巍地站了起来，柚梨奈立刻上前搀扶住她。"请等一下。"鹤奶奶声音沙哑地开口。她扶着椅子走到箱边，摸索许久，掏出一个绑着漂亮丝带的玻璃瓶，然后缓缓弯下腰，将地上的几只千纸鹤小心翼翼地放入瓶中。她将装满千纸鹤的瓶子，双手递给林七夜，满是皱纹的脸上浮现出笑容："客人来了，我们没能照顾周到，请您务必把这一点心意收下。"

林七夜愣在了原地。柚梨奈以为林七夜听不到鹤奶奶的话，拿起笔飞快地将这句话写下，展示在林七夜的面前，同时自己还加上了一句：

——鹤奶奶以前是叠千纸鹤的手工艺人，这些纸鹤如果放在几十年前还能卖点钱，虽然现在已经没有人买了，但是也算是她的一点心意，请您收下。

林七夜看了这瓶精致的千纸鹤许久，伸出手，将其拿在了手中，随后礼貌地对鹤奶奶微微鞠躬。鹤奶奶脸上的笑容更加灿烂了，她颤颤巍巍地弯下腰，弯得比林七夜还要低，银白色的发丝垂下，在微弱的灯光中散发着淡淡的光晕。与此同时，她身旁的柚梨奈也礼貌地对林七夜鞠躬，黑色的老旧樱花和服下，那娇弱的身躯近乎弯成了直角，她轻声开口："请您慢走。"

林七夜没有见过日本人送客的礼仪，只觉得有些别扭，犹豫片刻之后，还是转身推开了集装箱的门，走了出去。集装箱内，这一老一小就鞠着躬，目送林七夜的身形逐渐消失在视野之中。

林七夜离开集装箱所在的荒地，看了眼远处被霓虹照亮的夜空，犹豫片刻之后，向着相反的方向走去。这座城市很热闹，即便到了夜晚，市中心依然灯红酒绿，这一点和大夏的现代大都市没什么区别。但林七夜现在并不想去感受异国的夜生活，他有更重要的事情需要验证。他沿着来时的路，径直向着大海的方向走去，大约走了二十分钟，就回到他最开始被冲上岸的碎石浅滩。站在浅滩上，翻滚的海浪拍打在岸边，发出沙沙声，林七夜凝视着远方漆黑一片的海水，双眸微微眯起。想要知道这个国家是怎么回事，迷雾又去了哪里，最直接的办法，当然是去海的尽头看一看。说不定，他还能找到其他队员的踪迹。他轻轻抬起手掌，在虚空中一点，一缕云气在他的脚下凝聚，"筋斗云"。动用禁墟的瞬间，林七夜突然浑身一震，一股前所未有的危机感笼罩在他的心头，一道充满压迫感的目光突然自虚空中投射而来，落在这一片区域，像是夜空中有某个神秘的存在正逐渐苏醒，仔细地搜索着什么——有什么东西在找他！这目光出现的瞬间，林七夜浑身的汗毛立起，心脏几乎跳出胸腔，本能地停止禁墟的运转，那刚刚汇聚在他身前的云气骤然散去。

"哗哗哗——"黑暗中，海浪继续拍打着浅滩，林七夜静静地站在那里，像是尊雕塑般一动不动。禁墟停止运转的同时，那虚空中的存在像是失去目标，仔细地在这片区域扫了一遍，掠过林七夜的身体，没有发现什么异样，片刻之后便缓缓消散。确认那目光消失之后，林七夜才敢移动身体，此刻后背已经被汗水浸透。他抬头看向这片黑暗的天空，脸色凝重无比。刚刚……那是什么？之前林七夜并没有察觉到这东西的存在，直到动用禁墟，这种感觉才前所未有地强烈。难道，那东西的出现和禁墟有关？

596

林七夜在浅滩上驻足了许久，还是下定决心，再度抬起了手掌。这一次，他用的不是"筋斗云"，而是"至暗侵蚀"。一缕黑芒在他的掌间闪烁，凝聚成一团，大约一枚硬币大小，林七夜握着这一抹黑暗，抬头看向头顶的夜空，眼眸之中满是警惕。片刻之后，那道恐怖的目光再度降临！林七夜感觉自己就像是被某种致命的野兽盯上，浑身汗毛再度立起，没有丝毫犹豫，再度散去掌间的这一抹黑暗！那道目光在这片区域徘徊片刻，这一次搜索的时间比上次还要长，如果说之前只是一次大致搜索的话，现在就是仔仔细细地排查。它似乎也很奇怪，这里为什么会连续两次出现这种气息。大约两分钟后，那道目光才缓缓散去，林七夜长长地舒了一口气。看来，那道目光的出现，果然是禁墟引起的。他之所以要尝试第二次，就是想看看那道目光的出现，是否与禁墟的种类或者注入的精神力多少有关。

他第一次使用"筋斗云"的时候，灌入了大量的精神力，但第二次使用"至暗侵蚀"时只最低限度上动用禁墟，大概相当于"盏"境的水准，但没想到即便只是这种微弱的禁墟波动，也能引来那道目光的窥视。也就是说，它能感知到任意形式的禁墟波动？如果它找到了禁墟波动的来源，然后会发生什么？林七夜不知道，但能隐隐猜到，这绝对不会是什么好事。这里是日本，那从虚空投射来的目光，多半来自某一位日本神明，如果他发现了自己这个外来者，总不可能热情洋溢地请自己去高天原参观做客吧？但不能动用禁墟的话，现在的他也只是体魄更加强壮的普通人，一旦遇到了什么情况，很容易陷入危险的境地。局势瞬间恶劣了起来。

林七夜皱着眉头，仔细地思索着，最终像是想到了什么，在浅滩上四下寻找起来。五分钟后，他拎着一根被海水泡烂的黑木头走回原地。他蹲下身，用这根木头在浅滩上画着什么，等到他再站起身的时候，一道黑色的复杂圆形魔法阵已经出现在他的脚下。这是一个最基本的定向召唤魔法阵。曾经林七夜使用召唤魔法，都是用精神力直接在虚空中勾勒法阵，最后瞬间成形，但这样一来必然会被那神秘存在发觉。所以他改变了一下形式，先用周围的工具手动绘制好魔法阵，再在一瞬间灌入精神力，催动召唤魔法，这样一来禁墟催动的过程就会被压缩到最短，只有一刹那。凭借刚刚的两次实验，林七夜完全可以确定，只要禁墟持续的时间不够长，那位神秘存在就无法锁定具体位置，否则他刚刚早就应该被锁定了才对，或许，这是唯一能够躲过那个存在感知到禁墟的方法。

画完魔法阵后，林七夜深吸一口气，将自己的手掌贴在这巨大的魔法阵上，精神力澎湃地灌入其中。漆黑的夜空下，这无人问津的海边浅滩上，一道刺目的魔法光辉一闪而过，将天空照亮了一角！与此同时，林七夜敏锐地察觉到，那道恐怖的目光再度从虚空中投射而来。而且这一次，林七夜甚至能清晰地感知到它愤怒的情绪！连续三次被吸引过来，偏偏又什么都没搜索到，这次它目光所蕴含的威压足足是之前的数倍，让林七夜的身体控制不住地颤动起来。他紧咬着牙关，一动不动地站在浅滩上，用意志强行控制住身体不被压倒在地，但即便如此，他的双脚已经深深地嵌入浅滩的碎石之中。这一次，那道目光搜索五分多钟，才缓缓消散无踪。等到那目光离去的瞬间，林七夜像是失去浑身的力气，身形一晃险些栽倒在地。不能再尝试了。林七夜甚至怀疑，如果再将它吸引过来一次，它可能就赖在这儿不走了。就算要试，也得过几天，再换个地方，给它一点缓冲的时间。

林七夜缓过神，迈步向着那庞大的黑色魔法阵走去，黑暗中，他伸出手，在魔法阵中央的碎石中掏了掏。他的眼前一亮。当他将手从碎石中拿出时，他的掌间已经多了一柄雪白的长刀——"斩白"。

"赞美魔法之神。"林七夜嘴角微微上扬，由衷地说道。

林七夜握着刀柄，轻轻向着一旁的虚无一斩，数十米外的碎石地上，瞬间被斩出一道深深的刀痕。而且这一次，那道恐怖的目光并没有出现。禁物可以正常使用吗……林七夜若有所思。无论如何，在这个无法使用禁墟的神秘国度，他拥有了一个自保的底牌，虽然这只是一柄刀，但这柄刀的背后隐藏着另外一个至关重要的信息——手绘魔法阵可以运行，也就意味着……他能将那些护工，一个接一个地从诸神精神病院内召唤出来。现在他的病院中关着多少"神秘"，林七夜自己都数不过来。这些护工并不属于"人类"的范畴，更具体一点说，他们只是灵魂状态的"神秘"，是否会引来那神秘存在的目光尚未可知。但就算他们和自己一样无法动用禁墟，凭借着自身的种族天赋，也能做到很多事情。比如阿朱，就算不动用禁墟，也能变成蜘蛛战斗结网；贝勒爷不动用禁墟，也能生产出紫色迷雾；红颜纯靠身体力量，也能一巴掌拍碎半座山峰。他可以在这座现代大都市中，悄无声息地牧养"神秘"。

林七夜暂且收起这个念头，毕竟距离下一次画魔法阵召唤护工，还需要一段时间的缓冲，而且那些"神秘"还没有签订契约，现在距离那一步还早。他用脚踩掉地上的魔法阵，将"斩白"裹在风衣里，径直向着远处的城市中心走去。他不能提着一柄刀在街上走，所以需要给"斩白"找个剑袋装起来，听说日本是个注重刀文化的国度，找到一个剑袋应该不是什么难事。但现在的问题是……他该去哪里搞钱呢？

597

林七夜离开三分钟后，一个白袍身影突然凭空出现在浅滩之上。那是一个表情肃穆的中年男人，眉心处有一道深红色的长痕，双眸平静地扫过这片漆黑的浅滩，最终落在那道被踩乱的黑色魔法阵之上，左眸突然收缩，一道微不可察的白色光圈在他的眼球中转动，锁定了地面的那道黑色图痕。

"成分解析中……

"成分解析完成，含有木炭、盐、砂岩、石英……未发现神性痕迹。

"检测到微弱的精神力反应，判定为触动神怒的入侵者遗留，危害等级分析中……已知信息过少，危害等级分析失败。"

一连串的电子音回荡在白袍男人的耳中，他的眉梢微微皱起。他张开嘴，喃喃自语:"又是一个入侵者……这两年内,已经有过数次外来者入侵记录,而且登陆地点都相差不远……他们究竟是怎么避开神明大人的监视,又是从哪里进来的?"他凝视那黑色的图案片刻,抬起头,看向绝壁上那条蜿蜒曲折的公路。他冷哼一声,脚尖在地上一点,整个人就像是没有丝毫重量般跃起,轻飘飘地落在公路之上。"调出这条路上所有监控设备,排查引动神怒时间前后两小时内所有的可疑人员。"他平静地开口。他左眸中的白色光圈再度转动起来。

"检索中……"

这一刻,这条道路上所有的电子监控设备,都与他的左眼连接,每一条路段上的画面像是急速播放的电影一样在他的眼中掠过,左瞳急速颤动,似乎是在搜索着什么。几分钟后,他眼中的画面突然定格。一张张截图出现在他的脑海中,那是一个穿着黑色针织风衣的年轻人,独自行走在环山公路的边缘,由于天色昏暗,监控只能拍到他模糊的侧脸。他的身影被这条路上部分的监控拍下,从公路的入口,一直走到距离这处绝壁不远的监控下,在绝壁周围停留了大约二十分钟,便原路返回,向着城市的中心走去。从时间上来看,与神怒发生的时间完全吻合。

"找到你了……"白袍男人的眼眸微微眯起。有了这几张照片,就可以检索整个横滨市的交通监控,查出那个入侵者的行动踪迹。"将这几张照片发给四号,让他去趟净土鬼牢,看看能不能撬开那家伙的嘴。"他左眸的白色光圈徐徐旋转。说完之后,他便迈开脚步,缓缓向着霓虹闪烁的城市中心走去。

东京。繁华热闹的都市上空,一个状似飞碟的庞大圆盘正静静地悬浮于云层中,散发着雾蒙蒙的蓝光,像是悬于天空的第二轮蓝月,充满了未来的科技气息。这里,是日本所有婴孩的出生地,是神圣传说中记载的众神造人之处,是整个日本的起源,是象征着生命与未来的神秘之地——"净土"。此刻,净土的边缘,一个红袍男人正站在巨大的落地窗前,透过缥缈的云层,俯瞰着脚下那座宛若碎金般的城市。突然,他的左眸闪出一道红色光圈,徐徐旋转起来。

"又有一个入侵者?"他皱了皱眉,犹豫片刻之后,转身向着净土的深处走去。他穿过一扇又一扇充满科技感的门户,最终来到一座通体漆黑的巨大监狱门口,他左眸中的红色光圈微微一亮,一道电子声便从他的周围响起。

"四号神谕使,身份验证成功,请通行。"

监狱的大门缓缓打开,红袍男人平静地走进冰冷局促的通道中,两侧银白色的墙壁充满了金属质感,不知是何种材质组成,在惨白的灯光下,能够清晰地倒映出他的身影。穿过数十座幽深的牢房后,他来到了这座监狱的最深处。在那扇没有编号的监狱门前,红袍男人驻足一会儿,似乎在思索着什么,随后将左眸移到了门旁的设备处,那道红色光圈迅速旋转一圈半,随后这扇厚重无比的监狱门才自动打开。他迈步走入其中。漆黑的牢房中,没有任何的光源,只有在监狱门打开后，几缕惨白的灯光从外照射进来，将红袍男人的影子拉长到监狱的墙壁上，微微扭曲，像是一个存在于阴影中的恶魔。在牢房的中央，一个身影被死死囚禁在半空中，无数根锁链缠绕在他的身上，散发着诡异的幽光。红袍男人看着那身影，淡淡开口："蚀骨锁的滋味，怎么样？"

那囚徒紧闭的双眼微微一颤，睁开了些许，似乎还不能适应外界的强光，眯眼看着身前的白袍男人，张开干裂出血的双唇，沙哑开口："滚。"

听到这个字，红袍男人没有丝毫的表情变化，继续平静地说道："你能在蚀骨锁的痛苦下支撑近两年的时间，确实出乎我的意料……我很好奇，你的身体究竟是怎么长的？"

囚徒的双眸微眯，冷笑说道："这算什么痛？我以前承受的痛苦，比这要难忍数倍……"

"真是令人惊叹的意志力。"红袍男人感慨了一句，"不过，很快你就不需要承受这些痛苦了。"囚徒静静地看着他。"你还剩下三个月的时间，这三个月内，如果你还不能展现自己的价值，臣服于净土，到时候，我将亲自宣读对你的神谕死亡审判。"红袍男人注视着他的眼睛，缓缓说道，"你只剩下三个月了，两年前的第一位外来入侵者，'极恶'级通缉犯……曹渊。"昏暗的灯光下，被蚀骨锁穿透了身体悬挂于半空的曹渊平静无比。"现在，就有一条活路摆在你的面前。"红袍男人转过身，将脸正对着侧面的黑色墙壁，左眸中的红色光圈流转，像是一只微缩型投影仪，在墙面上投射下一张张照片。"两个小时前，横滨市海岸旁发现疑似第五位外来入侵者的痕迹，我们截下了他的照片……告诉我，你认识他吗？"曹渊微微转过头，目光落在那几张模糊的照片上，他的瞳孔骤然收缩！

598

一抹震惊闪过他的眼眸，很快便被他掩盖下来。

"不认识。"他淡淡开口。

"真的不认识？"

"我不想再重复一遍。"他的日语有些生涩。

红袍男人转过头，凝视着他的眼，片刻之后，又在墙上投射出了三张不同的照片。"每一次外来入侵者出现，我都来找过你，但是你的回答永远是不认识……现在我最后再给你一次机会。错过了这个机会，我们下次见面，应该就是宣读死亡审判的时候。"红袍男人指着墙上那四张模糊的照片截图，一字一顿地开口，"你，认识他们吗？"

曹渊的目光在四张照片上扫过，平静地继续说道："我说了，我一个都不认识。"

"……很好。"红袍男人的眼中浮现出一抹怒火，他关闭了左眸的投影，走到曹渊的身前："希望，你不要为今天的决定后悔。"

他转过身，迈步走出这座牢房，沉重的监狱门自动关闭，发出一声沉闷的巨响。"咚——"漆黑的牢房中，曹渊被锁在半空，凌乱的黑发垂在他的脸颊旁。他转过头，怔怔地望着刚刚投射上照片的那面墙壁，许久之后，干裂的嘴唇浮现出一抹笑意："你们，可不能被抓到啊……"

横滨市。

"你说什么？！"街道旁，一个西装革履的男人看着眼前这个穿着风衣的俊朗少年，愣在了原地。

"请问，哪里可以当牛郎？"林七夜郑重地重复了一遍。

"牛……牛郎？"男人有些发蒙，挠了挠头，还是有些不确定地说道，"牛郎店的话，横滨这边好像不多，你可以去西城那边碰碰运气，不过我还是推荐你去新宿。"

"新宿在哪儿？"

"在东京啊。"

"我该怎么去？"

"当然是坐 JR 埼京线……"

"谢谢。"林七夜若有所思地点了点头。

事实上，他并不清楚牛郎是什么，而且从根本上来说，他就没有必要为自己找份工作。他的目标很简单，暗中摸清楚这个国家的情况，同时寻找其他队员。根据林七夜的判断，既然大家都是在一起沉没入海的，那洋流的流动轨迹很可能相近，也就是说，或许他们也漂到了这个国家的某个地方。但无论是摸清楚情况，还是寻找队员，都需要时间和金钱作为支撑，至少他要能买上几张车票，而不是徒步走遍整个日本。在那神秘存在的注视下，他无法动用禁墟，而且为了不引起当地警察或者其他人的怀疑，最好要用一种合理合法的手段去弄到钱……毕竟这里的水太深了，谁也不知道危机藏在哪里，所以还是谨慎一些为妙。既然柚梨奈说牛郎来钱快，而且对他来说很容易，那他当然可以去试试。但现在他连去新宿的车票钱都凑不齐，收起"斩白"的剑袋也没买，所以他还需要一点别的途径，来赚一点钱……林七夜走到繁华热闹的大街上，一边观察着两侧的街道，一边思索着。

现在已经是晚上九点多，但横滨的市中心依然十分热闹，两侧的高楼闪烁着霓虹的光芒，各种居酒屋和牛肉火锅店散发着浓郁的香气，路上的高中生们奔跑打闹着掠过林七夜的身边，跑进街角的便利店中。林七夜在红绿灯前停下脚步，就在这时，十字路口的巨大银幕上，一张张照片正在轮番滚动，吸引了他的注意——

恶人：有山亮太，"狩雀"级通缉犯，悬赏 3000000 日元，目击者举报悬赏 500000 日元……

恶人：平河隆，"夜叉"级通缉犯，悬赏 100000 日元，目击者举报悬赏 30000 日元……

恶人：雨宫晴辉，"猛鬼"级通缉犯，悬赏 10000000 日元，目击者举报悬赏 1000000 日元……

…………

亮红色的警戒带环绕在他们的电子照片周围，黄色的"恶人"二字写满警戒带，不断闪烁，像是在给他们打上显眼标签，将黑色的夜幕照亮一角。通缉犯？"夜叉""狩雀""猛鬼"，又是什么？林七夜的心中闪过些许疑惑，当看到悬赏后面的数字之后，心中微动，生出了去追捕通缉犯的念头。但很快他就将这个念头打消。追击通缉犯？现在他自己就是这个国家最该被通缉的外来者，就算他真的抓到一个通缉犯，送到警察局门口，然后警察让他登记自己的名字和编号来领取悬赏金……这不是把自己送上门了吗？林七夜摇了摇头，将这个想法抛在脑后，等到绿灯亮起，继续向前走去。突然，他的余光瞄到一旁女仆餐厅门口的告示牌，眼前一亮，默默地停下了脚步。或许……这个工作可以？

与此同时。市中心的另一边。左眸带着蓝色光圈的白袍男人从昏暗的小路中走出，不紧不慢地走到了车流行驶的马路中央，微微转过头，目光看向林七夜所在的方向。"丁零——"微弱的风铃声从他身上传出，轻声回荡在喧闹繁华的街道上。原本充斥着喇叭声与笑骂声的嘈杂街道，瞬间安静下来！所有车辆瞬间熄火，所有行人同时停在原地，没有人敢按喇叭，没有人敢交流，他们惊恐地回过头，看向马路中央那白袍身影，身体都控制不住地颤抖。

白袍男人看都没看这些路人一眼，踩着路中央的黄色双线，缓缓向着市中心走去。他每经过一辆车，车上的司机和乘客都会迅速下车，就在马路中央，恭恭敬敬地跪伏在地，额头紧贴地面，带着三分恭敬、七分恐惧地说道："拜见神谕使。"

"拜见神谕使。"

"拜见神谕使。"

"……"

不光是车上的人，还有不远处人行道上的行人、店面中的客人和服务生，同时走到街道的两侧，跪伏在地。这条横滨市中心最繁华的街道，死寂无声，随着白袍男人的前进，所有人都匍匐在地，像是密密麻麻的蝼蚁贴在那里，一动都不敢动。见他，如见神明。

"您好，今天全场甜点七折，需要看一下吗？"

"很抱歉，打扰一下，全场甜点七折谢谢。"

"欢迎光临 Love live 女仆主题餐厅，三位里面请。"

"您好，请问对甜点和女仆感兴趣吗？"

光芒闪烁的女仆咖啡厅门口，一个套着粉色猫咪玩偶服的身影拿着一沓传单，正站在路边，有礼貌地和两位路人交流："小林，是女仆餐厅欸，我们要不要进去看看？"一个同样穿着女仆装的金发美女两眼放光地看着这家餐厅："算了吧，这个月的工资还没发，根本没有钱去餐厅啊，而且她们根本不懂什么是女仆，听好了，所谓女仆，不仅仅是……"她的身边，另外一个戴着眼镜的死鱼眼白领拎着方便袋，一边讲一边向前走去。

看着两位路人离开，穿着粉色猫咪玩偶服的林七夜长叹了口气。很快，他又走到另一位路人前，温和地开口："您好，女仆主题餐厅了解一下？"

"对不起，不用……"

"丁零——"路人话音尚未落下，一道隐约的风铃声便在空中回响，路人的脸色当即一变！他飞快地后退一步，对着林七夜，猛地跪伏下去，额头紧贴地面，身体微微颤抖。这突如其来的大礼，让林七夜一时之间愣在了原地，他拿着传单，有些尴尬地开口："那个……就是个传单而已，也不至于这么对不起……"很快，他的声音就戛然而止。不光这个路人，这条街道上所有的行人在听到风铃声的瞬间都已经跪了下去，就连女仆餐厅的客人和女仆服务员们都一拥而出，面朝着某个方向，整齐地跪伏在店面门口。几秒钟的工夫，这条街道上除了这只粉色的可爱玩偶猫，再也没别人站着了。

林七夜顺着他们下跪的方向看去，只见在停滞的车流之中，一个穿着白袍的男人正双手插兜，缓缓从街道的另一边走过来。两侧闪烁的霓虹灯牌倒映在沥青路面上，投射出一块块彩色的斑驳，漆黑的夜穹下，那男人雪白的袍子也被映成了绚烂的霓虹色调。他微微抬起头，左眸中一道白色光圈转动，迅速锁定一旁的粉色玩偶猫，眼睛微眯起："找到你了，入侵者。"

粉色的玩偶猫抬起手，轻轻摘下那颗毛茸茸的大头。林七夜将这大头抓在手里，皱眉看着白袍男人，脸色有些阴沉。他不知道这白袍男人是谁，但从其他人的反应看来，这绝对是一个凌驾于社会规则之上的存在。而他的目标，就是自己。

"你是谁？"

"'净土'，三号神谕使。"

神谕使？林七夜是第一次听到这个称谓，从字面上的意思来看，应该是神明的使者？既然对方已经发现了自己，索性趁这个机会，多套取一些信息。林七夜摇了摇头："你找错人了，我不是什么入侵者。"

神谕使冷笑起来，左眸中那道白色的光圈再度亮起，几张照片投射在沥青路面上，正是林七夜沿着环山公路行走的画面。"释放气息，引起神怒，又在海滩边留下精神力痕迹的……这不是你吗？"

"不是我。"林七夜笃定回答，"我没穿风衣。"

说完，他还拍了拍自己身上的粉色玩偶服。

神谕使："……"

林七夜当然不认为对方会相信自己的鬼话，但他的目的已经达成了。他之所以不承认自己的身份，就是想通过对方的回答来锁定自己暴露的原因，一开始他以为是神明拥有某种自动追踪的力量，在自己身上留下痕迹，所以对方才能找到自己。但直到对方投射出监控照片的时候，他才意识到……他们追踪的办法，只是调取监控而已。不过这倒确实怪他自己没小心，原本他以为这只是一个失落的国家，就算和神明沾上关系，也不至于如此密切。但他万万没想到，神明居然会用监控来找到自己！知道了对方追踪的手段，林七夜的心顿时就安稳了些许。

"不是你的话，你见到我，为什么不像他们一样跪下？"神谕使指着周围跪伏的众人说道。

"我为什么要跪你？"

"我是神谕使。"

"神谕使？是神明代理人？"

"神明代理人？"神谕使微微皱眉，似乎无法理解这个词的意思，"我只是传达神明旨意，并替他们管理人间的人。"

管理者，而不是代理人吗……林七夜的大脑飞速运转。

"我的出现，便是神明的旨意，我所到之处，如神明亲临。神来了，你不跪？"

"我为什么要跪？"

神谕使眯眼看着林七夜，许久之后，冷笑起来："你们这群入侵者……果然都一个样。"

"你们？"林七夜迅速抓到了重点，双眸亮起，"除了我，你还见过谁？"

"等我抓了你，你自然就能见到了。"神谕使轻抬手掌，指尖向着林七夜一点，脚下的大地瞬间寸寸爆碎开来，一道恐怖的沟壑呼啸而出，就像是有一柄无形的巨大刀刃划过空气，径直斩向林七夜的咽喉！林七夜虽然看不见这刀，精神力却能清晰地感知到它的存在，甚至在感知到这刀的瞬间，脑袋都有些生疼……这无形刀刃蕴含的恐怖杀伤力，竟然连他的精神力都能伤到。林七夜的身形如鬼魅般迅速地向另一侧闪去，虽然无法使用任何禁墟，但"凡尘神域"的精神感知和"星夜舞者"的身体加成都已经烙印在他的身体中，成为他身体的一部分，并不会引起神秘目光的窥视。"刺啦——"林七夜已经动用了全速，但也只是堪堪避开这一刀。刀芒擦过他的身体，将身上的粉色玩偶服瞬间撕裂，一柄雪白的长刀被他从夹缝中取出，向着身前的虚无，一刀挥下！"斩白"的刀锋无视空间，斩向神谕使的脖颈！"当——"雪白的刀锋毫无阻碍地斩在神谕使的脖颈上，却发出一阵金铁交鸣之声，像是斩上了某种硬度极高的钢铁，只留下一道浅浅的白痕。

600

林七夜的瞳孔微微收缩。神谕使的身体不知是由何种材质组成，除了能够轻松挡下林七夜的斩击，还能隔绝任何形式的精神力探知。即便林七夜试图用精神力感知他的身体构造，也只能被挡在他的肌肤之外。但可以确定的是，神谕使从某种程度上来说，已经不是纯粹的人类了。毕竟人类不可能从眼睛里投影出监控画面。

改造人？林七夜的心中刚生出这个念头，白袍神谕使已然一步踏出。他的步子不大，却在刹那间向前移动近百米，直接闪烁到了林七夜的面前！他左眸中的白色光圈瞬间锁定了林七夜的面孔与他手中的"斩白"。"能够无视空间的刀……是祸津九刀之一？不对，这柄刀没有刀魂。"神谕使眉头微皱，似乎有些疑惑。他摇了摇头，叹道："入侵者手中的东西，总是这么令人难以理解。"

下一刻，他的眼眸微凝，一道恐怖至极的无形斩击自他的身前凝聚而出，散发着致命的危险气息，刹那间，林七夜闪电般地将手中的"斩白"横在身前。"咚——"无形斩击撞在"斩白"的刀身，将整柄刀都震得剧烈颤抖起来。但诡异的是，林七夜并没有从握着刀柄的手中感受到任何的力量传递，就好像所有的斩击都被强行灌入了"斩白"中，没有一丝一毫泄漏出去。"斩白"剧烈地震颤，发出仿佛千鸟齐鸣的刺耳声音，林七夜眉头微皱，敏锐地察觉到事情有些不对，与此同时白袍神谕使的手指再度抬起。林七夜迅速向一侧闪避，但下一刻神谕使的身形又挪移到了他的面前。他的手掌如幽灵般，轻轻贴在"斩白"刀身之上，屈指一弹。"当——"沉闷的巨响如同雷鸣，在繁华的街道中回荡。剧烈颤动的"斩白"刀身，突然停滞，陷入诡异的安静，然后一道道肉眼可见的细密裂纹在刀身的中央崩碎开来！雪白的刀身如镜面般清晰地倒映着街边的霓虹灯牌，从中央断裂，半截刀刃震颤着荡出华丽的光晕，飞舞在漆黑的夜空之下，刺入不远处的红绿灯中，迸溅出刺目的火花！林七夜握着半截"斩白"，瞳孔骤然收缩。刀……断了。刀身断裂的地方，便是刚刚白袍神谕使屈指弹击的位置。他仅用了两招，便将被列为百里家十二件超高危藏品之一的"斩白"拦腰打断。他是怎么做到的？

这一刹那，林七夜的脑海中闪过无数念头，但局势已经不允许他多想。白袍神谕使抬起手，指尖对着林七夜轻轻一划，生死危机感瞬间笼罩林七夜的心头。

他再也不需要去顾忌那虚空中的神秘目光，因为如果还不动用禁墟，今天必然会死在这里。一抹夜色瞬间笼罩了他的身体，下一刻他便消失在原地。"暗夜闪烁"。这是从倪克斯留给他的黑夜本源中，孕育出来的禁墟。如果将黑夜本源比作一块肥沃的土壤，那这个禁墟便是这块土壤中，最先长出来的果子。当林七夜的身形闪烁出去的瞬间，原本他所站立的地方，身后那两座六层楼高的贸易商场，所有的窗户爆碎开来，中央部分的建筑材料被拦腰斩断，脆弱得像是一座纸糊的房子。狰狞的斩痕将两座商场斩开，庞大的楼体在震耳欲聋的轰鸣声与漫天的灰土中，重重地从空中坠下，砸在街道上，将数十辆轿车压成了废铁。

林七夜站在楼宇废墟之后，握着半柄"斩白"，脸色凝重无比。从神谕使身上散发的精神力威压来看，应该是一位"克莱因"巅峰的强者，再加上那诡异神秘的能力，让他的危险系数迅速地拔高。现在的林七夜，根本不是他的对手。更何况，他并不是只有神谕使一个敌人。林七夜抬头，看了眼头顶漆黑的夜空，能清晰地感觉到，之前在浅滩上出现的神秘目光再度从虚空中投射出来，在周围寻找着他的踪迹。刚刚动用"暗夜闪烁"，再度引起那神秘存在的注意，如果他继续使用禁墟，最终必然会被锁定。

"神怒降临，你若是继续用入侵者的那些手段，根本不用我动手，就会被神打得灰飞烟灭，今天，你逃不掉的。"白袍神谕使也感受到了天空中那道目光，冷笑着说道。

林七夜沉默着看着他，眼眸中光芒闪烁，认真思索着破局的办法。用禁墟，会被神秘存在盯上，然后死；不用禁墟，又无法从神谕使的手中逃脱，还是死。这是一个死局。就在林七夜苦苦思索的时候，一滴雨水，突然从云层中坠下，落在他的肩膀上，迸溅成四散飞起的小水珠。"啪嗒！"下雨了？这滴雨水，并没有吸引林七夜的注意，但他的对面，白袍神谕使的眉梢却微微皱起。他抬起头，仰望天空，似乎是在寻找着什么。第二滴、第三滴、第四滴……淅淅沥沥的雨水从夜空中落下，越下越大，仅是数十秒的工夫，便从小雨转成了中雨，又从中雨转成了大雨！密集的雨水冲刷着繁华的城市街道，迅速积累出一片又一片水洼，朦胧的水汽在空气中蔓延，逐渐遮蔽了普通人的视线，将夜空化作雨幕。霓虹的微光被雨水淹没，浇灌在水流似川的沥青路面上，倒映在涟漪激荡的水洼表面，像是一团团绚烂的光池，令人目眩神迷。白袍神谕使站在雨中，雨水顺着他的衣摆滑落在地，没有留下丝毫水渍。他的脸色微沉。

林七夜抬起头，看着这突然降临的大雨，眼眸中浮现出疑惑之色。这雨……似乎不太对劲。一道身影掠过天空，林七夜转头望去。繁华街道的十字路口顶端，那座庞大的银幕在漆黑的雨幕中散发着虹光，照亮了小半边的天空，滚动的银幕之前，一个身影撑着纸伞，静静地伫立在雨中。

"哗哗哗哗哗……"滂沱的大雨浇灌在那画着流云与野鹤的纸伞上，化作一根根雨水线条，从伞边缘滑落。那是一个穿着纯黑和服的少年，面容被伞的边缘遮挡，看得不真切，宽松的衣领之下，匀称的锁骨衬出堪称完美的身体线条，修长而不失力量感，在他的腰间，斜插着一柄深蓝色的纤长日本刀。高楼上的银幕再度滚动，回到通缉犯悬赏画面，明黄色的"恶人"警示带环绕在一张俊朗清秀的少年照片旁，将雨中银幕下那撑伞的身影照亮，像是镀上了一层明黄色的光边。纸伞的边缘微微抬起，和身后那张通缉照一模一样的少年面庞，平静地出现在雨幕之中。区别在于，现在的他更加成熟，目光更加深邃，左脸下颌处多了一道浅浅的刀痕，给那张俊秀的面庞增加了几分幽冷之意。他的目光像是斩破雨幕的长刀，平静却散发着冰冷的杀机。

背后的银幕上，一连串的字符滚动而出——

　　恶人：雨宫晴辉，"猛鬼"级通缉犯，悬赏 10000000 日元，目击者举报悬赏 1000000 日元……

白袍神谕使站在雨中，双眸微微眯起。"祸津九刀持有者之一，'猛鬼'级通缉犯，雨宫晴辉。"他缓缓念出了那少年的名字，有些诧异地开口，"你居然敢主动出现在我的面前？"

银幕前，雨宫晴辉轻轻一跃，身形如同风中的雀鸟，撑伞滑翔到沥青路面之上，双脚落在霓虹璀璨的水洼之上，溅起些许晶莹的水珠。他右手撑伞，左手搭在腰间深蓝色长刀的刀柄上，目光注视着白袍神谕使，缓缓开口："为什么不敢？"

"不怕猫的老鼠，倒是不多见。"

"猫？"雨宫晴辉冷冷开口，"我觉得，叫你们'狗'更恰当一点。"

白袍神谕使的眼眸越发冰冷。"看来，今天我要带回净土的人，又多了一个。"神谕使淡淡开口，"只不过，入侵者可以活着回净土，通缉犯，回去的只能是尸体。"他轻轻抬起手掌，之前斩裂大楼的无形刀锋，如同飓风般环绕在他的四周。

"'刀斋心域'？"雨宫晴辉感受到空中弥漫的锋锐气息，凛冽的双眸微微眯起，"可惜，这对我的刀无效。"他搭在刀柄上的左手缓缓用力，一截深蓝色如海，锋刃似墨的刀身从鞘中抽出，暴露在雨幕之中，散发着淡淡的蓝色光晕。这柄刀出鞘的瞬间，天地之间所有的雨滴，骤然悬停空中！悬空的雨水就像是被按下暂停键，定格在繁华街道的每一个角落，晶莹的水珠倒映着周围的残影，像是一面面弯曲成球形的镜子。定格的雨幕中，雨宫晴辉将手中的纸伞轻轻放在一旁，双手握住刀柄，刀身上散发的蓝色光晕再度凝实了几分——祸津九刀之四，"雨崩"。

雨宫晴辉的目光穿过两人间悬浮的无数雨滴，落在白袍神谕使身上，下一刻，神谕使周围的无形刀锋同时爆出，化作一张交织的刀网，斩向雨宫晴辉的身体！雨宫晴辉双脚用力，身形如箭般掠出，他手中的"雨崩"表面闪过一道微光，紧接着身体凭空消失在无形刀网之前。他消失的瞬间，白袍神谕使眼神微凝，四下搜索起来。就在这时，悬浮在他左侧的一滴水珠中，突然倒映出一截刀锋的影子，雨宫晴辉身形从雨水中飞出，一抹深蓝色的刀芒在路灯下闪过，周围的几滴雨水紧贴在刀锋之上，像是镀上了一层薄膜。白袍神谕使左手瞬间抬起，指尖爆出一团无形刀芒，与"雨崩"碰撞在一点。"叮——"一股无形的气浪以两人为中心爆开，神谕使的白袍被震得猎猎作响，身形却没有移动丝毫。

雨宫晴辉手中的刀剧烈震颤，却没有像"斩白"那样断裂，只是嗡鸣了一阵之后，便恢复了原样。他轻轻后退了半步，刀身闪过一抹微芒。身形再度消失，再一次出现，他又到了神谕使的身后。黑色的和服如同蝴蝶般从雨水中飘出，消失，深蓝色的刀芒无声地割裂空气，像是一场雨中的狂舞。一黑一白两道身影，以惊人的速度在雨中交手，刀芒与无形刀锋在空中擦出刺目的火花，肉眼根本无法捕捉他们的行动轨迹。林七夜站在一旁，在那道神秘目光的搜索下，不可以轻举妄动，只能静静地看着眼前这场混乱的战斗，终于，那道神秘目光没有搜索到什么，消失在虚空中。

几乎同时，林七夜闪电般抬起手在虚空中一按，一道绚烂的魔法阵交织在空中，一个穿着青色护工服的红发少女从中飞跃而出！那道目光再度降临，林七夜身形定在原地，开启了"一二三木头人"模式。用精神力瞬间勾勒召唤法阵，必然会引起那神秘存在的窥探，但现在林七夜没有多余的时间去手绘法阵，只能再拼一次时间，赌在这段时间内，那个黑色和服的少年能够拦住神谕使。想要迅速脱离这处战场，只有两个选择，要么用"筋斗云"飞走，要么骑红颜遁地。可"筋斗云"是需要持续动用禁墟的，也就是说，无论他往哪里飞，那道神秘目光都能追踪到他的位置，所以他唯一的选择就是召唤出红颜。红颜本身就是炎脉地龙，就算无法动用禁墟，也可以凭借天赋遁地，能够避开神秘存在的目光。林七夜一边如雕塑般站在原地，躲避神秘目光的搜索，一边用意念跟红颜沟通。"去帮那个黑衣服的拖住白衣服的。"

红颜点了点头，双脚在地面上重重一踏，踩碎脚下的路面，整个人如炮弹般弹射向白袍神谕使。虽然她自身的境界还是"海"境巅峰，但凭借着炎脉地龙的种族优势，身体素质方面丝毫不输"克莱因"境的人类，但如果对方使用禁墟，她就只有挨打的份儿。原本一对一的单挑局面，从红颜凶悍地杀入之后，变成了二对一。

红颜的出现，让混战在一起的两人同时一愣。当雨宫晴辉看到红颜挥着拳头，直接砸向白袍神谕使的脸的时候，果断地选择了后退半步，而神谕使的脸色一沉，揖起拳头和红颜对撞上去。"咚——"两道拳风在空中爆开，单从力量上来说，红颜还是落入了下风，白袍神谕使的身体强度明显不是正常人类的水准。红颜后退了数步，脸色有些阴沉，甩了甩白皙的手腕，那双暗黄色的竖瞳充斥着无尽的龙威，像是金色的火焰在眼眶中跳动。白袍神谕使仅后退半步，左眸的光圈锁定了这个穿着青色护工服的红发女人，电子音在他的脑海中响起。

"检测到未知目标，解析中……

"解析失败，生物库中未查询到该物种信息。"

白袍神谕使的眉头紧紧皱起。这东西，是从哪儿冒出来的？他来不及多想，因为雨宫晴辉的刀又来到了他的面前。林七夜站在一旁，通过意念再度与红颜交流："红颜，试试你能不能动用禁墟。"

红颜微微一怔，随后点头，与白袍神谕使又对了一拳之后，转头对雨宫晴辉说道："你，走开。"

雨宫晴辉一愣，眼眸微眯，浮现出疑惑之色。他听不懂红颜的汉语。红颜索性不去管他，站在一片水洼上，张开嘴，一缕缕炽热的火焰气息在她的身前凝聚。突然，她的气息一滞，凝聚在身前的火焰刹那间消散。林七夜敏锐地感觉到，在自己周围搜索的神秘目光移开，转而落向了一旁的红颜附近。果然，"神秘"的禁墟在这里也无法动用，也就是说，所有活物身上的禁墟运转，都会引起那个存在的注意？林七夜若有所思。

雨宫晴辉见红颜突然站在原地，眉头微皱，紧接着数道无形刀锋擦过他的身体，将身后的密集建筑直接斩成了碎渣。在这些近乎无穷无尽的刀锋之下，似乎没有什么是斩不断的。雨宫晴辉握着刀柄，眼眸中微光闪动，似乎是在思索着什么，最终还是缓缓抬起了手中的"雨崩"，用力将其插入脚下的地面！地面上，是一片水洼。深蓝色的刀锋刺入水洼，就像是融化了般，一直没入到刀柄的位置，与此同时蓝色的光辉从他的脚下绽放开来！"轰——"悬停在空中的所有雨滴，骤然向着天空倒卷，化作一条庞大的狰狞水龙，盘踞在黑色和服少年背后，对着白袍神谕使无声地嘶吼着。

"'水龙天幕'。"他声音低沉地开口，下一刻，身后的水龙便呼啸而出，浑身散发着蓝色微光，撞向白袍神谕使。白袍神谕使眼眸微凝，自然垂在身体两侧的手掌缓缓抬起，一道道无形的刀锋环绕在他的周身，交织成一片杀气凛然的刀域，在咆哮水龙的怒吼下，他的白袍猎猎作响。他的双手猛地合十，发出一声清脆的掌鸣。环绕在他周身的无形刀锋，迎着那条急速逼近的水龙，如同暴风般呼啸而出，但就在这些无形刀锋即将触碰到水龙身体的瞬间，一道蓝芒闪过，整条水龙自动分解为漫天大雨，分崩离析。尖锐而迅捷的雨点如同一张毫无死角的天幕，笼罩了白袍神谕使的身体，即便那些无形刀锋将这张天幕切割得支离破碎，依然有大量的雨水飞溅向他的身体。

白袍神谕使的瞳孔骤缩。漫天的雨水将他的身形淹没在街道之中，隐约之间，一道道低沉的龙吟声在空中响起，溅起的水珠冲刷着这条繁华的街道，朦胧的水雾几乎将一切都遮掩起来。片刻之后，一道飓风自雨幕中央绽开，将后续的所有雨水弹飞。白袍神谕使踩着厚厚的水洼，从水雾中走出，身上的白袍已经破烂不堪，身体上除了一些白痕，却没有丝毫伤口。他的表情有些愤怒，双眸扫过周围。这条街道，已然空空荡荡。雨宫晴辉、红发少女和那个入侵者都已经消失在附近，根本没有留下任何痕迹，这条水汽朦胧的街道中，只剩下他一人孤零零地站在这里。

"逃了吗……"他喃喃自语，双拳不自觉地攥紧。

横滨市，郊外。一道庞大的身影自地底浮现而出，几乎将一座小山遮蔽，那道身影出现之后迅速地缩小，很快便消失无踪。笼罩在夜色中的小山脚下，三个身影正静静地站在那儿。红颜穿着护工服，恭敬地站在林七夜的身后，似火的长发垂至腰间，像是一个称职的女仆，一言不发。林七夜则在打量眼前这个穿着黑色和服的少年。

"你为什么要救我？"林七夜用日语问道。

雨宫晴辉看了他一眼，平静地开口："顺路。"

林七夜："……"

"我能感觉到其实你很强，就算赢不了神谕使，全身而退也不难，只是你到了这里之后，无法动用自己的力量罢了。"雨宫晴辉淡淡开口，"入侵者，都是这样。"

"你见过其他入侵者？"林七夜的眼睛亮了起来。

"两年前见过一个。"他说，"我刚成为祸津九刀的刀主的时候，曾经和他同行过一段时间，明明身体里潜藏着强大的力量，在这里却无法彻底地释放出来。"

"两年前……"林七夜眉头微皱，"他有什么特征吗？"

雨宫晴辉沉吟片刻："他腰间挎着一柄直刀，是我没见过的刀形，动用力量的时候身上会冒出黑色的火焰，有很恐怖的煞气，而且好像对成熟丰满的女人很感兴趣……"

曹渊！听到最后一句话，林七夜瞬间锁定了这个名字。

"他叫什么名字？"

"曹……源？"雨宫晴辉有些僵硬地发出这两个音节。林七夜的眉头顿时皱了起来。用直刀，会冒黑色火焰，煞气冲天，曹贼之好，名字还这么像……基本可以确定那个人是曹渊没错了。可是……时间对不上啊？两年前，他们不应该还在大夏吗？怎么可能跑到这里来，还成了入侵者？

<h2 style="text-align:center">603</h2>

"然后呢？你还听见过其他入侵者吗？"

"没有。"雨宫晴辉摇了摇头，"只是听说过入侵者出现的传闻，但是没见过。"

"有几个？"

"我听说的，大概两个吧。"

"他们出现的时间，相差大概多久？"

"半年？七八个月？我也不清楚。"

林七夜陷入了沉思。曹渊成为第一个入侵者的时间，大约是在两年前，而后每隔半年或者七八个月，就会再出现一次入侵者……如果这些入侵者都是"夜幕"小队的队员的话……那是不是意味着，现在距离他们被白发王面打散，已经过了至少两年？可为什么每个人登陆的时间差这么多？中间消失的这段时间，其他人都在哪里？林七夜越想越觉得扑朔迷离。

"后来，你见到的那第一位入侵者，去哪儿了？"林七夜继续问道。

"不知道，那之后我闭关了一段时间，后来再也没见过他。"

林七夜无奈地叹了口气。曹渊的线索，到这儿就彻底断了。不过至少他知道其他队员已经来到这个国家，甚至比自己还早……也不知道他们现在在哪儿？语言不通，禁墟不能使用，想要避开神谕使和警察的追捕在这陌生的国度生活下去，绝不是一件容易的事情。"你是这里的原住民，为什么会和入侵者走到一起？不应该是敌人吗？"林七夜问出了自己心中的疑惑。

雨宫晴辉平静地注视着林七夜的眼睛，沉默许久，才缓缓开口："对我来说，敌人，只有一个。"

"谁？"

雨宫晴辉伸出手，指向头顶的夜空，那双深邃而幽冷的眼眸散发出杀意，说出了两个字。"神权。"

林七夜的眉梢微微上扬。雨宫晴辉转过身，看向远处被霓虹灯照亮的夜空："你觉得，这个国家怎么样？"

"很热闹，很繁华，很有意思。"

"只有这些吗？"

林七夜沉默片刻，脑海中闪过柚梨奈身上的编号，悬浮在东京上空的净土，还有刚刚街道上，所有人跪伏在地，迎接神谕使的画面……"还有……可怜。"他缓缓吐出这两个字。

雨宫晴辉握着"雨崩"刀柄的手，不自觉地紧攥，手背上一根根青筋暴起，眼眸中浮现出一抹悲哀。"当年，那个入侵者也是这么说的。在我眼中，它就像是一个披着华丽衣裳、戴着笑脸面具的提线木偶，就算外表看上去再好看，也不过是被人摆布的玩具而已……或者，连玩具都算不上。神权之下，这里的人，实在是太卑贱了。但是这里的人从出生开始就被灌输着神权至上的理念，根本就意识不到这有什么不对，觉得自己的卑贱是理所当然的……这才是最可悲的地方。"雨宫晴辉深吸一口气，无奈地闭上了眼眸，"这个国家病得太重了，只有血与刀，才能割掉它身上那恶心的、名为'神权'的肿瘤。"

　　林七夜看向雨宫晴辉的目光有些惊讶。他原本以为，在这样一个神权至上的社会，经过四代人的熏陶影响之下，这里的人都已经彻底麻木，丧失反抗的念头，现在看来这种想法还是太绝对了。即便是在这样的环境中，依然有极少数的人自我觉醒，摆脱思维固化，去思考神权与人权的矛盾。最重要的是，他们有勇气将这个被所有人认为是大逆不道的想法付诸实践，即便前路坎坷无比，依然坚定不移地向前走。

　　"我明白了。"林七夜若有所思地点了点头，"你之所以救我，是因为你觉得在神权的眼中，我们这些入侵者就是'恶'，而你们这些叛逆者，也是'恶'，所以我们是一路人。"

　　"或许我们的理念有所不同，但我们的敌人都是一样的。"雨宫晴辉微微点头，"帮你，就是给'净土'制造麻烦，这就是我想要的。"

　　林七夜笑了笑："难怪他们要将你列为'猛鬼'级通缉犯，悬赏千万日元……对了，'猛鬼'究竟是什么？"

　　"你是外来者，对通缉犯的等级划分不理解也正常。"雨宫晴辉开口说道，"所有的通缉犯，按照威胁程度，都被划分为四个等级，也就是'夜叉'、'狩雀'、'猛鬼'以及'极恶'。'夜叉'代表普通级别的通缉犯，一般都是犯下故意杀人罪、放火罪，或者其他凶恶罪名的罪犯，属于各地警局的重点关注对象。'狩雀'相对于'夜叉'而言，罪名更重，比如大规模杀人、分尸、引发恐怖袭击、焚烧重要场所、宣传邪教，或者是掌控某个作恶多端的暴力团伙的头目，每当他们出现，就要调动大规模的警力围剿，属于警局能够勉强处理的范畴。'猛鬼'则完全不一样，这个级别的通缉犯，都是被判定为可能会大规模动摇社会安定，或者拥有极度危险力量的人，具备轻易毁灭一片区域，打破现有秩序的能力，比如祸津九刀的持有者。他们只能由神谕使出面抓捕，普通的警力根本不可能对他们产生威胁。'极恶'级通缉犯，被定义为'具备造成极大规模伤亡可能性''动摇社会根本''挑战神权''具备灭国潜力'的不可饶恕的通缉犯，每一次出现'极恶'级别的通缉犯，所有的神谕使都会联手围剿，动用全国之力将其抓捕。"

　　"极恶……"林七夜念叨着这两个字，双眼微微眯起，"一共有多少个神谕使？"

"七个。"雨宫晴辉顿了顿，补充道，"他们每一个，都在某一条道路上走到了巅峰。在这个国家，除了极少数祸津刀主，他们便是神明之下的最强者。"

林七夜的脑海中浮现出刚刚那个白袍神谕使，从境界上来看，他确实是"克莱因"巅峰境强者，但在某些方面，确实超过了他所见过的任何一个"克莱因"……别说是"克莱因"，就算是人类战力天花板，也未必能打断"斩白"。而一旦成为"极恶"级别的通缉犯，就会受到七个神谕使的围攻？这未免有些恐怖了。不到人类战力天花板那个境界，恐怕没有人能扛得住。"还有一个问题。"林七夜像是想到了什么，"这里不能使用禁墟，那你刚刚是怎么控制那么多雨水的？凭借禁物吗？"

"禁物？"雨宫晴辉似乎无法理解这两个字的意思，犹豫片刻，指了指自己腰间的深蓝色长刀。"你知道祸津九刀吗？"

604

漆黑的山体下，两位少年沿着蜿蜒的山路，向着城市的边缘走去，昏暗的路灯照射在他们的身上，投下修长的阴影。

"不知道。"林七夜摇头。

"那你知道天津神与国津神吗？"

"这个我知道。"

在集训营的时候，教官专门讲过日本的神话体系，大体上来看，日本的神明可以分为两个派系：以天照大神为首的，居住在高天原的正统神明，也就是天津神；以大国主神为首的，居住在人间的土著神明，也就是国津神。从一开始，居住在高天原的天津神便想征服人间，数次挑起战火，两种神系持续争斗许久，最终天照大神派下建御雷神进入人间，一路屠杀，一直杀到皇城脚下，征服了日本国土，而国津神也从此式微，逐渐消失在人间。

"国津神战败之后，大国主神不甘服输，暗自命麾下众国津神打造了九柄拥有神力的刀，传闻这九柄刀蕴含了国津神的威力，具备斩开高天原、复仇天津神的恐怖力量。"雨宫晴辉一边说，一边用手掌摩擦着腰间的深蓝色刀柄，"这九柄刀尚未彻底锻造完成，建御雷神便征服了人间，国津神溃散之下，九柄神刀也流落人间，不知所终。由于它们是由国津神打造的复仇之刃，拥有超乎寻常的强大力量，因此被高天原众神视为禁忌，高天原众神向国民宣扬这九柄刀是灾祸的象征，拥有者会变得极度不幸，所以这九柄刀也被称为'祸津九刀'。我手中的这柄，就是祸津九刀之四，'雨崩'。"

林七夜的目光落在这柄深蓝色的妖冶长刀上，眼中浮现出了然之色。力量的来源不是自身，而是这柄刀，难怪不会被那神秘存在发现……换个角度想，这祸津九刀在拥有恐怖力量的同时，还能避开神秘存在的感知？在无法动用禁墟的环境下，林七夜的处境太危险了，如果能拿到一柄祸津刀，也就意味着多出一个自保的手段。

"这种刀，一共有九把？"林七夜试探性地问道，"其他几把在哪里？"

雨宫晴辉看了他一眼，似乎看穿了他的意图，摇了摇头："如果你是想去抢刀，我劝你还是放弃这个念头，你知道为什么你的刀会被'刀斋心域'打断，而我的不会吗？"

"为什么？"

"因为祸津九刀，都是有刀魂的。"雨宫晴辉握着"雨崩"的左手微微用力，将刀柄向前推动些许，一个深蓝色的刀身暴露在空气中，散发着淡淡的光泽。与此同时，雨宫晴辉脚下的路面，荡漾起一缕波纹，像是踩着一汪水洼，水面清晰地映照出周围的环境，而在这倒映的镜面世界中，一个身影与雨宫晴辉的倒影相互重叠。那是一个白衣白发的男人，撑着一把古老的纸伞，静静地站在雨中，正低着头，幽冷的双眸透过那片水洼，注视着林七夜的眼睛。穿着黑色和服的雨宫晴辉，与白衣白发的撑伞身影，隔着那一片水面，完美地重合在一起，各自都像是对方的影子，他们的眼神近乎一模一样。

林七夜愣在了原地。

雨宫晴辉将"雨崩"归入鞘中，脚下的水面倒影顿时消失，头顶的路灯照射在沥青路面之上，散发着淡黄色的微光，刚刚的一切仿佛都只是一场幻觉。"你的刀，我看到了，它具备不可思议的能力，但可惜……它是死的。"雨宫晴辉的目光落在林七夜手中那断裂的半截"斩白"上，"那个神谕使的'刀斋心域'，能将高频率的斩击没有损耗地灌入任何一个物体中，只要是由物质制成的武器，都无法在他的高频斩击下幸存，是所有兵器的克星，被称为'兵灾'，这就是他所走的那条巅峰之路。但他无法打断祸津刀，因为这柄刀本身是活着的，它能够将斩击自我消化，不可能被打断。同样地，它也不可能被抢走，就算你抢走了，在没有获得它的认可之前，你甚至都不可能将它拔出鞘。"

林七夜长叹了一口气："刀魂吗……"看来强抢祸津刀这件事，还是不可行，他不认为自己能得到什么刀魂的认可，毕竟他只是一个彻彻底底的外来者。现在"斩白"已经被神谕使打断了，也就意味着他除了召唤术之外，唯一能动用的特殊手段也彻底失效，局势再度恶劣了起来。

"如果你想修好它的话，我认识一个人。"雨宫晴辉突然开口。

林七夜摇了摇头："这不是一般的刀。"这不是一般的刀，这是一个超高危禁物，可不是将刀身用胶水粘起来就能继续使用的……修复它，谈何容易？

"我知道。"雨宫晴辉说道，"但那个人连祸津刀都能修好，修好你这把，应该也不难。"

林七夜看了眼他腰间的那柄深蓝色长刀，思索起来。听完雨宫晴辉的介绍之后，他就清楚，所谓的祸津刀远比普通的超高危禁物高级，不仅拥有令人咋舌的力量，还拥有自己的刀魂，从某种程度上来说，它就是活的。如果他所说的那个人，真的能修好祸津刀，修复"斩白"也不是没有可能。说实话，这柄刀林七夜用着还是挺顺手的，要是真就这么放弃了，未免有些可惜。

雨宫晴辉见林七夜还在犹豫，沉默片刻之后，再度开口："或许，他还能让你的刀孕育出刀魂。"

听到这句话，林七夜疑惑地抬起头。

"孕育出刀魂？不是只有祸津刀才有刀魂吗？"

"从理论上来说，是这样。"雨宫晴辉继续说道，"不过这主要是因为凡刀无法承载刀魂，但你的刀可不是凡刀，它来自这个国家之外，未必没有孕育出刀魂的可能性……不过这只是我的推测，能不能孕育出刀魂，得等那个人看过才知道。"

林七夜没有急着回答，只是静静地看着雨宫晴辉的眼睛。

"为什么你这么热情地想要帮我？"他疑惑地问道，"如果只是为了给'净土'制造麻烦，你的目标已经达成了。"

雨宫晴辉顿了顿，缓缓开口："我想和你做个交易。"

605

"什么交易？"

"如果我能让你的刀获得刀魂的话，我希望你能和我去一个地方。"雨宫晴辉的表情写满了认真。林七夜听到这句话，心才稍微放了下来。对于陌生人而言，比起莫名其妙的好意，还是这种单纯明确的交易，更加让他安心。"什么地方？"

"现在还不能告诉你，但那个地方有些危险，而且……祸津刀无法使用。"

"所以，你想让我去保护你？"林七夜瞬间明白了雨宫晴辉的意思。雨宫晴辉的力量源于祸津刀。如果在某个地方祸津刀的能力被禁止，那他的处境也就和自己在日本的处境没什么区别，需要有一个没有祸津刀也能发挥出力量的人去保护他。而他这种来自外界的入侵者，就是最好的选择。

"没错。"雨宫晴辉紧接着说道，"你可以不用急着拒绝我，等到我们去找到那个人，确认了他能否修复这柄刀并赋予刀魂之后，再做决定。"

林七夜沉思了片刻，还是点了点头："可以，那就到时候再说。"

雨宫晴辉听到他的回答，身体放松了些许。

"那我们什么时候动身？"林七夜问道。

"在去之前，我还有一些事情要处理。"雨宫晴辉想了想，"两周之后，你去大阪心斋桥的钓船茶屋，在进门左手边的盆栽里放一枚50日元硬币，我会去找你的。"

"好。"林七夜心中有些感慨。不愧是"猛鬼"级通缉犯，就连接头的方式都这么严谨……雨宫晴辉见林七夜答应，便微微颔首，转身便要向黑暗中的山体走去。就在这时，林七夜的声音再度响起："等一下！"

雨宫晴辉停下身，疑惑地转头看向他。

"我们现在，算是盟友吧？"林七夜郑重地说道。

雨宫晴辉想了想："算。"

林七夜点了点头，伸出手，严肃地开口："借我点钱。"

"欢迎下次光临。"在店员甜美的声音中，林七夜推开便利店的大门，拎着一大袋东西，径直走了出去。现在的林七夜已经彻底变装，外面套着一件普通的蓝色连帽卫衣，卫衣的帽子遮住脸的轮廓，低着头，戴上一个黑色口罩，遮住半张面孔。至于倪克斯送给他的黑色风衣，已经化作一抹夜色贴在身体的表面，从外面看根本看不出来。这种装扮的唯一缺点就是，每当他走在哪个女性的后面，总会被用一种极度警惕的目光审视，仿佛是什么变态跟踪狂。神谕使的左眼似乎被改造过，林七夜知道自己的相貌很有可能已经被拍摄下来，如果不是不能使用禁墟，他早就动用变形魔法彻底改变样貌和体形。但现在这种情况，他只能用这种最为简易的变装方式。即便如此，他依然在刻意地避开所有的监控摄像，幸运的是这里也算是横滨的郊区，监控并不是很密集，想要躲开它们也不是什么难事。林七夜拎着一整个方便袋的食物和生活用品，看了眼天边逐渐泛起的鱼肚白，犹豫片刻之后，向着某个方向走去。

郊区，集装箱。

"小柚梨，今天是周几啊？"昏暗的灯光下，正在折纸鹤的鹤奶奶像是想起了什么，沙哑地开口问道。一旁，柚梨奈正蹲在床垫角落，一边伸手在床垫的棉絮中掏着什么，一边想了想："应该是周日了。"

"周日啊……"鹤奶奶放下了手中的纸鹤，浑浊的眼眸望着集装箱的大门，"这周，我们不去祭拜福神了吗？"

柚梨奈一愣，脸上有些犹豫："这周……"

鹤奶奶看出了她的犹豫，疑惑地问道："怎么了小柚梨，以前，你不是每周都要去祭拜一次福神吗？"

"……没，没什么。"柚梨奈低着头，认真地思索起来。祭拜福神，是很久以前她母亲还活着的时候，带着幼小的她一起去神社祈福养成的习惯。据母亲所说，只有定期虔诚地向福神大人祈祷，他才能听到人们的愿望，让福慧的光庇佑他们，远离邪祟。直到现在，她依然保留着这个习惯，但是昨天的事情让她有些恍惚，竟然忘了今天又到祭拜福神大人的日子。那今天，她是去还是不去？按理说昨天警察搜寻了她一整天，现在应该已经放弃追踪，再加上这里距离福神的神社只有两条街道的距离，应该不会有什么问题。但她担心的，不仅仅是警察……纠结许久之后，她还是点了点头。或许正如母亲所说，只有虔诚地向福神大人祈祷，他才能听到她的愿望，在恶魔的爪牙下庇护她们周全。

"去！"她说道，随后又补充了一句，"鹤奶奶，请等我一下。"

柚梨奈从床垫的棉絮中掏出一个小小的木盒，用力将木盒的盖子抽开，里面放着零零碎碎的硬币和几张老旧的纸币，加起来大约有九千日元。这是她们所有的积蓄了。柚梨奈确认钱都在之后，微微松了口气，从中取出一千日元贴身存放，然后站起身走到椅子旁，扶起摇摇晃晃的鹤奶奶，开门向集装箱外走去。

两人顺着荒僻无人的道路，缓缓向前。蔚蓝色的天空下，几只飞鸟扑棱着翅膀从两人的头顶飞过，暖洋洋的太阳照射在鹤奶奶的身上，她的眼睛都眯成了一条缝。"真是个好天气啊，小柚梨。"她满是皱纹的脸上久违地绽放出笑容。

"是啊，昨天晚上好像下大雨了。"

"这个季节的大雨，倒是很少见呢。"

雨后的城市中，弥漫着淡淡的泥土芳香，尤其是靠近郊外的地方，两人穿着和服，踩着木屐，顺着街道向市区走去。柚梨奈扶着鹤奶奶走了二十多分钟，便来到一处香火旺盛的神社之前。对于这里的居民而言，不同的工作、不同的阶段、不同的目的所需要供奉的神明都不同，比如对于即将考试的学生而言，他们通常会去祭拜学问之神，菅原道真；对于即将步入婚姻的男女，他们通常会去祭拜爱情之神。而对普通人来说，最常祭拜的几位神明，是七福神。开运召福之神，大黑天；财神，惠比寿；无量智慧神，毗沙门天；福德自在神，辩财天；福禄之神，福禄寿；长寿之神，寿老人；吉祥之神，布袋和尚。在这里，他们可以信奉不同的神明，但不能不信神明。

·606·

这一老一少两人，缓缓走到神社门口那朱红色的鸟居前，恭敬地深深鞠躬。随后她们站起身，穿过鸟居，走到一处名为手水舍的水池前，用里面的木勺舀水，洗手漱口之后，这才走向其中供奉着七福神之首的大黑天神像之前。神像前，已经排起了长队。清脆的垂铃声接连回荡在神社之中，两人随着队伍缓缓前进，终于来到那尊大黑天神像之前。柚梨奈和鹤奶奶并排站立，先是在神像前轻轻一躬，随后柚梨奈伸手抓住上方悬挂的垂铃，轻轻一晃。"叮——"铃声响起，她从口袋中拿出五日元，塞入箱中，代表与神结缘。她们抬头仰望着那尊大黑天神像，同时弯下腰，深深鞠躬两次，伸出双手在身前连拍两次，再度深鞠躬。

"善良而强大的福神大黑天，请接收我们的祈祷。您是来自彼岸的战神，您是诸邪的克星，您给人间带来安宁与幸福，驱散所有的厄运与不祥……请让我们远离灾厄与不祥，给予我们幸福与希望，愿您的福光照耀大地。"

柚梨奈说完了自己的祈祷词，缓缓站直了身体。她的身边，鹤奶奶依然弯着腰，银白色的发丝垂在苍老的脸颊旁，用只有自己能听见的声音呢喃："希望小柚梨能有一个幸福美好的未来……"

柚梨奈没有听清鹤奶奶在说什么，只是轻轻拉了一下鹤奶奶的衣摆，小声说道："鹤奶奶，我们该走了，后面还有人在排队。"

鹤奶奶站起身，对着她笑了笑，然后和她一起向后走去。两人刚走到神社的门口，只见神社对面的街道上四五个身影正凑在一起，一边说着话，一边用目光扫过周围，像是在寻找着什么。柚梨奈看到他们，整个人突然一颤！

鹤奶奶疑惑地看向她，问道："小柚梨，你怎么了？身体不舒服吗？"

"没……没有。"柚梨奈的脸色有些发白。她沉默了片刻，抬头对着鹤奶奶认真地说道："鹤奶奶，我想去周围的店里买点东西，您自己可以先回去吗？"

鹤奶奶一怔。

"您先回去，好吗？"柚梨奈又说了一遍，她的神色有些焦急。

"好……"鹤奶奶不明白发生了什么，只是点了点头。柚梨奈的嘴角挤出一抹笑容，她对着鹤奶奶挥了挥手，快步向着神社旁的小店跑去，身形逐渐消失在鹤奶奶的视野中。鹤奶奶虽然有些不解，但还是摇了摇头，迈开脚步，向着神社的门外走去。她穿过那道朱红色的鸟居，走上了街道，蹒跚而缓慢地向着集装箱的方向走去。

此刻，街道的对面，那几个男人目光看向鹤奶奶，很快便转移开来，凶恶的目光再度盯紧大门，漫骂道："不是说看到那女孩进神社了吗？怎么到现在还没出来？"

"是有兄弟看到了，她是跟一个老太太进去的，应该不会错。"

"这神社就一个出口，周围都是高墙，她只可能从这儿出来，没别的路了。"

"再等等，应该马上就出来了。"

"……"

神社，柚梨奈小心翼翼地从小店中探出头，看到那几个坐在街对面的身影，脸顿时苦了下来。"他们怎么还在……"她喃喃自语。柚梨奈的目光扫过四周，这座神社周围都是白色高墙，别说她一个小女孩了，就算是两个成年男人踩着肩膀都未必能翻过去，周围也没有树木，根本不存在翻墙逃出的可能。她只能走正门出去吗……她皱眉看着那几个身影，双眼中光芒闪烁，像是在思索着什么。

"小姑娘，你在这儿站着干吗啊？你买不买东西？不买东西别挡着别人啊！"小店的老板看柚梨奈鬼鬼祟祟地站在店门口，也不买东西，还挡着别的客人进门的路，当即有些不爽。柚梨奈转过身，用力地对他做了一个"嘘"的手势，目光扫过店面，犹豫片刻之后，重重地点了点头。"我买东西！"

"啧，这都进去多长时间了，怎么还不出来？"街对面坐着的凶恶男人不耐烦地站了起来，"我们直接冲进去找她！"

"哥，你不能发疯啊，在神社里闹事可是重罪！"

"咱们本来就是黑帮，脑袋悬在裤腰带上，还怕被警察抓到？"

"哥，这不一样啊！"

为首的凶恶男人正欲再说些什么，旁边的一个年轻人突然站了起来："看！她好像出来了！"

所有人同时转头看去，只见一个披着黑色雨衣的矮小身影飞快地冲下台阶，向着街道的另外一侧跑去。凶恶男人一愣。"她应该是发现我们了，想用这种办法混淆我们的视线，真是……小孩子的把戏。"他冷笑着说道，"追上去！"他话音刚落，又有三个披着黑色雨衣的矮小身影冲下台阶，嬉笑打闹着往街道的反方向冲去。这四件黑色雨衣一模一样，而且他们跑得太快，以至于根本看不太清脸，这突如其来的变故让几人呆在了原地。

"哥，我们该抓哪一个？"年轻人茫然开口。

"分开追！"凶恶男人拔腿就往三个孩子的方向追去，随后像是想到了什么，又站在了原地，"不对，你们几个分开追，我继续在这儿看着。"

"好！"

其他几个混混分散开来，沿着街道的两侧追去，凶恶男人犹豫了片刻之后，一咬牙，索性迈着大步冲上了神社，进去搜索起来。不能在神社里发生冲突，那他进去转一圈，应该没事吧？等到他将神社上下彻底搜了一遍，还是没有找到柚梨奈的身影，气恼地挠了挠头，怒骂了几声。就在这时，他的手机铃声突然响起。"喂？"

"哥，我这边抓到那个最开始单独跑出来的小孩了，是个男孩，不是那个女孩啊！"

"浑蛋！这究竟是怎么回事？"

"这小男孩说，刚刚有个和他差不多年纪的小女孩，说要跟他们一起玩抓鬼游戏，还给了一人两根棒棒糖，说披着雨衣玩更有意思……"

另一边，三个披着雨衣的孩子飞快地跑过了两条马路，一边笑一边说着什么，他们的后面，两个男人直接跨过栏杆，向着他们急速追去。"前面的那几个小屁孩，都给老子站住！"其中一个脸上带疤的男人恶狠狠地咆哮了一声，声音洪亮无比，瞬间传进了那三个披着雨衣的孩子耳中。其中两个茫然地停下身，回头看去，眼中浮现出些许的畏惧。那是一个男孩和一个女孩，不过他们都不是刀疤男的目标。另外一个披着雨披的孩子身形没有丝毫停滞，迅速在街道中穿梭，狂风吹过她的身体，将雨衣的帽子吹下，露出一张稚嫩而坚定的面庞。

"抓住她！"刀疤男直接掠过了那两个停下的孩子，和另外一个男人一起，冲向柚梨奈。

柚梨奈虽然已经用尽全力在跑，但一个十二三岁小女孩的速度，跟身体健硕的成年男人的速度还是相差了太多，仅片刻工夫，刀疤男就追上了她。柚梨奈一咬牙，没有再向前跑，而是猛地停下身形，雨衣下的双手迅速地向疾驰而来的刀疤男挥去，掌间撒出一团变态辣级别的辣椒粉。这把辣椒粉随着风灌入刀疤男的眼中，后者哀号一声，顿时痛苦地蜷缩在地，双眼通红，手掌的青筋一根根地暴起。

就在柚梨奈准备转身再度逃跑的时候，另外一个男人猛地拉住她的手腕，将其强行扯回，随后呼啸的掌风在她的耳边响起，她只觉得脸颊一阵剧痛，右耳就嗡鸣了起来，缕缕鲜血从她的嘴角流淌而下。柚梨奈的右脸上浮现出一个通红的手掌印，她的眼前有些模糊，即便如此还是咬着牙，奋力地想要离开，但手臂被男人死死地掐住，任凭她如何用力，也无法挣脱。

"跑？"那男人冷笑起来，"你接着跑啊？"

他抬起手，又是一掌重重地拍向柚梨奈的脸颊。

林七夜拎着方便袋，走到了集装箱前，轻轻敲了敲门，毫无动静。林七夜的眉梢一挑，没有再继续敲门，而是直接用精神力扫过集装箱，眼眸中浮现出疑惑之色。没人？林七夜从雨宫晴辉那里借到钱之后，就顺路买了一些食物和生活用品，柚梨奈毕竟把他从海里救了上来，还帮他逃离了警察的追捕，甚至愿意留他这个来路不明的男人在集装箱里住一晚……林七夜向来是个恩怨分明的人，之前是没钱，没办法，只能就这么离开，但现在有钱了，总得回来报答一下她们两人的好意。但他没想到，自己回来之后，两个人竟然都不在家。

从集装箱内的陈设摆放来看，不像是搬走了，应该只是临时出门，很快就会回来。林七夜耐心地在集装箱门口坐下，将方便袋放到一边，意识沉入脑海中的诸神精神病院中。

诸神精神病院。

昏暗的走廊中，披着白大褂的林七夜不紧不慢地向前走去，此起彼伏的嘶吼嚎叫声从走廊尽头的无数牢房中传出，震得他耳膜有些生疼。三百多只"神秘"的灵魂，都被关押在此。

"闭嘴。"林七夜淡淡开口。刹那间，所有"神秘"的嘶吼都戛然而止，整个地下牢房区域陷入一片死寂，再也没有丝毫声音传出。走廊深处的三百多间牢房中，每一只"神秘"都转过头，默默注视着那个双手插兜，平静走来的身影。林七夜放眼望去，关押着"神秘"的牢房几乎看不到尽头，形形色色的"神秘"如临大敌地站在牢房门之后，看得他眼花缭乱。

真多啊……林七夜暗自叹了一口气。

这得花多少时间，他才能全部处理完？

林七夜走到第一个牢房门口，看向其中，里面是那只拎着两颗电光头颅当武器的"克莱因"境黑色巨人，此刻正站在牢房门后，狞笑着看着他。它的背后，悬浮着一块虚无的面板。

　　罪民：锄魂黑鬼

　　抉择：作为被你亲手杀死的神话生物，你拥有决定它灵魂命运的权力。

　　选择1：直接磨灭它的灵魂，令其彻底泯灭于世间。

　　选择2：让它对你的"恐惧值"达到60，可将其聘用为病院护工，照顾病人的同时，能够在一定程度上为你提供保护。

　　当前恐惧值：5

林七夜看完这些文字，双眼微微眯起。

黑色巨人冷笑着看着林七夜，伸出双手，重重地拍打着牢房围栏，像是一只被囚禁于笼中的猩猩，不停地发出咆哮。

"你想活吗？"林七夜平静地说道。

"吼吼吼！！！"

"哦。"

林七夜手掌轻轻一抬，正在嚣张拍打着牢房的黑色巨人身形突然一滞，随后充满侵略性的咆哮就变成凄厉的嘶吼。它就像是一个气球，急速膨胀！几秒钟后，在所有被关押在牢房内的"神秘"目睹之下，这只"克莱因"境的巨人爆成了满地的碎渣。牢房的墙壁飞快地吞噬着这些血肉，像是一只嗜血的怪物，顷刻之间，黑色巨人的身形已经彻底消失，就连半点碎渣都没有留下，就像是从未出现过一样。些许血液喷溅在林七夜的白大褂上，迅速渗透无踪，像是被这件大褂吮吸干净，没有留下丝毫痕迹。所有牢房，一片死寂。死寂之中，林七夜缓缓走到了第二间牢房门口。这间牢房后，是那只能够穿梭于虚空，打飞了迦蓝和安卿鱼的白熊。这白熊目睹了黑色巨人死亡的全过程，现在脸上写满了警惕。它后退半步，死死地盯着林七夜的眼睛，如临大敌。林七夜扫了眼它身后的面板，重要的信息只有两个。一个是它的名字，叫虚空白熊，一个是它的"恐惧值"，从原本的9点一直飙升到了63点！看来刚刚那"克莱因"境同伴的死，对它造成的打击不小啊……

林七夜推了推平光眼镜，镜片反射着苍白的光芒，淡淡开口："你，想活吗？"

在这里的所有"神秘"，从根本上来说，都不是由林七夜亲手杀死的。它们只是被倪克斯的力量所逼迫，强行死在林七夜的刀下，这种憋屈的死法非但没有让它们产生对林七夜的畏惧，甚至还有些愤怒与不屑。在死之前，它们都是生活在迷雾中的"神秘"，不像降临在大夏境内的"神秘"那么可怜与卑微。它们都有着自己的领地与骄傲，就算自己已经死过一次，也不意味着它们会完全屈服。如果将迷雾中的"神秘"比作一只昂首挺胸的公鸡，那刚刚爆炸死掉的黑色巨人，无疑是这群公鸡里最傲的那一只。然后，它死了，魂飞魄散。那只凶悍无比的"克莱因"境"神秘"，就以这种毫无尊严的方式死在了它们面前，甚至连一丝存在的痕迹都没有留下。它的死亡，让这群"神秘"中的大部分，认清了现实。它们已经不再是生前那些强大的"神秘"，无论曾经拥有过什么，现在都只是囚徒，甚至连生死都在那个白衣男人的一念之间。对他来说，抹杀它们的存在，只是一句话的事情。

当林七夜看着白熊的眼睛，森然地说出那一句"你想活吗？"的时候，白熊有些厌了。谁不想活？有了黑色巨人这个前车之鉴，白熊丝毫没有表露出"克莱因"境"神秘"的傲气，它可不会愚蠢地再度惹怒林七夜，然后把自己的命给搭进去。

"想。"白熊老实地开口。

"会做家务吗？"

白熊茫然地看着林七夜。

"有什么才艺？"

白熊依然一脸蒙。

"除了打架，你还会干吗？"

"我……我还会……烤鱼？"白熊试探性地开口。

林七夜微微点头。别说，这个技能还挺实用……林七夜伸手从虚空中一抓，一张卖身契……哦不，一张劳动合同就摆在了白熊的面前，后者茫然地抬头看向林七夜。

"如果你对这份合同没有异议的话，就签了吧。"林七夜淡淡开口，也不管白熊的回答，直接向着下一间牢房走去。白熊扫了一眼合同，在病院的自动翻译下，所有的文字都会以最直观的意念转化，因此根本不存在语言不通的问题，它看完这份合同之后，白色的脸都有些发绿。

"那……"白熊犹豫着开口，"如果有异议呢？"

林七夜头也不回地开口："有异议，就死。"

白熊纠结片刻，还是伸出硕大的熊掌，在合同的右下角摁了个手印，随后这张合同便自动燃烧。牢房的门缓缓开启，白熊的身上凭空出现一件超大号的青色护工服，在它的胸口，还挂着一个闪闪发亮的铭牌——008。白熊大摇大摆地走出牢房，挠了挠头，似乎还没反应过来发生了什么。它是不是……被卖了？

　　其他被关押在牢房中的"神秘"，见白熊摁手印之后，就这么轻松地恢复了自由，心中不免有些躁动。当然，它们所能看到的只是白熊从牢房里走了出来，站在了外面。它们当然不知道，白熊只是从牢房走到了某个黑心老板的掌控之中。林七夜刚走到下一个牢房门口，还没等他说些什么，落在地上的那只灰雀就主动开口："我想活。"

　　林七夜的眉梢一挑。"会做家务吗？"

　　"……"

　　等到林七夜再度睁开眼的时候，说不出地疲惫。这两个小时，他就像是一个勤劳的 HR，疯狂地面试来自不同地域，拥有不同能力与性格的"神秘"。即便如此，这么长的时间他也只面试了不到七十个"神秘"，因为和这群家伙交流实在是太困难了。像白熊和灰雀这种高智商"神秘"还好，后续有很多"神秘"虽然实力强劲，但看起来都不大聪明的样子，问它们会不会做家务，它们就回答会拆家，问它们有什么特长，它们的特长就是交配生崽。要不是看它们的态度还算诚恳，林七夜早就直接让它们神魂俱灭了。刨除少数几个被林七夜抹杀的刺头，这七十多只"神秘"绝大多数被招入护工，护工编号也一路推进到078。林七夜没时间一个个地给它们分配任务，宣扬企业文化，索性就全部丢给李毅飞管理。现在的李毅飞，可以说是货真价实的护工头子了，就算是那几只"克莱因"境的强大"神秘"，都得恭恭敬敬地叫他一声"飞哥"，或者"李总管"。

　　林七夜从地上坐起，看了眼天色，眉头微皱起来。

　　"院长，您在等什么？"

　　他的身旁，一直安静站在一边的红颜有些疑惑地问道。"等两个人……"林七夜缓缓开口，"但好像，她们暂时不会回来了。"林七夜思索片刻之后，将手中的方便袋放在集装箱前，留下一张便笺贴在门口，最后看了眼这个促狭的集装箱，转身向着城市的方向走去。林七夜不会一直在这里等待，既然今天她们不在，明天再来就是了，只不过方便袋里装的一些零食和甜点可能撑不到明天，所以只能放在集装箱门口，等她们回来之后尽快吃掉。雨宫晴辉走之前，一共给了林七夜20万日元，他自己留下了一部分吃饭和交通的钱，打算将其他的全部留给她们，不过这些钱还是明天自己亲手交给她们比较好。

　　林七夜带着红颜，刚走过两条街道，便看到一个白发苍苍的老人独自坐在街边的台阶上，看着远处车水马龙的十字路口怔怔出神。"鹤奶奶？"林七夜见到那身影，微微一怔。鹤奶奶似乎是听到了林七夜的声音，僵硬地转过头，浑浊的眼眸逐渐明亮起来。她双手撑在膝盖上，用力想要从台阶上站起来，整个身体都在微微颤抖。林七夜快步走上前扶住她，后者紧紧攥住他的手，像是抓住了一根救命稻草："您是……小柚梨的朋友吧？"

609

"您是说，柚梨奈去附近门店买东西之后，就再也没有回来？"林七夜听完鹤奶奶的叙述，眉梢微微皱起。

"是的，我已经在这儿附近找了她很久，但是我年纪大了，实在没有力气了……"鹤奶奶低头看了眼自己的双腿，眼眸中浮现出苦涩，声音有些颤抖，"能请您帮我找一找她吗？拜托了，真的拜托了！"鹤奶奶抓着林七夜的手，深深地鞠了一躬，银白色的发丝近乎触碰到了地面，身形佝偻而憔悴。林七夜迅速地将她扶起："放心吧，我一定帮您把柚梨奈找回来。"

林七夜犹豫片刻之后，转头看向一旁的红颜："红颜，你先带着鹤奶奶回我们来的那个集装箱，我去这儿附近转转。"

红颜点了点头，从林七夜手中接过鹤奶奶，搀扶着她向来时的道路走去。目送两人离开后，林七夜转过身，目光看向周围的街道，陷入了沉思。虽然林七夜和柚梨奈接触的时间并不长，但从她对鹤奶奶的孝顺程度来看，她应该不会放心让鹤奶奶一个人走回家才是。就算要去买东西，她应该也会先把鹤奶奶送回家，然后再出门，毕竟这里距离集装箱的距离很近，就算是走个来回也用不了十几分钟。但她偏偏就这么做了，而且从鹤奶奶的描述上来看，当时她的表情似乎有些着急？林七夜不在场，并不能推测出当时的情况，但从现在他所掌握的信息来看，这件事情可能并没有鹤奶奶看见的那么简单……他可没忘记，就在昨天，柚梨奈还试图跳海自杀。

林七夜一边思索，一边沿着道路走到她们之前祭拜的神社门口，进去转悠了一圈，并没有什么发现。随后他又走下神社的台阶，眼前只有一条马路横在他的面前，可以向左，也可以向右……但左边是鹤奶奶离开的时候走的路，如果柚梨奈真的遇到了什么麻烦，她应该不会选择这个方向。所以，她会向右走？

林七夜抱着试一试的心态，顺着右边的这条马路，一直向前，他的精神力时刻扫描着周围，寻找柚梨奈的身影。他穿过了一个十字路口之后，像是发现了什么，向着某个方向走去。几秒钟后，他从马路边缘的绿化带中，捡起了一根浅粉色的樱花发簪，在距离这根发簪不远的地面上，还有几滴已经凝固的鲜血。林七夜的眉梢紧紧皱起。他见过这根发簪，这是柚梨奈用来扎她的丸子头的，因为看起来小巧精致，和她身上的破旧和服很不搭，给林七夜留下了很深刻的印象。

这根发簪为什么会在绿化带中？林七夜不认为这是柚梨奈主动丢掉的，她身上那件黑色樱花和服都快穿烂了都没舍得丢，怎么可能丢掉这么精致的发簪？林七夜的目光看向地上的那两滴凝固的血渍，眼眸微眯，脸色阴沉起来。柚梨奈，多半是出事了。

"哗——"一桶冰凉的海水浇灌而下，躺在地上的柚梨奈猛地睁开了眼睛。她剧烈地咳嗽起来，湿漉漉的头发凌乱地披在身后，海水顺着那件黑色的和服衣摆滴落在地上，凝聚成一片水洼。咳了许久之后，柚梨奈这才缓缓抬起头，透过湿润的眼眸打量起四周。这是一间大型仓库，大约三米高，墙壁上的窗户都被人贴上报纸，只有朦胧的阳光能照射进来，仓库内的环境昏暗无比。她的周围，零零散散地站着二十几个成年男人，低头把玩着手中的球棒、蝴蝶刀，或者钢管，时不时地对着柚梨奈咧嘴一笑，看起来阴狠凶煞。而在她的正前方，工整地摆着一张黑色的真皮沙发，沙发的边缘有些掉皮，露出里面的海绵，不知道是从哪个废品站淘来的二手货。

真皮沙发上，一个看起来四十多岁的男人穿着花衬衫，缓缓站起。"又见面了啊，小柚梨。"男人冷笑着走到柚梨奈的身前，蹲下身，脖子上一串粗重的黄金挂链散发着廉价的光泽，"想找你，可真不容易啊，你说是吧？"

柚梨奈看着那张凶恶的面孔，奋力地挣扎着，可惜她的双手已经被绳子绑在身后，任凭她如何用力，都无法摆脱。

"岩舞悠介……"柚梨奈愤怒地开口，"放开我！"

"可以啊。"岩舞悠介笑了笑，"把欠的钱还上，我现在就放你走。"

"我没有欠你钱！"

"没有吗？"岩舞悠介不慌不忙地站起身，从口袋里掏出一张皱皱巴巴的字条，甩了甩，摆在柚梨奈的面前，"你看，这上面可清楚地写着，柚梨黑哲欠款300万日元，下面还有你父亲的亲笔签名和手印……"

"他在外面欠的钱，凭什么要我来还！"柚梨奈愤怒地盯着岩舞悠介的眼睛，"我们家早就和这个抛妻弃子的人渣断绝关系了，你们要钱，自己去找他啊！"

"我们当然也想找他要钱……"岩舞悠介懒洋洋地说道，"但是我们做不到啊，我们总不能去大阪把他从棺材里拉出来，让他给我们吐冥币吧？"

听到这句话的瞬间，柚梨奈愣在了原地。她怔了许久，抬起头，看向岩舞悠介的表情有些恍惚："你说什么？"

"'猛鬼'级通缉犯柚梨黑哲，四天前被击杀了，你最近没看新闻吗？"岩舞悠介眉梢微微上扬，"我们找这家伙找了五年，都没有找到他的踪影，结果就收到了这么个消息……我们的心里也很不好受啊，毕竟他还欠了我们300万日元，这可很难收回来了。"岩舞悠介将欠条收起，又回到黑色沙发上坐下，跷起了二郎腿，笑眯眯地看着柚梨奈，"不过，父债子偿，这也是天经地义，既然你父亲死了，这钱当然得由你来还。"

"但我根本就没有钱。"

"这我可不管。"岩舞悠介淡淡说道，"没有钱，就拿等价的东西来换，房产、车子，或者……你父母留给你的一些宝物？"

"我早就说过了！我们家什么也没有！"柚梨奈紧咬着牙，大声吼道，"我母亲留给我的唯一一间房子，现在已经被你们的人围住了，我连家都回不了啦，你还要我怎么样？！"

岩舞悠介的脸色逐渐阴沉下来。

"嗓门很大啊？"他冷声开口，"给我打。"

柚梨奈身后的众多混混中，一个长得最为壮硕的男人迈步走出来，狞笑着看着倒在地上的柚梨奈，拎住她的衣领，像是提着仔鸡一般将她高高举起，然后猛地用力砸在地上。

610

柚梨奈娇弱的身体撞在水泥地上，发出沉闷的声响，一缕鲜血从她的额头流淌而下，她痛苦地蜷缩成一团。岩舞悠介的双眸微微眯起。"我再问你一遍，你有没有东西能替你父亲还债？"他冰冷的声音在仓库内回荡。

柚梨奈趴在地上，手掌紧紧攥拳，她紧咬着牙关，一字一顿地开口："没有。"

岩舞悠介沉默地看了她许久，从黑色沙发上站起，转身向着仓库外走去，同时对着那些混混说道："把她给我关起来，不许任何人靠近，不许给吃的，先饿她两天，要是还没有想到能还债的东西，就把她卖到新宿去。"

"是！老大！"众混混齐声回答。

岩舞悠介走出仓库，看了眼头顶蔚蓝的天空，确认周围没有别人之后，深吸一口气，郑重地从口袋里掏出手机，拨通了一个号码。"井先生，我是岩舞悠介。"

"……"

"十分对不起！这次还是没有进展，这女孩好像真的什么都不知道，我什么都……"

"……"

"是！是！您骂得对，非常对不起！请您再给我一次机会！"

"……"

"不，求求您了，请您务必再给我一次机会！"岩舞悠介的额头渗出细密的汗珠，脸色有些苍白，"明天，明天我一定可以问出您想要的东西！请您给我最后一次机会！"

"……"

"谢谢！十分感谢！我一定会……"

岩舞悠介的话还没说完，电话就被掐断，他握着手机站在那儿，背后已经被汗水浸湿。他像是尊雕塑般在原地站立许久，苍白的脸上终于浮现出血色。他深吸一口气，眼眸中闪烁着前所未有的狠辣，转过身，向着仓库走去。

林七夜和红颜走到一处荒僻无人的巷道，停下了脚步。"就在这里吧，红颜，你替我看着周围，不要让别人接近。"林七夜环顾四周，对着红颜说道。红颜点了点头，双脚用力在地面一踏，整个人瞬间跳了数十米高，落在巷道顶的房檐上，仔细地观察着四周。林七夜从口袋中掏出一根粉笔，用力将其从中间掰断，俯下身在地面勾画起来。过了几分钟，一个庞大复杂的召唤魔法阵，便被勾勒而出，像是一件完美的艺术品。林七夜将粉笔丢进垃圾桶，在魔法阵的中央缓缓蹲下，手掌贴在地面，深吸一口气，将精神力灌入其中，刺目的蓝色光芒从魔法阵中闪烁而出！这道光芒虽然耀眼，但也仅出现了一瞬，待到光芒退去后，一道恐怖的目光便从虚空中投射过来，开始搜索起四周。林七夜像是一尊雕塑般站在原地，一动不动。等了大约半分钟，那目光才缓缓消失，恢复正常行动的林七夜抬起头，只见在魔法阵的对面，一摊黑色的液体正流淌在地面。下一刻，那摊液体迅速扭动，化作一个黑色的人形，额头处一只赤目黑瞳的眼睛睁开，散发着神秘的光芒。

那人影微微躬身，礼貌地开口："护工 007 号黑瞳，愿为院长效犬马之劳。"

林七夜的嘴角一抽："起来吧，先离开这里再说。"

红颜从楼顶的屋檐一跃而下，双手分别抓住林七夜和黑瞳，化成一道光芒融入地底，消失不见。等到三人再度出现的时候，已经回到神社门口的台阶上。经过上一次的教训，林七夜已经基本摸清楚了那道目光的规律，运转禁墟动用的精神力越多，那目光搜索的时间就越长。如果仅是最简易的手绘召唤魔法，只会引起几十秒的追踪，就像是那神秘存在自己也不确定有没有感知到气息一样，简单地搜索一下便会离开。但即便如此，也不排除会有神谕使前来排查的可能性，所以他必须迅速地离开那里，并且不能在周围的监控中留下任何痕迹。

此刻，林七夜和红颜站在台阶上，而黑瞳则化作影子贴合在林七夜的身上，被卫衣所遮挡，外人根本看不见他。

"院长大人，您叫我是有什么吩咐吗？"黑瞳的声音回荡在林七夜的耳边。

"我要你帮我找个人。"林七夜抬起手，指了指街道上方的监控。

"没问题。"黑瞳没有丝毫犹豫。

林七夜摊开手掌，一根樱花色的发簪正静静地躺在他的掌心："我要你找到戴着这个发簪的女孩，这里不允许动用禁墟，你只有一瞬间的时间，能做到吗？"

"一瞬间……"黑瞳沉吟起来。

他的"窥秘之眼"虽然能看到过去，但那是像放电影一样的回放过程，如果要找到一个女孩并搜索她的下落，那就意味着他必须尽可能精准地找到她出事的时间点。

"大概时间有吗？"

林七夜想了想："两到三个小时前。"

"可以，我试试。"黑瞳的话音落下，林七夜卫衣的领口处，一只赤目黑瞳突然睁开，他紧盯着头顶的那台监控，眼眸中散发出淡淡的光泽。那道神秘目光再度自虚无中投射过来！由于黑瞳就在林七夜的身上，此刻林七夜也清晰地感觉到那来自虚空的威压，而且随着黑瞳注视的时间越久，那搜索的目光越来越精确地向林七夜靠近，威压也越来越强。他的额头渗出一颗颗汗珠。那目光逐渐凝实，林七夜只觉得肩上仿佛扛了一座大山，沉重无比，前所未有的危机感笼罩在他的心头。只差一点……他就要被锁定了。

"快！"林七夜低吼一声。几乎同时，他身上的那只赤目瞬间闭上，那神秘存在的目光像是失去目标，陷入茫然的状态，在周围搜索许久之后，只能缓缓消散无踪。

"红颜。"林七夜转头看向红颜，后者顿时会意，再度抓住了林七夜的手腕，同时消失在大地之中。等回到安全的地方之后，林七夜深吸一口气，心脏依然在疯狂地跳动。"找到了吗？"林七夜开口问道。

"找到了。"黑瞳的声音回荡在林七夜的耳边，"她被掳走了。"

611

"什么人掳走的她？"

"看起来像是几个混混，他们一直蹲守在神社的门口，然后……"黑瞳将监控器拍下的画面从头到尾描述了一番，虽然画质有些模糊，而且有些事情发生在距离监控很远的地方，但也能勉强还原出当时的情况。"掳走那个女孩后，他们坐车到城西面的郊区，那边的监控覆盖面很少，再加上时间不够，后来我就失去了他们的踪迹。"

对于黑瞳而言，在这短短的几秒内用能力搜索柚梨奈，了解事情的情况，再一路追踪他们到城西，已经是极限了，如果使用能力的时间还能再久一点，应该可以进一步缩小范围。

林七夜听完黑瞳的描述，脸色逐渐阴沉下来。

"我知道了。"林七夜点了点头，看向红颜："去城西最后一次看到他们的地方，然后我们一点点搜过去。"

仓库。柚梨奈虚弱地倒在仓库角落的小黑屋，双手被绑在身后，动弹不得，身体到处都是触目惊心的瘀痕。黑暗中，她一边忍着疼痛，一边努力地观察周围的环境。从陈设上来看，这应该是一间废弃的仓库管理室，空间局促，两侧的墙壁处靠着几个生了锈的铁架，上面布满了蛛网与灰尘，没有窗户，除了几个快烂掉的纸箱，什么都没有留下。柚梨奈深吸一口气，蜷缩着身体，一点点地向着管理室的铁门靠近。她将耳朵贴在铁门表面，屏住呼吸，仔细聆听着外面的声音。门外传来隐约的嬉笑怒骂声，不过距离这扇门的距离很远，大概是在仓库大门口的位置，听声音有三四个人，应该是奉了岩舞悠介的命令守在那儿的。

犹豫片刻之后，柚梨奈张开嘴，从口腔内吐出一大块粉色的泡泡糖，像是由两块泡泡糖嚼在一起组合而成的。她翻过身体，用背后被捆住的双手抓住这块泡泡糖，将其掰开，从里面扒出一小截美工刀刀片。她郑重地将这枚刀片捏在指尖，身体倚靠在墙边，目光注视着铁门，一点点地用刀片割裂手腕上的粗绳。这不是柚梨奈第一次被抓过来，在这之前，她一共被抓来两次。第一次是岩舞悠介的手下初次找上她，当时她没敢反抗，一路被带到这里，然后岩舞悠介拿出了那张欠条逼她帮父亲还钱，给了她一个期限之后，就放了她。柚梨奈回到家中，一边想着怎样能凑上这笔钱，一边在外面找别的住所，因为清楚自己的地址已经暴露了，如果继续住在那里，一定会被再度找上门。柚梨奈自己不怕他们，但是鹤奶奶年纪大了，绝对不能受到这种惊吓，她也不想让她老人家担心。暂且把鹤奶奶安顿在集装箱后，柚梨奈又回到家中，翻找家里所有的东西，试图找到能够变卖的珍贵物品，却什么也没发现。恰好这时，岩舞悠介的手下再度闯了进来，把柚梨奈带走后，又将家里翻了个底朝天，这第二次被抓进来，她身上依然没有钱，然后便遭受了一顿毒打。在那之后，柚梨奈就再也没有回过家，只是和鹤奶奶住在集装箱中，极力避开别人的视线，过着老鼠般东躲西藏的生活。没想到的是，她最后还是被盯上了，但这一次，她学聪明了。在神社的那家杂货铺中，柚梨奈用身上的一千日元，买了四根棒棒糖、五件黑色雨衣、一袋特辣的辣椒粉，还有两块泡泡糖和一块美工刀片，前面两件是为了混淆那群人的耳目逃走，后面三件则是以防万一，没想到现在就已经用上了。

柚梨奈割裂了手脚上的绳子，从地上站起，蹑手蹑脚地走到门旁。这间仓库的结构十分简单，只有正门唯一一个出口，这就意味着她想离开这里，就只能硬闯。柚梨奈想着，等到天色晚一点，那几个混混休息偷懒的时候，再偷偷溜出去……但她的希望最终还是落空了。门外，岩舞悠介的声音再度响起，而且正在迅速地向这里接近。

"把她给我拖出来，这次，我一定要让她开口！"岩舞悠介的声音冰冷无比。

站在门口的柚梨奈心一颤，顿时有些慌乱，迅速回头在这昏暗的房间中寻找着什么。一旦岩舞悠介进门发现自己挣脱了绳子，必然会被毒打一顿，然后用其他方法锁住她，这么一来她的准备就全部落空了。这是她最后一次机会。柚梨奈的眼眸在黑暗中闪烁着微光。

岩舞悠介打开门，里面漆黑一片，刚往里走了一步，一只纸箱就猛地扣在了他的头上，然后什么东西撞了他一下，跑出了门外，还反手把门重重地关了起来，留他一人被锁在小房间中。

岩舞悠介扯下头上的纸箱，刚从外面进入黑暗的他眼睛还无法适应周围的环境，什么都看不见，但此刻他已经意识到发生了什么，怒骂一声，在黑暗中摸索着门把手的位置。穿着破旧黑色樱花和服的柚梨奈冲出小房间，拔腿疯狂地向仓库的大门冲去，那几个混混见到这一幕先是一愣，随后一道咆哮从房间内传来："放我出去！不……先给我拦住她！！"

几个混混飞快地跑上前，试图拦住柚梨奈，但柚梨奈的身体实在太过灵活，再加上体形很小，竟然接连躲过了两三人的阻击，顺手抡起地上的一个酒瓶，甩向身前的最后一个混混，酒瓶爆碎之下，将他的额头砸出一道血痕。那混混惨叫一声，捂住了自己的额头。柚梨奈一路狂奔冲出仓库的大门，正欲离开，关着岩舞悠介的那扇门便被用力踹开！满脸怒意的岩舞悠介见柚梨奈即将逃脱，眼眸中浮现出一抹狠色，他从怀中掏出一把左轮手枪，黑洞洞的枪口对准了逐渐远去的柚梨奈，扣下扳机！"乓——"枪口迸溅出一抹刺目的火光，尖锐的枪响在天空中回荡。

612

这枪声出现的瞬间，林七夜猛地抬起了头。此刻他正在监控中混混最后一次出现的地方，用精神力迅速搜查四周，听到这枪声之后，眉头顿时皱了起来。枪响的地方，距离他们并不远，也是在城西的范围之内。一旁的红颜和黑瞳同时看向他。

"去看看！"林七夜果断开口。

一股巨大的冲击力从背后传来，柚梨奈重重地摔在地上，闷哼一声，只觉得后背火辣辣地疼。她倒在地上，眼眸中浮现出恍惚之色，那轰鸣的声响还在她的耳边回荡。那是……枪？他们有枪？那群混混飞快地跑上前，将柚梨奈从地上拖起，岩舞悠介握着左轮手枪，眯着眼睛走到了她的面前。他的目光扫过柚梨奈的身体，看不见任何的伤口血痕。"没打中吗……是被吓倒的？"他喃喃自语。他开枪的本意，只是不想让柚梨奈逃出去，并不是真的要一枪打死她。要是她真死了，那他也彻底凉了，所以打的时候是特地瞄准不致命的地方打的，虽然手抖了没打中，但结果还是一样的。

"小娘皮，倒是挺有血性？居然敢算计老子。"岩舞悠介走上前，抓住她的头发，双眸恶狠狠地盯着柚梨奈的眼睛，冷笑道，"有本事，你继续跑啊？"

柚梨奈抿着嘴唇，一言不发。

"拖回去，把大门锁起来，你们两个在外面放风，看着点警察。"岩舞悠介转身走进仓库，对着周围的混混吩咐道。

那一声枪响把周围近乎所有的混混都吸引了过来，有三四十个。他们迅速地按照岩舞悠介的要求，将柚梨奈拖进了仓库，缓缓关上沉重的大门。柚梨奈被重新拖回仓库中央的水泥地，岩舞悠介走到她的身边，蹲下身，捏着她的脸颊将她的头抬起。"我最后再问你一遍，你的父母，有没有给你留下什么贵重的，或者是特殊的东西？"岩舞悠介的眼眸冰冷无比。柚梨奈盯着他的眼睛，一字一顿地开口："没有……就是没有！"

岩舞悠介凝视了她片刻，缓缓闭上眼睛，站起身，坐回了那张真皮沙发上。"空太郎。"

"在，老大！"一个凶神恶煞的混混走到了他的身边。

"切了她的手指。"他淡淡开口。

"是！"空太郎点了点头，他从腰间拔出一柄匕首，冷笑着缓缓向倒在地上的柚梨奈走去。柚梨奈看着他一步步向自己走近，眼眸中浮现出恐惧，紧咬着嘴唇，脸上没有丝毫血色。她不是什么悍不畏死的英雄，只是一个十二三岁的小女孩，此刻听到他们要切自己的手指，泪水就控制不住在眼眶中打转……现在的她，已经没有任何退路与手段，只剩下无尽的绝望。她的眼中，是委屈、害怕、愤怒与不解。她不明白，明明自己那么虔诚地向神明祈祷，无数次地祈求福神驱散她周围的邪祟，还她一个安定幸福的生活……为什么还是这个结果？甚至她刚从神社中走出，尚在神明的注视之下，就被这群人抓了过来，受尽折磨，这一切神真的看不见吗？神明大人……真的存在吗？

柚梨奈无助地倒在地上，泪水顺着脸颊滑落，她缓缓闭上了眼睛。"砰——"就在空太郎准备挥刀的时候，仓库的大门轰然爆开，沉闷的巨响在众人耳边回荡。所有人都是一愣，猛地转头看去。金属打造的仓库大门，就像是纸糊的一般被撕扯成碎片，叮叮当当地砸落在地，遍地灰尘被风扬起，在从外界照射而来的阳光中飘荡。门外，一个穿着青色护工服的红发女人正站在那儿，一双金色的竖瞳漠然注视着仓库中的每一个人，紧攥的右拳缓缓松开。刚刚，就是这一拳轰爆了金属门。她侧过身，向后退了半步，恭敬地低下头，像是在等着什么人。下一刻，一个穿着黑色风衣的身影双手插兜，戴着一张孙悟空面具，从阳光下飘浮的尘埃中，缓缓走来。他的目光扫过仓库中几十个混混，最终落在倒地的柚梨奈身上，看到一旁空太郎手中的刀，眼眸中闪过一抹杀意。

"喂！你这浑蛋是什么人？！"其中一个黄毛混混走上前，用标准的弹舌大声喊道，"守在外面的两个人呢？怎么一点动静都没有？"

林七夜看了他一眼，根本没有和他对话的意思，只是淡淡开口："除了沙发上那个，其他都解决一下。"

"愿意为您效劳。"

黑瞳的声音回荡在林七夜的耳边，下一刻，一摊黑色的液体从林七夜的影子中激射而出，瞬间撞在那个说话的黄毛混混身上，潮水般覆盖了他的全身。他瞬间就掌控黄毛身体的控制权。他的额头上，一只猩红的赤目缓缓睁开，散发着诡异的光芒，令人心悸不已。这突如其来的一幕，让在场的所有混混都呆在了原地，他们从来没有见过如此诡异的景象，一时之间竟然忘了逃跑或者反抗。等他们回过神来的时候，已经来不及了。站在门口的红颜身形如电，刹那间冲入混混群中。其他几个混混终于反应过来，掏出各自的武器，狠狠地砸向红颜的身体。只听几声脆响，钢管断裂，匕首崩开，酒瓶子更是直接碎成了渣，撒在地上，他们手中拿着半截的武器，看着毫发无损的红颜，直接傻在了原地。红颜平静地转过头，那双蕴含着龙威的金色竖瞳，微微眯起。

在这两个人面前，这群混混没有丝毫反抗之力，纯粹是单方面的碾压。

613

在红颜和黑瞳清场之际，林七夜平静地向着仓库中央的柚梨奈走去。站在柚梨奈旁边，正准备切她手指的空太郎眉头一皱，提着手中的短刀，飞快地向林七夜冲去，眼眸中浮现出阴狠之色。林七夜看了他一眼，在那柄刀即将刺中他的瞬间，轻飘飘地稍微一侧身，膝盖一顶，直接将空太郎手中的短刀震飞，顺势一脚将其像是沙袋般踢飞数十米远，砸在仓库边缘的墙壁上，咚的一声摔落在地。这一切发生得太快了，快到柚梨奈只是眼前一花，一个两百多斤的壮汉就已经躺在仓库的角落失去意识。

等到林七夜走到柚梨奈的身边，红颜那边也基本上清场完成，整个仓库中除了他们三个，再也没有别人站在那里。即便是在不动用禁墟的情况下，他们收拾这群混混，都不需要五秒。目睹了手下的惨败，岩舞悠介的瞳孔剧烈收缩，他僵硬地坐在黑色的真皮沙发上，震惊地看着角落的红颜和黑瞳，双唇都控制不住地颤抖。"你们……究竟是什么怪物？！"相对而言，林七夜和黑瞳杀人的手法还比较贴近常人，但红颜的表现已经彻底超出了人类所能理解的范畴，再加上那双金色的竖瞳，被人当成怪物也不奇怪。

林七夜没有回答他的问题，而是低头看向倒在地上的柚梨奈，伸出手，轻声地问道："受伤了吗？"

柚梨奈呆呆地看着眼前这个戴着奇怪面具的男人，许久才回过神，犹豫片刻之后，伸手抓住了林七夜的手，从地上缓缓站起。"一点轻伤，没关系的。"她一边回答，一边打量着对方。这件衣服……怎么感觉这么眼熟？林七夜正欲再说些什么，眉头突然一皱，只见沙发上的岩舞悠介眼眸中浮现出一抹狠色，闪电般将手探进了怀中……"小心！他有枪！！"柚梨奈看到他的动作，立刻大喊道。岩舞悠介掏出那把左轮手枪，对准林七夜，冷笑着扣动了扳机。"乓——"枪声再起，橙黄色的子弹从枪膛中飞射而出，随着迸溅的火花，笔直地射向林七夜的头颅！而林七夜就像是早就知道了他的动作，微微侧头，那颗子弹便轻飘飘地从他的耳边掠过，紧接着他身形一阵模糊，像是鬼魅般来到岩舞悠介的面前，手掌抓住那把左轮的枪管，用力一拧。岩舞悠介还没从开枪的愉悦中回过神，他手中的枪就被拧成了麻花。紧接着，一道凛冽的掌风在他的耳边呼啸，一股巨力从脸颊传来，他整个人都从沙发上飞了出去！林七夜轻轻甩了甩手，冷漠地看着他，不紧不慢地向着倒在地上的岩舞悠介走去。岩舞悠介痛苦地捂着自己的左脸，耳边的嗡鸣声就像是钻进了大脑，让他的注意力都无法集中，整个人恍惚地倒在那儿，眼眸都有些涣散。

"喜欢扇小姑娘耳光？"林七夜走到他的身边，缓缓蹲下，扯着他的衣领将他拎了起来，孙悟空面具下的双眸散发着冰冷的寒芒。"啪——"又是一声脆响，岩舞悠介被林七夜扇飞数十米，在地上翻滚了两圈，好不容易才停下身形，像只死狗般躺在那儿一动不动。林七夜站起身，看向一旁的黑瞳。"帮我撬开他的嘴，看看有没有什么有价值的信息。"

黑瞳附身在黄毛身上，嘴角浮现出一抹笑意："请交给我吧。"他走上前，像是拖垃圾一样拖着昏迷过去的岩舞悠介，缓缓向着刚刚关押柚梨奈的小房间走去，顺手关上房门，片刻之后，刺耳的惨叫声便从中传来。柚梨奈被吓了一跳。

林七夜看了眼周围的尸体与血泊，指了指仓库门："走吧，我们出去聊。"

柚梨奈转头看了眼惨叫声此起彼伏的房间，又看向林七夜那张奇怪的面具，犹豫片刻之后，还是点了点头。两人走出仓库，外面的新鲜空气吸入肺中，感受着温暖的阳光，柚梨奈一直紧绷的身体终于放松了些许。

"你是谁？为什么要救我？"她抬头看向林七夜。

林七夜的精神力扫过四周，确认周围没有监控之后，低头摘下自己的面具，嘴角浮现出一抹笑意。

"是你？！"柚梨奈看到那张熟悉的英俊面孔，震惊地张大了嘴巴，"你不是个聋子吗？"

林七夜："……"

"我好了……"林七夜无奈地回答。

柚梨奈似乎也意识到自己有些失言，连忙向林七夜道歉："对，对不起……我不是有意要这么说的……"

林七夜摆了摆手："本来我去集装箱那里找你，但是路上遇到了鹤奶奶，她跟我说你失踪了，我就一路找过来了。"

柚梨奈若有所思地点点头，好奇地问道："那两个，是你的朋友吗？"

林七夜想了想："是我的手下。"

柚梨奈震惊地张大了嘴巴。那两个生猛的男女，居然是这个年轻人的手下？他究竟是什么人啊？林七夜看出了柚梨奈心中的疑惑，并没有解答的意思，而是扯开了话题，问道："说说你吧，你怎么跟这群人扯上关系了？"柚梨奈的双唇抿起，犹豫一会儿之后，还是缓缓将事情的前因后果说了一遍。

"他们抓你，是为了让你给你父亲还债？"林七夜的眉梢微微上扬，打量了一下柚梨奈，似乎是有些疑惑，"可你只是一个小姑娘，还没到打工的年纪，也没有什么财产，他们为什么这么执着地要找你？他们应该不会不知道，你没有钱吧？"

"他们好像觉得，我爸妈给我留下了什么值钱的东西，一直让我找出来给他们抵债。"柚梨奈气愤地说道，"但是根本就没有啊，除了那栋房子，他们再也没有给我留下什么别的东西，而且那栋房子他们自己都已经翻遍了，还是什么都没有找到。"

林七夜若有所思。

<h2 style="text-align:center">614</h2>

虽然柚梨奈的父亲欠了钱，但这群混混应该不会不清楚柚梨奈只是个十二三岁的孩子，根本没有任何赚钱的能力，没有必要逼着她不放，可如果说他们找上她是为了父母的遗物，那一切又说得通了。"你父亲欠了债，那他人去哪儿了？"

柚梨奈沉默片刻："死了，就在前两天。"

林七夜转头看向她。

"他是个通缉犯，最终会落得这个下场，我也不觉得意外。"柚梨奈淡淡地说道，"从他抛弃我和母亲的那天起，我就没有再把他当成父亲过，他在外面欠下这些债，我不想帮他还。"

林七夜点了点头，没有多说什么，毕竟这种别人家的家事，他不好做出什么评价。

"鹤奶奶呢？她现在怎么样了？"柚梨奈想到了什么，担忧地问道。

"她已经回去了，不会有事的。"

"那就好。"

柚梨奈听到这句话，终于松了口气："谢谢你……"

"不用谢我，我只是在还人情，毕竟如果没有你，我现在应该还被卡在礁石里。"林七夜回答。

两人在外面溜达一阵，黑瞳便从仓库中走了出来，手中还拿着一张欠条。

"这么快？"林七夜诧异地开口。

"看来院长您对我的专业性还不够了解。"黑瞳笑了笑，"而且这家伙是个软骨头，我还没怎么认真，他自己就全招了。"

"情况怎么样？"

黑瞳的表情逐渐严肃起来："情况，似乎比我们想象的要复杂。"

林七夜的眉头微微皱起。

"这张欠条，是伪造的。"黑瞳将手中的欠条送到了林七夜的手里。

听到这句话，林七夜和柚梨奈都是一愣。

"伪造的？"林七夜眉头微微上扬，"哪方面？"

"全部。"黑瞳说道，"这张欠条从头到尾都是假的，是岩舞悠介自己伪造的，包括欠债的数额、欠债人，以及下面的签字与盖章。"

"也就是说，她父亲根本就没有欠钱？"

"没错。"

林七夜转头看向柚梨奈，后者茫然地站在那儿，似乎对此并不知情。林七夜明白了黑瞳的意思："所以，他们只是用欠债为借口，去找某些东西？"

"没错，而且这件事情背后的水似乎很深。"黑瞳继续说道，"岩舞悠介不是主使者，只是一枚棋子，他的背后，有一个庞大的黑道团伙在操控他。"

"黑道团伙？"林七夜的眉头皱得更紧了。

"具体是哪一家，岩舞悠介本人似乎也不是很清楚，但据他所说，跟他通电话的人自称为井先生，对方似乎是用毒品控制了他，并许诺等他拿到东西之后，给他500万日元，他手上的那柄枪也是通过对方的渠道弄来的。"

就在这时，一直默默站在一旁的柚梨奈突然开口："那个人，是关东口音，还是关西口音？"

林七夜和黑瞳同时一愣："这有什么关系吗？"

"日本最大的黑道团伙就只有那么几个，关东这边的黑道主要被寒川和风祭两个家族掌控，实力极其庞大，十年前若是这两家联手，可以碾压日本的任何一个黑道组织，被称为地双煞。关西那边的黑道势力就比较复杂，现在势力最庞大的，应该就是黑杀组，下面还有几个势力稍弱的黑道家族虎视眈眈，但黑杀组由于组建时间短，根基浅，在关西还无法做到像地双煞那样绝对的统治力。只要通过那个井先生的口音，基本就可以大致锁定几个黑道团伙范围。"

黑瞳听完，转头看向林七夜，用眼神征求对方的意见。林七夜点了点头，后者立刻回到仓库中，再度审问起岩舞悠介。"你怎么对黑道这么了解？"林七夜好奇地看着柚梨奈。

柚梨奈微微侧过头，避开了林七夜的目光，有些支支吾吾地开口："因、因为……我母亲以前就非常喜欢研究黑道与牛郎业，跟她待久了，我也慢慢地对这些感兴趣……"

纠结片刻之后，柚梨奈鼓起勇气，抬头看着林七夜，认真地说道："以前我最大的梦想，就是包下日本最豪华的牛郎店，开十座香槟塔，让日本最有名气的牛郎陪我跳一支舞。"

林七夜看着她严肃的目光，以及微微泛红的小脸，有些茫然。他不懂柚梨奈在说什么，但是听起来好像很厉害的样子。"嗯。"林七夜装模作样地点了点头，"很不错的理想。"

听到这个回答，柚梨奈反而愣在了原地。柚梨奈本来已经做好被林七夜嘲笑的准备，毕竟每当她和别人说起这个梦想，总是会收到各种奇怪的目光，但万万没想到，林七夜竟然如此严肃且淡定地认可了她的梦想。他不会觉得这个梦想奇怪吗？

就在柚梨奈愣神的时候，黑瞳已经从仓库中走了出来。

"问过了，他说是关东口音。"黑瞳对着林七夜说道。

"也就是说，对方很可能是寒川或者风祭中的一家？"林七夜若有所思，"能够让两大黑道家族如此兴师动众的，究竟是什么东西？"

林七夜疑惑地看了柚梨奈一眼，对方也是一脸茫然，索性摇了摇头。

林七夜对柚梨奈说道："现在这群混混已经被处理了，就算他们背后的黑道家族想要找到你，也失去了眼线，只要你和鹤奶奶换个地方生活，不要太高调，他们应该很难再找到你们。钱的事情，不用担心，虽然我手头上剩的钱不算多，但应该可以帮你们先度过这段时间。"

林七夜要做的事情很多，去大阪找雨宫晴辉，修复"斩白"，孕育刀魂，寻找其他队员的下落，还要一边摸清楚这个国家的真相……他没有时间在这件事上面继续浪费下去。再加上现在的信息太少，他总不能大摇大摆地跑到东京，在"净土"的脚底下，灭掉日本最大的两个黑道家族吧？

615

柚梨奈想了想："那我现在是不是可以回家了？"

"理论上可以，但是为了防止那些黑道家族的再找上门，最好不要停留太长时间。"

"嗯。"柚梨奈微微点头，"我只是想回家收拾一点东西……很快的。"

林七夜看了眼天色："好，我陪你回去一趟。"

柚梨奈辨认了一下方向，便迈着大步向家的方向走去，林七夜带着黑瞳和红颜紧随其后。林七夜刚走了两步，突然停了下来，他低下头去，将脚挪开。他弯腰从地上捡起了什么，眼眸中浮现出疑惑之色——那是一颗扭曲变形的子弹。

横滨市。某摩天大楼顶端。高空中狂风肆虐，穿着黑色和服的雨宫晴辉静静地坐在楼边，凝视着逐渐暗淡的天空，像是尊雕塑般一动不动。"丁零零——"清脆的铃声响起，雨宫晴辉低头从怀中掏出一部翻盖手机，接通了电话。

"喂？雨宫，你找到柚梨黑哲的后人了吗？"电话那头，一个年轻人的声音传来。

雨宫晴辉平静地开口："没有，这座城里没有出现任何异象，我也查过了，柚梨黑哲本人和他妻子在这里也没有留下任何房产，他的后人可能不在这里。"

"唉，还是赌错了啊……"电话那头的年轻人无奈地叹了口气，"我的'武姬'做出的随机预知，只有50%的正确率，辨别预知的准确性实在是太难了。"

"今天的预知做了吗？"

"没呢，我正打算跟它决一死战！"年轻人的声音充满斗志，"今天的游戏，我一定会赢！"

"好。"

"话说雨宫，你什么时候去大阪？"

"明天。"雨宫晴辉回答，"既然找不到柚梨黑哲后人的踪迹，就没有必要在这里浪费时间了。"

"大阪可是个好地方啊，回来的时候，记得给我带几份吉野寿司。"电话那头的年轻人匆匆开口，"不跟你说了，我去找我们家刀魂单挑了！"

雨宫晴辉挂断了电话。犹豫片刻之后，他默默地从怀里掏出一只钱包，打开往里看了一眼。半晌之后，他幽幽地叹了口气，背影说不出地落寞。"这点钱，够不够我坐车去大阪呢……"

日本某处，刚和雨宫晴辉通完电话的年轻男人放下手机，深吸了一口气。"开始今天的胜负游戏吧！妖女！"他猛地从榻榻米上站起身，大声说道，眼眸中的战意熊熊燃烧！他面前的床上，一个身影慵懒地从被窝里钻出来。那是一个长着狐狸耳朵的女人，黑色的长发如瀑布般垂在背后，她捂着嘴轻轻打了个哈欠，身后九条毛茸茸的狐狸尾巴摆动。

"妖、妖女！不要试图用这种拙劣的手段影响我必胜的决心！我是不会屈服的！"年轻人看到眼前这香艳无比的画面，咽了口唾沫，支支吾吾地开口。她白了年轻人一眼，旁若无人地站起身，随手从衣架上拿下一件轻薄的红色羽织披在身上，随后懒洋洋地坐在了年轻人对面的蒲团上。她从桌上拿起烟袋，在榻榻米上磕了一下，叼在嘴边，黑色的发丝滑落在轻薄红色羽织上，那双妖冶的金黄色竖瞳看了年轻人一眼，淡淡开口："那么，我的刀主，星见翔太，你准备好开始今天的游戏了吗？"

"准备好了，今天我一定能赢！"星见翔太郑重地点头，"老规矩，如果我输了，接受你提出的任何惩罚，如果我赢了，你就告诉我一条准确率为50%的未来预知！说吧，今天我们玩什么游戏？"

狐女的嘴角微微上扬："今天的游戏是……猜拳。"

"三局两胜？"

"三局两胜。"

"来吧！我准备好了！"星见翔太站起身，将手背在背后，眼眸中是前所未有的坚定，就仿佛他马上不是要玩猜拳游戏，而是要背着枪上战场一样。"石头、剪刀……布！"

狐女随意地出了一把剪刀，赢了星见翔太的布。

星见翔太"喊"了一声："再来！"

"石头、剪刀……布！！"

这一次，是星见翔太赢了。

"石头、剪刀、布！！"

最终局，狐女的石头赢了星见翔太的剪刀。

星见翔太的表情顿时垮了下来，软绵绵地坐到了地上，一副生无可恋的表情。反观狐女，捂嘴轻笑了一声，站起身，轻轻走到星见翔太的面前，一根手指轻佻地钩起他的下巴，那双金黄色的眼睛微微眯起。她凑到星见翔太耳边，一阵香风拂过翔太的脸颊，她用只有他们两人能听见的声音温柔低语："是翔太输了……今天，翔太也要乖乖听姐姐的话哦。"

星见翔太双眼空洞地看着天花板，像是条失去了梦想的咸鱼。

"对不起，雨宫……"他的眼中浮现出悲伤，"今天，我又输了……呜呜呜呜……"

半个小时后，林七夜和柚梨奈走到了一扇门前。这是在日本很常见的住房，两层楼，一个小院子，院子里种了一些花草，由于太久没有人打理，现在已经乱成一团。柚梨奈四下张望一圈，确认周围没有其他人之后，用钥匙打开门，走了进去。刚走进门，林七夜便微微皱眉，地板上到处都是泥泞的鞋印，屋子里的陈设也乱成一团，家里所有的柜子、抽屉都被打开，乱七八糟的东西撒了一地，根本没有落脚的地方。看来那些混混，确实在很努力地寻找着什么……

616

"对不起，家里有点乱。"柚梨奈有些歉意地开口。

"这些，都是那群混混来搜的？"林七夜的目光扫过周围，"连吊灯的基座都给拆了……他们是土匪吗？"

"这里比我上次回来的时候还要乱，在那之后他们应该又来过了几次。"柚梨奈叹了口气。

林七夜点点头，用精神力在屋子里仔细地搜索起来。如果这间屋子真的藏着什么东西的话，或许可以躲过那群混混的搜索，但绝对不可能躲过林七夜的精神力感知，他的精神力能将每一块砖瓦都搜索一次，不存在任何的死角。柚梨奈穿着鞋子跑进屋中，在房里走动起来，一会儿从卧室的地面拿出一本相册，一会儿从客厅被翻烂的报纸中小心翼翼地叠起几张，一会儿又拿了几个发卡。她拿的东西都比较零碎，属于那种充满回忆感的小物件，至于电视、冰箱这种大件她则看都没有多看一眼，因为马上他们要躲藏到别的地方，这种大件是不可能明目张胆地搬走的，一定会引起别人的注意。林七夜的精神力已经扫完了整个屋子，却根本没有发现什么，这好像真的只是一个普普通通的住宅。

"这房子，是你母亲留下的？"林七夜坐在沙发上看着忙碌的柚梨奈，问道。

"是母亲留下的。"柚梨奈想了想，"但是房产证上，好像写的是别人的名字。"

林七夜眉梢一挑："为什么自己的房子，要写别人的名字？"

"我也不知道啊，这些事情是我最近才知道的，母亲在世的时候，根本没有和我提过。"

林七夜若有所思。

"咦？"柚梨奈看着桌上的电话，眼眸中浮现出疑惑之色。

"怎么了？"

"从四天前开始，有一个电话每天都会打过来呢。"柚梨奈翻着电话记录，疑惑地说道，"而且，这个电话的末三位是110……这好像是某个警局的电话？中间的06，好像是……大阪的区号？"柚梨奈有些不确定地说道。

就在这时，房间中的电话铃声突然响起。"丁零零——"这突如其来的电话铃声，将柚梨奈吓了一跳，她向后踉跄了几步，转头看向林七夜。林七夜犹豫片刻，对着她点了点头："既然是警察的电话，可以接一下看看。"

柚梨奈走上前，接起了电话，按下免提键。"您好，这里是大阪市警察局，请问是编号42857494的四代民，柚梨奈吗？"

柚梨奈一怔："是我……"

柚梨奈刚说出这句话，就开始后悔了。前天她在海边自杀的时候，已经犯下了重罪，现在在警察面前自曝身份，无异于自投罗网……不对啊，这通电话是四天前就往这里打的，也就是说，他们找自己的时候，自己还没有自杀？而且她是横滨的居民，就算要抓她，也应该是横滨警方的职责，为什么是大阪的警局给她打电话？

就在柚梨奈疑惑的时候，电话那头的女声继续说道："您的父亲，也就是'猛鬼'级通缉犯柚梨黑哲，在四天前被大阪警方击毙。他身上有些随身物品作为遗物，需要亲属前来领取，您什么时候有时间来一趟大阪吗？"柚梨奈愣在了原地。

"您好？听得见吗？"电话那头的女声再度传出。

柚梨奈没有回答，犹豫片刻，将电话直接挂断。

"怎么，不打算去见他最后一面吗？"林七夜见到柚梨奈的反应，眉梢微微上扬。

"我……我不知道。"柚梨奈低着头，双唇微抿，表情有些纠结，"我已经很多年没有见过他了，自从他抛弃我们母女之后，我就和他断绝关系……"

"或许他的随身物品里，就有那些黑道寻找的东西，可以解释这一切。"

"我……"

林七夜看着柚梨奈纠结的表情，叹了口气，从沙发上坐了起来："我只是个外人，没资格左右你的选择，但我觉得……他毕竟是你的父亲，如果可以的话，最好还是去看他一次，这一次之后，便是永别了。正好我也要去大阪，如果你想去领回他的遗物，我可以陪你走一趟。你自己好好想想吧。"说实话，柚梨奈的这种苦恼，林七夜无法感受。因为他甚至都不记得自己的父母长什么模样，更别提见最后一面什么的。

柚梨奈心不在焉地收拾完东西，将它们放在一个纸箱中，跟着林七夜向集装箱的方向走去。很快，他们便到达了目的地。

天色已晚，昏暗无光的荒地上，一个白发苍苍的老人正守在集装箱的门口，顶着寒风，她的手中紧攥着几串捆起的千纸鹤，似乎在祈祷着什么。

"鹤奶奶。"柚梨奈看到那身影，立刻跑上前。

"小柚梨！"鹤奶奶抬起头，看到迎面跑来的柚梨奈，浑浊的眼眸中浮现出惊喜之色，"你终于回来了！没有出什么事吧？"

"没有啊奶奶，我就是在外面迷路了，是……是这个哥哥带我回来的。"柚梨奈指着林七夜说道。

林七夜礼貌地笑了笑，静静地和红颜、黑瞳站在一旁，没有上前打扰这两人团聚的温馨画面。等抱在一起的两人分开，柚梨奈便拿着林七夜送到门口的零食、甜点，兴高采烈地和鹤奶奶回到屋中，而林七夜则随便找了个理由先行离开。那一个小小的集装箱，住她们两个都已经很挤了，他带着红颜和黑瞳往里面一坐，连个落脚的地方都没有。林七夜在附近的山坡上找了个地方，盘膝坐下，闭目进入诸神精神病院中，继续他的面试大业！

有了之前的面试经验，这一次林七夜签下护工的速度更快了起来，用了不到两个小时，便将剩余的两百多只"神秘"全部处置完毕。林七夜站在病院二楼的走廊上，看着脚下院子中挤得满满当当的护工，不由得感慨了起来。我诸神精神病院，真是人丁兴旺啊……

经过统计，除去被林七夜直接灭杀在牢中的那几只"神秘"，剩余的全都加入了护工行列，编号最终推进到了297。也就是说现在的诸神精神病院，一共有二百九十七位正式护工。看着院子里吵闹成一团的护工，林七夜顿时觉得有些头疼。这么大一群人，他该安置到哪里？之前只有六七个护工的时候，病院一层的几个小宿舍就能住下，现在一口气多了近三百个护工，总不能让它们全都睡在院子里吧？虽然他自认为也不是什么良心老板，但让员工露天就寝这种事，他还是做不出来的。就在林七夜思索的时候，脚下的诸神精神病院突然剧烈地震颤起来，林七夜一愣，猛地转过头，看向某个方向。病院的边缘，原本被围墙与迷雾笼罩的地方，突然剧烈地扭曲起来，迷雾疯狂地向后退去，露出一大片地面，与此同时一座高耸的楼房拔地而起。这突如其来的变故让院中的新护工们惊呼起来，眼中浮现出恐惧与担忧，刚从牢房里出来的他们，对这个陌生的环境还有下意识的抗拒与不信任感。熊吼、雀鸣、狗叫，还有各种不同生物的叫声混杂在一起，震得人耳膜生疼。

林七夜眉头一皱，正欲说些什么，一道雷鸣般的闷响便从他身后传来。"咚——"刺目的佛光混杂着凶煞神威，从四号病房中奔涌而出，那只披着袈裟的古猿如石雕般静坐在地，如熔炉般璀璨的眼眸已然睁开。他眉头紧锁，似乎十分不爽。"闭嘴！"凶猿的咆哮声从他的嘴中吼出，翻滚的神威再度爆发，将院中所有的护工都压倒在地！这道炸雷般的声音压过了所有的兽鸣，这二百九十位新晋护工跪倒在地，无尽的恐惧涌上心头，它们心神狂震！怎么又是一个神明气息？先是那个穿着星纱罗裙的美妇人，又来一个眸绽金光的凶猿，以前它们做梦都不敢想象的神明，竟然接连出现在这里……这究竟是什么地方？凶猿的咆哮结束后，整个病院鸦雀无声，他似乎也发泄了怒火，眼眸中的金光逐渐熄灭，缓缓闭上了眼睛，再度化为一尊雕塑。

不愧是大圣啊……林七夜见所有护工都不敢乱动，心中暗自感慨。他转头看向一旁，那座拔地而起的楼房已经修建完成，一共有七层，每层十几个房间，一个房间有四张床……这是……员工宿舍？！林七夜呆滞几秒，这才接受病院中自动修建了一座员工宿舍的事实。他低头看向自己脚下的地面，表情有些复杂。果然如倪克斯所说，这座病院……是活的。

自己这刚收了两百多个护工，就自动建了一座宿舍，要说这病院没思想，林七夜自己都不信。不过这段时间他也尝试过与病院交流，但对方都毫无应答，也不知道是林七夜交流的方法不对，还是对方根本不愿意理他。林七夜摇了摇头，将这些乱七八糟的想法暂且抛在脑后，目光又落回了院中那些匍匐在地的新护工身上。现在住处有了，但这么多人，该怎么管呢……林七夜思索了片刻，便有了想法。

"李毅飞，阿朱，魔方，贝勒爷，旺财。"林七夜将站在不远处的几个老干部叫了过来。其中，旺财是林七夜给那只哈巴狗起的名字，以林七夜的取名水平，能找到这样的名字就已经很不错了。好在狗本身似乎对这个名字并不抗拒，甚至想披着燕尾服站起来给林七夜鼓个掌。林七夜在病院内再度施展召唤魔法，将外界的红颜和黑瞳叫了回来，七个人站成了一排。这七个护工，是林七夜最初的班底，也是跟随他时间最长的护工，是绝对的老前辈了。

"从今以后，你们七个各自带领一批下面的新护工，成立不同的部门，担任部长，系统地管理诸神精神病院内的大小事务。李毅飞掌管总务部，负责统筹其他几个部门的工作；阿朱掌管餐饮部，负责全病院的餐饮伙食；魔方掌管内务部，负责整个病院的洗衣、晾晒、换床单等内务工作；红颜掌管安保部，负责病院的安全防卫工作……虽然可能没有什么必要；贝勒爷掌管农务部，负责种植和维护病院内的绿植以及农作物；旺财掌管清洁部，负责病院的所有卫生；黑瞳掌管监察部，负责发现并解决病院内的潜在问题，并第一时间向我汇报。"林七夜的目光看向几人，"都听懂了吗？"

其中五人纷纷点头，只有红颜一脸茫然，还有旺财猛地从地上站了起来，激动地"汪"了一声，也不知道听没听懂。

"……李毅飞，你帮我带好他们。"林七夜无奈地走到李毅飞的身边，拍了拍他的肩膀，"以后，你就是名副其实的大总管了！"

"放心吧七夜，我保证给你管理得好好的！"李毅飞嘿嘿一笑。

不得不说，李毅飞还是挺有能力的。他带着其他六位部长，来到下面的院子中，分批对这群新护工进行二次面试，根据它们的禁墟、种族、喜好以及性格将它们分配到不同的部门，并策划了好几场护工培训，由黑瞳担任讲师，向这些新护工灌输正确的价值观。至于为什么是黑瞳……李毅飞觉得，这家伙非常有做传销的天赋。

梅林坐在书房的摇椅上，端着热气腾腾的保温杯，含笑看着下面热闹的院子，捋了捋头顶仅剩的几根头发，感慨道："年轻真好啊……"

星夜。独自坐在山坡上的林七夜睁开眼，只见集装箱中，那个穿着黑色樱花和服的娇小女孩悄悄走了出来，径直向着他走来。

"你的手下呢？"柚梨奈见林七夜身边的两人消失不见，疑惑地问道。

"回去工作了。"林七夜回答，"你怎么不睡觉？"

柚梨奈默默地在他的身边坐下，双手抱着膝盖，抬头望着头顶的星空。

她眼眸中倒映着星空，沉默片刻，说道："我睡不着。"

"还在想你父亲的事？"

"嗯。"柚梨奈点了点头，"这些年，我一直对他没有什么好感，再加上以为他在外面欠了钱躲着不还，害得我和鹤奶奶流离失所，就更加怨恨他……但这一次我突然发现，他好像和我了解的，不太一样。欠债、通缉，还有黑道的搜索、白道的追杀……或许这件事的背后，并不像我想的那么简单。"

林七夜点头表示赞同："所以，你打算……"

"去大阪。"柚梨奈的眼眸中浮现出一抹坚定，"不管怎么样，去领回他的遗物，最后看他一眼，或许……能了解一下他的过往。"

"好。"林七夜又问道，"那鹤奶奶怎么办？她放心你吗？"

"我已经和奶奶好好聊过了，虽然她一直不愿意让我去冒险，但我还是坚持，后来她也放弃了劝我，让我路上小心。"柚梨奈继续说道，"我已经给鹤奶奶订好了养老院，钱也都交完了，明天就会有人来接她过去。"

"养老院？"林七夜一愣，"你什么时候订的？"

柚梨奈低头沉默片刻："在我自杀的前一天……"

"你早就想好了自杀之后的事情？"这次轮到林七夜惊讶了，"我一直以为，你只是冲动自杀。"

柚梨奈摇了摇头："那段时间，那群混混像是疯了般找我的下落，家被砸了，还到处在路口准备人堵我，如果只是我自己的话，我不怕他们，但是鹤奶奶她老了，如果把她也卷进来……那比我自己死了还难受。但我知道，再这样下去，我早晚会被他们找到的。我不想连累鹤奶奶，所以我把家里全部的积蓄用来给鹤奶奶订了养老院，足够她在里面生活很长一段时间，只留下两万日元应急。只要我死了，那群混混就会停止对我的追踪，也就不会追到鹤奶奶的头上，她就能脱身了。"

林七夜若有所思："所以，你自杀前给警察打的那个电话，本意是想让他们在回收你尸体的同时传出你的死讯，既能让那群混混知道这件事并死心，同时还能防止鹤奶奶寻到你的尸体，然后被混混们察觉她的存在？"

"嗯。"

林七夜转过头，仔细地打量着这不过十二三岁的女孩，眼中满是震惊。这种手段……真是一个孩子能想出来的？"你这样的孩子，如果死了，未免太可惜了。"林七夜摇了摇头。

"或许福神大黑天大人也是这么想的呢？所以，他派你来拯救我。"柚梨奈的嘴角浮现出灿烂的笑容。

"我不信什么福神。"林七夜说，"我只信自己的刀。"

"在这里说这种话，可是会被抓起来的哦！"

"他们抓不到我。"

柚梨奈抬头，看着林七夜的眼睛。

"怎么了？"

"哥哥你啊，其实不是这里的人吧？"

林七夜有些诧异："为什么这么觉得？"

"我还是第一次看到，有人从海上漂过来的，而且你的思想方式和我们不一样，给我的感觉就是……来自另外一个世界一样。"柚梨奈补充道，"而且你的那两个手下，一看就不是正常人啊！"

林七夜眉梢一挑："或许吧，那么，你要向警察举报我吗？说不定能拿到一笔不错的赏金。"

"你是福神大人派来拯救我的使者，我怎么可能举报你啊？"柚梨奈认真地说道，"而且，我能感觉到，你是一个很好的人，不会害我的。"

林七夜无奈地笑了笑："早点回去睡觉吧，明天一早，出发去大阪。"

第二天一早，柚梨奈将鹤奶奶送上了去养老院的车。之前柚梨奈动用全部的积蓄，给鹤奶奶订下了五年的养老院套餐。但现在危机已经解除，等到她从大阪回来，就可以退回这笔费用，只需要支付这几天的照看费就好。等到她从大阪回来接回鹤奶奶，再退回这笔费用，加上林七夜给她们的钱，就足以在另外一个小城市的郊区有一处容身之所，到时候一切又能重新开始。柚梨奈心中的小算盘早就打好了。

安顿好鹤奶奶之后，她就跟着林七夜上了前往大阪的新干线。新干线的好处就是，它不需要出示任何身份证件，只要买票，随到随走。即便是林七夜都可以光明正大地坐上新干线，舒服地前往大阪，毕竟一路骑红颜过去还是挺累的。

柚梨奈坐在窗边，好奇地打量着窗外飞驰而过的景色。她也是第一次坐新干线离开横滨，未免有些激动。"对了。"柚梨奈像是想到了什么，转头看向林七夜，"哥哥你还没有日本名字吧？没有名字的话，很多事情都不方便呢？"

林七夜点了点头。确实，到现在为止，他还没有给自己取一个假名，到了大阪之后如果遇上些麻烦，现想名字可能来不及。

"要不，我给你取一个吧？"柚梨奈的眼睛亮了起来，"哥哥你的本名叫什么？"

"林七夜，林是姓氏，七夜是名字。"

"七夜啊……"柚梨奈想了想，"姓氏的话，叫浅羽怎么样？我一直觉得这个姓氏很好听。"

"浅羽七夜？"林七夜微微点头，"可以。"他对于日本的姓氏不是很了解，也不想太纠结这个问题，反正只是一个假名，只要说出去人家不会觉得奇怪就好。

大约过了两个小时，列车终于抵达大阪站，林七夜戴着口罩和帽子，刻意避开监控，从车站中走出。从车站外看，大阪和横滨似乎也没什么不同，到处都是林立的现代化建筑，只有站在高处，才能看到远方有些充满古韵的日本建筑，但林七夜对此并不感兴趣，毕竟他不是一个游客。

　　"直接去警察局吧。"林七夜对柚梨奈说道。

　　大约半个小时之后，两人到了大阪警察局的门口。

　　"您好，请问有什么可以帮您的？"走入警察局的大厅，一位女警员操着浓重的关西腔，恭敬地开口。

　　"来领遗物。"林七夜指了指身边的柚梨奈，"'猛鬼'级通缉犯，柚梨黑哲的遗物。"

619

　　说出这句话的瞬间，周围的环境顿时安静了下来。原本从林七夜两人身边走过的警员都微微侧过头，暗自打量着柚梨奈，转头和同伴窃窃私语着什么。那位女警员怔了片刻，立刻翻开了手中的记录册，递到了柚梨奈的身前："请在这上面留下您的姓名、编号，以及联系方式，随同人员也登记一下。"

　　等到柚梨奈写好自己的信息后，林七夜接过记录册，写下"浅羽七夜"这个名字，至于后面的编号，他随手编了一个，联系方式更是如此。女警员扫了一眼记录册，将其收起，随后便带着两人向警察局内部走去："请跟我来。"

　　两人跟着女警员，穿过几条长廊，最终来到一个狭窄的房间。这房间中整齐地摆着几个金属架，每个金属架上都存放着各种奇怪的物品，皮带、项链、手机、耳环……在这些货架前，贴着各自的编码，以及他们原主的名字。女警员对照着资料上的编码，走到一个货架前，从中取出一个篮子，递到了柚梨奈的面前："这些就是柚梨黑哲身上的遗物，您接收一下，如果没有其他问题的话请在这里签字，然后去隔壁领取他的骨灰。"

　　林七夜的目光扫过篮子，里面的东西十分简单，而且都很常见——一个打火机、一枚戒指、一部已经碎得不成样子的手机，还有一只钱包。

　　"只有这些吗？"林七夜问道。

　　"是的，这就是从他身上搜出来的全部物品。"

　　柚梨奈的目光在四件物品上扫过，在那枚戒指上停留了片刻，眼眸中浮现出复杂之色。这枚戒指，和她母亲手上的那枚一样，是他们两人的结婚戒指。

　　"我知道了。"柚梨奈在交接文件上签名，将四件物品收起之后，径直向着隔壁的房间走去。突然，她像是想到了什么，停下脚步。"对了，我能不能问一下……"柚梨奈转头看向女警员，小声地开口，"他是为什么被列为通缉犯，又是怎么被抓住的？"

女警员一怔，犹豫片刻之后，还是开口道："他成为通缉犯的原因属于机密，不方便对外透露，但他是被神谕使大人亲自击杀的，我们警方只负责收尾工作。"

神谕使……林七夜的双眸微微眯起。

听到这个回答，柚梨奈的双唇微微抿起，她点了点头，走进了隔壁的房间中。几分钟后，她抱着一坛骨灰从中走了出来。

"我们走吧。"柚梨奈对着林七夜说道。

两人带着几件遗物和骨灰盒，离开了警察局，看着外面林立的高楼与穿行的车流，柚梨奈有些怅然若失。

"怎么了？"林七夜问道。

"没什么。"柚梨奈抱着骨灰盒，摇了摇头，"到头来，还是没有弄清楚事情的真相……"

林七夜长叹了口气，这个结果也在他的意料之中。雨宫晴辉跟林七夜说过，"猛鬼"级通缉犯，已经超出了警察所能应对的范围，一般由神谕使直接接手。这种级别的案件警察局内确实不一定能知道内情，就算知道了，也不可能说。经过这段时间的适应，林七夜已经基本搞清楚这个国家的形势，从表面上来看，这个国家有警察，有黑道，有逃犯，也有大量的平凡群众，而"净土"则是超脱于凡尘之外的存在，除了给每个新生儿接生与编号，似乎不会插手任何事情。一开始林七夜以为"净土"应该站在警察这边，维持社会的秩序，但现在看来并非如此，比起统治者，它的存在更像是一个监控，静静地悬浮在这个国家的上空，漠然地监察着一切。只有出现超出尘世应对范围的存在的时候，比如雨宫晴辉这种"猛鬼"级以上的通缉犯，它才会派出神谕使介入。最直接的证据就是，"净土"明明掌握这个国家每个人的编号，并且可以通过这串编号监控个人的体征并定位，却并没有将其共享给警察，否则那么多的通缉犯，必然一个都逃不掉。黑道的存在也是如此，如果"净土"真的打算肃清黑道，只用派出一个神谕使，就能将所谓的地双煞和黑杀组全部剿灭，但他们并没有这么做。他们似乎在刻意地模拟出一个正常的社会环境？林七夜不知道"净土"的目的究竟是什么，现在他所掌握的信息还是太少了。

"或许什么都不知道，也是一件好事。"林七夜开口安慰道，他看了眼时间，"先去吃个饭吧，下午的时候，你就可以坐新干线回去了。"

柚梨奈长叹了口气。

"有什么想吃的吗？我请客。"

柚梨奈沮丧的目光微微亮起，她想了想，说道："我们去道顿堀吧？听说那里有一家神户牛肉，很好吃的样子。"

道顿堀是大阪最有名的吃喝玩乐中心，许多年前是各种大剧场的聚集地，现在则变成了爆火的步行街与商铺汇聚之地，人气极高，柚梨奈之前就听说过这里，现在难得来一次大阪，当然不会错过这个机会。

"好。"人生地不熟的林七夜自然没有意见。

林七夜跟柚梨奈走到路边，打了一辆车，径直向着道顿堀驶去。

"井先生，他们离开警察局了。"

警察局门口，一辆不起眼的黑色轿车中，一个裹着黑色大衣的男人拿起对讲机，说道。

"几个人？"

"一个柚梨黑哲的女儿，还有一个年轻男人。"

"那个男人什么身份，查清楚了吗？"

"他在警察局问讯处留下的名字叫'浅羽七夜'，现在还在根据编号查他的来历，应该很快就会有结果。"

电话那头，井先生沉默了几秒。"追上去。"

"是。"

出租车汇入车流后，这辆黑色的轿车突然启动。与此同时，错落在街道两侧的数十辆不同的汽车也随之启动，迅速地汇入车流，跟随在那辆出租车的身后。出租车中，坐在后座上的林七夜像是感知到了什么，眼眸微微眯起。

620

"怎么了？"柚梨奈看到林七夜脸色微变，有些疑惑地问道。

"有人在跟踪我们。"林七夜透过后视镜看了眼身后的车道，补充了一句，"很多人，而且车上有枪。"林七夜的精神力已经覆盖整条街道，在那十几辆车紧跟着他们汇入车道的时候，就有所感应，仔细地搜了一番后，又在这些车里发现了大量的枪械物品。这群人的来历必然不简单，而且极有可能就是冲着柚梨奈来的。

柚梨奈听到有枪，眉头紧紧蹙了起来，伏到林七夜耳边，小声说道："是……那群黑道吗？"

"很有可能。"

"他们怎么知道我们在这里？那群混混不是已经……"

林七夜的大脑飞速运转，很快便推理出了某种可能，脸色阴沉了下来。"想不到，这群黑道居然和警察也有勾结？"

柚梨奈一愣，聪慧的她顿时明白了林七夜的意思："你是说，大阪警察局让我来领遗物，是他们设下的诱饵？！"

"现在看来，这群黑道应该是做了两手准备。"林七夜冷静地分析起来，"既然是某个势力极大的黑道团伙，肯定不会将一切都赌在那群不入流的混混身上。从柚梨黑哲被杀的第二天开始，他们就通过警察局的关系，给你家里打电话，以遗物为诱饵，企图将你引来大阪，请君入瓮。但他们没想到，那群愚蠢的混混为了搜索他们要的东西，反而直接将你从家里赶了出去，导致你根本就没有接听到那个电话，直到我们再度回到你家里，才知道了这个事情。"

"所以，最终我们还是走进了他们设下的局里？"柚梨奈有些担忧，"那，那我们现在怎么办？"

林七夜陷入了沉思。现在的他无法动用禁墟，最佳的方案，当然是直接召唤出红颜遁地跑路……但一味地逃跑，根本解决不了问题。这群黑道既然黑白通吃，那早晚会通过各种手段再度找上柚梨奈，到时候她要面对的就不只是一群混混那么简单了，那是日本最庞大的黑道家族之一！现在他们最大的问题，就是情报了解得太少，这些黑道为什么要追杀柚梨奈，柚梨黑哲究竟给她留下了什么……这些他们都不清楚。或许，这对他们来说是一次机会。只要抓住几个活口，就能进一步地了解事情的真相。

林七夜心中很快就有了决断，回头看了一眼，宽阔的街道上，那满载着热武器的十几辆车正远远缀在车流后，既跟他们保持了距离，不暴露自己，又能保证出租车时刻在他们的视野之中，看起来相当专业。可惜，你们已经暴露了。林七夜暗自想。他从口袋中掏出粉笔，迅速地在出租车的顶棚上绘画起来。

"欸！等一下！您在做什么呢！这是出租车，不可以乱画的！"出租车司机见到林七夜的举动，当即惊讶地开口。林七夜看了他一眼，从口袋中掏出八万日元，全部丢在副驾上："闭嘴，好好开车。"

"没问题，您请随意！"出租车司机礼貌地微笑。

林七夜一边画着魔法阵，一边用余光观察后面的那十几辆车，双眸微微眯起："这附近，有什么车流比较少的街道吗？"

司机一怔："有的，前面两个街道右转，再左转，就是山崎大桥，那上面的车道比较宽敞，但是因为道路规划不合理，走那条路的车很少……"

"往那儿开。"

"您不是要去道顿堀吗？那是反方向啊？"

"改目的地了。"

"好的……"

那些黑道的车辆并没有察觉林七夜已经发现了他们，依然慢吞吞地跟在后面，跟过两条街道之后，一起驶上了山崎大桥。此时，林七夜已经画完第二座魔法阵的最后一笔。出租车的顶棚上，两道复杂的魔法阵相互重合，线条繁复无比，让人有一种看一眼就眼花缭乱的感觉，柚梨奈好奇地打量着这两幅莫名其妙的图案，不明白林七夜要做什么。

"一会儿不管发生什么，都一直往前开，把油门踩到底，不要停车，也不要回头，明白了吗？"林七夜对着司机说道。

出租车司机有些茫然："先生，这大桥上面限速啊，油门踩到底会被罚款的……"

林七夜又从口袋中掏出了最后的三万日元，塞到司机手里："全速通过这座桥后，把她送到道顿堀门口。"

"好！"司机果断点头。

林七夜回过头，对柚梨奈嘱咐了一句："保护好自己。"说完，他双手重重地拍在头顶的两个魔法阵上，然后迅速地打开一旁的车门，如幽灵般飘了出去。"轰——"两道刺目的魔法光辉从车篷顶端绽放！跟着出租车驶上山崎大桥的十几辆轿车，下意识地踩了脚刹车，车上的众人见到这一幕，同时愣在了原地。跳车了？

"井先生，他们好像发现我们了，那个年轻男人已经跳车。"其中一辆车内，有人实时将情况汇报上去。

"别管他，去追那个女孩。"

"是！"

低沉的引擎声在桥上发出阵阵爆鸣，这些车辆同时提速，既然知道自己已经暴露，他们就再也没有隐藏自身的意思。这些车辆每一辆都经过了暴力改装，全速前进之下，开始在桥上狂飙！就在这时，一个瘦瘦小小的木乃伊茫然地从路中间站了起来。"哎哟？！"它看着眼前呼啸而来的十几辆车，疑惑地歪了歪头。

"那是什么东西？"为首的那辆车上，一个黑道成员眯了眯眼睛，"玩偶？怎么好像还能动？"

"不管了，撞过去！""嗡——"低沉的引擎再度爆鸣。那辆汽车以惊人的速度冲向木木。

"木木，炸了他们。"林七夜的声音在它的耳边回荡。

木木顿时来了精神，"哎哟"了一声之后，浑身的绷带都鼓胀起来，一根巨大的火箭筒从它幼小的身体中探出，扛在了它的肩膀上，炮口对准迎面飞驰而来的汽车……车内的黑道成员猛地瞪大了眼睛，一副见鬼的表情！

621

一枚火箭弹拖着长长的尾焰，在空中划过优雅的轨迹，撞在了为首的那辆车上。"轰——"腾腾的火光突然爆开，翻滚的热浪与爆炸余波将它身旁的两辆车直接掀飞，滚滚浓烟在大桥之上升起，烈火自车内熊熊燃烧，化作一团火球横在路中央。站在桥边正在跟那神秘目光玩"一二三木头人"的林七夜，看到这一幕，嘴角微微上扬。看来他这次猜对了。和红颜、黑瞳这种被收入精神病院的"神秘"不同，木木并非这个世界的"神秘"，而是被他从异次元召唤过来的生物，从生命形态上来讲，它和护工不一样，力量来源也并非禁墟。也就是说，哪怕木木在这里动用自己的全部力量，那神秘目光也不会盯上它，因为木木的力量根本就不在对方的监控范围之内。木木，不受这里的规则影响！这也就意味着，远古树妖也可以避开神秘目光，在这里释放出全部的力量……次元召唤，才是王道啊！赞美魔法之神！赞美梅林！

跟在那辆车后的所有黑道车辆，被这突如其来的爆炸吓了一跳，但以他们现在的速度，再想刹车已经来不及了，只能继续踩着油门往那只木乃伊的身上撞去！

"拿武器！干掉那东西！"其中一位黑道成员大喊。

车子的天窗同时打开，一个个手持枪械、凶神恶煞的黑道成员从中站起，扣动扳机，刺目的火舌接连喷吐，子弹呼啸着向木木的身上射去！然而，这些子弹打到木木的身上，却像是打在钢铁上一般，擦出几缕火花后被尽数弹开，根本无法对其造成任何伤害。木木歪了歪头，身体像是气球一样膨胀开来，同时身上的绷带再度胀破，一支支枪管从它的体内延伸而出，冲锋枪、步枪、狙击枪、喷火枪、榴弹炮……仅是片刻的工夫，它就化身为一座三米多高的火力堡垒！所有的黑道成员都震惊地张大了嘴巴，眼珠子都快瞪掉了。他们无法理解……这究竟是什么东西？！！

不仅他们，刚刚经过木木的出租车司机，以及车上的柚梨奈，也被震惊得下巴都快脱臼了。那司机透过后视镜，看到那横在桥中央的巨大战争木乃伊，用力揉了揉眼睛，甚至扇了自己一巴掌，确认自己不是在做梦之后，倒吸了一口凉气。这个世界疯了？！他想也不想，一脚将油门踩到底，此刻已经将什么超不超速的都抛在了脑后，脑海中只有一个想法……赶紧离开这个是非之地！

坐在后座的柚梨奈趴在座位上，双眸注视着后面混乱的战场，心中有些担忧。七夜哥哥独自面对那么多人，不会有事吧？

"嗒嗒嗒嗒嗒嗒——"木木身上的枪管爆发出刺目的火光，子弹如潮水般倾泻而出。它就像是一个火力全开的移动军械库，所有黑道成员见过没见过的热武器，都出现在了它的身上。这些子弹轻松地覆盖了整座大桥，所有从天窗中站起的黑道成员，几乎在同一时间被射击暴毙，几辆车的油箱被打穿，更是原地爆炸，化作一块块燃烧的废铁。"给老子死！！"其中，有一辆车冲出了弹幕，驾驶座上一个黑道成员低头弯腰，幸运地躲过了子弹，将油门踩到底，一头向着那座火力堡垒撞去！"轰——"车辆撞在巨大化木木的身上，就像是撞上一座钢铁碉堡，车身被恐怖的动能挤成一团，然后轰然爆开！

木木身体表面的绷带似乎有些焦痕，但很快就自动恢复了原状，木木低头看着那已经化为火球的汽车，似乎是有些疑惑，它无法理解，这小东西是哪里来的胆子撞它？来辆擎天柱还差不多。

"木木，可以停手了，他们马上要被你杀光了。"林七夜的声音回荡在木木的耳边。

听到这句话的瞬间，木木身上的枪管、火炮同时停火，缕缕白烟从枪管口飘出，庞大的身形就像是泄了气的皮球，迅速地缩小，眨眼间变成了一只玩偶大小的木乃伊公仔。它转过头，激动地对着缓步走来的林七夜张开双臂，似乎是在要一个抱抱。林七夜无奈地笑了笑，将它从地上抱起，摸了摸头，又放了下去："等我把正事干完。"

木木瘪嘴，叹了口气，似乎对林七夜的敷衍不是很满意。林七夜双手提着黑匣，平静地转头看向几乎化为火海的桥面，大部分的车辆被木木直接轰炸，里面的黑道成员也没有幸存，但还是有几辆车被打破了轮胎，撞在桥边护栏上，幸运的是里面的黑道成员还活着。他们从车上下来，手中握着砍刀与枪械，看向木乃伊的眼眸中满是惊恐。

"井先生！救救我们！"一辆车的背后，一个黑道成员躲在轮胎旁，手中握着对讲机，慌张地开口，"刚刚路中间出现了一个怪物，它浑身都是枪，追踪到这里的兄弟们几乎全军覆没了！"

"怪物？"对讲机中的男人声音有些诧异，"是祸津刀主吗？"

"好像有点像，"黑道成员顿了顿，"那怪物的身边站着个人，就是之前跳车的那个年轻人，他可能是刀主。"

一个人类，带着一只怪物？对讲机后，井先生若有所思。听起来，确实是一位祸津刀主，带着刀魂，灭了整个车队……可问题是，祸津九刀中好像没有以热武器为能力的刀啊？

"你们坚持一下，我去请家主出手。"井先生说完这句话，便再也没了声音。黑道成员将对讲机收起，紧咬牙关从地上站了起来，打开手枪的保险，对准林七夜便扣动了扳机！"乓——"一声枪响，林七夜微微侧头，轻松地避开这颗子弹，目光轻飘飘地落在那开枪的黑道成员身上。他的指尖在双手的黑匣上轻轻一按，两柄直刀从中弹射而出！

622

自从得到"斩白"，林七夜很少用这两柄守夜人制式的直刀，只有在用反向召唤魔法的时候会以其为媒介，不过在这里，反向召唤魔法也无法使用，更何况现在林七夜已经有了更加灵活的"暗夜闪烁"作为替代。但现在"斩白"已经断了，林七夜只能重新用回这两柄直刀，赤手空拳地和敌人搏斗不是他的风格。

"先杀刀主！"那黑道成员大吼一声。

幸存的数十名黑道成员同时抬起手，对准林七夜扣动扳机，密集的子弹从枪口飞出，径直射向林七夜的身体。林七夜的眼眸微眯，手握双刀，身形如鬼魅般在子弹之间穿梭，以他现在的速度，常规的热武器子弹根本无法射中他。那些黑道成员只觉得眼前一花，原本瞄准的目标已经闪到了他们的面前，两抹刀芒闪过，他们手中的枪械已然被斩成两段废铁，与此同时一道猩红血线浮现在他们脖颈之间。他们只觉得两眼一黑，便彻底失去了意识。随着林七夜身形的游走，站立在桥面上的黑道成员越来越少，等到最后只剩下三个人的时候，林七夜只是斩断了他们手中的枪械，顺便一脚将他们踢飞到桥边，撞得七荤八素。

数十辆报废的汽车在桥面上燃烧成火球，乌黑的烟气翻滚着涌上天空，远处传来此起彼伏的警笛声，正在迅速地向这里接近。山崎大桥上闹出这么大动静，警察自然不会没有反应，只不过等他们到的时候，一切都该结束了。林七夜将两柄直刀收入黑匣，平静地走到桥边，看了眼桥下街道上急速逼近的警车，随手拎起了一个被制服的黑道成员："我问，你答。"

"浑蛋！你这家伙不要太嚣张了，我们是不会……"

"咔嚓！"一声脆响从他的脖子传出，他头部一歪，双眸便涣散起来，被林七夜丢到了地上。

他走到第二个黑道成员面前，再度开口："我问，你答。"

"……"

大阪某处，井先生拿着对讲机，穿过流光溢彩的现代化长廊，隐约的重金属轰鸣声从走廊的尽头传来，长廊两侧的墙壁上，用霓虹光彩的字符勾画着几个大字——"鬼火 Girtte"。

这是大阪最有名气的夜店之一，也是关西颇有势力的黑道团伙鬼火会名下的产业。井先生走到走廊最深处的一个豪华包间门口，伸手轻轻敲敲门，然后走了进去。刚推开门，浓浓的血腥味便扑面而来，充满现代感的包间之内，鲜血如同汪洋般在地面汇聚，宽敞舒适的长沙发上，五六具尸体仰面躺在那儿。这些人，都是鬼火会的干部。在这些尸体的旁边，一个中年男人平静地坐在那儿，端着一杯香槟轻轻摇晃，绵密的气泡在酒液中升起，在包间幻彩灯光的照射下散发着迷离的光辉。他抬起酒杯，轻抿一口，那双淡漠的眼眸看向走进门的井先生："什么事？"

"少主，我们派去追击柚梨奈的人出事了。"井先生恭敬说道，"疑似一位祸津刀主出手，在山崎大桥上将他们全部拦截，现在还在交战。"

"祸津刀主？"中年男人眉头微皱，"是雨宫晴辉？"

"不是，现场没有下雨，而且我们从大阪警察局得到的信息，他的名字叫'浅羽七夜'，不过他留下的编号和联系方式都是假的，查无此人。"

"除了雨宫晴辉，竟然还有人盯上了柚梨家……"中年男人的眼眸眯起，似乎是在思索着什么，"柚梨家的后人离开那座桥了吗？"

"离开了，不过下落暂且不明。"

中年男人缓缓将手中的香槟放下："我去会会他，你来接手鬼火会……你知道该怎么做吧？"

"接手他们在大阪的所有产业，当作我们家的临时据点，那些鬼火会下层帮众能用的就用，不能用的就杀掉，另外继续吞并周围的小型帮会，做好和黑杀组硬碰硬的准备。"井先生似乎早就想好了一切。中年男人点了点头，刚从沙发上坐起，井先生手中的对讲机突然亮了起来。微弱的电流声响起，一个年轻男人的声音从中传出："你们好。"井先生眉头一皱，看向中年男人，后者的眉梢微微上扬，似乎是有些惊讶。许久之后，那年轻男人的声音再度响起："我知道你们在听。"

中年男人不紧不慢地走到井先生身边，从他手中接过对讲机，按下按钮，淡淡开口："你好，浅羽七夜？"

"我该叫你井先生，还是寒川家的少主，寒川司？"

中年男人的双眸微微眯起。

山崎大桥。燃烧的大桥边缘，林七夜手中握着一部对讲机，双眸凝视着远方，黑色的风衣在风中轻轻摆动。

"看来，桥上的那些废物已经死光了。"对讲机中，寒川司的声音传出，"你拿对讲机，是想做什么？宣战？挑衅？还是宣告柚梨家后人的归属权？想让我们趁早放弃？"

林七夜沉默片刻，大脑飞速地运转。

"没错。"他平静地开口，"我就是想告诉你们，柚梨奈和她身上的东西，都是我的，如果你们还想搅和进来，来多少，我就杀多少。"

对讲机那一边停顿了一会儿，寒川司的声音逐渐冰冷起来："虽然我不知道你是谁，但如果你想独吞她身上的隐性'王血'和那柄刀的下落，胃口也太大了些……小心撑死自己。"

隐性"王血"？那柄刀？林七夜这次的套话，成功地从寒川司的口中套取了重要情报。虽然他并不知道这两个指的分别是什么东西，但至少已经有了线索。寒川家作为关东地区的两大黑道家族之一，能让其少家主说出"小心撑死自己"这种话，说明柚梨奈身上的这两件东西，确实非同小可。林七夜斟酌片刻之后，冷笑一声："你觉得，我会怕吗？"

—623—

林七夜说完这句话，一把将对讲机捏得粉碎，轻轻张开手掌，碎片便随风飘走。他已经从寒川司的口中套出柚梨奈身上的两件东西，如果继续试探下去，就会暴露自己其实什么都不知道的事实。而说完这句话后，林七夜也基本可以猜出对面想说什么。无非就是狠话，或者威胁，林七夜没有时间去听这些乱七八糟的事情。因为……警车已经上桥了。呼啸的车声混杂着刺耳的警笛，正在飞速接近，大约有二十辆，他甚至可以清晰地听到警车上的扩音器正在传出警告，让他站在原地放弃抵抗。林七夜低下头，从怀中掏出一副孙悟空的面具，戴在脸上。他在桥边转过身，提着两只黑匣，面对着急速飞驰而来的日本警察，那张孙悟空面具在阳光下露出狰狞凶悍的表情。"哎哟！！"木木蹦蹦跳跳地跑到他的身边，爬到了他的背上，像是一款木乃伊公仔书包，一双空洞的眼睛好奇地打量着逐渐将两人包围的警车，微微歪头，像是在询问林七夜要不要把他们都干掉。

"不用了，我们走吧。"面具下的林七夜淡淡开口。他向后退了一步，踩上大桥边缘，提着两只黑匣，在所有日本警察的目光中，轻轻向后倒退。他的身形坠落山崎大桥，掉入滚滚流淌的江河之中，消失无踪。

就在这时，一柄巨大无比的黑色刀锋突然从天空中降临，像是一座摩天大楼，重重地斩在了山崎大桥之上！这座矗立在淀川之上数十年的大桥，在这柄巨大刀锋之下，脆弱得像是积木堆积成的玩具，被轻易地从中央斩断，聚集在桥面上的众多日本警察还没反应过来发生了什么，就被这一刀斩成了碎块。大桥轰塌，幸存的日本警察与警车全部落入滚滚的淀川之中，无数的碎石掉落其中，场面混乱至极。那一柄巨大刀锋斩断山崎大桥后，没有丝毫的停滞，径直斩在汹涌的淀川之上，激起的白色浪花如同海啸般飞起，扑向两侧的街道。已然跳入淀川之中的林七夜，通过精神力清晰地看到了那斩落的巨大刀锋，瞳孔骤缩。他想也不想，从黑匣中取出两柄直刀，在水中闪电般地转身面向那径直斩入水中的刀锋，横架在身前！

"当——"那巨大刀锋在水中与林七夜的两柄直刀碰撞，恐怖的动能通过双刀传递进林七夜的身体，他的身形在水中没有任何的支点，只能被这一刀急速地向江河的底端斩去！贴在林七夜背后的木木似乎想要帮忙，但在水中，它绝大多数的热武器都无法正常使用，因此也只能急得干瞪眼。林七夜扛着巨大刀锋，身形急速地坠落入淀川之底，以这柄刀锋上的恐怖力量，在不动用禁墟的情况下，林七夜凭借自身的身体素质很难抵抗，他的心中很快便有了决断。他的眼眸中爆发出一阵魔法的光辉。他背后的木木被召唤回原本的世界，与此同时一道夜色覆盖了林七夜的身体，眨眼间他整个人便消失在原地。"暗夜闪烁"。

鬼火夜店。豪华包间中，寒川司将手中那柄黑色刀刃从地图上缓缓拔出。铺在地面的那张大阪地图上，在山崎大桥的位置，一道触目惊心的刀痕刺穿地图表面，甚至将地图下的玻璃桌面也刺了个粉碎。寒川司面无表情地将这柄黑色的刀刃归入鞘中，拿起一旁的香槟，重新在沙发上坐下。

井先生站在一旁，看着地图上已经被捅破的山崎大桥，试探性地问道："少主，那个刀主死了吗？"

"应该没有。"寒川司淡淡开口，"刀主没有这么脆弱，这只是我给他的一个警告……"

井先生点了点头："我会派人在淀川附近搜索他的踪迹，并同步追踪柚梨家后人，一旦找到他们的下落，第一时间通知您。"

寒川司坐在沙发上，对着井先生点了点头，后者便离开了房间。

大阪某处。一座占地面积极大的日式古典院落中，一道穿着黑纹和服的身影正静静地盘膝坐在矮桌边。那是一个两鬓斑白的男人，看起来五十岁左右，额角处留有一道狰狞的疤痕，尽管他闭着双眸，表情平和，但眉宇间还是散发着霸道的气息，真正诠释了什么叫不怒自威。他的对面，一位穿着亮丽和服的美少妇正跪在那儿，小心翼翼地烹茶。茶的清香在院落中弥漫，半晌之后，一盏清茶便被轻轻推到了他的面前。随后那美少妇便静静地跪在一旁，像尊雕塑般一动不动。那两鬓斑白的男人微微睁开双眸。他叫浅仓健，黑杀组麾下，山本组的组长。与关东的两大黑道家族不同，黑杀组是由一个个分开的黑道团伙合并组成而来，其中黑杀组的大组长是整个黑杀组的统领者，他的麾下有数十个庞大的黑道团伙，而山本组就是其中一个。浅仓健是山本组的组长，也是黑杀组的高级干部，用道上的话说，他是黑杀组的若头补佐，作用就相当于黑杀组大阪分组的组长。在大阪，他便代表了黑杀组的意志。而在关西地域，黑杀组的意志，便代表了整个黑道的意志。

"组长，寒川家跑过来的人，又有所动作了。"一个男人从屋外走来，对着浅仓健深深鞠了一躬，说道。

"说。"

"他们在大阪接连干掉了几个小帮派，接手了他们的产业、地盘与人手，似乎是要在这里长期站稳脚跟，今天刚接到消息，鬼火会也已经被他们剿灭了。"

浅仓健听到这句话，端着茶杯的手一顿，双眸中闪过一抹凌厉的杀意。

"关东的狗，想跑到关西来撒野了？"他淡淡开口。

"不过奇怪的是，今天在山崎大桥上，寒川家的部分人手被一个神秘人击杀，轰爆了十几辆车，后来一道黑色的刀锋从天而降，将整座大桥斩成了两段，警察也有不少死伤……疑似是寒川家的那位亲自来了。"

听到这句话，浅仓健的脸色阴沉下来。

寒川家的那位亲自来了……那事情可就麻烦了。

犹豫片刻之后，他缓缓放下了手中的杯盏，说道："备车，我要去京都，求见大组长。"

深夜。淀川的水流顺着河道，湍急地流淌着，两侧的街道上，寥寥几位行人走过，行色匆匆，似乎都在赶着回家。就在这时，河道某个阴影中的角落，一只手掌突然从湍急的河流中伸出，抓住了一旁凸起的砖石。紧接着，一个身影借力从河流中跃起，在轻微的水花声中，稳稳地落在了岸边。浑身湿透的林七夜站在黑暗中，水滴顺着风衣的衣摆流淌而下，他将一只黑匣放在地上，伸手摘下脸上的孙悟空面具，长舒一口气。在山崎桥下，那巨大的刀锋落下之后，他直接动用"暗夜闪烁"挪移到两公里外的河流之中。在那神秘目光的凝视搜索下，他就像是一块僵硬的石头般一动不动，顺着淀川，在河流中漂流了许久。

在动用"暗夜闪烁"的瞬间，他本想直接闪烁到两侧的岸上，但仔细一想，他并不知道袭击者的位置，而且对周围的环境也不熟悉，贸然回到岸上，如果在"一二三木头人"期间被敌人找到，那他就危险了。所以，他宁可在河流中漂着，也不愿意直接回到岸上，至少在水中他的一切踪迹才能被很好地隐藏。林七夜环顾四周，根本不知道现在自己在大阪的哪个位置，犹豫片刻之后，迈步向着不远处的一个行人走去。"您好，请问道顿堀怎么走？"

行人看到浑身湿透的林七夜，先是一愣，随后还是礼貌地指出了一条路。

林七夜的当务之急，是先和分散开来的柚梨奈会合，而他身上的钱已经全部给了那辆出租车司机，所以打车是不可能的，好在这里距离道顿堀并不是很远，即便是走路也能很快到达。林七夜一边走，一边回忆着那从天而降的一刀。那一刀，必然不是寻常人能做到的，而如果是神谕使的话，对方应该会主动在人前现身，接受跪拜才对……结合那柄黑色的刀刃，林七夜推测，出手的应该是祸津九刀的刀主之一。而对方的意图也很明显，就是杀了自己。只不过，在那一刀降临时，他的精神力感知范围内没有发现任何可疑者的存在，或许对方的祸津刀，能够隔着超远距离发挥能力？对他出刀的人，究竟是谁？林七夜左思右想，知道他在山崎大桥上，又和他有仇怨的，似乎只有寒川司。这位寒川家的少主，竟然也是一位祸津刀主吗……

许久之后，林七夜终于走到了道顿堀的入口。即便已是深夜，这条充满现代气息的街道看起来也热闹非凡，虽然路上的行人不多，但两侧密密麻麻的霓虹灯牌依然将黑色的夜空照亮，看得人眼花缭乱。林七夜的精神力在周围一扫，便转身向着某个方向走去。灯火通明的街道旁，一条小小的巷道蜿蜒曲折，即便是那些璀璨的霓虹光芒也无法照射到这条幽暗狭窄的小路，它就像是这条街道的无人问津的影子，独自存在于黑暗之中。

在这巷道的角落，一个穿着老旧樱花和服的小女孩蜷缩在垃圾桶旁，将头埋在膝盖上，似乎已经睡着了。林七夜的嘴角浮现出一抹无奈的笑容，他轻轻推了推小女孩："柚梨奈，醒醒。"

柚梨奈像是一只受到了惊吓的小猫，瞬间从昏睡中醒来，身体下意识地后缩，将双臂横在身前，保护着自己的身体。当她看清身前的人后，先是一愣，随后双唇微抿，将双臂张开，一下子抱住了林七夜，眼眶有些泛红。"七夜哥哥，我还以为你回不来了……"她细软的声音带着一丝哭腔，在林七夜耳边响起。

"遇到了点麻烦，不过都已经解决了。"

"你受伤了吗？"

"没有。"

"那就好。"柚梨奈点了点头，"我听你的话，躲开监控跑到这里，然后一直等在这里，哪儿都没去。"

"有没有人发现你？"

"来的路上没有，不过我躲在这里的时候，有一个大叔，他看到我在这里可怜，想让我去店里吃点东西，但是我没去。"

"那你饿不饿？"

"饿。"柚梨奈小声开口，"但是没关系，我已经习惯了……别看我还小，我很扛饿的。"

感受到柚梨奈娇小的身躯传来的温度，林七夜有些心疼。这孩子的命……也太苦了些。柚梨奈感受到林七夜身上湿漉漉的，仔细闻了闻，茫然地抬起头："你是去臭水沟里洗澡了吗？"

林七夜："……"

林七夜站起身，看了眼四周："走吧，我先带你吃饭，我答应你的神户牛肉还没吃呢。"

柚梨奈眨了眨眼："你身上还有钱吗？"

"……没有。"

"那你是要带我去吃霸王餐吗？"

"……"

林七夜挠了挠头，正欲说些什么，一个身影突然出现在巷道的入口。"咦？怎么又多了一个？"那是一个穿着黑色亮片西装的中年大叔，脚踩锃亮的皮鞋，头顶的黑发一丝不苟地向后梳去，发油亮到可以倒映出街边的霓虹灯牌，在那亮片西装的口袋处，还插着一枝红玫瑰，看起来骚包又艳丽。他的手上优雅地端着一个托盘，上面是一碗味噌汤，还有一盘热气腾腾的猪扒饭。

"两个人的话，可能不够吃啊……"大叔有些纠结地挠了挠后脑勺。林七夜疑惑地转头看向柚梨奈。"他就是之前让我去店里吃饭的那个大叔。"柚梨奈一眼就认出了他，说道。

"小姑娘，他是你什么人啊？"大叔打量着提着两只黑匣、穿着黑色风衣、表情冷漠的林七夜，奇怪地问道。

"他……"柚梨奈想了想，"他是我哥哥。"

"原来你之前不肯跟我回店里吃饭，是因为要等哥哥啊。"大叔露出恍然大悟的表情，他转头看向林七夜，有些不悦地开口："喂，你这个当哥哥的，怎么连自己妹妹都照顾不好，我看她已经在这里蹲一下午了，小姑娘多可怜啊！"

林七夜的表情有些尴尬。大叔看了看浑身湿漉漉的林七夜，又看了看浑身破烂的柚梨奈，无奈地叹了口气。"你们两个，如果没钱吃饭的话，就来我店里随便吃点吧……今天后厨还剩下来不少食材，倒了也浪费，叔叔我不收你们钱。"

625

林七夜和柚梨奈对视一眼，片刻之后，还是点了点头。他们现在身上一分钱都没有，看起来又跟叫花子一样，大半夜的能上哪儿去吃饭？就算有店面还在营业，他们总不能真进去吃顿霸王餐就跑吧？不说教坏柚梨奈这个小孩，他林七夜堂堂大夏守夜人第五特殊小队队长、剑圣弟子，在日本吃霸王餐不给钱……要是传出去，他的面子也丢光了。要是林七夜一个人，他肯定不会去吃饭，毕竟凭他现在的体质，不会这么快就饿，但柚梨奈还是个孩子，她需要吃饭。

见林七夜点头同意，大叔便转身向霓虹璀璨的街道走去。"跟上来吧。"林七夜两人跟着他，走过道顿堀的主街道，柚梨奈一边走一边抬头看着周围繁华绚丽的店面，一双大眼睛中充满了惊讶与好奇。三人接连拐了几条街道，逐渐脱离繁华的主街，来到一条相对较为偏僻的街道角落，最终在一家两层的店面门口停下脚步。这店面不小，而且装修还算可以，但这里的人流量稀少，所以显得特别冷清，林七夜抬头看向闪烁的霓虹招牌，眉梢微微上扬。

——黑梧桐CLUB

看到这个招牌的瞬间，柚梨奈像是意识到了什么，表情突然一僵。反观林七夜，对这个店名丝毫无感，他迈步从装修优雅别致的大门走了进去，穿过蓝黑色调的幻光楼梯，一路走到二楼，柚梨奈一咬牙，跟着他走了上去。二楼是黑金主题的酒吧餐厅，里面似乎还有一个个独立的包厢，不过根本没有客人，餐厅旁的巨大落地窗正面对着那条最为繁华的主街，漆黑的天空下，那绚烂的霓虹灯光投射在餐厅墙壁上，别有一番情调。

"你好。"刚走上二楼，一个穿着白色衬衫的年轻男人恭敬地鞠躬，一头金发在昏暗的色调下尤为显眼。

"小金，这两位不是客人，是一对离家出走的兄妹，我带他们回来吃点东西。"大叔摆了摆手说道，"厨房还有食材吗？"

小金一怔："有的。"

"我去再做一人份的饭，你给他们找个地方坐下……啊不，你带那个妹妹找个地方坐下，然后带哥哥去后面房间洗个澡，换身干净衣服。"大叔看到身上还在滴水的林七夜，有些心疼自己的地板，对着小金说道。

洗澡？林七夜一愣。这是什么餐厅？怎么还有洗澡的房间？

柚梨奈的表情微妙起来。

"你不要误会，我们是正经店面。"大叔看到了林七夜眼中的疑惑，开口解释道，"因为有时候客人喝多了，会吐在我们的身上，为了不影响其他客人的体验，所以特地准备了一个洗澡的房间。"

林七夜若有所思地点点头。别说，这酒吧还真讲究……但是，为什么客人喝多了，会吐在他们身上呢？小金给柚梨奈找了个靠窗的位子坐下，然后领着林七夜穿过一个个包间，走到了最深处的小房间门口，说道："在这里面洗一下吧，我俩的体形差不多，我去给你拿件干的衣服先穿上。"

"谢谢。"林七夜开门走进了浴室。他不怕这两个人趁自己不在的时候搞什么小动作，毕竟他的精神力已经覆盖了整个店面，时刻关注着他们的动作。就算他们有什么恶念，林七夜也能第一时间反应过来并出手。他简单地冲洗一番，将河水中的异味全部驱除，然后接过小金递过来的一套红衬衫和亮片西装外套，穿在了身上。确实如小金所说，他们的体形很像，衣服也很合身……但林七夜不知道为什么，看着镜中的自己，总有一种不太对劲的感觉。林七夜摇了摇头，推门而出。

等候在门外的小金，正欲说些什么，但在看到林七夜的瞬间愣在了原地。

此刻，大叔已经做好了另一份猪扒饭，端到了桌上，而柚梨奈则坐在自己的猪扒饭面前，直勾勾地盯着眼前香气四溢的猪扒饭，不停地咽着口水。

"小姑娘，你怎么不吃啊？再不吃就冷了。"大叔看着柚梨奈这副模样，疑惑地问道。

柚梨奈摇了摇头："等哥哥来了，我再吃。"柚梨奈很饿，但还是控制住自己进食的欲望端坐在那儿，因为她不确定眼前这两个人有没有在饭里下什么东西。她不相信他们，只相信林七夜，只有林七夜跟她说可以吃了，她才会吃。林七夜的脚步声从一旁传来，大叔转过头，正欲说些什么，在看到林七夜的瞬间却一愣，然后大脑一片空白……现在的林七夜，已经将脸上的污渍洗净，露出那张英俊而清冷的面庞，合身的亮片西装外套完美地衬托出他匀称的身材，修长而不失力量感，让人有些挪不开眼睛。最惊艳的是，那有些湿漉的黑色发梢垂在眼旁，他深邃的眼眸蕴藏着一缕微光，整个人身上散发着一种莫名的高贵气质，就像是一位高高在上的帝王，超凡出尘。在黑夜本源的影响下，林七夜自己都没意识到，他的气场正在向倪克斯慢慢靠近。

大叔呆呆地看了林七夜许久才回过神，眼眸中浮现出前所未有的震惊！"太不可思议了！"他微微摇头，仿佛连自己都不相信眼前的一幕，"容貌，气质，神韵……竟然真的有这种人存在，你是个天才，绝对的天才！"

"天才？"林七夜有些莫名其妙，"你在说什么？"

"你是牛郎业数十年一见的天才！"大叔快步走上前，抓住林七夜的手腕，激动地说道，"我没想到，我居然有一天能亲眼看到这种天才站在我的面前！小伙子，你一定要留下！如果你离开了，这将是牛郎业近十年以来最惨痛的一次损失！你的一切都太完美了，你简直就是为牛郎业而生的！我已经预感到了，一颗牛郎业最为耀眼的新星，正在冉冉升起！"

626

看着茫然站在原地的林七夜，柚梨奈露出了一副果然如此的表情。我说什么来着？凭我七夜哥的长相，去当牛郎一定是顶尖的那种！

林七夜看着眼前两眼放光的大叔，犹豫片刻之后问道："我不是很明白，这工作需要我做什么？"

"你放心，我们真的是很正规的店。"大叔严肃地再强调了一遍，"你的工作就是正常地给客人端茶倒酒，陪她们聊天，倾听她们宣泄生活中的烦恼，开导她们，想方设法地哄她们开心。"

林七夜若有所思地点了点头。端茶倒酒，倾听她们的烦恼，再开导她们？听起来就是兼职心理导师的服务生啊？别的不说，林七夜好歹也是个有多年治疗精神病人经验的"经验丰富"的医师，开解别人的心理郁结对他来说并不是什么难事，他现在最擅长的，就是和病人在心理精神方面进行深入交流。

"薪资待遇呢？"林七夜问道。

听到这句话，大叔的眼睛顿时亮了起来。他知道林七夜有些心动了，现在主要就是薪资能不能打动他的问题。大叔纠结许久，一咬牙，直接拿出自己所能接受的最高薪资。为了留下林七夜，他算是下了血本了。"你看啊，我们的收入来源主要分为这几个部分，入场费、指名费、还有酒水的分成，其中……"大叔从隔壁桌上拿来纸和笔，在林七夜的面前给他计算起来，"……所以说，如果店里的客流量一般的话，你一个月至少能有 50 万日元的收入，如果这家店突然爆火的话，上不封顶，要知道那些真正顶流的牛郎，每个月的收入至少都是 500 万日元。"大叔一边给林七夜算钱，一边给他画饼。

林七夜陷入了思索。对他来说，钱不是必需的，但如果没有钱，有些事情就会比较麻烦。别的不说，没有钱，他就不能带柚梨奈吃饭，不能买车票送她回家，总不能让这丫头一直跟着自己出生入死吧？这里不是大夏，没有特殊小队的名号，很多事情都不方便，有时候用金钱开路确实是一项很不错的选择，比如之前在出租车上，如果不是林七夜直接用钱收买了司机，司机未必能这么听话地带柚梨奈离开山崎大桥。还有一个因素，就是寒川家。现在他惹怒了寒川家的少主，而这位少主偏偏还是一位祸津刀的刀主，现在寒川家的人一定在疯狂寻找他和柚梨奈的踪迹。如果他要在这个时候带着柚梨奈冲出封锁的话，必然会引起一系列的麻烦，搞不好只能一路杀出去。林七夜不想逃跑，如果可以的话，他想找机会把寒川司给解决了，既能帮柚梨奈彻底摆脱危机，又能得到一柄祸津刀……能不能用先不说，至少拿在手里研究研究还是可以的。他对刀魂很感兴趣。要杀寒川司，首先要等他自己现身，反正现在林七夜也无处可去，如果能在这家店里藏身的同时赚到一点钱，那就是一箭双雕。

"可以，但我有一个条件。"林七夜思索了许久，开口道。

"什么条件？"

"工资，我要日结。"林七夜说道，"我不会在这里长期工作的，等到时机成熟，我就会直接离开。"

等到时机成熟，我就会直接离开？大叔听到这句话，脸上浮现出了然的表情。也对，凭他的气质、样貌，不可能一直留在他这小小的店面，等到人气攒够了，肯定会去新宿那边发展……不过，如果以后他成名了，这家店也算是培养过一个顶级牛郎，说出去也是非常有面子的。

机不可失啊！

"好，我答应你！"大叔一口答应下来，"明天，就开始正式上班！"

大阪。某个偏僻的小面馆。一个穿着满是灰尘的黑色和服的少年走进店铺，泥泞的木屐刚踩上地板，犹豫片刻，又把脚退到了屋外。他站在蓝色的门帘外，沉默许久之后，缓缓开口："老板，你们这儿最便宜的面……多少钱？"

正趴在桌上睡觉的老板打了个哈欠："我们家面的价格都差不多，都在上面写着，自己看吧。"

雨宫晴辉抬头看向柜台上面的菜单，默默咽了口唾沫："给我来一碗猪骨蔬菜面……不要猪骨，能不能便宜点？"

老板诧异地看了他一眼，眼中浮现出嫌弃之色，但想了想，还是说道："不要猪骨的话，就收你200日元，不过你打包了带出去吃，别在店里吃。"

雨宫晴辉打开钱包，看了一眼，嘴角微微抽搐。"150日元……行不行？"

"……行吧行吧。"

听到这句话，雨宫晴辉松了口气，他那干瘪的肚子再度叫唤起来，洪亮的声音像是饿了几天一样。见老板走进了后厨，雨宫晴辉走到门帘外，倚靠着面馆的墙壁坐在地上，长叹了一口气。他背后的银白色店面招牌反射着光芒，倒映着周围的环境，一个白衣白发的身影站在雨宫晴辉身后的倒影中，与他的身形重叠，淡淡开口："你不该把钱都借给他的。"

雨宫晴辉对他的出现，并不感到意外，只是静静地坐在那儿，眼眸中浮现出挣扎之色。"可是……他说他是我的盟友啊。"他的声音有些无奈，"盟友之间相互帮助，不是应该的吗？"

"但是你自己没钱了。"白衣白发的男人继续说道，"你给自己剩的那点钱，就连买的车票都只够坐到奈良，然后一路从奈良狂奔回大阪，要不是路上捡到了这150日元，你现在连蔬菜面都吃不起。"

"只要能治好这个病入膏肓的国家，我饿一点无所谓。"

白衣白发的男人静静注视着雨宫晴辉的背影，没有说话。

没多久，面馆老板就端着一碗面走到了店铺外，递给了雨宫晴辉。

"小伙子，吃了吧。"

"谢谢。"雨宫晴辉接过面碗和筷子，将钱包中最后的150日元递给老板，看着碗里清淡至极的蔬菜和白面，咽了口口水，狼吞虎咽起来。老板拿着150日元，看着雨宫晴辉这饿死鬼的模样，长叹了一口气。随后，他像是想到了什么，犹豫片刻之后，对着雨宫晴辉说道："小子，我认识一个人，他那里现在挺缺人的……你想要一份工作吗？"

627

京都。黑夜下的郊外深山在月光中勾勒出模糊的轮廓，曲折的环山公路上，一辆黑色的车辆正在昏暗的路灯间穿梭，向着深山的顶峰驶去。不知行驶了多久，一扇漆黑的铁门出现在明亮的车灯前，几个黑衣身影站在门前，任凭车灯照射在他们身上，如同磐石般伫立在那儿，一动不动。

车在铁门前稳稳停下，为首的黑衣身影走到车旁，淡淡开口："身份。"

车的后窗摇下，浅仓健看着那人的眼睛，出示了自己的名牌。

"黑杀组若头补佐、大阪山本组组长，浅仓健。"

"来做什么？"

"见大组长，有事情需要他定夺。"

那人仔细对照了一下浅仓健的样貌，点了点头，将名牌还给对方，后退两步，深深鞠躬。"请。"

夜幕之下，漆黑的铁门缓缓打开，那些挡在门前的身影纷纷避让开一条路，车的油门踩下，这辆车迅速向着深山顶的那座豪华庄园驶去。几分钟后，车辆停在庄园的正门口，司机下车为浅仓健开门，后者表情肃穆地整理了一下着装，带着司机与一位助手向着庄园内走去。他马上要去见的这位黑杀组大组长，是黑杀组成立以来的第三位大组长，也是日本黑道的一位传奇人物。一年前，关西地域的黑道还像是一盘散沙，虽然有许多强大的黑道团伙，但都忙于各自的地盘争夺与产业开发，根本没有成什么气候，与关东的那两个超级家族相比，就是一群不入流的虾米。那时的黑杀组，还只是京都的二大帮派之一，虽然在黑道中有些地位，但也仅限于此了。也就是那时候，这位大组长横空出世，从一个莫名出现的普通小混混，带着为数不多的几个手下，硬是扫平京都的另外两大帮派，让黑杀组一跃成为京都第一。这突然出现的年轻人得到二代大组长的赏识，将其迅速提拔为黑杀组的高层。他在组内拥有地位之后，更是放开了手脚，带着一帮手下，以不可阻挡之势打穿了关西其他地域的大型黑道团伙，让黑杀组在关西的地位坐火箭般地飙升，最终成为关西的黑道头领。

两个月前，二代大组长因病去世，指定这个年轻人成为黑杀组的三代大组长，可以说是众望所归。浅仓健只见过这位大组长两次，一次是一年前对方带人去大阪打穿山本组的时候，一次是在对方继位成为大组长的仪式上，对方身上流露出的那股黑道领袖的气质，让他至今都难以忘怀。一边斟酌着一会儿见了大组长的发言，浅仓健一边走到了一扇紧闭的日式门前。

"请进。"带路的男人对着浅仓健做了一个"请"的手势。

浅仓健最后整理了一下衣着，深吸一口气，将门推开。门后是一个宽敞的大厅，地上铺着一层榻榻米，房间的两侧整齐地跪着两百多名男女，男的统一穿着黑色和服，女的统一穿着黑留袖，穿着白袜踩着木屐，目光平静地看向走进来的浅仓健。在大厅的中央，一个年轻男人穿着象征大组长地位的流云羽织，正随意地坐在那儿。他的右手中指和无名指上，分别戴着两枚戒指，一枚黑色，一枚白色。浅仓健的目光与这年轻人的目光对视的瞬间，心中微微一颤，当年这年轻人带人在大阪扫平山本组的时候，也是这种眼神……他平复了一下情绪，迈步走到大厅的中央，半跪在地。"黑杀组若头补佐、山本组组长浅仓健，见过大组长。"

那年轻人静静地看着他，丝毫没有开口说话的意思，整个大厅的氛围死寂而压抑。在这死一般的沉默中，浅仓健的心理压力再度增加，他感受到这年轻人凌厉的注视，额头开始渗出细密的汗珠。"大组长，这次我来是想向您汇报一件事情，几天前，关东的寒川家派人……"浅仓健半跪在地，一五一十地将这次的事情说了出来，整个大厅就只剩下他独自叙述的声音。

那年轻人目光中透露着淡淡的王者威压，就这么静静地看着浅仓健，平静地倾听着一切……

沈青竹现在很郁闷。跪在地上的这男人说的话，他一个字都听不懂。说起来，他已经来到这个鬼地方快一年多了，回想起当时的情景，依然是一头雾水。他根本不明白，这一切究竟是怎么莫名其妙地发展到这个地步的。

一年前，沈青竹从横滨的海岸醒来，茫然地打量着四周。他当时的心情和林七夜一样，不知道发生了什么，不知道为什么会来到这里，不知道这是什么鬼地方……不过当时是晚上，沈青竹漂到岸上之后，没有任何人发现他，他就这么一脸蒙地走到城市之中。看着到处都是霓虹灯牌和各种看不懂的文字，他陷入了沉思。当年在集训营的时候，他记得教官好像提到过这种文化，不过这种课他向来是不会听的，所以压根儿就什么都想不起来。好在这里的人和他长得差不多，他混在其中，并没有人发觉他的异样，他就这么逛了大半座城市，逛累了就回到海岸边准备抽烟，刚用"气闯"打出一缕火苗，就感受到一股视线从虚空中探出，在疯狂地寻找他。对于卧底出身的拽哥来说，谨慎是在陌生环境下生存的第一要务，他在感受到这眼神的瞬间，立刻停止禁墟的运转，在原地一动不动地坐了十几分钟。等到那目光离开，确认再也不会出现之后，他迅速离开了海岸，甚至偷偷潜入一辆行驶中的货车，直接离开了这座城市。他不知道的是，就在他离开后的几分钟，一位神谕使便来到那海岸周围，搜索他的踪迹。

628

当然，他什么也没搜到。避开监控行动，已经成了沈青竹刻在骨子里的本能，就算那神谕使将周围的监控翻遍，也根本找不到他的踪迹，他就像是人间蒸发了一般。而此时，沈青竹已经坐着货车，离开了横滨。等到货车停下，沈青竹从车厢中跳下的时候，已经到了京都。对沈青竹而言，京都和横滨似乎没有什么区别，都是现代化的城市，以及他听不懂的语言，硬要说有什么不同，或许是这里的人口音较为粗犷一些。沈青竹在京都晃了大半圈，后来觉得有些饿了，便开始在附近找吃的。当时是深夜，他刚走到一条偏僻的街道口，就看到里面有几个人拿着棍棒和刀在打架，一共是两拨人：一拨是身上文着老虎的凶恶男人，人数较多，还带着武器；另一拨人只有两个人，赤手空拳地跟那一拨人打架。说是打架，其实就是人少的那一方被单方面地爆捶。那两人被打得血肉模糊，躺在地上，另一拨人围在他们的身边，一边冷笑一边说着什么。

突然，他们看到了站在街道口看热闹的沈青竹。

"喂！你小子，看什么看？！你也想被打吗？！"

"一个毛都没长齐的小子，大半夜的还在外面溜达？找死吗？"

"要不顺便把他劫了吧，看他弱不禁风的，咱也弄点零花钱！"

"……"

在沈青竹的眼中，他们几个人站在那对着他叽里咕噜说了一通，就冷笑着提着武器走了过来。他不知道发生了什么，但从他们的眼中感受到了恶意。原本打算就这么走开的沈青竹，改变了主意。他眯眼看着这几个人，眸中目光闪烁，似乎是在思考着什么。他想去吃饭，但是身上没有钱……这群家伙的身上，应该有不少吧？反正看起来也不像是好人，他直接抢过来，也没什么心理负担。也不知道他们身上的钱够吃几顿饭？沈青竹看着冷笑走过来的那几人，伸出右手手指，一个个地指了过去——一个、两个、三个……六个、七个、八个。"八个啊……"沈青竹的眼睛亮了起来，八个人的钱，应该够他用了吧？

听到这隐约的"八个啊"三个字，那群人突然一愣，然后眼眸中浮现出怒火。"这小子敢骂我们！！"

"他骂我们浑蛋！揍他！"

八个凶恶男人一拥而上，不到十秒，就被沈青竹赤手空拳打倒在地。沈青竹没有动用禁墟，有了之前的那一次经验，已经隐约猜到这里的规则。出于在陌生条件下的谨慎心态，不到逼不得已，他是不会再冒险动用禁墟的。沈青竹开始搜刮地上不省人事的八人的财物，一旁的街道口，那两个被打得血肉模糊的人目睹了全程，被震惊得无以复加！在他们的眼中，沈青竹突然出现，面对一帮凶悍带着武器的狠人，淡漠地指了指他们所有人，然后说了一句"八嘎"，就把他们全部打翻。路见不平，拔刀相助，出手凌厉果断，这……是一位贯彻了武士道的隐世强者啊！他们挣扎着从地上爬起来，抓住搜刮完钱物准备离开的沈青竹的手腕，激动地不停向他鞠躬道谢，还说要请他吃饭。

沈青竹被这两人突然拉住，还以为他们也要打架，正打算再搜刮两个钱包，但看到他们点头哈腰的样子又犹豫了……直到这两个人主动从钱包里掏出钱，递给沈青竹的时候，沈青竹的脸色才缓和些许。后来，沈青竹就被他们拉去附近的居酒屋大吃了一顿。一路上那两个人都在手舞足蹈地说些什么，沈青竹也听不懂，就这么静静地看着他们，时不时冷酷地点两下头，然后闷头吃饭。吃完饭，沈青竹正准备离开，那两人又叫上了十几个弟兄，开始跟沈青竹拜把子。等到他回过神来的时候，他的身边已经多出了一帮小弟。当看到这十几个小弟恭敬地站在一旁，对他深深鞠躬，还喊着什么的时候，沈青竹才意识到，自己不知道什么时候已经变成了一个黑道小头目。这群小弟，都是黑杀组的成员，簇拥着沈青竹回到本部，将其介绍给了当时的一位高级干部。沈青竹也不知道他们在说些什么，反正就站在那儿，面无表情，用一种凌厉而凶悍的眼神静静地盯着那个高级干部。那干部似乎想问沈青竹叫什么，是哪里人，但沈青竹一言不发，就这么盯着对方，盯得对方心里都有些发怵。后来那干部一拍大腿，叽里咕噜又说了些什么，大体的意思是这小子很有意思，有骨气，有手段，还有一种莫名的压迫感，正式将他列入黑杀组的成员名单中，然后倾力培养。

后来的事情，就简单了很多。

那干部不断地给沈青竹下指令，让他去干掉某个组织，然后他的小弟们就会给他带路，直接带到别的势力门口，二话不说进去猛揍一通，众人就会对他投来崇敬的目光。这样的生活持续大半年，原本沈青竹是打算偷偷溜走的，但是一想，自己又不会这里的语言，跑出去能干吗呢？说不定形势会更加危险。在这里，至少他是个干部，没有人会怀疑他，只要每天跟这群小弟出去打打架，他在黑杀组的地位就疯狂上升。在这期间，他还可以慢慢地学习这里的语言，逐渐掌握更大的权力。等到他成为这里的一把手之后，就能利用这股势力去搜索其他队员的下落，这才是最佳的方案。

不知不觉中，他已经替黑杀组打下大片的江山，成为组内一人之下，万人之上的存在，直到两个月前二代大组长去世，他就真正成了黑杀组的一把手。但这个时候，令他头疼的事情来了。一把手，是要为整个黑杀组做决策的，他连话都听不懂，以后该怎么办？

629

事实证明，沈青竹在学习上真的没有天赋。即便在这里待了一年，还是听不懂他们的话，甚至除了跟自己结拜的那两个手下的名字，他自己会说的话也就三句。

"八个啊！"（浑蛋！）

"库鲁斯！"（杀！）

"哟西！"（好！）

语言，只会这三句，剩下的，只能看发挥了，就好比现在。浅仓健跪在那儿，已经将事情的情况都说清楚了，其他人也纷纷将目光投向沈青竹这位黑杀组大组长，等待着他做出决断。

"大组长，寒川家将手伸到了关西，实在是没把我们黑杀组放在眼里，一定要给他们些教训，让他们滚回关东！"浅仓健的眼眸浮现出杀意，严肃地看着沈青竹。沈青竹的眉梢一挑，将目光从他身上移开，看向其他跪在大厅旁的男女，他们的脸上也写满了愤怒。这时候，沈青竹虽然不知道发生了什么，但已经可以猜到，有什么人惹了众怒。嗯，那就好办了。沈青竹那双冷漠的眼眸中，浮现出杀意。"库鲁斯。"（杀。）他淡淡开口。听到这句话，浅仓健和周围跪倒的那些男女，脸上同时浮现出喜色，大声喊道："大组长英明！"

沈青竹看到他们的反应，微微松了口气……这次又赌对了。

就在这时，浅仓健犹豫片刻，再度开口："大组长，还有一个问题，这次寒川家的那位少主也来了大阪，他的手上有一柄祸津刀，我们根本不是对手……您能不能多带些人，亲自出山，帮我们坐镇大阪？仅靠我们，很难将他们驱除出去啊！"

听到这句话，周围的那些男女纷纷皱眉，窃窃私语起来，似乎是在讨论着什么。沈青竹疑惑了。我都说了"库鲁斯"了，怎么还有事情？而且这次看大家的反应，似乎很不好处理的样子。凭那三句话，估计是糊弄不过去了。沈青竹沉思片刻，装模作样地点了点头，然后看向自己身边的心腹，淡淡开口喊他的名字："井守裕。"

遇到这种复杂情况，沈青竹通常的解决办法是，不自己解决。他喊心腹的名字，就是想让他替自己参谋，出主意，虽然主意未必靠谱，但至少身份不会暴露。而这个心腹也就是一年前他从街道上救下的那两个人之一，是真正的自己人。

一旁的井守裕一愣，以为是沈青竹日常给他的考验，认真地思索许久，说道："我认为寒川司亲自带人来大阪，应该不是为了争夺地盘这么简单，再结合大阪其他几个帮派被灭的消息，我感觉……他们应该是在找什么东西？"沈青竹没听懂，但还是点头，眼眸中浮现出赞许，似乎是在鼓励他继续说下去。"能够让寒川司亲自出手，这件东西一定很重要，这么一来的话，我们留在大阪的人手确实未必够用……我们首先要弄清楚他们究竟在找什么，然后在他们之前，把东西抢到手！"井守裕越说，越觉得自己的推理是对的。他回过头，郑重地对沈青竹说道："大组长，我觉得我们有必要亲自去一趟大阪，如果我们不出面的话，仅靠浅仓健确实无法解决，弄不好，这件事可能会动摇黑杀组在关西的地位！"沈青竹装模作样地沉思了片刻，然后点了点头。

"大组长答应了。"井守裕回头看向众人："幸太，你去准备一下，除了那几个重要部门之外，把能带的人都带上，我们马上起程去大阪！"

"是！"

浅仓健看着坐在那儿的沈青竹，眼眸中浮现出感慨之色。

大组长……真是英明啊！

第二天一早，林七夜早早地醒来，换上一旁的红衬衫和亮片西服，简单地整理了一下着装，便走出了房间。黑梧桐的店面楼上，就是他们这些员工的住处，虽然破了点，但地方还算宽敞，林七夜的精神力扫过周围，除了小金依然躺在自己房里睡觉，柚梨奈和大叔都已经不在房里了。他走下楼梯，就发现柚梨奈已经撸起袖子，拿着拖把在二楼的餐厅认真地拖地，大叔则给自己泡了杯咖啡，坐在巨大的落地窗边，看着外面繁华的街道不慌不忙地享受着早餐。

"你怎么开始拖地了？"林七夜疑惑地问道。

"我求了京介大叔，他答应让我当这里的临时工，也是每天给我算钱。"柚梨奈擦了擦小脸上的汗水，笑着对林七夜说道，"虽然赚的比不上七夜哥哥，但是也能帮你分担一点压力啊！"

京介是大叔的花名，他也是这家牛郎店的老板，据说年轻时候，是新宿那边很有名气的牛郎。

林七夜怔了片刻，摸了摸她的头，说道："我一个人也可以，你可以多休息一段时间。"

柚梨奈摇了摇头："不要，如果我什么都不做的话，那不就是拖油瓶了吗？"

她推着林七夜坐回到座位上，拿起拖把，认真地说道："七夜哥哥你就先休息吧，这里的活我来干！"

林七夜无奈地坐在京介大叔的对面，后者端着咖啡，微笑着看着林七夜："看来，你们兄妹的感情很不错呢？"

"嗯。"林七夜看了眼周围，问道，"已经这个点了，还不开门吗？"

"开门？"京介大叔眉梢一挑，"牛郎店哪有大早上开门的？只有在晚上，那些寂寞难耐……哦不，那些有烦心事的女人才会出门，为自己寻找慰藉。这大白天的，就算我们开了门，也不会有客人来的。"

难怪小金还在睡觉。林七夜点了点头，正欲说些什么，一道清脆的门铃声从楼下传来。

京介大叔的脸色一僵，表情古怪起来，一边起身，一边小声地嘀咕："奇了怪了，这大早上的，还真有人来？"

林七夜见老板已经起身，很有职业修养地跟着起身，整理一下着装，跟着他走到了一楼。他的精神力扫过门外，下一刻，他愣在了原地。

·630·

三分钟前，用易容手段改变样貌的雨宫晴辉，拿着一张被折叠了很多次的传单，在黑梧桐俱乐部的门前停下了脚步。他抬头看了眼这无人问津的店面，又看向门口张贴的那张五颜六色的海报，海报中央一个金发男生正穿着一身骚气的衣服，微笑端着一杯酒，似乎是要与人碰杯。雨宫晴辉的表情有些僵硬。面馆老板将这张传单递给他的时候，就说过他有个朋友在道顿堀开店，不过店里面的人手似乎不够，还说如果他能被这家店的老板录用，应该能在短时间内赚到不少钱。于是，雨宫晴辉就拿着这张传单一路走到了这里。一开始，他以为这只是一家普通的餐厅，可直到亲自站在这家店的门口，看到门口那充满暗示意味的海报以及店内装修的色调，才意识到……这是一家牛郎店。店面紧闭的玻璃门映着雨宫晴辉的影子，在镜像中，他的背后还站着一个白衣白发的撑伞身影。"这是家牛郎店。"他的声音回荡在雨宫晴辉的耳边。

"我看出来了……"

"你真的打算去这里工作吗？"那声音顿了顿，"祸津九刀的刀主，'猛鬼'级通缉犯，立志要改变这个国家的男人……现在要去当牛郎了？"

雨宫晴辉的目光闪烁起来，似乎是在纠结。

许久之后，他缓缓开口："但是我需要钱。"

"通缉犯搞钱，需要做到这个地步吗？"

"别人不理解我，可以把我当成通缉犯，但我不能把自己当作通缉犯。"雨宫晴辉平静地说道，"如果我去偷、去抢，失去了自己的道德底线，那和其他那些'恶人'有什么区别？"

白衣白发的身影沉默片刻："我觉得，你不用做到这一步。"

"星见翔太可以为了我们的目标做出牺牲，我也可以。"雨宫晴辉淡淡开口，"牛郎而已，不是卖身，我心中有分寸，只要赚到差不多的钱，我就会离开这里，没有人会知道我曾在这里工作过。而且，牛郎店鱼龙混杂，是个打听情报的好地方，说不定能听到一些关于山崎大桥的事情。"

"……好吧。""雨崩"的刀魂见自己的刀主已经下定了决心，也就没有再多说些什么，玻璃门中的倒影缓缓消失，只留下雨宫晴辉独自站在门口。

雨宫晴辉深吸一口气，按下了门铃。"叮咚——"清脆的门铃声响起，片刻之后，紧闭的大门缓缓打开。京介大叔打开门，见门外站着一个穿着黑色和服的俊秀少年，突然愣在了原地，即便是黑色的和服，也无法遮掩住这少年匀称修长的身材，那张年轻的脸庞上，下颌处有一道浅浅的刀痕，俊美之中又有一种英武的霸道之气，那双眼眸幽冷无比，像是一柄寒芒四射的日本刀。这少年……京介大叔微微张大了嘴巴。

"你好，我来应聘牛郎。"雨宫晴辉看着京介大叔，认真地说道。说完这句话，他才将目光挪向一旁，刚刚便看到了京介大叔身后有个身影，以为是店里的员工，此刻看清了对方的脸，虎躯猛地一震，眼中浮现出难以置信之色。穿着骚气的红色衬衫和亮片外套的林七夜，同样震惊地看着雨宫晴辉，茫然地站在原地。虽然雨宫晴辉为了隐藏身份，用易容手段对自己的样貌进行了改变，但依然无法瞒过林七夜的精神力，从看到对方的第一眼起，就已经将他认了出来。两人对视之后，空气仿佛都凝固了。

"好说好说好说！来来来，快先进来，我们进来慢慢谈！"京介大叔听到这俊美少年来应聘牛郎，顿时笑成一朵花，拉着雨宫晴辉的手，似乎生怕他改变主意，热情洋溢地将他带上了二楼。

"浅羽啊，去给他倒杯水。"京介大叔对着僵在原地的林七夜说道。

"啊？哦……好。"林七夜回过神，幽幽开口。林七夜很有职业操守地去给雨宫晴辉和京介大叔倒茶，而那两人则直接去了一个包间，似乎是在谈论着待遇问题，时不时地还能听到京介大叔情绪激昂地说话，而且其中绝大多数话语，林七夜都觉得十分熟悉——"你是牛郎界数十年一见的天才……如果你离开了，这将是牛郎界近十年以来最惨痛的一次损失……你就是为牛郎业而生的……"林七夜端着两杯茶，站在包间外，默默地翻了个白眼。原来……他对谁都这么说？呸，渣男！林七夜推门走进去，将两杯茶分别放在两人的身前，雨宫晴辉看了看身前唾沫横飞的京介大叔，又看了看表情幽怨的林七夜，嘴角微微抽搐。片刻之后，京介大叔还是敲定了雨宫晴辉的待遇，和林七夜基本一样，而且同样是日结。

"来，浅羽，我给你介绍一下。"京介大叔走到林七夜身边，一只手热情地搂着他的肩膀，另一只手搂着雨宫晴辉，将两人的肩膀贴在一起，乐呵呵地说道，"这位是雨宫翔太，我们的新同事，以后大家都是同伴了，要互相照顾啊！"雨宫翔太？林七夜诧异片刻，很快便反应过来，雨宫晴辉应该是隐去了自己的真名，毕竟现在他的身份，可是"猛鬼"级通缉犯……"雨宫，这位是浅羽七夜，是比你早一天来的前辈，我是真没想到啊，这还不到一天的时间，我就捡到了两位牛郎界的绝世天才！"京介大叔一边说一边乐，看他骄傲的模样，仿佛想昂首挺胸，长啸一声："牛郎界的卧龙凤雏尽在我麾下矣！"

京介大叔在两人面前乐呵半天，这才推门出去，继续计算昨天店面的收入，包间内只剩下了林七夜和雨宫晴辉两人，面面相觑。林七夜上下打量他一番，"啧"了一声，"你之前说两周后见，这期间你还有事情要做……原来就是来当牛郎啊？"

631

雨宫晴辉的表情一僵："不……我本来是有别的事的，但是那件事中途失败了，所以来当牛郎……不对，我是因为没钱了，所以才……"说着说着，雨宫晴辉差点把自己绕进去了，表情古怪地看着林七夜，问道："那你呢？你一个入侵者，怎么也跑过来当牛郎了？"

"跟你一样，赚点钱。"林七夜顿了顿，"顺便，躲避一些人的追踪。"

"谁？"

"寒川家。"

听到这三个字，雨宫晴辉的眉头微微皱起："寒川家追踪你？你……等等，昨天寒川司斩断山崎大桥，是因为你？"

"算是吧，当时从天而降的那一刀，就是为了杀我。"

雨宫晴辉注视着林七夜，心中突然有种不真实的感觉。他跑到这里来当牛郎，本意就是想利用这里的情报网，探知一下昨天山崎大桥都发生了什么，但没想到这一来就直接见到了罪魁祸首。"寒川司为什么要杀你？"

"这个事情，有些复杂……"林七夜将事情的前因后果都跟雨宫晴辉说了一遍，包括柚梨奈的事情，说完之后，雨宫晴辉看他的眼神都变了。

"柚梨黑哲的女儿，一直跟在你的身边？"雨宫晴辉眼中满是难以置信，"所以，她之前真的在横滨？"

"对啊，怎么了？"

"没什么……"看来，星见翔太之前得到的预言，是正确的……只不过自己没有找到她而已，雨宫晴辉叹了口气。

"你知道柚梨黑哲？"林七夜察觉到雨宫晴辉在听到柚梨奈的存在之后，神情有明显的变化。

"我当然知道……而且，我和寒川司一样，一直在找他的女儿。"雨宫晴辉顿了顿，"但我没想到，她居然一直跟在你的身边。"

"为什么你们都在找她？她的身上有什么秘密？"林七夜问出了自己心中的疑惑。

雨宫晴辉正欲说些什么，犹豫片刻之后，四下张望了一圈，对着林七夜摇了摇头："这里不方便说，等晚上，我们换个地方。"

见雨宫晴辉如此慎重，林七夜点了点头："好。"

大阪某处，数十辆黑色的轿车在宽敞的车道上疾驰，庞大的阵列让周围的车辆都不自觉地退避开来，其中一辆舒适豪华的车辆后座，沈青竹静静坐在那儿，看着窗外闪过的景色，眼中是深深的茫然。这群手下……究竟要把他带到哪里去？当天晚上浅仓健见过他之后，井守裕便安排车辆，带着浩浩荡荡的车队，连夜从京都驶出。沈青竹以为这次和以前一样，就是去手下的某个领地转一圈，可谁知道这一坐就是好几个小时。虽然沈青竹心中一片茫然，但脸上还是只能保持淡漠冷酷的表情，仿佛一切尽在掌握之中。

终于，这些车辆停在大阪一座摩天大楼的门口。沈青竹一看到这座楼就想起来了，以前他带人来过这里，还发生过一场火拼，后来这里就变成黑杀组的产业之一，属于自家的地盘。此时，上百名西装革履的山本组成员已经等候在摩天大楼的门口，分成两列站立，似乎是在等待着什么。几个小弟迅速下车，替沈青竹打开车门，沈青竹穿着象征大组长地位的流云羽织，目光平静地扫过众人，迈步向着大楼的大门走去。与此同时，两侧的上百位山本组成员，同时恭敬地深鞠躬，大声开口："恭迎大组长！！"沈青竹面无表情地从他们面前走过，身上流露出淡淡的威严之气，浅仓健早已等候在了门口，同样对着沈青竹鞠躬，然后带路向大楼内走去。他的身后，浩浩荡荡的数百名黑杀组与山本组成员，井然有序地跟随他进入其中。

沈青竹坐上电梯，到了大楼顶层，几个小弟站在一扇华丽的大门前，替他打开了房间。门后，是一间宽敞豪华的办公室。沈青竹迈步走到巨大的落地窗边，俯瞰这座城市片刻，然后不紧不慢地坐在了中央的转椅上，从手下手中接过一根烟点燃，平静地看着身前的浅仓健与其他几位山本组高级干部。

"大组长，我已经派人去打探寒川家在大阪的几处地盘的人员部署情况了，大概五天就会出结果，等到查清楚了他们的部署情况，我一定第一时间将结果送到您的桌上，请您定夺。"沈青竹坐在那儿，静静地凝视着浅仓健，没有说话。浅仓健感受到沈青竹凌厉的目光，有些手足无措，纠结了许久，试探性地开口："您是觉得五天太长吗？那……三天，三天之内我一定将结果递上来！"沈青竹依然一言不发地凝视他。浅仓健的额头渗出些许的冷汗，在沈青竹的压迫感下，只觉肩上像是扛了一座大山，沉重无比。"两天！两天之内！我一定摸清楚他们的部署！"浅仓健一咬牙，直接将时间压缩到极致。这两天，哪怕他们山本组全员不睡觉，也必须将寒川家的底细打探清楚！

沈青竹见浅仓健一副要崩溃的模样，知道时机应该差不多了，再装下去，可能会露出破绽，于是缓缓将双眼闭起，微微点头。浅仓健这才松了一口气，他的后背已经被冷汗湿透。这就是大组长的压迫感吗……让人根本生不起反抗的念头啊。不过可以看得出来，大组长是一个很追求效率的人，而且似乎对山本组的情况十分了解，清楚地知道他们所能做到的极限在哪里……真是运筹帷幄啊！我黑杀组有这样一位英明的大组长，再过一段时间，只怕整个日本的黑道都要向他们低头！

浅仓健心中对沈青竹的崇拜无以复加，走到门外对着两侧的手下说了些什么，不久之后，六七位身姿窈窕的青春少女便来到办公室，排成一排站在沈青竹的面前。

"大组长，这两天您可能会有些寂寞无聊，这些都是我山本组培养出来的好苗子，请您……指点一二。"浅仓健对沈青竹投出一个"你懂的"的眼神。

沈青竹的眉头微皱，冷声开口："八个啊！"

632

黑梧桐俱乐部，华灯初上，道顿堀的霓虹灯牌在昏暗的天空下接连亮起，透过黑梧桐俱乐部二楼的落地窗，将蓝紫色调的餐厅染上了一层独特的光晕。柚梨奈将餐厅的每一张桌子都擦得一尘不染，忙碌了一天的她坐在椅子上，长舒了一口气。就在这时，一个穿着深蓝色亮片外套的少年坐在了她的对面，静静地看着她。柚梨奈也是今天才刚认识这个新来的牛郎的，不得不说，即便是凭她毒辣挑剔而专业的眼光，也无法找出雨宫晴辉外貌上的任何缺点，在她的心中，雨宫晴辉作为牛郎的硬实力，仅比林七夜差一丝，而差的这一丝，是因为他没有林七夜那种若隐若现的君王气质。

"雨宫哥哥，你有什么事吗？"柚梨奈见雨宫晴辉一直盯着自己，疑惑地问道。

雨宫晴辉怔了半响，摇了摇头："没，没什么，就是你长得和……我的一个朋友很像。"

"朋友？"柚梨奈想了想，"你说的朋友，也是一个女孩子吗？"

"不……他是个男人。"

"真是没礼貌……"柚梨奈小声地嘀咕一句。

"啪，啪，啪！"京介大叔拍了几下手掌，走到几人的面前，面带微笑地开口："到了该开业的时间了，各位牛郎界的新星……你们准备好去迎接尊贵的女性顾客的欢呼与热情了吗？"林七夜眉梢一挑，似乎不明白京介大叔在说什么，没有回答。雨宫晴辉默默地低头，看着自己的脚尖，假装没听见这句话。只有小金懒洋洋地伸出手，有气无力地说了一句："准备好了。"这尴尬的氛围，并没有影响到京介大叔脸上洋溢的笑容，他走下楼梯，将紧闭的大门打开，同时将楼上悬挂着的霓虹招牌点亮。

黑梧桐俱乐部，开始营业。林七夜和雨宫晴辉同时站起身，站到二楼楼梯边，已经做好时刻接待客人的准备，而小金还懒洋洋地趴在桌上，打了个哈欠。很快，林七夜二人就知道为什么小金一点不慌了。距离开始营业，已经半个小时过去了，就连客人的影子都没见到。或者说，黑梧桐俱乐部所在的这一整条偏僻的支路，都没什么人来过，就算有，也只是在路口随意地往里看一眼，然后就迈步离开。此刻，刚刚还"准备好了"的小金，已经趴在桌子上睡着了。林七夜和雨宫晴辉站在楼道两侧，相互对视一眼，都有种自己上当受骗了的感觉——没客人，哪儿来的消费和提成？！

"京介大叔，怎么到现在还没客人？"林七夜忍不住问道。

京介大叔嘿嘿一笑："不要急，现在还早……再等等，客人总会来的。"

于是，林七夜和雨宫晴辉，就这么从晚上六点等到了十点。那些徘徊在道顿堀吃晚饭的客人，基本已经离开，人流量更是减少了一大半，林七夜眼睁睁地看着繁华的街道逐渐变得人员稀少，心中被骗的想法越发强烈。就在他即将去找京介大叔的时候，一道洪亮的女声从楼下突然响起："小金……嗝，小金……我来看你喽……"

林七夜和雨宫晴辉瞬间来了精神，而趴在桌上睡觉的小金，身体猛地一颤，从睡梦中惊醒，仿佛是做了什么噩梦一般——来客人了！三个二十七八岁的女人结伴从楼梯上来，为首的那个女人明显是有些喝多了，隔着好几米，林七夜都能闻到对方身上的酒味。另外两个似乎是她的闺密，第一次来这种地方，打量着周围，眼眸中有些害羞，又有些好奇。京介大叔快步走到这三位客人身前，脸上浮现出充满亲和力的笑容："常田小姐，今天又来找小金了？"

"是京介啊……嗝。"常田小姐打了个酒嗝，"快，快让小金来陪我，我很久没见过他了，也不知道这段时间瘦了没有……"

"没问题，小金现在有时间。"京介大叔笑着看向另外两位女客人，"这两位是常田小姐的朋友？看着有些面生，是第一次来吧？正好，我们这里还有两个新来的牛郎，绝对是你们从未见过的极品，要不要请他们来看一下？"

"极品？"常田小姐笑了起来，"京介啊，我都来这么多回了，你这里有几个牛郎，我还不知道吗？之前那几个歪瓜裂枣你都好意思说是极品，但能看的也就只有小金一个。我这两个姐妹都是很挑剔的人，寻常的就不要……嗯？？"常田小姐走上楼梯，话音未落，就看到在两边站着的林七夜和雨宫晴辉，直接愣在了原地。她身边的两个闺密，眼睛都看直了。好家伙，原来……牛郎都这么帅的吗？！

"这两个是……"常田小姐的目光根本无法从林七夜那双深邃的眼眸上挪开，怔怔地开口。

"是我们新来的牛郎，这位是雨宫，这位是浅羽。"京介大叔微笑着介绍，"顺便一提，他们的收费可是稍微有些偏贵的……"

"我要他！我就要他！！"常田小姐的酒一下就醒了，激动地开口，"多少钱都无所谓，我要他陪我喝酒！"

"那这两位小姐呢？"

"那、那我要雨宫……"其中一个闺密的目光一直盯着雨宫晴辉，脸颊微红地开口。

"我和常田姐一起。"另一位闺密选择了林七夜。

"好的，请先入座吧。"

常田小姐一把搂住林七夜的胳膊，看着那张面孔，两眼直放光，将他一直拉到靠窗的位子坐下。林七夜的眉头一皱，将手从常田小姐的怀中抽开。常田小姐愣在了原地，看着林七夜，似乎有些生气："你，你这是什么意思？我是客人！"

林七夜低着头，双眼微眯看着常田小姐的眼睛，眼眸中散发着无法抗拒的威严，像是一位高贵的君王，正在俯瞰众生。"客人，又怎么样？"他淡淡开口，"想要我陪你喝酒，就要守我的规矩，否则……滚。"

常田小姐呆呆地看着他的眼睛，像是尊雕塑般在原地站了许久……然后，她的眼眸中浮现出前所未有的激动——好霸道！好帅！这个人设！我好喜欢！请尽情地指责我吧！！

-633-

林七夜看到这两个客人突然激动起来，有些摸不着头脑。不过，他还是履行着自己"服务员"的职责，将两人带到了座位上，她们刚坐下，就掏出手机，疯狂地跟林七夜合照，林七夜的眉头再度皱起。

"不好意思，店里不允许拍照。"他礼貌地说道。

常田小姐瘪嘴："拍几张照片而已，有什么关系嘛！"

林七夜的目光一凝，用一种不容拒绝的语气说道："我再说一次，这里，不可以拍照。"

常田小姐心中小鹿乱撞:"好,好!我听你的!我这就全部删掉!"

两位客人当着林七夜的面,将照片全部删了个精光,林七夜的脸色这才缓和下来。他翻开酒水价目表,问道:"说吧,想喝什么?"

"浅羽是吗?"闺密在一旁弱弱地问道,"如果我们点了酒,你是不是可以拿到分成,你能陪我们一起喝吗?"

"可以,这是我的工作。"林七夜点头。

"我要这个,这个!这个这个!还有这个!"闺密顿时兴奋起来,接连点了几瓶价格昂贵的酒,从钱包中掏出一张卡,直接递给了一旁的京介大叔。林七夜的嘴角微微抽搐。这么多酒加起来的钱,对他来说已经是一笔不菲的财富了……大概,相当于问雨宫晴辉借二十多次钱吧?这就是富婆的快乐吗?京介大叔满面笑容地递上酒,贴心地帮他们打开,林七夜接过酒瓶,给两位客人满上,又给自己也倒满了一杯。

"浅羽,我们初次见面,先一起喝一杯!"

"浅羽,我们两个女孩子,你是不是要多喝一点啊?我们喝一杯,你喝三杯怎么样?"

"哇!你好能喝啊?好帅!!"

"……"

常田小姐和她的闺密,开始疯狂地给林七夜灌酒,而林七夜则一脸淡然,喝酒跟喝白开水一样,面不改色地一杯接着一杯。这几瓶昂贵的酒,林七夜刚开始一个人就喝了近五分之四,常田小姐和她的闺密两个人加起来喝了五分之一,此刻已经有点醉意了。以林七夜现在的境界和体质,就算是一个人把这家店的酒喝空,都不会有半分醉意,这两个客人和他喝酒,自以为是在占便宜,可她们没注意到的是……被占便宜的,其实只有她们的钱包。在林七夜的猛灌策略下,酒水很快就全部喝完了,而想要继续和林七夜喝酒,就必须再点更多的酒。于是,闺密大手一挥,又叫上来好几瓶酒,继续和林七夜对饮。

"浅羽,我跟你说,姐姐我最近好难过啊……我之前谈了一个男朋友,我们的关系很好的,可是后来他居然和一个大了他八岁的女人出轨了,最关键的是,那个女人自己还有老公,有家庭……后来他们的事情被我发现了,我提出了分手,但是我心里好难过。最近,我老是梦到他回来找我,跟我复合,我一直在梦里和他吵架……我知道,我自己还是爱着他的……但是我无法原谅他对我做出的事情!每当我想起他的时候,我就会胸闷、心慌,我就会回想到之前我们在一起有多快乐,分开的时候有多伤心……我觉得我的心,就像是被切碎了一样,最近干什么都提不起兴致,直到我遇见你……"常田小姐一边喝酒,一边对林七夜哭诉她最近遇到的烦心事,眼圈都有些泛红。

林七夜端着酒杯，认真地聆听着，沉默了片刻，开口道："常田小姐是吗？"

"直接叫我常田姐姐就好了。"

"嗯……是这样的。"他看着常田小姐的眼睛，严肃且认真地说道，"根据你说的这些症状，我简单地推理了一下，你有没有想过，自己可能患上了某种精神方面的疾病？"

常田小姐："？？？"

接下来的两个小时里，林七夜从专业的角度，分析了常田小姐的病症，并给出一些中肯而有效的解决方法。等到常田小姐喝完酒，迷迷糊糊地从座位上站起来，准备回家的时候，满脑子想的都是"我是不是真的有病？""他好像说得很有道理！"

"两位这是准备走了吗？"京介大叔微笑着走到常田小姐面前，"今天的消费还算愉快吗？"

"嗯……愉快，我很喜欢！下次我一定还会来的！"常田小姐醉醺醺地转过身，对着林七夜挥了挥手，"浅羽医生再见！"

"再见。"林七夜微笑说道。

京介大叔："？？？"

浅羽医生是什么鬼？！！新玩法？

茫然地送走两位客人之后，雨宫晴辉那边也基本快结束了，只见雨宫晴辉端着酒杯，坐在那位女客人身前，那位客人拉着雨宫晴辉的衣袖，哭得梨花带雨，像是在抱怨着什么的不公。林七夜就听见雨宫晴辉一直在淡淡地说道："哦？是吗？那你真可怜。"

"……"

"这是社会的错，不是你的错。"

"……"

"没关系，总有一天，我会帮你解决这个肮脏的社会的。"

"……"

送走那位客人之后，店面彻底冷清下来，此刻已经是深夜，也没有别的客人过来，京介大叔独自坐在窗边，一边算着今晚的收入，一边乐呵呵地傻笑。

雨宫晴辉从座位上站起，走到了林七夜的身旁："你觉得怎么样？"

"什么？"

"这份工作。"

"我觉得，挺容易的。"

"……是吗？"雨宫晴辉微微皱眉，"我怎么觉得，很难呢……"

林七夜想了想："可能是你没有掌握要领，一会儿我教教你。"

"好。"

林七夜向京介大叔确认今天停止营业之后，正式下班，跟雨宫晴辉一起离开了黑梧桐俱乐部，向着荒僻无人的角落走去。他没有带上柚梨奈，因为今天他们要讨论的事情，可能不太适合让她听见。几分钟后，两人来到一座矮楼的楼顶，在楼边缘坐下，看着远方依然霓虹璀璨的街道，林七夜缓缓开口："现在，可以说了吧？"

634

"你现在对于这件事情，知道多少？"

"寒川家寻找柚梨奈，似乎是为了什么隐性'王血'，还有一柄刀。"林七夜将自己所知的情报说了出来。

雨宫晴辉有些诧异地开口："寒川家知道那柄刀的存在，倒是并不意外，毕竟寒川司也是祸津九刀的刀主之一……但他们居然还知道'王血'？"

"所以，那柄刀指的是一柄祸津刀？"

"没错，柚梨黑哲之前也是祸津刀主，比我更早成为'猛鬼'级通缉犯，而且，他有两柄祸津刀。"

"两柄？"林七夜惊讶地开口，"你不是说，祸津刀会自己寻主吗？他能够获得两柄祸津刀的认可？"

"他不需要获得祸津刀的认可，就能调动它们的力量……这就是寒川家寻找他后人的主要原因，也就是'王血'的力量。"雨宫晴辉解释道，"所谓'王血'，指的是一种极其罕见的体质。拥有这种体质的人从生理上和正常人并没有区别，但是举手投足之间，会不自觉地散发出帝王般的气质，而且相貌俊美异常，智商极高，能够在不获得祸津刀认可的情况下，强行调动它们的力量……"

"等等！我有一个问题。"林七夜打断了雨宫晴辉。

"什么？"

"在这个国家，所有人都是在'净土'中出生，并标上编号的吧？"林七夜皱眉问道，"既然这样，一旦出现拥有所谓'王血'的人，不会在第一时间被'净土'发现吗？"

雨宫晴辉神情复杂地看了他一眼："'王血'有概率遗传，但柚梨黑哲的'王血'是后天形成的。"

"体质还可以后天改变？"

"据他自己所说，他的'王血'是在进入某个遗迹死里逃生之后自动出现的，具体为什么会出现，他自己也不清楚。"

"他自己说的？你认识他？"

"当年，他是和我师父一起进入的那处遗迹，他们两个是十几年的挚友。"雨宫晴辉停顿了片刻，"但是，他们两个出来之后，我师父没过半个月就去世了，而他则同时间莫名地觉醒了'王血'，后来他曾照顾过我一段时间，也跟我说过他们在那处遗迹中的经历。"

遗迹中获得的特殊体质吗……听起来很邪乎。林七夜若有所思："也就是说，只要他愿意，可以收集齐九柄祸津刀并同时发挥出它们的力量？"

"理论上是这样，但'王血'的承载似乎也是有极限的，据他自己推测，他的'王血'并不纯净，同时催动七柄祸津刀就是他的极限了，再多的话，'王血'所带来的压力就会让身体崩溃。"

"那隐性'王血'是什么意思？"

"就像我说的，'王血'有概率遗传，但从遗传学的角度来说，即便是后人没有觉醒'王血'，但'王血'的基因其实已经存在于他们的身体之内，只不过是隐性的，并没有被自身表达出来而已。"

林七夜眉头依然紧皱，他思索片刻之后，继续说道："如果是这样，那我刚才说的问题依然存在，既然这里所有人都在'净土'中出生，那柚梨奈应该也不例外。她作为'王血'的传承者，为什么没有被'净土'发现？是因为隐性'王血'不会被检测出来吗？"

"隐性'王血'会不会被检测出来，我不清楚，但显性的'王血'一定可以……"雨宫晴辉深吸一口气，缓缓说出了一句令林七夜震惊无比的话，"因为，他的儿子被扣留在了'净土'。"

"儿子？！"林七夜愣了许久，"他怎么还有儿子？"

"风祭明子，也就是柚梨奈的母亲，在'净土'中生下的是一对双胞胎。"雨宫晴辉平静地说道，"姐姐柚梨奈没有表现出'王血'特性，弟弟却在出生的时候就觉醒了'王血'，被'净土'发现并扣押，似乎是在研究他的身体。当年，柚梨黑哲接回风祭明子和还在襁褓中的柚梨奈后，听说了这件事，暴怒无比。他从我手里借走了'雨崩'，还有原本就在他手中的另外两柄祸津刀，带着三柄刀杀上'净土'，却被几位神谕使联手打成重伤，从'净土'被打落回人间，彻底失踪。在那之前，他还是个没有任何案底的普通人，这一战后，'净土'直接将他列为'猛鬼'级通缉犯，而他在还给我'雨崩'之后，也彻底消失了踪迹。"

听完雨宫晴辉的话，林七夜消化了好久，才回过神："也就是说，柚梨奈或许自己都不知道，她还有个弟弟被永远留在了'净土'？"

"应该是，否则她也不会这么冒冒失失地跑到大阪来，她离柚梨黑哲越远，对她来说就越安全。"

"我没想到，这件事情的背后，居然牵扯这么深……"林七夜感慨道。

"按道理说，知道柚梨黑哲的事情和'王血'的，整个日本应该就那么几个……可我不明白，寒川司是怎么得到的消息？"雨宫晴辉眉头紧锁，"如果是风祭家插手这件事我还可以理解，但寒川家跟这件事情没有丝毫瓜葛，是彻彻底底的局外人才对。"

两人坐在楼边，沉默地思索着，但依然想不出答案。林七夜无奈地叹了口气，本来只是想帮柚梨奈从这个危险旋涡中脱身，可万万没想到，柚梨奈的背后竟然还有这么深的一个局。"想不通，就别想了。"林七夜抛开了那些繁杂的思绪，直接将目标锁定，"柚梨黑哲已经死了，他的事情不重要，只要我们将疯狗一样的寒川司解决掉，一切就结束了。"

"我们？"雨宫晴辉一愣，"谁跟你是我们？"

"当然是你啊！"林七夜拍了拍他的肩膀，"你看，柚梨奈是你师父挚友的女儿，现在她遇到麻烦了，而你正好就在她身边，你能坐视她被寒川家的人抢走吗？是不是得出手帮忙？"

雨宫晴辉皱起眉头，仔细想了想，好像确实是这个道理。

林七夜脸上浮现出笑容："更何况，我们是盟友啊！盟友，不就是应该互相帮助吗？"

635

"姐妹，你听说了吗？道顿堀那边那个叫什么黑梧桐俱乐部的，来了两个超帅的牛郎！"

"真的假的，这俱乐部我名字都没有听过，里面的牛郎能有多帅？"

"啧，真的！你相信我！就那个常田美纪，我们公司的女高管，她亲口说的，据说她昨天带着老总的女儿去逛那家牛郎店，花了近百万日元！"

"这么多？！"

"老总的女儿已经彻底被里面的两个牛郎迷住了，扬言无论如何都要把他们两个捧火，现在正在疯狂地砸钱给他们打广告，听说已经开始组建后援会了。"

"这么离谱？那两个牛郎究竟有多帅啊……对了，她昨晚花了近百万日元，那里面的消费一定很高吧？"

"不贵！比起新宿那边的几家牛郎店，这里已经算是非常亲民了。"

"走走走，今晚我们也去看看，让老总的女儿都为之着迷的大帅哥究竟长什么样……"

"再叫上明美和理沙，我们一块去！"

"……"

黑梧桐俱乐部。林七夜突然打了个喷嚏。

"七夜哥哥，你没事吧？是不是感冒了？"正在拖地的柚梨奈有些担忧地问道。

"没事……"林七夜摆了摆手，心中有些狐疑。自己这体质，怎么可能会感冒？可莫名其妙的，怎么就开始打喷嚏了呢……

"小柚梨，看这里！"京介大叔满面春风地从店外走了进来，手中拎着几个服装品牌的袋子，对着柚梨奈摇了摇手，"我给你买了几件新衣服，快看看合不合身！"

柚梨奈一愣，一边走向京介大叔，一边疑惑地问道："京介大叔，你为什么给我买衣服？"

"我有预感，我们店马上就要火了！"京介大叔认真地说道，"到时候很多客人会来光临，你穿的衣服太旧了，而且你年纪又小，我们店里准备的服务生的服装你又穿不上，所以我专程给你准备了几件，给客人上酒端菜的时候，形象能好一些。"

柚梨奈低头看了眼身上破旧的黑色樱花和服，有些不悦地瘪嘴："这是我妈妈给我留下的衣服，形象怎么就不好了？"

京介大叔挠了挠头，似乎是有些尴尬，但很快就说道："既然是你妈妈留给你的，不应该要更好好保管吗？万一客人喝醉了不小心吐在衣服上，可就弄脏了。"

柚梨奈想了想，觉得京介大叔说得有道理，便将几件衣服拿去试了起来。

一旁，坐在窗边的雨宫晴辉看到这一幕，眉梢微微上扬："这老板，其实挺不错的。"

林七夜点了点头："也有可能他是想通过这种方式，获得我这个哥哥的好感，让我在这里多工作一段时间，毕竟昨晚我们赚得可不少……"

"也不知道，今晚能不能有客人啊。"雨宫晴辉叹了口气，"对了，昨晚说的那件事情，你准备得怎么样了？"

"想杀寒川司，我们首先要找到寒川家在大阪的落脚之地，以及寒川司自身的位置，到现在为止寒川家依然藏在暗中，如果我们不知道他们的位置贸然暴露自己，就只会陷入被动。"林七夜压低了声音说道。

"大概还需要多久？"

"每晚我们两个分头找的话，要八九天。"现在的林七夜无法动用禁墟与夜行生物交流，只能用精神力搜索的手段一点点摸索过去。即便他现在精神力强度很高，但对于大阪这样庞大的城市而言，还是差了很多。

"慢慢找吧。"说完，雨宫晴辉像是想到了什么，"说不定用不了这么久，我有个能做出不靠谱预言的朋友，如果幸运的话，他能提供一些帮助。"

"那当然最好。"

就在两人暗自密谋的时候，柚梨奈已经试过京介大叔给她买的几件衣服，看起来价格都不便宜，穿上身之后，原本土里土气的柚梨奈气质立刻上了几个层次。

"不错不错，都挺合身啊！"京介大叔满意地说道，"不算丢了我们黑梧桐的脸面。"

柚梨奈抱着自己的破旧樱花和服，对着京介大叔吐了吐舌头。

夜色渐浓，林七夜看了眼时间，差不多到了该开门营业的时候，本想从座位上站起，但是仔细想了想，反正也没客人，还不如和小金一样趴在桌上休息一会儿。他对面的雨宫晴辉似乎也是这个想法，正坐在椅子上闭目养神。只有京介大叔情绪高涨，来了几句毫无感染力可言的动员发言，便激动地下楼开门营业。只听一声轻响，门锁被京介大叔打开，然后一阵欢呼声突然从门口传来，将京介大叔吓了一跳。

"浅羽！"

"浅羽！！"

"浅羽！！！"

"雨宫！！！"

"……"

几十个女人围在黑梧桐俱乐部的门口，大声地喊着浅羽和雨宫的名字，脸上写满了激动，其中几个手中还拿着手机，滚动着"浅羽"的字样，为首的正是昨天和常田小姐一起来的默不作声的闺密。而这群人的欢呼声吸引了道顿堀主街上大量的游客，他们疑惑地站在周围，对着这家店指点点，似乎是在询问着什么。林七夜和雨宫晴辉听到欢呼声，身躯同时一震，他们一路跑到楼下，看到眼前这热闹疯狂的一幕，直接傻在了原地。而京介大叔只是愣了片刻，脸上就浮现出菊花般的笑容！"各位客人里面请！浅羽和雨宫都在！大家先到前台排队取号，咱一拨一拨来……"

客人们在老总女儿的带领下，蜂拥而入，在前台排起了长长的队伍。这些女人一边排队，一边将目光落在门口的林七夜和雨宫晴辉身上，越看越激动！

林七夜茫然地看向京介大叔："我们哪儿来的取号机？"

就在这时，柚梨奈已经拿着一个小本本站在前台，一边写着号码，一边严肃地说道："大家不要慌，一个个来，浅羽是我们店的头牌，场次可能比较慢，大家可以看看雨宫，还有我们的小金……"

—636—

"浅羽，你今年多大啊？怎么长得这么好看？"

"浅羽，我们一起再喝一杯！"

"喁，浅羽，听说你特别擅长解决心理方面的问题，我最近也有这方面的困扰……"

"来！喝！再给我们家浅羽开两瓶香槟！！"

"……"

黑梧桐俱乐部二楼，蓝紫色调的光晕下，到处都弥漫着酒精的气息，林七夜、雨宫晴辉、小金三人的周围都坐满了客人，一旁还有大量的客人拿着号在苦苦等候。原本，牛郎一行本就没有取号之说，她们知道今晚自己未必能等到浅羽或者雨宫的接待，但就算只能等在包间外面，如果有机会再看到他们两人一眼，今晚的等候也算是值了。大不了明天早点来砸更多的钱，她们心甘情愿。

包间内，林七夜端着酒杯，平静地扫了眼周围全部喝趴下、满脸满足的客人，站起身，推开房门。"下一批。"他淡淡说道。他的口吻，不像是一个刚灌完几瓶酒的牛郎，而更像是一位刚做完手术的主刀医生，准备开始下一场"心理疏导"。林七夜没有时间去挨个叫醒这几位客人，他可是很忙的，只见他直接迈步走进隔壁的包间，里面顿时传来一阵女性的欢呼声……

到了大概凌晨四点，黑梧桐俱乐部正式打烊下班。忙碌了一晚的浅羽医生，换上自己方便行动的衣服，以和雨宫晴辉出去喝酒为借口，离开了店面，分头迅速开始探察寒川家的部署。黎明前的黑夜寒冷而潮湿，此刻的街道上已经完全见不到行人，只有一层淡淡的薄雾笼罩在城市中，像是给街道两侧的霓虹灯牌蒙上了一层轻纱。林七夜穿着黑色风衣，避开道路上的监控，迅速地在楼宇间游走，精神力大范围扫过四周。突然林七夜像是察觉到了什么，在一座矮小的楼顶停下了脚步。他转身向一旁的霓虹街道看去，只见在十字路口的大银幕上，几张通缉令正在薄雾中无声地滚动。

　　恶人：雨宫晴辉，"猛鬼"级通缉犯，悬赏 10000000 日元，目击者举报悬赏 1000000 日元……

　　恶人：平河隆，"夜叉"级通缉犯，悬赏 100000 日元，目击者举报悬赏 30000 日元……

　　恶人：寒川司，"猛鬼"级通缉犯，悬赏 10000000 日元，目击者举报悬赏 1000000 日元……

　　恶人：凶猿，"狩雀"级通缉犯，悬赏 6000000 日元，目击者举报悬赏 100000 日元……

当银幕滚到最后一张通缉令时，一个戴着凶恶孙悟空面具的身影出现在林七夜的视野中，背景是在火光冲天的山崎大桥上，他正提着两只黑匣，仰面向着身后的淀川倒去。他也上通缉令了？林七夜愣了片刻，认真地思索起来。从这张通缉令来看，正如他之前所料，"净土"并不会与日本的警察互通信息，要知道当时在横滨，白袍神谕使可是记录下他的真实样貌的，这所谓的"凶猿"却只是一个戴着面具的身影……日本警察并不知道他入侵者的身份，对他们来说，自己只是个在桥上炸了十几辆车的恐怖分子而已。"净土"如果想找他的话，直接将自己的样貌交给日本警方，不应该更有可能找到吗？他们为什么不这么做？是觉得日本警方不可能找到他，所以没必要告诉他们，还是……"净土"不想向人间暴露入侵者存在的事实？林七夜一边思考，一边用精神力搜索着周围，身形消失在薄雾之中。

大阪。黑杀组大楼。浅仓健正愁眉苦脸地坐在矮桌旁，心不在焉地端着一盏茶杯。杯中茶水早已凉透，但他却浑然不知，不知在想些什么。

"组长。"一个黑杀组年轻人恭敬地走到他的身边。

"寒川家的部署，摸得怎么样了？"浅仓健看了他一眼，问道。

"我们动用全部人手，没日没夜地找了两天，已经摸得差不多了，最多今晚，就能拿到完整的部署方案。"浅仓健微微点头。这个进度，比他预想的快一些。不过在大组长的压力之下，整个黑杀组在大阪的成员确实都超常发挥，这种效率以前是从未出现过的。不愧是大组长啊……想到沈青竹的目光，浅仓健就有些头疼。

"组长，您怎么了？看起来似乎并不高兴的样子？"年轻人疑惑地问道。

浅仓健长叹了口气："这两天，我陆续给大组长换了六七批女人，高的、矮的、胖的、瘦的、年轻的、成熟的，我都给他看了一遍，不过每次他都会骂一句浑蛋，然后将她们全都晾在一边……我是真的一点都看不透这位大组长了。"

"组长，或许大组长只是单纯地不想要女人呢？像大组长那样的人物，或许心里时刻都在为我们山本组的未来殚精竭虑，您为什么一定要给他塞女人？"

"你懂什么？"浅仓健瞪了他一眼，"这是在大阪，是我们山本组的主场，大组长亲自驾临替我们解忧，我们如果招待不周，那我们还有什么脸面在黑杀组里混下去？其他那些干部都会在背地里戳我们的脊梁骨的！"

"原来如此。"年轻人恍然大悟。

"这位大组长的喜好，可真是难猜啊……"浅仓健长叹了口气，"你说，他究竟喜欢什么呢？"

"组长，你说，有没有这种可能……大组长他不太行啊？"

浅仓健眼眸中浮现出惊讶之色。"你是说，大组长他可能……"浅仓健有些尴尬地咳嗽两声，眉头微微皱起，认真地思索起来，"好像，也只有这个可能了。如果是这样的话，我们之前一直给他塞女人，会引起他的反感也不奇怪。也就是说，想招待好大组长，要先给大组长治病……可怎么说服大组长去看病呢？这种病，一般男人都放不下脸面，何况是大组长这样英明神武的天才。"

年轻人认真地思索许久："最近大阪出现了两个擅长心理咨询的牛郎……"

浅仓健一愣，许久才反应过来："很合适啊！"

东方渐白。黎明之时，完成今日搜查任务的林七夜，准时回到黑梧桐俱乐部的门口，而雨宫晴辉已经在这里等候多时。两人装作刚喝完酒回来的样子，走上楼梯，选了一处没人的包间坐下，将房门反锁。

"我发现了一些问题。"雨宫晴辉在林七夜对面的沙发上坐下。

"什么？"

"今天我在搜西边鬼火会领地的时候，发现了几个可疑人物，一直徘徊在鬼火会的产业外面，鬼鬼祟祟的，像是在打探情报。"雨宫晴辉认真地说道，"而且，我发现鬼火会已经被彻底消灭了，里面已经成为寒川家的栖身之所。"

"还有人在暗中侦察寒川家的部署？"林七夜诧异地开口。

"应该是，而且对方有组织有纪律，分工十分明确，不像是那些浑水摸鱼的小帮派能做到的。"

不是小帮派……"难道是黑杀组？"林七夜微微皱眉。

"关西本就是黑杀组的地盘，寒川家将手伸到这边来，动作还如此嚣张，黑杀组不可能忍气吞声，如果说是黑杀组的人在暗中侦察寒川家的部署，准备对他们下手，也是极有可能的。"

林七夜思索片刻："如果是黑杀组要对寒川家出手的话，对我们而言也是一件好事。"

"有人将大阪这潭水搅浑，当然是好事，但前提是他们不能做得太过火，否则一旦寒川司动用祸津刀，可能反而会对我们的计划造成影响。毕竟……寒川司手中的那柄刀，可不是一群黑帮能应付的。"

"对了，他的那柄刀叫什么名字？为什么可以隔着那么远的距离，造成如此大规模的杀伤？"林七夜回忆起那柄从天而降的斩桥之刀，忍不住问道。

"祸津九刀之五，'黑绳'，在刀主周围三十公里范围内，只要给定一个坐标，就能将刀身的投影在坐标范围斩落，造成恐怖的杀伤。"雨宫晴辉顿了顿，继续说道，"顺便提一下，祸津九刀的排名并不是以实力划分的，而是以当初被锻造出来的顺序，所以并不是排名越靠前就越强。"

林七夜点了点头："也就是说，只要他不知道我们的坐标，'黑绳'就无法造成威胁。"

"是这样。"

"先静观其变吧，看看这黑杀组和寒川家，究竟能打到什么地步。"林七夜看向窗外逐渐被阳光照亮的街道，缓缓说道。

由于营业时间的问题，黑梧桐的众人生活作息已经完全颠倒，白天睡觉，下午起床，晚上再准备开门营业。等到黄昏时分，小金才懒洋洋地从自己的房间走出，看到站在落地窗前的京介大叔，打了个招呼："下午好，京介大叔。"

"小……小金……"京介大叔僵硬地站在落地窗前，看着楼下，身体微微哆嗦起来，"我们……好像，摊上事了？"

小金一愣。他迈步走到窗边，向下看去，虎躯一震，只见黑梧桐俱乐部的门口，四五辆黑色的轿车整齐地停在楼下，十几个穿着黑衣服的凶恶猛男将大门团团围住，为首那辆车的车头处，一个五十多岁的阴狠中年男人正坐在车灯上，淡淡地看了楼上一眼："我是黑杀组干部浅仓健，给你们一分钟的时间下来开门，不然，我们帮你开。"他身边的一位壮汉从车后备厢掏出一柄斧头，站在大门前，嘴角浮现出狰狞的笑容。

"开门！快给他们开门！我花大价钱装修的大门可不能就这么被毁了！"京介大叔迅速做出决断，飞快地从楼梯上跑下来，出于自身的职业素养，本能地整理了一下衣着，捋了捋头发，微笑着打开了大门。那群壮汉围在大门旁，转头看向坐在车头的浅仓健，等待着他的命令。只见浅仓健不慌不忙地迈开脚步，走到黑梧桐俱乐部的大门口，那淡漠暗藏杀机的双眸注视着京介大叔的眼睛，拍了拍他的肩膀，缓缓开口："不要慌，我们这次来，是给你们送钱的。"

浅仓健回头看了眼手下，后者顿时会意，将手中的黑箱打开，里面是整整齐齐的一箱钞票。京介大叔和小金同时愣在原地。

几分钟后，十几个黑杀组成员像是一堵墙般站在门旁，浅仓健独自坐在包间内的大沙发上，双眸平静地望着坐在对面的京介大叔和小金。京介大叔还好，毕竟一把年纪了，经历过风浪，此刻面对大阪最大的黑道组织头目也没有失态，而是端正地坐在那儿，嘴角带有一丝职业牛郎招牌般的温暖微笑。反观小金就比较惶恐，他怯生生地坐在那儿，避开浅仓健的目光，额头有些出汗。

"……我想，我已经把我的来意说得很清楚了吧？"浅仓健将桌上装满钞票的黑箱推到京介大叔面前，淡淡开口，"最近这段时间，你们店里的那个什么……浅羽和雨宫，是大阪最火的两位牛郎，只要你愿意把他们借给我，陪我们黑杀组的大组长喝几天酒，这些钱就都是你的。此外，从今往后，你的黑梧桐俱乐部将会受到我们黑杀组的庇护，不需要交保护费，谁敢在你店里闹事，就是跟我们黑杀组为敌。我觉得，我的诚意已经足够了……你说呢？京介店长？"

京介大叔望着桌上满箱的钞票，陷入了沉默。

包间外，柚梨奈打着哈欠，从楼梯上一步步地走下来，看到二楼的餐厅里没人，似乎有些疑惑。她刚准备说些什么，一只手掌就捂住了她的嘴巴。柚梨奈惊恐地回过头，只见林七夜正站在她的身边，伸出食指，对着她比了一个"嘘"的手势。看清林七夜的面孔，柚梨奈顿时安静了下来，眨了眨眼睛，眸中写满了疑惑。林七夜的身旁，雨宫晴辉像是只幽灵般悄无声息地走到了包间门外，侧耳倾听着包间内的对话，双眸微微眯起。

<h1 style="text-align:center">638</h1>

　　片刻之后，京介大叔的声音在包间内响起。"您的诚意，我感受到了，这实在是一个令人难以拒绝的价格。"浅仓健听到这句话，脸色缓和些许，正欲开口说些什么，京介大叔又继续说了下去，"但这件事，我不能替他们做主，我只是这家店的老板，和他们也只是简单的雇佣关系。如果您想给他们找一些日常工作之外的工作，还请亲自和他们本人聊一聊，如果他们自己愿意，我当然不会阻止。"包间外，林七夜和雨宫晴辉对视了一眼，眼中浮现出诧异之色。看来，这老板人确实不错啊……

　　浅仓健的眉头微微皱起。感受到浅仓健的不悦，小金的后背被汗水浸湿，而他身旁的京介大叔，则稳若泰山地坐在那儿，坚定地看着浅仓健的眼睛。许久之后，浅仓健幽幽开口："你这店长，做得倒是良心，对于有骨气的人，我向来是敬重的。"他从沙发上站起，"那么，那两位大阪最火的牛郎，究竟在哪里？"

　　京介大叔正欲开口说些什么，只听一声轻响，包间的门被人推了开来。守在门口的十几个黑杀组成员同时看向门口，眼眸中浮现出警惕之色，其中几人已经将手伸进口袋中，握住了藏在身上的枪支。只见包间外，两个英俊的年轻人正平静地站在那儿。林七夜的目光落在浅仓健的身上，缓缓开口："我们去。"

　　"七夜哥哥，你们真要去陪那个黑杀组的大组长？"等到这群黑帮成员走后，柚梨奈担忧地问道，"那可是黑帮的头领！"

　　"黑帮的顾客也是顾客，替客人排忧解难是我们的工作，多余的事情，我们是不会做的。"雨宫晴辉平静地回答。林七夜点头表示赞同。当然，他们两个不可能真的是为了钱去陪那个黑杀组大组长喝酒的。他们应下这个差事，看中的是黑杀组本身。既然黑杀组已经开始对寒川家采取行动，那凭他们在大阪的势力，必然已经摸清他们的人员部署。如果能想办法得知这些信息，能够大量地减少林七夜和雨宫晴辉盲目搜索的时间。林七夜已经听雨宫晴辉说过，黑杀组内有高手，但是并没有祸津刀卫。所以凭借两人的身手，就算真的在黑杀组里遇到了麻烦，也能轻松地脱身而出，甚至反手灭了整个黑杀组在大阪的势力。对于他们来说，这是一次天赐良机。

　　柚梨奈纠结了片刻，还是小声说道："但是，我怕七夜哥哥被欺负！"

　　雨宫晴辉正欲安慰些什么，突然意识到事情有些不对。"你怕七夜会被欺负……那我呢？"

"你的话，无所谓啦。"

"……"

"放心吧，我不会有事的，你就好好地待在这里，等我回来。"林七夜摸了摸柚梨奈的头，说道。

浅仓健给林七夜和雨宫晴辉留下准备的时间，毕竟他们是要去陪大组长喝酒的，不好好收拾一下怎么行？他们约定好了两小时后，会有车来接他们。而林七夜和雨宫晴辉，只是简单地换身衣服，意思了一下。毕竟他们又没打算真的去陪那个大组长喝酒，等到房间里，打晕大组长之后，就要开始搜索任务了。两人从各自的房间走出来，雨宫晴辉给了林七夜一个眼神，后者便跟着他走进了屋中。"进黑杀组，肯定会被搜身，这个怎么办？"雨宫晴辉从床底拿出"雨崩"，皱眉看着林七夜。

林七夜的眉梢一挑，思索片刻之后，看着雨宫晴辉的眼睛："你相信我吗？"

两小时后，两人穿着精致的牛郎亮片西服走下楼，坐进等候已久的黑色轿车之中，径直向着黑杀组大楼的方向驶去。目送这辆车离开，站在门口的小金和柚梨奈的脸上都写满了担忧。"要不……我们报警吧？"柚梨奈一对细长的小眉毛紧紧皱起，"我还是不放心七夜哥哥……"

"他们是黑杀组，报警是没用的。"小金叹了口气。

京介大叔伸手，轻轻拍了拍柚梨奈的肩膀，目光凝视着车辆离去的方向，安慰道："不用担心，他们两个……不会有事的。"

半个小时后，林七夜和雨宫晴辉坐车来到大楼门口，几个黑杀组成员带着他们一路走进了楼中。果然不出雨宫晴辉所料，进入大楼之后，几个大汉便拿着各种设备，对两人进行了细致的搜身，确认没有任何可以对大组长造成伤害的物品之后，便放过了他们。两人跟着黑杀组成员的指引，来到一间宽敞舒适的套房之中。看到里面陈设的瞬间，林七夜和雨宫晴辉的表情同时古怪起来。大理石地面上，铺着一张雪白的昂贵地毯，上面有一个足以让几人侧卧的松软沙发静静地摆在那儿，沙发前是一张黑晶石桌，上面摆着几瓶林七夜从没见过的红酒。沙发的对面，就是一张罩着轻纱的圆形大床，蓝紫色调的灯光照射其上。林七夜和雨宫晴辉对视一眼，顿时笃定了心中的想法。这黑杀组的大组长，绝对不是什么好人。

将两人送到这里后，带他们来的黑杀组成员将房门锁上，便自行离开，此刻这房间之中只剩下了他们两个人。两人确认外面没有人之后，将地毯掀开，林七夜咬破指尖，在地毯下的大理石地面上迅速绘制起魔法阵，以备不时之需。好在他们的时间十分充裕，林七夜足足在地上画了四个召唤法阵。将魔法阵绘制完毕后，两人再度将地毯盖上去，从外面看来根本看不出丝毫的异样。几分钟后，门外传来了几人的脚步声，似乎有一群人已经到了门外，正在说些什么。下一刻，房间的大门缓缓打开……

639

沈青竹现在有点蒙。原本，他正在自己的办公室里打盹，浅仓健突然就敲门进来，脸上带着一抹说不出的奇怪笑容，手舞足蹈得跟他比画着什么，然后站在门边，恭敬地对他做出了"请"的手势。沈青竹心中茫然，但架子还是摆足了，冷酷地看浅仓健一眼，便不紧不慢地跟在了他的身后。后来，他们就来到了这扇门前。为了对大组长的身体缺陷进行保密，其他黑杀组成员都被浅仓健清退了，只剩下他的心腹井守裕还留在身边，井守裕听完浅仓健对里面这二位的描述，表情顿时精彩了起来。原来，大组长的软肋在这里啊……难怪，以前那么多女人围在大组长身边，他看都不看一眼。

沈青竹有些狐疑地看了这扇门一眼，一时之间不明白这人在玩什么花样，犹豫片刻之后，还是伸手打开了房门。"嘎吱——"随着房门的打开，蓝紫色调的光线便照在他的脸上，他茫然地看着眼前这充满基情的房间，一时之间愣在了原地。气氛暧昧的房间中央，两个穿着亮片西装，俊得一塌糊涂的男人正坐在沙发上，嘴角带着一抹微笑，像是两只披着牛郎皮的狼，正在等待着猎物入场。

雨宫晴辉手中端着一杯红酒，眼神中透露着一丝高冷与不羁。林七夜开口正欲说些什么恭维的话，看清来人的容貌，笑容突然凝固在了脸上。站在门口的沈青竹，在蓝紫色调的灯光下看见林七夜的面孔猛地瞪大了眼睛！他觉得自己眼花了，身体微微前倾，用力地眨了眨眼……"嗯！！！"他的身体微不可察地一颤，瞳孔收缩。浅仓健和井守裕站在门口偷偷观察，却见沈青竹猛地一步走进屋中，砰的一下重重将门关上。"咔嗒！"他反手就将房门从里面反锁。门外，浅仓健和井守裕被这用力的摔门声吓了一跳。

雨宫晴辉看着眼前两眼直勾勾盯着林七夜的沈青竹，双眸微微眯起。就在这时，他身旁的林七夜猛地抓住了他的手腕，雨宫晴辉疑惑地转头望去，只见林七夜的眼中，满是激动与欣喜。

雨宫晴辉："？"

"想不到，居然会在这里遇到你。"林七夜看着沈青竹，嘴角控制不住地上扬。

沈青竹平复了一下情绪，苦笑着开口："我也没想到，我苦苦找了你们一年，今天这突然一开门，你就出现在我面前了……对了，你穿的衣服怎么这么奇怪？"

"哦，工作需要。"

沈青竹点了点头，将目光落在雨宫晴辉身上，疑惑地看着林七夜。

"这个是自己人。"

林七夜简单地介绍一下雨宫晴辉，后者茫然地看了看林七夜，又看了看沈青竹，不知道发生了什么。林七夜又切换成日语，给雨宫晴辉介绍了一下沈青竹，雨宫晴辉看向沈青竹的眼神顿时复杂起来。关西黑杀组的大组长，竟然是一位入侵者？他是怎么一步步走到这么高的位置的？误会解除之后，三人彻底放松下来，坐在沙发上一边喝酒一边聊了起来。由于雨宫晴辉语言不通，所以林七夜就提议直接用日语交流，但令他震惊的是，沈青竹竟然也不会说日语……他只能无奈地在中间充当翻译。"你不会说日语，是怎么当上黑杀组的大组长的？"林七夜诧异地问沈青竹。

沈青竹茫然："黑杀组是什么？"

林七夜顿了顿："就是你所在的这个组织。"

"哦，这件事情，我自己也不太清楚。"沈青竹将自己这一年的经历，简单地跟林七夜说了一遍，后者听完之后，一副见鬼的表情。这么离谱的情节，就算是小说都不敢这么写吧？！林七夜听完了沈青竹的描述，雨宫晴辉却还是一脸茫然。雨宫晴辉问林七夜："所以，你这个朋友究竟是怎么在语言不通的情况下，混成黑杀组的大组长的？"林七夜不知道该怎么跟他描述这件事情，沉吟片刻之后，正色道："这是我们大夏的特殊方法。"

雨宫晴辉一愣，若有所思。大夏，就是入侵者们的故乡吗……究竟是什么样的国家，才能拥有入侵者们这样先进的思想，还有这种化腐朽为神奇的力量？他不由得对大夏充满了好奇。林七夜的日语，是梅林直接用因果系魔法教会的，而沈青竹无法进入诸神精神病院，所以林七夜也无法直接让其一步登天学会日语，只能一点点教。

"所以，你是一年前漂到这里来的？"林七夜问沈青竹，"那除了我，你还见过别的队员吗？"

沈青竹摇了摇头："我一直都在黑杀组里待着，没怎么出去走动过，其他人我一个都没见过，他们也到这里来了吗？"

"原本我还不太确定，但看到你之后，我就基本可以确定了。"林七夜点了点头，"我们被那个白发神秘人打散后，应该全员都漂到了这个地方，不过时间上似乎存在偏差，我不知道我是不是最后一个，如果是的话，那其他队员也已经和你一样，在这个国家的某处才对。"

沈青竹想了想："那我们要赶紧想办法找到他们，你有什么想法吗？"

"既然你手中掌控着黑杀组，那我们当然可以从这方面入手，动用你们黑杀组在关西地域的势力，搜索他们的下落。"

"你说得有道理，但是有一个问题。"沈青竹正色道，"我不会说日语，该怎么给他们下令呢？"

林七夜的嘴角浮现出一抹笑容。"我教你啊。"

"有你在，我就安心多了。"沈青竹松了口气。这两个月提心吊胆的生活，属实让他有些疲惫，现在有了林七夜这个通晓日语的队友，他的压力顿时骤减。

"还有一件事情……"林七夜将自己原本的来意，与现在大阪的局势，简单地跟沈青竹说了一遍。

"你们要寒川家的部署信息？"沈青竹疑惑地挑眉，"我不知道有没有这东西……还有，寒川家是什么？"

林七夜："……"

"算了……一会儿你配合一下我就行。"林七夜想了想，"还有，这几天白天有空的话，就去黑梧桐俱乐部里找我，我该给你恶补一下日语了，一直这么当个哑巴大组长也不是长久之计。"

"好。"

三人在房间里坐着聊了会儿天，等到时间差不多了，才开门走了出去。毕竟林七夜和雨宫是来陪大组长喝酒的，如果三个人在房里待了还不到一个小时就出去，未免有些太明显了，三人顺便还喝掉了桌上那瓶昂贵的红酒，擦掉了地毯下的几个魔法阵。

此时井守裕和浅仓健都已经离开，沈青竹只是淡淡地看了两个黑杀组成员一眼，便带着林七夜和雨宫晴辉向自己的办公室走去，两个黑杀组成员本想说些什么，却又被这一个眼神给逼了回去。三人一路上遇到了很多黑杀组的成员，所有人都恭敬地停下身对沈青竹行礼，他们也看到了身后的两人，却没有一个人敢问些什么。

"看来，他在黑杀组的威望很不错啊？"雨宫晴辉压低了声音，对着林七夜说道。

"论伪装，这世界上能比得过他的人不多了。"林七夜含笑说道。

三人一路走到沈青竹的办公室，将房门反锁，沈青竹迈步走到办公桌前，开始翻找起来。片刻之后，他拿着几张纸递到林七夜面前："你看看，这是不是你们要的东西？"

林七夜将纸分给雨宫晴辉，目光扫了一眼："没错，就是这个。"

"这是他们今早送过来的，我也不知道是什么东西，就随手丢在一边，你们要用的话拿去就好。"

林七夜也没有客气，直接将纸收了起来。

"你们行动的时候，告诉我一声，我可以带着黑杀组去帮忙。"

"好。"林七夜点了点头，像是想到了什么，转头看向沈青竹，"你们黑杀组是关西最大的黑道团伙，就没有一些超凡的手段吗？"

"超凡？"

"比如，祸津刀。"林七夜刚刚已经跟沈青竹讲过了祸津刀，后者摇了摇头："没有这种东西……"

林七夜的眉头微微皱起，认真思索起来。这里无法动用禁墟，雨宫晴辉有祸津刀在手，他自己又有召唤系魔法傍身，自保不是问题，但是沈青竹这里什么手段都没有，一旦遇到了什么危险，很容易出事。

"不用担心我，黑杀组内的热武器储备很恐怖，有那些东西在，只要不遇上太离谱的敌人，我都能应对。"沈青竹抬起自己的右手，上面那枚黑色的戒指散发着幽光，"更何况，我还有这个——断魂刀。"

林七夜点了点头，在这里，禁物是能正常动用的，沈青竹有一件禁物护身，再加上黑杀组的庇护，应该不会有太大的问题。说到禁物……林七夜的脑海中浮现出某个胖子的身影。那家伙手里藏着那么多超高危禁物，应该可以在这个国家横着走了吧？也不知道百里胖胖现在究竟在哪里，怎么一点消息都没有……

"咚咚咚！"敲门声传来，屋内的三人同时转头看去。"他们来了。"沈青竹开口。他带着两人走进办公室，看到的手下应该不少，算算时间，浅仓健也该过来看看什么情况了。林七夜想了想："这样，我先教你一句日语，一会儿你就这么说……"

片刻之后，沈青竹打开了办公室门。门外的浅仓健看到沈青竹和他身后的那两个牛郎站在办公室，沉吟片刻之后，还是开口问道："大组长，你怎么把这两位带到这里来了……是他们不够好吗？"

沈青竹淡淡瞥了他一眼，那熟悉的压迫感再度涌上浅仓健的心头。"以后，他们两个是我的贵客，黑杀组所有地盘，他们来去自如……明白了吗？"沈青竹的声音不大，却充满了不容置疑的霸道之意。浅仓健一愣，似乎想劝些什么，但看到沈青竹那双冷漠的眼眸，还是把话全都憋了回去。"……我知道了，我会吩咐下去的。"浅仓健恭敬回答。随后，浅仓健便派人将林七夜和雨宫晴辉送了回去。

沈青竹也想跟着林七夜回去，但还要坐镇黑杀组，毕竟这么一个庞大的黑道势力对于他和林七夜而言，还是有很大的利用价值的。只不过，每天去找林七夜上日语课，他是躲不掉的。想到自己又要开始学习生涯，沈青竹就有些头疼……

黑色的轿车在黑梧桐俱乐部的门口停下。林七夜和雨宫晴辉刚走下车，柚梨奈就噔噔噔地从楼上跑了下来，打开大门，冲到了林七夜的怀里。"七夜哥哥，那个黑杀组的变态大组长，没有对你做些什么吧？"柚梨奈认真地嗅了嗅他身上的味道，担忧地问道。

"放心吧，就是喝了个酒。"林七夜微笑着摸了摸她的头，犹豫片刻之后，还是说道，"柚梨奈，以后还是别叫他变态了……那个大组长，其实，是我的朋友。"

柚梨奈惊讶地点了点头。

　　大阪。原鬼火会驻地。寒川司站在窗边，手中端着一杯装有球形冰块的香槟，轻轻摇晃，他的身后，井先生正在恭敬地汇报着最近的工作："……目前，我们已经完全接手鬼火会、赤龙帮、极乐会等大阪所有小型黑道势力的领地与产业，吸纳了这些势力原本的成员成为寒川家的编外人手，大约有三百人。除了黑杀组，整个大阪的黑道已经被我们统一，加上我们原本的人手，人数方面完全可以和黑杀组在大阪的势力一战，只不过这里距离东京实在太远，我们的热武器很难运过来，所以……"

　　"热武器不重要。"寒川司平静地打断了井先生。他将手轻轻放在自己的腰间，握住"黑绳"的刀柄，淡淡开口，"有些东西，是热武器永远也无法战胜的。"

　　"是，少主。"

　　"柚梨黑哲的后人找得怎么样了？"

　　"我们的人与大阪警局那边对接，查看了当天那辆出租车离开山崎大桥后的行迹，最终它在道顿堀的附近停下了车。小女孩进入街道后就失去了踪迹，我们的人正在暗中排查道顿堀中的所有商家，但是由于店面太多，排查的进度比较慢。"

　　寒川司的眉头微微皱起："那个跟她一起的浅羽七夜，找到了吗？"

　　"没有，自从他跳入淀川之后，再也没有发现过他的踪迹，目前还不知道是死是活。"

　　"他的目标也是那个小女孩，所以他必然会想方设法地找到她，或者，他已经找到了……"寒川司思索片刻，"去打探一下道顿堀那边的店面，最近有没有什么陌生的工作人员出现，他们可能会隐藏在道顿堀想要避开我们的耳目。"

　　"好，我这就去办。"

　　井先生转过身，正欲离开，寒川司再度开口："做事不需要畏首畏尾的，我们现在是大阪第二大暴力团伙，必要的时候，可以动用一些特殊手段……下面的人你随意调遣。"

　　"……是。"

　　黑梧桐俱乐部。包间。

　　"鬼火会？"雨宫晴辉将从沈青竹那里得到的部署信息看完，眉梢微微上扬，"寒川司躲在这里……"

　　"寒川家来关西的人手很多，在剿灭那几个小帮派之后，势力已经逐渐积累起来，一个鬼火会肯定是装不下的。"林七夜伸手拿笔，在地图上画了几个圈，"这几个地方都是他们的人，基本上将原本鬼火会的驻地全部围住，像是一座防卫森严的碉堡，想悄无声息地混进去估计没有那么容易。如果我们直接进攻，必然会引起寒川司的警觉，他很可能会直接动用'黑绳'释放大范围攻击。"林七夜沉吟片刻，"或许，我们可以让黑杀组从正面突破，吸引他们的火力，然后我们再从另一个方向闯入，施行斩首。"

"听起来不错。"

"等明天沈青竹来上日语课的时候，再跟他通个气吧。"

林七夜站起身，正欲推门而出，突然像是想到了什么，转头看向雨宫晴辉："对了，问你个事。"

"什么？"

"你知不知道，离这里最近的军事基地在哪儿？"林七夜补充了一句，"要有那种大规模杀伤热武器的军事基地，大炮、导弹什么的。"

雨宫晴辉："？？？"

当晚。完成今日份陪酒及心理咨询工作的林七夜，借着夜色偷偷离开了黑梧桐俱乐部。自从他和雨宫晴辉来之后，黑梧桐俱乐部的生意就一天比一天火爆，从无人问津到火遍大阪，也就过了一个星期的时间，现在每天晚上找林七夜喝酒的客人可以一直排到街道的尽头，愿意为他砸钱的富婆更是一抓一大把。林七夜不知道自己为什么突然就火了，也不想知道，反正只要有钱拿，一切都无所谓。林七夜走到一个荒僻的角落，用粉笔在地上画了两个魔法阵，注入精神力，将红颜和木木同时召唤了出来。进入"一二三木头人"状态的林七夜站在那儿一动不动，却把木木高兴坏了，因为无论它怎么在林七夜身上爬来爬去，林七夜都不会把它拎下来。等到那道目光离开后，林七夜无奈地将用屁股压住自己脸的木木抱了下来，骑上红颜，直接遁入地底消失不见。

在地底移动十几分钟，三人便回到了地面，远处漆黑的夜空下，一座庞大的军事基地正静静地矗立在山腰，高高的围墙上时不时有光照射出，似乎是在警戒着什么。这就是日本的军事基地吗……也不知道里面的热武器储备，能不能让木木吃个饱？林七夜暗自想。木木这只战争木乃伊的力量来源，就是它所吞噬的武器。在这个无法动用禁墟的环境下，想要让木木迅速强大起来，就必须让它吃下更多的武器。上一次木木吃武器，还是在守夜人的集训营。不过那个仓库里的热武器数量有限，而且并没有超大规模的杀伤武器，用了这么久，也快耗尽了……这要是在大夏，林七夜肯定不会放任木木去吃军事基地里的武器，毕竟那样是犯法的。可这里是日本，就算他将这里的武器吞个精光，心里也不会有丝毫的负担。

林七夜将自己的精神力延伸出去，覆盖整个军事基地，很快便找到其中存放热武器的几座大型仓库，眼睛顿时亮了起来。这些东西……很给力啊！林七夜二话不说，再度抓住红颜遁入地底，下一次出现的时候，就已经到了某座热武器仓库。对红颜来说，外面的那些防卫和警戒，根本拿它没办法。木木看着黑压压摆放在面前的大型武器，狠狠地咽了口唾沫。

642

"……欢迎收看早间新闻，昨晚，位于大阪市郊区的 122 号军事基地起火，疑似是部分军用武器因存储不当引起的爆燃，目前起火原因尚在调查中。本台记者将持续为您报道……下一则新闻，一年一度的天神祭礼已经开始，祭礼队伍将从天满宫出发，一路向大川游行，烟火晚会的筹备工作已经结束，今晚将……"

看着电视里播报的新闻，坐在窗边座位上吃橘子的京介大叔眉梢一挑，吐槽道："这年头，军事基地都能爆燃了？"

"又没有战争，又没有外敌，这些军事基地已经跟废弃没什么区别了。虽然警方一直在维持这些危险建筑的运转，但出些岔子也是正常的，前一段时间北海道那儿的军事基地不也炸了好几个吗？"小金打了个哈欠。

坐在京介大叔对面的林七夜眼观鼻，鼻观心，沉默不语。没错，昨晚的爆燃，是因他而起的。不过他可不是故意放火烧军事基地的，昨晚木木连吃了几个仓库的武器之后，直接吃撑了，变成一个矮胖子，一不小心打了个饱嗝，喷出一团火苗，正好引爆了不远处的炸药。幸好这些炸药都被吃得差不多了，否则即便以林七夜的体质，也吃不消来这么一次大爆炸。一旁的雨宫晴辉幽幽看了他一眼，不用问也知道，这事肯定跟林七夜脱不了干系……昨天刚问的军事基地位置，第二天就说那座军事基地被炸了，哪有这么巧的事？

"京介大叔，厨房我打扫完了！"柚梨奈围着围裙，拎着拖把从厨房中走出，擦了擦额头的汗水，对着京介大叔说道。

"好了小柚梨，过来歇一会儿吧。"京介大叔笑着拍了拍自己身旁的座位。

柚梨奈解下围裙，坐在京介大叔身边，长舒了一口气，就在这时，几瓣剥好的橘子递到了她的手中。"你吃点吧，这橘子挺甜的。"京介大叔笑眯眯地说道。

"谢谢大叔。"

"京介大叔，我听说最近两天，道顿堀这儿不太平啊？"坐在一旁的小金像是想起了什么，"好像有些黑道上的人，一直在闹事，一家一家地闹，似乎在找什么东西……"

"我们不也被黑道盯上过吗？就是那个黑杀组，他们还让浅羽和雨宫去伺候大组长呢。"

"不一样，这次来的，好像是关东那边的人。"

听到这句话，林七夜与雨宫晴辉同时皱眉，两人对视一眼，都看到对方眼中的凝重。寒川家已经瞄准道顿堀，在搜索林七夜和柚梨奈的下落了。

"黑道都是一群闲着没事干的疯子，我们别去招惹他们就行，他们总不能无缘无故地上门来闹事吧？"京介大叔不紧不慢地开口。话音刚落，十几辆黑色的轿车便轰鸣着驶入了巷道，阵仗比上次来的浅仓健还要大得多！几十个黑道成员从车上下来，排成两排围在大门口，像是两面人墙，他们恭敬地转过身，深深鞠躬，似乎是在等什么人。一个穿着流云羽织的年轻人从车上下来，从一旁的手下那儿接过一根烟，用银色复古打火机点燃，微微抬头，看了眼一楼的落地窗，散发着淡淡的威严。

"这……"京介大叔看着下面这一群黑帮，呆在了原地，"这怎么……真来啊？！"

"不用慌，那位是黑杀组的大组长，不是来闹事的。"林七夜开口安慰道。

"黑杀组的大组长？！"京介大叔更慌了，"他来干吗？"

林七夜想了想："没事，他就是来找我做心理咨询……"

雨宫晴辉沉吟了片刻，加上一句："还有我。"

死一般的寂静之后，京介大叔开口："既然是来找你们的，那就让他们上来吧，开个包间……不过，酒水还是要收费的。"

沈青竹带着一帮人上到二楼，跟林七夜和雨宫晴辉进了包间，剩下的那些手下全部守在包间门口，将包间围得严严实实，任何人都无法靠近。京介大叔跟小金、柚梨奈坐在窗边，大叔"啧"了一声："我只是想让他们当上顶级的牛郎，没想到……他们的业务居然这么广泛。"

包间内。

"帮我。"

"帮我……"

"找这几个人。"

"找这几个人……"

"的下落。"

"的下落！"

"对，这句话就是这么念的，一定要记好。"林七夜教沈青竹学会这句日语，满意地点了点头。沈青竹长叹了一口气，脸上说不出地郁闷。学语言，真是太难了……

"对了。"林七夜像是想起了什么，"从你那边拿到的部署图，我们看过了，我的打算是这样的……"

林七夜趁着休息的时候，将自己的计划跟沈青竹说了一遍，后者听完没有丝毫犹豫，点了点头："没问题，什么时候动手？"

"他们已经找到道顿堀了，不知道什么时候找到这里，为了防止夜长梦多，我们今晚就行动。"

"今晚？你们不用开门做生意吗？"

"想个办法，让今晚无法营业就行，这不是问题。"雨宫晴辉说道，"比如，今天的天神祭和烟花大会就是一个不错的借口。"

"祭典和烟花大会会让寒川家的人放松警惕，这时候出手是最好的选择。"林七夜点头表示赞同。

沈青竹"嗯"了一声："好，你们动手的时候，给我一个信号就好。对了，你再多教我几句今晚行动用得着的日语……"

<h2 align="center">643</h2>

两个小时后，沈青竹便带人离开了黑梧桐俱乐部。坐回车上，车辆缓缓启动，沈青竹从口袋中取出几张画像，随意地递给身旁的井守裕。井守裕接过这几张画像，突然一愣。"大组长，这是……"井守裕翻动着画像，一共是四张：一张是一个黑发黑瞳，面目有些凶狠，腰间挂着一柄直刀的男人；一张是穿着深蓝色汉袍，相貌惊艳的少女；一张是一个脸上有狰狞刀痕，但看起来憨厚喜庆的胖子；还有一个是背着一口棺材，气质儒雅的少年。

"帮我找这几个人的下落。"沈青竹淡淡开口。

井守裕虽然心中有些疑惑，但还是老实地点了点头。"是！"

目送着这十几辆车离开，京介大叔松了口气。天天见到这群黑帮，京介大叔觉得自己的心脏已经承受不住了，回头看向刚从包间里走出来的雨宫晴辉和林七夜，忍不住问道："他们……应该不会常来吧？"

林七夜想了想："不常来，也就每天来一次吧。"

京介大叔嘴角一抽，眼中浮现出一抹苦涩。"那，你们两个要不去睡会儿？你们从昨晚忙到现在都没怎么睡觉，再过几个小时又该开门营业了。"京介大叔看了眼时间，感慨道，"年轻人也要注意保养身体啊，牛郎这一行如果老了的话，就不吃香了。"

柚梨奈趴在桌上，眨了眨眼睛："就会变得跟京介大叔一样吗？"

京介大叔："别看我现在这样，年轻的时候，我长得可不比雨宫差……虽然可能比浅羽差一点。"京介大叔耸了耸肩，"当年，我可是新宿顶尖牛郎店的头牌，日本最有名气的牛郎，每天晚上为我消费的女人，可以排满整个街道！"

小金打了个哈欠："又开始了……"

柚梨奈的小脸上写满了不信："你之前那么厉害，怎么又跑到这里来开牛郎店了？"

"呃，中间发生了一些意外……"

"京介大叔，其实，我今天想请假一天。"林七夜犹豫片刻，开口说道。

听到这句话，京介大叔一愣："请假？怎么了？哪里不舒服吗？"

"……不是。"林七夜伸出手，指了指电视上正在直播的祭典现场，说道，"我们刚从横滨过来，还是第一次碰上大阪的祭典，我想带着柚梨奈去现场看一看。"

雨宫晴辉点头表示赞同："我也想去看看。"

"祭典啊……"京介大叔看着电视上正热火朝天准备祭典的画面，用手摩擦着下巴的胡须，若有所思，"确实是机会难得……既然这样，我们店里今天就放一天假吧！"京介大叔笑了起来，"大叔我亲自带你们去会场看看，等到烟火祭结束之后，我们就直接回来喝酒睡觉，休息一下，明天再开门营业！小金，去门口把营业的牌子翻过来，我们准备一下，傍晚的时候出发！"林七夜与雨宫晴辉对视一眼，微微点头，现在他们的目标已经达到。等到傍晚看完烟花祭回来的时候，他们两个再找机会离开，就能悄无声息地开始今晚的袭击计划。

"但是！"京介大叔的声音再度响起。林七夜几人同时疑惑地转头看去。京介大叔的目光扫过林七夜、雨宫晴辉和小金，嘴角浮现出一抹笑意，"你们三个，今晚要穿我给你们准备的衣服才行……"

日本某处。星见翔太从睡梦中惊醒，大口喘着粗气，额头上渗出些许的汗珠。他看了眼身旁的狐女，不由得咽了口唾沫。他又做噩梦了。他梦到今天的游戏，自己又输了，然后又被这狐女绑了。太可怕了！今天决不能再输了！星见翔太的眼中浮现出坚定之色，他张开嘴，正欲把狐女叫起来决斗，但仔细一想，又闭上了嘴巴。他悄悄地给自己穿上衣服，然后翻箱倒柜地拿出一件厚实的黑色羽绒服，披在了狐女的身上，才中气十足地开口："妖女！起来决斗吧！"

躺在床上的狐女慵懒地打了个哈欠，悠悠坐了起来，看到自己身上的黑色厚实羽绒服，微微一愣："翔太，你这是……"

星见翔太哼哼一笑："妖女，穿上这个，我看你还怎么用美色干扰我发挥！让我们公平地决斗吧！"

狐女："……"

她默默地翻了个白眼，披着羽绒服走下床，坐在矮桌对面，没好气地开口："那么，我的刀主，星见翔太，你准备好开始今天的游戏了吗？"

"我准备好了！"星见翔太双眸坚定无比！

"今天的游戏是……投壶！"

星见翔太一愣。狐女轻轻挥手，在房间的角落，便凭空出现一只铜壶，而矮桌上则出现了六支羽箭，每人身前各有三支。"每人三支箭，谁投中得多，谁就赢。"狐女看着星见翔太，笑眯眯地开口。星见翔太怔怔地看着身前的三支箭，片刻之后，委屈地抿起了嘴巴，双眸都黯淡了下来。

"翔太，你怎么了？"狐女问道。

"这我肯定赢不了啊！"星见翔太自暴自弃地说道，"我只是个普通的高中生，既不会打架又不会用武器，在这种游戏上，我怎么可能赢得了身为'武姬'的你啊……"星见翔太将头埋到了怀里，整个人说不出地失落。今天……他又帮不上雨宫晴辉了。

狐女静静地看着他，许久之后，嘴角浮现出一抹笑意："哎呀，今天的翔太连尝试都不敢，就要放弃了吗……果然是个胆小鬼。"

听到这句话，星见翔太猛地抬起头，盯着眼前的三支羽箭，纠结片刻，咬牙说道："谁说的！我才不会直接投降……比就比！"他一把抓起身前的一支羽箭，认真地锁定着角落的铜壶，用力掷出，然后飞快地抓起另外两支羽箭，紧随其后丢了出去！

644

只见那三支箭，轻飘飘地划出三道弧线，其中两道直接掠过铜壶撞在墙上，只有一支羽箭撞到瓶口，但并没有掉入壶中，而是弹飞到了地上。三支箭，一支没中。星见翔太沮丧地低下了头。

"到我了呢。"狐女微笑着开口，一把抓起身前的三支羽箭，正要用力掷出……"阿嚏！"狐女突然打了个喷嚏。握着三支羽箭的手一抖，三支箭同时散开，直接落在距离铜壶几米远的地上，连碰都没碰到铜壶一下。星见翔太一愣。狐女一边揉着鼻子，一边遗憾地开口："啊呀呀，今天手抖了呢……连铜壶的边都没触到，看来今天是久违的翔太赢了呢……"

星见翔太愣了许久才回过神来，意识到自己真的赢了狐女之后，激动地从地上蹦了起来。"哈哈哈哈！我真的赢了！"他转过头，噔噔噔地跑到狐女的身边，认真地开口，"今天，我要一条与柚梨黑哲后人有关的预言！"

"没问题。"狐女的双眸染上了一层朦胧的红光，片刻之后，她凑到星见翔太耳边，悄声说了些什么。下一刻，星见翔太的瞳孔骤然收缩！

傍晚。大阪祭典。明黄色的纸灯笼挂在路的两边，将暗淡的天空点亮一角，热闹繁华的小摊在石板路的两侧密集错落，食物的香气弥漫着整条道路，烤鱿鱼、关东煮、章鱼小丸子……店主们站在推车小摊后，头上绑着一根黑色的束带，写着"奋斗"二字，双手的袖子卷起，一边快速地准备着食材，一边在吆喝着什么，与来往行人的欢声笑语混杂在一起，热闹非凡。祭典的现场在淀川的旁边，河流对面的岸上，即将开始一场盛大的烟火祭典，路上的行人多半都是穿着花色的浴衣，踩着木屐，三两为伴。浴衣与和服看似区别不大，但和服相对隆重一点，适用于正式场合，而浴衣则颜色更加鲜明，一般在祭典或者非正式场合下穿。就在这时，街道尽头的行人似乎注意到了什么，纷纷停下脚步，对着前面缓缓走来的几个人指指点点。只见在道路的尽头，三个男人穿着鲜艳的碎花浴衣，各自打着一柄红色纸伞，脚踩木屐，正缓缓走来……在浴衣的背后，用黑色的纸条印上了黑梧桐俱乐部的 logo，下面还用白色记号笔写了两行大字：

　　——黑梧桐俱乐部欢迎您！
　　——明日起，全场酒水九五折！

在纸张的最下方，还密密麻麻写着一串联系电话，以及一行黑梧桐俱乐部的所在地址。走在中央的林七夜穿着一件黑红的碎花浴衣，撑着红伞，表情僵硬无比！此刻，他恨不得找个地缝直接钻进去，而他身边的雨宫晴辉，则已经开始选一会儿用什么样的姿势跳到河里，且不会引起骚动了……这件碎花浴衣的配色说是黑红，但其实粉红才是主导，像是在黑夜中凋零的樱花，即便在这样人头攒动的祭典上，也可以说是骚气逼人，很轻松地就能吸引别人的注意力，再加上那柄明明没下雨，却还打着的红伞，可以说是回头率 100%。而雨宫晴辉的蓝灰色浴衣也不比他好到哪里去。小金则悠闲地穿着一身白黄碎花浴衣，随意地撑着红伞，在街上走着，跟僵硬拘束的林七夜二人相比，他简直轻松得像是真的在逛街一样，丝毫没有在乎别人的眼光。

在备受瞩目的三人身后大概五十米的地方，穿着休闲服的京介大叔牵着柚梨奈的手穿梭在人群中，已经笑得合不拢嘴了。看看！什么叫人形广告牌啊？！这回头率，这形象，今晚过后，黑梧桐俱乐部必定火遍关西！既然今晚不能开门营业，那来逛祭典的路上顺便做波广告，也没毛病吧？

"京介大叔，你这么对七夜哥哥他们……会不会太狠了？"柚梨奈犹豫着问道，"我刚刚好像看到七夜哥哥的拳头已经攥紧了，要不你连夜逃离大阪吧？不然一会儿我怕你吃不住我哥一拳……"

"说什么呢？"京介大叔昂首挺胸，春风得意地开口，"我这么做，也是在为他们涨人气啊？你看看这一路上有多少女孩盯着他们看？到现在后面还追着一大群呢！而且我觉得我挑的衣服挺好看的，年轻人，就该穿花哨点！有朝气！"

京介大叔低下头，看着柚梨奈身上的新衣服，问道："对了小柚梨，我给你买的这件衣服你穿着怎么样啊？舒服吗？"

"挺舒服的，就是……"柚梨奈的小手攥着衣角，小声地说道，"就是好像太贵了。"

"不贵，都是仿的，穿着舒服就行。"京介大叔笑了笑，目光落在了一旁的小摊上，"想不想吃章鱼小丸子？"

"想啊！"

"走，叔叔给你买。"

"你说，京介大叔喜欢什么颜色的麻袋？"林七夜一边往前走，一边认真地转头看向雨宫晴辉。雨宫晴辉仔细想了想："我觉得，深红色挺不错的，打出血之后也看不出来。"

"你说得有道理……我留意一下哪家店有卖的。"

"小金，你怎么一点反应都没有？"雨宫晴辉看向一旁自在随意的小金。

小金沉吟片刻："习惯就好，我已经不是第一次穿这件衣服了，放轻松。"

"……"

"话说小金，我看你似乎对当牛郎没有兴致的样子？"林七夜回想起之前每次营业，小金都是一副懒洋洋的样子，疑惑地问道。

"你猜对了。"小金无奈地笑道，"我根本就不喜欢当牛郎……当牛郎要应付各种客人，很麻烦。"

"那你为什么还留在这里？"

小金歪着头想了想："因为京介大叔……他是对我很重要的人，他觉得我可以当牛郎，我就当了。"

林七夜和雨宫晴辉对视一眼，都看到了对方眼中的无奈，又是一个被拐骗的无知少男……

三人就这么在万众瞩目之下，逛了半条街，小金走进一家手办店不肯走，最后就剩林七夜和雨宫晴辉一起继续逛下去。被人盯久了之后，林七夜的脸皮也变厚了，开始放松地观察起四周："现在几点了？"

"晚上八点半，距离烟火祭开始大概还有十分钟。"

林七夜若有所思："算算时间，沈青竹他们应该已经开始布置人手了……等到烟火祭结束，我们就找理由离开。"

"嗯。"

十分钟后。"砰——"一声巨响从淀川对岸传出，一束孤单而灿烂的烟火从黑暗中迸溅而出，在天穹之下绽放！然后，如浪潮般密集的烟火紧随其后，点亮了整个夜空。

645

此时。黑梧桐俱乐部门口。几辆轿车在无人的店面前停靠，井先生带着八九个寒川家的成员走下车，抬头看着陷入黑暗的俱乐部，他的眉头微微皱起。

"井先生，就是这家店。"他的身旁，一个寒川家成员开口说道，"据说，这家店前两天来了两个年轻人和一个小女孩，都是生面孔，其中那两个年轻人最近还当上了牛郎，而且很火，小女孩十二三岁，在这里当服务生。"

"两个年轻人，一个小女孩……"井先生若有所思，"如果一个是柚梨黑哲的女儿，一个是浅羽七夜……那还有一个是谁？"

"这，我们不清楚，但我们搜遍了整个道顿堀，只有这家店最可疑了。"

"这家店的老板是什么来历？"

"不知道……"

"不知道？"

"是啊，这也是这家店可疑的地方之一。"他无奈地说道，"我们查遍了所有的资料，都找不到这个店长的来历。除了他的花名京介之外，没有任何信息，就连租下这个店面的原主人都已经失踪了，没有人知道他是怎么出现的……"

"装修团队呢？弄这么大一个店铺，一定请了装修团队吧？还有里面这些桌椅用品的购置，都没有留下名字吗？"

"没有……查询不到这里的装修记录，也没有任何的购买记录，就好像……"那黑道成员顿了顿，"就好像，这里是一夜之间出现的鬼屋一样，据说在这家店出现的前一个晚上这里还是一间毛坯房，第二天早上，这个俱乐部就已经建好了。"

井先生的眉头紧紧皱起："这么诡异……这家店营业多长时间了？"

"半年。"

井先生仔细打量着这家平平无奇的店面，不知在想些什么。

"井先生，少主让我们来搜寻那两个人的下落，可他们现在不在，这怎么办？"寒川家成员问道，"明天再来吗？"

"不行，明天就太晚了。"井先生摇了摇头，回忆起之前寒川司对他的吩咐，眼中闪过一抹狠色，"把门窗砸掉，我们进去搜一遍，如果他们真的藏身在这里，一定会留下些蛛丝马迹。"

"如果搜不到怎么办？"

"那就派一个人在附近盯着，一旦他们回来了，立刻通知我，我们过来抓住这个店长询问一番就全知道了。"

"是！"

璀璨的烟花在夜空下绽放，像是一片绚烂的光幕，映照在所有仰望它们的人的脸上。这次的烟花祭典可以说是大阪今年最隆重的一次，无论是规模还是烟花本身的质量，都是前所未有，即便是站在城市的边缘，也能清晰地看到这片美轮美奂的天空。林七夜和雨宫晴辉穿着碎花浴衣站在河边，打着红伞，欣赏着烟花祭典，周围的所有人都在看着烟火，沉醉于美丽的烟花之中。

"其实，这烟花还是挺好看的。"林七夜忍不住说道。

"嗯。"雨宫晴辉微微点头，"就算这个国家已经腐朽，但它的文化，依然有着独特的魅力，可是……这些终究只是漂亮的外衣，等到这层外衣被撕破，露出神权的核心，一切都会不一样……"

"你见过这外衣被撕破的样子吗？"

"见过。"雨宫晴辉沉默片刻，"很丑陋，很恶心，很……令人愤怒。"

两人撑着伞，在烟火下静静地看着，和周围笑颜如花的围观者不同，他们的眼中没有欢乐，只有浓浓的怜悯与哀伤……

"这烟花也太大了吧？"柚梨奈手中握着一串烤肉，站在拥挤的人群中，艰难地仰头看着烟花祭，即便如此，小脸上也写满了震惊。京介大叔微微一笑，将她举起，骑在自己的肩上："是吧？很壮观吧？"

柚梨奈突然骑到京介大叔的背上，似乎是有些不好意思，但很快就被头顶烟花的壮观景象震住，张大了嘴巴。

"小柚梨。"京介大叔突然开口。

"嗯？"

"今天开心吗？"

"开心啊。"柚梨奈抬头看着烟火，笑着说道，"跟着七夜哥哥来到这里之后，一直都很开心。"

"为什么呢？"

柚梨奈想了想："因为俱乐部的气氛很好啊，大叔和小金哥哥也都很照顾我，还有七夜哥哥，我本来就很喜欢牛郎这个行业，有机会在这里工作，本身就是一件很令人高兴的事情啊。"

"你很喜欢牛郎吗？"

"对啊，因为我妈妈很喜欢，所以我也慢慢喜欢上了。"

京介大叔沉默片刻："可在这里每天要干活，不累吗？"

"虽然确实挺累的，但是过得很充实，很安心，比起在集装箱里躲避混混追击的那段时间，这里简直就是天堂！"柚梨奈开心地张开了双臂，似乎想要拥抱那满是烟花的璀璨天空。

京介大叔看着那张稚嫩的面孔，像是尊雕塑般站在原地，许久之后，微笑着问道："你想一直在这里待下去吗？"

"想啊。"柚梨奈顿了顿，"但是不行，鹤奶奶还在横滨等着我回去，我不能在这里待太久，不然她一个人会寂寞的。"

"或许你可以把她接过来呢？"

柚梨奈一愣，仔细想了想，双眼顿时亮了起来！

"那当然最好！可是，京介大叔你会同意吗？"

"嗯，我同意哦。"

柚梨奈听到这句话，激动得笑成了花。她侧过身，在京介大叔满是胡须的脸颊上用力亲了一口："谢谢京介大叔！京介大叔最好了！！"她笑眯了眼睛。京介大叔愣在了原地。不知过了多久，他回过神，嘴角控制不住地浮现出笑容。

烟火祭迎来最后一次爆发，无数道烟花冲上云霄，在黑暗中绽放着属于它们自己的光芒，驱散了阴霾与黑暗，将短暂而辉煌的焰火带给人间。

焰火凋零。天空再度陷入一片黑暗死寂。

京介大叔背着柚梨奈，站在拥挤着离开的人群中，一动不动。

"京介大叔，烟花结束了，我们该回去了。"柚梨奈开口提醒道。

"嗯。"京介大叔看了眼黑暗的天空，"……该回去了。"

·646·

因为祭典，道顿堀今晚的人流量比平时要少得多。三个穿着碎花浴衣的俊朗少年，与一个牵着小女孩手的大叔一起，悠闲地向黑梧桐俱乐部走去。林七夜、小金、雨宫晴辉手里一人拿着一串烧烤，边吃边走，用京介大叔的话说，这是他们今晚良好宣传广告的一点点报酬……吃着烧烤，林七夜有些心软了，决定今晚给京介大叔套麻袋的时候，给他换个喜庆点的大红色。

"七夜哥哥！京介大叔同意我把鹤奶奶带过来，以后一起留在俱乐部了！"柚梨奈兴奋地跑到林七夜的身边，说道。

"嗯？"林七夜眉梢微微上扬，似乎是有些诧异，"把鹤奶奶接过来？"

林七夜看向走在最后的京介大叔，眼中浮现出疑惑。正常的老板，都是希望员工当牛做马，不榨干他的价值不罢休，京介大叔的行为却让他有些看不懂……雇用柚梨奈已经在林七夜的意料之外了，毕竟她只是个十二三岁的小女孩，虽然很勤快，但有些事情肯定不如正规的服务生做得完善，可他依然选择雇用柚梨奈，并给了她一笔丰厚的薪水。如果说这是为了挽留住林七夜这个牛郎新星的话还可以理解，但现在他愿意将鹤奶奶接过来就彻底超出了林七夜的理解范围。接一个七十多岁的老奶奶到牛郎店，他这不是给自己添累赘吗？

"对啊！京介大叔可好了！"柚梨奈灿烂地笑道，"以后，我们可以一直在一起了。"

林七夜看着柚梨奈的笑容，心中有些复杂，他所认识的柚梨奈，从一开始就是成熟到令人心疼的小大人，这是他第一次在她的脸上看见属于十二三岁女孩的纯净笑容。但他没有回答，因为他心里很清楚，他是不可能在这里久留的。不过，如果柚梨奈能留在这里，开开心心地过下去，似乎也不错？

柚梨奈蹦蹦跳跳地走在最前面，那根浅粉色的樱花发簪在霓虹灯下荡出微弱的光晕，飘起的几缕鬓发在空中舞蹈，她笑靥如花。其他四人跟在她的身后，嘴角都带起一丝若有若无的笑意。柚梨奈拐过街角，正欲走进俱乐部，突然愣在了原地。她呆呆地看着前方，那原本该灯火通明的街道尽头，此刻已经漆黑一片。"怎么不走了？"小金疑惑地开口，他转过拐角，看到眼前的景象，同样愣在了原地。漆黑的街道尽头，满地都是破碎的玻璃碴，反射着朦胧的月光，像是铺在地上的碎银地毯。俱乐部的大门、窗户，全部都被砸得粉碎，高端大气的霓虹灯牌此刻已经掉落在地，上面的字体歪歪扭扭，偶尔有几缕火花从霓虹灯管中迸溅而出，照亮漆黑的街道一角。俱乐部内，前台已经被砸烂，摆放着昂贵酒水的柜子也被翻空，十几只酒瓶碎裂在地，酒液汇成一道湖泊缓缓流淌，将东倒西歪的餐厅桌椅浸泡其中。

黑梧桐俱乐部，一片狼藉。

"这是……"林七夜的眉头紧紧皱起。雨宫晴辉的双眼微眯，他转头跟林七夜对视了一眼，心中都已经有了猜测。砸店这种事，只可能是黑道做的，但黑杀组肯定不可能，所以做这件事的人身份已经呼之欲出了……

"哎呀，你们终于回来了！"隔壁的居酒屋中，一个大婶匆匆忙忙地跑了出来，对着几人说道，"两个小时前，我看到那群一直在道顿堀闹事的黑帮跑过来了，他们二话不说直接砸门进去，像是在找什么东西，把里面弄得乱七八糟……要不，要不你们还是报警吧！"

柚梨奈站在昏暗狼藉的俱乐部门口，呆呆地看着里面跟垃圾场一样的情景，身体控制不住地颤抖起来。她紧咬双唇，眼圈有些泛红。"为什么啊……"她喃喃自语，声音带上了一丝哭腔，"为什么，那些人一直追着我不放……我明明什么都没有做错……他们为什么要这么做？我好不容易才在这个世界上找到属于我的一点点地方……为什么……"柚梨奈站在那儿，只觉得心都一片片地碎了开来。几秒钟前，她还在憧憬着在这里生活的美好未来，现在，现实就将她所有的期待与幻想打得粉碎。她站在黑暗中，泪流满面，像是一个失去了一切的孩子。

就在这时，一个身影缓缓走到了她的身后。京介大叔将手放在她的肩膀上，看着眼前一片狼藉的黑梧桐俱乐部，那双眼眸像是冬日的深湖，平静得可怕。"这不是你的错，小柚梨……"他轻声安慰道。柚梨奈转过身，哭到通红的眼眸委屈地看着京介大叔。她张开手，一把抱住了京介大叔的腰，号啕大哭："对不起……京介大叔，都是因为我……因为我，他们才会把这里弄成这样的，都是因为我……对不起……"

京介大叔轻轻摸着她的头，那眼眸中的平静，再也无法按捺住那蠢蠢欲动的暴怒，就像是深海中的火山，即将喷发而出。

"我们出去一下。"林七夜深吸一口气，将目光从柚梨奈的身上挪开，尽力遏制住内心的愤怒，平静地说道。他的眼中，浮现出森然杀机。雨宫晴辉沉默地转过身，与林七夜并肩而行，逐渐消失在街道的尽头。

等走到无人的霓虹街道上，雨宫晴辉从收起的红伞中，缓缓掏出一柄深蓝色的长刀，将其挎在腰间，左手轻轻握在刀柄之上。"滴答——"一滴雨水从天空中落下。两柄红伞撑开。"哗啦啦啦……"雨，越下越大。雨水浇灌在两柄红伞的伞面，顺着倾斜的角度，流淌在沥青路面上。这突如其来的大雨，将周围的行人浇成了落汤鸡。他们惊呼着躲到周围的房檐下，担忧地看向头顶的夜空。如此晴朗的夜空，没有人想到会下雨，所以他们没有带伞。但有人带伞了，他们，还带了刀。雨幕中，两个穿着碎花浴衣的少年撑着红伞，平静地走在朦胧的霓虹街道上，身形逐渐消失。隐约的声音从雨中传来："寒川家……灭门吧。"

647

"下雨了！"黑杀组大楼下，三十多辆黑色轿车，七八辆厢车正静静地停在那儿，每一辆车中都坐满了全副武装的黑杀组成员。浅仓健站在车下，看着天空中滴落的雨水，有些诧异地开口："这么好的天气，居然也会下雨？"

坐在后座的沈青竹看了眼天空，双眸微眯，将手中燃烧的烟卷轻轻弹到了窗外，黑色的车窗自动摇起。"走。"他淡淡开口。

"是！"浅仓健立刻上车，通过对讲机连了所有车辆的频道，大声喊道："出发！"

"轰——"数十台发动机同时爆发出轰鸣声，一束束明亮的车灯亮起，车辆撕破漆黑的夜幕，在雨中如咆哮的野兽，疾驰而去！雨，便是林七夜与沈青竹约定的信号。

黑梧桐俱乐部。京介大叔抱着哭泣的柚梨奈，眼眸淡淡地向角落的黑暗瞥了一眼。他轻轻摸了摸柚梨奈的头，微笑着说道："小柚梨，俱乐部有点脏了，大叔需要重新整理一下，你能和小金一起去帮大叔买点胶水和清洁剂吗？"

柚梨奈抬起头，红着眼圈问道："真的可以修好吗？"

"可以。"

"……那，那好吧……"柚梨奈松开京介大叔，后者给了小金一个眼神，小金便牵着柚梨奈的手，缓缓向着远方走去。空无一人的街道中，京介大叔在黑暗的俱乐部门口驻足许久，抬起脚，缓缓走入其中。

时间一分一秒地过去，等到柚梨奈和小金离开大约五分钟后，几辆车便驶入街道，井先生带着十几个寒川家的手下，快速地从车上下来，重重地关上车门走过来。

"确定吗？他们回来了？"井先生问道。

"确定，我们的人一直在这儿盯着呢。"

"有没有看到目标？"

"看到了，柚梨黑哲的后人确实在这里，不会错的。"

"那个浅羽七夜呢？"

"盯梢的那个人说，他们刚回来，浅羽七夜就和另外一个人离开了，不知去了哪里，现在这家店应该没有人可以拦住我们。"

"好。"井先生的眼中闪过一抹精芒，他转过头，对着身后的手下说道，"都把家伙带好，我们去抓人！"

十几人带着各自的武器，风风火火地冲到黑梧桐俱乐部的门口，他们刚踏进大门，便齐刷刷地愣在了原地。黑暗狼藉的餐厅中央，东倒西歪的桌椅堆积到了一起，像是一座小山般耸立，头顶的灯泡忽明忽暗，时不时有火花迸溅而出，将漆黑的餐厅照亮片刻。那座小山之上，一个中年男人正静静地坐在那儿，骚气的亮片西服口袋中，插着一朵逐渐凋零的红玫瑰。忽明忽暗的灯泡将他的背影投射在背后惨白的墙壁上，像是一尊恶魔站在尸山血海之上。他静静地凝视着闯入俱乐部的十几个人，双眸微微眯起。黑暗中，他那冰冷的目光中，仿佛藏着一只暴怒的雄狮。

雨中，一阵急促的手机铃声突然响起，雨宫晴辉一怔，伸手从口袋中取出电话，放在耳边接通："喂？"

"雨宫！我今天游戏赢了！我预言了一个惊天大秘密！"星见翔太激动的声音从电话另一头传来。雨宫晴辉眉梢一挑："如果你预言到的是寒川家的位置的话，我们已经找到了……"

"不是这个！"星见翔太深吸了一口气，一字一顿地说道，"今天我预言到的内容是……'柚梨黑哲破局而出，再度杀上"净土"'！"

"你说什么？"雨宫晴辉愣在了原地。

"是吧！很惊讶对不对！如果这次的预言是正确的话，上次对柚梨黑哲死亡的预言就是错误的！或许他根本就没有死！"星见翔太越说越激动。

"我知道了……"雨宫晴辉深吸一口气，平复下被扰乱的心绪，"我现在有点事情，处理完了再给你打电话。"说完，他便挂断了电话。

"怎么了？"林七夜问道。

"不靠谱的预言家说，'柚梨黑哲将会破局而出，再度杀上"净土"'。"

"柚梨黑哲？"林七夜眉头一皱，"他不是死了吗？"

"现在看来，或许没有。"雨宫晴辉边走边说道，"之前我听到他的死讯的时候，就有些不信，当初能一人三刀杀上'净土'的猛人，怎么可能这么轻易地就被神谕使击杀？为了印证这个想法，我特地让预言家再度验证了这个事情……得到的结果，还是肯定的，所以自那之后我就一直相信他是真的死了。"

"也就是说，他上次的预言正好是错误的那 50%？"

"没错。"

"或许，他这次的预言也是错误的呢？"

"是啊……但至少，他给了我们这种可能，开拓了另外一种思路。"

"如果柚梨黑哲没有死，而是如预言所说，他是在布局，那这个局究竟是什么，他布这个局的目的又会是什么呢……"

两人思索之际，已经来到了原鬼火会势力的边缘。他们抬头看了眼那在夜空下散发着霓虹光芒的夜总会，双眸微微眯起。

"柚梨黑哲的事情回去再讨论，现在，先把眼前的事情做了。"

"沈青竹的人……应该也快到了。"

"轰——"另一侧的街道上，三十几辆车疾驰而过，深夜中这轰鸣的汽车声早就引起夜总会内寒川家人员的注意。他们迅速调集人手，向着那条街道蜂拥而去。二十几辆车从夜总会的停车场内驶出，疾驰到那街道上，将车道彻底堵死，封住了黑杀组车辆的去路。

"人手还挺多。"车内，浅仓健眯眼看着前面耀眼的车灯，眉头皱了皱眉，拿起对讲机说道，"停车，下车！"

黑杀组的车停在寒川家的车墙前，两边明晃晃的车灯相互照着，几乎将整条路都照得亮白如昼，沉闷密集的关门声响起，一个个穿着黑衣的黑杀组成员走下车，拿着各自的武器，冷眼向着对面的车辆走去。寒川家的人也纷纷下车，两伙人就这么站在被车灯照亮的大片空地上，相互对峙。

648

"砰！"一道沉闷的关门声响起，一个穿着流云羽织的身影不紧不慢地从车上下来，缓缓向前走去。拥在车前的近三百个黑杀组成员同时向两侧分开，给他让出一条道路，看到那流云羽织的瞬间，寒川家的成员像是想到了什么，眼中浮现出震惊之色！他是……传说中的黑道神话，关西黑杀组大组长？！他竟然亲自来了？沈青竹走到黑杀组众人之前，身后无数道刺目车灯给他的轮廓打上一层金边，因为背光，寒川家的人看不清他的面容，但那双冰冷而充满威严的眸子，却如同黑暗中的火炬，深深地烙印在众人心中。寒川家的一个干部平复一下心神，冷声开口道："想不到，黑杀组的大组长竟然亲自来了大阪，还带人冲到了我们寒川家的门口……不知阁下这是何意啊？"

沈青竹那双眸淡淡地看着他，丝毫没有与他对话的意思。

安静。

干部皱了皱眉："怎么？看大组长这意思，是觉得我们寒川家有冒犯到你们黑杀组？不好意思，我们寒川家做事向来如此，如果真有冒犯的地方……那也不是我们的问题。"

沈青竹依然沉默地盯着他，那双眼眸中的压迫感越发强烈。他的身后，浅仓健和井守裕默默地掏出了自己的武器。三百多个黑杀组成员，同时掏出武器，其中有近三分之一都是枪支，沉默的气氛下，闪烁着森然的杀机。那干部有点蒙了。黑帮打架之前喊个狠话，那不也正常吗？怎么看这大组长一副凶威盖世的样子，好像跟寒川家有什么深仇大恨？不就是到大阪来干翻了几个小帮派吗？我们也没对你们黑杀组出手啊？！而且……这黑杀组哪儿来的这么多枪？！不光是人数比他们多一倍，武器竟然也这么多，这要是真打起来自己这边也得死伤惨重啊！"大组长，不打招呼就来你们地盘上做事，我们可能确实有错。但我们可从来没有挑衅你们黑杀组的意思，有什么话，我们可以慢慢说，我觉得我们之间应该有什么误会……"干部咽了口唾沫，后背开始冒冷汗。这小子说的什么鸟语？"库鲁斯！"（杀！）

沈青竹话音落下，身后的黑杀组成员直接沸腾了，有枪的直接举枪，没枪的提着砍刀和棍棒，直接冲到了寒川家成员的脸上招呼起来！枪声，喊声，哀号声，在死寂的街道上此起彼伏，两队人马混战到一起，场面顿时乱成了一团！

鬼火夜总会楼上。寒川司低头看着下面的混战，眉头紧紧皱起。

"黑杀组……怎么这时候冲过来了？"他喃喃自语。

"少家主，我们的人数和装备都远不如黑杀组，再这样打下去，我们肯定会损失惨重的。"他的身边，另一个寒川家的干部有些焦急地开口，"我们该怎么做？"

寒川司沉吟起来。他从东京带来的人本就不多，来了大阪之后吸纳的那些小帮派的成员更是实力堪忧，再加上武器上的压制，这样的一群人根本不可能是黑杀组的对手。不过，他其实也不在乎。他大老远地从东京跑到大阪来，可不是跟黑杀组争地盘的，他的目标只有柚梨黑哲的"王血"与那两柄祸津刀，下面的这些蠢货，全部死完其实也没什么大不了……只不过，人手少了，有些事情做起来就比较麻烦。

"井先生去抓柚梨黑哲的女儿了？得手了吗？"寒川司转头问道。

那干部摇了摇头："不知道啊……几分钟前，井先生带去抓人的手下就和我们失联了，音信全无，不知道他们现在进展到哪一步了……"

"这群废物。"寒川司冷冷开口。

眼看着下方寒川家的人手急速缩减，完全是被黑杀组的人压着打，呈现绝对的颓势，寒川司的眼中闪烁起森然杀机。他将手掌搭在了腰间的"黑绳"上。如果不到必要时刻，他其实不想动用祸津刀。他自身就是神谕使眼中的"猛鬼"级囚犯，如果祸津刀的力量彻底释放的话，很容易引来"净土"的注意，如果对方派个神谕使过来查看情况，那他的局势就被动了……不过，扫清下面的这些普通人，应该一刀就够了，大概率不会被"净土"察觉。他正欲拔刀，房间一侧的窗户突然爆开，寒川司猛地转过头，余光看到一个喷着长长焰尾的导弹急速掠过空气，直接撞向了他的面门。寒川司的瞳孔骤然收缩！"轰——"惊天动地的爆炸从夜总会中爆发，连带着周围近三百米的房屋，全部卷入一片火海，好在周围的建筑同样都是寒川家的领地，并没有波及无辜的居民。这一声爆炸的巨响，直接席卷了小半个大阪，所有在前方街道战斗的寒川家和黑杀组的成员都蒙了，寒川家的人回头看向已经被夷为平地的据点，齐刷刷地愣在原地。什么玩意儿爆炸有这么大的威力？有战机飞过去了？！有人抬头看向天空，夜空下死寂一片，根本没有战斗机的踪迹。

"干死他们！"浅仓健看寒川家的人都有些发蒙，当即开口大喊！所有黑杀组成员大吼一声，士气暴涨，原本就占据优势的局面顿时变成了单方面的碾压，寒川家的那些虾兵蟹将已经完全乱了方寸，四下溃逃开来。熊熊火光剧烈燃烧，浓烟冲天而起。

在距离爆炸点数百米外的一座高楼上，两个穿着碎花浴衣、打着红伞的身影正静静地注视着这一幕。雨宫晴辉忍不住转过头，看向一旁的林七夜以及趴在他背上的木木，一脸见鬼的表情："那是什么东西？"

"哦，那是军事基地里储藏的战斗机挂载式重型导弹。"林七夜淡淡开口，"威力比我想象中的要大一点……"

649

"这个威力……他不会直接死了吧？"雨宫晴辉嘴角微微抽搐。祸津刀确实拥有逆天的力量，但刀主自身的战斗力并不高。如果让雨宫晴辉丢掉"雨崩"跟林七夜打一架，那输的一定是雨宫晴辉。林七夜一拳下去，水泥地都得被他砸出一个大洞。

"死了最好，如果没死的话……"林七夜看了眼木木。后者"哎哟"一声，身形再度暴涨，身上的绷带松弛开来，露出几十枚散发着森然银光的挂载式导弹，全部对准了燃烧着火光的夜总会。"就继续炸，炸到死为止。"林七夜平静地开口。

"这么强的火力，你已经可以炸掉半个大阪了。"雨宫晴辉说道。

"不。"林七夜摇了摇头，"它体内的武器全部轰炸的话，我能炸掉整个大阪。"

"……"

"当然，这么做会伤到平民，必要的时候，还是近身战解决比较好。"

雨宫晴辉正欲开口，突然，他的余光像是看到了什么，眼睛微微眯起，只见浓烟滚滚的夜总会中，一柄巨大的黑色刀刃自虚空中斩出，横在一片废墟之间，像是一堵巨大的墙体，刀刃之后，一个狼狈的身影艰难地站起，剧烈地咳嗽起来。

寒川司握着出鞘的"黑绳"，脸上满是凝重之色。刚刚那突然蹿出来的导弹，差点要了他的小命，要不是正好他握着"黑绳"，在自己身前降临了刀刃投影，只怕现在就算不死也已经丧失了战斗能力。可是他不理解……这地方，哪儿来的导弹？！雨水浇灌在燃烧的火焰中，将火势逐渐遏制，寒川司握着"黑绳"，转头看向那枚导弹飞来的方向，只见在不远处的楼顶，两个身影正撑着红伞，静静地望着他，其中一个人的背后，密密麻麻地堆着十几个蓄势待发的导弹。

寒川司："……"

"看来他没这么容易死。"林七夜淡淡开口，"木木。"

"哎哟！""嗖——"第二枚挂载式导弹呼啸着飞出，再度冲向废墟中的寒川司，后者表情一僵，刀身再度闪烁出一抹黑芒，庞大的刀刃投影横在他的面前！这枚导弹的火力覆盖范围很广，凭他的速度，根本不可能一瞬间逃离现场，所以最好的方法是防守而不是逃避。"轰——"第二声爆炸巨响传出，这次夜总会的地面都被炸出了一个深坑，原本已经被雨水遏制住的火光再度爆发，熊熊燃烧。但那刀刃投影之后的寒川司，依然没怎么被波及。

"'黑绳'的防御力很强，就算是导弹正面轰击，也不能将那投影打碎的。"雨宫晴辉一边说着，一边缓缓将手搭在腰间的深蓝色长刀上。"接下来，轮到我了。"长刀出鞘！雨宫晴辉的身影刹那间消失在雨中。那柄红伞轻飘飘地落在了地上，溅起些许水珠。

躲在刀刃投影后的寒川司顿时汗毛竖起，他的目光扫过周围，他身后的某一滴下落的雨水中，雨宫晴辉的身形倒映而出，一抹蓝色的刀芒掠过空气，直斩他的头颅！"雨宫晴辉！"寒川司瞬间认出了这标志性的能力，手中的"黑绳"迅速抬起，勉强接住了这一刀。一黑一蓝两柄刀锋在空气中摩擦，溅起大量的火花。雨宫晴辉的眼眸微眯，下一刻，滂沱的大雨瞬间停滞在空中！无数的雨水似河流般汇聚在雨宫晴辉的身后，一条水龙的轮廓勾勒而出，雨宫晴辉用刀格挡开寒川司的斩击，身形后退半步，双手握刀于身前，高高抬起……瞬间斩出！他身后的水龙自雨中咆哮着奔涌而出，直冲寒川司的面门，后者眼神一凝，将手中的"黑绳"猛地刺入地面！天空中，一道庞大无比的黑色刀刃投影斩落，正是之前斩断山崎大桥的那一刀，撕开了漆黑的天幕，径直迎着那水龙冲去。两者轰然对撞！

东京，"净土"。

"嘀嘀嘀嘀……"刺耳的警报声在房间内回荡，静坐在地的黄袍神谕使突然睁开了双眸，看向头顶的虚拟屏幕，眉头微微皱起："羽津，出什么事了？"

"大阪检测到大规模能量波动，疑似两柄祸津刀同时释放力量，能量层级解析中……

"解析完毕，释放者为'猛鬼'级通缉犯，雨宫晴辉；'猛鬼'级通缉犯，寒川司。"

黄袍神谕使微微皱眉。两位祸津刀主在大阪同时出手？是在对战，还是在联手对敌？就在他仔细思索的时候，电子音再度响起——

"大阪检测到第三柄祸津刀释放能量，能量层级解析中……

"解析完毕，释放者为'猛鬼'级通缉犯……柚梨黑哲。"

黄袍神谕使的瞳孔骤然收缩！柚梨黑哲？！他不是已经死了吗？"羽津，你确定吗？"他皱眉看着那块虚拟屏幕。

"祸津刀能量波纹二次对照，确认为祸津九刀之六，'迷瞳'。"电子声顿了顿，继续说道，"无法确认刀主信息，目前存在两种可能：第一，'迷瞳'再度认主；第二，柚梨黑哲死而复生。"

黄袍神谕使皱眉沉思片刻，很快便有了决断。"叫上4号和6号，我们两个一起去一趟大阪，看看究竟发生了什么……"

"正在向4号神谕使、6号神谕使发送信息……发送完毕。精准投掷舱准备完成，发射倒计时一分钟准备……"

黄袍神谕使转过身，迅速穿过一层层金属大门，通过电梯来到了"净土"的底端，验证左眼的机械眼之后，径直走入一间促狭的银色胶囊舱，躺在了中央。舱门缓缓关闭，他的头顶，倒计时正在一点点地归零。3、2、1……"砰砰砰——"东京上空的巨大飞盘底端，三只银色的胶囊弹射而出，在空中划过三道弧线，紧接着尾部喷射灼热的火焰，调整方向，径直向着大阪的方向疾驰而去！此刻，"净土"中的虚拟屏幕再度亮了起来。

"投掷舱发射完毕，'净土'开启自动防卫模式……

"警告！检测到……滋滋滋滋滋……入侵……滋滋滋……"

一阵莫名的电流声混杂其中，虚拟屏幕的画面上，突然诡异地飘起来老电视上的白色雪花。那道电子音沉默片刻，再度发出声音："自动防卫模式已关闭，嘻嘻……"

650

黑色刀刃与水龙在空中碰撞，席卷出剧烈的狂风，两柄祸津刀的力量此刻毫无保留地释放出来，滂沱大雨几乎将他们的身形彻底淹没。"当——"寒川司与雨宫晴辉的身形同时向后退去，退到了逐渐熄灭的火场的边缘。寒川司的眉头紧锁，他正欲做些什么，一道黑红碎花浴衣的身影便鬼魅般地出现在他身后的雨中。两柄直刀呼啸着斩开空气，以惊人的速度划向脖颈。"黑绳"闪电般地格挡在身后，但那两柄直刀上蕴含的力量太强，直接将寒川司整个人斩得倒飞出去。他只觉得好像有一辆疾驰的卡车正面撞上了自己，震得他双臂发麻！这家伙的力量怎么这么强？寒川司看着手握双刀的林七夜，脑海中瞬间闪过这个想法。下一刻，他脚下的大地爆开，几根粗壮的树枝如同触手般爆出，眨眼间缠绕住他的身体。寒川司的瞳孔骤然收缩！这些是什么东西？从地下爆出的树枝，新的祸津刀？还没等他想明白，站在雨中的林七夜背上，大量的绷带松弛而开，两枚散发着银光的挂载式导弹悬在半空，直指被远古树妖固定在空中的寒川司，尾部喷出刺目的火焰！"嗖嗖——"两枚导弹破开空气，直接冲到了寒川司的面门！刹那间，一道庞大的黑影出现在寒川司的面前！"轰——"两枚导弹同时爆炸，炽热的火球在半空中急速扩散，将脚下的几栋建筑全部覆盖其中，像是大阪黑夜中升起了一轮烈日，热浪在无数高楼大厦间席卷。

雨宫晴辉身形融入雨水，在远处浮现。如果他继续站在原本的位置，这两枚导弹爆炸的威力也会将他波及。他抬头看向天空，眉头微微皱起，只见那原本缠绕着寒川司的树枝已经被斩断，熊熊火光之中，一尊百米高的黑色石像正静静地悬浮在空中，它双手握着一柄巨大的黑色刀刃，双臂环绕，刀身竖于胸前，像是驻守古老密藏千年的石像。就是这尊石像，替寒川司硬扛下了两枚导弹的正面轰击。"'黑绳'的刀魂吗……"雨宫晴辉喃喃自语。他还是第一次看到"黑绳"的刀魂，和他所见过的其他祸津刀的刀魂不一样。这柄刀的刀魂，不像是个活物，却散发着恐怖的力量波动。林七夜同样看着这尊石像，皱眉思索着什么。

黑色石像逐渐化作虚影淡去，死里逃生的寒川司彻底失去战意，一个雨宫晴辉就已经让他头疼了，现在又多了一个正面战力惊人，而且还能随手投放导弹并操控植物的林七夜，他根本不可能是他们的对手。但是他不明白，雨宫晴辉是怎么跟浅羽七夜混到一起的？寒川司双脚在楼边用力一踏，身形灵活地跃到混乱的帮派战场，迅速骑上了一辆没有拔钥匙的摩托车，一扭把手，震耳欲聋的轰鸣声中，他骑着摩托向着城市中心疾驰而去！只要跑到人多的地方，浅羽七夜应该就不敢动用导弹这种大规模杀伤性武器，他逃离这里的机会也就能大大增加。

雨宫晴辉见寒川司要骑车逃走，眉头一皱，身形融入雨水，迅速追去！摩托在街道上疾驰而过，闪电般地冲过黑杀组摆在路上的车辆封锁，在耀眼的车灯中，向着远处的黑暗一头扎去！

"嗯？"寒川司在沈青竹身边掠过的瞬间，后者轻轻挑眉，他回头看去，目光落在骑车跑路的寒川司身上，眼眸微眯。他随手打开身边的车门，从座位底下掏出一挺狙击枪，塞入子弹，在雨中缓缓抬起了枪口……沈青竹将眼睛贴在瞄准镜上，片刻之后，扣动了扳机！"乒——"子弹闪烁着森然寒芒，从漆黑的枪口中迸发而出，眨眼间穿过蒙蒙雨幕，直接打爆摩托车的油箱，一团火光在漆黑的道路尽头爆发！摩托车爆炸之后，产生的恐怖动能将寒川司直接掀飞，燃烧的火光掠过他的身体，将大片皮肤灼烧，他在地上翻滚了两圈之后，狼狈地倒在了雨中。

"大组长威武！！"

"大组长赛高！！！"

"……"

这一枪，直接让黑杀组的其他成员惊呆了。他们愣了片刻，疯了般地欢呼起来，看向沈青竹的眼神中崇拜与敬佩简直都要溢出来了！好枪法！雨宫晴辉目睹了这一枪，忍不住在心中感慨。来自大夏的入侵者，身手就是不一样！

趁着寒川司重伤，雨宫晴辉的身形自雨中浮现，寒川司正欲忍痛出刀，却被一脚踢到手腕，直接将"黑绳"踢得脱手而出！寒川司吃痛，挣扎着从地上站起来，下一刻，一道身影悄然出现在他的身后，一柄直刀已经架在了他的脖子上。林七夜握着刀，刀锋只差分毫便要割开他的脖颈，平静地开口："这个距离下，就算你催动刀魂，它也来不及救你的。"

寒川司感受到脖子上传来的痛感，牙关紧咬，眼中挣扎了片刻之后，还是放弃了抵抗。"你们的条件是什么？"寒川司冷声开口，"放弃追杀柚梨黑哲的女儿吗？我可以答应，以后整个寒川家，都不会再跟她产生任何交集……"

雨宫晴辉与林七夜对视一眼，前者开口问道："你是怎么知道'王血'的？"

听到这个问题，寒川司一愣，犹豫着说道："如果我告诉你们，你们能放我走吗？"

雨宫晴辉眉头一皱，尚未回答，林七夜便点头："可以。"

寒川司微微松了口气："是老家主的密信……上一任寒川家主，也就是我爷爷，给我寄了一封信，上面讲述了有关柚梨黑哲的'王血'以及柚梨黑哲最近在大阪被击杀的消息，让我调动人手去回收'王血'，并找到他的祸津刀的下落。"

"你爷爷？"雨宫晴辉眉头皱得更紧了，"寒川祭礼是一代民，如果他还活着的话，应该已经一百岁了吧？"

"没错，但他老人家还健在，只不过离开东京，不管家族内事务已经很久了。"

雨宫晴辉若有所思。寒川家的一代家主寒川祭礼，是一手缔造寒川家黑道地位的猛人，早在二十多年前就已经退隐，就算现在还活着，又怎么会知道柚梨黑哲的事情……

"信里让你回收柚梨黑哲的'王血'？"林七夜似乎是想到了什么。

"对。"寒川司点了点头，"但是等我赶到的时候，他的尸体已经被火化了。"

"所以，你就盯上了柚梨黑哲的女儿？"

"并不是……"寒川司顿了顿，继续说道，"爷爷寄来的那封信里，没有提到柚梨黑哲有一个女儿，所以当我听说他的尸体已经被火化的时候，就放弃了寻找'王血'，转而在大阪搜索柚梨黑哲的祸津刀的下落。在调查柚梨黑哲的过程中，我们无意中发现他的妻子风祭明子，她原本是风祭家的长女，后来因为某些事情，带着女儿离开风祭家，从此消失了踪迹。我动用安插在风祭家的暗子，发现风祭家一直在搜寻柚梨黑哲女儿的下落，而且已经有了线索，便顺藤摸瓜，一路找到了横滨。我想既然她是柚梨黑哲的女儿，说不定她身上的'王血'也可以为我所用，于是便设局将她引来了大阪……"于是，便有了后面那一串事情。

林七夜听完之后，心中的疑惑更加浓重了。柚梨奈的母亲，竟然是关东两大黑道团伙之一的风祭家的长女？可是……这事情似乎也不是什么隐秘，既然寒川家的一代家主连柚梨黑哲的"王血"秘密都能挖掘出来，怎么可能不知道柚梨黑哲还有个女儿这件事？为什么在他的信中，对柚梨奈只字未提？

"我知道的事情，就这么多了。"寒川司深吸一口气，"现在，我可以走了吧？"

雨宫晴辉看了林七夜一眼，后者松开了手中的直刀，平静地点了点头：

"可以了，你走吧。"

"好……"

"乓——"就在林七夜后退半步的同时，一声嗡鸣的枪响突然回荡在空气中。一颗子弹破开雨幕，直接射入寒川司的眉心！刚刚恢复自由的寒川司，脸上还残余着些许的庆幸，双眸中的光芒却迅速黯淡了下去……他仰面倒在地上，溅起大片的水花，彻底失去了气息。远处，沈青竹缓缓放下手中的狙击枪，一枚弹壳落在地上，发出叮当的声响。周围的黑杀组成员再度爆发出浪潮般的欢呼声！林七夜看着脚下失去气息的寒川司，嘴角微微上扬："我放过你，有人不会放过你……"

雨宫晴辉看了看林七夜的笑容，又看了看远处手握狙击枪的沈青竹，表情有些古怪。他原本以为林七夜真的打算放走寒川司，现在看来，他还是想多了……入侵者，可从来不是什么善茬。

"他说的那些，你怎么看？"林七夜看向雨宫晴辉。

"不像是假话，但是我总觉得……有哪里不太对劲。"雨宫晴辉沉吟片刻，"就算是寒川家的一代家主，也不应该知道柚梨黑哲的事情，而且，如果他真的打算要'王血'，为什么又偏偏不提柚梨奈？"

林七夜认真思索许久："你记不记得，预言中说的'破局而出'？"

"嗯。"

"有没有这种可能……"林七夜缓缓开口，"那封信，根本不是寒川家主写的？"

"确实，如果真是寒川家主写的话，很多地方都说不通。"雨宫晴辉想了想，"可如果不是他，又会是谁？知道柚梨黑哲事件的人可真不多……"

"我们不妨大胆一点。"林七夜双眸微微眯起，"如果预言是真的，柚梨黑哲并没有死，那么那封信，有没有可能是他自己寄的？"

"他自己？主动给寒川家寄信，目的是什么？为了……让寒川司来大阪？可这又怎么样？跟再度杀上'净土'也没什么……"雨宫晴辉说到一半，像是意识到了什么，突然愣在了原地。

"当然有关系。"林七夜看了眼地上的寒川司，缓缓说道，"他的手上，可是有着能够定点进行大规模杀伤的'黑绳'，如果，他想用这柄祸津刀来斩开'净土'呢？"说到这儿，两人猛地转头看去。大雨浇灌的街道上，原本被踢飞到路边的黑色长刀，此刻已然消失，林七夜的瞳孔微微收缩。刚刚，他的精神力一直关注着四周，却丝毫没有察觉到异样，没有人接近，没有任何物体接近，这柄掉在地上的祸津刀，就像是凭空消失一般，没有任何的征兆。

"他就在附近！"林七夜突然开口。

"找！"

林七夜和雨宫晴辉同时飞奔起来，消失在雨幕之中。沈青竹带着黑杀组的众人站在雨中，一时之间也不知道发生了什么，犹豫片刻，对着众人挥了挥手，所有人立刻回到了车中，向黑杀组的大楼驶去。

没有人注意到的是，在他们原本站立的满是涟漪的水洼倒影之中，一个穿着亮片西装男人的身形若隐若现，仿佛被困在了另外一个世界。他的腰间，挂着一柄空荡荡的金色刀鞘，双手空空如也。他的对面，一个穿着银袍的神谕使，怀中抱着刚刚被雨宫晴辉踢飞的"黑绳"，嘴角微微上扬，眼中带着一丝戏谑。

"看来，你还是比我慢了一步，这柄刀最终还是落在了我的手里。"银袍神谕使淡淡开口，"那几个年轻人已经走了，没有发现你被我困在这里，已经没有别人能救你了……柚梨黑哲。"

那穿着亮片西装的中年男人皱眉看着他，眉宇之间满是凝重。

"6号神谕使，'镜灾'……"

另一边。柚梨奈抱着一纸箱的胶水、胶带、清洁剂和其他家用工具，跟着小金从店中走出，简单地辨别了一下方向，便朝着俱乐部的方向走去。这个点还不算晚，路上的行人倒也不少，基本上都是刚参加完天神祭典三五成群出来逛街的家人、朋友，他们手中拿着各种各样的小吃，面带笑容，看起来欢乐无比。"小金哥哥，京介大叔真的能把店修好吗？"柚梨奈一边走，一边心事重重地问道。

走在她身边的小金沉默片刻，微笑着开口："可以的。"

"也不知道七夜哥哥和雨宫哥哥去哪儿了……如果他们在的话，应该也能帮上很多忙吧？"柚梨奈叹了口气，就在这时，剧烈的爆炸声从远处的街道上传来，浓烈的火光冲上天空，将黑夜的城市都照亮了一角。这突如其来的爆炸，让柚梨奈和众行人都吓了一跳。小金看着爆炸传来的方向，眉头微微皱起。

"什么东西爆炸了？"

"不知道啊！好像是东边传来的。"

"是哪个工厂失火了吗？"

"有可能啊……"

"……"

周围的行人对着远处火光四射的地方指指点点，眼中满是疑惑。

"轰——"第二道爆炸声传来，这一次的威力比之前更猛，连大地都开始微微颤抖。柚梨奈抓住了小金的手，紧紧地盯着爆炸声传来的方向，不知道为什么，心中有些不安。

"神谕使！神谕使来了！！"街道的尽头，几道声音响起，小金的脸色瞬间就变了。柚梨奈转头看去，只见在街道的另一边，一个披着红袍的神谕使正缓缓从路中央走来，两侧的行人见他，纷纷原地跪下，低头叩拜起来。

"拜见神谕使！"

"拜见神谕使！"

"……"

他所过之处，再也没有一人站立，像是一群胆战心惊的蝼蚁，潮水般地跪伏在地。

"小金哥哥，是神谕使……"

"快走！！"

小金二话不说，直接拉住柚梨奈的手腕，向着街道的拐角走去。虽然他们距离红袍神谕使的距离还很远，但在潮水般跪地的行人中，这两个逆流而上的身影十分扎眼，行走在路中央的红袍神谕使左眸中显现出一道红色的光圈，正在迅速地锁定二人。"叮——"一枚硬币突然从空中落下，摔落在地，发出清脆的声响。与此同时，小金的眼眸中，微不可察地闪过一抹迷幻的光芒。下一刻，他和柚梨奈的身影便凭空消失。

失去了目标的红袍神谕使，眉头微微皱起，双脚在地面用力一踏，闪电般地掠过街道，直接冲到了刚刚两人消失的地方。他的左眸中，红色的光圈仔细地扫过周围，却依然没有什么发现，仿佛刚刚看到的两人只是一场幻觉一样。但红袍神谕使很清楚，刚刚那两个人绝对不是幻觉，因为他的左眼已经清晰地记录了刚刚的画面。

"这里是4号，疑似发现'迷瞳'踪迹，与之随行的还有一位小女孩，身份暂且不明，疑似柚梨黑哲的女儿。"他戴着耳机，对着频道中的另外两位神谕使说道。

"收到。"黄袍神谕使的声音从耳机内传来，"柚梨黑哲已经被6号找到了，你继续搜索，'迷瞳'及那个小女孩的下落，交给我来找。"

红袍神谕使眼眸中的红色光圈逐渐消散，最后回头看了眼周围，转过身，继续向道路的前方走去。等到他的身形彻底消失，跪倒在周围的行人终于颤颤巍巍地站起，手中的小吃都已经在地上沾了灰尘，他们叹了口气，迅速往自己家的方向走去。没有人注意到，就在刚刚距离红袍神谕使站立的拐角不远的地方，一个金发少年带着一个小姑娘，正站在墙边，静静地看着他们。

"小金哥哥，刚刚他们怎么好像看不到我们的样子？"柚梨奈对着那些行人挥了挥手，没有人注意到他们的存在，疑惑地问道。小金看着红袍神谕使离去的方向，微微松了口气，但表情依然凝重无比。"没什么……我们赶紧回去吧。"

大阪。阿倍野大楼楼顶。在这座日本最高楼的顶端，一个披着黄袍的身影正静静地站在风中，双眼凝视着下方混乱而喧闹的城市，左眸中，一道黄色的光圈微微亮起。"祸津九刀之六，'迷瞳'，能够通过视觉、听觉、嗅觉、触觉等媒介进行无视物种的大规模催眠，就连电子器械都能欺骗，唯一的缺点是，这是一柄非战斗用刀，当被催眠者感受到杀意时会自动摆脱催眠状态……这柄刀已经出现了，它身边的小女孩，又是什么人？4号传来的位置，是在九井街附近吗……只能一点点搜过去了。"黄袍神谕使喃喃自语，身形一晃便从高楼一跃而下，向着红袍神谕使刚刚经过的那条街道疾驰而去！

与此同时，他的双眼闭起，像是在认真地倾听着什么。

"今晚的烟花祭真好看啊，明年我还想和野崎君一起来看……"

"明天又要去上班了，好难受！那个秃头猥琐老上司赶紧去死吧！"

"该死，会长怎么还不跟我告白？都已经到这个地步了，难道他在等我？哼……我才不会先告白呢，恋爱既是战争，先告白的一方就输了！"

"什么？蓝白碗出新手办了？买它！"

"这男的怎么啰里吧唆的，哼，长得也跟黑梧桐的浅羽差远了，什么时候再去找他喝一次酒呢，他真的好帅啊啊……"

"……"

成百上千道声音钻入黄袍神谕使的耳中，这些是他所经过的地方，方圆两公里之内所有人的心声。黄袍神谕使仔细地在其中辨别着每一道声音，将无用的内容直接屏蔽，渐渐地，在他耳中回荡的心声越来越少，最终，一道声音闪过他的心头。

"刚刚见到神谕使，小金哥哥为什么要跑？他也像七夜哥哥一样，拥有特殊力量，是来自外面的人吗？"

这是个女孩的声音，听起来十分稚嫩，黄袍神谕使的眼前一亮，向着心声传来的方向，飞驰而去！"找到你们了……"

道顿堀。小金带着柚梨奈，走回黑梧桐俱乐部的门口。柚梨奈抱着纸箱，走进俱乐部，四下找了一圈，并没有看到京介大叔的踪影，不由得有些疑惑："京介大叔呢？"

小金身体微微一震，他沉默片刻之后，微笑着开口："他一会儿就回来，我们先在这里休息会儿。"

小金迈步走入俱乐部，眼眸中再度闪过一道迷幻的光芒，黑梧桐俱乐部门口的那盏路灯暗了暗，很快便恢复原样，仿佛什么都没有发生过一般。俱乐部的所有门窗都被打碎，桌椅也乱成了一团，柚梨奈只能挑了个小凳子坐下，静静等待着京介大叔回来。小金则走到了二楼的落地窗边，认真地观察着四周。

几分钟后，黄袍神谕使站在了这条小路的路口。"在这儿附近吗……"他迈步走进小路，这条路上的店面并不多，进来的地方是一家已经打烊的烧烤摊，里面是一个居酒屋，再里面……黄袍神谕使从路灯下经过，淡黄色的灯光从他的眼眸中一晃，他站在这条小路的尽头，抬头看向这最后一间店面。没有？黄袍神谕使一愣。这条小路的最后一个店面，竟然是空的。这条街道在居酒屋就到了尽头，再往前就只是一片荒芜的空地，并没有任何东西存在。他正欲转头离开，一道心声突然在他的心中响起。

653

"刀主被困在镜面世界，如果这时候与神谕使交手，必然会落入下风……"听到这句话的瞬间，黄袍神谕使停下了脚步，再度回头看向那空荡荡的荒地，双眸微微眯起。站在窗前紧张注视他的小金脸色一变。

"在我刚走进这条路的时候，就用灯光对我进行了催眠吗……"黄袍神谕使看了眼头顶的路灯，眼中浮现出了然之色，冷笑着说道，"可惜……你可以混淆我的视听，但混淆不了我的心灵感知。"说完，黄袍神谕使一步迈出，右拳浮现出一抹淡黄色的微光，重重地砸向身前虚无的荒地！"轰——"

黑夜的街道上，数十辆轿车正在飞驰。沈青竹坐在为首的那辆车中，静静地注视着外面坠落的雨水，像是在沉思。他的身边，两鬓斑白的浅仓健正忍不住通过后视镜看着沈青竹，眼眸中满是崇拜与敬佩。他混迹黑道这么多年，从来没有见过如此有魄力的领袖，亲自带人从京都一路来到大阪，限制他们用两天的时间调查好寒川家的部署，得到部署图后，果断出击，而且亲自参加战斗，两枪杀了那位传说中的寒川家的少家主。那位少家主一死，东京的寒川家就基本上垮了大半，现任的老家主重病在身，根本翻不起什么风浪，接下来他们黑杀组进军关东，必然是势如破竹啊！短短一年，就带着黑杀组从大阪地头蛇，发展成足以威慑整个日本的黑道巨无霸，他身边坐着的这位，就是黑道的传奇！

沈青竹察觉到了浅仓健的目光，但并没有去管他，现在正在脑海中疯狂复习林七夜教他的那些日语，生怕一会儿就忘了。"刺啦——"尖锐的刹车声响起，在惯性作用下，车内的所有人都猛地向前一晃。险些撞在前面座位上的浅仓健破口大骂："浑蛋！你怎么开车的？不知道稳一点吗？！"

驾驶座上，那位司机咽了口唾沫，伸手指着前方的街道，颤颤巍巍地开口："可，可是……神谕使在前面啊！！"

浅仓健一愣，转头向前看去，只见原本，畅通的交通已经彻底堵塞，一辆辆车半途停在路中，所有的司机与乘客都跑下车，跪伏在车辆的旁边，恭迎着从道路另一边走来的红袍男人。不光是这辆车，黑杀组的所有车都被堵在了这里，将马路塞得水泄不通。

"神……神谕使……"看到那红袍男人的瞬间，浅仓健愤怒的脸色便烟消云散，取而代之的，是前所未有的惶恐，他拿起对讲机，大喊道："下车！所有人下车！恭迎神谕使！！"事实上，根本不用他喊，绝大多数的黑杀组成员已经飞快地从车上下去，面对着那红袍男人走来的方向，恭敬地跪倒在地。

浅仓健淋着大雨，打开车门走下来，看向红袍神谕使的目光充满了惶恐。这位叱咤了大阪黑道数十年的老前辈，黑杀组的高级干部，没有丝毫犹豫，对着神谕使跪拜下来，额头紧紧贴着地面。刚刚还打赢了寒川家，击杀寒川司，并计划着统领全日本黑道的黑杀组，此刻如同潮水般恭敬地跪倒在地，再也没有丝毫的戾气与嚣张。这一刻，他们不再是猛虎，而是一群温顺的绵羊。只因，他们面前跪拜的那个人，代表着神明。他们确实是黑道，他们也确实代表着恶，但他们也是神明的信奉者，只不过他们所信奉的神，不是福神那么温和的神明罢了……红袍神谕使的目光轻飘飘地在这些人身上扫过，眼眸中没有丝毫的情绪波动。在他看来，这些跪拜的黑帮和那些普通路人，都是一样的。只要他们没有到"猛鬼"的等级，就不会对这个世界的秩序造成太大的影响，蝼蚁的事情，就交给蝼蚁自己去处理。

红袍神谕使的目光扫过周围，锁定在某辆车上，眉头微微皱起。就在这时，浅仓健也终于意识到什么，用余光扫过周围，愣了半响之后，眼中浮现出不解与震惊之色：大组长呢？！

"嘎吱嘎吱——"雨水浇灌在车窗上，却又被快速滑动的雨刮器扫开，水雾朦胧的风挡玻璃之后，沈青竹独自坐在车中，看着周围跪倒在地的黑杀组成员，眉头微微皱起。他打开车门，缓缓走了下去。黑色皮鞋踩在车旁的水洼中，荡起一阵涟漪，沈青竹穿着那件象征大组长地位的流云羽织，静静地站在雨中，凝视着所有人跪拜的那红袍男人，眼眸微微眯起。

"大组长！快跪啊！那位可是神谕使大人！"浅仓健跪在沈青竹身边，压低了声音说道。沈青竹就这么站在那儿，对浅仓健的提醒恍若未闻，寂静的街道中，只有穿着流云羽织的沈青竹与红袍神谕使面对而立。

"你……为什么不跪？"红袍神谕使注视着沈青竹，淡淡开口。沈青竹冷漠地看着他，似乎并没有回答的意思，微眯的眼眸，目光凌厉无比。红袍神谕使的眉头皱了皱眉，一道红色光圈从他的左眸中浮现，瞬间锁定站在雨中的沈青竹，似乎是在辨别他的身份。"面部识别中……正在调取身份编码……调取失败，查无此人。"电子音在红袍神谕使的脑海中回荡，他微微一愣，像是想到了什么，脸上浮现出一抹惊讶之色，"你是入侵者？"

"净土"中查询不到他的信息，就意味着对方并不是日本人，再加上见神谕使不跪这一入侵者的"传统"，红袍神谕使瞬间就猜到了沈青竹的身份。沈青竹依然没有回答。他将目光从红袍神谕使的身上挪开，看向其他恭敬如蝼蚁跪在地上的黑杀组手下，脸色微沉，眸中浮现出一抹怒火。雨中，他看向神谕使，缓缓抬起手，用大拇指的指尖在脖子表面，轻轻横划而过，目光冰冷地做了一个抹喉的手势……"库鲁斯。"（杀）

654

"轰——"爆炸声从远处传来，正在搜寻柚梨黑哲的林七夜和雨宫晴辉同时停下了脚步。

"是道顿堀那边，俱乐部出事了？"林七夜的眉头紧锁。

"神谕使来了。"雨宫晴辉闭上双眸，通过雨水感知着这座城内的气息波动，"我只感应到两道气息，一个去了道顿堀，还有一个……在黑杀组的大组长那里。"林七夜的心里"咯噔"一下。神谕使的排面，林七夜是知道的，一旦搜哥这个刺头跟对方碰上，出事是必然的。沈青竹没有祸津刀，也没有召唤物，单凭一柄"断魂刀"，不可能是神谕使的对手。

两人迅速对视一眼。

"分头救人。"

"好。"

"那个大组长不懂日语，我去了跟他没法交流，你去救他，我去救柚梨奈、京介大叔他们。"

"没问题，我这里解决了之后，就去找你会合。"说完，两人没有丝毫的停顿，分别向着相反的方向疾驰而去！雨宫晴辉身形融入雨水，接连跳跃，眨眼间便消失在林七夜的视野中，而林七夜则背着木木，后者化作一只喷射背包，带着林七夜直接飞上了天空。

黑梧桐俱乐部，滚滚浓烟从一片狼藉的俱乐部中升起，这座二层楼的店面，此刻已经被彻底轰塌，凌乱的石块与破碎的玻璃堆积在地上，在废墟的角落，写有"黑梧桐 CLUB"的霓虹灯牌也已经断成了几截，彻底失去了光芒。废墟之后，小金护着茫然的柚梨奈，缓缓站起了身子，看向黄袍神谕使的眼眸中满是凝重。

"果然，这座俱乐部也是假的。"黄袍神谕使看着眼前的废墟，平静地走在碎石中，淡淡说道，"没有家具，没有装修，没有灯光……只有几块玻璃，几张凳子，还有一只广告牌是真的，其他的，都是你做出来的幻境。"黄袍神谕使的目光落在小金身上，眼眸中的黄色光圈微微亮起，"你，就是'迷瞳'的刀魂？"

白黄相间的碎花浴衣在满是尘埃的风中轻轻摇晃，小金静静地看着他，没有说话。他只是抬起手，在腰间虚握，下一刻，一柄淡金色的无鞘长刀便出现在他的手中。"我是不会让你带走柚梨奈的。"刀锋直指黄袍神谕使，小金的眼中再无之前的懒散，取而代之的是凌厉的杀意。他手腕轻扭，镜面般的刀身便反射出一抹微光，晃过黄袍神谕使的眼睛。他一步向前踏出，身形凭空消失，只留下成百上千只黄色的蝴蝶在空中飞舞。这些蝴蝶彻底遮蔽了神谕使的视线，毫无轨迹可言地在空中纷飞，神谕使左眸中的光圈急速颤动，并没能锁定他的身影。当他再次出现时，刀锋已经到了黄袍神谕使的眼前！黄袍神谕使冷笑起来，没有向后退去，而是猛地向前一步，眉心迎着那柄刀锋撞去！在他的额头触碰到刀锋的瞬间，那柄刀竟然幻化成一片虚无，仿佛从未存在过一般。与此同时，一抹刀光从后方闪过，精准地斩了原本黄袍神谕使站立的位置。正面迎来的那柄刀，只是小金制造出的幻觉，后面的这一刀，才是他隐藏在幻觉中的真正的杀招。只可惜，这已经被黄袍神谕使看穿了。黄袍神谕使回过头，掌间泛起一抹淡黄色的微光，闪电般地拍在了小金的胸口。"咚——"小金闷哼一声，身形如飘零的风筝般向后退去，将手中的刀身插入地面，才勉强稳住身形。

"刀主不在身边，只凭你一个刀魂，实在是太弱了。"黄袍神谕使淡淡开口，"柚梨黑哲将他自己和刀魂分开，就像是将一柄刀从中掰断，双方的力量都会大幅下滑，实在是愚蠢至极的决定……"

"柚梨黑哲？"听到这四个字，站在一旁的柚梨奈突然愣在原地。他不是……死了吗？小金深吸一口气，站在柚梨奈的身前，沉默地将手中的长刀举起，眸中满是坚毅之色。

"愚蠢的刀魂。"黄袍神谕使微微摇头，再度踏出，就像是一道黄色的闪电掠过，右手握拳，卷挟着恐怖的力量砸向小金手中的那柄长刀。"轰——"这一拳，直接轰穿道顿堀的两条街道，慌乱的呼喊声自烟尘中传来，好在这里距离道顿堀的中心位置很远，人流量稀少，并未造成人员损伤。与此同时，一道身影悄然出现在黄袍神谕使的身后，刀锋直接刺向神谕使的心脏！

"没用的，'迷瞳'根本不是战斗用刀，当你散发出杀意的时候，一切的幻境都会自我破解，你根本不可能伤到我。"黄袍神谕使平静地开口。他无视刺向他心脏的那柄刀，而是伸出右手在虚空中一握，抓住一柄凭空出现的刀锋，掌间散发着黄色的微光，这柄刀的刀刃竟然无法将他的皮肤切开！小金握着刀柄，看向黄袍神谕使的眼眸微微眯起。"或许……我根本没想杀你呢？"话音落下，黄袍神谕使微微一愣，下一刻，他手中握着的刀刃竟然幻化成一只只蝴蝶，飘出他的掌心，而身前小金的身影也随之消失。这也是幻觉。他像是意识到了什么，猛地转头望去，只见不知何时，小金已经背着柚梨奈，以惊人的速度在楼宇之间跳跃，急速离开这里。

"想逃？"黄袍神谕使冷笑一声，"可惜，我已经锁定你们了。"

左眸中的黄色光圈再度亮起，他双脚在地面用力一踏，整个人如炮弹般飞射而出，以比小金快上数倍的速度疾驰而去！他的身形掠过漆黑的夜空，精准地砸向飞驰中的小金和柚梨奈，像是一颗黄色的陨石坠落人间，卷携着惊人的动能落在两人逃离路线的前方！"砰——"一声沉闷的巨响传来，大地寸寸龟裂而开，感受到黄袍神谕使那充满杀意的目光，小金的眉头紧紧皱起……就在这时，天空中再度飘起了雨滴。小金微微一怔，抬头仰望天空，嘴角浮现出一抹笑意。援兵，终于来了……

655

黄袍神谕使似乎也察觉到了什么，脸色逐渐阴沉下来。清脆的刀鸣从雨幕中传出，一个穿着蓝灰色碎花和服的少年凭空出现在空中，腰间一柄深蓝色的长刀出鞘，眨眼间划过圆弧，像是一钩弯月划向黄袍神谕使的身体。黄袍神谕使的反应极其迅速，他猛地回过身，身上散发的黄色微光瞬间刺目起来，化作两道如太阳般炽热的金黄色光轮环绕在手腕，撞向那柄划破雨幕的长刀。他敢徒手去抓小金的半柄"迷瞳"，却不敢去抓这柄"雨崩"，毕竟前者的破坏力跟后者比，完全不是一个等级。光轮与长刀碰撞，席卷的狂风将周围悬浮空中的雨水震散，黄袍神谕使右脚在地面重重一踏，砸出一座巨大的深坑，借力将雨宫晴辉直向后震飞。

雨宫晴辉的身影轻飘飘地落在水洼上，荡起一阵涟漪，他看向黄袍神谕使的目光凝重起来。"2号神谕使，'心灾'。"他喃喃自语。雨宫晴辉作为"猛鬼"级通缉犯，对于神谕使的了解十分深刻。在七位神谕使中，2号的"心灾"最为难缠，虽然他并未与对方正面交过手，但从师父的口中他也听说过这位神谕使的一些事情。当年，他师父与这位神谕使交过几次手，在最好的情况下，也只是打平……而他师父当年手中握着的，也是"雨崩"。

"雨宫哥哥……"柚梨奈看到雨宫晴辉从雨幕中出现华丽斩落的那一刀，眼眸中满是震惊与不解。她知道七夜哥哥很厉害，但没想到小金哥哥也有特殊力量，更没想到雨宫晴辉也是个深藏不露的高手……这年头，没点迎战神谕使的战力，都不配当牛郎了吗？这个行业，该不会所有人都这么厉害吧？！

　　雨宫晴辉转头看了她一眼："没受伤吧？"

　　"没、没有。"

　　雨宫晴辉微微点头，将目光落在小金的身上，看到对方手中那柄金色的无鞘长刀，先是一愣，随后像是想明白了什么，眼眸中满是复杂之色："原来，你就是'迷瞳'的刀魂。"

　　小金无奈地笑了笑："是刀主让我在你们面前隐藏身份的……"

　　"你是刀魂，也就是说，京介大叔就是……"

　　"嗯。"

　　雨宫晴辉陷入了沉默。"迷瞳"，是当年柚梨黑哲手中的两柄祸津刀之一，既然小金是刀魂，那柚梨黑哲的身份已经很明显了……黑梧桐俱乐部的店长——京介大叔。雨宫晴辉是见过柚梨黑哲的，但很明显，对方用"迷瞳"的力量催眠了所有见过他的人，掩去自己的真实容貌，将所有人对他的印象都停留在"京介"的基础上，甚至连黑梧桐俱乐部的存在，都不是完全真实的。那问题在于，林七夜、柚梨奈和他三个人进入黑梧桐俱乐部，是巧合，还是……据林七夜所说，他来黑梧桐俱乐部，是因为在道顿堀的偏僻小巷中，见到了当时正准备给柚梨奈送饭的好心人京介大叔，于是被对方带回俱乐部。在林七夜洗完澡之后，京介大叔便被他的美貌震惊，开高薪的同时画下大饼，将林七夜留了下来，而柚梨奈也随之留了下来。假设寒川司收到的那封信真是柚梨黑哲自己寄出去的，那柚梨奈根本就不在他布下的局中，他也根本不可能将自己的女儿牵扯进这场危险旋涡，在他用"迷瞳"的力量从神谕使手中假死逃脱之后，这个局便铺开了，这个局中涉及的本应该只有柚梨黑哲、寒川司和黑杀组，最多再带上一个雨宫晴辉自己。但是寒川司通过风祭家的暗线，竟然找到了柚梨奈的下落，并将其强行拉入局中，甚至带上一个不知道从哪儿出现的林七夜……自己的女儿被卷入这场旋涡，柚梨黑哲的本能反应应该是将对方保护起来。这么一来，林七夜和柚梨奈"机缘巧合"地进入黑梧桐俱乐部，也就顺理成章了。或许在他们两个刚进入大阪的时候，柚梨黑哲就在暗中关注着他们，甚至在山崎大桥被斩断后，就跟着柚梨奈一路来到了道顿堀，然后假装不经意地找到对方，并将其带入俱乐部中留下来。对柚梨黑哲来说，将自己的女儿留在自己的身边，在这场混乱的局中，才是最安全的。

　　现在雨宫晴辉仔细想来，自己进入俱乐部的过程也未免太顺了，从面馆老板那里拿到宣传单，去面试，又被顺利地留下，而且还得到了高薪待遇……要说柚梨黑哲在这中间没动手脚，他是不信的。那柚梨黑哲这么做的目的，是什么？如果这场局的最终指向，真的如预言所说是"净土"的话，那柚梨黑哲的目标应该和林七夜想的一样，是祸津九刀之五，"黑绳"。这柄刀一直在寒川家的手中，而寒川司又一直待在东京，东京在"净土"脚下，柚梨黑哲不敢贸然出手，所以便用一封信将寒川司引到大阪，在这里布下杀局。"迷瞳"不是战斗用刀，当释放出杀意的时候，寒川司一定会从催眠中惊醒，催动"黑绳"，祸津刀的战斗必然会引起神谕使的注意，到时候柚梨黑哲假死的事实也就会被发现，所以，他需要借刀杀人。雨宫晴辉不知道柚梨黑哲在这场局中准备借哪些刀，或许是黑杀组，或许是自己……但无论如何，他的目的应该已经达到了。在雨宫晴辉抽丝剥茧般的推理之下，事实已经逐渐浮出水面。那么现在的问题是，柚梨黑哲究竟在哪里？

"他在哪儿？"雨宫晴辉看着小金问道。

小金当然知道"他"指的是谁："被6号神谕使困在了镜面世界了，现在还在恶战。"

"6号神谕使？"雨宫晴辉的眉头微皱，"柚梨黑哲手中有刀吧？"

"没有……他刚准备去捡'黑绳'，就被6号神谕使封了进去，'黑绳'也落在神谕使手里，现在他手中只有我的刀鞘。"小金苦涩地开口。

雨宫晴辉沉默片刻："我知道了，你去帮他吧……半柄'迷瞳'，是不可能赢得了6号神谕使的。"

"你一个人能对付2号吗？"

"或许不行。"雨宫晴辉转过头，看向茫然站在一边的柚梨奈，缓缓开口，"但我觉得，这里应该还有一位祸津刀主……"

656

另一边。大雨浇灌在跪伏在地的黑杀组众人身上，他们瞪大了眼睛，看向站在最前面的沈青竹，眸中满是难以置信。大组长……刚刚说了什么？他，要杀了神谕使？！他疯了吗！

沈青竹的对面，红袍神谕使的双眸微微眯起，嘴角浮现出一抹冷笑："杀了我？大言不惭……""咔嚓——乒——"他的话音尚未落下，沈青竹便闪电般地抬起手臂，掌间一支乌黑的枪支对准神谕使的左眸，扣动扳机。火花在枪口迸溅而出，一枚子弹以惊人的速度洞穿雨幕，飞射而出！红袍神谕使左眼的光圈瞬间收束。那枚子弹尚未触碰到神谕使的身体，一点炽热的红芒便出现在子弹的弹头，并以惊人的速度熔化弹身。等到落在神谕使身上之时，已经软化成橡皮泥的硬度，根本无法造成任何伤害。

红袍神谕使平静地看着沈青竹，缓缓抬起手掌："找死。"一道道炽热的火线在空气中浮现，周围的温度急速上升，空中的雨水尚未落到地面，便蒸发成蒙蒙的水雾，在街道上蔓延。与此同时，红袍神谕使脚下的大地寸寸龟裂开来，炽热的岩浆火焰在裂缝间翻腾，像是张朱红色的蛛网般迅速向周围延伸，将整条街道都覆盖了进去。漆黑的夜空被映照成火红色，蛛网火纹的中央，红袍神谕使静静地站在那儿，像是火焰的主宰。"净土"4号神谕使，"火灾"。自地缝中燃起的火舌，点燃了跪倒在地的行人的衣摆，滚烫的地面像是被烧红的铁板，炙烤着他们的身体。他们下意识地从地上爬了起来，惊恐地想要扑灭身上的火焰。一辆辆汽车的油箱被点燃，轰然爆开，将周围的人直接烤成火球，惊呼声，哀号声，求救声，此起彼伏地在空中回荡，整个人间仿佛沦为地狱。场面顿时乱成了一团。

红袍神谕使眉头微皱，似乎是对这吵闹的氛围有些不满，左眸中的红色光圈再度旋转，那些缠绕在行人身上的火球顿时爆发出刺目的光芒，吞没了他们的身形。喧闹的号叫声锐减，取而代之的，是一具具被烧焦的尸体重重倒在地面的声音。那些爬起来比较晚的，以及幸运地没有被火焰附着的人，目睹了这一幕之后，脸色煞白。他们惊恐地看着那穿着红袍的男人，眸中是无限恐惧。他们紧咬着牙关，颤颤巍巍地又跪回了地面，任凭滚烫的大地烧焦他们的手掌与膝盖，身体控制不住地颤抖，泪水都被迅速蒸发。他们忍着剧痛，一声也不敢吭。不跪神谕使，那些被活生生烧死的人便是下场。他们是神明创造的，他们的一切都是神明恩赐的，面对神的使者，他们根本没有发出自己声音的权利。痛又怎么样？至少能活下去……

黑杀组的成员到底是能忍，基本都没有从地上站起来，也正因如此，手掌内侧已经完全被烤焦，表情痛苦无比，只能无助地小声低吼。但再这么下去，他们身边的车辆迟早也会被点燃，到时候他们一个都活不了。令人窒息的绝望，浮现在每个人的心头。就在这时，一个声音突然回荡在他们的耳边："走。"浅仓健和其他黑杀组成员，同时抬起头，看向那个穿着流云羽织，平静站在众人之前的身影。沈青竹回过头，目光扫过他们，眸中再度爆发出不容置疑的威严！"走！"这个字的发音，是林七夜提前教给他的，方便他完成任务之后带着黑杀组的成员撤退，没想到竟然在这里用上了。沈青竹斩钉截铁的声音回荡在街道中，这一刻，所有黑杀组的成员都愣住了，看向沈青竹的眼中满是不解与茫然。走？那不是必然会被神谕使降罪吗？大组长为什么让他们走？

浅仓健跪倒在地，怔怔地看着沈青竹的背影，心中纠结起来。走，可能会被神谕使击杀；不走，一会儿这些车炸了，他们还是得死……既然这样，他们为什么不能相信大组长一次？这么长时间，大组长什么时候害过他们？大组长这么英明，让他们走，一定有他的理由！眼看着从地缝中钻出的火舌开始燃烧身边那辆轿车的车身，浅仓健的眼中终于闪过一抹坚决，他猛地站起身，对着身后的黑杀组众人咆哮："听大组长的！我们走！！"那些被炙烤到极限的黑杀组成员，也是一咬牙，飞快地从地上爬起，头也不回地向着街道的另一边跑去！黑杀组，全员撤退！

红袍神谕使见到这一幕，看向沈青竹的眼神浮现出一抹杀意。他抬起手，对着黑杀组众人逃跑的方向遥遥一指……对神谕使不敬的人，从来不可能从他的眼皮底下逃走。"轰——"周围的几十辆轿车同时爆开，与此同时翻滚的火焰自地缝中喷溅而出，像是一只凶恶狰狞的火焰巨兽，猛地扑向那些逃跑的黑杀组成员。

沈青竹站在最前面，冷眼看着扑面而来的熊熊大火，轻轻抬起了右手……"啪——"一道清脆的响指声在空中回荡，方圆一公里内的所有空气，被瞬间抽空！来势汹汹的火焰巨兽与那些刚刚爆开的汽车油箱，刹那间归于平寂，失去空气，所有的火焰都瞬间熄灭。真空领域，就此展开。那些奔跑的黑杀组成员从火焰下死里逃生，同时震惊地回头看向那个独自站在神谕使前的身影。即便强烈的窒息感涌上他们的心头，他们的心中也只剩下劫后余生的喜悦。他们从神谕使手上活下来了！大组长救了他们！不光他们，那些跪倒在神谕使旁边的路人在真空环境下愣了片刻，也反应过来，强忍着不适感，向着道路的另一边奔跑！神谕使的一个眼神，差点杀了一个街道的人。而沈青竹的一个响指，则将他们全部救了下来。这是沈青竹一年多来，第一次动用"气闽"。与此同时，一道神秘的目光透过无垠虚空，落在沈青竹的周围，似乎在搜索着什么。

657

这道目光落在沈青竹身上的瞬间，他的心神一震，但依然稳住了禁墟，并没有直接打断"气闽"的运转。因为这么短的时间，还不够黑杀组的成员完全撤离。对于这些莫名其妙聚在他身边的手下，沈青竹虽然听不懂他们的语言，也从来没有过交流，但能在日常的生活中，感受到他们对自己的信任与崇敬。或许他们与自己之间的关系，只是源于一些说不清道不明的误会，但无论如何，他们也是自己的小弟。津南山上，他已经因为自己的弱小，失去了一个最信任他的小弟。现在，让他眼睁睁地看着这群小弟被烧死……他做不到。就算知道自己这一举动，可能将自己陷入被动的局面，他还是义无反顾地做了，就像他当年，可以为一个李贾，灭了整个"信徒"一样。他不管别人眼中，自己这一举动是愚蠢，还是意气用事，他不在乎……因为，他是拽哥。就算现在的他，已经被现实打磨得更加沉稳与圆滑，但他的心中，还是当年那个敢争、敢拼，胆大包天，敢从教官手中抢过纹章，独自跳下熔岩去杀人的刺头沈青竹。

随着那道目光搜索的范围越来越小，沈青竹的额角渗出些许冷汗，前所未有的生死危机浮现在他的心头，等到他觉得黑杀组基本已经撤退完毕，立刻中断了"气闽"。空气再度回归。但那道目光，依然还在搜索他的下落。沈青竹一动不动地站在那儿，像是一尊雕塑，进入了与林七夜同款"一二三木头人"的状态。

红袍神谕使看到这一幕，嘴角浮现出笑意，不紧不慢地向着沈青竹走去。"你，居然这么在意这些蝼蚁的死活？"他左眸中的光圈锁定了一动不动的沈青竹，淡淡说道，"对你这个入侵者来说，他们应该只是一群毫不相干的陌生人才对。"

沈青竹听不懂他在说什么，只是冷冷开口，用中文说道："神明的使者，就是这么屠杀自己的子民的？"

红袍神谕使一愣，沉默在原地。他发现自己听不懂沈青竹在说什么，也终于明白了，对方为什么一直不屑跟自己交流。原本还想跟这位入侵者聊两句，现在他发现，这是根本不可能的事情，于是放弃这个想法，准备将沈青竹制服，然后带回"净土"去。他抬起手，指尖浮现出一根淡淡的火焰丝线，正欲做些什么，沈青竹却突然开口了："哟西！"

红袍神谕使又愣在了原地。这入侵者……究竟在搞什么？他到底会不会日语？犹豫了片刻之后，他还是问道："你说什么？"

沈青竹动了动嘴唇，发出了轻微的声音，但红袍神谕使根本听不清他在说什么。

"你再说一遍？"他皱眉说道，随后向前走了几步，走到沈青竹的面前，试图听清楚沈青竹的话语。沈青竹的嘴角微微上扬："我说……八个啊！！"下一刻，他紧攥的右拳摊开，一枚黑色的戒指静静地躺在他的掌心，这枚戒指的表面散发出一抹幽光，化作一柄漆黑的刀刃刺出！"断魂刀"！如此近的距离下，就连红袍神谕使自己都没反应过来，"断魂刀"的刀锋就已经刺穿了他的身体！"断魂刀"，专斩魂魄。这柄刀的刀锋穿透神谕使身体的瞬间，充满破坏力的能量便将红袍神谕使的灵魂彻底磨灭，他的双眸瞬间空洞起来，呼吸也随之停止，像是一具彻底的行尸走肉。此时，沈青竹也从那神秘目光的凝视下摆脱，确认红袍神谕使再无生命体征之后，长舒了一口气……这一次，他又赌赢了。

释放"气闽"，不光是为了拯救那些黑杀组的手下，更是要通过这种方式，卸下神谕使的戒心，至于最后的绝杀，一直都被他握在掌心。沈青竹知道自己的行为十分冒险，但如果不这么做，在不动用禁墟的情况下，单凭一柄"断魂刀"，根本不可能是神谕使的对手……冒险就冒险吧，反正，他最擅长的就是绝地反击。他这一路，都是这么走过来的。

就在沈青竹刚松了口气的时候，僵硬站在路中央的红袍神谕使，左眸中的红色光圈再度亮了起来！"4号神谕使失去固有灵魂链接，'羽津'系统开启临时智能操控，自主反击模块调动中……"听到这个声音，沈青竹正准备离开的身形猛地顿在原地。下一刻，刺目的火光以红袍神谕使为中心，轰然爆发，照亮大半片天空！在火光即将吞没沈青竹的瞬间，一截树枝从地面破土而出，将其直接缠绕着飞上天空，惊险地避开了这一场惊天动地的火焰爆炸。这截树枝带着沈青竹远远地落在一处楼顶，将其松开，后者转过头，只见他的身边正站着一个穿着碎花浴衣的俊朗少年。"幸好你来了……"沈青竹苦笑。

　　林七夜的目光紧盯着那站在火海中的红袍身影，眉宇间浮现出凝重之色："不要掉以轻心，神谕使这种东西已经不算是纯粹的人类了，就算磨灭了他们的灵魂，他们那副被改造的身躯依然可以通过电子器械来操控。"

　　沈青竹回过头，看了眼火海，长叹了口气。"这哪里像是什么神明的使者……简直就是怪物。"

　　道顿堀。小金表情复杂地看了柚梨奈片刻，缓缓闭上了眼睛。"不到万不得已，最好不要把她牵扯进来……她还是个孩子。"

　　"我知道。"雨宫晴辉握着深蓝色的"雨崩"，注视着眼前的黄袍神谕使，"我会尽我所能来杀死他，但真正破局的关键不在我这里，而在柚梨黑哲……所以你必须去帮他。"

　　"好吧，这里，就交给你了。"小金说完，身形化作片片飘零的黄色蝴蝶，消散在空中，不知去向何方。雨水顺着刀锋滑落，雨宫晴辉的头发已经湿润，他面对着黄袍神谕使，再度举起了手中的长刀。

658

　　"'猛鬼'级通缉犯，雨宫晴辉。"黄袍神谕使左眸中的光圈锁定雨宫晴辉，平静地开口，"如果是几年前，你师父拿着这柄刀与我战斗，或许有可能和我打个平手，但你……还不够格。"

　　雨宫晴辉的双眸微眯，眼中浮现出燃烧的战意："不试试，怎么知道？"话音落下，他身形一晃，凭空消失在雨幕之中，紧接着一抹刀芒掠过空气，以极其刁钻的角度斩向黄袍神谕使。黄袍神谕使眸中的光圈锁定在某个角落，双手的光轮闪电般抬起，未卜先知般与那柄深蓝色的长刀碰撞在一起，他看着刀后雨宫晴辉凝重的面容，嘴角浮现出戏谑的笑容。"你的刀法以及对'雨崩'的运用手段，都是你师父教的，当年他败在我手中那么多次，我早就将你们的路数摸得一清二楚，你的刀……是伤不到我的。"

　　光轮荡开"雨崩"，黄袍神谕使的右拳直冲雨宫晴辉的面门，那道刺目的光轮在空中划过一道金色的轨迹，晃得雨宫晴辉的眼睛有些发黑。他紧咬牙关，眼睛忍受着剧痛，捕捉着这光轮的轨迹，闪电般地再度抬起长刀，险之又险地架住这道光轮。"砰——"黄袍神谕使仿佛早就预知到了他的动作，在雨中侧身，一脚重重地踢在雨宫晴辉的胸口，发出沉闷的巨响！雨宫晴辉的身形倒飞而出，在空中勉强稳住身形，有些踉跄地落回了地面。他一只手捂着被光圈灼伤的眼睛，咳嗽几声，再度抬起头，眯着通红的眼睛看向不远处缓缓走来的黄袍神谕使。对方似乎对他的招式十分了解，甚至可以通过他的动作，预判到他将从雨中的哪个角度出手，并用最有效的方式进行反击……果然如师父所说，2号神谕使是个极其棘手的人物。

"祸津刀的上限，在它们被锻造出来的时候就被决定好了，但能将它们的力量发挥出多少，则取决于刀主本身。"黄袍神谕使一走，一边说道，"你对于'雨崩'的运用虽然已经登堂入室，但跟你师父臻至化境的'雨崩'相比，还有不小的距离。如果说当年你师父能发挥出'雨崩'95%的力量，那现在的你，最多就发挥了60%，只是勉强及格而已。想赢我，再练十年吧。"

勉强及格吗……雨宫晴辉紧握着深蓝色长刀，看着雨中走来的黄袍神谕使，对方带来的那恐怖的压迫感，超过了他所见过的每一位神谕使……而他心里很清楚，直到现在，这位神谕使都没有使出全力。再这样下去，他根本无法战胜对方，而对方还拥有大范围倾听心声的力量，想要在他的面前逃走，难如登天。只能赌一把！雨宫晴辉深吸一口气，像是下定了什么决心，眼眸中浮现出一抹决然。他用力咬破舌尖，腥咸之味涌入口腔，他对着身前"雨崩"的刀身猛地喷出一片血雾。这片血雾混杂着雨水吸附在刀身的表面，原本深蓝色的刀身竟然染上了一丝诡异的血红。他手握刀柄，掉转刀锋，将其用力地插入身下雨水汇聚出的水洼中！

与此同时，水洼的倒影中，那白衣白发的刀魂，同时拔出了腰间那柄一模一样的"雨崩"，从另外一侧插入水洼，两柄长刀的影子相互重叠在一起。"轰——"无形的气浪以雨宫晴辉为中心爆开，蓝灰色的碎花浴衣猎猎作响，他的黑发开始以肉眼可见的速度染白，凛冽的双眸浮现出一抹无法言喻的神韵。水洼中，白衣白发的刀魂倒影，正在逐渐淡去……他与刀魂，正在合二为一。等到刀魂倒影彻底消失的瞬间，雨宫晴辉用力将"雨崩"拔出水洼，刀身震颤发出轻鸣，他满头白发被雨水打湿，整个人的气质发生了翻天覆地的变化！白发的雨宫站在废墟中，手握染血的深蓝色长刀，眼眸中散发着森然杀机！

柚梨奈站在雨宫晴辉的身后，怔怔地看着他的背影，只觉得此刻的雨宫哥哥有些陌生……

"'雨神'？"黄袍神谕使见到这一幕，眉头微微皱起，"你竟然能和刀魂融到这一步……看来，你的天赋上限要比你师父高很多。不过，这种状态是要消耗寿命的吧？"

"无所谓。"白发的雨宫平静开口，"我只要能活到亲眼见证这个国家被颠覆的那一天……就够了。"话音落下，他缓缓将手中染血的"雨崩"抬起，刹那间，大量自天空坠落的雨滴就像是被一条无形的细绳串联起来般，随着刀身的斩落，收缩成一根近乎没有厚度的雨线，轻飘飘地斩出。黄袍神谕使的瞳孔微微收缩，身形急速闪避开来，但这根雨线的速度太快了，他的半只左手还是被这根丝线掠过。

"轰——"原本黄袍神谕使站立的地点后方，一座座高耸的建筑群被拦腰斩断，切口光滑无比，在夜色下群体轰然坍塌，震耳欲聋的倒塌声回荡在天空，仿佛雷鸣般轰隆作响。这一刀，直接砍掉了小半个道顿堀。

与此同时，黄袍神谕使的左手上，浮现出一道细密的血线，半只手掌已经被雨线割开，轻飘飘地被斩落，鲜血喷溅而出！黄袍神谕使的脸色微沉，正欲有所动作，雨宫晴辉的身影凭空出现在他的身前，面无表情地斩出一刀，那几乎没有厚度的雨线这次直接从中央将他斩成了两半！雨线斩开神谕使后，将剩下的半座道顿堀也直接砍成废墟，原本繁华亮如白昼的街道，此刻陷入一片漆黑，轰塌的爆鸣声震得柚梨奈伸手捂住了耳朵。

雨宫晴辉静静地站在那儿，看着被自己斩成两段的黄袍神谕使，眼中没有丝毫的喜悦。他知道，"心灾"，不是这么容易被杀死的。似乎是为了印证他的想法，一个身影缓缓走到街道的尽头，那是一个四十多岁的上班族，看似平平无奇，但下一刻，身体与样貌就急速扭曲起来，最终幻化成黄袍神谕使的模样！他左眸中的光圈锁定了雨宫晴辉，嘴角浮现出笑容。

"我猜你师父一定告诉过你，我的能力是什么……"他缓缓开口，"肉体的存在终究有尽头，心灵的力量却是永恒的……我的'心灾'，能将方圆十公里内，任何一个从内心深处恐惧我的人类，制作成我的本体。每一个恐惧我的人，都可以是我。而我，又是神谕使，是被人类所恐惧敬仰的神明使者……这里，方圆十公里内，一共有 3224 个人，其中有 3192 个人从内心深处恐惧我的存在，恭喜你，杀了 1/3192 的我。"

他化自在

2011——

一架黑色飞机轰鸣着飞过天空，在夜色中留下一道长痕。一个穿着暗红斗篷的年轻人，静静地坐在坚硬的机舱座椅上，看模样不过二十岁，他凝视着窗外灯火通明的城市缩影，不知在想些什么。

"处长，我们收到一条紧急求援！"一个身影匆匆从驾驶舱走出，语气有些急迫。

叶梵眉头微皱，收回了看向窗外的目光："紧急求援？"

"对。"

"哪个队伍发出的？"

"驻淮海市 007 小队。"

"淮海市？"叶梵眼眸中的疑惑越发浓郁，"淮海市的综合实力可不弱，现在有两位'克莱因'级别的强者坐镇，还有什么'神秘'能让他们发出紧急求援信号？"

"不是'神秘'……"那人表情有些古怪，"是个女孩。"

"女孩？"

"对，半个小时前，淮海市出现了一位神秘的女孩，大概七八岁……据求援信息说，这女孩的力量十分古怪，不像是禁墟，更不是神墟，而且肉身力量恐怖无比，徒手打晕了一位'克莱因'级别的副队长！"

"七八岁的女孩，徒手打晕'克莱因'？"即便是见多识广的叶梵，听到这句话也有些发蒙，随即问道，"可是紧急求援，不应该首先找特殊小队吗？我们刚从边境回来，首要任务是回总部向王晴总司令汇报。"

"信息中说，那女孩的情况很奇怪，像是处于暴走状态，而且所过之处所有物质都被分解成未知的颗粒，照这个速度，一个小时就能将淮海市中心化为乌有……而此刻离他们最近的特殊小队，也要三个小时才能抵达。"

叶梵的双眸微微眯起，他看向舷窗外的城市，若有所思："我们的航线，正好经过淮海市吗……"

"叶处长，您看……"

"到淮海市上空，把我放下来吧。"叶梵解开身上的安全带，平静地从座位上站起，"我去会会这个神秘的女孩。"

淮海市。

"轰——"一阵惊天动地的爆炸声响起，漆黑的夜空下，一颗璀璨烈阳在郊区绽放，熊熊的火光吞没了附近的山脉与废弃的村庄，仿佛火神降临人间。在这毁天灭地的火光中，细密的像素疯狂聚集，一座宛若钢铁铸就的巨型堡垒，将所有的火焰与炽热都抵挡在外！此刻的堡垒中央，一位白发的少女正悬浮半空，褴褛的披风在爆炸余波中狂舞，那双空洞的眼瞳中，头尾衔接的白色圆环正在无声流转——"道神通"。

此刻的少女周围，散发着一种难以言喻的恐怖气场，那双流转圆环的空洞眼瞳，就像是洞悉一切的上帝之眼，将过去、现在、未来同时窥破……在极致的漠然之下，仅是一个目光便足以令人心悸。

"该死，她是个什么怪物？！"一位浑身缭绕着火焰的"克莱因"，站在虚无之上，俯视那座阻挡着火海的像素堡垒，忍不住骂道。

"前所未有的禁墟，窥探未来的眼睛，超越'神秘'的肉体……"他的身旁，一位披着暗红斗篷的007小队队员喃喃自语，"这样的存在，放眼大夏历史也不曾出现过吧？怎么偏偏就被我们碰上了……"

"幸好是被我们碰上了。"站在火焰中的队长沉声开口，"放眼大夏，还真没几支队伍，能扛住这家伙的攻击。"

"但我们也扛不住啊……"

"能拖住就行！有人回应我们的求援信号了吗？"

"有，特殊行动处的处长叶梵，正在赶来的路上，大概还有十五分钟就能抵达。"

"叶梵？"队长眼前微微一亮。

"轰——"就在两人说话之际，那座庞大的像素堡垒骤然散开，细密的像素点环绕在少女的身旁，像是一个个庞大到极点的星环！

"家……"少女眼眸空洞地开口，"回家……我要回家！！！"

少女暴怒的吼声宛若雷鸣，在倒卷的火海间炸响，下一刻她的身形便凭空消失，卷携着恐怖的音爆，眨眼间就闪至两人面前！仅有"海"境的007小队队员，只觉得眼前一花，一只白皙的拳头便砸向他的面门，速度快到他根本无法反应，只有瞳孔不断收缩。

"小心！！"队长大喊一声，手握直刀挡在他的身前，少女的拳锋与队长的刀刃碰撞在一起，恐怖的余波直接将身后的队员掀翻！"当——"不可抵挡的巨力从刀刃传递过来，队长闷哼一声，猛地喷出一口鲜血，整个人像是断了线的风筝，呼啸着向后倒飞出去！他看向少女的眼眸中满是震惊与不解。她的力量太强了，哪怕是"克莱因"级别的"神秘"，都不具备这种程度的身体强度，这少女看起来如此年轻，从哪儿来的这么一副逆天躯体？她究竟是什么来头？队长一步踏在虚无，燃烧的烈火凭空显现，像是风火轮般将其在空中稳住身形，可随后少女便再度如同炮弹般飞射而出，飓风席卷天空！"该死！绝对不能被她近身！"队长大脑飞速运转，脚踏火焰极速在空中绕弯，试图拉开与少女的距离。这少女的力量太强，即便是他也招架不住，好在那些像素的能力似乎还不够强劲，凭借着自己的"克莱因"境精神力与禁墟，队长有把握能压制住对方……前提是不被近身。

但越是怕什么，就越是来什么，少女就像是直接预测了他的行动轨迹，身形一晃便如同鬼魅般出现在队长上空！"放我回家！！"少女愤怒的哭喊震动天际，还未等队长回过神来，又是一只拳头砸向他的面门！"轰——"炽热的火球在空中破碎，一道身影被轰然砸落大地，漫天尘土飞扬而起……此刻的夜空之下，除了少女外，再也没有一人存在，她站在一个个像素星环的中央，褴褛的黑色风衣在空中猎猎作响。她双手痛苦地抱住自己的头颅，像是在奋力挣扎着，随后像是失去理智般，一头冲向远方。

就在此时，高空之上，一架黑色的运输机呼啸着掠过！运输机的舱门缓缓打开，一个披着暗红斗篷的身影，手握直刀，从半空飞跃而下！他的身上没有携带任何降落设备，狂风将他的发梢吹动，他维持着极速的自由落体，双眸微眯地锁定了那冲向远处的少女身影……叶梵的手掌轻搭在直刀刀柄之上。神墟，"他化自在"。

刺目的佛光自夜空中绽放，仿佛炽热的烈阳坠落天际，与此同时，正在疯狂挣扎的少女像是察觉到了什么，猛地抬头望向天空！佛光驱散深沉的夜色，一只庞大无比的佛像手掌，从云端拍向大地！气流在佛像的指尖狂卷，少女同样抬手按向天空，环绕在周围的像素星环瞬间汇聚成一只与佛像手掌同样大小的手掌，自地面按向天空！"轰——"像素手掌与带佛光的手掌在半空中碰撞，肉眼可见的气浪几乎掀飞了方圆数公里内的所有树木，下一刻像素手掌寸寸崩碎，佛光以势如破竹之势，压向少女！像素在少女的周围崩溃，她的神情却没有丝毫变化，那只白皙的手掌举在半空，迎着呼啸拍落的佛像手掌抓去！在一阵惊天动地的爆鸣中，少女的身形被拍落在山崖，蛛网般的裂纹在山上疯狂扩散，但随着漫天烟尘卷起，那只佛像手掌也像是受到某种巨力冲击，被强行震散在空中。

"好强的力量！"叶梵惊讶说道。暗红的斗篷划过天际，笔直地坠向少女被拍落的山崖，他整个人重重地砸在山崖，震碎了大片石块……但当他从巨坑中走出时，身上依然没有丝毫伤痕。他的身体，同样强大得令人窒息。

灰蒙的尘埃无声翻卷，在叶梵的注视下，一个娇小的身影跟跄地从坑中走出，不知从何处捡来的褴褛披风，松松垮垮地套在她身上。似乎是受到巨力的冲击，少女眼瞳中的白色圆环开始扭曲暗淡，那股仿佛窥破世界的绝对冷漠气息，也随之缓慢消散……少女的意识逐渐朦胧，一股前所未有的虚弱感，涌上她的心头。"该死……我用'道神通'计算回家的方法，结果失控了吗……"她痛苦地捂着头，沙哑地呢喃。

与此同时，一个冰冷半静的声音响起："我是人夏守夜人特殊行动处处长叶梵，你是谁？为什么要袭击淮海市？"

"我没有……"

"你有。"叶梵皱眉看着眼前的少女，虽然不明白这少女的身上发生了什么，不过现在看来，对方的暴走似乎已经解除了。"你涉嫌蓄意破坏淮海市秩序，袭击守夜人小队，我将依法将你逮捕，由总部处置。"

少女的身体越发沉重，"道神通"失控后的副作用，让她整个人像是被抽干了。眼前的一切都在逐渐模糊，叶梵说了些什么，她也听不太清了。"我真的……没有……我……只是……找不到家了。"少女强撑着又往前走了两步，便彻底失去意识，一头向地面栽去。

叶梵见此，眉头一皱，但千分之一秒内，还是做出了反应，一只手将少女的身形揽住，没有让她直接摔在地上。直到此刻，他终于有机会好好打量这位少女，雪白的发丝，苍白的面孔，在她的手背之上，还有一个玄奥复杂的纹路……"没有'神秘'的气息……她真的是个人类？"叶梵的脸上浮现出疑惑。他像是发现了什么，从少女的脖颈上，缓缓提起一枚金色的小锁，看起来像是用来祈福平安的物件。叶梵将平安锁翻转，只见在锁的背面，刻着一个简单的名字——纪念。

"这里是守夜人总部，叶梵，叶梵？小叶子？？你听得见吗？"随着微弱的电流声响起，叶梵身上的通信器中，一个女声懒洋洋地传来。听到这声音，叶梵的表情一僵，他伸向通信器的手也停在半空，似乎是在犹豫要不要回应。

"我知道你听得见，别给我装聋！"女声咬牙切齿地说道，"你这处长还想不想干了？总司令的消息都敢不回？！"

无奈之下，叶梵还是打开了通信器："司令，我刚才在忙……"

"淮海市那个奇怪的女孩解决了？"

"解决了，不过不像是敌人……她好像是个迷路的孩子。"他一边说着，一边将少女抱起，暗红的斗篷在夜色下轻摆，他的身影逐渐向山下走去。

"迷路的孩子？算了，你先把她带回来再说。"

"我已经在路上了。"

"回来的时候，顺便给我在对面超市买两桶薯片，要黄瓜味的。"

"……司令，我很忙的。"

"那句话怎么说来着，天将降大任于斯人也，必先……唉，反正忙就对了。你可是要当下一任司令的人，身上的担子总得比别人重一点。"

"……"

"我知道了，司令。"

"你叫我什么？"

"……王晴司令。"

"嗯？"

"王晴……"叶梵咬着牙，极不情愿地吐出后面两个字，"……姐姐。"

图书在版编目（CIP）数据

夜幕之下. 4，红尘剑仙 / 三九音域著. -- 北京：
北京联合出版公司, 2024.5（2025.6重印）
　ISBN 978-7-5596-7510-1

　Ⅰ. ①夜… Ⅱ. ①三… Ⅲ. ①幻想小说—中国—当代
Ⅳ. ①I247.5

中国国家版本馆CIP数据核字(2024)第062939号

夜幕之下.4：红尘剑仙

作　　者：三九音域
出 品 人：赵红仕
选题策划：北京磨铁文化集团股份有限公司
责任编辑：牛炜征
封面设计：Laberay

北京联合出版公司出版
（北京市西城区德外大街83号楼9层　100088）
嘉业印刷（天津）有限公司印刷　新华书店经销
字数499千字　700毫米×980毫米　1/16　印张24.75
2024年5月第1版　2025年6月第8次印刷
ISBN 978-7-5596-7510-1
定价：55.00元